E. Annie Proulx
Das grüne Akkordeon

E. Annie Proulx
Das grüne Akkordeon

Roman

*Aus dem Amerikanischen
von Wolfgang Krege*

Luchterhand

Die Originalausgabe erschien 1996
unter dem Titel ACCORDION CRIMES
bei Scribner, New York.

1 2 3 4 5   99 98 97

© 1996 Dead Line, Ltd.
© 1997 für die deutsche Ausgabe
Luchterhand Literaturverlag GmbH, München
© der Illustrationen 1996 John MacDonald
Satz: Fotosatz Amann, Aichstetten
Druck und Bindung: Ebner, Ulm
Alle Rechte vorbehalten. Printed in Germany
ISBN 3-630-86954-8

*Für
Muffy, Jon, Gillis
und Morgan
und
im Gedenken an
Lois Nellie Gill*

*Mein Pa kam mit einem Knopfakkordeon
in einem Leinensack rüber, das war
so ungefähr alles, was er besaß.*
RAY MAKI, Accordions in the Cutover

*Gäbe es die Schwarzen in Amerika nicht,
wären die europäischen Amerikaner keine
»Weißen« – sie wären nur Iren, Italiener,
Polen, Waliser usw., verstrickt in Klassen-,
Kultur- und Geschlechterkämpfe um
Ressourcen und um ihre Identität.*
CORNEL WEST, Race Matters

Caminante, no hay camino,
Se hace camino al andar.

*Wanderer, es gibt keinen Weg,
der Weg bahnt sich im Gehen.*
ANTONIO MACHADO

IN EINEM ZEITRAUM von über hundert Jahren wandert das grüne Akkordeon von Hand zu Hand, spielt die Musik vieler verschiedener ethnischer Gruppen. Notgedrungen mengen sich historische Personen unter die erfundenen. Manchmal wurden erfundene Figuren in reale Begebenheiten versetzt, manchmal aber auch die realen Begebenheiten leicht bis stark verändert. Die Geschichte des Akkordeonbauers ist zwar fiktiv, basiert jedoch auf Artikeln der *Daily Picayune* von New Orleans aus dem März 1891 über tatsächlich dort geschehene Lynchmorde an elf Italienern. Durchs ganze Buch ziehen sich echte Zeitungsinserate, Radiosendungen, Plakate, Liedtitel, Gedichtfetzen, Markennamen von Gebrauchsgegenständen und Listen von Organisationen, zwischendurch finden sich fiktive und erfundene Inserate, Sendungen, Plakate, Liedtitel, Gedichte, Markennamen, Gegenstände und Listen. Keine der Figuren hat ein noch lebendes Vorbild aus der Wirklichkeit. Die Akkordeons sind so, wie wir sie kennen.

Der Akkordeonbauer

*Zweireihiges
Knopfgriff Akkordeon*

Das Instrument

Sein Auge war wie ein Ohr, in dem es jedesmal knisterte, wenn er einen Blick auf das Akkordeon warf. Es lag auf der Werkbank, der Lack schimmernd wie frisches Harz. Licht träufelte über Perlmutt, die neunzehn blanken Knöpfe, blinkte in zwei kleinen ovalen, schwarzumrandeten Spiegeln, Augen, die sich gegen Augen stemmten, gegen das giftige Starren eines jeden, der den *malocchio* besaß, bereit, den bösen Blick ins böse Auge zurückzuwerfen.

Das Verdeck hatte er mit einer Diamantsäge aus einer Messingblechplatte geschnitten, mit einem Muster von Pfauenfedern und Olivenlaub. Die Haspen und Schloßbleche, mit denen das Gehäuse auf beiden Seiten am Balgrahmen befestigt war, die Messingschrauben, den Stimmstock aus Zink, die empfindlichen Wellen und die Zungen selbst, aus Stahl, das gut abgelagerte tscherkessische Walnußholz für das Gehäuse, all dies hatte er gekauft. Aber alles andere hatte er selbst angefertigt: die V-förmigen Drahtfedern mit den Spirallöchern, die unter den Knöpfen steckten und sie wieder in die Ausgangsposition schnellten, sobald die Finger vorübergetanzt waren, die Knöpfe, die Hebeldrähte. Der gefältelte Balg, die ledernen Luftklappen und Dichtungen, die eingeschnittenen Eckversteifungen, die Klappendeckel, dies alles stammte von einer Ziege, der er selbst die Kehle durchschnitten und deren Haut er mit Aschenkalk, Hirn und Talg gegerbt hatte. Der Balg hatte achtzehn Falten. Die Holzteile, aus harter Walnuß, die sich auch bei Feuchtigkeit nicht verzog, hatte er zurechtgesägt und geschmirgelt, den schädlichen Staub dabei eingeatmet. Das Gehäuse ließ er nach dem Aufleimen sechs Wochen antrocknen, bevor er die Arbeit fortsetzte. Gewöhnliche Akkordeons zu bauen interessierte ihn nicht. Er hatte seine eigene Theorie, seine Vorstellung davon, wie ein gutes Instrument gebaut sein mußte, und mit diesem hier als Muster gedachte er in La Merica sein Glück zu machen.

Mit einer Stimmgabel und nach Gehör stellte er die Quarten und dann die Quinten ein, so daß ein wenig Dissonanz blieb, schneidend und doch wohltuend. Auf sein Ohr war Verlaß, er konnte Harmonien im Knarren von Türangeln hören. Die Knöpfe öffneten und schlossen die Klappen ohne Verzug, mit einem leisen Klicken wie von Würfeln in der Hand eines Spielers. Aus einiger Entfernung klang das Instrument schrill und klagend, es ließ die Hörer an die Brutalitäten der Liebe denken und an mancherlei Hunger. Die Töne kamen beißend scharf; der Zahn, der zubiß, schien von Schmerz ausgehöhlt zu sein.

Die Welt ist eine Treppe

Der Akkordeonbauer war behaart und muskulös und hatte einen dichten schwarzen Schopf über dem hübschen Gesicht, Ohren wie Zuckergußkringel; die Iris der Augen bernsteinfarben. In seiner Jugend hatte er unter dem Spitznamen »Hühnerauge« zu leiden. Mit zwanzig kündigte er seinem Vater, einem Grobschmied, den Gehorsam auf, ging aus dem Dorf weg nach Norden und fand Arbeit in den Akkordeonwerkstätten von Castelfidardo. Sein Vater verfluchte ihn, und sie redeten nicht mehr miteinander.

Er kam zurück, als seine Verlobte Alba ihm Nachricht gab, sie könnten ein Stück Land pachten, mit einem schmalen Streifen Weingarten und einem winzigen Häuschen. Der Abschied von der Stadt fiel ihm leicht, denn er hatte sich auf eine riskante Affäre mit einer verheirateten Frau eingelassen. Seine Behaarung zog die Blicke der Frauen an. Später warf ihm seine Frau von Zeit zu Zeit Untreue vor, und einigemal hatte sie Grund. Akkordeons und Körperhaar reizten nun mal die Frauen, was konnte er dafür? Sie wußte es selbst; seine Musikalität hatte sie mit Macht angezogen, sein seidiges Fell, das Gekräusel, das aus seinem Hemdkragen quoll.

Er verkühlte sich leicht, bibberte schon, wenn die Sonne nur kurz hinter einer Wolke verschwand. Seine Frau war warm;

wenn er dicht bei ihr stand, konnte er die Hitze spüren, die von ihr ausstrahlte wie von einem kleinen Ofen. Ihre Hände packten alles mit demselben warmen Griff an, ob Kinder, Teller, Hühnerfedern oder Ziegeneuter.

Die Reben auf dem gepachteten Land, *Calabrese, Negro d'Avola* und *Spagnolo*, trugen einen sauren Wein ohne Namen, der als Verschnitt ins Ausland verkauft wurde. Man ließ den Most eine Woche lang auf der Maische mit den Schalen angären, wodurch der Wein seinen herben Charakter und seine purpurn schwärzliche Farbe gewann. Rein getrunken, kratzte er in Mund und Kehle, und wie vielen anderen adstringierenden Getränken sagte man ihm deshalb heilende Wirkungen nach. Die fremden Aufkäufer zahlten dafür nur sehr wenig, und die Winzer konnten nicht protestieren, weil diese Einnahme ihr einziger Gelderwerb war. Der Mangel an Land, Geld und Besitz und die schwelende Wut der Leute schufen eine Atmosphäre von Intrigen und Vetternwirtschaft, von Mauscheleien, Verschwörungen und nackter Gewalt. Wie sollte man sich anders durchschlagen?

Außer dem Weingarten pachteten der Akkordeonbauer und seine Frau noch fünf alte Olivenbäume und einen an die Hauswand spalierten Feigenbaum, und ihr Leben drehte sich nur um Kinder und Ziegen, Harken und Beschneiden, Schleppen der Traubenkörbe. Nachts wurde die Armut des Landes hörbar im Pfeifen des Windes durch die trockenen Rebstöcke und im Scharren der ächzenden Feigenäste. Sich auf ihrem Grundstück zu halten fiel ihnen immer schwerer, weil der Besitzer, der in Palermo in einem Haus mit Kupferdach wohnte, Jahr für Jahr den Pachtzins erhöhte.

Die Werkstatt des Akkordeonbauers war am Ende des Gartens, eine Hütte, die früher als Stall für kranke Ziegen gedient hatte, die Bodenfläche nicht viel größer als ein Doppelbett. Auf einem Regal standen Lackdosen, eine Schachtel Schellackblättchen, verschiedene Arten Leim und Kleister, Perlmuttkarrees, zwei verkorkte kleinfingergroße Phiolen mit Bronzefarbe. Darunter lagen Feilen, Schaber, Meißel − einer aus einem Feuersteinspan, den er aus dem Boden gegraben hatte −, Bohrer, Hohlmeißel, Prägestempel, metallene Zungen und Haken, Stahlfederdraht und Haarzangen, Greifzirkel und Winkelmesser, Kneifzangen, Locheisen und Klampen – vieles davon gestohlen aus der Werkstatt in Castelfidardo, denn woher sonst hätte er all diese unentbehrlichen Dinge bekommen sollen? Mit einem Zierpinsel aus wenigen Zobelhaaren malte er Schnörkel und Notenschlüssel auf, Girlanden von Triolen zwischen Taktstrichen mit bronzenen Dornen. Er verkaufte die Instrumente einem Händler im nächsten Marktflecken, der, ähnlich wie die Weinhändler, fast nichts dafür bezahlte, eben genug vielleicht für das Hühnerfutter.

Als er sein Handwerk mit der Zeit immer besser beherrschte, begann er an ein Leben zu denken, wie es in diesem verfluchten Dorf nicht möglich war, wohl aber in dem fernen Land, das ihm immer öfter in den Sinn kam: La Merica. Er stellte sich ein neues Leben vor, frisch und unverbraucht, sah das Geld, das wie Birnen an den hohen Bäumen der Zukunft hing. Brummelnd und flüsternd redete er nachts auf seine Frau ein. Sie sagte: »Niemals!«

»Hör mal!« sagte er wütend und so laut, daß das Baby wach wurde. »Du weißt doch, was dein Bruder geschrieben hat.« Dieser Holzkopf von Alessandro hatte einen Brief mit roten Soßenflecken und Abdrücken seiner schmutzigen Finger geschickt, in dem stand, kommt rüber, kommt rüber und nehmt euer Schicksal selbst in die Hand, verwandelt euer Elend in Glanz und Jubel.

»Die Welt ist eine Treppe!« fauchte der Akkordeonbauer im Dunkeln. »Manche steigen rauf und manche runter. Wir müssen rauf.« Sie wollte ihm nicht recht geben, hielt sich die Ohren zu und stöhnte auf, als er ihr das Datum der Abreise nannte. Später, als er den großen Koffer mit den metallenen Ecken heimbrachte, zog sie das Kinn hoch und verdrehte die Augen wie ein vergiftetes Pferd.

Die Lähmung der Generalin

Was den Männern ins Auge fiel, war die Haltung des Akkordeonbauers, die eine mühsam beherrschte Gewaltsamkeit und Kampflust zu verraten schien. In seinen kaputten schwarzen Schuhen stand er auf dem leicht vorgeschobenen linken Fuß, den rechten wie zum Ausholen zurückgezogen. Sein Charakter strafte dieses Erscheinungsbild Lügen; er wirkte tückisch und gefährlich, ohne es zu sein. Probleme packte er nicht gern selbst an. Er verließ sich darauf, daß seine Frau alle Schwierigkeiten ausbügelte. Von ihm kamen die hochgespannte Erwartung, die optimistische Idee, sie sorgte dafür, daß alles seinen geregelten Gang nahm – bis jetzt.

Wie viele erwachen wohl eines Nachts, strecken die Hand nach der schlafenden Gefährtin aus und stoßen an eine Leiche? Am Abend hatte die Frau des Akkordeonbauers ein bißchen geweint und über die drohende Reise geklagt, aber nichts, kein Zeichen hatte auf die Paralyse vorausgedeutet, die sie ein paar Stunden später oberhalb der Rippen packte, ihre Gelenke verholzte, die Zunge lähmte, das Gehirn einfror und die Augen glasig werden ließ. Die Finger des Akkordeonbauers tasteten sich zitternd den stocksteifen Rumpf entlang, den versteinerten Arm, den harten Hals. Er dachte, sie sei tot. Er zündete die Lampe an, rief sie beim Namen, klatschte ihr auf die marmorkalten Schultern. Doch ihr Herz schlug noch, pumpte das Blut durch die Adern, bis der Rippenbogen vibrierte, und das machte ihm Mut zu glauben, es sei nur ein flüchtiger Anfall, der bei Tagesanbruch vergehen werde, aber ihr Zustand änderte sich nicht.

In den nächsten Tagen wurde klar, daß diese Lähmung ein Übel war, mit dem eine erzürnte fremde Macht sie geschlagen hatte, ein feindlicher Wille, der nicht erlaubte, daß sie ihr Dorf jemals verließ. Sie war immer gesund gewesen, bis auf einen Schwindelanfall dann und wann, seit ihrer Kindheit, und ein getrübtes Auge, das ihr von ihrer Hochzeit geblieben war, als ihr beim Tanzen eine Mandel hineinsprang. Sie wurde nie krank, war nach den Entbindungen binnen einem Tag wieder auf den Beinen und hatte ihren Haushalt streng im Griff. Ihre kräftige Altstimme war wie geschaffen zum Befehlen. Als sie noch klein war, hatte ihr Vater sie »die Generalin« genannt. Eine solche Frau hat Feinde.

Der Akkordeonbauer war bereit, sich von einer Klippe zu stürzen oder in die Wildnis hinauszurennen – wenn ihm nur jemand sagte, was er tun sollte. Er fragte seine Schwiegermutter.

Die Mutter der gelähmten Frau verschränkte die Arme. Es war, als spräche ein bärenstarker Zwerg mit Baßstimme aus ihrer schlaffen, gelblichen Haut. »Geh los! Für drei Jahre. Verdiene Geld und komm wieder. Wir sorgen für sie. Besser, der Mann geht erst mal allein.« Ihre feuchten Olivenaugen wandten sich ab.

Der alte Schwiegervater nickte ein paarmal, um zu bekräftigen, wie gut dieser Rat war. Ihr ältester Sohn, Alessandro, war vor zwei Jahren ausgewandert, und nun schickte er aus New York Briefe mit Geldscheinen, beschrieb ihnen seine feinen Kleider, seine Stellung, seine schöne neue Badewanne (dieselbe, in der er einige Jahre später von einem Böhmen umgebracht wurde, der vor Wut außer sich war, weil Alessandro seinem Sohn, der auf der Treppe Radau machte, einen Tritt versetzt hatte; selbst dann noch wollten die alten Leute nicht wahrhaben, daß auf ihrer Familie ein Fluch lag).

Die Töchter des Akkordeonbauers maulten, weil sie nicht auf dem Schiff nach La Merica mitfahren durften; sie wurden jede bei einer anderen Tante untergebracht. Silvano, der einzige Junge – er war an einem Sonntag gezeugt worden –, war schon elf, alt genug, sich durch Arbeit nützlich zu machen; er allein würde den Vater begleiten. Die Mädchen betrachteten ihn voll Haß.

Wer noch unter diesen Ereignissen zu leiden hatte, war die jüngere Schwester der Gelähmten, selbst noch ein Kind, der nun die Aufgabe zufiel, ihr den Brei durch die starren Lippen zu schieben, die stinkenden Tücher unter ihren undichten Öffnungen zu entfernen, die Kranke immer wieder in eine neue, die wundgelegenen Stellen schonende Lage zu wälzen

– 18 –

und ihr klares Wasser in die trockenen, blicklosen Augen zu träufeln.

Der hilfsbereite junge Mann

Morgens, beim Licht der verblassenden Sterne, machten Vater und Sohn sich auf den Weg, mit Sprungschritten den steilen Pfad hinunter, fort von der erstarrten Frau und den besorgten Blicken ihrer Verwandten, von den erbitterten Mädchen, an dem bienenstockförmigen Stein vorüber, der die Dorfgrenze markierte. Mit einer Art Tragegurt, der aus einem Seil mit vielen Knoten bestand, trug der Akkordeonbauer den Koffer auf dem Rücken, seine Werkzeuge und das Instrument. Der Junge schleppte schwer an einem zusammengerollten Schaffell, einer grauen Decke und einem Segeltuchsack voller Käse und Brotlaibe. Keine siebzig Schritte, und das Dorf war für immer außer Sicht.

Sie marschierten zwei Tage lang, setzten mit einer Fähre über glitzerndes, weißgetüpfeltes Wasser und stapften weiter bis zur Bahnstation. Auf dem ganzen Weg sagte der Vater kaum etwas, dachte zuerst tränenverschleierten Blicks an seine Frau, die ihm so nah gewesen war wie das Hemd auf dem Leibe, wie der Speichel im Mund, legte sich dann die Situation anders zurecht, nach Männerart und dem derben Sprichwort, wonach das beste Stück kaltes Fleisch im Haus des Mannes die tote Frau ist. Leider war seine Frau weder tot noch lebendig. Der Junge, hoch aufgeschossen, durch das Schweigen des Vaters gedemütigt, stellte keine Fragen mehr, aber wenn sie sich einem Dorf näherten, steckte er sich Kiesel in die Taschen, um sie nach knurrenden Kötern zu werfen.

Sizilien schien auszulaufen wie Mehl aus einem kaputten Sack. In der Bahnstation wimmelte es von Leuten, die brüllten und fuchtelten, Koffer und hölzerne Kisten herumschleiften, sich dicht gedrängt vom Eingang bis auf den Bahnsteig schoben, wo Knäuel von Verwandten einander umschlangen und an die Brust drückten, ein wogendes Meer von Textilien, die dreieckig gefalteten und unterm Kinn verknoteten Kopftücher der Frauen geometrische Zeichen, leuchtend vor der Masse schwarzer Rücken.

Vater und Sohn bestiegen den Zug und warteten in Gesellschaft summender Fliegen und rein- und rausdrängender Passagiere auf die Abfahrt. Sie schwitzten in ihren wollenen Anzügen. Auf dem Bahnsteig schienen die Leute überzuschnappen. Frauen weinten und reckten die Arme gen Himmel, Väter tätschelten ihren scheidenden Söhnen die Schultern und Oberarme, Kinder brüllten und klammerten sich an entschwindende Röcke, daß die Nähte rissen, Babys zerrten an den Haaren ihrer Mütter. Die Schaffner, die Bahnbeamten brüllten und drängten alle zurück, die keine Fahrkarte hatten. Den ganzen Zug entlang beugten sich die Fahrgäste aus den offenen Fenstern, zum letztenmal Hände drückend oder küssend, die Münder verzerrt vor Kummer.

Der Akkordeonbauer und Silvano saßen still auf ihren Plätzen und ließen die Blicke über die Szene schweifen. Als der Zug anfuhr, stieg vom Bahnsteig ein Schrei auf, die Zurückbleibenden sahen die Waggons davongleiten und die Gesichter ihrer Lieben jetzt schon in die unerforschlichen Masken von Fremden verwandelt.

Ein älterer Mann, klapperdürr, in verschlissenem Anzug, löste sich aus der Menge und rannte neben dem Zug her. Seine Blicke hakten sich an Silvano fest. Fremde schauten den Jungen oft an, mit seinen breiten Wangen und den tief eingesunkenen, rotumrandeten Augen – ein ungewöhnliches Gesicht für ein Kind, mit einem spanischen oder maurischen Einschlag. Der Mann rief ihm etwas zu, wiederholte es, rief und rannte, während der Zug an Fahrt gewann, rannte mit seinen spindeldürren Beinen über den holprigen Boden neben dem Gleis, und als das Gleis abbog und der Zug in die Kurve ging, blickte der Junge zurück und sah den Mann immer noch rennen, weit hinter dem Zug inzwischen, und zuletzt lag er auf allen vieren reglos im niedersinkenden Rauch der Lokomotive.

»Was hat er gesagt?« fragte sein Vater.

»Er hat gesagt, ich soll Silvano sagen – ich dachte erst, er meint mich –, soll einem anderen Silvano sagen, er soll ihm Geld schicken. Er hat gesagt, er muß sterben, wenn er nicht weg kann.«

Der Akkordeonbauer knirschte mit den Zähnen und bekreuzigte sich. Es war ihm unheimlich, daß ein Fremder seinen Sohn beim Namen rief und Geld wollte. Aber der Fremde links von ihm, ein kräftiger junger Mann, der eben erst eingestiegen war, ein häßlicher Bursche mit einer Lücke zwischen den Schneidezähnen und platter Nase, zupfte ihn am Ärmel.

»Den kenn' ich! *Pazzo, pazzo!* Dieser Irre kommt jeden Tag auf den Bahnsteig, rennt hinter dem Zug her und brüllt, daß jemand seinem Bruder sagen soll, er soll ihm Geld schicken, damit er nach New York fahren kann! *Pazzo!* Er hat gar keinen Bruder! Sein Bruder ist schon seit hundert Jahren tot, einem Pferd in La Merica unter die Hufe gekommen! Und Sie, fahren Sie auch dahin?«

Der Akkordeonbauer fand die Frage wohltuend direkt; Mitteilungsdrang durchschauerte ihn.

»Ja, nach New York. Mit Frau und Kindern, alle wollten wir hin, aber vor zwei Monaten, stellen Sie sich das vor, erst vor zwei Monaten, da wird meine Frau steif wie ein Brett, festgenagelt von einem bösen Leiden, und nun fahr' ich mit dem Jungen allein. Sie ist nicht tot, sie lebt, kann sich aber nicht bewegen. Wir wollten in La Merica eine kleine Werkstatt aufmachen, Musikinstrumente und Reparaturen. Ich bin Akkordeonbauer, müssen Sie wissen, spiele auch selbst ein bißchen, bei Hochzeiten oder Kirchenfesten. Ich kann Hunderte von Liedern. Ein Akkordeonbauer muß ja sein Instrument vorführen können. Aber meine Zukunft ist das Bauen. Ich versteh' das Instrument, ich hab' ein Gefühl dafür. Außerdem kann ich andere Sachen reparieren, gesprungene Geigen, Mandolinen, geplatzte Trommeln.«

Er öffnete den Koffer, um den spiegelnden Lack und die blanken Knöpfe vorzuführen. Er ließ einen zierlichen Akkord erklingen und ein paar Töne hinterdrein tröpfeln, um dem jungen Mann den erlesenen Klang zu verdeutlichen, nicht um zu spielen, denn dies hätte sich bei dem ernsten Zustand seiner Frau nicht gehört. Er fand, er mußte sich wie ein Witwer benehmen. Er packte das Instrument langsam wieder ein und band den Ziegenlederkoffer zu.

»Sehr hübsch! Ein wunderschönes Instrument! Ich habe Vettern, die spielen auch, aber so etwas Schönes haben sie nicht. Den einen, Emilio, hat letztes Jahr ein Mann verwundet, der so besessen war von Eifersucht, daß er später an einem Schlaganfall gestorben ist. Vielleicht werden Sie in New York zurechtkommen. Vielleicht auch nicht. New York zieht die Italiener aus dem Norden an, eingebildete Ligurer. Von denen wimmelt es nur so in der Stadt. Musiker gibt es da schon viele, auch Akkordeonbauer. In der Mulberry Street ist schon ein riesiger Musikladen, da gibt es Walzen fürs mechanische Klavier, einfach alles, Bücher, Grammophone, Mandolinen, Notenblätter! Und die Winter sind streng in New York, da friert einem das Fleisch an den Knochen fest, und Schnee gibt's! Beißender Wind, kann man sich gar nicht vorstellen! Da hausen die Sizilianer in alten Häusern, dicht an dicht wie Sardinen in einer Büchse! New York? Nichts als Kälte, Lärm, Hektik! Ich hab' ein Jahr lang da gewohnt! Unerträglich! In New York ist es gewesen, wo der Bruder von diesem Verrückten einem Pferd unter die Hufe geraten ist, einem Pferd, das die arktischen Temperaturen zur Raserei getrieben haben! Machen Sie's wie ich: Ich fahre nach Louisiana, nach New Orleans! Da ist das Klima mild wie Muttermilch! Und ein Boden, schwarz wie meine Augen, von unglaublicher Fruchtbarkeit! Sizilianer trifft man dort überall, wo es Arbeit gibt! Auf den Booten beim Garnelen- und Austernfischen! Chancen noch und noch! Einen Musikladen, wie Sie ihn aufmachen wollen, gibt es da nicht! Die Stadt schreit danach! Die Leute dort lieben die Musik! Der Golf ist das reinste Füllhorn: Garnelen, so riesig, daß man nur zwei in einer Hand halten kann, Austern, groß wie Kuchen und honigsüß, Fische jeder Art und eine fette Art Nüsse, Pekan, die überall wild wächst! Bei den Obstfrachtern kriegt man sofort Arbeit! Da haben Sie schnell so viel verdient, daß Sie Ihren Musikladen aufmachen können! Stellen Sie sich das mal vor! Sie gehn von Bord, gehn ein Stück den Kai entlang, und nach zwei Minuten haben Sie Arbeit und schleppen Orangenkisten! Der Mann, der Sie anstellt, spricht Sizilianisch, der versteht Sie! Bevor Sie in La Merica zum erstenmal schlafen gehn, haben Sie schon Geld verdient, mehr Geld, als Sie in Sizilien in einer Woche, in einem Monat zu sehn bekommen! Aber vielleicht haben Sie Verwandte in New York, vielleicht haben Sie viele Brüder und Vettern, vielleicht haben Sie *Beziehungen*, die Ihnen helfen, gegen den riesigen Musikladen in der Mulberry Street aufzutrumpfen? Vielleicht haben Sie ja auch schon genug Geld, um gleich Ihren eigenen Laden aufzumachen?« Er zündete sich eine Zigarre an und hielt auch dem Akkordeonbauer eine hin, der sie überschwenglich dankend annahm.

Nein, nein, sie hätten da niemanden, sagte er und annullierte den ungeliebten Schwager Alessandro. Den wollte er nicht sehen, diesen Antichristen mit seinem Gesicht wie schmutzige Wäsche. Sie waren schließlich nicht blutsverwandt. Nein, sagte er zu dem jungen Mann, sein Sohn sei nicht besonders musikalisch, aber kräftig sei er und gut im Rechnen. Ob auf den Fischerbooten oder in der Werkstatt, der würde sich schon nützlich machen. Der Akkordeonbauer beugte sich vor und wollte noch mehr über Nov' Orlenza und Luigiana hören. Hatten die Leute dort wirklich was übrig für die Musik? Aromatischer Rauch umwölkte ihre Köpfe.

Greenhorn, dachte der junge Mann. Einer mehr, wie Tausende und Abertausende andere. Sich selbst zählte er nicht mit.

Auf der ganzen Strecke nach Palermo, während der Zug das lange Gefälle zum Meer hinunterzuckelte, vergnügte sich der junge Mann damit, die Herrlichkeiten von Louisiana in den leuchtendsten Farben zu schildern, Musiker zu erfinden, die mangels einer tüchtigen Reparaturwerkstatt auf Ruinen von Instrumenten spielten, die gezwungen waren, a capella zu singen, weil sie keine Akkordeons zur Begleitung hatten, bis der Akkordeonbauer nicht mehr wußte, wie er je daran hatte denken können, sich der wölfischen Kälte und den überfüllten Wohnungen von New York auszusetzen, der Stadt, wo der großmäulige Alessandro wohnte, der einzige Mensch auf Erden, der ihn immer noch »Hühnerauge« nannte, während doch all die passionierten Musiker von Nov' Orlenza nur auf ihn warteten. Dort würde er jede Arbeit annehmen, Bananenstauden und Zitronenkisten schleppen, Katzen abhäuten und jeden Scudo – jeden *penny* – auf die hohe Kante legen. In der Tasche hatte er nun den Namen einer Pension und einen Stadtplan, den ihm der junge Mann im Zug gezeichnet hatte. Der junge Mann selbst war schon mit einem anderen, schnelleren Schiff abgefahren – so viele Schiffe liefen von Palermo nach Amerika aus. Er hatte geschworen, er würde sie in Nov' Orlenza vom Schiff abholen, um ihnen den Weg zu zeigen. Die Karte war nur für den Fall, daß sie sich verfehlten.

Und so schlug der Akkordeonbauer einen fatalen Kurs ein.

Das Land der Alligatoren

In Palermo zögerte er. Die Überfahrt nach New Orleans war teurer als die nach New York. Er hatte geplant, das Geld, das er sparte, weil die gelähmte Frau und die Töchter nicht mitfuhren, für seine Werkstatt zurückzulegen. Trotzdem kaufte er die Fahrkarten, vierzig amerikanische Dollar pro Person, denn er führte sein Leben wie jeder andere auch – er setzte auf die Zukunft.

Der Kai von Palermo war überfüllt mit Auswanderern. Der Akkordeonbauer und Silvano standen abseits, der Koffer zwischen den Füßen des Mannes, das Instrument auf seinem Rücken. Er träumte schon davon, wie er in seinem weißgetünchten Laden, das Werkzeug vor sich auf dem Tisch, eine Liste mit Akkordeonbestellungen durchsah. Verschwommen im Hintergrund dachte er sich eine Frau hinzu, vielleicht die wiederhergestellte Gelähmte, vielleicht auch eine milchhäutige *americana*.

Silvano war von dem Durcheinander auf dem Kai angewidert. Wie wenn man Italien mit einem großen Spachtel ausgekratzt und den menschlichen Bodensatz am Rand des öligen

- 24 -

Hafens abgestreift hätte, wuselten hier tausendmal soviel Menschen herum wie auf dem Bahnhof. Überall standen oder gingen Leute, ein Mann döste auf den Steinen, in eine schmutzige Decke gewickelt, den Kopf auf einem Koffer und ein Messer in der schlaffen Hand, weinende Kinder, Frauen, die dunkle Mäntel zusammenfalteten, zerschrammte Kisten sorgsam mit Schnüren zubanden, Männer, die auf Körben mit ihren Habseligkeiten saßen und an Brotkanten nagten, alte Frauen in Schwarz, die Kopftücher unter dem stoppeligen Kinn verknotet, herumrennende Jungen in flatternden Hosen und Jacken, übergeschnappt vor Aufregung. Er rannte nicht mit herum, er schaute nur zu.

Stunde um Stunde schlurfte die laute, drängelnde Menge über die Gangway aufs Schiff, mit Bündeln, Koffern und Mantelsäcken, Paketen und Fernrohren in Leinenfutteralen. Ruckweise kroch die Schlange das Deck entlang bis zu einem Tisch, wo ein pockennarbiger Schiffsoffizier Achtergruppen abzählte. Ob er Familien trennte oder Fremde zusammenlegte, war ihm einerlei, und der größte Mann in jeder Gruppe bekam ein numeriertes Kärtchen, das ihren Platz in der Messe bezeichnete. Diese acht, ob sie sich kannten oder nicht, waren durch ihre Essenskarte für Tausende von Seemeilen aneinander gebunden. Zur Gruppe des Akkordeonbauers gehörte eine unangenehme alte Frau mit Halbmondgesicht und zwei quasselnden Neffen.

Der Akkordeonbauer und Silvano stiegen drei Decks zu den Männerquartieren hinab: lange Reihen von Kojen wie die hölzernen Regale in einem Lagerhaus. Sie hatten die obersten, zwei enge Schlitze, in denen sie schlafen und alles verstauen mußten, den Koffer, das Akkordeon, das zusammengerollte Schaffell und die graue Decke. Öllampen spendeten einen schleimigen Schimmer, mit baumelnden Schatten wie von erhängten Männern, ein unstetes, zuckendes Licht, das Zweifel weckte und den Glauben an Dämonen bestärkte. Von Palermo her kannten sie die gleichmäßige Ruhe des elektrischen Lichts.

(Der Geruch von Petroleum, Schlagwasser, Metall, Schiffs-

– 25 –

farbe, der Gestank ängstlicher Menschen, von schmutzigen Kleidern und Hautschmalz, vermischt mit dem salzigen Aroma des Meeres, prägte sich Silvanos Sinnen ein, vergleichbar den Ausdünstungen, später, auf den texanischen Garnelenkuttern, und nicht einmal der beißende Geruch von Gas und Rohöl in seiner Zeit als Wanderarbeiter während der ersten Jahrzehnte des neuen Jahrhunderts konnte ihn auslöschen. Eine Zeitlang arbeitete er in den Löschmannschaften von Tanklagern, die Kanonenkugeln in brennende Speichertanks schossen, damit das Öl in die kreisförmigen Gräben um jeden Tank abfließen konnte, bevor es explodierte. Später kam er nach Spindletop, auf die Ölfelder von Glennpool, Oklahoma, bekam einmal den Ölkönig Pete Gruber in seinem Milliondollaranzug aus Klapperschlangenleder zu Gesicht, arbeitete sich die ganze Golden Lane hinunter, von Tampico über Potrero bis zum Maracaibo-See in Venezuela, wo das Spiel für ihn ein Ende fand, als er sich im Dschungel hinhockte, um sich zu erleichtern, und ein Indianerpfeil ihm die Kehle durchbohrte.)

Der Akkordeonbauer hatte Silvano erzählt, die Überfahrt werde stürmisch sein, er werde sich ständig übergeben müssen, aber als sie Palermo, Sizilien, Europa hinter sich ließen und auf das Weltmeer hinausfuhren, kamen sie in eine Schönwetterzone. Tag für Tag vergoldete Sonnenschein die Wellen, das Meer war ruhig, ohne Schaumkronen oder Brecher, nur eine endlose, träge Dünung, von der Gischtfetzen abrissen. Nachts glomm und schimmerte dieses wäßrige Spitzentuch in leuchtendem Grün. Das Schiff rauschte durch die See, und Silvano schaute zu einem Himmel empor, so voller Farben, daß er Schwärme von Larven darin sah, die Geburt von Sternen oder Winden, die aus den purpurnen Tiefen hervorkrochen. Jeden Morgen tauchten die Passagiere aus dem Bauch des Schiffes auf wie Käfer aus einem Baumstumpf und breiteten sich in der Sonne aus, die Frauen nähend und stickend, die Männer mit irgendeiner Bastelei, ihre Pläne erläuternd und immerzu herumlaufend, um den Verdauungsstörungen vorzubeugen. Fast alle aßen an Deck und mieden den übelriechenden Meßsaal. Die Schiffskost verwandelte sich in etwas Genießbares, als getrocknete Tomaten, Knoblauchzehen, Würste und Hartkäse aus den Koffern geholt wurden. Der Akkordeonbauer nahm die ruhige See zum Zeichen für eine glückliche Schicksalswende, steckte sich eine Zigarre an und rauchte sie mit Behagen, spielte abends auf seinem Akkordeon. Schon hatten manche Frauen ein Lächeln für ihn gehabt, eine fragte ihn, ob er *L'Atlantico* kenne, und summte die wellenrauschende Melodie. Er sagte, er würde es gern lernen, wenn sie seine Lehrerin sein wollte.

Geschichten über New Orleans kamen nach und nach in Umlauf, von der Schiffsmannschaft oder von Passagieren, die schon dort gewesen waren oder Briefe von früheren Reisenden gelesen hatten: eine krummsäbelförmige Stadt, in die Biegung des großen Flusses geschmiegt, wo das Moos in langen Altmännerbärten von den Bäumen hing, wo das teebraune Wasser der Bayous Alligatoren barg und ebenholzfarbene Menschen lässig durch die Straßen schlenderten, wo man die Toten über der Erde in Marmorbetten bestattete und Männer mit Pistolen herumliefen. Von einem Matrosen lernte Silvano die Worte *ais crima* für eine köstliche und rare gefrorene Süßigkeit, die mit viel Mühe von einer komplizierten Maschine erzeugt wurde.

Der junge Mann im Zug hatte gesagt, mit ihrer Sprache würden sie in New Orleans bequem zurechtkommen, aber die alte Frau in ihrer Essensgruppe, die in New Orleans gewohnt hatte und nun, nachdem ihr Sohn und ihre Familie an irgendeiner Seuche gestorben waren, ihre beiden Neffen aus Sizilien herüberholte, riet ihnen dringend, den sizilianischen Dialekt abzulegen. Statt dessen sollten sie Italienisch sprechen und möglichst schnell Amerikanisch lernen.

»Die Italiener sagen, die Sizilianer sprechen eine Gaunersprache, damit sie im Angesicht ihrer Opfer Mord und Totschlag aushecken können. Die Amerikaner finden, Sizilianer und Italiener sind eins, die einen so schlimm wie die andern, beides eine Teufelsbrut. Wenn Sie etwas erreichen wollen, müssen Sie das Amerikanische beherrschen.«

Wörter, an denen man sich die Zähne ausbrechen kann, dachte der Akkordeonbauer. Sie blickte ihn an, als könnte sie seine Gedanken lesen. »Ich sehe es Ihnen am Gesicht an, daß Sie es nicht lernen werden.«

»Und Sie?« erwiderte er. »Sie sprechen es wohl fließend?«

»Ich habe schon viele Wörter gelernt«, sagte sie. »Von meinem Sohn und seinen Kindern. Jetzt werde ich von meinen Neffen lernen. In Amerika wird die natürliche Ordnung der Welt auf den Kopf gestellt, und die Alten lernen von den Kindern. Machen Sie sich darauf gefaßt, Akkordeonbauer!«

An den letzten Reisetagen, als sie die Spitze von Florida umrundeten und in den Golf von Mexiko einfuhren, wehte der Moschusduft des Landes zu ihnen herüber. Sie hatten eine unsichtbare Schwelle überschritten, waren nicht mehr Abreisende, sondern Ankömmlinge. Der Akkordeonbauer brachte sein Instrument mit an Deck und spielte, sang dazu mit hoher, gequetschter Stimme, wie es in seinem Dorf üblich war:

Gleich sind wir da in La Merica,
Leb wohl, geliebtes Heimatland!
Hier beginnt unser wahres Leben.
Hier bekommen wir Geld und Achtung,
Schöne Häuser und leinene Hemden.
Hier werden wir Fürsten sein.

Ein Matrose sang ein komisches amerikanisches Lied – *Where, Oh Where Has My Little Dog Gone?*, aber der Akkordeonbauer verschmähte die Melodie und hielt mit *Sicilia mia* dagegen. Seine kräftige Gestalt, seine Körperbehaarung, seine verwegene Stimme und das sinnliche Stöhnen des Akkordeons zogen einen Kreis von Frauen und Mädchen an. Trotzdem glaubte er noch an eine Hölle, wo die Sünder rittlings auf riesigen erhitzten Schlüsselbärten saßen oder als Klöppel in weißglühenden Glocken hin und her schwangen.

Sie liefen in das Delta ein, atmeten seinen Geruch nach Schlamm und Holzrauch unter Abendwolken, goldenen, von

Westen herangekämmten Locken oder Staubfäden einer weit-
kelchigen Blume. In der Dämmerung konnten sie in den Sei-
tenkanälen Lichter flackern sehen, und manchmal hörten sie
ein schauriges Gebrüll – die Alligatoren, sagte ein Matrose,
nein, eine Kuh, die im Schlamm festsitzt, sagte die Frau mit den
beiden Neffen. Die Einwanderer drängten sich an der Reling,
während das vibrierende Schiff in den Mississippi einfuhr, zwischen die beiden Zangenbacken des Landes. Silvano stand neben seinem Vater. Ein roter Mond kroch von Osten herauf. Am
Ufer hörte der Junge ein Pferd schnauben. Schon Stunden vor
New Orleans erreichte sie der Geruch der Stadt – der faulige
Gestank von Senkgruben und der Duft von verbranntem
Zucker.

Ein Dämon auf dem Abtritt

Nichts war so, wie es sich der Akkordeonbauer vorgestellt
hatte. Der junge Mann aus dem Zug stand nicht am Kai. Stundenlang warteten sie auf ihn, während die anderen Passagiere
im Gewühl der Straßen verschwanden.

»Treue Freunde sind so selten wie weiße Raben«, sagte der
Akkordeonbauer erbittert. Silvano glotzte die schwarzen
Männer an und besonders die Frauen, deren Köpfe in Turbane
gehüllt waren, was so aussah, als würden sich unter dem ge-
wickelten Tuch Smaragde, Rubine und goldene Ketten ver-
bergen. Mit der Karte des jungen Mannes stückelten sie sich
den Weg durch die lärmigen, verstopften Straßen zusammen
und fanden auch die Decatur Street, aber dort gab es keine
Nummer sechzehn, nur verkohlte Balken zwischen wuchern-
dem Hexenkraut, eine Lücke in der Reihe schmuddeliger
Häuser. Der Akkordeonbauer nahm seinen Mut zusammen
und sprach einen Mann an, der wie ein Sizilianer aussah; wenigstens sahen seine Haare sizilianisch aus.

»Entschuldigen Sie, ich suche hier eine Pension, Nummer
sechzehn soll es sein, aber offenbar steht hier kein Gebäude –«
Der Mann gab keine Antwort, spuckte im Vorbeigehen rechts

von sich auf den Boden. Silvano sah, wie man dafür bestraft wurde, kein Amerikanisch zu können. Der Mann mußte ein Amerikaner sein – einer, der die Sizilianer verachtete.

Entnervt sagte der Akkordeonbauer zu Silvano: »Verdammter Idiot, hoffentlich kriegt er nichts als Brennesseln zu fressen, auf die Betrunkene gepißt haben!« Sie schleppten ihre Bündel und den Koffer zurück zum Kai. Da lag das Schiff, das sie erst vor ein paar Stunden verlassen hatten. Silvano erkannte die Gesichter mancher Matrosen. Teilnahmslos erwiderten sie seinen Blick. Einer rief ihnen etwas Zotiges auf amerikanisch zu. Silvano verspürte die hilflose Wut des in seiner Sprache Gefangenen. Sein Vater schien nichts zu bemerken.

Die Stellenvermittlung, von der ihnen der junge Mann im Zug erzählt hatte, war ein blauer Schuppen am Ende des Kais. Ein Dutzend Männer, Weiße und Schwarze, standen, Tabaksaft spuckend und Zigarren rauchend, an Stapel und Kisten gelehnt und starrten sie an, als sie näher kamen. Drinnen lag ein Hund mit eisernem Halsband unter dem Stuhl, und ein Mann mit geschwollener, zerschrammter Nase, der sich Graspo – Traubenstiel – nannte, redete mit ihnen in einer für sie verständlichen Sprache, war aber mißtrauisch und unverschämt, wollte ihre Papiere sehen, fragte nach ihren Namen, dem Namen ihres Dorfes, den Namen ihrer Eltern und Schwiegereltern, wen sie alles kannten und warum sie hierhergekommen waren. Der Akkordeonbauer zeigte ihm die Karte, erzählte von dem jungen Mann im Zug, der ihnen die Adresse der Pension genannt hatte, beschrieb die verkohlten Balken, sagte, er kenne hier niemanden, suche Arbeit auf den Booten oder an den Kais.

»Wie hieß denn dieser Mann im Zug?« Das wußte der Akkordeonbauer natürlich nicht. Nach einer Weile wurde Graspo nachsichtiger, behandelte ihn aber immer noch sehr von oben herab.

»Es ist nicht so einfach, wie du denkst, *contadino*, gibt vieles zu beachten, wenn man hier arbeiten will, viele starke Männer, einer gegen den anderen. Manchmal gibt es Ärger, sind schwere Zeiten. Die Sizilianer haben viel zu leiden. Wir müssen einer auf den andern aufpassen. Aber ich kann dir ein Lo-

gierhaus in Little Palermo nennen, Mirage Street Nummer
vier, billig und nah bei der Arbeitsstelle. Vielleicht finde ich
was für dich auf den Obstkähnen, für dich und den Jungen.
Du wirst sehen, die besten Jobs sind für die Iren und die
Schwarzen, die dürfen als Stauer arbeiten. Die armen Italiener
– denn Sizilianer gelten hier als Italiener, das mußt du auch
noch schlucken – können froh sein, wenn sie als Schauerleute
genommen werden.« Er räusperte sich und spuckte aus. »Für
dich kostet es drei Dollar, für den Jungen zwei, und die
Adresse des Logierhauses ist umsonst. Ja, du bezahlst bei mir.
Ich bin der *bosso*. So läuft das in Amerika, *Signor emigrante
siciliano*. Man muß dafür bezahlen, daß man bezahlt wird. Du
kennst nichts und niemanden, also mußt du Lehrgeld zahlen.
Bei mir bekommst du die Lehre billig.«

Welche Wahl hatte er? Keine, keine! Er bezahlte, kehrte
Graspo den Rücken, während er die fremden Münzen aus seinem nun schweißfleckigen ziegenledernen Geldgürtel fischte.
Graspo sagte ihm, sie sollten zu dem Logierhaus gehen und
sich dort einrichten, am nächsten Morgen zur Arbeitsvertei-
lung kommen, und mit etwas Glück fände sich etwas für sie.
Der Akkordeonbauer nickte, nickte, nickte und lächelte.

»Im Logierhaus wird man dich fragen, wo du arbeitest. Zeig
ihnen dieses Papier und sag, du arbeitest für Signor Banana.
Also dann!«

Sie fanden das Logierhaus in Little Palermo, einem lauten
Bezirk, so schlimm wie nur irgendein sizilianisches Elends-
viertel, wenn man davon absah, daß hier außer Sizilianern und
Italienern auch Schwarze wohnten. In der Mirage Street reih-
te sich ein heruntergekommenes französisches Wohnhaus ans
andere, zersplitterte Schieferplatten fielen herunter wie Kopfschuppen, die geräumigen Zimmer waren zu Kämmerchen
zerstückelt, die gipsernen Cherubim von dünnen Holzwänden
halbiert, ein Ballsaal aufgeteilt in zwanzig enge Verschläge.
Nummer vier war ein dreckiger Backsteinklotz, verdunkelt
von kreuz und quer aufgehängten Leinen mit grauer Wäsche
und ringsum mit durchhängenden Balkonen umgürtet. Irgendwo bellte ein Hund.

(Noch Jahre später in den Ölfeldern war es nicht das furchtbare Ereignis, an das Silvano sich erinnerte, sondern dieses Tag und Nacht anhaltende Bellen eines Tieres, das man nicht sah. Ein amerikanischer Hund. In Sizilien hätte man ihn wegen seines Ungehorsams getötet.)

Der Hof war knietief mit Abfall bedeckt, kaputte Bettgestelle, Holzstücke, riesige Haufen von Austernschalen, Koffergriffe und blutige Lumpen, löchrige Kochtöpfe und Blechbüchsen, zerbrochene Töpferwaren, halbvolle Nachtgeschirre mit grünlichem Schaum, wettergesteiftes Pferdegeschirr, ein beinloses schimmelpelziges Roßhaarsofa. In einer Ecke des Hofes stand eine stinkende *baccausa*, die von den Scharen von Leuten benutzt wurde, die im Haus wohnten. Als der Akkordeonbauer dort austreten wollte, machte er gleich wieder kehrt und kämpfte gegen den Brechreiz an; der Kothaufen ragte aus dem Loch empor. In der Ecke stand ein verschmierter Stock, mit dem man das Ganze ein bißchen zusammendrücken konnte. Später bemerkte er, daß manche Hausbewohner sich zur Darmentleerung wie Hunde in den Hof hockten; und in dieser Dreckwüste spielten Kinder.

»Hör zu«, sagte er zu Silvano. »Geh nicht da rein! Auf diesem Klo haust ein Dämon. Such dir eine andere Stelle. Wie soll ich wissen, wo? Es ist sowieso am besten, du hältst es so lange wie möglich zurück, dann schlägt das Essen besser an, das ich dir kaufen kann.« So begann Silvanos lebenslanges Leiden an Verstopfung und Leibschmerzen.

Sie stiegen die splittrige Treppe zum obersten Geschoß hinauf und hielten Abstand zu dem schiefen Geländer.

»Hier leben wir in höchsten Sphären, mein Freund«, scherzte der Vermieter. Das Zimmer war dreckig und nicht viel größer als ein Kleiderschrank. Es enthielt zwei Pritschen und über jeder ein langes Regal, das eine teilweise mit den Sachen eines Mannes belegt, mit dem sie sich den Raum teilen mußten. Der Mann ist taub, kein Problem, sagte der Vermieter. Silvano konnte auf dem Schaffell auf dem Fußboden schlafen. Der Akkordeonbauer strich über den brüchigen Wandverputz und trat nach den losen Dielen. Aus einem nahe gelegenen Raum

hörte man lautes Schimpfen, ein dumpfes Klatschen, noch
eines, Hiebe und ersticktes Gekreisch. Aber Silvano freute sich
über das Fenster, zwei klare Scheiben über einer gelbbraun
getönten. Da könnten sie abwechselnd hinausschauen, sagte
er, über die Dächer auf den milchigen Fluß, wo Boote hin und
her tuckerten. Fliegen summten an diesem Fenster, und der
Sims war zolltief mit ihren Leichen bedeckt.

Als er die dunkle, knarrende Treppe hinunterrannte, wurde
er auf einem Absatz von drei Jungen angehalten. Der eine mit
dem dummen Gesicht und dem schiefen Mund kam ihm am
wenigsten gefährlich vor, aber während die andern beiden
boxend vor ihm herumhüpften, schlich der sich von hinten
an, verschränkte die Finger, und nach seinem beidhändigen
Nackenschlag fiel Silvano auf die Knie. Er rollte sich zwischen
Dummbackes Beine, griff nach oben und verdrehte das weiche Fleisch zwischen den Schenkeln, trotz drei Tritten ins
Gesicht, die ihm die Wange über den splittrigen Boden
schrammten. Auf dem Treppenabsatz ging eine Tür auf, und
kaltes, fettiges Wasser wurde nach ihnen geschüttet. Man
hörte blechernes Scheppern und eine Kaskade von Löffel- und
Gabelgeräuschen, als die drei Angreifer laut fluchend die
Treppe hinabsprangen.

Cannamele

Der Vermieter, ein fetter Krüppel mit nur einem Fuß, halb
blind, die Haut grau und schleimig wie Bootsplanken, Hände
und Arme übersät mit Narben von Zuckerrohrschnitten,
nahm ihnen für die erste Woche das Geld ab. Er nannte sich
Cannamele, Zuckerrohr, ein Name aus den alten Zeiten, als er
auf den Zuckerplantagen gearbeitet hatte, bevor er mit dem
Fuß ins Mahlwerk geriet. Die harte Spitze eines Zuckerrohr-
blatts hatte ihn ein Auge gekostet.

»Aber früher hatte ich soviel Kraft in den Händen, da hätte
ich Steine auswringen können.« Er deutete einen Preßgriff an.
Als er den Namen ihres Dorfes hörte, bebte er vor Gefühl,

denn, sagte er, er sei zwei Dörfer weiter geboren. Er wollte Neuigkeiten über viele Leute von ihnen hören. Aber keinen von den Namen, die er nannte, kannten sie, und nach einer Viertelstunde war klar, daß Cannamele ihr Dorf mit einem anderen verwechselt hatte. Trotzdem, eine Bekanntschaft war gemacht, eine gewisse Herzlichkeit hatte sich eingestellt. Cannamele hielt es für angebracht, ihnen zu erklären, wie es hier zuging.

Nach Little Palermo, sagte er, kamen die Amerikaner niemals. Menschen mit den Dialekten aus allen Gegenden Italiens und Siziliens waren hier zusammengepfercht: aus den Bergen und den fruchtbaren Ebenen am Fuß des Ätna, aus Norditalien, aus Rom, sogar welche aus Milano, aber die waren so hochnäsig, daß sie so bald wie möglich wieder wegzogen. Er sagte dem Akkordeonbauer, der Abtritt auf dem Hof solle eigentlich einmal im Monat von Schwarzen geleert werden, die den stinkenden Kot ausgruben und mit ihren »Sanitätswagen« wegkarrten, aber sie waren schon lange nicht mehr gekommen, niemand wußte, warum. Vielleicht kämen sie morgen. Also Graspo hatte ihm Arbeit versprochen? Graspo war bei den Mantrangas, einer Stauer-Clique, auf Kriegsfuß mit anderen *padroni*, den Provenzanos, die ebenfalls die Kontrolle über den Zugang zu den Jobs auf den Obstschiffen gewinnen wollten. Die bestbezahlte Arbeit hatten die Iren und die Schwarzen, die Baumwollstauer; Sizilianer und Italiener mußten nehmen, was übrigblieb, die Arbeit der Schauerleute, aber wenigstens waren sie immer noch besser dran als die Handlanger. Das waren alles Schwarze, wilde, streunende Flußschweine, die Haut voll heller Narben. Was die anging, so konnte der Akkordeonbauer, wenn er Augen im Kopf hatte, selbst sehen, wie elend und zerlumpt die meisten waren und was ihre sogenannte Freiheit für ein Witz war. Aber auf den Docks von New Orleans hatten sie trotzdem gewisse Rechte, die sich oft gegen die Sizilianer und Italiener auswirkten; da waren schwarze Schauermänner so gut wie alle andern und besser als Immigranten. Die schlauen Amerikaner wußten genau, wie man die einen gegen die andern ausspielte. Der Mitbewohner ihres Zimmers, der taube Nove, Neun, wie man ihn nannte, weil ihm bei einer Schlägerei mal ein kleiner Finger abgebissen worden war, war ein Stauermeister. Und »Signor Banana«, das war der reiche und angesehene Frank Archivi, der in New Orleans geborene Sohn armer sizilianischer Eltern, ein gebürtiger Amerikaner also, und wer weiß, wenn ihn mit Zwanzig nicht ein wahnsinniger Kummer ganz und gar verändert hätte, ob er dann nicht Bootsverleiher oder Leierkastenmann geworden wäre statt Besitzer einer Schiffahrtslinie, ein Mann, der den einträglichen Obst-Import kontrollierte.

»Stellen Sie sich vor, eine Woche nach der Hochzeit stirbt seine Braut an einer Garnele, weil sie beim Schlucken gelacht hat – man soll nie lachen, wenn man Garnelen ißt! Und Archivi, der Verrückte, mit Augen wie rote Laternen, kommt nachts zu ihrem Grab und holt den stinkenden Kadaver raus, schleppt ihn quer durch die Stadt und küßt die fauligen Lippen, bis er zusammenbricht. Einen Monat hat er mit Fieber dagelegen, und als er wieder zu sich kam, da war er so kalt wie ein Gletscher, interessierte sich nur noch für Geld. Und jetzt ist er Archivi – Archivi steht für Obst und Bananen aus Südamerika, Orangen und Zitronen aus Italien. Archivi steht für Geschäftssinn und Unternehmungsgeist, harte Arbeit, die ein Vermögen bringt, ein Vermögen, das wächst und wuchert. Wenn Sie Archivi sehn wollen, schaun Sie nur die Karren der Straßenhändler an! Er besitzt Schiffe, Lagerhäuser, Tausende arbeiten für ihn, er verkehrt in den höheren Kreisen von New Orleans, er ist ein wichtiger Mann in der Politik. Er hat schon John D. Rockefeller die Hand geschüttelt, er ist der Rockefeller des Obsthandels. Auf jeder Frucht, die durch diese Docks geht, hat Archivi die Hand drauf. Er hat seinen Schmerz und Wahnsinn zu Geld gemacht.«

Der Akkordeonbauer hörte gierig zu.

»Er ist tapfer und rührig, er hat gegen die Rekonstruktionisten gekämpft. Sie tun gut daran, ihn zum Vorbild zu nehmen – *americanizzare*, amerikanisieren Sie sich, wie er es gemacht hat! Als die Schwarzen versucht haben, die Sizilianer von den Docks zu verjagen, da hat er eine Armee von Hafenarbeitern gegen sie angeführt. Ich hab's gesehen. Es ist Blut geflossen, und er hat gewonnen, kann ich Ihnen sagen, er hat gewonnen! Sie haben ein Messer? Gut. Eine Pistole brauchen Sie auch noch. Das ist nötig. In New Orleans muß man sich jeden Tag verteidigen.«

Archivi, sagte er, verkehre in der Welt der Amerikaner ganz unbefangen.

»Aber denken Sie nicht, Sie könnten ihm auf Ihrem Akkordeon was vorspielen! Er hat einen feineren Geschmack, er geht lieber ins Konzert und in die Oper. Andererseits können Sie froh sein. Auf den Docks arbeiten viele Musikanten. New Orleans ist die Königin der Musik, die Königin von Handel und Wandel.« Er sang ein paar verbogene Zeilen aus einem Lied, das der Akkordeonbauer nie gehört hatte, einem hinkenden, krummbeinigen Lied.

»Ich gedenke ein Musikgeschäft aufzumachen«, vertraute der Akkordeonbauer ihm an. »Ich werde der Archivi des Akkordeons.« Cannamele zuckte die Achseln und lächelte; jeder Mensch hatte seinen Traum. Er selbst hatte mal vorgehabt, eine Bank aufzumachen, zunächst nur für Sizilianer, aber dann ...

Es stimmte, die Obstverkäufer in ihren fleckigen Kleidern, die sich jeden Tag über die ganze Stadt verteilten, legten auf ihren Karren eine außerordentliche Vielfalt von Früchten aus; Silvano zählte zwanzig verschiedene allein auf dem Weg von ihrem Logierhaus bis zum Kai: große Herzkirschen mit blutrotem Saft, gelbe Pfirsiche, orangefarbene seidige Dattelpflaumen, haufenweise Birnen, Panama-Orangen, Erdbeeren von einer Größe und Form wie das Herz Jesu. Zitronenkarren leuchteten in den dunklen Straßen. Gerührt von seinem hungrigen Blick, gab ihm ein Verkäufer eine überreife Banane, die Schale schwarz und das breiige, faulige Fruchtfleisch innen schon leicht alkoholisch.

»He, *scugnizzo*, deine Mutter muß nach diesen Früchten gegiert haben, als sie mit dir schwanger ging. Du hast Glück, daß du keine große Banane als Muttermal im Gesicht trägst.« (Vier Jahre später zog dieser Straßenhändler nach St. Louis, machte eine erfolgreiche Makkaronifabrik auf, American Pasta, und besaß, als er starb, etliche tausend Dollar.) Silvano hatte zwar ein Muttermal, aber auf dem Bauch und in Form einer Bratpfanne, die Ursache seines ewigen Hungers.

Bananen

Graspo schickte sie zuerst zum Entladen der Bananen, großer grüner Fruchtstauden, bleischwer, eine grausame Last sogar für die breiten, muskulösen Schultern des Akkordeonbauers. Der Lohn für zwölf Stunden Arbeit waren anderthalb Dollar. Silvano taumelte mit einer Staude zehn Schritte weit, dann ging er in die Knie. Er hatte nicht die Beine, ein solches Gewicht zu tragen. Graspo ließ ihn für fünfzig Cent pro Tag die losen Bananen von zerbrochenen Stauden aufsammeln und die haarigen Taranteln und kleinen Schlangen erschlagen, die aus den Fruchtstauden fielen. Ängstlich ging Silvano mit seinem Knüppel auf sie los.

Die Docks und Dämme erstreckten sich meilenweit das Flußufer entlang, in einem Brodem von Brackwasser, Gewürzen, Rauch und modernder Baumwolle. Trupps von Arbeitern, Schwarze wie Weiße, türmten Baumwollballen zu großen unvollendeten Pyramiden auf, andere rollten die Ballen zu den Schiffen hin, deren Schornsteine wie ein Wald aus astlosen Bäumen aussahen, der bis in die dunstige Ferne reichte. Zu zweit stapelten Männer Bretter auf, ganze Städte im Rohzustand, dazu bestimmt, auf die Prärien weiter flußaufwärts genagelt zu werden; Vierertrupps von Schwarzen zerlegten mit der Doppelkreissäge Baumstämme in rechteckige Balken. Flußabwärts entluden die Garnelenkutter Körbe voller glitzernder Krustentiere. In den höhlengleichen Lagerhäusern wurden Baumwolle bewegt, Zucker- und Melassefässer, Tabak, Reis, Baumwollsamenkuchen und Obst; die Männer schwitzten in den Baumwollspeichern, wo die großen Ballen zu würfelförmigen Fünfhundert-Pfund-Paketen zusammengepreßt wurden. Überall sah man Männer, die Kisten schleppten, Fässer rollten oder Brennholz für die gefräßigen Dampfer stapelten, von denen jeder auf der Strecke von New Orleans bis Keokuk fünfhundert Klafter verschlang. Ein Trupp, der Fässer rollte, sang:

> *Roll 'm! Roll 'm! Roll 'm!*
> *All I wants is my regular right!*
> *Two square meal and my rest at night!*
> *Roll! Roll 'm, boy! Roll!*

Alles in allem war es ein Höllenlärm: Hufgetrappel und Rumpeln von Stahlreifen auf Holzplanken, schrillende Pfeifen und schnaufende Maschinen, zischende Dampfkessel, Hämmern und Poltern, Gebrüll der Vorarbeiter und rhythmischer Wechselgesang der Arbeitstrupps, Geschrei der Verkäufer, die Gumbo und Tüten mit Krebsen oder klebrigen Pralinen anboten, Knarren der Holzwagen und leise Rufe, mit denen die Schiffslieferanten ihre Pferdekarren vorantrieben – alles vermischt zu einem lauten, betäubenden Dröhnen.

Unter all diesen Leuten waren die Stauer die großspurigsten, die Könige der Docks, die am Tag sechs Dollar verdienten. Sie schmissen halbaufgerauchte Zigarren weg, stiegen in Fünfertrupps mit ihren Schraubenwinden in die Laderäume der Schiffe hinab und warteten, bis die Schauerleute auf dem Kai die Baumwollballen mit dem Kran durch die Ladeluke heruntergelassen hatten, einen nach dem andern. Dann packten sie die Ballen, stapelten sie so hoch und dicht aufeinander, wie es nur ging, zwängten sie mit Hilfe von Brettern und ihren ausladenden Schraubenwinden in die engsten Spalten und Winkel, bis das Schiff zum Bersten voll war; die Ladung war jedoch perfekt verteilt, das Schiff nahezu unsinkbar.

An einem Spätnachmittag machte die Nachricht die Runde, daß ein Brett unter Druck geborsten und einem schwarzen Stauer namens Treasure ein Splitter in die Kehle gedrungen war. Der Akkordeonbauer hörte die Schreie von einem nahebei liegenden Schiff und schloß sich den Leuten an, die von überall her zusammenliefen. Er ging langsam, schaute zu, sah,

- 38 -

wie ein schlaffer Körper aus dem Laderaum gezogen und weggetragen wurde, wie das Blut auf das Deck, die Rampe und
den Kai tropfte.

»Macht, daß ihr zu den Bananen kommt, *sonamagogna*!«
brüllte der Vorarbeiter und scheuchte die Sizilianer zurück an
die Arbeit.

Apollos Leier

Am Samstag abend, während Silvano durch die mückendurch-
surrten Straßen bummelte, dem amerikanischen Geplapper
zuhörte und sich zu dem Entschluß durchrang, eine Praline zu
stehlen, hin und her gezogen von den Anpreisungsrufen für
Töpfe und Pfannen, Kleider, Limonade, *gelati*, Bonbons und
Küchengeräte, bis er vor einem Mann stehenblieb, der zauber-
hafte Spielzeugkatzen aus getupftem Blech verkaufte, die
miauten, wenn man ihnen in die Seiten drückte, ging der Akkordeonbauer mit Cannamele zuerst in Vigets heißen und ver-
qualmten Austern-Saloon, wo Cannamele vier Dutzend mit
Zitronensaft verdrückte, dann eine Straße weiter in eine Bier-
schwemme voller Rabauken, wo sie helles Bier tranken und
dazu Soleier, Handkäse und eingelegte Schweinsfüßchen aßen
und der Akkordeonbauer seinen herben heimatlichen *rosso* vermißte. Dennoch köpften sie zusammen viele Flaschen, und der
Akkordeonbauer gönnte sich eine Zigarre, zwei für fünf Cent,
aus einer Kiste mit dicken Rajah-Torpedos. Ein O-beiniger
Italiener sang in jammerndem Ton *Scrivenno a Mamma*, dann
hörte er auf und schluchzte.

»Wer spart, spart für die Hunde«, rief Cannamele und
winkte nach amerikanischem Whiskey.

»Herzenswohl, du Reblaus!« brüllte ein Ire.

Cannamele zog durch all die Spelunken, Spielhöllen, Tanz-
dielen und Bierschwemmen, die in diesen Straßen dicht an
dicht standen, und der Akkordeonbauer schlurfte hinterdrein
durch das musikalische Getöse von Trommeln und wimmernden Banjos, brüllenden Männern, Klaviergeklimper, quiet-

- 39 -

schenden Geigen, schrillen Trompeten und anderen Blas-
instrumenten, die in jeder Kneipe jaulten und röhrten,
manchmal auch ein wie verrückt vor sich hin sägendes
Streichquartett. Auf den Straßen rauften Kinder um wegge-
worfene Zigarrenstummel, schwarze und weiße Musikanten
spielten und sammelten Münzen ein oder bedachten die Vor-
übergehenden, die ihnen nichts hinwarfen, mit Schimpfliedern
aus dem Stegreif: »Geh vor die Hunde, knickriger Kunde!«
Eine Pfütze von Geräuschen schwappte aus jeder Kneipe.
Stühle scharrten auf dem Boden, laute Musik und Wortfetzen
verhedderten sich mit schallendem Gelächter, ein endloses
Kommen und Gehen zwischen dem Schankraum und den
kleinen Hinterstübchen, wo die schwarzen Mädchen bis zum
Wundwerden einen Freier nach dem andern abfertigten.
Zündhölzer wurden angerissen, Flaschen klirrten, Gläser
wackelten auf den Tischen, Tischbeine wurden quietschend
verschoben, und die Füße der Tänzer tappten im langsamen
Schieber, in Zuck-, Spring- und Schleiftänzen. Würfelkünst-
ler, Trinker, Hahnenkämpfer mit Federn an ihren blutigen
Schuhsohlen drängten sich in den Räumen, und mit jedem
eintretenden Gast wehte der Straßenlärm herein. Oft gab es
einen *faito* mit Knurren, Schnauben und Schimpfen, dann ein
Klatschen von Fleisch auf Fleisch, ein Schrei, und ein Tenor
röhrte: »*O dolce baci*...«

Inzwischen hatte der Akkordeonbauer eine Pistole; er trug
sie im Gurt seiner Hose. Silvano hatte ein Messer mit Hirsch-
horngriff und drei Klingen; er drohte damit, wenn eine Bande
Jungen ihn umringte. Er hatte es einem schläfrigen Betrunkenen gestohlen. Seinen ersten Satz Amerikanisch probierte er
an einem einäugigen Hund, der an einem Abfallhaufen
schnüffelte: »*Get outta, I killa you.*«

Der Akkordeonbauer verabscheute die Musik der Schwarzen, eine wirre Musik, die Melodie, sofern vorhanden, hinter
einem verschlungenen Geflecht von Rhythmen absichtlich
versteckt. Für ihre Instrumente hatte er nur Verachtung: ein
Horn, ein kaputtes Klavier, eine Geige, der die Saiten in drahtigen Kringeln aus dem Hals wuchsen wie Windenranken, ein

Banjo. Einen der Musiker kannte er von den Docks, einen Mann, schwarz wie ein Pferdehuf, mit einer Klappe vor einem Auge und einem Gittermuster von Narben, das vom Augenwinkel bis zum Unterkiefer hinabreichte und sein Gesicht auf dieser Seite starr und ausdruckslos machte. Pollo wurde er genannt – wieso »Huhn«? dachte der Akkordeonbauer, aber anscheinend hieß dieser Artgenosse Apollo; ein hämischer Witz. Apollo jedenfalls drosch – was war das bloß? – auf eine wellige Oberfläche ein, etwas, das dem Akkordeonbauer irgendwie bekannt vorkam, in einem knallig bunt angemalten Holzrahmen, ein Ding, das einen raspelnden, kratzenden Ton gab wie ein ganzer Baum voll Zikaden, und dazu sang er: »*Shootin' don't make it, no, no, no.*« Es dauerte eine Viertelstunde, bis er das Ding erkannte, ein Waschbrett, wie es die Frauen benutzen, um den Schmutz aus der Wäsche zu reiben, und Fingerhüte trug der Mann auch. Pollo stellte das Waschbrett beiseite, zog ein Paar Löffel aus der Gesäßtasche und machte damit ein Geklapper wie mit schweren Kastagnetten. Und der andere, der Fischmann hieß, kratzte mit dem Messer auf den Saiten seiner Gitarre ein waberndes Schrillen hervor. Was für eine planlose Schlamperei, was für eine Küchenmusik! Vom Text verstand der Akkordeonbauer kein Wort, aber er hörte den anzüglichen Ton und die gemeine, schmutzige Lache des Sängers. Fischmann wirbelte seine alte Gitarre mit der zerschrammten Rückseite herum und sang:

> *On my table there a blood dish,*
> *Dish with drop a blood,*
> *Somebody butcher my old cow,*
> *Tell me it really good,*
> *It really good –*
> *I don't have to milk her no more.*

Nicht lange, dann wurde der Akkordeonbauer abgelenkt, als ihm Cannamele übermütig eine schwarze Frau hinschob, ein dreckiges Knautschgesicht mit Triefaugen. Cannamele leckte ihm fast das Ohr, als er sagte, die werde ihm Glück bringen.

»Wer es sich verkneift, kann Tuberkulose kriegen und noch
Schlimmeres. Der Körper kommt in Unordnung. Los, mach
schon, geh ein bißchen Kohle schürfen!« (Bei diesen Abenteuern holte der Akkordeonbauer sich die Syphilis, aber das
erfuhr er nie.)

In einem sizilianischen Dorf zuckte sehr heftig das rechte
Auge einer nun nicht mehr gelähmten Frau.

Ein unbekanntes Instrument

In den nächsten Wochen erkannte der Akkordeonbauer unter
den Kneipenmusikanten noch viele Dockarbeiter. Akkordeons waren keine zu hören, bis ein Trupp Zigeuner auf
einem Stück trockenen Land sein Lager aufschlug, Kessel-
flicker und Wahrsager mit ihren Werkzeugen und Pferdewagen, draußen vor der Stadt. Zwei von den Männern hatten
Akkordeons. Sie blieben eine Woche, noch eine, einen ganzen
Monat, flickten Töpfe und Pfannen. Manchmal hörten Vor-
übergehende sie nachts musizieren, langsame, traurige Gesänge,
und sahen metallisch schimmernde tanzende Gestalten. Eines
Abends ging er mit Cannamele zu ihrem Lager, um sich anzuhören, was es zu hören gab. Die Musik war stürmisch und
klagend zugleich, und fünf, sechs Männer tanzten einen
Kampf mit Stöcken. Ihre Akkordeons interessierten ihn, aber er
konnte ihnen nicht begreiflich machen, daß er gerne eines
näher angesehen hätte. Ihre Sprache war unverständlich, und
mit Fremden redeten sie nur das Nötigste. Echte Außenseiter,
dachte er, Menschen ohne jede Heimat, verloren in der Wildnis der Welt. Eines Tages waren sie fort, und zurück blieb nur
der zertrampelte Boden.

»Mondmenschen«, sagte Cannamele und blinzelte mit seinem beschädigten Auge.

Zuerst traute er sich nicht, sein Instrument in die schweiß-
dunstigen, gefährlichen Spelunken mitzunehmen, wo Männer sich blutig schlugen und Tische umwarfen. Er spielte nur
in dem Zimmer, das er gemeinsam mit Silvano und Nove be-

wohnte. Nove, vierzig Jahre alt und halb taub, kam abends oft nach einer Messerstecherei blutend nach Hause, wachte mitten in der Nacht plötzlich auf und rief heiser:»Achtung! Da klopft jemand!« Aber es klopfte nur in seinem Schädel, und nach ein paar Minuten streckte er sich in seinen fleckigen, zerknitterten Sachen wieder aus und schlief weiter.

Nach dem Wimmern, Stampfen und Rasseln in den Kneipen fand der Akkordeonbauer seine eigene Musik schön und besänftigend. Diese kauderwelsche Musik war nichts für das Akkordeon, obwohl sein schriller Klang zu ihrem Stil vielleicht gepaßt hätte; aber es war unmöglich, die Töne darauf so aufzulösen und zu verzerren. Das Akkordeon würde immer den Grundbaß abgeben müssen, das Rückgrat der Musik und nicht die Fassade.

Er faßte Mut und nahm das Instrument mit in eine der Bierschwemmen. Wie gewöhnlich war dort schon Lärm genug. Er setzte sich abseits – der Barmann lästerte über sein »italienisches Parfüm«, den Knoblauchgeruch –, und als der Klavierspieler nach einer Weile aufhörte, um zu den Huren zu gehen, begann er zu spielen. Niemand beachtete ihn, bis er seine hohe, gequetschte Stimme ertönen ließ; da wurden die Leute still und wandten ihm die Köpfe zu. Er sang ein altes Winzerlied, in dem stampfende Takte und laute Zurufe vorkamen. Noch zwei oder drei Lieder, dann stieg die Lautstärke im Raum wieder an, Gelächter, Gespräche, Rufe, Schreie, die ihn übertönten. Nur die Sizilianer drängten näher, begierig nach der verschollenen Musik, die den Duft des Thymians und das Klimpern der Ziegenglöckchen in sich trug, und verlangten bestimmte Melodien, denen sie mit gramverzerrten Gesichtern lauschten.

Spät am Abend drängte sich Pollo zu ihm durch, mit einem Lächeln rings um eine blonde Zigarre. Aus der Nähe gesehen, hatte er eine sonderbar rötlichschwarze Farbe, wie ein Mahagonitisch. Er sagte etwas und zeigte dabei auf das Akkordeon.

»Er will wissen, wie du das nennst«, sagte Cannamele und gab gleich mit lauter Stimme, als spräche er zu einem Schwerhörigen, die Antwort:»Akkordeon. Akkordeon.«

- 43 -

Der Schwarze sagte noch etwas, langte nach dem Instrument, betrachtete es, hob es hoch, prüfte sein Gewicht, hielt es sich vor den Leib, wie er es von dem Akkordeonbauer gesehen hatte, und drückte sacht den Balg zusammen. *Anch. Onch. Anch. Onch.* Er sagte etwas. Cannamele lachte.

»Er sagt, es hört sich an wie seine Alte.«

Pollo beugte sich über das Instrument, drückte die Knöpfe, probierte, wie es sich anfühlte und wie es klang, und nach wenigen Minuten brachte er, mit den Füßen den Takt klopfend und dem Akkordeon ungewohnte Schnauftöne entlockend, ein holpriges Liedchen aus Worten, Ausrufen und Kehllauten zustande. Cannamele johlte vor Vergnügen.

»Er ist der Mann. Der singt, ist der Mann, und er besorgt es einer Frau, und das Akkordeon ist die Frau!« Der Akkordeonbauer wurde rot, als sein Akkordeon unter der Stimme des Schwarzen aufstöhnte.

> *How you like* – Anch
> *My sweet corn, baby* – Onch
> *Plenty buttan* – Anch
> Anch – *make you crazy* – Onch.

Gewaltig grinsend gab er das Akkordeon zurück.

Am Tag darauf sah der Akkordeonbauer den Schwarzen lässig auf einem Poller sitzen, eine lange blonde Zigarre rauchend, an den Füßen St.-Louis-Treter, absatzlose Schuhe mit Spiegeln über den Zehen, einen verträumten Ausdruck im Gesicht, aber aufmerksam genug, den Akkordeonbauer zu erspähen, seinen Blick aufzufangen und mit den Händen eine Bewegung anzudeuten, als drücke er ein Akkordeon zusammen oder massiere die Brüste einer dicken Frau.

Die erste Bestellung

Anfang Oktober ergoß sich die Baumwollernte über die Docks, und auf den Kais wimmelte es Tag und Nacht von Ar-

- 44 -

beitern. Der Akkordeonbauer verdiente Geld und sparte ein wenig – trotz seiner Rundgänge mit Cannamele. Als er eines Morgens mit Silvano aus dem Logierhaus kam, stand Pollo auf der Straße und wartete auf ihn. Er sagte etwas – eine Frage, die der Akkordeonbauer nicht verstand. Aber Silvano begriff, er konnte schon ein bißchen amerikanisch radebrechen.

»Er will dein Akkordeon kaufen. Zehn Dollar will er geben!«

Der Akkordeonbauer lächelte mitleidig. »Sag ihm, es ist nicht verkäuflich. Es ist mein Vorführinstrument. Aber sag ihm, ich kann ihm genau so eines machen. Sag ihm, es kostet dreißig Dollar, nicht zehn. Sag ihm, es dauert vier Monate.« Er hatte sich überlegt, wieviel er verlangen mußte.

Pollo redete, er zählte Punkte an seinen langen, auf der Innenseite hellen Fingern ab, eine Beschreibung oder Liste. Silvano übersetzte.

»Er will ein rotes, dieses Grün ist nicht gut für ihn. Er will seinen Namen drauf, Apollo, und zwar hier. Und auf die Fältelung soll ein Bild aufgemalt sein, die *Alice Adams* mit dampfendem Schornstein.«

»Sag ihm, nichts einfacher als das. Aber am Samstag muß er mir fünf Dollar geben, als Sicherheit und für das Material.« Er war aufgeregt. Der erste Erfolg!

Am gleichen Abend noch baute er sich in einer Ecke ihres Zimmers eine kleine Werkbank auf; davor saß er auf einer Kiste, die er unters Bett schob, wenn er nicht an dem Instrument arbeitete. Er stand beim ersten Tageslicht auf, um abzumessen und zu leimen, zu sägen und zu schmirgeln, werkelte abends ein paar Minuten, solange die Kerze reichte und er sich wachhalten konnte, und am Sonntag den ganzen Tag, denn in diesem gottlosen neuen Land ging er nicht zur Messe. Er fiel unter den Bann handwerklicher Disziplin wie andere unter den Zauber von Worten oder Beschwörungen. Was für ein Glück, daß er das Zimmer hatte – viele schliefen auf den Straßen und an den Docks, und jeden Morgen wurden leblose Gestalten weggetragen, mit durchtrennter Kehle und nach außen gestülpten Taschen, sogar kleine Kinder. Überall sah er Leute, die kein Dach überm Kopf hatten.

Wochenlang ging er, die Samstagabende ausgenommen, nicht mehr in die Saloons, sosehr ihn die Musik und die schwarzen Frauen auch lockten, sondern lebte nur noch für die Arbeit, das Akkordeon und ein paar Stunden Schlaf. Mehr und mehr sah er aus wie ein Italiener – mager, schäbig gekleidet, die Augen stechend und wachsam.

Razzia

An einem Novemberabend kam Cannamele in sein Zimmer und sagte: »Hör mal, du schuftest wie verrückt. Davon kriegst du Hirnfieber.«

»Ich tu's für den Erfolg.«

Cannamele schüttelte den Kopf. »Ein Sizilianer kann hier keinen Erfolg haben«, sagte er. »Das ist nicht möglich, solange du bestimmte Leute nicht kennst und bestimmte Dinge nicht tust. Das ist die Wahrheit. Komm mit, das macht den Kopf frei. Schau dich an, du bist ja schon halb irre. Außerdem geb' ich ein Bier aus.«

»Aber nur eine Stunde. Vielleicht finde ich neue Kunden.«

Im Golden Dagger lehnte der Wirt an der Theke und hörte der Heulmusik zu. Der Akkordeonbauer hatte sein Instrument dabei; er saß in einer Ecke und versuchte Moll-Akkorde, die wie lange Seufzer klangen, zwischen das Gekratze einer Geige und das Rattern eines Tamburins einzuschmuggeln, als die Türen aufflogen und Polizisten hereinstürmten, Tritte und Schlagstockhiebe austeilend.

»Alle Italiener Hände hoch, ihr da drüben, ihr Dago-Schweine, aufstehn, los, hoch mit euch, HOCH!«

Der Akkordeonbauer glotzte wie ein Narr, bis er von seinem Stuhl gezerrt wurde und sein Instrument zu Boden fiel. Er fluchte und wollte danach greifen, wurde weggerissen und festgehalten. Sein entsetzter Blick fiel auf Pollo, den Schwarzen, der hinten nah bei der Flurtür hockte. Ihre Blicke trafen sich. Der Schwarze nickte und sah weg, dann huschte er ins Dunkel des Flurs.

– 46 –

Silvano wurde draußen auf der Straße geschnappt, als er zu seinem Vater rannte. An die Mauer des Gebäudes gedrängt, wurden die Gefangenen von den Amerikanern mit einer Salve unverständlicher Fragen beschossen. Daß der Akkordeonbauer stumm blieb und die Achseln zuckte, machte die Polizisten wütend, und als sie dann noch bei ihm die Pistole und bei Silvano das Messer fanden, trieben sie beide zu den Männern, die mit einem langen Strick um Handgelenk und Fußknöchel zu einer Kette zusammengebunden wurden, traten und prügelten sie durch die Straßen zum *pound*, dem Stadtgefängnis, in die mit Sizilianern und Italienern schon überfüllten Zellen.

Ein Verbrechen war geschehen, eine ernste Sache. Jemand hatte den Polizeichef erschossen. Die Amerikanische Patriotische Liga tobte gegen Italiener und Katholiken – wieder ein schlimmes Beispiel für den endlosen Krieg auf den Docks zwischen den verschiedenen italienischen Gangs, zwischen Iren, Italienern und Schwarzen, dieses Gemisch aus Sprachen und Hautfarben, Todfeindschaften und Rivalitäten von solcher Wildheit, daß Blutvergießen und Arbeitsunterbrechungen den guten Namen der Stadt New Orleans befleckten. Die Amerikaner, die über den widerlichen Zank der Ausländer und Schwarzen um schäbige Jobs für gewöhnlich erhaben waren, kochten vor Empörung und schickten die Polizei auf die Straßen.

»Sagen Sie ihnen doch«, bat der Akkordeonbauer einen Mann in seiner Zelle, der Amerikanisch konnte, »sagen Sie ihnen doch, sie haben sich geirrt. Ich habe nichts verbrochen.« Seine Jacke war dick mit einem weißen Zeug verschmiert.

»Soll das heißen, ich hätte was verbrochen?«

»Nein, nein, aber –«

Viele wurden in den nächsten Wochen entlassen, auch Cannamele, nicht aber der Akkordeonbauer, den man eines vorsätzlichen verschwörerischen Schweigens, verdächtigen Herumschleichens und des Mordes mit der bei ihm konfiszierten Pistole beschuldigte, und auch nicht Silvano, weil er ebenfalls schwieg, und Schweigen bedeutete Mittäterschaft. Dutzende von Sizilianern und Italienern jammerten und beteten noch in den Zellen, als der Dezember sich auf Weihnachten hinschleppte. Sie lebten in vollkommener Ungewißheit. Der Akkordeonbauer durchlitt Qualen der Enttäuschung.

»Ach«, rief er, »wäre ich bloß nie hierhergekommen!« Und als er Cannamele eine Nachricht schickte, daß er von Pollo das Akkordeon holen und aufbewahren solle, kam die Antwort, daß Pollo jetzt stromaufwärts auf den Holzkähnen arbeitete, weil man ihn auf der *Alice Adams* rausgeschmissen hatte. Das Akkordeon hatte er mitgenommen.

Am Heiligabend ließ jemand den Gefangenen durch eine schwarze ältere Frau Orangen und ein »Altweibergesicht«, *faccia da vecchia*, bringen, Sardinen, Käse und Zwiebeln auf einer gebackenen Kruste. »Archivi!« flüsterte jemand.

»Dies ist doch das Land der Gerechtigkeit«, sagte der Akkordeonbauer mit neuem Mut, als er sein Stück von dieser Köstlichkeit verzehrte. »Sie werden bald einsehen, daß sie sich geirrt haben, und uns freilassen.«

Aber ein anderer Häftling, klein und gedrungen wie ein geduckter Kleiderschrank, schnaubte verächtlich.

»Die Amerikaner behandeln uns wie billige Schuhe. Sie kaufen sie billig, laufen lange und ausdauernd darin herum, und wenn sie durchgelatscht sind, schmeißen sie sie weg und kaufen sich neue. Jeden Tag kommen ganze Schiffsladungen solcher Schuhe. Du redest von Gerechtigkeit und deinem blöden Akkordeon, aber du bist auch nur ein Schuh, ein billiger Schuh. *Sfortunato*. Ein Unglücklicher.«

Ja, dachte Silvano.

Ein böser Traum

Eines Nachts gab es Krawall, als die Wächter einen Neuen hereinbrachten, ihn über den Korridor in eine Zelle am Ende schleppten.

»*O Gesù, Gesù*!« flüsterte Polizzi.

»Was denn? Wer ist das?« Sie hatten den Gefangenen, sein

verschmiertes Gesicht, die zerrissenen Kleider nur ein paar Sekunden lang gesehen.

»*O Gesù, Gesù!*«

Ein Getuschel begann und wuchs sich zu einem Raunen aus. »Archivi! Archivi!«

Fliegen hingen in einem Winkel der Zelle an der Decke wie Nagelköpfe. »Seht mal«, sagte jemand. »Sogar die Fliegen haben Angst und trauen sich nicht zu fliegen, damit man sie nicht unter Anklage stellt.«

Archivi brüllte aus seiner Zelle: »Dieses dreckige Amerika ist nichts als Lug und Trug. Mein Vermögen ist hin. Amerika ist ein Land der Lügen und bitteren Enttäuschungen. Es verspricht uns das Blaue vom Himmel, aber dann frißt es uns bei lebendigem Leibe. Ich habe John D. Rockefeller die Hand gedrückt, und es bedeutet gar nichts.« Er sprach amerikanisch.

Eine sarkastische Stimme merkte an: »*Chi non ci vuole stare, se ne vada*« – wenn es dir hier nicht gefällt, geh doch woanders hin.

Einige Nächte später erwachte der Akkordeonbauer aus einem Traum von rohem Fleisch, von frischen Ziegenkadavern, wie er sie vom Schlachten in seinem Heimatdorf in Erinnerung hatte, von Becken voll rotem, fettmarmoriertem Fleisch, von schimmernden Knochen mit rotbraunen Gewebefetzen, die noch an den Gelenkknorpeln hingen, von dunklen Brocken, die auf einer breiten Treppenflucht verstreut lagen.

Der Rattenkönig

Als Pinse mit dem linken Fuß den granatroten Läufer auf der obersten Treppenstufe berührte, erklang das *Tsching* der Glocke aus dem Frühstücksraum. Er war eine Woche fort gewesen, bei dem Dammbruch in Robinsonville, und sehr spät heimgekommen, Stunden nach Mitternacht. Er hatte keinen Zweifel, der Damm war von den unzufriedenen Holzfällern gesprengt worden, die er gefeuert hatte; alles Ausländer, diese

Leute, waren dabei beobachtet worden, wie sie den größten Teil der Woche vertrödelten und sich vor der Arbeit drückten. Und sobald der Damm brach, waren sie verschwunden. Der Schaden war lokal begrenzt, sicher schlimm für das Yazoo-Tal, aber auf lange Sicht würden die Schlammablagerungen den Boden in der Niederung verbessern. Eines war ihm klar: Er würde lieber Niggers nehmen als solches Gesocks von Dago-Sozis, die nach der wöchentlichen Lohnzahlung schrien und mit Streik drohten oder Dämme hochgehen ließen, wenn sie nicht bekamen, was sie wollten. Seine Augen brannten. Die Treppe wand sich wie das Innere einer Nautilusschnecke, und er nahm sie rasch, eine Hand am Geländer, empfand freudig die leichte Zentrifugalkraft des Abstiegs, das Aufblitzen seines Bildes in den versilberten Spiegeln, trat ins Foyer, warf einen Blick auf das Seegemälde vor der braunen Tapete, ein Stück mit Eisbergen in einem nördlichen Meer, blickte durch den Bogengang nach dem Garderobenständer, an dem die Mäntel hingen wie kopflose Leiber, sah mit Wohlgefallen den geschnitzten Stuhl, den elektroplattierten Visitenkartenempfänger mit dem Hadrianskopf, der den mit einem Perlring verzierten Türknauf anstarrte. Er bemerkte das Rauschen geplusterter Federn in einer Jardiniere – etwas Neues – und spürte wie gewöhnlich den Unmut beim Anblick seines wabbligen Widerscheins im Garderobenspiegel. Er gähnte.

Ein Schwertfarn auf einem achteckigen Pflanzentisch verlieh dem Frühstücksraum ein grünliches Licht, das der Spiegel auf der Anrichte reflektierte; er sah die Orchideen seiner Frau in der dampfbeschlagenen Wardschen Kiste, seufzte, streckte sich und gähnte. Vom frühmorgendlichen Ausfegen lag noch der schwache bittere Geruch feuchter Teeblätter in der Luft. Das Tischtuch war mit Kletterranken bestickt, auf der Walnußanrichte mit den geschnitzten toten Hasen und Fasanen warteten ein silbernes Gedeck, die Kaffeekanne über einer blassen Flamme, die Kristallkaraffe seiner Großmutter. Mehr als jeder andere Raum bezeugte dieser die lebhafte, mit dem Fortschreiten der Tuberkulose immer fieberhaftere

– 50 –

Freude seiner Frau an exotischen Blumen, Marmor und Spiegeln, Kristall, Samt, Silber und Grün. Erst recht, seit sie monatelang mit nervöser Erschöpfung darniedergelegen hatte, nach dem beängstigenden Zwischenfall eines Abends, als sie in der Dämmerung ein Stück vors Haus gegangen waren, sie auf seinen Arm gestützt, und eine Eule auf den Schmuckvogel herabstieß, mit dem ihr Hut verziert war, ihr mit den Krallen die Kopfhaut bis auf die Knochen aufriß – alles war voll Blut, und er konnte das warme, verlauste Gefieder riechen, als der Vogel wieder aufflog und den Hut mitnahm. Die Astley-Cooper-Stühle der Kinder, gut für die gerade Haltung, standen an der Wand; alle Kinder, die Jungen ebenso wie das Mädchen, ließen die Schultern nach vorn hängen.

Er goß sich Kaffee ein, atmete das Aroma von Zichorie und dunkel geröstetem Martinique und blies auf die schwarze Flüssigkeit. Zu heiß. Er stellte die Tasse ab, nahm sein Gläschen Anisette zwischen Daumen und Zeigefinger und nippte daran. Sein Abbild in dem ovalen Wandspiegel nippte gleichfalls. Der Geruch von Aushubschlamm und Brackwasser ging ihm nicht aus der Nase. Er trank einen Schluck Kaffee. Er spürte ein Pochen in den Schläfen. Noch etwas Anisette, noch etwas Kaffee. Seine *Times-Picayune* lag nicht auf dem Tisch. Wie sollte er wissen, wieviel er von dem Prozeß versäumt hatte? Er hatte ihn begierig verfolgt, bis er wegen des Dammbruchs fort mußte. Er läutete die Glocke.

»Wo ist die Zeitung?« Er sagte es, obwohl er schon sah, daß sie auf dem Tablett lag, das sie ihm brachte.

»Grad kommen, Sah. Später heut morgen.«

Er schüttelte sie auf – nichts auf der Titelseite als der Prozeß; ah, gestern vor den Geschworenen –, stocherte anerkennend in seinem gespickten Ochsenschwanz, ein Gericht, das sonst niemand im Hause mochte, und begann zu essen, mit den Gabelzinken Trüffelmonde herauspickend.

Die Gabel blieb auf halbem Wege stehen, sank zurück auf den goldgerandeten Teller. Er hielt sich die Zeitung dichter vor die Augen. Er hatte die Schlagzeile zuerst als »Neunmal schuldig« gelesen, aber unglaublicherweise stand da »Niemand schuldig«.

Nicht zu fassen!

Die hatten mit der Jury was angestellt! Ja, New Orleans war ein blutiges Pflaster in diesen Jahren, mit all den ekelhaften Italienern, die sich gegenseitig umbrachten, was ja auch soweit in Ordnung war, sollten sich doch gegenseitig kaltmachen bis auf den letzten Mann, aber nun mordeten sie auch noch unter den unschuldigen und aufrechten Bürgern, und alles wegen dieser entmenschten Gier nach dem Bananengeschäft, dem *Bananengeschäft!* – ein dummer Music-Hall-Song fiel ihm ein, den er in London gehört hatte, *I Sella da Banan* –, ein Krebsgeschwür ausländischer Korruption griff Louisiana ans Herz. Die Schwarze Hand hatte den Polizeihauptmann Hennessy umgebracht, das wußte jeder. Alle diese Mafias und Camorras. Die endlosen Probleme mit den Hafenarbeitern, die Streiks und die Drohungen der Schauerleute. Und das alles verknüpft mit dem ewigen Problem der Stadt, daß Weiße und Niggers zusammenarbeiten durften – nirgendwo gab's das außer in New Orleans –, schwarzweiß gesprenkelt, brachten das ganze Geschäft zum Stillstand mit ihren hirnverbrannten Bestimmungen, die nur zu Rassenschande und Aufruhr führten. Weiße? Ausländer! Iren und Italiener. Sozialisten. Dreckig, verseucht, gefährliche Brandstifter, die ihre Grenzen nicht kannten. Warum in Gottes Namen hatten die Geschäftsleute bloß jemals Italiener herkommen lassen, wie hatte nur jemand auf die Idee kommen können, mit denen wären die tolpatschigen Schwarzen zu ersetzen? O ja, die Italiener arbeiteten zunächst mal ganz ordentlich, aber sie waren raffgierig und gewieft, immer drauf bedacht, sich vorzudrängen. Die Niggers kannten wenigstens ihre Grenzen, die wußten, was ihnen passieren konnte. Dieser Archivi, dieser schmierige Dago, der sich in den Handelskreisen der Stadt bis an die Spitze geschleimt hatte! War sogar schon bei ihm zu Gast gewesen, hatte die Orchideen seiner Frau angeschaut und sie mit viel Affentheater bestaunt und bewundert. Sieht man ja, was dabei rauskommt, wenn man die Italiener gut behandelt. Die sind gefährlich. Die gehn zu weit. Keinen Zoll nachgeben, sonst nehmen sie sich die ganze Stadt.

Und kaum etwas war unternommen worden; erst Privatleute hatten die Behörden dazu gezwungen, die Italiener zu verhaften und vor Gericht zu bringen – aus naivem Glauben an die Justiz. Und dieses Vertrauen auf das Recht war nun zynisch mißbraucht worden. *Niemand schuldig!* Dieser obszöne Freispruch, die ergebnislose Einstellung des Verfahrens, war der endgültige höhnische Beweis für die Korruption in hohen Ämtern, Beweis für die italienischen Durchstechereien, für die Unredlichkeit der ausländerfreundlichen Anwälte und die Verdrehung des Rechts. Es war eine kotzerbärmliche Feigheit, für jeden Mann von Ehre unerträglich.

Seine Blicke rasten über die Seite, die Zeichnungen aus dem Gerichtssaal, die Gesichter der italienischen Mordbuben – besonders diese hasenschartige, zahnlückige, kinnlose, kriecherische Memme, der Politz, Polizzi oder wie der hieß, der während der Verhandlung doch wahrhaftig geheult hatte und in Ohnmacht gefallen war, daß man ihn raustragen mußte, der mit seinem verlogenen, häßlichen Flittchen, dieser Polizzi, der sogar gestanden hatte, der sollte unschuldig sein? Und in den Spalten auf der rechten Seite sah man die Porträts dieser anderen Verbrecherbande, der Geschworenen, obenan der jüdische Juwelier Jacob M. Seligman, der dem Reporter grinsend erzählt hatte: »Wir hatten einen begründeten Zweifel.« Private und berufliche Adresse jedes Geschworenen waren angegeben. Gut! Wenigstens wußte man, wo sie zu finden waren. Und da stand die entscheidende Frage, die der Reporter dem Geschworenen William Yochum stellte, einer kleinen schmalgesichtigen Ratte: »Haben Sie gehört, daß man vor der Verhandlung an irgendeinen der Geschworenen herangetreten ist?« Nein, er hatte von nichts dergleichen gehört, diese verlogene, heimtückische Wühlmaus!

Herangetreten? Natürlich war man an die Geschworenen herangetreten, hatte sie sogar umarmt und ihnen den goldenen italienischen Händedruck verabreicht, speckige Arme hatten sich um ihre Schultern gelegt, die Arme der Geldleute

– 53 –

von der Schwarzen Hand und, woran er keinen Zweifel hatte, der jüdischen Bankiers, die hinter der ganzen Sache steckten.

Er zerriß die Seiten, als er zu den Kommentaren weiterblätterte. »ZU CLAYS FÜSSEN. An anderer Stelle drucken wir eine Anzeige ab ... eine Massenversammlung zu Füßen des Clay-Standbilds ... angegebener Zweck der Versammlung ... was man zu tun gedenkt ... zweifellos von Italienern ermordet, aber nicht von den Italienern als Volk ... Hüten wir uns vor dem Rassenvorurteil ...« Stuß, Stuß! Er suchte nach der Anzeige, fand sie nicht gleich, blätterte zurück und sah sie zuunterst auf der Seite mit den Kommentaren, wo seine Hand gelegen hatte.

>»MASSENVERSAMMLUNG! Alle guten Bürger sind aufgerufen zur Teilnahme an einer Versammlung am Samstag, dem 14. März, 10 Uhr, vor dem Clay-Standbild, um Maßnahmen zur Abhilfe wegen des Versagens der Justiz im Fall Hennessy zu ergreifen. Kommt tatbereit!«

Kommt tatbereit! Deutlicher konnte man's nicht sagen. Und darunter standen in alphabetischer Ordnung die Namen angesehener Männer, aber natürlich nicht seiner. Er wünschte nicht, den Namen Pinse mit bestimmten anderen auf derselben Liste zu sehen. Sein Blick verharrte auf der Anzeige, kehrte zu der Stelle zurück, wo sein Name schwarz auf weiß zu stehen gekommen wäre. Die Uhr schlug Viertel nach. Die Straßen würden verstopft sein. Er stand auf, schob den Stuhl zurück. Die frische Luft würde seine Kopfschmerzen vertreiben. Der halbe Ochsenschwanz blieb auf dem Teller liegen.

In der Diele setzte er den Derby-Hut auf, sah in den Spiegel und suchte zwischen den Stöcken im Regenschirmständer herum, bis er den fand, den er sich vor Jahren in England bei einer Fußwanderung durch das Seengebiet gekauft hatte. Warum hatte er nicht den Ebenholzspazierstock mit dem Bleiknauf gekauft, den er in London gesehen hatte? *Kommt tatbe-*

- 54 -

reit! Er schüttelte den Stock und stieß gegen eine Schachtel mit stereoskopischen Bildern, wobei eine ungewöhnliche Szene zu Boden fiel, zwei Schwarze, die einen Alligator mit einem Strick um den Hals an einem Ast aufhängten; die beiden grinsten und hatten Mühe mit seinem Gewicht. Seinen Revolver hatte er bei sich.

Auf halbem Wege über die Auffahrt, wo er den Stock so kräftig aufsetzte, daß die Spitze sich in die zerstoßenen Austernschalen eingrub, hörte er Joppo hinter sich. Keuchend, aufgeregt mit dem Kopf wackelnd, holte der Stallknecht ihn ein.

»Was ist? Ich hab' jetzt keine Zeit!«

»Sah, Sah, wir haben König hinterm Stall, groß Rattkönig, schwör's beim Jesus, so groß!«

»Ach!« Er hatte erst einmal im Leben einen gesehen, vor Jahren im Baumwollager der Familie bei den Docks, eine gräßliche Sache. »Wie groß?« Ratten und Ungeziefer haßte er; war ein Kind gewesen in den Jahren der Gelbfieberepidemie, als Tausende von Leuten starben, als seine Mutter starb, und Tag und Nacht wurden Kanonenschüsse abgefeuert, daß ihm der Kopf dröhnte von dem Krach, und auf den Straßen wurden Fässer mit Teer verbrannt, um die Seuche zu vertreiben, die von fauligen Dünsten und Krabbeltieren verbreitet wurde, aber vor allem von Ausländern, die mit ihrem losen Mundwerk unsichtbare Krankheitskeime versprühten. Jetzt noch löste allein die Erinnerung an das unaufhörliche Gedonner eine hoffnungslose Stimmung und eine Migräne bei ihm aus, die ihn tagelang an das Sofa in seinem verdunkelten Arbeitszimmer fesselten. Er erinnerte sich an die Stapel von Leichen auf dem Kai; aus einiger Entfernung sahen sie aus wie zur Verschiffung bereitliegende Güter. Ja, Verschiffung zur Hölle, hatte sein Großvater gesagt, und der Regen strömte die Fensterscheiben hinab, während die Leichenkarren durch die gelben Straßen rollten.

Joppo hob zweimal beide Hände – zwanzig.

»Manche tot, manche faules Fleisch.«

Er schritt eilig über das Gras zum Stall, und Joppo wackelte hinterdrein, beschrieb ihm den Rattenkönig, das vermutete Gewicht und die Größe, wer ihn entdeckt hatte, wie sie mit einer Jamsgabel nach ihm gestochert und ihn unter dem Fußboden hervorgezogen hatten.

Hinter dem Stall stand ein Haufen Leute, seine Stallburschen, die Köchin, an ihrer Schürze zupfend, und durch die Lücke in der hinteren Hecke kamen ein paar von Colonel Sawdays Schwarzen, die zurückwichen, als sie ihn sahen.

Sie hatten ihn zehn, zwölf Fuß von der Mauer weggezogen, einen Kreis von Ratten, die Schnauzen nach außen, die Schwänze verheddert und verknotet in einem unauflöslichen Knäuel, aus dem es kein Entkommen gab. Mehrere Tiere waren schon tot, andere bluteten aus den von der Jamsgabel frisch geschlagenen Wunden, und einige fletschten noch trotzig ihre braunen Zähne. Er zählte sie, indem er jeder mit dem Stock auf den Kopf tippte: achtzehn. Nah dran an zwanzig. Widerlicher Anblick, dieses stinkende Gefilz; furchtbar, wenn man dran dachte, daß es eben noch unter seinem Stallboden gequiekt und gekrabbelt hatte.

»Schlagt sie lieber gleich tot!« Er eilte zur Straße davon, hörte noch das Klicken der Zähne und den dumpfen Aufprall der Knüppel.

Zu Clays Füßen

Wo die Canal und die Royal Street sich trafen, sammelten sich um das Clay-Standbild Hunderte von Männern mit Stöcken und Keulen, manche auch mit Pistolen oder Gewehren. Drei Männer standen auf dem Sockel über dem Gedränge, über dem unruhigen Wellenschlag des schwarzen Meeres von Derby- und Schlapphüten.

Er sah ein bekanntes Gesicht, Biles, ein Rehbocksgesicht mit vorspringender Schnauze und rehbraunen Koteletten. Biles hob seinen Stock.

»Pinse! Hab' mich gefragt, ob Sie wohl kommen würden. Ihr Name stand nicht in der Zeitung.«

»Nein. Nicht in derselben Liste wie – ich war oben bei dem Dammbruch.«

»Hier ist einiges los, was?«

»Sie meinen's ernst.«

»O ja! Wurde alles gestern abend verabredet. Manche finden, wir müssen diesem Aufruhr ein Ende machen, diesem Albtraum von Arbeitskämpfen. Pinse, denken Sie nur mal an den Streik der Stauer voriges Jahr! Meine Schwester hatte fünftausend Ballen Baumwolle auf dem Dock liegen, und kein Zollbreit Platz in den Speicherhäusern, die Schiffe alle leer und hoch im Wasser. Und dann der Regen! Hat man je so was von Regen gesehen? Niemals! Und kein Schwein wollte einen Ballen anrühren. Sie hat fünfzehn Dollar pro Ballen verloren.«

Pinse schneuzte sich in sein leinenes Taschentuch. Seine Nase schien von innen geschwollen zu sein, und in den Schläfen pochte es. »Ich sag' das schon seit Jahren. Die Herrenklasse der Amerikaner muß sich behaupten, oder sie verliert alles. Wir werden überrannt von diesem Gesindel aus Europa. Ich kann Ihnen sagen, diese Flut von Einwanderern – ich habe in manchen Kreisen Leute getroffen, die sagen, daß der Papst dahintersteckt und daß das ein heimlicher und massiver Versuch ist, dieses Land für den Katholizismus zu erobern. Meine Frau ist selbst katholisch, aber allmählich frag' ich mich, ob da nicht was Wahres dran ist.«

»Gestern abend in der Dago-Stadt, das hätten Sie sehn müssen – ein Umzug mit zwanzig Heiligen, mit fliegenden Fahnen, Chor und Kapelle, Kerzen, eine Prozession! Und alle betrunken. Die glauben jetzt, sie bleiben ungestraft.«

Männer riefen und fuchtelten, bahnten sich einen Weg durch die Menge, durch die funkelnden Gewehr- und Flintenläufe. Die drei Männer auf dem Sockel vor dem bronzegesichtigen Clay warteten auf die Gelegenheit zu reden, ließen die Blicke über die Versammlung schweifen. Der eine hob ruheheischend die Hände. Er fing an, und seine Stimme wurde lauter, als er auf den Verrat der Geschworenen und die üblen Machenschaften der Italiener zu sprechen kam. »... war ein feiner Mensch. Niemand in diesem Land kannte den italienischen Desperado besser als er, niemand hielt mutiger als er den Drohungen der Dago-Camorra stand.«

Biles kicherte Pinse ins Ohr: »Und niemand hielt williger die Hand auf für Dago-Dollars.« Seine schwarzen Bocksaugen leuchteten.

»Wird jeder Mann hier mir folgen und dafür sorgen, daß der Mord an einem braven Mann nicht ungesühnt bleibt?«

Ein dicker Mann in zerknautschtem schwarzem Anzug kletterte bis zur halben Höhe des Sockels hinauf und schrie mit wutverzerrtem Gesicht: »Hängt sie auf, die Dagos! Hängt sie auf, die mordgierigen Schufte!«

»Wer ist denn das?« fragte Pinse.

»Weiß nicht. Der Pöbel fliegt eben auf so was.«

Die drei Männer stiegen vom Sockel herab und machten sich auf den Weg zum Congo Square und zum Stadtgefängnis. Mit einem Geräusch wie von einer großen Maschine schwappte die Menge vorwärts. Huren blickten aus den halbgeöffneten Fenstern über der Straße. In der Nähe des Congo Square sickerte ein Rinnsal von zerlumpten Schwarzen in die Menge ein. Stöcke klapperten und jemand sägte auf einer Geige.

»Heute seht ihr mal einen Tanz, den ihr noch nicht kennt! Kommt mit, Niggers!«

Am Gefängnis brandete der Mob in nachlassenden Wellen gegen die stählerne Vordertür, unter Flüchen über die Schwäche der verfügbaren Brechstangen und Vorschlaghämmer. Ein paar Minuten lang breitete sich an den Rändern der Menge Unentschlossenheit aus.

»In der Treme Street ist eine Holztür«, rief jemand. Sogleich strudelte die Menge, schwarz und weiß, von der Vordertür zurück und ergoß sich wie zähflüssige menschliche Lava zur Treme Street hin; die Eisenbahnschwellen von einem Bauplatz wurden unterwegs mitgenommen.

Zehn, zwölf Mann stürmten mit einer Kantschwelle gegen die Tür in der Treme Street, und die Menge brüllte bei jedem Anprall HAH! HAH-HAH-HAH!

Die Hatz

Der Gefängnisdirektor heftete den Blick auf Frank Archivi; sein Whiskey-Atem strömte aus und ein. »Sie kommen. Die Tür kann sie nicht aufhalten. Verstecken Sie sich. Irgendwo im Gefängnis – oben im Frauentrakt sind die Chancen am besten.«

»Um Christi willen, Mann, geben Sie uns Pistolen!« Archivis Gesicht zeigte die Farbe von kaltem Speck.

»Kann ich nicht.«

Die ersten Bretter brachen aus den Angeln.

Einige Männer rannten die Treppe zum Frauentrakt hinauf. Silvano flitzte in eine leere Zelle und kroch unter die Matratze. Er drückte sich flach auf die nackten Bretter. In seinen Ohren hämmerte es, sein Rücken wollte sich krümmen. Er war starr vor Angst, konnte das Wasser nicht mehr verhalten.

Auf der Straße trat ein schwarzer Riese mit einem Felsbrocken vor die Eichentür. Er schmetterte ihn gegen die Schloßplatte. Ein gewaltiger Schrei stieg auf, als das Metall barst und die Tür aufsprang. Der Mob wogte die Treppe hinauf. Pinse, nicht weit hinter der vordersten Reihe, umklammerte seinen Spazierstock.

Ein Wärter, mit vor Aufregung überschnappender Stimme, rief ihnen zu: »Dritter Stock. Sie sind oben im Frauentrakt.«

Hundert Mann stampften los, die Treppe ächzte und knarrte unter ihren Tritten, und die Gefangenen flüchteten vor ihnen über die Hintertreppe abwärts und auf den Hof hinaus. Das Tor war verschlossen. Dahinter lag die Straße. Sie konnten auf die Straße hinaussehen, sie war voller Menschen. Mit Triumphgebrüll strömten die Amerikaner auf den Hof, während sich die Sizilianer, Arm in Arm, in einer Ecke zusammendrängten. Schmerzlich scharf sah der Akkordeonbauer die näher kommenden Männer, einen losen Faden an einem Mantel, Schlammspritzer an Hosenbeinen, eine Holzfällerkette in einer breiten Hand, den roten Schimmer der erhitzten Gesichter, einen Mann mit einem blauen und einem gelben Auge. Auch da hoffte er noch auf Rettung. Er war doch unschuldig!

Pinse hielt den Revolver locker in der Hand, den Stock hatte er, als sie die Treppe hinaufstürmten, verloren, so ein Gedränge war es gewesen, und blickte auf die in der Ecke verknoteten Sizilianer, die verschlagen glitzernden Augen, hörte manche flehen und beten – diese Feiglinge! Er dachte an den Rattenkönig und schoß. Andere schossen auch.

Ein Hagel von Kugeln und Schrotkörnern jeden Kalibers zerfetzte die Sizilianer. Der Akkordeonbauer bäumte sich zweimal auf und fiel rückwärts.

Kopfschmerzkur

Aus der Tür in der Treme Street schleppte man Polizzi, schlaff und blutig, Speichel am fliehenden Kinn, aber noch atmend. Sie warfen ihn hoch in die Luft, in die Hände anderer, die ihn auffingen und ihn wie ein Stück Holz wieder hochwarfen, und so einen ganzen Häuserblock weit, eine sportliche Übung, ihn hochzuwerfen, ein Kraftakt, ihn wieder aufzufangen, bis an der Ecke St. Ann Street jemand einen Strick von einem Laternenpfahl herabließ und ihm die Schlinge um den Hals legte.

Eine Stimme rief: »Henkersknoten dreizehnmal über Kreuz, sonst bringt es Unglück!« Hoch, hoch hinauf fuhr der schlaffe Körper, von der Woge des Jubels und Beifalls ebenso wie vom Hanf getragen. Der Gehängte kreiselte, dann, wie durch ein Wunder, zuckten die Beine, die knochigen Arme hoben sich, und die Hände packten den Strick; ein wiederbelebter Polizzi begann sich Hand über Hand zum Laternenarm hinaufzuhangeln. Ein entsetztes Luftschnappen war zu hören.

»Mein Gott!« rief Biles. Jemand aus der Menge schoß, dann viele, die in plötzlich ausbrechendem Gelächter darum wetteten, wer ein Auge treffen oder Polizzi die Spitze seiner langen Nase abschießen könnte. Die Arme baumelten nun für immer schlaff herunter.

»Mir reicht es«, sagte Biles. »So was schlägt mir auf den Magen. Aber es mußte ja etwas geschehen.« Er würgte, als müßte er sich erbrechen, entschuldigte sich.

»Kommen Sie«, sagte Pinse, nahm seinen Freund beim Ellbogen und lenkte ihn zu einer Straße hin, die sie beide gut kannten. »Ihnen fehlt etwas. Wir haben unsere Schuldigkeit getan.« Seine Kopfschmerzen schienen ein wenig nachgelassen zu haben.

In der Cotton Guild Bar sagte er zu Cooper: »Zwei Sazerac«, und als die schweren Schwenkgläser kamen, gossen sie beide den goldgelben Trank wie Wasser hinunter. Biles schnalzte mit den Fingern nach zwei weiteren, dann wandte er sich Pinse zu, bot ihm eine Havanna *oscuro* aus seinem Lederetui an und nahm selbst eine. Er befeuchtete das Ende zwischen seinen roten Lippen, kupierte das Deckblatt mit dem Nagel des kleinen Fingers an der rechten Hand, den er eigens zu diesem Zweck lang wachsen ließ, und nahm das brennende Zündholz, das Cooper ihm hinhielt.

»Wir machen gerade eine neue Gesellschaft auf, die den Obst-Import in die Hand nehmen soll«, sagte Biles. »Mit einem Gentleman, den Sie gut kennen. Ihr Name fiel auch. Wir denken, wir nennen sie Hemisphere Fruit.«

Inspektion

Die Menge strömte durch das Gefängnis, inspizierte die Toten, versetzte dem blutüberströmten Archivi Tritte, der in seiner steif werdenden Hand eine Keule hielt, die er in seinen letzten Minuten von irgendwoher an sich gerissen hatte.

Ein Wärter entdeckte Silvano unter der Matratze und zerrte ihn an den Haaren in die Eingangshalle hinunter, wo die Leichen der Italiener zur Betrachtung ausgelegt waren wie Koteletts beim Metzger. Draußen auf der Straße brach festliche Musik los, ein Horn, eine Mundharmonika voller Häme, auf der jemand schnelle, saugende Akkorde spielte – iih! Akkord *hanch!* Akkord *iih!* Akkord – und dazu wieder die sägende Geige und die ratternde Trommel. Silvanos zu Schaden gekommener Vater – *sfortunato!* – lag auf dem Rücken, den blutigen Kopf gegen die Wand gelehnt, das Kinn auf dem Brustbein ruhend. Die Arme in den durchlöcherten Jackenärmeln waren längsseits ausgestreckt, als nähme er im Liegen Habachtstellung ein. Die Hose war an den Schienbeinen hochgerutscht, und die Füße mit den durchgelaufenen Schuhsohlen zeigten nach außen. Der Wärter spähte in Silvanos verzerrtes Gesicht. Das Elend des Jungen schien ihn zu besänftigen, und er schob ihn ins Büro des Direktors, das sofort von Amerikanern wimmelte, die Antworten von ihm verlangten, ihm Fragen ins Gesicht brüllten, Fragen nach allen Einzelheiten darüber, wie der Akkordeonbauer den Polizeichef ermordet hatte. Einer nach dem andern schlugen sie ihn, daß er vom Stuhl fiel. Einer packte ihn bei den Ohren und zog ihn wieder auf die Füße.

»Sag uns, wie er sich auf die Lauer gelegt und ihn erschossen hat!« Sie quälten und prügelten ihn, jemand drückte ihm eine brennende Zigarre auf die Lippen. Plötzlich sagte jemand etwas von »Rum«, und sie stürzten alle davon. Wortlos schob der Wärter Silvano zur Tür hinaus auf die Straße.

(Der Urenkel dieses Wärters, ein intelligenter, gutaussehender Mann, studierte Medizin und diente seiner Universität als Samenspender im Programm für künstliche Insemination. Er war der Erzeuger von über siebzig Kindern, die von anderen Männern aufgezogen wurden. Für diese Leistung nahm er kein Geld.)

Bob Joe

Er kauerte auf dem Kai, von Mücken umschwirrt, unter einem wie schwarzgestrichenen Himmel, aus dem Bänder von fernen Blitzen züngelten, hatte Angst, sich zu bewegen. Der Hals schmerzte vom unterdrückten Schluchzen. Ein schrilles Sausen im linken Ohr. Hoffnungslosigkeit erfüllte ihn, wie Orgelklang eine Kirche erfüllt. Aus einem dunklen Winkel hörte er ein Pfeifen, eine Art langgezogenen Tusch wie eine Karnevalsfanfare, und er legte die Arme überm Kopf zusammen, im Glauben, die Amerikaner kämen wieder, dieses Mal, um ihn zu töten. Er wartete darauf, daß sie mit ihren

Stricken und Pistolen auftauchten, aber niemand kam. Das Pfeifen war verstummt, und nun begann es zu regnen, erst einzelne harte Tropfen, die niederfielen wie geworfene Münzen, dann ein prasselnder tropischer Guß, warm wie Blut. Er stand auf und trottete zu dem schwarzen Block der Speicherhäuser. Über das Pflaster strömten Bäche. Seine Mutter hielt er für gelähmt, sein unglücklicher Vater war tot, sein Heimatdorf in unmöglicher Ferne, Schwestern und Tanten verloren, er selbst ohne einen Pfennig in dieser wilden, feindlichen Welt. Seinen Vater verachtete er dafür, daß er tot war. Eine Verhärtung begann sich in seiner Brust zu bilden, ein roter Stein des Hasses, nicht auf die Amerikaner, sondern auf diesen dusseligen sizilianischen Vater, der es nicht geschafft hatte, amerikanische Manieren zu lernen, und sich hatte umbringen lassen. Im Schatten der Speicherhäuser ging er flußabwärts, an den Passagierdampfern und Frachtern vorüber, an den flachbödigen Holzkähnen, auf den Fisch- und Brackwassergeruch zu.

Ein paar Garnelenboote lagen am Dock vertäut, andere ankerten hundert Fuß weit draußen im Fluß. Jemand pfiff immer wieder die gleichen drei Töne, eine rauhe Sizilianerstimme sagte etwas von Erbrechen, zwei betrunkene amerikanische Stimmen schimpften aufeinander ein. Auf einem Boot war es still, bis auf ein Schnarchgeräusch, ein ersticktes Schnauben, gefolgt von einem Röcheln. Der Name am Heck war amerikanisch: *Texas Star.* Er ließ sich aufs Deck fallen und kroch hinter die Stapel von stinkenden Körben, zog sich gegen die Mücken das Hemd über den Kopf. »Bob Joe«, sagte er leise auf amerikanisch, kochend vor Haß auf alle Sizilianer. »Mein Name sein Bob Joe. Ich arbeiten für du, bitte!«

Stromaufwärts

Hundert Meilen weiter stromaufwärts saß Pollo an Deck eines für die Nacht vertäuten Brennholzkahns, behielt den Fluß im Auge, um sich beim Heizer eines etwa vorüberfahrenden

Dampfers, dem das Brennmaterial ausginge, mit dem Zuruf »Holz-ho, Holz-ho!« bemerkbar zu machen, quetschte das grüne Akkordeon und sang:

> *I think I heered the* Alice *when she blowed,*
> *I think I heered the* Alice *when she blowed,*
> *She blow just like a trumpet when I git on board.*

Fischmann machte mit der Klinge seines Bowie-Messers auf den Saiten seiner Gitarre silbrige Unterwassertöne, schlug ab und zu nach den Mücken, dachte aber, tja, warum sind wir auf diesem Holzkahn und nicht auf der *Alice Adams*, weil Pollo Ärger macht, und sie schmeißen mich raus mit ihm zusammen. Das Licht des flackernden Feuers, das sie am Ufer brennen ließen, spiegelte sich in den roten Metallaugen des Akkordeons.

»Du spielst wie 'n Blöder«, sagte Pollo. Fischmann sagte nichts und summte.

Aber im aschgrauen Licht vor Tagesanbruch kroch Fischmann zu Pollo und versenkte fünf Zoll saitengeschliffenen Stahl zwischen seinen Rippen. Den Zauberbeutel mit der Goldmünze schnitt er ihm vom Hals; die sperrige Leiche stupste er über Bord. Als der Himmel sich blaßlila färbte wie das Innere einer Austernschale, legte er ab und begann gegen die träge Strömung flußaufwärts zu staken; das Akkordeon nahm er mit auf die Fahrt.

Die Bocksdrüsen-Implantation

Club-Akkordeon

Prank

Der Ort war schon zweimal bewohnt gewesen und wieder verlassen worden, abgebrannt das erste Mal, dann entvölkert durch die Cholera und einen strengen Winter, einige Jahre bevor die drei Deutschen kamen und die Ufer des Little Runt River mit Mais bepflanzten. Reiner Dusel für sie, daß dieses fruchtbare Stück Prärie brachlag, denn das gute Land im Mittelwesten war schon vor einer Generation parzelliert und bebaut worden.

An dem Tag, als die drei Deutschen ankamen – ein Württemberger, ein Sachse und ein Königsberger, aber in Amerika waren sie alle nur *Germans* –, fanden sie vier, fünf baufällige Häuser aus Tannenbohlen vor, fünfzig Fuß hölzernen Gehsteig und eine verstopfte öffentliche Wasserpumpe etwas unterhalb vom Außenklo des Saloons. In der dörrenden Sommerhitze und dem beißenden Präriewind hatten die Schindeln sich gewellt, bis die Nagelköpfe absprangen und die Wände mit rostigen Stacheln gespickt waren.

Die drei kamen einzeln, ohne voneinander zu wissen, aber am gleichen Tag Ende des Frühjahrs 1893. Ludwig Messermacher, Sohn deutscher Aussiedler, die aus den russischen Steppen zuerst nach Königsberg und dann nach North Dakota gezogen waren, band seinen gefleckten Gaul an einem wackligen Geländer fest, ein Pferd, das zuerst, wovon er nichts wußte, von einem Nez Percé namens Bill Roy oben im Palouse-Gebiet an einen wandernden Zahnarzt und Quacksalber verkauft worden war, dann an einen Straßenraubvirtuosen in Montana, an einen Regierungsbeamten vom Rosebud-Reservat und an eine ganze Reihe von Ranchern und Farmern, deren keiner es lange behielt, und zwar wegen seiner Gewohnheit zu hoppeln, die erst Messermacher ihm geduldig austrieb. (Auf dem Urgroßvater dieses Pferdes hatte Bill Roys Großvater gesessen, als er mit einem Bogen aus laminiertem Bergschafhorn eine Büffelkuh und das neben ihr rennende Kalb mit einem einzigen Pfeil erlegte.)

Messermacher ging als erster über den verzogenen Gehsteig und schaute durch die zersplitterten Fenster in die Häuser hinein. Er war hager und knochig, verstand einiges von der Landwirtschaft und vom Tischlerhandwerk. Sein dunkles Gesicht war platt, wie wenn ihm als Kind eine Kuh draufgetreten wäre, und sein lippenloser Mund, von einem senfgelben Schnurrbart überdacht, war von geschwungenen Zangenlinien eingeklammert. Ein etwas dunklerer Bart hing ihm vom Kinn wie ein aufgelöster Zopf. Er war dem Flußlauf gefolgt, dessen Ufer auf der einen Seite mit Weiden und auf der anderen mit Büffelgras und Wildgerste zugewachsen waren. Er schlief unter Rosenkranzpappeln und machte ein kleines Feuer mit dem herumliegenden Reisig. Mit seinen derben deutschen Schuhen trat er manchmal eine Pfeilspitze beiseite. Alles, was er besaß, führte er in zwei Getreidesäcken mit sich.

Eine Stunde später kam Hans Beutle in einem gefederten Einspänner, seine braune Stute mit »Hühott!« und Zungenschnalzen antreibend. Er hatte ein volles, glattes Gesicht mit breiten Backenknochen. Die Augenbrauen erhoben sich genau über der blassen Iris zu einem kleinen, pfeilförmigen Kamm, was seinem Gesicht eine merkwürdige Eindringlichkeit verlieh. An der stumpfen Nase, den runden Ohren und dem borstigen, weißblonden Haar war nichts Bemerkenswertes, aber der Mund mit dem Schwung seiner wie zum Kuß ein wenig vorspringenden Lippen und die belegte Stimme erregten Aufmerksamkeit. Er war breitschultrig und sehr stark, mit Unterarmen, die auch an den Handgelenken noch dick waren. In Bayern war er Lehrling bei einem Müller gewesen und hatte auch musikalische Talente bewiesen, aber nach einem Streit mit dem Meister, der dabei um ein Haar in einem viertelvollen Mehlsack erstickt wäre, flüchtete er nach Amerika, mit dem Versprechen, seine Frau Gerti und seinen neugeborenen Sohn Eckhard (der sich, als er neunzehn wurde, Percy Claude nannte) nachkommen zu lassen. Später war ihm nie ganz klar, ob er nun Glück oder Pech gehabt hatte, als er in eine italienische Wanderkapelle aufgenommen wurde, wo er für zwanzig Dollar im Monat das Horn blies. In Chicago brach dem Kapellmeister ein Zahn ab, als er auf einen Splitter von einer Butternußschale in einem Stück Schaumkuchen biß, das ihm ein Bauernmädchen in einem schmutzigen Kleid gebracht hatte. Der Zahn schmerzte. Der Kapellmeister versuchte die Gaumengeschwulst mit seinem Dolch aufzustechen und leitete eine schnell fortschreitende Septikämie ein. Er starb in einem dreckigen Zimmer, für das er die Miete schuldig blieb; die Musiker mußten sehen, wie sie weiterkamen. Beutle hatte das Durchgeschütteltwerden auf den langen Bahnfahrten satt, die schwitzenden Menschenmengen, die italienische Musik und das italienische Temperament. Auf einer Anzeige im Bahnhof sah er, daß es am Little Runt River freies Land gab. Solange sie jedem, der seinen Anspruch geltend machte, ein Hundertsechzig-Acre-Quadrat überließen, war er mit von der Partie. Auf einer Farm lebt es sich gut, hieß es.

Der dritte Deutsche, William Loats, kam gegen Abend auf einem quietschenden Fahrrad angestrampelt, an einem Brotkanten kauend. Von Westen fiel die tiefstehende Sonne ein und beleuchtete den Schauplatz wie ein Bühnenbild. Er fuhr langsamer und hielt am Ende der grasbewachsenen Straße, sah zwei Männer mit Stöcken Linien in den Boden ziehen. Die Luft flimmerte. Plötzlich richteten die beiden sich auf und sahen ihn an.

Er war als Kind aus Deutschland auf die Farm seines Onkels am Nordufer des Huronsees gekommen, wo man vom höchstgelegenen Feld aus den Rauch der westwärts dampfenden Schiffe sehen konnte. Im Haus seines Onkels wurde Englisch gesprochen.

Loats war gescheit und sparsam, dünn wie ein Hackenstiel, der Kopf wie gemeißelt, mit wuscheligem Kraushaar, Pausbacken und kleinen Schielaugen. Er war ruhig und verträglich, ein Mann, der nie sein Pferd anbrüllte. Weil sein Onkel zwölf Söhne hatte, bestand keine Aussicht, daß je ein Teil der Farm an Loats fallen würde, und darum hatte er sich schließlich allein auf die Beine gemacht, angeregt durch die öffentliche Ausschreibung von Freiland in einer Farmer-Zeitung. Er ging an Bord der *Vigorous*, eines Passagier- und Frachtdampfers, der über die Großen Seen nach Chicago fuhr. Das Schiff hatte eine Ladung Zuckerfässer und dreihundert Passagiere an Bord: eine Familie Courte-d'Oreilles-Indianer, einen Trupp junger polnischer Hilfsarbeiter, in ausgelassener Stimmung unterwegs zu den Schlachthöfen, zwei norwegische Pfarrer, irische Eisenbahnarbeiter und drei Familien weißblonder Russen, die nach Dakota wollten, North und South. Sie liefen St. Ignace an, wo noch mehr Passagiere zustiegen. Wind kam auf. Von einem Obstgarten in der Nähe wurden weiße Blütenblätter übers dunkle Wasser und aufs Deck geweht. Holländische Einwanderer polterten in Holzpantinen an Bord, auf dem Weg nach einem Utopia in Indiana. Einige fanden noch Platz auf dem schon überfüllten Deck, aber die meisten blieben auf dem Kai zurück, riefen den anderen Bestellungen zu, die sie ihren Verwandten ausrichten sollten.

Anderthalb Stunden nach Mitternacht, unter einem kalten Vollmond, lief die *Vigorous* auf ein nicht kartographiertes Riff und brach auseinander. Der Bug sank rasch, aber das Heck trieb noch auf dem Wasser; ein Feuer brach aus, das die Zuckerfässer entflammte. Der Mond beschien die dahinrollenden Wellen und die nassen Gesichter der Ertrinkenden, die in sechs Sprachen durcheinanderschrien. Zusammen mit einer jungen Holländerin strampelte Loats ans Ufer, beide ans Kopfteil des Kapitänbetts geklammert. Während das Kiefernholzbrett auf und ab schaukelte, dachte Loats sich eine Lebensrettungsmaschine aus: ein luftgefülltes Gummikissen in einem rechtwinkligen Holzrahmen mit einem rückwärtigen Propeller, der mit einer Handkurbel, und einem zweiten unter den Füßen, der mit Pedalen angetrieben wurde; dazu ein Mast mit einem kleinen Segel und einer Leine, an der eine Trillerpfeife, eine Signalflagge und eine Laterne hingen. Aber wie sollte man die Laterne anzünden? Er grübelte darüber nach, bis die Wellen sie in die sandige Brandung trugen. Er half der taumelnden und nach Luft schnappenden Frau zu einem grünen Haus hin, aus dessen Kamin Rauch aufstieg. Über den nassen Sand verstreut lagen die Holzschuhe der ertrunkenen Hollän-

der, und aus dem Wald kam ein Bär und streckte die Nase
hoch in den Wind, angelockt vom Geruch des brennenden
Zuckers.

Zufall

Messermacher und Beutle winkten Loats zu sich heran. Nun
standen sie auf dem verzogenen Gehsteig, redeten in einem
Gemisch aus Deutsch und Amerikanisch, taxierten einander,
entdeckten Gemeinsamkeiten und staunten über den seltsamen Zufall, der sie alle am gleichen Tag hierher ins hohe Gras
geführt hatte. Sie waren alle im gleichen Alter, achtundzwanzig, und sogar ihre Geburtstage lagen nur ein paar Wochen
auseinander.

»Wie Brüder!«

»Die unzertrennlichen Drei!«

»Aller guten Dinge sind drei!«

Beutle lachte tief aus seiner breiten, pelzigen Brust. »Nicht
solche, wie die Kerle, wo in die Berge 'naufgange sind, Gold
suchen, zwei Prospekters, Freunde und Kameradens forever.
Bevor sie losziehn, da nemme sie sich Proviant mit im Trading
Post und was sie so brauchet. Weiber hat's keine in den Bergen, drum kaufet sie sich im Schtor jeder so e Love-board. Das
ist e Stück Tanneholz mit Astloch, und e Stück Fell ist drauf-
genagelt.« Er zwinkerte. »Und, e Jahr später kommt nur noch
ein Prospekter zrück. Fragt ihn der Trader: ›Wo's denn dein
Kompagnon?‹ Sagt er —« Am Schluß der Geschichte lachte
Messermacher, aber Loats zog die Mundwinkel nach unten.

Sie schlugen nah am Fluß ihr Lager auf, bei einer Gruppe
von Burreichen, und nachdem das abendliche Feuer niedergebrannt und das Holz verkohlt war, rauchten sie die Western-
Bee-Zigarren, die Loats herumreichte, redeten noch, bis das
Laub der Bäume in der Dunkelheit verschwand und der Schlaf
sie einen nach dem andern zum Schweigen brachte.

Am Morgen wateten sie durch die Wiesen, durch Barter-,
Besen- und Nadelgras, Taubgerste, dazwischen Klauenscho-

ten, wilde Erdbeerblüten, vielerlei Wildrosen, Prärieklee, Fein-
strahl und Rittersporn, wurden bis zu den Oberschenkeln
vom Tau durchnäßt, die Hosenbeine bedeckt mit dottergelben
Pollen, und unter ihren Füßen gaben die zertretenen Stengel
ihren grünen Duft ab. Um eine große Senke mit Lauchquecke
machten sie einen Bogen, denn die gezähnten Halme schnitten wie Sägemesser.

»Aber es ist gut fürs Feuer«, sagte Loats. »Wenn man's zu-
sammendreht, kann man damit heizen.« Messermacher suchte
eifrig nach Lehm − eine gute Lehmgrube, sagte er, und er
wollte ihnen zeigen, wie man die besten Häuser von der Welt
baute. Sie stolperten über Bisonknochen, ließen den Blick
über die Prärie schweifen, ein schillerndes, sanft wogendes
Meer. Sie zeigten einander die Insel und Archipele der Burreichen, eine Gruppe Schwarzwalnußbäume, die Pappeln, Ul-
men und Grüneschen am Flußufer. Loats riß eine spindelför-
mige Pflanze mit einer Dolde cremefarbener Blüten aus. »Die
nicht! Gift für das Vieh. Sauzwiebel. Bei meinem Onkel gab es
die auch.« Er sah sich nach anderen um, fand aber keine.

Das Schicksal hatte sie in ein Vogelstimmenparadies verschlagen, wo sie die kehligen Doppeltöne der Feldlerche hörten, die heiseren Rufe der Prärieamsel, *kiss-hi, kiss-hi,* das *Jup
jup klip klip* des Roststärlings, rauhe Triller und reine, nach-
denkliche Töne, tremolierende und gleitende Pfiffe, liebliches
Zwitschern, Rasseln, Surren und Summen, und die wohlrie-
chende Luft war durchwirkt mit Blauammern wie ein Seiden-
gewand mit metallischen Fäden. Als sie auch noch am Flußufer eine Böschung aus glattem blauem Lehm fanden, sagte
Messermacher, eine höhere Macht müsse dies so gefügt haben. Er nahm seinen zerrissenen Hut ab, ließ den Bart auf die
Brust sinken und sprach ein Gebet.

Loats schlug vor, sie sollten ihre Siedlung »Trio« nennen.

»Nein, noi, no«, sagte Beutle und hielt seine muskulösen,
schwieligen Hände hoch, »hier, diese *Pranken*, mit dene werde
wir unsere Höf' und das Dorf aufbauen. Soll der Name doch
zeige, wie mir schaffet!« Er war der empfindsamste von den
dreien, der hitzköpfigste und sinnlichste; ein Moll-Akkord

- 72 -

konnte ihm Tränen in die Augen treiben. Ohne große Schulbildung hatte er sich manches angelesen, besaß eine Anzahl Bücher und war um Kenntnisse und Erklärungen nie verlegen.

»Nennen wir es also Pranken«, sagte Messermacher, und sein dunkles Gesicht verzog sich bei dem Gedanken, aber als sie bei der Bezirksbehörde die Papiere ausfüllten, wurde der Name als Prank eingetragen.

»Hätten wir's Hände genannt«, sagte Loats, »wäre Hand draus geworden – kein übler Name. Aber Prank? Ein Scherz. Der Ort, wo man lebt, wird zum Scherz, weil die Sprachen durcheinanderkommen!« Und Jahr für Jahr reichte er später Anträge ein, den Ortsnamen abzuändern, bald in Snowball, Corn, Paradise, Red Pear, Dew, Buggywhip oder Brighteye. (Später wurden seine Vorschläge bitter: Forget It, Roughtown, Hell, Wrong, Stink.)

Eine Polka im Holzlager

Sie hatten wenig Zeit. Der Boden mußte bestellt werden, die Jahreszeit war schon fortgeschritten. Die drei Deutschen schufteten gnadenlos, schliefen in ihren Kleidern schon beim Essen ein, krochen hinaus, wenn es noch dunkel war und einzig der frische Geruch von feuchtem Erdreich den kommenden Tag ankündigte. In schmutzstarren Overalls stapften sie los, die Pferde anspannen, pflügen, eggen, Mais und Weizen aussäen und die Vögel von den geschwollenen, keimenden Körnern vertreiben. Messermacher bastelte sich aus einem der Getreidesäcke, in denen er sein Gepäck transportierte, eine Sämaschine, indem er ihn zu einem Viertel mit Winterweizen füllte und ihn dann so faltete und sich vor die Brust band, daß der Sack offenstand und die Körner in einer gleichmäßigen Drillreihe entließ. Weizen, ja, ein bißchen, sagte Beutle, der irgendwo gelesen hatte, Mais sei das Schicksal dieses Landes, die Zivilisation hier beruhe auf dem Maisanbau. Loats nickte. Dann legten sie sich mächtig ins Zeug, um als vorläufige Behausung Hütten aus Rasensoden hinzustellen.

»Ich krieg' mei Wife net so bald her, drum solldet ihr lieber mit der Axt in Reichweite schlafe!« sagte Beutle, rieb sich die Lenden und stöhnte übertrieben qualvoll. Ihre Gesichter waren sonnenverbrannt, die Stirnen, wo die Hüte gesessen hatten, verblüffend weiß, ihre Körper unter den verkrusteten Overalls elastisch und stark, die Augen scharf und die Erwartungen hochfliegend. Sie arbeiteten mit einer dämonischen Energie. Alles schien möglich zu sein.

Ein ums andere Mal fuhren sie nach Keokuk, zuerst um die Frauen und Kinder abzuholen, dann wegen einer Milchkuh und sieben Pfund Kaffee für Messermacher, dann wegen Bauholz für die Häuser und Scheunen, Gelbkiefer, die mit der Bahn, der Kansas City Southern, aus Louisiana herauftransportiert wurde. Hin und her ging es in Beutles Wagen, mit den harzigen gelben Brettern nach Prank und wieder zurück.

»Wenn die Nägel festsitzen sollen, ist Gelbkiefer das beste. Die läßt sie nie wieder los«, sagte Messermacher, der sich mit Hölzern und Schreinerarbeiten auskannte.

Loats bestellte ein Dutzend Bretter Eibenzypresse und wollte nicht sagen, wofür, bis sie ihm entlockten, daß sie für einen Sarg waren.

»Fault nicht, bleibt hundert Jahre glatt und fest. Muß vorausdenken.«

»Recht so! Wer weiß, was Sargholz nächstes Jahr kostet«, sagte Beutle. »Wo du doch schon achtundzwanzig Jährle auf dem Buckel hast.«

In der Holzhandlung zählte Beutle sein Geld auf den Tisch. Er ließ die Blicke über die bekannten Dinge im Kassenraum schweifen, die fleckigen rohen Kiefernholzbretter, die staubige Uhr, den von vielen Jackenärmeln blankgewetzten Ladentisch, den Tresor mit den Fingertapsen zwischen den aufgemalten goldfarbenen Schnörkeln. Auf dem Tresor stand ein grünes Knopfakkordeon, dick eingestaubt.

»Du spielst das Instrument?« fragte er den Kassierer. Der war Amerikaner.

»Nö. Das hat Mr. Bailey einem Nigger abgenommen, kam letztes Jahr hier durch, von den Booten runter, hatte Hunger.

Der konnte's auch nicht spielen, mit gebrochenem Arm. Ich denke, er hat Mr. Bailey leid getan, gab ihm was dafür, paar Cent und ade, auf Nimmerwiedersehen.«

Beutle nahm es, drückte es einmal probeweise zusammen und füllte dann den Kassenraum mit einer lauten, stampfenden Polka. Staub flog auf, als er den Balg in Bewegung brachte. Seine beiden Landsmänner machten große Augen.

»Hans«, sagte Messermacher, »das ist ja herrlich. Daß du das spielen kannst. Diese Musik macht mich selig!«

»Nicht schlecht«, sagte Beutle. »Klingt hübsch, Knöpfe kommen schnell. Wieviel will Mr. Bailey dafür?«

»Weiß nicht. Ist jetzt nicht hier.« Der Kassierer entschloß sich, das Instrument selber auszuprobieren, sobald die Deutschen weg waren. Wenn Deutsche drauf spielen konnten, war es sicher nicht schwer.

»Frag ihn. Ich muß im September wieder her, mehr Holz holen. Sag ihm, wenn er es verkaufen will, ich kauf' es. Wenn's nicht zuviel kostet, wie der Freier zu der Dirne sagt, wenn er 'n Nickel in der Tasche hat.«

Die neuen Häuser und die Frauen

Den ganzen Sommer über ackerten sie und hämmerten, bauten Gerüste und Zäune auf, steckten neue Felder ab für Mais, Hafer und Heu. Alle drei waren sie hart und knorrig wie Hickorystöcke. Die Saat auf den Feldern wuchs wie verrückt. In einem Beet säte Gerti schwarze Körner aus, in Form und Größe wie Kürbissamen, die von der Landbehörde verteilt worden waren: etwas Neues, das man mal probieren sollte, Wassermelonen sagte man dazu.

»Raus! Raus mit euch!« rief Beutle in aller Frühe, als die Tage immer kürzer wurden, und zerrte seine Kinder aus ihren raschelnden, mit wildem Gras ausgestopften Betten, schickte sie dahin, wo es etwas zu tun gab. Die Frauen – bis auf Gerti – schwitzten und plagten sich, preßten in hölzernen Formen Ziegel aus Lehm, Gras und Dung, fütterten das Vieh und arbeiteten auf den Feldern, paßten auf, daß die kleinen Kinder, denen sie Glöckchen an die Kleider steckten, in Hörweite blieben. Die Männer hämmerten, bis es so dunkel wurde, daß sie nach Gefühl schlagen mußten, schichteten die Lehmziegel, »Batzen«, zwischen die vertikalen Pfosten, wie Messermacher es ihnen zeigte: »So geht das, so!« Gerti arbeitete mit den Männern, schwang den Hammer und sang dabei.

Als die Wassermelonen so groß waren wie Kinderköpfe, steckten die Frauen sie in den Kochtopf, aber sie verkochten zu einem faden grünen Matsch, den niemand essen konnte, die Kinder nicht und die Kuh auch nicht. Mitte August wurde die zweite Heuernte geschobert, und Loats säte Roggen zwischen seine Maisreihen, die er im Frühjahr unterpflügen wollte. Die anderen lachten; bei so fettem Lehmboden war das doch Zeitverschwendung.

Ende September waren sie so weit, daß sie aus den Sodenhütten in die kleinen, aber guten Häuser umziehen konnten: die Fassaden glatt mit Lehm verputzt, die dicken Mauern und der Kamin in der Mitte aus denselben harten Ziegeln. Während des Winters malte Messermachers Frau nach einer Schablone rote Blumen mit spitzen Blütenblättern unter der Decke die Wände entlang, andächtig bewundert von einer Indianerin mit abgeschnittenen Fingern, die eines Morgens mit einem Korb Vipernwurz auftauchte, um zu tauschen. Die Erdhütten wurden zu Ställen und Scheunen herabgestuft, und im nächsten Jahr, sagte Messermacher, würden sie die Häuser vergrößern und richtige Ställe bauen. Gerti und die Kinder gingen durchs hohe Gras, mit den bloßen Füßen nach Büffelknochen tastend (Ende des Sommers kam ein Mann mit einem Wagen, der die Knochen aufkaufte, um sie in den Osten zu schicken, wo sie zu Dünger zermahlen wurden), aßen wilde Hagebutten, die für einen Augenblick süß schmeckten. Wid, Beutles zweiter Sohn, hatte ein Talent, im Gras versteckte Feldlerchennester zu finden.

Das grüne Akkordeon

»Seht mal! Vor vier Monaten war hier noch Wildnis. Jetzt stehen drei Farmen.«

Bevor sie mit der Maisernte anfingen, fuhr Beutle noch mal nach Keokuk, um Holz für den Hühnerstall zu holen. Im Kassenraum der Holzhandlung stand das grüne Akkordeon immer noch auf dem Tresor.

»Na, wieviel will Mr. Bailey dafür?«

Der Kassierer machte ein mürrisches Gesicht. »Mr. Bailey will gar nichts mehr. Mr. Bailey ist zu seinem Schöpfer heimgegangen. Sehn Sie die Bohlen, die Sie auf Ihren Wagen geladen haben? Die sind auf ihn gefallen. Die und noch mehr. Schlecht gestapelt. Klebt noch sein Hirn und Blut dran, schaun Sie mal an den Enden! Die haben ihm den Kopf eingedrückt, ihn zerquetscht wie einen Käfer. Selber schuld, zum Stapeln hat er einfach jeden genommen, Rumtreiber, Itaker, Polacken, Krauts und Hunkies. Er geht da raus, zieht an einem Brett ganz oben, will anfangen, einem Kerl den Wagen zu beladen, und da kommt die ganze Chose auf ihn runter. Einen Schrei läßt er los, daß dir die Ohren weh tun. Hab' über eine Stunde gebraucht, um ihn da rauszuwühlen. Also, ich denk' mal, für die verdammte Quetschkommode muß jetzt ich den Preis machen. Ich weiß nicht, was ihr Germans daran findet. Hört sich an wie Mr. Bailey, als die Bretter auf ihn runterkamen. Einen Dollar, auf den Tisch.«

Ein Erinnerungsphoto

Beutle spielte das Akkordeon in dem neuen Haus, als das Gelbkiefernholz noch frisch war und duftete, ein Harzgeruch, der ans Pfeifen des Windes durch die Nadeln erinnerte und ans Surren der Zikaden.

»Gucket mal, ist die Farb net hübsch?« Er legte sich das grüne Akkordeon auf die Knie und zog lange Akkorde daraus hervor. »Der Klang ist gut.« Dann erhob er seine süßliche Te-

- 77 -

norstimme, die alten deutschen Volkslieder erblühten in der Küche, die Kinder spielten unter dem Tisch mit Strohhalmen, die sie unter seinen im Takt wippenden Zehen durchzogen, und die Frauen wischten sich die Tränen aus den Augen.

»Ja, e ganz nettes kleines Akkordeon«, sagte Beutle gönnerhaft und stopfte sich seine gebogene Pfeife. »Aber e richtiges deutsches von Hohner wäre mir lieber. Das wär' stärker.« Messermacher klopfte den Takt auf dem Waschzuber, und Loats blies auf einem Kamm, bis ihm die Lippen taub wurden.

»Da haben wir ja alles, was wir brauchen«, sagte Loats.

»Nein«, sagte Beutle und trat auf einen Finger, der unter seinen Zehen war. »Eine Tuba brauchen wir noch. Und einen Biergarten. Mir fehlt so e Plätzle: Stühle und Tische mit rotkarierten Decken unter Bäumen, wo die Spatzen Krümel picken und alle friedlich vor ihrem Krug Bier sitzen – ach, wenn ich an Gründigs Helles denke, das war ein edles Gebräu! –, und ab und zu e bißle Musik, ein Lied auf dem Akkordeon« – und er ließ ein paar Takte von *Schöne Mähderin* erklingen –, »und die Kinder sitzen still, die alten Frauen stricken und haben e Gläsle vor sich auf dem Tisch. So was gibt's nicht in Amerika – nichts, wo man hingehn kann. Alle bleiben nur immer daheim und arbeiten. Die Amerikaner verstehn nicht zu leben – immer nur raffen und raffen! Da machen wir doch am besten unsern eigenen Biergarten auf, gell? Ich such' uns e Plätzle unten am Fluß unter den Weidenbäumen, und Sonntag nachmittag, wenn es schön ist, dann hocken wir uns da hin und denken, wir wären irgendwo, wo es freundlich und gemütlich zugeht. Die Kinder können Bedienung spielen.«

»Hm«, sagte Clarissa mit ihrer verdrossensten Miene, »und ich soll dann wohl eine von den alten Damen sein, die bei ihrem Gläschen sitzen und stricken, oder wie eine Verrückte hin und her rennen, um vom Haus Kuchen, Wurst und Käse zu holen?«

»Weiber machet scho immer Weiberarbeit«, sagte Beutle. »Erst wird aufgetragen und dann abgetragen, dann gestrickt und getrunken.«

Loats' Onkel hatte einem deutschen Turnverein angehört, und der Neffe, dem die Spannkraft des Alten imponierte, überredete die anderen zu Freiübungen. Jeden Morgen bei Tagesanbruch standen die drei deutschen Männer auf, jeder in seinem Haus, entleerten die Blasen, machten Knie- und Rumpfbeugen, und zuletzt schleuderten sie die Arme nach vorn, hinten und zur Seite. Messermacher brillierte mit seinen selbstgemachten Schwingkeulen; Loats konnte im Handstand laufen. Dann setzte sich jeder an den eigenen Tisch und trank einen Liter selbstgebrautes Bier – Beutle rauchte auch noch eine Zigarre –, während die Hausfrau mit der Milchkanne klapperte und das Pökelfleisch in der Pfanne brutzelte.

»Uns geht's gut«, sagte Beutle.

Aber im November bekam eines von Loats' Kindern Sommerdurchfall mit Krämpfen, der sich zu einer Hirnhautentzündung auswuchs, und Beutles vielgerühmtes Heilkundebuch mit dem Titel *Praktischer Führer zur Gesundheit* erwies sich als nutzlos; der Junge starb nach einer Woche. Ein kleines Stück weit draußen in der Prärie hoben Loats und Messermacher ein Grab aus, und Beutle schwor mit tränenüberströmtem Gesicht, daß er das Gelände im Frühjahr ringsum einzäunen werde. Zweimal hintereinander spielte er auf dem Akkordeon den *Trauermarsch*, und die Frauen schluchzten. Das war nur der Anfang einer endlosen Folge von Krankheiten und Unfällen, von der die Deutschen heimgesucht wurden. Im Lauf der Jahre erkrankten ihre Kinder an Diphtherie, Rückenmarkfieber, Typhus, Cholera, Malaria, Masern, Keuchhusten, Tuberkulose und Lungenentzündung; sie erlitten Blitzschläge, Verletzungen, Schlangenbisse und Erfrierungen. Als Beutles jüngster Sohn an Komplikationen nach den Masern starb, bat Gerti ihren Mann, einem reisenden Photographen, der vor ein paar Tagen dagewesen war, nachzureiten, und ihn zurückzuholen, damit er ein Erinnerungsphoto machte. Rasch zog sie dem toten Kind die Hosen von seinem älteren Bruder und einen schwarzen Wintermantel an und brachte den kleinen Körper, solange er noch biegsam war, auf einem Stuhl in sitzende Haltung, mit einem hölzernen Pferdchen in den

Händen, das Beutle ihm geschnitzt hatte. Weil der Leichnam nicht aufrecht bleiben wollte, mußte Beutle ihn festbinden, mit einem Strick, der mit Ruß geschwärzt wurde, damit man ihn auf dem Photo nicht sah. Der Photograph kam, und sie trugen das Kind mitsamt dem Stuhl ins helle Sonnenlicht hinaus. Noch immer stand kein Zaun um das Gelände, und dieses Mal spielte Beutle den *Trauermarsch* nur einmal, das genügte. Man konnte nie wissen, wie lange die Kinder lebten; besser, man liebte sie nicht zu innig.

Die Schmalz- & Schwartenbahn

Um 1900 gab es bei Prank dreißig Farmen: neue Familien, die ein privater Mißerfolg nach Westen getrieben hatte und die nun aus den von Dürre geplagten Staaten Kansas und Nebraska kamen, versprengte Nachzügler aus dem Osten, die bei der großen Landverteilung in Oklahoma im vorigen Jahr nichts Brauchbares abbekommen hatten, einige, die durch die Wirtschaftskrise ruiniert worden waren und wieder auf die Beine zu kommen versuchten, ein paar Viehzüchter, die unter den fürchterlichen Schneestürmen von '86 und '87 in die Knie gegangen waren und immer noch hofften, auf ihr früheres Land zurückkehren zu können; und die meisten beflügelt vom Gedanken an das neue Jahrhundert, in dem sie eine Chance zu großen Unternehmungen witterten. In manchen Jahren wuchs der Mais, wie man es noch nie gesehen oder für möglich gehalten hatte. Man konnte fast zusehen, wie er aus dem purpurschwarzen Boden schoß, und wenn man in der Windstille eines heißen Sommertags zwischen den Reihen stand, hörte man das leise Knacken der wachsenden Stengel, die pure Lebenskraft.

Aber es gab auch Dürrezeiten, in denen die Ernten zu Tode buken, und höllische, schwirrende Wolken von Heuschrecken, die sich so dick auf den Stacheldrahtzäunen niederließen, daß die Drähte wie zerfaserte Taue aussahen, Taue, die sich von allein bewegten. Schwarze Wolkenwände verschwanden urplötzlich im Tunnel brüllender Tornados, Hurrikans brachen aus dem Nichts hervor, rissen Häuser und Scheunen um und warfen Pferde in den Straßengraben. Männer erfroren, die in bodennahen Schneestürmen über die Prärie stapften, Pferde starben im Geschirr, eine Frau, die sich an der Hand ihres Mannes gegen den heulenden Wind stemmte, als sie sich zu ihrem Haus durchkämpften, stürzte und verlor den Halt. Der Mann fand sie erst am nächsten Morgen wieder: Ihre gefrorene Leiche war gegen die Wand der Scheune geweht; hätte das Gebäude nicht dagestanden, wäre sie bis zum Missouri gerollt. Auf langanhaltende Trockenzeiten folgten schwere Wolkenbrüche, die den staubigen Boden wegschwemmten und die sterbenden Pflanzen herausspülten. Teetassengroße Hagelkörner, wie ungeschlachte barocke Perlen, schlugen die Maisfelder zusammen und verwundeten das Vieh. Kinder ertranken im Little Runt oder verliefen sich in den Wäldern aus Mais.

Die langerwartete Eisenbahnlinie kam zustande, die Dreißig-Meilen-Strecke der Firme Rolla & Highrod, Schmalz- und Schwartenbahn genannt wegen ihres improvisationsfreudigen Betriebs (statt teuren Maschinenöls verwendete man Schweineschmalz als Schmiermittel; Wasser schöpfte man in Eimern aus dem Little Runt, statt Wassertürme aufzustellen), aber immerhin schuf sie eine Verbindung zu den Märkten von Chicago und zum Wohlstand. So jedenfalls stand es auf den Plakaten und Handzetteln der Bahngesellschaft. Beutle verachtete die irischen »Sumpfhähne«, die mit »irischen Löffeln«, wie er ihre spitzen Schaufeln nannte, die Gleise legten, aber ihr Geld stank nicht, und darum beherbergten die Beutles ein Jahr lang vier von diesen schmuddeligen, Gebete lallenden Whiskey-Säufern.

»Oh, diese dreckigen Iren!« sagte Gerti, die einmal eine Schüssel Kartoffelsuppe zu einer Hütte gebracht hatte, wo vier Kinder todkrank mit den Pocken darniederlagen. Die Mutter hatte sie gefragt, ob sie eine Tasse Kaffee wolle, und als Gerti widerstrebend annahm, ging sie in die schmutzige Kochnische. Nach einem Weilchen spähte Gerti hinein und sah, wie

- 81 -

die Elende den Innenrand einer Tasse sauberleckte, während ein Topf mit schalgekochtem Kaffee auf dem Herd stand und einen Geruch wie von brennenden Lumpen verbreitete.

Beutle verkaufte sein Schwarzwalnußwäldchen, das zu Bahnschwellen verarbeitet wurde, und freute sich über das gute Geschäft. Manche von den Iren blieben da, um den Kalk abzubauen, den man unter dem Städtchen gefunden hatte, manche zogen mit dem Eisenbahnbau weiter nach Westen, und ab und zu scherte einer aus, um Stallgehilfe, Grundstücksverwalter oder Angestellter bei einer der neuen Verwaltungsbehörden zu werden.

»Diese dreckigen Katholiken!« sagte Beutle. »Das sind alles Verbrecher, die begehen jedes Verbrechen, weil sie nachher ja zur Beichte gehn können. Ein paar Gebete, und *hui*, alles ist wieder rein! Da war mal ein Ire, der klaut seinem Nachbarn fünf Hennen, und dann geht er beichten und sagt: ›Vater, ich hab' ein paar Hühner geklaut.‹ – ›Na, wie viele denn?‹ sagt der Pfarrer. ›Fünf, Vater, aber sagen wir lieber zehn, und ich hol' mir den Rest auf dem Heimweg.‹«

Gerti knetete jede Woche den Teig für zwanzig Laib Brot; ihre großen breiten Hände sahen aus wie Gliederhaken, ihre Unterarme mit der überentwickelten Muskulatar wie Mißbildungen. Seit eine unruhige Kuh beim Melken auf dem Hof das Waschgestell umgestoßen hatte und Gerti der schwere Wasserbottich auf die Schultern gefallen war, zog sie die rechte beständig hoch. Trotz dieser Schlagseite und trotz ihres entzündlichen Rheumatismus schuftete sie auf den Feldern, verfluchte die Hausarbeit und flocht jeden Morgen sich selbst und ihren Töchtern das Haar zu einem Kranz um den Kopf, obwohl die Mode in der Stadt einen Haarknoten von der Größe eines jungen Kohlkopfs oben auf dem Schädeldach vorschrieb. Mit einem feingezinkten Kamm fuhr sie durch das wellige Haar, teilte es in zwei lange Strähnen, die sie rasch zu festen Zöpfen flocht, mit einem Bändchen an jedem Ende. Die Zöpfe legte sie um den Kopf, und wo sie im Nacken zusammentrafen, verknüpfte sie die Bändchen und verbarg sie unter dem Haar. Die flach anliegenden Zöpfe bildeten bei den kleinen Mädchen eine hellschimmernde Haarkrone; ihre war bräunlich, graugesträhnt. Nachts wurden die Zöpfe aufgelöst – denn wer hätte auf solchen Haarstricken schlafen können? – und fielen in warmen, krausen Wellen herab. Und wenn die Mädchen, wie es jedes Jahr einigemal vorkam, aus der Schule Läuse heimbrachten – setzt euch bloß nicht neben die Iren, hatte die Mutter sie gewarnt –, dann wusch sie ihnen das Haar mit Petroleum und kämmte es mit einem engzähnigen Läuse-kamm durch; und wenn es sie juckte und sie sich krümmten, verabreichte sie ihnen Dr. Lugs Wurmmedizin, eine teerige Flüssigkeit, die nach verbranntem Rinderhorn roch.

Eine zweite, doppelgleisige Bahnlinie wurde gelegt, von chinesischen Arbeitern, die ein unverständliches Kauder-welsch sprachen; sie führte nach Kansas City im Süden und nach Minneapolis im Norden. Die Bahngesellschaft baute einen Bahnhof und besetzte ihn mit einem Vorsteher, einem Telegraphisten und einem Frachtaufseher. Den Wartesaal zierte eine zehn Fuß lange Bank aus perforiertem Sperrholz mit der groß aufgemalten Devise BESUCHT EURE KRANKEN! Buck Thorne, der Bahnhofsvorstand, war Lokomotivführer gewesen, bis er bei einer Entgleisung ein Bein verlor. Er machte sich einen Spaß daraus, sich mit einer Dampflok zu vergleichen. Wenn er mittags zum Essen ging, setzte er seine Ventilhaube auf, eierte mit seinem Holzbein wie auf kreiseln-den Pleuelstangen zu seinem Lokschuppen, um den Kessel aufzuheizen und Kohle und Wasser aufzunehmen. Samstag nachts trank er Whiskey, bis er schwer unter Dampf stand und sich für gut geschmiert erklärte.

Der Zug aus Kansas City machte seine erste Fahrt am 4. Juli. Prank feierte das Ereignis.

Auf dem hölzernen Bahnsteig standen die drei Deutschen in der vordersten Reihe. Jeder von ihnen hielt einen Baum-schößling in der Hand, an dem eine selbstgemachte amerika-nische Flagge hing. Die Kinder hinter ihnen hatten zwischen Daumen und Zeigefinger Papierfähnchen wie Briefmarken an einem Zahnstocher. Auf der anderen Seite der Gleise standen Schweine in ihren Pferchen auf den Hinterbeinen, die Vorderbeine gegen die Umzäunung gestemmt, und beobachteten die Menge.

»Fleißig schaffen, und der Segen muß kommen«, schwang sich Beutle in seinem schwäbischen Amerikanisch zu einer Rede auf. »Meilenweit steht das Korn, und da sieht man, was gute, harte Arbeit schafft, und jetzt kriegen wir die Railroads ins ganze Land –« Er schwitzte und stotterte, weil es so eine Ehre war, und die Iren kicherten über seinen täppischen Akzent. Der Zug aus Kansas City ächzte und zischte, die Lokomotive stieß einen schrillen, heiseren Ruf aus, einen Ton, den der Maschinist Ozro Gare durch einen gegen die Zunge in der Pfeife geklemmten Holzblock erzielte, um seinem Fahrzeug eine unverwechselbare Stimme zu geben, die drei Deutschen lehnten ihre Flaggen an die Bahnhofswand, und Beutle holte das grüne Akkordeon aus dem Gepäckkarren und legte los mit dem neuen *Westward March* von Kapellmeister Sousa, obwohl die neue Bahnlinie doch nach Norden und Süden führte. Mächtig brummend und blökend fiel Loats mit seiner fleckigen Tuba ein, und Messermacher erzeugte auf einem Stück Schiene zu Ehren der Eisenbahn ein durchdringendes Klirren. Die Kinder ahmten das Quieken der Schweine nach, und alle zusammen grölten sie die *Battle Hymn of the Republic*.

Mit einem langen Pfiff kam der Zug in Fahrt, die Menge jubelte und winkte dem Führerhaus nach, bis es außer Sicht war. Fünf, sechs Jungen legten das Ohr auf die Schienen, um dem entschwindenden Stahlgesang zu lauschen. Die Männer stellten Klapptische auf den Bahnsteig, und die Frauen brachten Schüsseln mit Huhn, Klößen, Waschzuber voll Brötchen und Butterbroten, eingelegte Rote Rüben. Am meisten schleppten die deutschen Frauen heran: einen gewaltigen zartrosa Schinken, rote, in Bier gekochte Würste zu Dutzenden in einer Pfanne, geräucherte Schweinerippchen und Sauerkraut mit Pfefferkörnern und Wacholderbeeren, Rettiche, saure Sahne, einen Zwiebelkuchen von einem halben Meter Durchmesser, Handkäse, Schweinesülze mit Äpfeln und Birnen. Zwanzig reife Wassermelonen in Eiskübeln waren mit dem Zug gekommen, außerdem gab es Pflaumenkuchen, Gertis »Apfel-

- 84 -

kiachle« und zwölf Pfund Kuchen mit Honigglasur. Eines der irischen Kinder schrie laut auf, als es in das zweite Stück biß und von einer Wespe, die auf der süßen Schicht saß, in die Zunge gestochen wurde. Mädchen stellten sich abwechselnd an den Tisch und verscheuchten mit Geschirrtüchern und Weidenruten die Fliegen.

»Wißt ihr noch, wie wir die Melonen gekocht haben im ersten Jahr?« sagte Clarissa Loats mit ihrem dünnen Lachen. Messermacher ließ seine Schwingkeulen wirbeln, und Beutle kletterte ins Obergeschoß des Bahnhofsgebäudes und schmiß Händevoll Pfefferminzbonbons aus dem Fenster. Etwas abseits spielte ein Ire wehmütig Flöte, und ein anderer tanzte auf dem Bahnsteig eine Art Schuhplattler, bis dicke Staubwolken von den Planken aufstiegen, aber die Deutschen waren die Hauptattraktion. Als der Abend kühler wurde, zog man ins neue Schulhaus um, wo die Bänke weggeräumt wurden, damit man tanzen konnte.

»Jesses, jetzt wird getanzt!« rief Beutle und stimmte allerlei lustige Teutonenlieder an – *Die Ankunft der Grünhörner, Auf der Alm, da steht 'ne Kuh* und das bei weitem beliebteste *Herr Loats, was ist mit deiner Tuba los?* –, bis die Iren genug hatten und nach Jigs und Reels schrien, die die Deutschen nicht spielen konnten, und die Amerikaner verlangten *Old Uncle Ned* und den *Arkansas Traveler.* Die drei Deutschen spielten bis Mitternacht. Beutle pumpte eine Polka nach der andern aus seinem Akkordeon, die Tuba dröhnte, und ein Sprühregen von Schweißperlen erglänzte im weißen Licht der Gaslaternen, wenn die Paare nach dem Galopp herumschwenkten. Um Mitternacht läutete jemand eine Glocke, ein Ire feuerte mit einer Schrotflinte in die Luft, und dann vollführten die drei Deutschen ihr Paradestück.

Von Loats' Wagen holten sie zwei Ambosse herunter und stellten den einen mit der Fußseite zuoberst auf den Boden. Beutle füllte die Höhlung mit Schießpulver und verstreute ein wenig auch als Lunte um den Rand; dann stellte er den zweiten, ebenfalls verkehrt herum, über die Ladung. Messermacher entzündete das Pulver mit einem rotglühenden Schürhaken. Es gab ein fürchterliches Getöse, eine Explosion um die andere, die Ambosse knallten aneinander, der Bahnhof wackelte, die Schweine quiekten vor Entsetzen, und ganz Prank brüllte sich heiser.

Sonntag

Die Einwohnerzahl stieg über sechshundert. An den Bahngleisen liefen die Feldwege zu den Farmen im Hinterland zusammen. O'Rourkes Kolonialwarenladen richtete im Hinterzimmer ein Lichtspieltheater ein, und bei einem seiner samstäglichen Besuche in der Stadt kurbelte Beutle einige Spulen der *Great Train Robbery* herunter.

»Kann man schon mal gucken, na ja, ist aber gar nichts gegen ein gutes deutsches Theaterstück.« Ein Trupp Zigeuner kam vorüber und verkaufte Gartenstühle aus Weidengeflecht. Beutle kaufte zwei, in Gedanken an seinen Biergarten unten am Fluß, nach einigem Feilschen um den Preis. Aber als er sie abends zu dem ausersehenen Plätzchen trug, fand er die Weiden dort geschlagen und daneben die Feuerstellen, wo die Roma kampiert hatten. »Jesses, jetzt hab' ich meine eigenen Bäum' gekauft!« (Und als im nächsten Jahr wieder ein Trupp Zigeuner kam, dieselben oder andere, und am Flußufer lagern wollte, da jagte Beutle sie mit vorgehaltener Schrotflinte fort, verlor die Geduld, als einer ihrer Wagen im feuchten Boden steckenblieb, versicherte lachend, er werde ihnen schon Beine machen, und schoß auf das schwarzberockte Hinterteil einer alten Frau, die sich in die Speichen eines Rades stemmte. Sie fiel kreischend zu Boden, und Beutles Kinder begannen zu weinen. »Still! Sie hat doch gar nichts – Ausländer sind Tiere, die spüren keinen Schmerz. Die tut nur so, damit ihr Mitleid habt.« Er spuckte aus und brüllte: »Los, verschwindet!«, bis sie wieder auf der Straße waren; die Alte hatten sie auf einen der Wagen gelegt.)

An den Sonntagen blieben die drei Deutschen zu Hause, tranken Bier und rauchten ihren selbstangebauten Tabak, aßen, machten Musik, bei schönem Wetter auch unten am Fluß, an dem Platz, den Beutle gesäubert und mit ein paar Bänken, Holztischen und den beiden Zigeunerstühlen eingerichtet hatte. (Die Weiden waren mit der Zeit wieder nachgewachsen.) An heißen Tagen war es sehr angenehm dort, das dahinströmende Wasser plätscherte leise, und der Gesang der Feldlerchen ertönte im gelben Nachmittagslicht. Für den Yankee-Sonntag, einen Tag des Trübsinns und der dürren Gebete, hatten sie nichts übrig.

»Wißt ihr, warum die Puritaner von England nach Amerika gezogen sind?« Beutle stellte das grüne Akkordeon auf einen Stuhl und langte nach dem Bierkrug. »Jesses, das war nur, damit sie in Freiheit und auf ihre Art ihre Religion ausüben und sie anderen aufzwingen konnten.« Er ließ einen donnernden Furz, und die Kinder brüllten vor Lachen.

Eine Reise nach Chicago

In der Stadt begann man darüber zu reden, daß die Kinder der drei Deutschen sich alle erstaunlich ähnlich sähen – vielleicht waren die Familien noch inniger verbunden, als man ahnte. Geschichten über Beutle machten schon seit Jahren die Runde, und wären sein Akkordeon nicht gewesen und sein streitbarer, doch humoriger Charakter, so hätte er wohl in irgendeiner dunklen Nacht Prügel bezogen.

»Jesses, will mit mir einer Streit anfangen? Den rauch' ich in der Pfeife!«

Bei einer denkwürdigen Reise nach Chicago, wo sie die Schweine verkaufen wollten – für sechs Cent das Pfund, das edle weiße westfälische Landschwein! –, sagte Beutle, daß er Messermacher das ausgeleierte kleine grüne Akkordeon schenken wollte. Er werde ihm beibringen, darauf zu spielen. Das Instrument sei gar nicht so übel, aber er selbst, er werde sich ein neues kaufen, ein deutsches von der Firma Hohner, die ausgezeichnete Harmonikas machte. Es hatte ein paar Knöpfe extra für Halbtonschritte nach oben und unten.

Dann könnten sie eine Kapelle auf die Beine stellen, ein deutsches Akkordeon-Orchester, wenn sie noch ein Instrument dazubekämen. Loats vertrug die Erschütterungen der Bahnfahrt schlecht; er ging auf die Plattform und ließ die kalte Luft ansich vorüberbrausen, atmete den schwefeligen Kohlenrauch ein.

»Das Akkordeon haben Deutsche erfunden«, redete Beutle auf Messermacher ein. »Tausend Sachen haben wir erfunden, vor allem aber das Akkordeon. Denn der Deutsche denkt, der Deutsche hat was im Kopf. Da war mal einer, ein Musiker, ein deutscher Geiger, der hat zuletzt im Hoforchester in Rußland gespielt, nicht bei Katharina der Großen, aber etwa zu der Zeit, da hat er Geige gespielt. Aber weil er doch Deutscher ist, Jesses, da achtet er eben auf manche Dinge, da merkt er, daß es einen netten kleinen Ton gibt, wenn er zu Hause seinen Bogen an einen Nagel hängt. Und so erfindet er die Nagelgeige – sehr schöner Klang, hab' ich selbst gehört. Ein hölzerner Kreis mit hervorstehenden Nägeln, man streicht mit dem Bogen über die Nägel, und es gibt *uuu aaa uuu aaa*, eine kleine Melodie. Eines Tages bekommt der Mann so ein merkwürdiges Ding aus China, jemand hat es ihm gegeben, weil er sich für alles interessiert – klar, er ist ja ein Deutscher –, und da sieht er eine runde Schüssel, aus der ein paar Bambuspfeifen vorstehen, und an der Schüssel ist ein Mundstück. Er bläst drauf: ein guter Klang. Und bei diesem Ding, da haben die Chinesen Zungen in die Pfeifen gesteckt, genau wie beim Akkordeon, kleine Zungen, die am einen Ende mit Wachs festgemacht sind und am andern Ende frei schwingen – so!« Er ließ eine Hand vor Messermacher vibrieren. »Der deutsche Geiger lernt nun dieses Instrument spielen, die liebliche ›Chinesen-Orgel‹, und damit bringt er andere Deutsche auf die Idee zum Akkordeon – mit den frei schwingenden Zungen. So hat es angefangen. Später kommt dann der Balg dazu.«

In Chicago trank Beutle bayerisches Importbier und rauchte in der Bierhalle eine spanische Zigarre, aß Würste mit Sauerkraut, sang Trinklieder bis Mitternacht, besuchte Prostituierte, und von dem Erlös für seine Schweine kaufte er für sich ein neues Instrument und für seine Frau eine Papptafel mit dem vorgelochten Spruch GOD BLESS OUR HOME und eine Auswahl farbiger Garnfäden, die durch die Löcher einzusticken waren. Loats dachte an Buntstifte und einige Bögen billiges Papier für die Kinder; für seine Frau kaufte er einen Maßbandbehälter in Form einer Henne und eine Flasche von dem Stärkungstrank THANKS A MILLION, denn um ihre Gesundheit stand es schon nicht mehr zum besten. Er aß einen Teller Chicagoer Würstchen, die von seltsam bronzener Farbe waren und nach Petroleum schmeckten. Messermacher erstand einen Schaukelstuhl und eine von den neuen Sprungfedermatratzen für einen Gesamtpreis von sechs Dollar. Für seine Kinder nahm er eine Kiste Orangen mit, von der er von Zeit zu Zeit den Deckel abnahm, um den Duft einzuatmen.

Als sie im Zug nach Prank zurückfuhren, ging das neue Akkordeon von Schoß zu Schoß; es juckte sie in den Fingern, und sie sprachen von der Macht der Musik über die Menschen. »Hört euch nur mal diesen Klang an, wie stark und rein!« Denn das neue Akkordeon hatte gute Stahlzungen und einen forschen, herausfordernd deutschen Klang; allerdings war es wegen der zusätzlichen Knöpfe schwer zu spielen. Beutle hatte sich eine Waschmaschine angesehen, eine kupferne Maytag mit einem Kurbelgriff, an dem die Frau drehen mußte, bis die Sachen sauber waren, und eine Wringmaschine, aber gekauft hatte er statt dessen einen aufziehbaren Phonographen und mehrere Edison-Schallplatten, darunter eine mit Aufnahmen von einem Akkordeonspieler namens Kimmel, der deutsche Walzer, aber auch irische Jigs und Reels spielte. Er brannte darauf, sie sich zu Hause anzuhören.

»Man könnt' fast meinen, ein Musikinstrument ist menschlich oder jedenfalls lebendig«, sagte Beutle. »Zum Beispiel die Geige: Wir sagen, sie hat einen Hals, und der Mensch, was hat der im Hals? Stimmbänder – wie die Saiten, aus denen der Ton kommt. Und im Akkordeon, da haben wir ein Instrument, das atmet. Es atmet, Jesses, es lebt! Auch ohne Hals. Lungen hat es. Und das Klavier? Die Tasten sind Finger, sie geben unsern Fingern Antwort. Die Trompete, das Horn – eine

Nase, die man schnaubt. Da weiß ich e Witzle. Also, da fährt einer nach Chicago, Schweine verkaufen, und kriegt einen guten Preis. Er hat die Geldtasche so voll, daß er sie kaum mehr zubekommt; hat Angst vor Dieben. Aber bevor er wieder heimfährt, will er noch e bißle Spaß haben. Also geht er in so ein Haus voller Weiber, die haben alle so ein verkniffenes Gesicht und Arme wie Matrosen. Trotzdem, andere findet er nicht, und drum sagt er sich: ›Okay, sind wir mal vorsichtig!‹ Die eine verlangt einen Dollar. ›Okay‹ sagt er, ›ich geb' dir zwei, wenn du —‹«

»Achtung«, sagte Loats mit erstickter Stimme und stürzte zum Fenster, um die Chicagoer Würstchen zu erbrechen.

Beutles Triebleben

Zuerst behauptete Beutle, Kimmels Musik sei Schwindel. »Das sind zwei Akkordeons. Niemand kann so was spielen.« Dann gab er zu, es war doch nur ein Musiker, ein Deutscher eben, ein Meister des Akkordeons, wenn auch mit einer unerklärlichen Neigung zu irischen Jigs.

Die drei Deutschen machten gute laute Bauernmusik, und wollte man dazu tanzen, mußte man stampfen.

»Wenn du spielst wie diese Deutschen, kannst du später mal allenfalls Dampfpfeife spielen wie Quint Flint«, sagte ein irischer Flötenspieler verächtlich zu seinem Sohn, der einmal versucht hatte, mit den Deutschen zu spielen, und überdröhnt worden war. Quint Flint war ein Lokführer, der mit der Dampfpfeife *Polly Put the Kettle On* spielte, wenn er sich seinem Heimatbahnhof näherte.

Wenn eine Wanderkapelle nach Prank kam, sprach Beutle den Leiter an und stellte sich als Musiker vor, der früher auch mal gereist war. »Haben Sie mal von Tonios Golden Touring Band gehört? Ach, ist schon Jahre her, in anderen Städten, da hab' ich mit denen gespielt. Jetzt bin ich Farmer. Also, vielleicht haben Sie ein paar Instrumente, die Sie loswerden wollen, auch wenn sie schon ein bißchen kaputt sind. Ich könnte sie Ihnen abkaufen, wenn's nicht zu teuer ist; ich flick' sie wieder zusammen. Wir können so was brauchen hier draußen in der öden Prärie, für unsere Musik.« So kamen die Deutschen zu Saxophonen und Trommeln, Mundharmonikas und Glockenspielen, und Beutle zeigte den Kindern, wie man darauf spielte. Der kleine Karl, Messermachers Sohn, lernte sehr schnell mehrere Instrumente und konnte schon mit sieben Jahren auf dem Akkordeon, der Mundharmonika und der Querpfeife *The Camptown Races* spielen.

Im Ort hieß es nur: »Holen wir doch die drei Deutschen«, wenn getanzt werden sollte, und dann gab es Gelächter, und jemand machte eine Andeutung über Beutle und seine Gerti. »The Three Germans« wurde zum Namen für ihre Kapelle, obwohl bald auch noch ein halbes Dutzend Kinder mitspielte. Beutles rechter Fuß stampfte den Takt, fest und gleichmäßig wie ein Metronom. Sie saßen vor dem Anthrazit-Ofen, eine feine Sache, nachdem sie so viele Winter nur mit gezwirbelter Lauchquecke geheizt hatten, Lotte kratzte auf der Geige, die Akkordeons blafften, Klein-Wid bearbeitete ein Fuß-Glockenspiel, und Percy Claude klimperte auf dem Banjo – einem Instrument, das so munter und geschmeidig klang, daß sogar der alte Hund sich aufsetzte und zu heulen begann, sobald der Junge es von dem Nagel an der Wand nahm.

Die Beutles waren triebhaft, kein Zweifel, und das nicht, weil sie neun Kinder hatten – viele Leute in Prank hatten über ein Dutzend –, sondern weil Beutle nicht den Anstand besaß, sich zu beherrschen, bis die Nacht und die Bettdecken sein Treiben verbargen. Der Bahnbote Mulkens fuhr eines Tages mit einer Lieferung junger Apfelschößlinge zu ihm heraus und trat nichtsahnend in den Holzschuppen, wo er Gerti über den Hackklotz gebeugt fand, während Beutle sich über sie hermachte »wie ein ausgehungertes Schwein über den Abfalleimer«. Auf dem Rückweg gab Mulkens seinem Gaul die Peitsche, so eilig hatte er es, von allem zu berichten, was er gesehen hatte, bis hin zu den roten Flecken an Beutles Hintern, die vielleicht nicht bloß Pusteln, sondern Zeichen einer entsetzlichen Krankheit waren. Oder womöglich sogar Bißspuren –

diese Deutschen waren ja wie die Tiere! Der Briefträger erzählte von einem an Beutle adressierten Umschlag, der irgendwie aufgegangen war, wobei unanständige Photos ans Licht
kamen, darunter eines von einer Frau in einer schwarzen
Hemdhose mit ausgeschnittenen Kreisen, aus denen die Brüste herausstanden.

Im Herbst, beim Bündeln und Aufschlichten der Maissten-
gel, arbeiteten die drei zusammen auf ihren Feldern, besonders
in der Zeit, als die Jungen noch zu klein waren, sich nützlich
zu machen. Einmal, als sie auf Beutles Feld waren, kam Gerti
mittags zu ihnen herausgefahren und brachte den Imbiß und
Krüge mit Essigwasser. Es war ein warmer Tag. Beutle arbeitete nahe bei ihrem Mittagsrastplatz; wahrscheinlich, dachte
Loats, weil er auf Gerti wartete und Hunger hatte. Loats und
Messermacher kamen über das Feld herbei, schnallten sich die
Schälnadeln von der rechten Hand (denn Beutle schälte seinen
Mais gleich auf dem Feld), hoben und senkten die Köpfe, um
den Nacken zu lockern. Sie sahen Beutle und Gerti unter den
Wagen kriechen.

»Schau, Beutle macht, daß er in den Schatten kommt«, sagte
Messermacher neidisch.

»Nicht nur in den Schatten«, sagte Loats und blinzelte, als er
Beutles blanken Hintern aufleuchten sah. Sie gingen zu dem
Wagen.

»Also, euch ist wohl ganz egal, wer euch sieht?« sagte Loats
und biß mit seinen gelben Zähnen in das kalte Schweinefleisch. Er hockte sich hin und schaute unter den Wagen, in
der Hoffnung, Beutle in Verlegenheit zu bringen.

»Schau nur gut hin, Willy«, sagte Beutle, tief schnaufend
und noch tiefer stoßend, »da kannst du was lernen! Jesses, und
dann muß ich nicht jeden Sonntagnachmittag bei euch vorbeikommen.«

»Animalisch!« sagte Loats.

»Leck mich am Arsch!«

»Na und, die Leute verziehn ja auch keine Miene, wenn es
die Hunde machen oder wenn der Bulle die Kuh besteigt«,
sagte Gerti zu Clarissa. »Was soll da für ein Unterschied sein?

Das ist doch bei uns genau wie bei denen. Ein natürliches Bedürfnis. Hindern kann ich ihn sowieso nicht. Er könnte gar nicht leben, ohne daß er's dreimal am Tag macht.« Sie war ein bißchen über vierzig, die Oberlippe schon von Fältchen durchzogen. Sie hätte gern etwas eigenes Geld zur Verfügung gehabt, aber Beutle hielt sie kurz. Immer kam sie auf eine neue Idee, wie sie es sich verschaffen könnte: durch Butter von der Kuh – aber das war eine Heidenarbeit und brachte nur fünf Cent für das Pfund –, und als sie Puten heranzufüttern versuchte, verlor sie zuerst siebzehn durch Hagelschlag, und die übrigen holten sich die Falken.

»Der Unterschied ist, daß wir Christen sind und die Tiere nicht«, sagte Clarissa. Und bei sich dachte sie: Wahnsinn! Dreimal am Tag! Der Mann ist ja besessen, ein wandelndes Naturwunder.

Und besessen war er. Mit zunehmendem Alter wurde sein Verlangen immer heftiger, während es bei Gerti nachließ. Nichts konnte seinen Geschlechtstrieb in ruhigere Bahnen lenken oder ihm Einhalt gebieten. Er war unaufhaltsam wie die Lokomotive, die auf den zwanzig Meilen geradeaus nach Osten nur so dahinbretterte und bei den Eisenbahnern »die alte Bretterbahn« hieß. 1910 gastierte eine Wanderbühne in Prank, mit Irving Berlins *The Girl and the Wizard*. Beutle war ganz verrückt danach, und den frivolen Song *Oh, How That German Could Love* münzte er auf sich.

Das Hühnernest

Die drei Deutschen traten der Deutsch-Amerikanischen Historischen Gesellschaft in Kringel bei, einem Städtchen dreißig Meilen weiter nördlich, wo hauptsächlich Deutsche wohnten. Die Gesellschaft trat einmal im Monat zusammen, um durch Gastvorträge, Konzerte und Liederabende den Stolz auf ihre Kultur zu demonstrieren. Beutle hatte viel Freude an der langen Fahrt. Von der Weite des Landes wurde ihm noch immer schwindlig, und nach einem scharfen Regenguß, während sein Gaul dampfend dahintrabte, streifte er seinen Ölmantel ab, sog die frische Luft durch die Nase und schaute zum blankgespülten Himmel auf, der davonrollenden Wolke nach, während er an den Sätzen der Rede feilte, die er halten wollte: »Deutsche haben Amerika viel gegeben. Die amerikanische Revolution wäre gescheitert, wenn Deutsche nicht mitgeholfen hätten. Die Republikanische Partei ist aus dem Interesse der deutschen Amerikaner erwachsen. Und vergessen Sie niemals, daß Abraham Lincoln von einem deutschen Immigranten namens Linkhorn abstammte. Amerika braucht die Deutschen, um seiner Bestimmung gerecht zu werden.«

Aber in Prank sagte der Bahnbote, daß man sie alle ersäufen sollte – die passen nicht in dieses Land, diese Dutchies, Quadratschädel, Sauerkrauts!

Beutle abonnierte eine deutschsprachige Zeitung, die jede Woche per Post kam, und wenn er sie gelesen und die interessanteren Anzeigen ausgeschnitten hatte, gab er sie an Loats und Messermacher weiter. Aus dieser Zeitung hatte er von Linkhorn erfahren, und von dort hatte er sich ein perforiertes Pappporträt des toten Präsidenten schicken lassen, das Gerti mit buntem Garn besticken mußte. Sie färbte die Fäden für das Gesicht mit Eisenkraut, wodurch Lincoln eine gelbe Hautfarbe erhielt, die im Laufe des Winters allmählich in ein grünliches Braun überging. Vorher hatte sie gerade ein Kinderlätzchen eingesäumt. Eine Nähmaschine – wenn sie doch nur eine hätte!

»Wenn einer dieses Land groß macht, dann die Deutschen«, pflichtete Loats seinem Freund bei. »Sieh dir nur die dreckigen Iren hier in Prank an, von denen kann doch nicht einer auch nur einen Wegweiser lesen oder seinen Namen schreiben.«

Der reichste von den dreien war Messermacher; allerdings hatte er Schwierigkeiten mit den Augen, der ständige, vom Wind aufgewirbelte Staub reizte sie, und er behandelte sie mit Dr. Jacksons Augenwasser. Zwei seiner Söhne halfen ihm auf der Farm, drei andere bewirtschafteten angrenzende oder nahegelegene Landparzellen, und einer, Karl, wohnte in der

Stadt und war Telegraphist bei der Eisenbahngesellschaft. Messermacher kaufte sich eine neue drahtlose Schachbrettreihen-Maissämaschine, aber sie stockte und bockte, wenn sie an besonders tiefe Furchen kam. Er baute sie um, schrieb einen Brief an den Hersteller, und als ein Vertreter der Firma zu ihm kam, gab er eine so eindrucksvolle Vorführung, daß die Firma ihm für seine Erfindung hundert Dollar und einige Jahre lang eine jährliche Gebühr zahlte. Bis zum Krieg wurde sein Photo in Werbeanzeigen für die Maschine verwendet: *Farmer L. Messermacher sagt: »Diese Sämaschine macht nichts falsch. Kinderleicht zu bedienen.«*

Loats' Schweine waren in Chicago berühmt; einige wurden für die Tafel des Gouverneurs und für den Century Club gemästet. Er hatte zwar eine glückliche Hand mit Weizen und Schweinen, aber er fand, das Beste auf seiner Farm waren die zwanzig Morgen, die mit Sauerkirschbäumen bepflanzt waren, jeder Baum, wenn die Früchte reiften, eine schimmernde Kugel in weißem Netz.

Eines war jedoch merkwürdig. Obwohl sie alle drei Erfolg hatten, ihre Farmen gut geführte Musterexemplare an Wirtschaftlichkeit waren, obwohl sie bei jedem Tanzabend die Musik machten, waren die Deutschen in Prank nicht beliebt. Ihre Kinder (in der Schule wurden sie Kohlköpfe genannt) und ihre Frauen hatten keine Freunde und keinen Umgang außer miteinander. Zum Teil lag es an Clarissa, einer putzwütigen Hausfrau, die sogar die Außenseiten des Hauses und der Ställe schrubbte, deren Fußböden immer blendend weiß blitzten – eine solche Perfektionistin wollte kaum eine Frau zur Freundin haben; zum Teil daran, daß die drei Deutschen Freidenker waren, bekennende Agnostiker, die sich damit rühmten, daß es bei ihnen im Haus keine einzige Bibel gab. Und schließlich auch daran, daß die drei trotz Dürre, Heuschrecken, Hagelschlag, Überschwemmung, Tornados, Sommerfrost oder verfrühtem Tauwetter immer eine ansehnliche Ernte einfuhren, während die Leute in der Nachbarschaft alles verloren. Bei der Überschwemmung überflutete der Little Runt Beutles tiefergelegenen Acker, aber als das Wasser fiel, blieben Dutzende guter Fische in den nassen, schlammgesättigten Furchen liegen. Beutle mußte sie nur aufsammeln. Der Klatsch blühte; man erzählte sich saftige Anekdoten von Unzucht und Inzest unter den Deutschen. Die meisten Gerüchte kreisten um Beutle und seine unersättliche Geilheit.

»Nein, der Grund, warum wir nicht mehr so oft zum Tanz spielen«, sagte Beutle, »ist, weil die Leute hier in der Gegend Niggermusik hören wollen. Ragtime. Saxophon. Die wollen das Tastenakkordeon hören – Knopfakkordeon ist ihnen nicht mehr gut genug, klar?«

Seitdem sie Enkelkinder hatten – Percy Claude, der älteste Sohn, und seine Frau hatten in der Nähe des Hauptgebäudes gebaut, und auch die anderen Jungen hatten Häuser auf dem Grundstück –, mochte sich Gerti nicht mehr auf frischer Tat mit Beutle ertappen lassen. In unserm Alter! sagte sie zu ihm. Mit den grauen Haaren und so. Sie mit ihrem dicken Bauch und er mit seinem haarigen Bärenhintern. Sie schob ihn nun öfter weg. Was sie aufregend gefunden hatte, als er noch jung war, wirkte abstoßend bei einem Mann mit schlaffer Haut und grauen Haaren. Etwas komplizierter wurde die Lage, als sie eines Tages in den Hühnerstall kam und ihn mit der jungen Tagelöhnerin erwischte – er in einem Hühnernest sitzend, das Mädchen rittlings auf ihm, den Schlüpfer an einen Nagel gehängt. Er blinzelte seiner Frau zu, wie wenn er sagen wollte, du willst ja nicht, aber sie schon. Er hatte Strohhalme im Haar.

Sie fuhr zurück, als hätte ihr jemand einen Eimer Eiswasser über den Kopf geschüttet; kalte Verzweiflung überkam sie. Stöhnend rannte sie in ihre Küche, die schweren Brüste wackelten, die dicken Beine stampften. Sie lehnte sich gegen den kalten Herd, drückte die Stirn gegen die verchromte Klappe der Ofenröhre und heulte vor Schmerz und Demütigung, bis ihr die Nase schwoll. Sie taumelte zum Küchenschrank, nahm aus der Messerschublade das Tranchiermesser mit dem schwarzen Heft und der IXL-Prägung auf der Klinge und zog es sich, ohne zu überlegen, quer über die Kehle. Erst die Wärme ihres eigenen Blutes, das ihre Hemdbluse durchnäßte, brachte sie wieder zur Besinnung. Sich umbringen wegen eines Manns in einem Hühnernest? Nie und nimmer!

Sie ging zu dem fleckigen Spiegel über dem Ausguß und schaute hinein. Das Blut sickerte nur, es sprudelte nicht, obwohl die Wunde einen halben Zoll weit klaffte; die solide Fettschicht hatte sie gerettet. Sie tupfte die Wunde mit einem schneeweißen Geschirrtuch aus, holte sich aus dem Nähkästchen Nadel und Faden, trat wieder vor den Spiegel und nähte mit sicherer Hand die Wundränder zusammen. Der Faden war blau. Sie wickelte sich ein sauberes Tuch um den Hals. Am liebsten hätte sie sich gleich auch noch anderswo zugenäht.

Beutle war für sie nur noch ein alter Dreckskerl. Sie schlachtete jedes Huhn, das ihre Demütigung mit angesehen hatte, schrie die Tagelöhnerin an, bis sie schimpfend nach Hause lief, und er konnte kein Wort sagen. Sie streute ihm Kehricht in die Tabaksdose und rührte gut um, damit die Dreckklümpchen untergemischt wurden. Oft dachte sie daran, ihm ein bißchen Rattengift in den Kaffee zu tun, ließ es aber bleiben.

Aber er stieg mittags meistens in den Einspänner und fuhr irgendwohin.

»Muß mal rüber zu Loats«, sagte er, und sie dachte sich, daß er hinter Loats Tochter Polly her war, die noch zu Hause wohnte, eine vertrocknete alte Jungfer schon mit sechsundzwanzig, die fast an der Schwindsucht gestorben wäre, dann aber wieder zugenommen hatte und vielleicht doch nicht ganz vertrocknet war; ein bißchen Saft mußte sie wohl noch haben.

Sie sagte etwas zu Clarissa, die die Augen offenhielt, und, natürlich, eines Tages sah sie, wie Beutle auf Pollys Spuren zwischen den Apfelbäumen verschwand. Clarissa rannte zu Loats und sagte ihm, er solle die Flinte holen, denn er könne sie brauchen.

»Weswegen? Er geht doch bloß hinter ihr her, sagst du.«

»Du kennst doch Beutle! Du weißt, was er vorhat.«

»Du sagst, er ist hinter ihr hergegangen. Wenn sie vorausgegangen ist, dann scheint es nicht so, als wenn er etwas erzwingen will.«

»Sie weiß doch gar nicht, was sie tut! Sie ist unschuldig, sag'
ich dir!«

»Sie geht auf die dreißig, wer weiß, ob sie so unschuldig ist,
wie du glaubst?«

»Du müßtest ihn wenigstens windelweich schlagen, aber ich
seh' schon, du tust gar nichts.«

Nein, Loats wollte nicht. Wenn Beutle mit Polly seinen
Spaß hatte, tat er nur etwas, das andere versäumt hatten. Loats
glaubte, daß die drei Deutschen durch eine Schicksalsgemein-
schaft verbunden waren, und das Schicksal war die höchste
Macht im Leben. Und obwohl er einmal darauf vertraut hatte,
daß ihr gemeinsames Schicksal sie von den mageren Jahren in
der alten Heimat zu einem erfüllten und fruchtbaren Leben
geführt habe, begann das Schicksal sich gegen sie zu kehren, als
die Serben in Sarajevo den Erzherzog Franz Ferdinand erschossen. Es war, als ob die alten europäischen Feindschaften
ihnen bis übers Meer nachgespürt hätten, hinter jedem von
ihnen hergeschlichen wären, immer knapp außer Sicht, unterm Gras vergraben, wartend, wie eine Seuche auf den gün-
stigsten Moment wartet, und dann plötzlich aufgestanden
wären, kampflustig und voller Gift.

Der Krieg

Der Haß rückte langsam heran, wie die kalte Luft, die abends
einen Hang herabkriecht.

»*Hyphenism* – was soll das bloß heißen, diese Sache mit dem
hyphenism?« sagte Loats und strich Beutles Zeitung glatt. Sie
saßen an dem Eichenholztisch in Loats' überheizter Küche. Die
Frau bügelte Hemden neben dem Ofen, auf dem sie die schweren Eisen erhitzte; Beutle zündete mit qualmenden Zügen
seine schwarze Pfeife an. Auf der blankgescheuerten Tischplatte standen ein Essigfläschchen, eine Babyrassel aus Zelluloid und ein Steingutkrug mit blitzenden Messern und Gabeln.

»Das ist Roosevelts Steckenpferd, der reitet darauf rum. Er
hat was gegen Bindestriche, Jesses! Er ärgert sich über die

Deutsch-Bindestrich-Amerikaner. Da schau, hier steht's. Er sagt: ›Manche Amerikaner brauchen den Bindestrich in ihrem Namen, weil sie nur zu einem Teil zu uns herübergekommen sind. Wenn aber der ganze Mensch herübergekommen ist, mit Herz und Verstand und allem übrigen, dann fällt der Bindestrich ganz von selbst weg.‹ Aber was fällt dann nicht noch alles weg? Herrje, eine wunderbare Sprache fällt weg, Bach, Händel, Mozart und Schiller fallen weg, Goethe fällt weg, das Akkordeon fällt weg. Und Bier fällt weg. Dafür kriegen wir hysterische, vertrocknete amerikanische Weiber, die nach dem Stimmrecht keifen, und die gottverfluchten vertrockneten Amerikaner mit ihrer muffigen amerikanischen Idee, sie müßten den Alkohol verbieten. Die wollen einfach nicht sehn, daß wir Deutschen die besten, die fleißigsten Menschen in Amerika sind. Die wollen einfach nicht sehn, daß alles, was in Amerika gut ist, von uns Deutschen kommt.«

»Aber nicht die elektrischen Plätteisen«, sagte Loats' Frau – seine zweite Frau, Pernilla, denn Clarissa war schließlich an Zitter- und Schwächeanfällen gestorben. »Im Ort hab' ich gehört, Mrs. O'Grain hat ein Eisen gekriegt mit 'ner elektrischen Schnur. Sie braucht es nicht mehr auf dem Ofen heißmachen und sich lebendig braten lassen dabei. Das werd' ich mir von meinem Eiergeld kaufen, so 'n Eisen!«

»Jesses«, sagte Beutle, »dazu brauchst du doch erst mal Elektrizität! Wo willst du denn den Stecker reintun, in dein Loch? Das Eisen allein nützt dir gar nichts.« (Sechs Monate später, nachdem er erfahren hatte, daß die deutsche Firma Rowenta das Gerät herstellte, gab er Loats den Rat, eines zu kaufen.)

Aus Wut über die schiefe Kriegsberichterstattung in der amerikanischen Presse abonnierte Beutle im Herbst 1916 noch eine zweite Zeitung namens *Fatherland*, die er mit grimmigem Vergnügen las. Er spendete drei Dollar für einen deutschen Kriegshilfefonds und bekam dafür ein Abzeichen: einen Ring mit einer Nachbildung des Eisernen Kreuzes und der Inschrift: *Um dem alten Vaterland meine Treue zu bezeigen, gab ich ihm in schwerer Zeit Gold für dieses Stück Eisen.*

»Weißt du«, sagte Loats, »behalt diese verdammte Zeitung

lieber für dich, Hans. Ich mag sie nicht mehr lesen. Ich hab'
mir sowieso 'n Kristallempfänger gekauft, da senden sie die
Kriegsnachrichten.« (Obwohl er die Kopfhörer aufgesetzt
hatte und jede Stunde die Kontaktdrähtchen neu einstellte,
konnte er nichts hören.)

»Oho!« sagte Beutle. »Hör mal gut zu, mein Lieber, dein
Kristallempfänger wird genauso schlimm sein wie die amerikanischen Zeitungen, und alles, was du da lesen kannst, verherr-
licht die Engländer und macht die Deutschen schlecht. Das ist
Wilsons famose Neutralität. *Fatherland* stellt diese unfairen Berichte nur richtig. Denk nur an die Lügen und Verdrehungen
über die *Lusitania*! Du kannst nicht bestreiten, daß das Lügen
sind. In *Fatherland* steht schwarz auf weiß, wie verrückt diese
amerikanische Zeitung ist, die behauptet hat, was der *Lusitania*
geschehen ist, sei ›das schlimmste Verbrechen seit der Kreuzi-
gung Christi‹. Jesses, sie wollen nicht zugeben, daß das Schiff
vollgepackt war mit Munition. Um die Wahrheit zu erfahren,
mußt du *diese* Zeitung lesen. Und schau mal, amerikanische
Nachrichten bringen sie auch – in New Jersey ist ein Mann von
seiner Frau mit Pfannkuchen vergiftet worden.«

»Ich glaube, ich geb' den Bindestrich auf, Hans. Und wenn
sie dem Kaiser tausend Bomben aufs Dach schmeißen – mir
ist es egal. Ich fühl' mich nicht mehr so als Deutscher. Meine
Kinder, die sind hier geboren, und das hier ist ihr Land.
Warum soll ich dem alten Land nachtrauern, das mich doch
vertrieben hat? Ich will nur, daß Amerika sich aus diesem
Krieg raushält, ich will meine Felder bestellen, abends ein
gutes Essen auf dem Tisch haben und nachts ruhig schlafen
können.« Aber es stimmte auch, daß Loats' Tochter Daisy sich
von ihrer Lehrerin Walt Whitmans *I Hear America Singing* aus-
geliehen hatte und nach dem Abendessen daraus vorlas.

Beutle spuckte Gift und Galle gegen soviel Perfidie und
bestellte vier neue Grammophon-Platten aus der Columbia-
Serie vaterländischer deutscher Lieder: *Hipp, hipp, hurra,
Die Wacht am Rhein, Wir müssen siegen* und *Deutschland,
Deutschland über alles,* gesungen von einem Quartett volltö-
nender Männerstimmen. Aber damit nicht genug. Er trat auch

dem Deutsch-Amerikanischen Bund bei, und zu jeder Versammlung sah man ihn mit seinem Einspänner vorfahren. In seinem schon etwas rostigen Deutsch schrieb er eine langweilige vierseitige Broschüre mit dem Titel *Das deutsche Hausschwein in Amerika*, in der er die hervorragendsten unter diesen weißen deutschen Edelschweinen, nicht wenige davon aus seinem eigenen Stall, namentlich aufzählte. An zwei Abenden in der Woche ging er mit seinem Akkordeon in die Saloons von Prank und versuchte den Männern, die er kannte, vernünftig zu erklären, warum er als Amerikaner mit deutschen Wurzeln sowohl seiner Mutter, Deutschland, als auch seiner Braut, Amerika, treu bleiben wollte. Deutsche Musik sollte ihm helfen, sie zu überzeugen.

»Und was ist das für ein schreckliches Bier – Jesses, kommen Sie doch mal auf meine Farm und kosten sie meines, deutsches Bier!«

Der Barmann rollte seine kalten Amerikaneraugen in die andere Richtung, kehrte Beutle die Schulter zu. Er sprach mit einem Gast am Ende der Theke.

»Die sagen einem direkt ins Gesicht, daß sie alles besser können.«

»Die Iren aufhängen und die Bindestrichler erschießen!« sagte der Gast und grinste. Am nächsten Tag hing ein Schild ohne jede Spur von Fliegendreck über der Bar: GERMANS NOT WELCOME. GET THE HELL BACK TO DUTCHLAND. Der Barmann zeigte mit dem Finger drauf. Beutle las es, machte ein Gesicht, als ob er eben einen Becher Essig geleert und dabei eine geflügelte Kuh gesehen hätte, furzte laut und stapfte hinaus. Er ging zu dem neuen Kinopalast am andern Ende der Straße und sah sich den langgesichtigen William S. Hart und Louise Glaum in einem Hau-drauf-Film an: *Der Arier*. Der Zwischentitel flimmerte auf der Leinwand, während der irische Klavierspieler einen Marsch herunterhämmerte. *Oft in blutigen Lettern geschrieben und tief ins Antlitz des Schicksals gekerbt, so daß alle Menschen es lesen mögen, steht das Gesetz der arischen Rasse: Unsere Frauen sollen behütet sein.* Wutschnaubend dachte er, daß er Gerti vor Schaden schon behüten würde.

– IOI –

Mißgeschick

Das antideutsche Fieber stieg. Im April 1918 erfuhren sie, daß in Illinois fünfzig Bergarbeiter mit einem deutschen Einwanderer namens Robert Prager Katz und Maus gespielt hatten, einem naiven und wirrköpfigen jungen Mann, der kaum Englisch konnte. Sie zogen ihn nackt aus, hetzten ihn die schlammigen Straßen auf und ab, zwangen ihn, wieder und wieder die amerikanische Fahne zu küssen und *The Star-Spangled Banner* zu singen – was er nicht konnte –, dann *We'll Fight for the Red, White and Blue*, was er stammelnd fertigbrachte, ließen ihn laufen und entwischen, holten ihn bei den grinsenden Polizisten wieder ab, von neuem ging das Quälen und Verhören los, das Fahnenküssen und Singen, schließlich brüllten sie nach Teer und Federn, fanden einen Strick, und betrunken, ungeschickt und mordlustig, wie sie waren, hievten sie den armen Kerl am Hals in die Luft, bis er endlich erstickt war. Ein Regen schwarzer Motten flatterte vom Baum herab, die der Sterbende mit seinen Zuckungen aufgescheucht hatte.

Im Mai kam Messermachers Sohn Karl, der Telegraphist, eines Mittags keuchend in die Küche gestürzt, mit zerrissenen Kleidern und blutigem Gesicht, der Zelluloidkragen in gezacktem Bogen herabhängend, der linke Arm schlaff, so übel verdreht, daß er ihn nie mehr über Schulterhöhe erheben konnte.

»Die sind ins Telegraphenamt reingekommen und haben mich rausgezerrt. Ich soll ein deutscher Spion sein und dem Kaiser Nachrichten senden. Wollten mich aufhängen«, japste er, »wie Prager. Den Strick hatten sie schon dabei, es war ihnen Ernst. Unter den Leuten hab' ich Jack Carey gesehn, mein Gott, der ist doch mit mir zur Schule gegangen! Wie ich da weggekommen bin, weiß ich selbst nicht, bin hingefallen und ihnen zwischen den Beinen durchgekrochen, aufgestanden und gerannt, was ich konnte. Ich bin über den Reitpfad durch Onkel Hans' Maisfeld gekommen.«

Er wollte nicht bleiben, ließ sich von seiner Mutter eine

weiße Leinenschlinge für seinen Arm binden, dann versteckte
er sich unter einem Haufen Säcke hinten auf Loats' Fuhrwerk,
wo er nichts hören konnte als das Klappern und Stampfen der
Pferdehufe und sein eigenes Herzklopfen. Vom Bahnhof in
Kringel telegraphierte er mit seiner Hauptverwaltung. Man
empfahl ihm, mit dem nächsten Zug nach Chicago zu fahren,
und zwar im Gepäckwagen.

Beutle ließ sich nicht davon abhalten, weiterhin nach Prank
zu gehen. Er sagte nichts über Karl, über Prager, den Kaiser
und die amerikanische Presse, witzelte aber im Futtermittelladen, daß er für die Maisernte nun wohl Farmeretten werde
anheuern müssen, ernste junge Mädchen in Kniehosen und
Blusen, die wegen der Knappheit an Arbeitskräften überall auf
den Farmen aushalfen. Ein Dutzend dieser niedlichen Geschöpfe hatte er eben um den Marktplatz marschieren sehn.
Die Antwort war ein verbissenes Schweigen. O'Grain spuckte
auf den Boden, und Beutle spuckte O'Grain vor die Füße.

Abends, als sie ihre Kartoffeln aßen, kam ein Stein durchs
Fenster geflogen und traf den Emailkessel auf dem Herd.

»Der ist hin!« fluchte Beutle. Der Stein war eingewickelt in
eine Seite aus Pfarrer Newell Dwight Hillis' schlüpfrigen und
pornographischen Geschichten über die deutschen Greuel-
taten in Belgien. Ein Satz war dick mit Bleistift unterstrichen:
»*Deutsches Blut ist vergiftetes Blut.*«

»Sieht das nicht aus wie von O'Grain unterstrichen? Von
wem denn sonst? Jesses, was für ein Hurensohn von einem
Paddy! Wißt ihr, worin ein Ire und ein Furz sich gleich sind?
Beide sind laut, beide kann man nicht wieder dahin zurück-
tun, wo sie herkommen, und beide stinken.«

Die Felder wurden ihm angezündet. Vierzig Hektar qual-
mender Weizen. Beutle ging auf das geschwärzte Feld, bei jedem Schritt die feine Asche aufwirbelnd, und schon nach
dreißig Metern war er kohlschwarz und hustete. Trotzig fuhr
er am Samstag darauf in die Stadt und wurde von einer Horde
junger Burschen mit Steinen und Schimpfworten beworfen:
»Heini!«, »Dreckiger Hunne!« und »Babyschänder!«

»Ich habe Liberty Bonds gekauft«, brüllte er zurück. »Ein

- 103 -

Junge von uns ist auch drüben – mein Sohn Wid, hier geboren, hier in Prank.« Sein Pferd, von den Steinen getroffen, scheute und bäumte sich auf, dann stürmte es los, nach Hause. Beutles Hut flog davon, ein Stein traf ihn am Mund und zertrümmerte einen guten deutschen Zahn, den Loats ein paar Tage später mit seiner teuflischen Zahnzange extrahieren mußte, wobei ein Küchenstuhl zu Bruch ging. Beutle saß da, spuckte Blut und schwitzte, und gelegentlich zischte er durch die Zähne, wen er alles »in der Pfeife rauchen« wollte. Doch an diesem Abend erbarmte sich Gerti und ließ sich wieder mal von ihm besteigen, obwohl der Blutgeschmack aus seinem Mund sie an den Tag erinnerte, als sie ihn in dem Hühnernest gesehen hatte, obwohl sie den Sinnspruch GOD BLESS OUR HOME – Gott segne dieses Heim – inzwischen mit einem Spruch ihrer eigenen Wahl überstickt hatte: GOD DAMN OUR ADULTERER. Gott verfluche diesen Ehebrecher. Beutle hatte es nie bemerkt.

In dichter Folge geschahen nun schlimme Dinge. Messermachers jüngster Sohn stürzte fünf Meter tief von einem Heuschober und brach sich das Genick; aber wenigstens starb er, ohne zu leiden, starb keinen ironischen Tod wie Wid Beutle, fern im alten Europa, im Krieg gegen Deutschland, die alte Heimat, im bitterkalten Dezember 1917, als sein Blut aus einer Schußwunde im Unterleib hervorsprudelte und bald unter seinem Hintern in einer schwarzen Pfütze gefror. (Sechzig Jahre später erschien ein anonymes Photo von den schlammverkrusteten Stiefeln und den steifen, gamaschenumhüllten Beinen des toten Sohnes auf dem Schutzumschlag einer australischen Geschichte des Ersten Weltkriegs.) Loats erbarmte sich eines wandernden Geigenspielers, der eine Woche lang bei ihm wohnte, wie ein Scheunendrescher fraß und sich eines Morgens in aller Herrgottsfrühe mit dem gesamten im Haus vorhandenen Bargeld davonschlich.

»Muß e Zigeuner gewesen sein«, sagte Beutle.

Dann brach Loats eines Vormittags zusammen, weil sein schlechtsitzendes elastisches Bruchband so stark auf die Oberschenkel-Arterie drückte, daß ihm die ganze Zeit schwindlig war. Ohne das Band wölbte sein Leistenbruch sich den halben

Schenkel hinunter und zeichnete sich obszön in seiner Hose ab. Stöhnend fuhr er nach Kringel, um den Apotheker in seinem Hinterzimmer zu konsultieren, und kaufte sich eine Stützvorrichtung, die den Schmerz auf eine andere Stelle verschob und für eine Weile die Illusion einer Linderung schuf. An dem neuen Schmerz gab er dem Apotheker die Schuld, einem griechischen Holzkopf.

Nachtmahre

In dem Sommer nach Kriegsende geschah etwas Rätselhaftes mit Beutles Enkelinnen, den elfjährigen Zwillingen Florella und Zena. Am Nachmittag sah ihre Mutter sie mit dreien von den Messermacher-Mädchen unter den Kirschbäumen spielen, wo die Hühner nach Insekten pickten und versteckte Nester anlegten. Abends rief Gerti von der Treppe des Hinterausgangs nach ihnen: »Essen kommen!« Denn Percy Claude und seine Familie, ebenso wie alle Tagelöhner – Tagelöhnerinnen wurden nicht mehr beschäftigt –, aßen zusammen mit Gerti und Beutle. Aber die Kinder kamen nicht zu Tisch, auch nicht, als Beutle selbst ungeduldig nach ihnen rief.

»Dann kriegen sie eben nichts. Die sind drüben bei Messermachers und stopfen sich da voll.« Nach dem Essen fuhren Percy Claude und seine Frau mit dem Wagen zu Messermachers, die noch bei Brot und Sirup am Tisch saßen, aber die Zwillinge waren nicht da.

Sie hätten im Obstgarten Junggesellenküche gespielt, sagte Thomalina, das älteste der drei Mädchen, dann hätten sie Flüsse gespielt, die sich durch den Garten schlängelten und auf dem Weg zum Schweinestall aufeinandertrafen, wo der Ozean war. Zuletzt hatten sie Schwarze Spinne gespielt, wobei Florella eine Pferdebremse war, Zena eine Libelle und Thomalina eine Eintagsfliege. Greenie war Mutter und Kindermädchen zugleich, weil sie zu wenige waren, um das Spiel richtig zu spielen, und Ribbons war die Schwarze Spinne. Und während die Erwachsenen sie finster anblickten, erzählte Ribbons weiter.

»Ich hab' die Pferdebremse gefangen, das war Florella, und hab' sie ins Gras gesetzt, dann bin ich zurückgelaufen und hab' Zena geholt und hab' sie auch ins Gras gesetzt zu der Pferdebremse, und dann ging ich noch mal und fing Thomalina und brachte sie ins Gras, aber die Fliegen waren nicht mehr da, sie waren weg. Wir dachten, sie wollten jetzt lieber Versteck spielen, und haben sie gesucht, aber als wir sie nach einer ganzen Weile nicht gefunden haben, sind wir wütend geworden und heimgegangen.«

»Du hast niemand gesehn?«

»Nein.«

»Doch! Ich seh's doch daran, wie du dir auf die Nägel beißt. Wen hast du gesehn?«

Greenie fing an zu weinen.

»Auf dem Feldweg, zwei große Bären, die sind weggerannt.«

»Hier gibt es keine Bären.«

»Oder mehr so wie Hunde. Mit kurzen Schwänzen, die haben mich angesehn und sind in ein Loch im Boden verschwunden.« Messermacher veranstaltete ein fürchterliches Gebrüll, und sie gingen alle in der Dämmerung zu dem Feldweg, suchten nach Spuren (keine), dem Loch im Boden (keines) und ließen die Mädchen die Szene nachstellen. Messermacher prügelte seine Töchter, damit sie sagten, was sie gesehen hatten, und die Geschichte von den Hundebären widerriefen, aber Gerti schauderte es bei der Erinnerung an einen Abend vor mindestens zehn Jahren, als sie den Feldweg in demselben trüben Dämmerlicht entlanggekommen war, nachdem sie im Gras das Nest einer brütenden Henne gesucht hatte, und auf einem Rad des Heuwenders einen riesigen schwarzen Mann hatte sitzen sehen, der Rauchwölkchen aus beiden Nasenlöchern blies, bevor er sich mit einem Ton, wie wenn die Schwimmblase eines Fisches platzt, in Luft auflöste.

Bis tief in die Nacht hinein durchkämmten die drei Deutschen das Gelände, und ihre Laternen tanzten in den dunklen Feldern wie Boote auf wogender See. Nichts, keine Spur. Doch vor dem Morgengrauen hörte Beutle einen Wagen über die Straße rattern, hörte, wie er anhielt und dann weiterfuhr. Er ging hinaus, und da, im fahlen Morgenlicht, kamen die beiden Mädchen auf dem Feldweg herangehumpelt, das Haar mit Laub verfilzt, die Kleider zerrissen und verschmutzt. Sie waren barfuß, hatten keine Unterhosen mehr an und Blut an den Schenkeln, und kein Wort darüber, was passiert war, ließ sich aus ihnen herausbekommen. Hysterisch weinend schworen sie, nicht zu wissen, was geschehen war. Eben hatten sie noch im Obstgarten gespielt, und im nächsten Augenblick standen sie zitternd auf der dunklen Straße. Im stillen nahmen Beutle, Loats und Messermacher das Schlimmste an: daß die Amerikaner aus der Stadt gekommen waren und die Mädchen chloroformiert und vergewaltigt hatten – aus Rache für Belgien.

Es war zuviel für Pernilla, die schon sechs Monate nach ihrer Heirat mit Loats von einem heftigen inneren Schmerz geplagt wurde, gegen den seither kein Elixier etwas ausrichten konnte. (Loats hatte mit seinen Frauen kein Glück.) Sie schrie, Beutle selbst, der Großvater, habe den Kindern etwas angetan – was, das wisse ja wohl jeder. Dann verstummte sie. Nachdem sie wochenlang nicht geredet hatte, nahmen ihre Gedanken eine andere Wendung. Sie ging mit einer Kartoffelforke auf die Felder hinaus, grub sinnlose Löcher, schmiß Stauden und Erdklumpen herum und entfernte sich dabei immer weiter, bis sie nur noch als kleiner Tupfen gegen den dunklen Boden zu erkennen war. Niemand hatte gesehen, wie sie umkehrte und in den Stall trat, wo sie schnurstracks auf Beutle losging und ihn mit den stählernen Zinken bedrängte.

»Jesses, das Weib ist doch verrückt! Und diese Idioten hier geben den Weibern das Stimmrecht!«

Der Arzt im Krankenhaus notierte sich die Einzelheiten und ließ Pernilla in ihrem apathischen Zustand photographieren. »Eine Besserung ist unwahrscheinlich«, sagte er gleichmütig, ein wenig angeödet von soviel weiblichem Wahnsinn. Die Hälfte aller Frauen im Bundesstaat schien nicht recht bei Trost zu sein.

»Ich wollte, *ich* könnte verrückt werden«, sagte Gerti, als sie Pernilla besuchte und sich die beige gestrichenen Wände an-

- 107 -

sah. »Geisteskrank sein in einem hübschen Zimmer wie dem
hier, wo du Zeit hast noch und noch, keine Sorgen mehr, hast
ein warmes Bett und kriegst dein Essen gebracht – na, das
kann doch nur gut sein. Da hast mal Ruhe von allem. Ich
hab' gehört, ihr könnt sogar Filme anschauen. Die einzige
andere Möglichkeit, in diesem Leben mal Ruhe zu finden,
ist Sterben.«

Aber nach einem Monat war Pernilla wieder zu Hause, obwohl sie nun glaubte, daß die Amerikaner nachts aus der Stadt
kämen und ihren Brunnen vergifteten. Diese Gedanken waren ihr nach einer Parade gekommen, die sie in Prank gesehen
hatte, als sie in dem klapprigen alten Einspänner saß und auf
Loats wartete, voll Scham wegen ihres staubigen Haardutts,
ihres schlampigen Kleids und ihrer rissigen Schuhe, ihres geal-
terten und irren Gesichts. Es war eine Parade der christlichen
Temperenzlerinnen, die um das Gerichtsgebäude marschierten, gutangezogene amerikanische Frauen, viele mit Bubi-
kopffrisur, in hellen Leinenkleidern und weißen Schuhen mit
Riemchen über dem Spann, und Plakate hochhielten: ALKO-
HOL IST DER FLUCH DES IMMIGRANTEN, ECHTE AMERIKANER
SIND FÜR DIE PROHIBITION, SCHNAPS IST TÖDLICH FÜR DEN
GEIST AMERIKAS. Loats hörte manchmal, wie sie nachts aufstand, tastend ihren Weg durch die dunklen Zimmer fand und
aus den Fenstern spähte, die unheilverkündenden Laternen
der Amerikaner suchend. Sie legte Zettel auf den Tisch: *Don't
drink the Wasser.* Bei Tage sagte sie: »Ich möchte schlafen, aber
der Schlaf will nicht kommen«, und: »Wozu schuftet man so
auf einer Farm? Mr. Loats kauft immer mehr Land, damit er
immer mehr Schweine halten kann, um immer mehr Land zu
kaufen. Bald wird ihm die ganze Welt gehören.« Manchmal aß
sie gern Papier, einen Fetzen oder eine Seite aus der Bibel, ein-
gerollt in einen Pfannkuchen mit saurer Sahne – das mochte
sie, weil es etwas wie einen Widerstand im Mund bildete,
einen wohligen und anhaltenden Kaureiz zwischen den Zähnen. Sogar den bitteren Geschmack der Druckerschwärze
mochte sie. Eines Abends, als sie am Herd stand und Kartoffel-
puffer briet, wurde sie ganz still und starr, den Spatel fest in der

regungslosen Hand. Aus der Pfanne roch es angebrannt. Loats hob die Nase aus der Landwirtschaftszeitung.

»Was machst du denn da, willst du sie verbrennen lassen?« Die Frau blieb noch einen Augenblick regungslos, dann schlug sie sich mit dem verschmierten Spatel ins Gesicht, nahm den Kessel mit kochendem Wasser und goß es auf die heiße Herdplatte. Eine zischende Dampfwolke hüllte sie ein. Mit der einen Hand zerrte sie am Ofenring, mit der andern goß sie heißes Wasser darüber. »Pernilla, du doofe Stiefmutter!« kreischte Jen, Clarissas Tochter, und Loats sprang fluchend auf und wand ihr den Kessel aus der versengten Hand.

Am Abend kam Gerti und brachte einen Zitronenextraktkuchen mit. »Ich an deiner Stelle würde lieber nicht verrückt werden«, flüsterte sie der schwitzenden Frau zu, »nicht mal wegen dem hübschen Zimmer. Den Gefallen würd' ich ihnen nicht tun. Wozu?«

Am nächsten Tag ging es Pernilla wieder gut; um die versengten Hände trug sie eingefettete Bandagen.

Nach dem Wallstreet-Krach von 1920 und dem erneuten Aufbranden der Hetze gegen die Einwanderer zogen die drei Deutschen und ihre Familien sich auf sich selbst zurück; sie gingen nicht mehr nach Prank, machten sich lieber auf den langen Weg nach Kringel, wo die Deutschen gegen die Iren in der Überzahl waren. Sonntags holte Beutle manchmal das zweireihige Hohner-Instrument hervor und spielte ein paar Takte aus dem einen oder anderen Lied, aber die Musik der drei Deutschen gab es nicht mehr.

Ein gemachter Mann

Prank reichte bis an den Rand ihrer Farmen heran. Es lag etwas in der Luft in den trockenen Jahren nach dem Krieg, ein Gefühl wie nach einem Sommergewitter, das keine rechte Abkühlung oder Erfrischung gebracht hat, ein Gefühl, daß es weiterhin drückend feucht und heiß bleibt, während sich hinter dem Horizont ein neues, stärkeres Unwetter zusammenbraut. Die alte Welt war kaputt, und an ihre Stelle trat die fiebernde Begierde nach irgend etwas Neuem, egal, was es war. Überall gab es neue Straßen, und eine Heeresexpedition kam durchgefahren, auf dem Weg von Küste zu Küste, um dem ganzen Land zu zeigen, wie schlecht die Straßen waren und daß etwas getan werden mußte. John O'Cleary baute das alte Schulhaus an der Kreuzung in eine Tankstelle um und verkaufte Fisk-Reifen, Mobiloil- und Standard-Oil-Benzin – »Garantiert das beste, ohne Kerosin und andere Schadstoffe«.

Karl Messermacher kam zu Besuch aus Chicago, in Knickerbockern und am Steuer eines Automobils. Er brachte Illustrierte und Zeitungen mit: *True Confessions, Reader's Digest* und die Comic-Zeitschriften mit Tillie the Toiler und den Katzenjammer Kids, die Beutle in den Ofen steckte, weil sie sich über die Deutschen lustig machten. Karl lachte nur noch, wenn er daran dachte, wie man ihn vor fünf Jahren aus dem Telegraphenamt gezerrt hatte.

»Bei Gott, die Company gibt mir ein Office deswegen, mit Beförderung und Telephon. Ich würd' wohl heute noch hier in Prank auf der Taste hämmern – oder wär' aufgehängt worden –, wenn Jack Carey nicht gewesen wär'. Ich hab' gehört, der hat 'ne Lunge voll Senfgas abgekriegt und sitzt nun hier bei seiner Mutter und hustet sich das Herz aus dem Hals. Ich muß mal reinschaun und mich bei dem Hundesohn bedanken, bevor ich zurückfahre.« Karls Stimme klang spöttisch. Er ließ sich in seinem Argyle-Pullover bewundern, erzählte von dem Farbfilm, den er gesehen hatte, *The Toll of the Sea*, reichte ein Päckchen mit den eben erst erfundenen Kartoffelchips herum, bot seinen Cousinen, wenn er mit ihnen draußen hinter der Scheune war, Murad-Zigaretten an, zeigte ihnen wilde neue Tanzschritte, kapriolte und hopste herum, bis er auf einem Häufchen Entenkot ausrutschte und sich das Knie seiner weißen Flanellhose beschmutzte.

Kurz bevor er hinfiel, sagte seine Cousine Lulu: »Karl, du siehst aus wie ein amerikanischer Collegeboy.«

»Sag Charlie zu mir«, sagte er. »Ich hab' meinen Namen geändert – Charlie Sharp, das bin ich. Hörst du?« sagte er. »Ich bin kein Deutscher. Ich bin hier geboren, in I-O-WAY und nirgendwo anders. He, hört mal«, sagte er, »sieben Affen sitzen auf einem Zaun. Einer springt runter. Wieviel bleiben übrig?«

»Sechs?« sagte Lulu.

»Girlie«, sagte Karl und lachte, daß ihm der Kopf wackelte, »du bist doch wirklich hinterm Mond. Kommt, Girlies, jetzt geht ihr mit mir mal ins Kino!«

Sie kamen ins Palace, als der Film schon angefangen hatte, auf der Leinwand eine Automobilfabrik und davor ein riesiger schwarzer Kessel. In den Kessel hinein tanzten von der einen Seite her Haufen von Immigranten in den Nationaltrachten des alten Kontinents, die Beine in die Luft schmeißend und Lieder in fremden Zungen singend, und auf der andern Seite heraus marschierte eine Kolonne Amerikaner in modernen Anzügen, *The Star-Spangled Banner* pfeifend.

»Das Movie stinkt mir«, flüsterte Charlie Sharp. »Kommt, wir essen ein paar Hot dogs und nehmen einen Drink, daß ihr die Ohren anlegt!«

Beutle bemerkte, bei ihm sei noch einiges mehr als der Bindestrich weggefallen, und Karl hielt lachend dagegen, Akkordeonmusik sei altmodischer Müll.

Messermacher erbitterten besonders die Zigaretten. »Wenn Gott gewollt hätte, daß die Menschen solche Dinger rauchen, hätte er ihnen einen Schornstein auf den Kopf gesetzt. Ein Mann raucht Pfeife oder Zigarre.« Und die Kartoffelchips, erklärte er, würde er nicht mal seinen Schweinen zumuten.

Die drei alten Deutschen und ihre Frauen setzten den Fuß nicht mehr weit vor die eigene Tür, aber ihre Kinder und Enkelkinder gingen nach Prank hinein. Der gehässige Spürsinn des öffentlichen Übelwollens erschnüffelte neue Gefahren: Rote, Juden, Katholiken, andere Ausländer, nicht mehr nur Deutsche. Als eine Klezmer-Kapelle in einem knatternden De Soto in die Stadt kam, befahl ihnen der Sheriff, gleich weiterzufahren, jüdische Aufwiegler könne man hier in Prank nicht gebrauchen, und was für Musik sie auf ihren dreckigen Akkordeons machten, sei ihm egal, in Prank habe man die Nase voll von Akkordeons, macht, daß ihr weiterkommt, und das sollten sich auch all die verfluchten Zigeuner mit ihren langen Fingern gesagt sein lassen, die einzige Musik, die man in Prank hören wolle, sei *The Old Rugged Cross* und *My County 'Tis of Thee* (aber seine Tochter sang *I'm in Love Again* und spielte dazu die Ukulele).

Niemand machte höhnische Sprüche über »Bier, Bälger, Bauchspeck«, wenn Percy Claude mit seiner zweiten Frau Greenie, Messermachers siebzehnjähriger Tochter, die offensichtlich schwanger war, in einen Laden kam. Zwei andere von Messermachers Töchtern heirateten Amerikaner aus Minneapolis, beides Straßenbahnfahrer, und zogen in die Großstadt. Eine vierte, Ribbons, bekam eine Stelle als Hausmädchen bei der Frau des Kalkbergwerkdirektors, aber nach einem Jahr kündigte sie, um den neuen Bahnfrachtagenten zu heiraten, wurde eine Mrs. Flanahan und schlug damit eine Brücke über den Graben zu den Iren. Loats' Söhne Felix und Edgar kauften sich einen Lastwagen, einen Ford Modell T, und machten eine Futtermittelhandlung auf. Felix (die Kinder glaubten, daß er seinen Namen nach dem Comic-Kater bekommen habe) war ganz besessen vom Autofahren, nachdem er jahrelang am heißen Straßenrand den Staub hatte schlucken müssen, wenn die amerikanischen Jünglinge an ihm vorüberbrausten. Jetzt ließ er sich nicht mehr überholen, scherte links aus und blockte jeden Fahrer ab, der es versuchte. Beide heirateten amerikanische Mädchen, und bei ihnen zu Hause wurde kein Deutsch gesprochen.

(Zwanzig Jahre später, 1944, als er auf einem Feld jagte, das einmal zur Farm seines Vaters gehört hatte, sah Felix einen Ballon über den Little Runt schweben und rannte drauf zu. Da hing etwas an den Seilen. Er langte hoch, während es langsam herabglitt, und packte die japanische Bombe. Nach der Beerdigung – die vollständige rechte Hand, ein verstümmeltes Bein und ein Ohr – kamen Regierungsbeamte zu seiner Familie und verpflichteten sie zum Stillschweigen, damit in der Öffentlichkeit keine Panik entstünde.)

Beutle stritt mit Percy Claude und wollte keinen Traktor anschaffen, sträubte sich auch noch immer gegen ein Radio.

Messermacher, der das meiste Geld hatte, bestellte für sein Haus Sanitärinstallationen aus Kringel und brannte unter einer stinkenden Rauchsäule sein Außenklo nieder, verkaufte dann, im Herbst 1924, zu ihrer aller Überraschung seine Farm und zog nach Coma in Texas, um Baumwolle anzubauen. In Coma war die eine Seite des Ortes mit Deutschen, die andere mit Tschechen aus Böhmen bevölkert. Messermacher änderte den Familiennamen zu Sharp, nach dem Beispiel seines Sohnes, denn für Charlie Sharp war das Leben leichter gewesen als für Karl Messermacher.

Beim Packen für den Umzug nach Texas stieß eine der Töchter auf das grüne Akkordeon.

»Was machen wir denn damit? Das alte Akkordeon, das Vati von Onkel Beutle bekommen hat. Es funktioniert noch ganz gut.« Sie quetschte ein paar Töne heraus, die ersten Takte von Y*es, Sir, That's My Baby*.

»Ach, steck es in den braunen Koffer. Wenn Willy mal mit der Ukulele aufhört, vielleicht – oder vielleicht will mal eins von den Enkelkindern drauf spielen.« Die Mutter warf es auf den Boden des großen Koffers, und obendrauf kamen ein Nähkorb, die Kaffeemühle, eine zerschlissene Büffelfelldecke und ein Satz Wollkratzer.

Beutle nannte Messermacher einen Verräter, weil er das gute Land aufgab, das sie zusammen gefunden und auf dem sie stattliche Farmen aufgebaut hatten.

Dr. Squams Bockshodenimplantation

Als erster starb Loats im Frühjahr 1929, an einer Komplikation seines Bruchs; er wurde in seinem Eibenzypressensarg begraben. Die Farm wurde unter seine fünf noch lebenden Kinder und seine Enkelkinder aufgeteilt, die sie in kleinen Teilen und Parzellen verkauften. Die großen Felder überzogen sich mit kleinen Häusern und Garagen. Einen Monat später kam aus Texas die Nachricht, daß Messermacher an seinem Briefkasten tot umgefallen war, mit einem Versandhauskatalog auf der

Brust, aufgeschlagen bei den Seiten, die eine Auswahl von Damenhaarnetzen zeigten. Seinem alten Freund und Nachbarn Beutle hinterließ er Rundfunkaktien im Werte von zweitausend Dollar mit raketengleich steigendem Kurs.

Charlie Sharp hatte den alten Mann auf den Markt gelotst. Ganz begeistert von seinem unverhofften Glück und von der Vorstellung, durch Kursgewinne an der Börse schnell zu einem Vermögen zu kommen, rief Beutle vom Telephon in der Futterhandlung Charlie in Chicago an und fragte ihn um Rat. Sollte er noch mehr Aktien kaufen? Und welche?

»Radio Corporation of America. Dieselben, die Vati hatte. Radio steigt bis zum Gehtnichtmehr. Auch General Motors, Montgomery Ward, auf den Markt kommt's an, eine sichere Sache. Onkel Hans, jeder kann in Amerika reich werden. Letzten Winter war er ein bißchen stürmisch, der Markt, aber jetzt ist alles im Lot und steigt wieder. Das ganze Land ist grundsolide.« Er senkte bedeutungsvoll die Stimme. »Ich will dir was sagen, Onkel Hans. Ich bin heute eine Viertelmillion wert. Angefangen hab' ich mit ein paar Studebaker-Aktien, aber jetzt geht's wirklich voran mit mir! Ist doch nicht schlecht für einen Farmboy aus Ioway, was?« Er quasselte Beutle rasch etwas von Marge-Käufen vor und bot sich ihm als Makler an.

Geblendet von diesem Beweis, daß in Amerika, entgegen seiner über dreißigjährigen Erfahrung, der Reichtum eben doch auf der Straße lag, nahm Beutle auf die Farm eine Hypothek auf und erwarb durch Charlie hundert Aktien der Rundfunkgesellschaft zu 120 1/2. »Letzte Woche, Onkel Hans, hättest du sie noch für 94 gekriegt. Sie steigen rasch. Es gibt kein Limit, nur den Himmel.«

Unter dem Bann der Rundfunkaktien und seines anschwellenden Vermögens gab Beutle seinen Widerstand auf und kaufte sich einen teuren Neutrodin-Fünfröhren-Empfänger von Freed-Eiseman mit einer Prest-O-Lite-Neunzig-Ampère-Batterie, zwei Fünfundvierzig-Volt-Batterien, einen Kopfhörer-Anschluß, eine Antenne, Vakuum-Röhren und einen runden Lautsprecher, der an der Wand lehnte wie ein nicht mehr gebrauchter Diskus und die *A & P Gypsy Hour* herausdröhnte. Percy Claude sagte: »Wenn du hier draußen Strom hättest, könntest du dir diese Batterien sparen und eine Steckdose nehmen. Eine Crossley Pup kriegst du für zehn Dollar, und was hat dich das hier gekostet – fünfzig, sechzig?«

Nachdem sein Vermögen gesichert war, begann Beutle sich über das Schicksal Gedanken zu machen. »Alle drei im gleichen Alter, alle dasselbe Leben, und jetzt sind Loats und Messermacher tot, hinüber, einfach so, einer, zwei und dann drei, ich bin der nächste. Ich mach's auch nicht mehr lange. Dasselbe Alter, alle vierundsechzig, und die sind schon unter der Erde.« Zum erstenmal seit seiner Jugend spürte er ein Abflauen des Triebes. Gerti, über das Kartoffelfaß gebeugt, präsentierte ihm ihr Hinterteil und sang *The Best Things in Life Are Free* – und er dachte an seinen Grabstein.

Aber er setzte sich immer noch zum Essen an den Tisch, steckte sich immer noch seine Pfeife an, wachte immer noch morgens auf, darum wußte er, daß er sie wirklich überlebt hatte, die andern beiden, und das einzige, womit er es im Leben anders gehalten hatte als sie und was ihm augenscheinlich seine Kraft und Frische bewahrt hatte, war der gute alte ehrliche Geschlechtsverkehr. Das würde ihn lebendig und bei Laune halten, bis er hundert Jahre alt war.

»Jesses, hab' ich's ihnen nicht gesagt!«

Doch das Feuer war am Erkalten, das war eindeutig und gefährlich. Einmal am Tag zwang er sich zu einem kurzen Getümmel mit Gerti, aber nach der Anstrengung war er schweißnaß und niedergeschlagen. Sein Ton wurde immer barscher, er kommandierte seine Söhne herum, als wären sie noch Kinder – er wußte, sie warteten nur darauf, daß er sich zu Loats und Messermacher gesellte; besonders Percy Claude beobachtete seinen Vater mit Luchsaugen. Durch das Radio erfuhr Beutle von einem Ausweg.

Am liebsten hörte er den Sender »Kansas First, Kansas Best« aus Topeka – wenn er ihn hereinbekam –, vor allem das Concertina-Treffen, die Happy Hillbillies oder den Cowboy Carl mit seiner kleinen Gitarre, manchmal auch den *Barn Dance* aus Chicago, aber meistens bekam er nur den Sender aus Cedar Ra-

- 115 -

pids mit *Coon Sander's Nighthawks*. Aus Hot Jazz und Foxtrotts machte er sich überhaupt nichts; der Muskrat Ramble, sagte er, sei wohl eher Buschrattengerammel. Manchmal holte er das Hohner-Akkordeon hervor – das kleine grüne wäre vielleicht besser gewesen – und spielte mit, wenn das Concertina-Treffen lief, aber die Musiker dort waren meistens überkandidelte Schweden, die sich anhörten, wie wenn Korken knallten oder Kühe pißten. (Nur einmal hörte er einen Virtuosen, der Bachs Präludium Nr. 1 in C-Dur auf einer herrlichen Wheatstone-Concertina spielte, aber über den beschwerten sich so viele Hörer, daß der Sender das Experiment nicht wiederholte.) Dann hörte er Dr. Squams knisternde, näselnde Stimme:

»Freunde, hier spricht Dr. Squam, will mal wieder ein offenes Wort mit Ihnen reden. Nun hab' ich den Männern da draußen was zu sagen – die Damen, die vielleicht auch gerade zuhören, könnten vielleicht mal nach oben gehn und sich ihr Nähzeug wieder vornehmen, denn das ist jetzt Männersache. Aber bevor Sie gehn, nehmen Sie noch je einen Löffel von meinem Tonic Nummer fündundfünfzig und Nummer neunundfünfzig, denn in Ihrem Leben könnte es bald eine große Veränderung geben. So, meine Herren, wenn ein Mann in ein gewisses Alter kommt, und Sie wissen schon, was ich meine, jedenfalls diejenigen, die darunter leiden, dann verliert er allmählich das Interesse, er läßt den Kopf hängen, bestimmte Drüsen beginnen zu vertrocknen, und sein Schritt verliert alle Spannkraft. Wenn Sie so jemanden in Ihrer näheren Bekanntschaft haben, dann hören Sie gut zu. Bis heute gab es für diesen Mann keine Hoffnung, nicht mal wenn er gut bei Kräften und auch sonst gesund und tüchtig war. Jetzt aber hat er eine Chance. Dr. Squam hat eine einmalige Vierphasen-Operation entwickelt, die erschöpfte Geschlechtsorgane verjüngt, und zwar durch neue Blutzufuhr in die kritische Zone – der alte Motor kommt wieder richtig auf Touren! Hören Sie mal, was dieser Texaner aus der Erdölbranche zu sagen hat.«

Ein undeutliches Genöle kam aus dem Kunstseidenschirm des Lautsprechers, dann wieder die Stimme des Ansagers, in verhaltener Begeisterung:

»Wenn Sie mehr darüber wissen wollen, wie auch SIE durch dieses wundervolle Verfahren den Schwung und die Energie eines Achtzehn-

– 116 –

*jährigen wiedergewinnen können, dann schreiben Sie an Dr. Squam
unter der Adresse . . .«*

Beutle wußte sofort, daß er einen Teil der Aktien, die ihm
Messermacher hinterlassen hatte, verkaufen würde; Messermachers Spargroschen würde ihm diese Operation finanzie-
ren. »Der würde sich im Grab umdrehn und lachen, wenn er
das wüßte. Und warum soll ich diesem Squam erst schreiben!
Claude, Percy Claude! Komm doch mal rein, du mußt mich
zum Bahnhof fahren.«

Er bekam noch den Nachmittagszug nach Topeka. Zwei
Tage später, Mitte August, lag er auf einem Tisch in Dr.
Squams Operationszimmer, der Arzt machte einen Einschnitt
ins Skrotum und implantierte geschickt ein paar Bocksdrüsen-
schnipsel in seine Hoden. Während der Operation spielte das
Radio Walzer und Polkas aus des Arztes eigener Sendestation
gleich hinter der Klinik. Als Dr. Squam hörte, daß Beutle Akkordeon spielte, setzte er die Behandlungskosten auf sieben-
hundert Dollar alles in allem herab.

Ein teuflisch heißer Tag

Auf der Rückfahrt nach Prank pflügte der Zug durch eine
Hitze wie bei einem Präriebrand, eine glühende Decke, die
Luft zäh wie Leim, der Mais verdorrte vor seinen Augen, und
eine dicke Staubschicht verdeckte alle Straßenränder. Der
kratzige Plüschsitz im Abteil heizte sich auf. Die geschwollenen Hoden begannen zu pochen, und binnen einer Stunde
wurde der Druck des Hosenstoffs, der seine Geschlechtsteile
einzwängte, unerträglich. Er versuchte im Gang auf und ab zu
gehen, aber dabei mußte er die Beine so weit grätschen, daß er
die Blicke aller Mitreisenden auf sich zog. Als der Zug in
Prank ankam, war er zusammengeklappt, fast besinnungslos
und hatte Ohrensausen. Wenn er aus seinen fiebrigen Augen
schaute, stand der Himmel auf dem Kopf, und Vögel schlitterten darauf herum wie Insekten auf einem gläsernen Fußboden. Der Schaffner zerrte ihn aus dem Abteil und übergab ihn

Percy Claude, der träg und stumpfsinnig mit herabhängenden roten Armen im Schatten des Bahnhofsvordachs wartete.

»Mit dem alten Herrn ist etwas nicht in Ordnung, Percy Claude. Geht, als ob er 'nen Maiskolben im Arsch hat. An Ihrer Stelle würd' ich den Arzt rufen.«

Dr. Diltard Cude kam ins Haus, ein spinnenbeiniger Mann, der ein schönes Päckchen Aktien der American Telephone and Telegraph besaß, sah sich die Hodennähte an, die zornroten Streifen, die von den Leisten des Alten hinauf in den Unterleib und hinab in den schon schwarz angelaufenen Schenkel führten, und sagte, eine Infektion, Wundbrand, nichts zu machen, lassen Sie ihn zu Haus, machen Sie's ihm so bequem wie möglich in dieser verflixten Hitze, einen Block Eis in eine Schüssel und ein Ventilator, der über das Eis zu ihm hinbläst, sonst kann man nichts machen, als auf das Ende warten. Percy Claude versuchte nicht, ihm zu erklären, daß sie ohne Strom keinen Ventilator aufstellen konnten.

Dreißig Stunden lag Beutle noch auf dem Sofa; er bekam die Augen nicht mehr auf. Er spürte, daß jemand ins Zimmer trat. Über seinen ganzen Körper lief ein starkes Prickeln, ein Brennen oder Brummen. Er versuchte sich zu rühren, konnte es aber nicht. Er wollte schreien »Der Teufel«, aber die Laute blieben ihm im Halse stecken. Trotzdem hatte er keine Angst, sondern war äußerst neugierig, denn er hörte die keuchenden Töne des Deutschlandlieds und dachte, daß es dort, wo er nun hinging, wenigstens deutsche Akkordeonmusik gab.

Sein Name wurde auf dem Grabstein fälschlich Hans Buttel geschrieben. So sprachen ihn die Leute ohnehin aus, und Percy Claude ließ es dabei bewenden.

Charlie Sharps Pleite

Am 3. September wurden die Rundfunkaktien, nachdem sich ihr Kurswert zum zweitenmal verdoppelt hatte, zu einem berichtigten Preis von 505 gehandelt, und Beutles restliche hundert Aktien waren nun über fündundfünfzigtausend Dollar wert. Percy Claude stand auf, lief eine Stunde lang draußen herum, dann kam er herein, setzte sich neben Greenie und sagte ihr, wie die Dinge standen.

»Du weißt doch, Vater Hans hat ein paar Aktien hinterlassen. Ist durch Charlie daran gekommen, Charlie Sharp. Eine ganze Menge.«

»Wieviel ist es?« Sie zündete sich eine Zigarette an – neuerdings rauchte sie – und blies ein Rauchfähnchen aus ihren gepuderten Nüstern.

»Ach, 'ne ganze Menge.« Er mochte es nicht, wenn eine Frau rauchte, sagte aber nichts. Sie trug ihr Haar jetzt kurz – wie vom Metzger geschnitten, dachte er –, große Büschel glatten Haars an den Ohrläppchen abgesäbelt. Und mit ihrer Brust mußte sie auch etwas angestellt haben; sie war jetzt irgendwie flacher.

»Genug, daß wir diese verfluchte Farm aufgeben und nach Des Moines ziehen können? Es gibt keinen Grund, hier zu bleiben. Ich würde so gern in Des Moines wohnen!«

»Nun red' nicht so wie 'ne verrückte Stadtschickse! Du mußt auch an Mutti denken.«

»Ach, der wird's in der Stadt schon gefallen – da gibt's andere alte Damen in der Nachbarschaft, da kann man was mit sich anfangen, ins Kino gehn, Mah-Jongg spielen lernen. Sie kann sich die Haare hübsch tönen lassen, sich ein bißchen herausputzen. O Gott, sag's mir, Percy Claude, sag mir, daß wir nach Des Moines ziehen können! Ich hab' es satt, in dem verfluchten alten Kessel die Wäsche zu kochen und die stinkigen Petroleumlampen zu putzen. Wir sind die einzigen in ganz Prank, die noch keinen Strom haben.«

»Ich sag' nicht ja, und ich sag' nicht nein. Ist noch viel zu erledigen.« Aber vom Telephon des Futtermittelladens rief er Charlie an und sagte ihm, er wolle die Aktien verkaufen.

»Jesses, Percy Claude, aber doch *nicht jetzt*! *Nicht jetzt*! Die Aktie verdoppelt sich noch mal, und du verdoppelst dein Geld. Ich an deiner Stelle, ich würde überhaupt nichts verkaufen, ich würde noch mehr kaufen, ein bißchen diversifizieren. Ich hab' schon diese Rotary Oil hier im Auge.«

»Nein, ich glaub', ich möchte verkaufen. Denke dran, auch die Farm loszuschlagen und nach Des Moines zu ziehen.«

»Paß auf, wenn du umziehn willst, zieh nach Chicago! Unglaublich, was das hier für 'ne Stadt ist! Ist ziemlich groß, diese Stadt; ziemlich wichtige Männer hier, die ziemlich verflucht nah dran sind, das ganze Land zu regieren, denn hier ist das Kernland. Sind nicht die Millionäre im Osten, um die sich die Welt dreht. He, kriegst du bei euch draußen *Roxy's Gang* rein? Neulich war Al Jolson drin. Ich kann dir sagen, der ist 'ne heiße Nummer!«

»Nein, kriegen wir nicht. Ich möchte verkaufen.«

»Percy Claude, du gräbst dir dein eigenes Grab! Denk dran, was ich dir gesagt hab', wenn der Kurs durch die Decke geht!«

»Ich hab' mich entschlossen.«

»Überleg dir's, Percy Claude! Überleg dir's zweimal!«

Ende des Monats brach der Markt ein, und die Kurse stürzten ab, aber Percy Claude grinste in sich hinein. Jeden Tag ging er raus zum Briefkasten, um zu sehen, ob der Scheck von Charlie gekommen war. Schließlich rief er vom Futtermittelladen noch mal bei Charlie an, um zu fragen, ob er den Scheck per Einschreiben geschickt habe, aber am andern Ende der Leitung kam keine Antwort, nur immer wieder dieses bohrende Surren, bis sich die Telephonistin einschaltete und ihm sagte, er solle aufhängen. Erst in der zweiten Oktoberwoche erreichte sie die brutale Nachricht, über Loats' Tochter, die einen Brief von den Sharps aus Texas bekommen hatte. Charlie Sharp in Chicago hatte bei dem Börsenkrach alles verloren, auch Percy Claudes ererbte und unverkaufte Rundfunkaktien, und sich ins Gesicht geschossen. Er war nicht tot, aber Nase, Mund, Zähne und Unterkiefer waren weg, nur noch zwei irre blaue Äuglein glotzten aus dem rohen, verschorfenden Fleisch. Er bot einen grausigen Anblick, und sie hatten ihn unten in Texas in einem dunklen Hinterzimmer untergebracht. Konnte nicht sprechen und mußte durch einen Schlauch ernährt werden.

»Weißt du was, Percy Claude«, sagte Rona Sharp am Telephon, nachdem sie ihm gesagt hatte, ja, das stimme, traurige Geschichte, tragisch, gewiß, aber eine gute Seite habe sie wohl auch, weil Charlie dabei zu Jesus gefunden hatte, und das war doch ein deutlicher Wink, nicht? »Hier unten kriegst du eine Kiste Tomaten umsonst dazu, wenn du deinen Wagen voll-tankst. Zieh doch auch hierher!«

Unter der Hand verkaufte Percy Claude die Farm einem Ehepaar aus Ohio, aber ihre Bank machte Pleite, bevor er den Scheck einlösen konnte. Sie hatten die Eigentumsurkunde, er hatte den wertlosen Scheck. Er besaß nun weniger als das, wo-mit Beutle vor vierzig Jahren angefangen hatte.

»Ich fahr' nach Texas und bring' Charlie Sharp um«, sagte er zu Greenie. Aber statt dessen fuhren sie nach Des Moines, wo Greenie nach dreiwöchiger Suche einen Job in einem Billig-kaufhaus fand und er bei einem Straßenbautrupp des Zivil-dienstes unterkam.

(Aber war es nicht ihr Sohn Rawley, ein paar Jahre später auf dem Rücksitz eines Wagens in einem Drive-in geboren, der die Farm seines Großvaters und einiges mehr wieder zusam-menkaufte, bis er schließlich zwölfhundert Hektar Betriebs-fläche, einen Golfplatz, ein Geschäft für landwirtschaftliche Maschinen, ein Installations- und Fliesenlegerunternehmen und einen Anteil an einer Käsefabrik besaß und obendrein noch zwanzigtausend Dollar staatliche Landwirtschaftssub-ventionen jährlich kassierte? War es nicht Rawley, der für die Gründung des Farmpionier-Museums von Prank Geld stiftete, der Himmel und Hölle und sogar Privatdetektive in Bewe-gung setzte, um das alte grüne Akkordeon zu finden, auf dem sein Großvater gespielt hatte? Suchten sie nicht immer noch, als Rawley und seine Frau Evelyn im Herbst 1985 zur Feier ihres fünfundzwanzigsten Hochzeitstags in den Yellowstone Park fuhren, wo Rawley im West Thumb Geyser Basin eine Filmrolle fallen ließ, drauftrat, das Gleichgewicht verlor, kopf-über in eine kochendheiße Quelle stürzte und trotz seiner blindgekochten Augen und dem Wissen, daß sein Tod nicht fern war, herauskletterte – wobei die Haut seiner Hände wie ein Paar rote Handschuhe am steinigen Beckenrand kleben blieb –, nur um gleich darauf in einen anderen, noch heißeren Teich zu fallen? Raten Sie mal.)

Beiß mich, Spinne

*Kleines einreihiges
Knopfgriff-Akkordeon*

Wie du schon aussiehst!

Jener große Akkordeonspieler, der zugleich Geschirrabräumer war, Abelardo Relámpago Salazar, lag an einem Maimorgen des Jahres 1946 kurz nach Sonnenaufgang in seinem Bett in Hornet, Texas, drehte sich herum und hatte das Gefühl, zu sterben oder vielleicht schon tot zu sein. (Ein paar Jahre später, als er in demselben Bett wirklich im Sterben lag, fühlte er sich quicklebendig.) Das Gefühl war nicht unangenehm, wenn auch mit Bedauern gemischt. Durch die Wimpern erblickte er Bettpfosten von massivem Gold, einen durchscheinenden, sachte flatternden Flügel am Fenster. Himmlische Musik umspülte sein Ohr, eine Stimme von einem Schmelz, wie er sie nie gehört hatte, solange er lebte.

Im Hören fand er wieder ins Leben zurück und erkannte, daß die Bettpfosten von der Sonne vergoldet wurden, erkannte in dem Seraphsflügel den wehenden Vorhang. Die Musik kam von seinem Akkordeon, nicht dem vierchörigen, dreireihigen Knopfgriff-Majestic in weißem Perlmutt, auf dem seine Initialen *AR* in feinen Splittern aus geschliffenem Glas aufgetragen waren, sondern von dem besonderen, dem kleinen grünen neunzehnknöpfigen mit der unvergleichlichen Stimme. Niemand außer ihm durfte es anrühren! Immer noch hörte er zu, trotz eines unangehmen Drucks auf der Blase, trotz der bevorstehenden Schinderei des Tages. Es war die Stimme seiner schlaksigen, hochaufgeschossenen Tochter, eine Stimme, die er noch nie gehört hatte, höchstens als ein volltönendes Summen, wenn sie im Haus herumfuhrwerkte. Er hatte nicht mal gewußt, daß sie auf dem Akkordeon mehr spielen konnte als ein paar gekoppelte Akkorde, obwohl sie doch seit vierzehn Jahren seine Tochter war, obwohl er schon hundertmal gesehen hatte, wie sie mit dem kleinen Lido-Modell ihrer Brüder herumspielte. Wann war er schon mal lange genug zu Hause, um seine Kinder kennenzulernen? Die Musiker in der Familie waren doch seine Söhne! Wie ärger-

- 125 -

lich, wenn vielleicht gerade die Tochter das besondere Talent hatte. Diese herrliche Stimme, aus dem oberen Teil der Nase, klagend und trillernd zugleich, aller Schmerz dieser Welt lag darin. Und er dachte an seinen ersten Sohn, an Crescencio, den armen toten Chencho, humorlos, unmusikalisch, wie ein feiger Hund, der sich nicht traute zu bellen. Was für eine Verschwendung! Es mußte der Teufel sein, nicht Gott, der ihm diese Musik in den Traum befohlen hatte. Derselbe Teufel, der die Menschen über das Alter der Erde täuschte, indem er Fossilien an abartigen Orten versteckte. Er war auch deshalb wütend, weil sie den Schatz seines Lebens malträtierte.

Vom Bett aus brüllte er: »Félida! Komm mal herein!« Drückte sich das Kissen so an die Schädeldecke, daß sie sein Haar nicht in aufgelöstem Zustand sah. Er hörte, wie das Akkordeon leise schnarrend und blaffend verstummte. Ohne ihn anzusehen, kam sie ins Zimmer. Die Hände leer.

»Wo ist das grüne Akkordeon jetzt?«

»Im Koffer. Im Vorderzimmer.«

»Rühr es nie wieder an! Mach diesen Koffer nie wieder auf! Hast du mich verstanden?«

»Ja.« Mit verdrossenem Gesicht wandte sie sich ab und schlurfte in die Küche.

»Wie du schon aussiehst!« brüllte er.

Er dachte über die Musik seiner Tochter nach. Wie gut sie singen konnte! Er hatte sie schon gehört, aber ohne hinzuhören. Na, und wie hatte sie bloß Akkordeon spielen gelernt? Sicher vom Zusehen und Zuhören, wenn er spielte, aus Bewunderung für den Vater. Es wäre vielleicht eine Abwechslung, wenn er sie zu einem seiner Auftritte mitnähme und sie dort vorstellte, seine Tochter − sollten die Leute mal sehen, wie reich die ganze Familie Relámpago (Chencho ausgenommen, natürlich) von Gott begnadet war. Aber schon während er sich dachte, was sie für ein hübsches Bild abgeben würden, er in dunkler Hose und Jacke, weißes Hemd und weiße Schuhe, und Félida in dem schönen spitzengesäumten rosa Kleid, das Adina dem Mädchen zu seiner *quinceañera* schneiderte − *ay*, was das wieder kosten würde! −, wie Félida vortreten und ihre erstaunliche Stimme auf die Leute loslassen würde – tritt mal beiseite, Lydia Mendoza, hier haben wir eine neue *gloria de Tejas*! –, versteckte sich die Zukunft in einem dunklen Seitenweg zum Lauf der Dinge.

Ein Bus fuhr vorüber und erfüllte den Raum mit einem Krachen wie von einer Bombenexplosion in einem Abwasserkanal. Er stand auf, steckte sich eine Zigarette an, spürte einen Schmerz im rechten Schenkel, hielt mit der rechten Hand sein Haar über den Kopf, blinzelte. Wie konnte er bloß den ganzen Tag bei der Arbeit hin und her rennen und dann die halbe Nacht dastehen und spielen? Und dann noch jeden Tag das Theater mit seiner Frau, dieser *agringada*. Er fand, es gab nicht viele Menschen, die so viel aushalten mußten wie er. Oder es so tapfer ertrugen.

Aber nun war er auf, und wie immer fing die Musik in seinem Kopf an, eine Art bitterer, humpelnder Polka, ähnlich wie *La Bella Italiana*, so wie Bruno Villareal sie spielte. Sein Leben lang hatte er diese nur für ihn hörbare Musik geliebt, manchmal eine kleine, traurige Tonfolge, die keiner bekannten Ranchera und keinem Walzer angehörte, manchmal Ton für Ton die Wiederholung eines *huapango* oder einer Polka, die er selbst oder jemand anderer gespielt hatte. Manchmal reine Erfindung, eine nie gehörte neue Musik von einem inneren Musiker, der die ganze Nacht an der Arbeit war, während er selbst schlief.

Sein kleiner Ankleidetisch hinter der Tür enthielt alles, was nötig war, um seine langen Haarsträhnen sorgfältig so anzuordnen, daß die kahle Schädelplatte bedeckt wurde. Im Nacken und an den Schläfen war das Haar sehr lang, und in seinem frühmorgendlichen Spiegelbild sah er nun aus wie ein räudiger alter Prophet. Er strich die langen Zotteln mit einem hölzernen Kamm hoch, gab jeder Strähne ihren wohlbedachten Platz und steckte sie mit Haarnadeln fest. Die Beschäftigung mit seiner Frisur beruhigte seine Nerven, und er sang: »*Can this be you, my little moon, who walks past my door...*« Es gelang ihm, den Eindruck dichter Behaarung zu erwecken, aber manchmal hielt ihn ein Fremder bei einem flüchtigen Blick auf die Hochfrisur im ersten Moment für eine Frau. Und solchen Blicken von Fremden war er oft ausgesetzt, denn er arbeitete in einem Restaurant, dem Blue Dove – nie als Kellner, immer nur als der Mann, der die Tische abräumte. Das Blue Dove war in Boogie, dem Ort weiter südlich, wo sie einst im alten Haus der Relámpagos gewohnt hatten. Aus der Küche hörte er nun den Topf klappern, in dem Félida die Milch für seinen *café con leche* heiß machte, aus dem Radio den letzten Refrain von *Route 66* von Bobby Troup, und der Nachrichtensprecher sagte etwas von Bergarbeiterstreik und Bundestruppen, etwas über Kommunisten, immer dasselbe, und er war froh, als Félida es ausschaltete. Jetzt mußte er sich beeilen.

Er war klein und gedrungen, mit vollem, fleischigem Gesicht. Kleine, tiefliegende Augen, pechschwarze geschwungene Brauen (mit etwas Spucke am Finger strich er sie glatt) und darüber wie eine Täfelung die breite, nußbaumfarbene Stirn. Sein kurzer Hals machte jede Hoffnung auf Eleganz zunichte. Seine Arme waren dick und muskulös – um so besser, sagte er, für das Akkordeonspielen. Die Hände liefen aus in starken, sich zu den Spitzen hin verjüngenden, beweglichen Fingern. Der Rumpf war nicht eben schlank, die Beine kurz und schwer, dichtbehaart, ebenso wie die breite Brust. Beim Anblick seiner nackten Schenkel dachte Adina: *Gewicht*.

Ein ruheloser Mann, heftig im Ausdruck, bei jedem Satz ein anderes Gesicht, Einfälle und Ideen brachen nur so aus ihm hervor. Weil er keine Vergangenheit hatte, erfand er sich eine. Aus dem gewöhnlichsten Ereignis konnte er ein Epos machen, belanglose Vorfälle wurden, von seiner Stimme aufgeblasen, zu Dramen. *Dios*, sagten die Kellner und seine peinlich berührten Kinder, er redet zuviel, er muß als Baby mit einer Grammophonnadel geimpft worden sein.

Und doch hatte er bestimmte Momente in seinem Leben nie beschreiben können: das Gefühl, wenn zwei Stimmen zusammen aufflogen wie ein balzendes Vogelpärchen und den Zuhörer ein Wollustschauer durchlief. Oder wenn die Musik aus den Instrumenten hervorsprudelte wie Blut aus einer verwundeten Arterie, Blut, in dem die Tänzer herumstampften, den Partner fest bei den schlüpfrigen Händen haltend und aus heiseren Kehlen schreiend.

Seine eigene Stimme konnte erregt von den hohen in die tiefen Lagen wechseln, mit wuchtigen Pausen für die Effekte, Klangeffekte. Er sang, wann immer er nicht redete, konnte Musik und Text aus dem Stegreif erfinden: »*Meine schöne Adina, sie schläft, schwarzes Haar auf dem weißen Kissen, und der Mond mit silbernen Stricken fesselt dich an mein Bett.*« Obwohl seine Füße nicht eben klein waren, trug er gern elegante Schuhe und kaufte sich welche, wo er nur konnte, aber immer nur billige, die kaum einen Monat hielten, bevor das Oberleder rissig wurde und die Absätze sich lösten. Wenn er betrunken war, fühlte er sich ohne Hoffnung, fiel mitsamt seiner Musik in Höhlen voll Fledermausguano und voll Knochen, an denen wilde Tiere nagten.

> *Ausgesetzt bei der Geburt,*
> *Allein auf der Welt ohne Mutter und Vater,*
> *Lud ich's mir auf, zu leben.*
> *Ich wünschte mir Schönheit*
> *Und fand nur Spott und Häßlichkeit.*

Seine Arbeit war stupide, und darum gefiel sie ihm; er fand ein perverses Vergnügen daran, die mit Sauce und Käse verschmierten weißen Teller unauffällig von den Tischdecken in die Bakelitwanne zu befördern, Schüsseln mit fleckigen Salatblättern abzutragen, die in allerlei Säften schwammen, in Fett ausgedrückte Zigarettenkippen.

Abends trat er in seine andere Welt ein. Wenn er, das Akkordeon vor der Brust, mit seiner mächtigen Stimme die Bewegungen und Gedanken von zweihundert Menschen lenkte, war er unwiderstehlich; im Restaurant unterwarf er sich, nicht nur den Erfordernissen seiner Arbeit, sondern auch einem inneren kriecherischen Selbst. Sein Arbeitstag begann morgens um sieben mit leeren Kaffeetassen und verstreuten Kuchenkrümeln und endete um sechs nach der ersten Welle der abendlichen Essensgäste. Die Kellner kannte er alle, es waren sieben. Alle bis auf einen respektierten seine Doppelnatur, verwünschten ihn vielleicht auf dem Flur zur Küche, wo er die Wannen mit schmutzigem Geschirr durch ein Fenster zu den Spülen schob, lästerten über seine Langsamkeit, Unbeholfenheit, Dummheit; doch abends und an den Wochenenden schrien dieselben Männer vor Freude, wenn die Kaskade seiner Musik über ihnen niederging, berührten ihn am Ärmel und sprachen seinen Namen wie den eines Heiligen aus. Sie würden ihm die Füße küssen, wenn sie wüßten, was seiner Musik solche Kraft gab, wenn sie wüßten, welches Geheimnis das grüne Akkordeon barg – oder vielleicht würden sie ihn vor Neid in den Backofen schieben.

Die Relámpagos

Vor dem Krieg, bevor sie 1936 nach Hornet zog, hatte die Familie in einem Adobeziegelhaus nah am Flußufer gewohnt. Dort standen ein Dutzend Häuser, verstreut, arm und abgelegen. Die Bahngleise bogen von Westen heran und verschwanden. Die Söhne spielten während ihrer ersten Lebensjahre mit alten Gummireifen, Lehm, Stöcken, Flaschen, zerbeulten Blechbüchsen. Die Relámpagos lebten dort schon Jahrhunderte, bevor es den Staat Texas gab. Seit 1848 waren sie amerikanische Staatsbürger, aber bei den Anglo-Texanern hießen sie immer noch »Mexikaner«.

»Blut ist dicker als Flußwasser«, sagte Abelardo.

Abelardos Mutter, eine Generation vorher – aber sie war nicht wirklich seine Mutter, denn er war ein Findelkind gewesen, das jemand 1906 in ein schmutziges Hemd gewickelt auf den Fußboden einer Kirche gelegt hatte –, war eine wortkarge, gebeugte Frau, beschäftigt mit Kindern, Tortillas und ihrem Stück Land, mit Jäten zwischen Kürbissen und Kichererbsen, Tomatillos, Chilis, Bohnen und Mais.

Der Alte – nicht wirklich sein Vater – war Landarbeiter und immer weit weg, im Tal des Rio Grande, in Colorado, Indiana, Kalifornien, Oregon oder auf den Baumwollfeldern von

Texas. Ein Unsichtbarer (so wie auch Abelardo für seine Kinder unsichtbar wurde), immer auf Arbeit irgendwo im Norden, der kleine Geldbeträge nach Hause schickte und manchmal für ein paar Monate selbst kam, ein krummrückiger Mann mit breiten, narbigen Händen und verzogenem, zahnlosem Mund. Eine Maschine, der arme Kerl, die verschrammten, verkrümmten Hände wie Greifwerkzeuge zum Klammern und Ziehen, zum Heben von Kisten und Körben. Wenn die Arbeit zu Ende war, hingen die Arme unbequem herab. Er war zum Arbeiten geschaffen; die Augen zusammengekniffen, das Gesicht ohne jeden Schnörkel der Nachdenklichkeit, der Mund ein Loch, stopplige Wangen, eine schmutzige Baseballmütze, ein uraltes Hemd, das er trug, bis es ihm vom Leibe fiel. Wenn es in seinem Leben etwas Schönes gab, wußte es niemand.

Eines Tages war dieser Behelfsvater verschwunden. Die Frau erfuhr erst viel später, daß er in einer Stadt im Norden ertrunken war, zusammen mit anderen von einer Wasserwand weggespült, welche die Straßen neun Fuß tief mit gelber Brühe bedeckte, einer Flut, vor der ein Noah erschrocken wäre, Folge des heftigsten Regengusses, von dem man je gehört hatte – neunhundert Millimeter in einer einzigen Gewitternacht.

Abelardos Kindheit war bestimmt von der Musik, die er mit Stöcken machte, mit trockenen Kichererbsen in einer Büchse, mit einem Stück Blech und seiner flötenden Stimme; und von dem kleinen Fluß, der, wenn er Wasser hatte, dem Rio Grande zuströmte, tief und voll von fernen Zuflüssen oder nur ein seidiger Film über den Kieseln, umgrenzt von Pappeln und Weiden, in denen dicht an dicht aufgeregte Vögel saßen, riesige Schwärme weißflügeliger Tauben, die im September die Luft durchfächerten, wenn ringsum die Gewehre losgingen, *peng, peng;* und im Frühjahr, nach Norden ziehend, in den bibbernden Norden, die hochaufschwebenden breitschwingigen Falken. Er erinnerte sich dunkel, neben jemandem gestanden zu haben, einem Mann, nicht seinem Vater, im verknäulten Duft von Guajillo, schwarzer Mimose, Huisache, zwischen den

Ulmenzedern und Eiben, und eine dunkelblaue Schlange zu beobachten, die sich durch die kleinen Blätter wand. Beinah hatte er auch den gefleckten Ozelot gesehen, auf den der Mann neben ihm zeigte, wie ein Stück Erdboden mit Lichttupfen, das sich aufgerichtet hatte und nun ins Dickicht verschwand. Im feuchten Sand des Ufers fand er einmal den Abdruck eines ganzen Vogels, bis auf den Kopf, die Flügel ausgespannt in den Boden gedrückt, die Schwanzfedern einzeln erkennbar, das ganze Bild so deutlich wie der Abdruck eines Archäopterix in versteinertem Schlamm. Ein größerer Vogel war diesem auf den Rücken gesprungen, hatte seinen Kopf mit dem Scheren-schnabel gepackt und ihn schließlich davongetragen.

Ein Relámpago war er nicht von Geburt oder durch Bluts-verwandtschaft, sondern durch eine formlose Adoption; den-noch wurde er der Erbe von allem, was die Relámpagos besaßen, denn die anderen elf Kinder starben früh oder ver-schwanden. Ihr Schicksal war das Wasser. Er sah Elena ertrin-ken. Sie holten am Fluß Wasser, drei oder vier von den ech-ten Relampágos streckten und schoben sich am bröckelnden Ufer vor, dann ein Aufklatschen und ein Schrei. Er sah sie mit den Händen um sich schlagen, den triefenden Kopf für einen Augenblick über die schlammige Strömung heben, und dann verschwand sie für immer. Er rannte hinter den an-dern her nach Hause, das Wasser schwappte aus dem Eimer gegen sein bloßes Bein, der Drahthenkel schnitt ihm in die Hand.

Victor war der letzte der echten Relámpagos, und er starb mit neunzehn in einem Bewässerungsgraben; das Wasser war rosenrot von seinem Blut. Und der brutale Witz war bestätigt: Alle Texas-Ranger haben, wie man weiß, mexikanisches Blut – nicht in den Adern, an den Stiefeln.

Was Abelardo erbte, war so gut wie nichts: ein baufälliges Adobeziegelhaus mit drei Zimmern und einem teppich-großen Stück Garten. Doch lebten sie dort, bis irgendwie bewiesen wurde, daß alles einem großen Baumwollpflanzer gehörte, einem Amerikaner, der Mitleid mit Abelardo hatte und ihm fünfzig Dollar gab, damit er sich das Hirngespinst, er hätte Anspruch auf diesen Daumenbreit Land, aus dem Kopf schlug.

Paarweise kamen Bulldozer, Ketten zwischen sich schleifend, wühlten sich in das verästelte Durcheinander, zerstückelten das feine Laub und das weiße Holz der brechenden Äste, scharrten das Gestrüpp zu Haufen zusammen, Haufen brennenden Lebens, von denen tagelang Rauch aufstieg. Später waren hier lange, flache Baumwollfelder, mit den krummen Rücken der Tagelöhner und dem gelben Lastwagen der Aufseher als einzigen Farbtupfern, die Luft gesättigt vom Geruch des Kunstdüngers und der Insektizide. Doch zeitlebens erwachte Abelardo morgens in der Erwartung, den Fluß zu riechen und den imaginären Duft jenes schönen und tragischen Landes dahinter, in dem er vielleicht geboren war.

Der Tanzabend in Crash Creek

Adina Rojas lernte er 1924 bei einem Tanzabend kennen. Er war achtzehn, abgerissen, sein einziger Besitz das kleine grüne Akkordeon, das er sich vor einem Monat in einer texanischen Baumwollstadt gekauft hatte, nachdem er wochenlang mit angesehen hatte, wie es im Schaufenster eines Friseurladens in der grellen Sonne stand, wie der Balg die Farbe verlor und der zerrissene Daumenriemen sich kräuselte. Es brauchte viele Reparaturen. Er kaufte es für fünf Dollar, ohne einen Ton daraus gehört zu haben. Etwas an dem Instrument sprach ihn an durch das fliegendreckige Glas, und schon damals war er impulsiv. Ein Knopf klemmte, die Eckblöcke unter dem Baß- verdeck waren abgefallen, das Wachs in den Stimmplatten war gesprungen, so daß die Zungen klapperten, die ledernen Luftklappen waren ausgetrocknet und hatten sich gewellt, die Dichtungen waren geschrumpft. Er nahm das Instrument behutsam auseinander, lernte, es zu reparieren, indem er beobachtete und Leute ausfragte. So erfuhr er, welches die richtige Mischung von Bienenwachs und Harz war und wo es das feine Ziegenleder für neue Luftklappen gab, und daran arbeitete er,

- 133 -

bis alles seine Richtigkeit hatte und er die eigene Stimme mit dem unverwechselbaren, bitteren Klang des Instruments vereinigen konnte.

Adina war fünf Jahre älter als er, dunkel, kräftig, eigensinnig und noch unverheiratet. Später brauchte er nur den ersten Akkord von *Mi Querida Reynosa* zu spielen, um jenen Tanzabend wieder heraufzubeschwören, obwohl der gar nicht in Reynosa, sondern in Crash Creek gewesen war. Adinas Gesicht war weiß gepudert, und die weißen Pünktchen auf ihrem marineblauen Reyonkleid taumelten und verschwammen, als er mit ihr tanzte, denn dies eine Mal spielte er nicht; er hatte sein Akkordeon Beltrán Dinger anvertraut, denn Beltrán spielte gut, und er selbst kam geradewegs zu Adina und tanzte mit ihr eine Polka im neuen Stil, das Gewicht auf den Fersen, steifbeinig, so als ob man bei jedem Schritt den Fuß vom Boden losreißen müßte, eine starke, männliche Bewegung – nicht das tschechische Gehopse, dieser ermüdende *de brinquito*-Schritt –, mit den anderen Paaren linksherum kreisend, kreisend über den holprigen Boden, im Geruch von Parfüm und Haaröl, Adinas feuchte Hände an seine geklebt. Nach diesem einen Tanz kehrte er zu den Musikern zurück, behielt das marineblaue Pünktchenkleid aber eifersüchtig im Auge. Das herzdurchbohrende *Destino, Destino* sang er unverhohlen für sie, ließ seine Finger über die Knöpfe fliegen, steuerte die Tänzer sicher durch das schwierige Stück, so daß sie »*Ye-ye-ye-JAI!*« brüllten. Sogar die zwei Betrunkenen, die sich vor der Tür geprügelt hatten, kamen herein, um ihn zu hören.

Adina erinnerte sich an den Tanzabend ziemlich genau, betrachtete ihn aber als den Anfang ihrer Leiden. Später erzählte sie ihrer Tochter lieber düstere Geschichten über ihre Zeit im Haus der Relámpagos, wo sie sich die Seife selbst machen und die Kleider in einem Kessel vor der Tür waschen mußte. Weil sie sich keine Wäscheleine leisten konnten, hängte sie die Kleider auf den Stacheldrahtzaun, alten, tiefrot oxidierten Stacheldraht, ein Gewirr von ausgebesserten und umwickelten Stellen und Metalldornen, so daß ihre Kleider Roststriemen

– 134 –

bekamen – aber für Zigarettenpapier und Tabak hatte Abelardo immer Geld genug.

»Die Wirtschaftskrise war eine gefährliche Zeit«, erzählte sie ihrer Tochter. »Die Amerikaner deportierten Tausende von Menschen nach Mexiko, nicht nur *los mojados*, die Zugewanderten, sondern auch viele hier gebürtige, amerikanische Staatsbürger, und die wurden trotzdem festgenommen und gezwungen zu gehen, sie konnten protestieren oder mit ihren Dokumenten herumfuchteln, soviel sie wollten. Darum hielten wir die Luft an. Damals konnten wir Pedro Gonzàlez hören, frühmorgens, was für eine herrliche Musik, Los Madrugadores aus Los Angeles. Ich war fast verliebt in ihn – was für eine wundervolle Stimme! Und er kämpfte gegen die Ungerechtigkeit. Er sagte seine Meinung in einem *corrido*, den er selbst komponierte, wenn die mexikanischen Amerikaner von den *Americanos* schlecht behandelt wurden. Und eines Tages haben sie ihn verhaftet, behaupteten einfach, er hätte eine Sängerin vergewaltigt. Als er im Gerichtssaal saß, hat er eine Zigarre geraucht und gelächelt, und das war sein Unglück, dieses Lächeln, denn das fanden sie unverschämt. Sie haben ihn für viele Jahre ins Gefängnis gesteckt, nach San Quentin, und seine Stimme hat man nie wieder gehört.«

»Stimmt nicht!« sagte Abelardo aus dem Nebenzimmer. »Bei Kriegsbeginn wurde er deportiert. Er sendet immer noch aus Mexiko. Er lebt in Tijuana. Wärst du nicht so süchtig nach den amerikanischen Seifenopern, könntest du ihn jeden Tag hören.«

Sie achtete nicht auf ihn. »Und während des Krieges haben wir *La Hora de Victoria* und *La Hora del Soldado* gehört, zwei sehr patriotische Programme.«

»In beiden hab' ich oft gespielt. *Anchors Aweigh* und lauter so Sachen. Die Tortilla-Tour. Da hing immer so ein verrückter Deutscher in den Studios herum, der war überall, wo wir hinkamen, und versuchte ans Mikrophon zu kommen und *God Bless America* auf deutsch zu singen.«

»Ja«, sagte sie. »Ich weiß noch, du wärst damals lieber Fingerabdruckmann geworden, nicht Akkordeonspieler. Du hast

mal aus einer Illustrierten einen Coupon ausgeschnitten und
eingeschickt, damit sie dir die Ausrüstung schicken; du hast
komische Sachen ganz genau wissen wollen: wie viele Haare
eine brünette Frau auf dem Kopf hat, irgend so eine große
Zahl.«

»Richtig. Hundertundzehntausend. Blondinen haben hun-
dertfünfzigtausend. Aber am ganzen Körper, Arme und Gesicht mitgezählt. Dieser alte Deutsche! ›Der Herr schütze
Amerika! Land irgendwas.‹ Na, ist das ein Gedächtnis?«

Während der Jahre im Haus der Relámpagos hatte sie auf
einem Feuer vor dem Haus kochen müssen, wo sie über Hunderte von zersplitterten Tontauben stolperte, erzählte sie Félida in grimmigem Ton. In der Nähe wohnte ein verrückter
Anglo mit sechs Fingern an jeder Hand, der jeden Tag mit seiner 22er Pistole übte; die Ziele waren alte Rollschuhläufer-
trophäen, Paare mit aufreizenden Formen, deren Nacktheit
durch ihre Chromgewänder hindurchschien. Köpfe und Arme
wurden zuerst abgeschossen. Jeden Tag hatte sie Angst, sie
oder ihre Kinder könnten durch die Kugeln dieses Verrückten
verwundet oder getötet werden. Sie sei es gewesen, sagte sie,
die jedes Jahr, wenn sie das Haus neu verputzten, den Lehm
geglättet habe, mit der Kante ihrer bloßen, schwieligen Hand
die rauhen Stellen so verstrichen, daß ein feiner Mattglanz
entstand, und bei einer besonders denkwürdigen Gelegenheit
war eine Kugel nur ein paar Millimeter vor der Spitze ihres
längsten Fingers in die Wand eingeschlagen.

»Wir hatten große Angst. Aber was konnten wir tun? Irgendwie blieben wir am Leben, aber es war ein Wunder, daß
niemand von uns erschossen wurde. Oder verletzt. Als der
Krieg ausbrach, ging er fort, und wir haben ihn nie wieder-
gesehen. Und ein Jahr lang habe ich Pennies und Nickels zusammengespart für einen schönen Aluminiumteekessel mit
Pfeife, kostete vier Dollar und etwas, aber im Laden haben sie
mir gesagt, Aluminium für Kessel gäb's nicht mehr, das brauchten sie alles für die Flugzeuge. Alles, was wir hatten, war ein
Radio, und wie gern wir das damals gehört haben!«

»*Du* hast es gehört«, sagte Abelardo. »Ich wollte den Mist

nicht hören, diese Wahrsager Abra und Dad Rango und dieser texanische Stepptänzer, den du so toll gefunden hast, da ist mal jemand zu dem Sender gegangen, wollte sehen, wie der das macht, diese Wahnsinnsschritte, und da war es weiter nichts als ein Trommler, der mit den Stöcken auf den Rand seiner Trommel geklopft hat.«

Sie flüsterte ihrer Tochter zu, aus Abelardos Musik mache sie sich nicht viel, die feineren Klänge einer *orquesta* sagten ihr mehr zu. Immer tat sie so, als müsse sie sich auf einer holprigen Straße vorankämpfen, einen Riesensack Probleme auf den Schultern, der ihr wie Stahl ins Fleisch schnitt, während Abelardo mit seinem Akkordeon voraustänzelte.

Das Schönste an ihr war das dichte, üppig wuchernde, schimmernde Haar und ihr überaus voller, schön geschnittener Mund. Jeden Ausdruck, abgesehen von Müdigkeit oder Bitterkeit, hielt sie von ihrem Gesicht fern. Wenn sie sich elend fühlte, hatte sie die Gewohnheit, mit beiden Händen in ihr Haar zu greifen und daran zu ziehen, daß die rabenschwarzen Wellen sich bewegten und einen warmen fraulichen Geruch abgaben. Sie war humorlos, fand das Leben schwierig und aufreibend. Ihre großen dunklen Augen blickten oft ins Leere. Sie war groß, größer als Abelardo, mit schlanken Füßen und Fußknöcheln. All ihre Kinder hatten kleine Füße, den armen Crescencio ausgenommen, der eher aus einem Knäuel blutiger Federn als aus ihrem Leib hervorgekrochen zu sein schien. Nach Félidas Geburt dehnte sich ihr Körper, dicke Fettschichten legten sich um Bauch und Schenkel. Das Bett sackte auf ihrer Seite ein, und Abelardo rollte hilflos zu ihr in die Kuhle. Ihren gewaltigen Leib konnte er mit beiden Armen nicht mehr umspannen. Sie trug ärmellose Kleider, locker herabhängende Kunstseidenzelte in Orange, Elektrischblau oder Pink, von so dünnen Fäden zusammengehalten, daß die Nähte bei der ersten Wäsche aufgingen.

Und das alte Haus der Relámpagos? Sie hatte dieses Haus gehaßt, mitsamt allem, was es bedeutete, und sich danach gesehnt, fortzuziehen nach San Antonio mit all seinen grandiosen Möglichkeiten. In späteren Jahren bat Félida sie oft, ihr etwas von der *casa* der Relámpagos zu erzählen, denn in Adinas Geschichten wurde daraus ein Ort voller Gefahren, denen sie mit knapper Not entkommen waren.

Dort hatten sie, sagte sie mit ihrer sägenden Stimme, ein Wohnzimmer mit braunen Wänden gehabt, auf dem Boden ein alter dungfarbener Teppich. Auf dem Außenklo stank es entsetzlich. In einer Ecke natürlich ein Schrein mit Bildern und Statuen von kleineren Heiligen – Santa Escolástica, die die Kinder vor Krämpfen schützt, San Peregrino, der sich um die Krebskranken kümmert. Ein Tisch mit gedrechselten Beinen von der Farbe getrockneten Blutes, darauf eine Spitzendecke, in der irgendwelche längst verstorbenen Relámpagos ihre Begeisterung für dreieckige Formen ausgetobt hatten, ein Photo von einem Unbekannten in dunkler Hose, dunkler Weste und unmöglichen Cowboystiefeln. Der Bilderrahmen war mit aufgeleimten Zahnstochern verziert. Sie hatten eine Schachtel Streichhölzer, eine große Flasche mit einem Gesundheitstrank und zwei Aschenbecher aus Messing. An der Wand hingen ein Netz für Briefe und Postkarten und ein Kalender mit dem Bild eines Schweizer Dorfes im Schnee. Ein Farbdruck in einem gestanzten Metallrahmen, der in jedem Winkel ein Kreuz bildete, zeigte den blutenden Jesus.

Félida wollte sich gern das alte Adobeziegelhaus ansehen, an das alle sich erinnerten, nur sie nicht. Abelardo schüttelte den Kopf und sagte streng, das Haus sei nicht mehr da, verschluckt vom Talbewässerungsprojekt, das schmale Stück Land aufgegangen in den Baumwollfeldern der Anglos. Kurz, von den Relámpagos blieb nichts als der Name, nun von Menschen getragen, die nicht von ihrem Blut waren.

Hornet

Zwei von ihren drei Söhnen, Chris und Baby, waren einander so nah wie Fingernagel und Fleisch. Chris nahm das Leben im Sturm, gierte nach Essen und Chancen. In Baby kochte das Blut, seine Körpertemperatur, die Hände, alles heißer als bei sonst jemand, als hätte er ständig Fieber. Wer ihn berührte, kam ins Schwitzen. Der älteste Sohn, Chencho, war freundlich, aber in sich gekehrt, als rechnete er im stillen die Entfernungen zwischen den Planeten aus. Félida war die Kleine, die jüngste. Wenn Adina ihre einzige Tochter ansah, sagte sie: »Du armes kleines Ding, hast keine Schwester zur Freundin! Da werde ich deine Freundin sein müssen.« Sie versuchte die Kleine zu ihrer Vertrauten zu machen, warnte sie vor den Fallen, die das Leben stellt, und vor dem Schicksal der Frauen.

Hornet war nie ihr Ziel gewesen. Als die Bulldozer das Haus der Relámpagos weggeräumt hatten, machten sie sich auf nach San Antonio, wo sie, wie Adina meinte, bessere Aussichten hätten. Der geliehene Lastwagen fuhr sechs staubige Meilen nordwärts durch die Mesquitesträucher, die durch die schmutzige Windschutzscheibe aussahen wie Kratzer in der Landschaft, bis an den Stadtrand von Hornet, wo er liegenblieb. Abelardo und die Jungen – Crescencio, der schon elf war und fast so stark wie ein Mann, Baby und Chris – schoben ihn bis zur Werkstatt; Adina ging mit Félida auf dem Arm nebenher. In der Werkstatt trafen sie zwei Musiker, die Abelardo kannte, eine Gitarre und einen *bajo sexto*, die leise fluchend am Münztelephon standen und ihm erzählten, daß sie auf ihren Akkordeonspieler gewartet und eben erfahren hatten, daß dieser *hijo de la chingada*, dieser Sohn eines Stinktiers, vom Brückengeländer gefallen war und sich auf den trockenen Steinen im Flußbett das Becken gebrochen hatte. Warum er auf dem Geländer gelaufen war, wußte niemand.

»*Borracho*«, sagte der *bajo sexto*. Betrunken.

»*Loco*«, meinte die Gitarre – verrückt –, schon damit beschäftigt, sich ein, zwei Zeilen für einen *corrido* über diesen Idioten auszudenken.

Sobald Abelardo sein Akkordeon zwischen den Kisten mit Kochtöpfen und Bettlaken hervorgekramt hatte – damals spielte er noch nicht das Majestic, sondern das kleine grüne zweireihige –, sobald Adina seine guten Schuhe gefunden und blankgerieben, sobald er seine blaue Gabardinehose und ein weißes Hemd angezogen hatte, fuhren sie zu dem Engagement, einem Geburtstags-Barbecue nördlich von Hornet. Als Abelardo am nächsten Mittag wieder in die Garage kam, verkatert und dreckig, weil er unter einem Busch geschlafen hatte, stellte er fest, daß seine Frau in einen alten Wohnwagen am Rand des Barrio eingezogen war. Die Reise nach San Antonio war hinfällig.

»Wie kannst du so einen ungeheuren Beschluß fassen, ohne deinen Mann zu fragen? Sind dir vielleicht über Nacht Eier gewachsen, oder was? Laß mal sehn«, sagte er und langte nach dem Saum ihres Kleides.

»Finger weg! Wer faßt denn Beschlüsse, wenn du auf Arbeit und monatelang fort bist oder mehrere Nächte hintereinander? Denkst du, da halt' ich die Luft an? Als der Junge den Unfall in dem Reifen hatte, warst du in Michigan, niemand da, der sich drum kümmert, außer mir. Du läßt mich hier in einem kaputten Wagen sitzen, während du zu einer Fiesta gehst? Was soll ich machen, soll ich die Luft anhalten und sterben?«

Er versuchte seinen Job im Blue Dove zurückzubekommen (obwohl er dann jeden Tag sechs Meilen hin und zurück unterwegs wäre), aber die Frau des Anglo-Managers schmiß ihn raus. Kein Job für jemanden, der an einem Tag kündigt und zwei Tage später wiederkommt. Weil er Kinder hatte, die ernährt sein wollten, und weil es andere Jobs nicht gab, ging er für die nächsten zwei Jahre wieder aufs Land, nach Norden auf die Zwiebelfelder bei Lubbock, ständig mit roten, tränenden Augen, den Zwiebelgeruch tief eingefressen in Haut und Kleidung, die Knöchel von Drecklinien durchwachsen wie die Karte einer Sternexplosion; und wie ein Mann immer wieder dieselbe Münze in der Tasche umdreht, so ließ er seine Gedanken beständig um die Ungerechtigkeit kreisen, daß ein Musiker seine Hände mit Feldarbeit ruinieren mußte.

»Schau dich um«, sagte Adina bissig. »Überall sind es die Frauen, die die Familie durchbringen müssen. Die Männer sind weit weg und spielen Akkordeon.«

Was für eine Freude und Erleichterung, als das Blue Dove 1938 in andere Hände überging und der neue Besitzer persönlich ihn wieder um seine Mitarbeit bat.

Der Wohnwagen

Der Wohnwagen, den Adina in Hornet gefunden hatte, stand am Südwestrand des Mexikanerviertels auf einer Lehmstraße. Nach Osten hin verdichtete sich das Barrio zu einem Labyrinth, im Süden lag eine große Viehweide mit siebzig in kräftigen Farben gefleckten Pferden, im Westen die dreckige Kupferhütte und dahinter niedrige, von Gräben durchzogene Hügel, aschgraues Beifußgestrüpp voller Zecken, ein verschwommener Himmel wie ein langhingestrecktes Tuch und, ringsum, Milliarden kleiner Steine. Obwohl der Wohnwagen am Ende der Straße stand, war er an die Kanalisation angeschlossen, nicht wie in der vor sich hin faulenden, stinkenden *colonia* weiter östlich, wo die Leute in Transportkisten und Bauten aus Schrott lebten.

Der Wagen war alt und verwohnt, aber geräumiger als das alte Haus der Relámpagos, mit drei gemütlichen Schlafzimmern, einem Wohnzimmer und der Küche; an der Vorderseite eine ausklappbare Treppe und ein Paar Propangastanks wie eine Doppelbombe. Gleich hinter dem Wagen war der Wendeplatz für die Busse, ein plattgewalztes Rund, wo die Fahrer ausstiegen und an die Reifen pinkelten. Was war der Grund, fragte Félida, warum Männer und Hunde immer gegen irgendwas pinkeln mußten? Sie bekam einen Klaps für die ungehörige Frage. Die schwarzen Auspuffgase von zwanzig Bussen täglich wallten gegen die Front des Wohnwagens, begleitet vom Quietschen der Bremsen und Knacken der Gangschaltungen.

Abelardo machte ein Liedchen:

> *O du Dreckskerl von Bus!*
> *Ich träumte von Liebe und Reichtum,*
> *Ich träumte von Glück,*
> *Als du pfrrrtest wie zehn Elefanten,*
> *Wie ein rülpsender Schornstein,*
> *Als du knirschtest mit den Gängen,*
> *Da barst mein zerbrechlicher Traum.*

Seine Söhne steuerten Toneffekte bei, mit Lippenfürzen, bis ihnen der Mund taub wurde. Adina gab sich angewidert. Aber jahrelang hatten sie bei diesem Lied etwas zu lachen, und es war das erste, das Baby und Chris lernten.

Ein Stück weiter an der Straße stand das Wrack einer Tamale-Bude, Überrest eines fehlgeschlagenen Unternehmens aus den zwanziger Jahren, in Form einer riesigen Maispastete, mit abblätterndem Stuck und verblichenen, durchhängenden Schildern: HAMBURGER NACH IHREM GESCHMACK. TAMALE-PASTETEN. Aber nach einem Jahr war die alte Tamale-Bude verschwunden, und ein kleiner Laden nahm ihren Platz ein, mit einem Frieseurstuhl im Hinterzimmer, wo Señor García Männern und Knaben die Haare schnitt, und überall wurden neue Häuser gebaut und Wohnwagen aufgestellt. Die Stadt umspülte sie wie ein Fluß, der übers Ufer schwappt.

In diesem Wohnwagen in Hornet stand Adina, stemmte die Hände in die Hüften und sagte zu ihren Kindern: »Seht zu, wie ihr was Besseres aus euch machen könnt! Ihr müßt euer Leben in den Griff bekommen. Nicht so werden wie – na ja, immer nur arbeiten, saufen, arbeiten, saufen – und Akkordeon spielen.« Abelardo, der auf dem Bett lag, hörte sie.

»Du widerst mich an!« rief er, doch ohne aufzustehen. »Und gleich kommt sie wieder zum Thema Geld«, murmelte er in sich hinein. Adina stellte das Radio auf einen amerikanischen Sender ein und sagte: »¿*por qué* redet ihr nicht amerikanisch, Kinder? Schluß mit Spanisch! Von nun an wird auch zu Hause amerikanisch gesprochen, nicht nur in der Schule. Wenn ihr spanisch sprecht, endet ihr auf den Feldern. Sprecht amerikanisch, macht eine Ausbildung, und ihr kriegt einen guten Job. Ihr seid doch Amerikaner, oder nicht? Dann richtet euch danach und schafft Geld ran!« Ihrerseits hatte sie die Kinder mit amerikanischen Namen schon auf den richtigen Weg gebracht: Baby, Chris, Betty. Alle bis auf den hilflosen, ewig lächelnden Crescencio, der nach seinem ertrunkenen Großvater benannt war, schon des Namens wegen ein hoffnungsloser Fall, und die arme kleine Rosalia, die eine Woche nach der Geburt gestorben war.

»Wie blöd!« hatte Abelardo bei jeder Geburt gemault und auf einem zweiten Namen bestanden, Rogelio, Tomás und Félida. Die Tochter hörte auf zwei Namen, auf Betty von ihrer Mutter und Félida von ihrem Vater.

»Ja doch«, sagte seine Frau, »was für ein gehässiger Vater! Warum nicht gleich Indianernamen? Ja, tu ihnen doch den Gefallen! Los, zieh sie so tief in den Dreck, wie du nur kannst! Mach ihnen das Leben richtig leicht!«

Die Ironie dabei war, daß Adina indianischer aussah als sie alle, wie eine echte *oaxaqueña*. Doch war ihre Familie schon vor Hunderten von Jahren ins Tal des Rio Grande gezogen und hatte an demselben geruhsamen Fluß Land besessen wie die erloschenen Relámpagos.

»Ja, meine Familie, das waren Großgrundbesitzer!« Mit Bitterkeit. Als Kind hatte sie mit ihrer Familie noch Verwandte in Mexiko besucht. Sie erinnerte sich an zwei lange Reisen nach Oaxaca, hielt es aber für belanglos, das war in ihrer Kindheit gewesen, der überwundenen Vergangenheit, wie sie jeder kennt und hinter sich läßt und zu vergessen sucht. Diese widerliche, miefige Sippschaft mit ihren Launen und hysterischen Anwandlungen und ihre Mutter mit ihrem krankhaften Glauben an Träume.

Am deutlichsten behielt sie die Erinnerung an große Entfernungen, an die Enge im Bus, zusammengepfercht mit ihren jüngeren Schwestern, die sie streng dazu anhielt, still und brav zu sein. Wenn sie überhaupt noch an Mexiko dachte, dann als ein Land der Sinnesreize und Farbenspiele, wo selbst der Staub mit würzigen Düften gesättigt war. Wie öd und gelb erschien ihnen Texas, als sie zurückkehrten – keine Vanilleschoten mehr, kein dämmerig-olivgrüner Fluß, kein mineralischer Staub, keine Pferde, kein Blut und Eingeweidegeruch von geschlachteten Schweinen, keine Öltröpfchen an *epazote*-Blättern. Sie hatte vor Augen, wie sie Pflanzenstengel umklammerte, das heftige Grün des *cilantro* an den Händen. Der traurige Moschusgeruch des Bodens unter den Kürbisblättern, wo die Katze schlief, der Duft von weißen, in der Sonne trocknenden Baumwollkleidern, von Kerzen, Kerosin und Weihrauch, von fauligen Orangen, Zucker, siedendem Öl und zermahlenem Beifuß, die röstenden Kaffeebohnen und die tiefen kleinen Becher Schokolade, der Zimt- und Mandelgeruch ihrer weiblichen Verwandten, der Geruch von Mais, wenn er auf Stein gemahlen wird.

Aber im Lauf der Jahre wurden diese Besuche seltener. Die mexikanischen Verwandten machten abfällige Bemerkungen über das verlotterte Spanisch und die schlechten Manieren der Kinder aus Texas; sie hatten den Eindruck, diese kleinen *norteños* liefen oben in *Tejas* wie Rudel von Straßenkötern herum. Als Adina heiratete, kehrte sie ihren mexikanischen Verwandten den Rücken. »Sie bedeuten mir jetzt nichts mehr, denn ich bin eine *tejana*, meine Kinder sind auch Texaner, Amerikaner.« Aber die unbewußten Tiefen ihrer Vergangenheit tauchten in ihrer Küche wieder auf, in der Art der Zubereitung und in den süßen, rauchigen Gerichten, die sie bevorzugte: *pasilla*-Chilis, *mole coloradito* nach der Art von Oaxaca, *picadillo*, das pikante Schweinehackfleisch, die sieben Teigarten, die *moles*, die schwarze, die dunkelrote und die grüne – von geheimnisvoller Würze, stark angebräunt, leicht gesüßt. Alte Empfindungen von Gaumen und Nase. Unvergessen.

Kaum eine Woche nachdem sie in den Wohnwagen gezogen waren, begannen Adinas Kopfschmerzen und Fieberanfälle. Sie war stets gesund gewesen, aber nun wurde sie fast zur Invalidin. Das Fieber kam immer wieder, zu jeder Jahreszeit, quälte sie monatelang und verflog dann ebenso rätselhaft, wie es gekommen war. Sie ging mehrmals in die Klinik, aber die Ärzte versicherten unwirsch, ihr fehle nichts. Zusammengekrümmt lag sie da, grau und glühend, tiefe Ringe unter den Augen, konnte nicht schlafen, es summte ihr in den Ohren, sie kam um vor Durst.

»Ich hab' keine Nacht mehr geschlafen, seit wir hier sind«, jammerte sie Félida vor. »Ich habe soviel Glück wie ein tanzender Hund.« Ständig hatte sie einen schrillen Ton im Ohr; benommen, taub für alles, was vorging, war sie fast in einem Zustand seliger Entrücktheit. Auf dem Wendeplatz röhrten die Busse wie Tiere; sie konnte die Abgase, den Staub und das

heiße Metall riechen. Die Hitze der Luft, ihres Körpers. Ihre
Augen tränten, sie konnte nicht gut sehen. Wenn sie nachts
aufblickte, schien der Mond in einer dicken Schaumschicht zu
schwimmen. Die Wände, die Gesichter ihres Mannes und der
Kinder waren verzerrt. Die Müdigkeit höhlte sie aus. Und wie
sie so dalag, in der dösigen Welt des Fiebers, konnte sie den
Klängen des Akkordeons nicht entgehen.

Es spielte in einem fort, als ob es auf Abelardo spielte, als ob
es die lebendige Kraft und er das Instrument wäre. Manchmal
kamen noch andere Akkordeons in den Händen seiner
Freunde aus dem Conjunto hinzu, und mitten in der Musik
hörte sie eine kräftige Stimme »¡sí, senor!« rufen. Abelardo
kannte tausend Lieder, und die spielte er alle während ihres
Fiebers. Gegen sie spielte er, dachte sie, gegen sie! Diese
Stimme, so traurig und fragend bei seinen Auftritten, so hart
und diktatorisch zu Hause.

Lektionen

Seit der Überschwemmung, in der der alte Relámpago verschwunden war, hatte Abelardo immer gearbeitet. Nur drei
Monate seines Lebens verbrachte er in der Schule. Lesen lernte
er als Erwachsener während des Krieges, indem er genau auf-
paßte, wenn seine Kinder sich mit den amerikanischen Schul-
arbeiten abmühten. Chencho wurde 1943 achtzehn, sofort
eingezogen und in den Krieg im Pazifik geschickt. Krank vor
Sorge um diesen unbeholfenen Sohn, wollte Abelardo es wissen. Er übte an Straßenschildern, Anschlagtafeln und Plakaten,
dann an Zeitungen, ohne seine Frau etwas merken zu lassen.
Als er es flüssig konnte, brachte er ein paar mehrere Tage alte
Nummern von *La Opinión* und der *Los Angeles Times* mit nach
Hause. Er setzte sich an den Küchentisch, schlug die Beine
übereinander, nahm die *Times* zur Hand und las ein paar Sätze
vor; dann klappte er die *Opinión* auf und las mit ganz beiläufi-
ger Stimme eine Stelle über Frank Sinatra, dessen »*música ha
invadido el mundo en estos últimos años* – wie eine Flutwelle,

- 145 -

nicht?« Auf Adinas erstaunten Ausruf erwiderte er: »Es ist nicht weiter schwierig, ich hab' noch viel mehr Grips.« Seine Interessen erstreckten sich bald über die Kriegsmeldungen hinaus auf Themen wie die Funktionsweise des menschlichen Verdauungssystems, geheimnisvolle Flutwellen oder die Gewohnheiten der Känguruhs.

Irgendwo fand er eine große anatomische Tafel, die den Bau des Ohres darstellte, und heftete sie neben den Photos großer Akkordeonspieler an die Küchenwand. Also hing nun über jeder Mahlzeit die blaßorangefarbene Ohrmuschel, wie eine ausgestorbene Molluske, mit dem gewundenen Gehörgang, dem Trommelfell in der Form eines japanischen Fächers und dahinter die seltsamen Knöchelchen des Mittelohrs, Hammer, Amboß und Steigbügel. Unwiderstehlich wurde der Blick eingesogen vom Strudel der Schnecke – ein Hurrikan, von einer Wolke aus gesehen, eine Gallertroulade, kreiselnde Baumkronen, eine zu Boden gefallene Orangenschale in Spiralstreifen. Nicht auf der Tafel waren die verschlungenen Nervenbahnen, die die Musik mit der Gehirnrinde verbinden.

Abelardo hatte Hunderte von Schallplatten, seine eigenen Aufnahmen aus den dreißiger Jahren, einige bei Decca, dann bei Stella, dann Bell, dann wieder Decca. »Damals habe ich spanisch gesungen, und die Leute von der Plattenfirma sagten mir: ›Wir können nicht verstehn, was Sie singen, also bitte nichts Unanständiges.‹ Natürlich hab' ich alle dreckigen Lieder gesungen, die ich kenne.«

Ein Photo zeigte ihn in einer angespannten Haltung, das rechte Bein hinter sich ausgestreckt, das linke im Knie leicht gebeugt, den Rumpf scharf zurückgebogen und das Akkordeon vor der Brust ausgezogen wie eine Kühlerhaube. Er war ein ansehnlicher junger Mann mit dichtem Haar.

»Wißt ihr, was wir fürs Spielen gekriegt haben? Wenn ich Glück hatte, zehn Dollar. Wer kann sagen, was die Plattenfirmen an uns verdient haben? Hunderttausende Millionen Dollar.« Er hatte alte Aufnahmen von Lydia Mendoza, von den großen Akkordeonspielern, von dem halbblinden Bruno Villareal, wie er 1928 gespielt hatte, mit einer kleinen Blechdose,

die an die Seite seines Akkordeons angeschlossen war – »die
erste Platte mit dem Akkordeon als Star« –, Pedro Rocha und
Lupe Martínez, Los Hermanos San Miguel, Dutzende Platten
von Santiago Jiménez. Er machte eine Zeremonie daraus,
wenn er die Platten auflegte, und die Kinder mußten andächtig stillsitzen.

»Hört mal, der *tololoche*, hört man heute kaum mehr. Da seht
ihr, wie die Akkordeontöne fließen, eine weiche, flüssige
Musik, wie Wasser. Das ist Sonny, der da spielt. So weich, und
dabei war er ein Säufer, hat getrunken, bis ihm die Leber weg-
gefault ist und nur noch der Haken da war, an dem sie mal ge-
hangen hatte. Aber so was von weich: Heute geht das anders,
¿no? Heute spielt alles ganz auf Stakkato. Hat mit dem Krieg
angefangen. Ihr hättet mich sehn sollen, als ich anfing, wie ein
Irrer, ließ Leute für mich in den Zeitungen nachsehen, ob Anzeigen für Tonaufnahmen drinstanden. Oder ich schaute in
Señor Chávez' *farmacia* vorbei. Señor Chávez machte Minia-
turmodelle von Akkordeons, nicht zum Musikmachen, sondern als Spielzeug für seine Enkelkinder. Er war eine Art
Talentsucher für eine Plattenfirma. Sie setzten eine Annonce
in die Zeitung, und man ging dann zu einem Hotelzimmer
oder irgendwohin. Jemand hört einen an, und wenn man denen gefällt, sagen sie, kommen Sie dann und dann da und da
hin, wo sie ein Studio eingerichtet hatten. Zehn, zwanzig
Leute stehen auf dem Flur und warten, daß sie drankommen.
Bloß für eine Aufnahme, das war alles. Es war hart. Man bekam einen Dollar, vielleicht, oder fünf. Sonst nichts, auch
nicht, wenn tausend Leute die Platte kauften.«

Er ließ sie all die alten Sachen anhören, von Firmen wie
Okeh, Vocalion, Bluebird, Decca, Ideal, Falcon und Azteca,
besonders die von Ideal, die in der Garage von Armando Mar-
roquín in Alice aufgenommen waren. Er hatte für viele Platten der Hernández-Schwestern, Carmen *y* Laura, gespielt, in
Carmens Küche, wo sie in einem Gewirr von Kabeln und Mi-
krophonen saßen. »Die hier – o *Dios*, was für ein Albtraum!
1931, und was müssen wir singen? *The Star-Spangled Banner*,
um zu zeigen, daß wir Amerikaner sind, der Kongreß hatte das

Lied gerade zur Nationalhymne gemacht. Gibt es denn überhaupt eine Menschenseele, die dieses abscheuliche Lied singen kann?« Die Kinder ließen die Beine baumeln.

Mit dem Wechsel zwischen Musik und Erntearbeit war er ganz gut zurechtgekommen, erzählte er, aber als die Wirtschaftskrise anfing, war nichts mehr möglich, und damals wurde ihm auch bewiesen, daß das Haus der Relámpagos ihm gar nicht gehörte, und bald darauf waren sie nach Hornet gezogen.

Er war verrückt nach Filmen, und noch nach Jahren konnte er die Kinder mit der Geschichte von *White Zombie* ängstigen, einem Film, den er siebenmal gesehen hatte.

»Das Kino! Wißt ihr, daß in den alten Filmen, den alten Stummfilmen, die Mexikaner immer die Bösen waren? Der Mexikaner geht ganz in Schwarz, hat einen großen Hut auf, hat sehr dunkle Haut und weiße Glotzaugen. Er tobt, ist unberechenbar, grausam, lächelt, wenn er mit dem Dolch zusticht, Mord und Glücksspiel sind seine Lieblingsbeschäftigung. Dann haben sie endlich mal einen Film gemacht, wo ein Mexikaner der Gute war, und was glaubt ihr, wen sie da als den guten Mexikaner genommen haben? Paul Muni, vollständig zugeschminkt!«

Nach ihrer Ankunft in Hornet hatte er einen Monat lang einen Job als Haaraufkehrer in einem Friseurladen; jeder lebte von Arbeitslosenunterstützung, und an das bißchen Arbeit in der Baumwolle war schwer heranzukommen. Eines Tages verfertigte er zum Zeitvertreib eine merkwürdige Sirene aus einer durchbohrten Metallscheibe, die rotierte, wenn er eine Kurbel drehte, und gleichzeitig betätigte er mit dem Fuß eine Pumpe, die Luftschwälle auf die kreiselnde Scheibe blies. Die Vorrichtung erzeugte einen lauten, stöhnenden Ton, ging aber schon nach wenigen Tagen zu Bruch. Also wirklich, sagte Adina, du hast wohl noch nicht genug Kinder, daß du solche närrischen Spiele treiben mußt.

Jedes Jahr kaufte Adina bunte Schulphotos von ihren Söhnen. Die Eltern nahmen das Format, das sie sich wünschten oder leisten konnten – ein Streifen briefmarkengroße Gesichter oder ein lebensgroßes Porträt im Papprahmen. Adina nahm immer die kleinen – aber nicht die allerkleinsten – im Brieftaschenformat. Die Schule von Hornet war eine segregierte Schule, nur für »Mexikaner«, egal seit wie vielen Generationen die Familie schon in Texas lebte. Die Relámpago-Jungen haßten den verdammten Laden. Die Lehrerinnen waren Anglos, die meisten aus dem Norden und in ihrer ersten Stellung. Der Unterricht wurde auf amerikanisch gehalten. Es galt eine teure Regel: ein Penny Strafe für jedes Wort Spanisch.

»Ihr seid in den Vereinigten Staaten, und hier sprechen wir Englisch«, sagte die Schulleiterin in der morgendlichen Versammlung, als sie an den Rand des Podiums trat, um mit ihnen das Treuegelöbnis zu sprechen.

»*I don't got no penny* – ich hab' kein Penny nicht«, flüsterte Chris seiner Lehrerin zu.

»Zehn Jahre, immer noch in der dritten Klasse, und du redest wie ein Baby. Es muß heißen *I do not have a penny*«, sagte Miss Raider. »Also, wenn du die Strafe nicht zahlen kannst, dann schreibst du dafür fünfhundertmal an die Tafel *I will speak English*.«

Baby hielt den Mund und hörte zu. Als er schließlich mal etwas sagte, kamen die amerikanischen Wörter recht klar heraus.

Alle mußten in aufrechter Haltung dasitzen, wenn Miss Raider ins Zimmer trat, und in schleppendem Gleichtakt *Good morning, Miss Raider* sagen. Die Sünden des Schwätzens, Zuspätkommens, Hustens oder Niesens, Füßescharrens, Seufzens, Herumzappelns wurden mit »Gefängnis« bestraft – ein Blatt an den Boden geheftetes schwarzes Papier, auf dem der Missetäter ein, zwei Stunden in Habachtstellung stehen mußte, ohne sich zu rühren oder zu sprechen. Für nicht gemachte Hausaufgaben oder mürrisches Betragen gab es schmerzhafte Hiebe mit einem gefalteten Lederriemen.

»Streck die Hand aus!« sagte Miss Raider, bevor sie zuschlug.

Crescencio ritzte seinen Namen in die Tischplatte, ein großes schwungvolles C und viele zierliche Schnörkel wie eine

Girlande um den ganzen Namen. »Unter das Pult!« rief Mrs. Pervil mit einer Stimme wie eine Stacheldrahtpeitsche. Sie zeigte auf ihr Lehrerpult.

Crescencio trat langsam nach vorn und stellte sich ans Pult.

»Rein mit dir, da runter!« Er hockte sich hin und kroch in die dunkle Höhlung. Die Vorderseite des Pults hatte am Boden einen handbreiten Spalt, durch den die Klasse seine Fersen in den zerrissenen Turnschuhen sehen konnte.

»Die anderen schlagen jetzt ihr Geschichtsbuch auf Seite einundvierzig auf und lesen den Abschnitt ›Die tapferen Männer von Fort Alamo‹.« Mrs. Pervil setzte sich und zog ihren Stuhl an das Pult. Ihre Knie beengten den Hohlraum, drückten gegen Crescencios Stirn. Ihre spitzen Schuhe stießen gegen seine Knie. Ihre Beine sperrten das Licht aus und gaben dem engen Loch eine entsetzliche Intimität. Plötzlich schnellten die Knie auseinander, die Schenkel öffneten sich mit einem leisen Schmatzlaut. Der käsige Geruch von Mrs. Pervils ungewaschenen Geschlechtsteilen erfüllte die dunkle Höhle. Crescencio fühlte sich gedemütigt, eingesperrt, ungerecht behandelt, er war voll kochender Wut, sexueller Erregung, Impotenz, Gehorsam und Machtlosigkeit.

Am nächsten Tag ging er sich Arbeit suchen, fand welche in einer Regenschirmfabrik, wo er Metallzwingen auf die Schäfte zog, und ging nie wieder zur Schule. Am Sonntag morgen fand Mrs. Pervils Gatte alle Reifen seiner neuen Chevrolet-Limousine aufgestochen. Das wiederholte sich trotz einer verschlossenen Garage und einer teuflisch raffinierten Anordnung von Glocken und Stolperdrähten ein paarmal, bis der Mann seine Reifenmarken aufgebraucht hatte und gezwungen war, zu astronomischen Preisen auf dem schwarzen Markt minderwertigen Ersatz zu kaufen. Mr. Pervil gab den »gottverfluchten Bullschewicken« die Schuld. Niemand hatte Crescencio in Verdacht, den pummeligen, watschelbeinigen, traurig grinsenden Chencho mit seinen Hängeschultern. Die Reifenstecherei fand ein Ende, als er 1943 eingezogen und mit einem Trupp mexikanischer Amerikaner aus Texas auf die Salomon-Inseln geschickt wurde. Einer oder zwei von ihnen

– 150 –

kamen wieder nach Hause. Abelardo bestellte und bezahlte einen richtigen Grabstein, doch für Baby und Chris wurde sein Andenken durch den schicksalhaften Namen »Crescencio« gewahrt, eingeritzt in seine alte Tischplatte in der Schule.

In einem Reifen

Die beiden jüngeren Brüder waren sich im Aussehen und Gebaren so ähnlich, daß niemand außerhalb der Familie sie auseinanderhalten konnte, solange sie noch klein waren. Sie wirkten wie Zwillinge, obwohl Baby ein Jahr älter war. Nach dem Unfall mit dem Reifen waren sie so verschieden, daß sie nicht mal mehr wie Brüder aussahen. Es passierte, als sie sehr klein waren und noch im Haus der Relámpagos wohnten.

Baby ließ Chris in einen alten Lastwagenreifen klettern, den er mit Mühe aufrechthalten konnte. Chris war klein, und sein Körper bog sich und paßte in die Höhlung innerhalb des Reifens. Kaum war er ganz drinnen, da stieß Baby den Reifen einen steinigen Hügel hinunter, an dessen Fuß ein Bahngleis vorbeiführte. Er begriff seinen Fehler sofort. Er hatte erwartet, daß der Reifen glatt und weich rollen würde, eine herrliche Abfahrt, aber das Ding hüpfte und sprang jedesmal in die Luft, wenn es auf einen Stein traf. Baby rannte in weitem Abstand hinterdrein und versuchte seine Arme zehnmal länger zu machen. Hinter den Bahngleisen verlor der Reifen an Schwung, drehte sich um sich selbst wie eine Münze auf dem Tresen und fiel um.

Keuchend, weinend rannte Baby hin. Chris war herausgefallen. Er lag da wie tot. Mit einem Verzweiflungsschrei, den Adina bis ins Haus hörte, nahm Baby einen Stein und schlug sich damit an die Stirn. Einmal, zweimal. Darum kamen sie beide ins Krankenhaus.

Chris hatte nach der Genesung eine merkwürdige Lache, die Lache eines dicken Mannes, der sich einen komischen Film ansieht, eine Lache, die er einem Röntgentechniker nachmachte, einem Mann mit einem Haarkranz wie eine braune Baskenmütze, der ihn an den Samstagen auf seiner Krankenhausstation besuchte; er brachte eine Tafel Schokolade mit, von der er Chris mit der rechten Hand kleine Stücke in den Mund steckte, während die linke unter die Bettdecke schlüpfte und an weder bandagierten noch eingegipsten Körperteilen rieb und zupfte. Als Chris wieder laufen konnte, hatte sein Gang sich verändert, denn das eine Bein war etwas kürzer als das andere, was er dadurch verbarg, daß er sich bei jedem Schritt auf die Fußballen erhob – ein hüpfender, ruckartiger Gang, der immer nach einer Abkürzung zu suchen schien.

Unfälle waren ihm vorbestimmt. Als er vierzehn war und sich von innen gegen die hintere Tür eines geliehenen Wagens lehnte, mit seinem Vater und vier anderen unterwegs zu einem Tanzabend, während sie alle Valerio Longorias Ranchera *El Rosalito* sangen, ein prachtvolles Lied aus jener Zeit, mit dem herrlichen Sound der *nueva onda*, rauh und erregend, gab der ausgeleierte Riegel nach, und die Tür ging auf. Bei fünfzig Meilen die Stunde stürzte er hinaus, das Fleisch wurde bis auf die Knochen abgeschürft, er erlitt Schulter- und Armbruch, Gehirnerschütterung und noch einiges in der Art. Aber er überstand es auch diesmal.

Die erfreulichste Folge dieses Unfalls war, daß Valerio Longoria selbst – das glatt zurückgekämmte Haar, die geduckten Brauen – Chris im Krankenhaus besuchte, scherzend, doch ernsthaft: »Weil du gerade mein Lied gesungen hast, als es passierte, habe ich eine gewisse Verantwortung.«

»Das ist schon einer, dieser Valerio«, sagte Abelardo voll Bewunderung, »das ist das Wahre, *la gran cosa!*«

Der Eisbär

Eine Lehrerin an der Schule in Hornet war Miss Wing aus Chicago, die mit peinlicher Genauigkeit artikulierte und zu allem lächelte. »Viele Menschen haben ein Hobby. Ich möchte, daß morgen jeder eine Probe von seinem Hobby mit in die Klasse bringt. Jeder Junge oder jedes Mädchen wird über sein Hobby sprechen, zum Beispiel Briefmarken oder Streichholzheftchen sammeln. Mein Bruder hat Streichholzheftchen gesammelt, was ein sehr, sehr interessantes Hobby ist.«

Die meisten Kinder brachten am nächsten Tag ein Streichholzheftchen mit. Angelita brachte nur ein einziges Streichholz mit, dessen blauroter Kopf sich in ihrer Tasche verschmiert hatte. Sogar dafür wurde sie von Miss Wing gelobt.

Die beiden Relámpagos brachten ihre Akkordeons mit. Sie spielten das Bus-Lied (ohne den Text) und warteten auf das Lächeln der Lehrerin. Miss Wings weißes Gesicht überzog sich mit einer Schicht von Widerwillen.

»Das Akkordeon ist kein gutes Instrument. Es ist ein ganz dummes Instrument. Polacken spielen Akkordeon. Morgen bringe ich *gute* Musik für euch mit.«

In der Pause tuschelten sie, was wohl ein Polacke sei. Angelita wußte es.

»Ein weißer Bär, der auf dem Eis lebt.«

Baby stellte sich eine ganze Reihe weißer Bären vor, die silbrige Akkordeons spielten. Und das Geheimnis wurde noch undurchdringlicher, als er im Radio eines Abends hörte: »*I'm a polack, you pretty little poppy...*«

»Was ist ein Polacke? Ist das ein weißer Bär?«

»Amapola! Amapola! So heißt ein hübsches junges Mädchen.«

Miss Wing brachte einen Plattenspieler in einem beigen Koffer mit, stellte ihn aufs Pult und zog an dem schwarzen Kabel, das nicht bis zur Steckdose reichte. Die großen Jungen mußten das Pult zur Wand rücken, unter lautem Quietschen der metallbeschlagenen Beine auf den Bodendielen. Der filzbespannte Plattenteller drehte sich. Sie zog eine schwarzglänzende Scheibe aus ihrer Papierhülle, hielt sie vorsichtig am Rand und legte sie auf den kreisenden Teller. Schon der Anblick der gleichmäßigen Drehungen war ein Vergnügen. Sie ließ den Tonarm herab. Das Zimmer erfüllte sich mit der *Synkopen-Uhr*, gespielt vom Boston Pops Orchestra.

Aber auf die Brüder hatte diese gute Musik keinen Einfluß. Bei den Relámpagos war das Akkordeon alles. 1942, als sie vierzehn und fünfzehn waren, gewannen sie einen Talentwettbewerb in McAllan: Sie spielten zwei gleiche Akkordeons im Stil ihres Vaters und sangen zweistimmig zwei seiner bekanntesten Kompositionen, die Polka *La Enchilada Completa* und die Ranchera *Es un Pájaro*. Schon spielten sie mit Abelardo bei Tanzabenden. Sie sangen schmachtende Duette mit bemerkenswert viel Gefühl. Den aufeinander abgestimmten Tönen aus den Kehlen von Blutsverwandten eignet eine unvergleichliche Harmonie, denn Form und Struktur der Stimmwerkzeuge sind ähnlich, wie bei zwei Akkordeonzungen, die auf den fast gleichen Ton zurechtgefeilt sind und nur um eine Winzigkeit verschieden klingen. Der Preis waren zweihundert Dollar und ein Auftritt bei einem Sender an der mexikanischen Grenze, der sein Programm bis nach Kanada ausstrahlte.

Abelardo war begeistert. »Jetzt werdet ihr sehn, wie sie kommen, die Plattenfirmen, und euch aufnehmen wollen. Jetzt geht's los mit euch!« Der Kellner Berto, ein Freund von Abelardo, fuhr sie in seinem uralten Ford hin. Sie kamen eine Stunde vor zwölf Uhr mittags, der verabredeten Zeit, ins Funkhaus. Die Jungen saßen still und hielten ihre Instrumente fest, während Abelardo alle Leute ansprach – einen Mann mit Kaffeetablett, einen mit allerlei Werkzeug behangenen Techniker, einen Ingenieur, der den Flur entlangging, einen angetrunkenen Cowboy-Sänger, der mit offenem Hosenlatz aus der Herrentoilette kam.

»Hören Sie«, sagte der amerikanische Manager ein bißchen unverschämt, »wir haben hier 'ne kleine Programmänderung. Gehn Sie draußen was essen, kommen sie nachmittags um zwei mit den Jungs wieder. Wir haben die Talent-Sendung auf zwei verschoben.«

In dem Raum dahinter hörte Baby eine stotternde Männerstimme zu jemandem sagen: »Wa-wa-wa-wa-wa-wa-was'n der Unterschied zwischen 'nem Mexikaner und 'nem Eimer Scheiße?«

Draußen pfiff der Wind in scharfen Böen, der Himmel war

im Süden schwarzgrün. Papierfetzen und Steppenhexebüschel wirbelten in Staubfahnen daher. Sie gingen zum Wagen.

Abelardo erklärte es Berto: »Um zwei wiederkommen, hat er gesagt. Sie haben die Zeit geändert.«

»Aber ich muß um zwei im Restaurant sein. Meine Schicht fängt um zwei an. Weißt du doch!«

»Schön, dann setz uns in der Stadt ab, da essen wir was, nehmen zurück hierher ein Taxi, und dann warten wir in der Stadt auf dich, bis deine Schicht um ist.«

»Die geht bis elf, weißt du doch, und eine Stunde brauch' ich bis hierher, also werdet ihr ganz schön lange hier sitzen müssen.«

»Ach, wir finden schon Freunde hier, machen ein bißchen Musik, gehn ins Kino, machen uns einen schönen Tag.«

»Und von meinen Scheinwerfern geht nur einer.« Ein Windstoß fegte Staub in den Wagen. »Na schön, steigt ein, steigt ein!«

Als Berto auf dem geschotterten Parkplatz zurücksetzte, um zu wenden, rüttelte der Wind an dem Wagen, und die ersten Regentropfen, schwer und vereinzelt, prallten gegen die Windschutzscheibe. Man hörte ein mächtiges Krachen und einen stöhnenden Ton. Baby sagte, der Turm kommt runter! Tatsächlich, der riesige, über sechzig Meter hohe Turm gewann an Geschwindigkeit, als er sich auf das Funkhaus und den Parkplatz herabsenkte. Berto gab Gas und fuhr in wildem Zickzack rückwärts, sah, wie der Turm aufschlug, wie das Dach des Funkhauses einknickte und die obersten sieben Meter des Turms auf die geparkten Wagen und die Stelle niedergingen, wo sie bis vor wenigen Sekunden gestanden hatten. Herumfliegende Schindeln und Holzteile fielen zu Boden, ein großes W aus Sperrholz zerbarst in tanzende Trümmer.

»Bloß weg hier!« sagte Berto.

»Fahr los!« sagte Abelardo. »Wenn wir dableiben, geben sie noch uns die Schuld.«

Danach ergab sich für Baby und Chris nichts mehr. Ihr Ruhm blieb auf das Barrio von Hornet beschränkt: »*Los dos hermanos* Relámpago, die den Preis gewonnen haben.« Sie konnten nichts tun, als weiterhin mit Abelardo an den Wochenenden, bei Fiestas und *quinceañeras* zum Tanz aufzuspielen, zwei kleine Monde, die seinen hellen Schein widerspiegelten. Einen eigenen Stil hatten sie nicht.

Missionare

Seit ihrem Umzug nach Hornet ging Adina nicht mehr zur Messe und zur Beichte. Binnen ein, zwei Jahren war sie so weit, daß sie zwei Missionare von Jahwes Wunderkirche bewirtete, sich ihre Geschichten von Verdammnis und Erlösung und von der Wüstenei der Seele anhörte und in eigenen Worten Abelardo und den Kindern weitergab. Das fromme Ehepaar Darren und Clarice Leak, beide blond, mit weißen Lippen und durchsichtigen Augen, brachte zu den Besuchen seine Kinder mit. (Clarice stammte von Rudman Snorl ab, einem Mitglied des Missionstrupps, der ausgesandt worden war, um die Cayuse-Indianer vom Laster der Pferdezucht und der Pferderennen abzubringen. Beim Aufstand der erbosten Indianer gegen die Missionare war Mr. Snorl ums Leben gekommen.) Die Kinder blieben brav in dem heißen alten Wagen sitzen, der wegen des schmalen Schattenstreifens dicht neben dem Wohnwagen geparkt war, die Fenster heruntergekurbelt, um ein wenig Luft reinzulassen. Es war ihnen verboten, auszusteigen, mit den Relámpago-Kindern zu reden oder sie auch nur anzublicken. Lorraine war die jüngste, dann kam Lassie, und die älteste war Lana, ein Albino-Mädchen, das die tränenden Augen mit der Hand gegen das helle Licht abschirmte. Sie saßen ganz still, die Gesichter nach vorn gerichtet, verschlangen aber mit den Blicken jede Bewegung der Relámpagos, die in ihrem Sichtfeld herumtollten und zeigten, wie gut sie rennen oder ringen konnten. Chris stellte sich direkt vor den Wagen, hampelte mit Armen und Beinen und wurde manchmal mit einem steifen Lächeln belohnt.

Ein heißer Tag, die Eltern beteten drinnen mit Adina; Lorraine im Wagen wimmerte und ruckte hin und her.

»Laß das!« zischte Lana. »Du darfst nicht, du mußt warten!« Aber schließlich machten sie die Tür auf der vom Wohnwagen abgewandten Seite doch einen Spalt weit auf und ließen die Kleine hinausschlüpfen, daß sie ihre zerlumpte Unterhose runterlassen und sich hinhocken konnte. Chris, der den hervorsprudelnden Strahl begutachtete, mußte gleich sein eigenes Instrument herausholen und pinkeln, wie um zu zeigen, daß die Relámpagos, zumindest was ihn anging, doch etwas mehr vorzuweisen hatten.

Abelardo verachtete die Leaks, er fand sie dumm, fanatisch und gefährlich. Er machte Adina drauf aufmerksam, daß Clarice, während Darren sein Der-Herr-dies und Der-Herr-jenes herunternölte, dem stets weiterlaufenden Radio zugehört und sich den Namen eines Senders aufgeschrieben hatte, der »ein handsigniertes Gemälde von Jesus Christus im handgedrechselten Goldlackrahmen für nur fünf Dollar« offerierte.

Früh krümmt sich

Abelardo wollte, daß seine Söhne für das Akkordeon lebten. Er spielte jedem von ihnen vor, schon als sie noch klein waren, und zwar in der Schummerstunde, in der alle Eindrücke am tiefsten dringen, denn wer hat nicht schon Musik am Ende des Tages gehört, wenn das Viertellicht mit den feierlichen Harmonien verschmilzt, die alles sagen, was je gesagt worden ist? Das lauschende Kind wird niemals den Duft der heranstürmenden Dunkelheit vergessen, den Schimmer eines weißen Hemdes, wenn jemand zu ihm kommt.

Er kaufte jedem von ihnen ein zweireihiges diatonisches Instrument, artverwandt dem alten grünen Akkordeon. »Mit diesen kleinen Zehnknopf-Dingern halten wir uns nicht auf«, sagte er. »Die Jungs sollen gleich richtig anfangen.« Doch er hatte zuviel andere Sorgen und war ein ungeduldiger Lehrer. Er ließ sie auf den hölzernen Stühlen unter den signierten Photos befreundeter Akkordeonspieler Platz nehmen, Narcisco Martínez, Ramón Ayala, Rubén Naranjo, Juan Villareal und Valerio Longoria, alle in einer Reihe an der Wand. Crescencio hatte am Akkordeon kein Interesse. Sehr traurig sagte Abelardo ihm ins Gesicht: »Crescencio, du bist dumm, wahrhaft dumm.« Er ließ ihn in Ruhe und konzentrierte sich auf die beiden jüngeren Söhne. (Doch Chencho war ein wunderbarer Tänzer – nicht zu Abelardos Musik, sondern zu Big-Band-Swing aus dem Radio; da konnte er einen echten Jitterbug hinlegen, sein Mädchen herumwirbeln und es hoch in die Luft werfen.)

»Das Akkordeon ist ein wichtiges Instrument. Es kann sogar Menschen das Leben retten. Letztes Jahr hat ein Mann bei einem Schiffbruch im Nebel vor New York mit dem Akkordeon die verängstigten Passagiere beruhigt. Nun hört mal zu und seht, wie ich das hier spiele«, sagte er manchmal. »Jetzt versucht ihr's mal«, und er führte ein Wechselbalg-Tremolando aus, spielte schnelle Arpeggios, schwierige Dissonanzen, hatte aber nicht die Zeit, es ihnen langsam und sorgfältig vorzumachen. Schon mußte er wieder fort, zur Arbeit oder zu einem Tanzabend. Nach einigen Monaten hörte der Unterricht auf. Die Jungen würden sich allein zurechtfinden müssen.

Im Blue Dove

Eines Tages kam ein Mann ins Blue Dove, und er kam noch viele Male wieder. Er bestellte immer dasselbe, das Spezialgericht des Restaurants und der Grund, warum viele dort hinkamen, angelockt vom Duft des Fetts, das auf dem Hinterhof in ein Holzkohlefeuer tropfte, der *cabrito al pastor* und der *machitos*-Teller, zarte Ziegenleberstücke, in einen Darm gerollt und gebraten. Diese Delikatessen hielten sich auf einer im übrigen prosaischen Speisekarte, auf der Steaks, Eier und *burritos* vorherrschten.

Der Mann setzte sich immer an den kleinen Ecktisch, der auch von Liebespaaren bevorzugt wurde, die nicht darauf achteten, wie die Stühle schwankten und der Tisch wackelte, wenn das Streichholzbriefchen unter dem Bein an der Wand verrutscht war. Auch der Mann achtete darauf nicht. Er legte seine zusammengefaltete Zeitung auf den leeren Stuhl neben sich und winkte nach dem Kellner.

Im Stehen war er unangenehm groß, doch im Sitzen, wenn er seine langen Beine unter sich zusammenklappte, verlor er alle auffälligen Merkmale, bis auf die große Nase und den unglaublich schmalen Schnurrbart. Er hatte die Angewohnheit, sich unter den gesenkten Augenlidern hervor verstohlen umzusehen, ohne je etwas direkt anzublicken, ohne je seine Augen aufblitzen zu lassen. Er hatte glattes, erst weit hinter der karamelbraunen Stirn ansetzendes Haar. An seiner Aussprache konnte man hören, daß er aus einer Stadt im Norden kam. Er saß still da, die Hände locker hingeworfen, daß sie den ganzen Tisch auszufüllen schienen, und wartete auf seinen Fleischteller. Nach der Mahlzeit legte er Messer und Gabel über Kreuz auf den Teller, zündete sich eine Zigarette an, die er zwischen Daumen und Zeigefinger der linken Hand hielt, und lehnte sich auf dem knarrenden Stuhl zurück. Wenn er Abelardos Blick erhaschte, winkte er mit dem erhobenen Mittelfinger der rechten Hand, zum Zeichen, daß er das schmutzige Geschirr wegräumen solle. Eines Abends, als er wieder dieses Zeichen gemacht hatte und Abelardo gerade nach dem Rand des verschmierten Tellers griff, sprach der Mann ihn mit leiser Stimme an; er bat Abelardo, sich um sechs Uhr dreißig in einer Bar gegenüber mit ihm zu treffen. Durch den Zigarettenrauch hindurch konnte Abelardo den Duft eines scharfen Kräuteröls ausmachen, einen rohen, götzendienerischen Geruch.

Ein Rosenkranz am Rückspiegel

Der Mann saß am Ende des Tresens und wirkte, fern von dem Liebespaartisch, sehr kalt und gefährlich. Er winkte dem Barman mit dem gekrümmten Mittelfinger, das gewohnte Zeichen, und Abelardo bekam einen Whiskey.

»Ich vertrete hier jemand anders«, sagte der Mann leise. Seine Zeitung lag zusammengefaltet auf dem Tresen, obenauf ein Photo von Mussolini bei einem Akkordeon-Festival. Er blies aus beiden Nasenlöchern Rauch wie ein Stier auf einer kalten Hochebene. »Ich biete Ihnen eine bestimmte Gelegenheit.« Langes Schweigen. Was denn für eine Gelegenheit, fragte Abelardo schließlich. Er gab dem Wort »Gelegenheit« einen hellen, spöttischen Klang, war nicht mehr der Laufbursche, der dem Mann seinen Dreck wegräumen mußte.

»Eine große Gelegenheit. Eine sehr angenehme Gelegenheit für den richtigen Mann. Ich denke, Sie sind der richtige.« Wieder langes Schweigen. Abelardo trank seinen Whiskey aus, das Fingerzeichen kam und gleich darauf ein zweiter Whiskey. Der Mann zündete sich eine zweite Zigarette an und ließ den Rauch in wabernden Ringen zwischen den gerundeten Lippen ausströmen.

»Diese Gelegenheit«, sagte er, »erfordert ein, zwei ganz einfache Handlungen. Von Zeit zu Zeit werde ich ein Päckchen ins Blue Dove mitbringen und es auf den leeren Stuhl legen, unter der Tischdecke. Wenn Sie die Teller abräumen, sage ich ein paar Worte zu Ihnen, zum Beispiel ›weißer Buick mit Rosenkranz am Rückspiegel‹. Sie schieben das Päckchen unter einen schmutzigen Teller in Ihrer Wanne und gehen zur Küche. Ich habe gesehen, daß aus dem Durchgang eine Seitentür nach draußen zu den Mülltonnen führt, wo die Kellner manchmal eine rauchen. Von da ist es leicht, um die Ecke zum Parkplatz zu gehn.« Bei dem Wort »rauchen« tastete der Mann unwillkürlich mit den Fingern nach seiner Hemdtasche.

»Im Durchgang nehmen Sie das Päckchen aus der Wanne und gehen durch die Seitentür raus. Wenn jemand Sie bemerkt, sagen Sie, Sie wollen eine rauchen. Aber das geht alles sehr schnell; niemand wird auch nur hingucken. Auf dem Parkplatz sehn Sie sich die Wagen an und legen das Päckchen auf den Rücksitz des weißen Buick mit Rosenkranz. Oder egal, welchen Wagen ich Ihnen beschrieben habe. Vielleicht kein Buick, sondern ein Chevrolet oder De Soto. Vielleicht auch kein Rosenkranz. Es können zehn Päckchen im Jahr werden oder hundert. Am Ersten jedes Monats lege ich so einen wie den hier für Sie unter meinen Teller.«

– 160 –

Der Mann öffnete die linke Hand ein wenig, und im trüben Licht sah Abelardo einen zusammengefalteten Geldschein. Ein Zehner, dachte er zuerst, dann, ein Hunderter, aber schließlich sah er deutlich, daß es ein Tausender war. Ein Tausenddollarschein. Ein warmes Prickeln strömte seine rechte Seite empor, die Seite, die dem Geld am nächsten war.

Das erste Päckchen kam vier Tage später. Es war alles ganz einfach, wie der Mann gesagt hatte. Das Schwierige war das Geld. Ein so großer Schein konnte nicht wirklich Geld sein. Er war etwas Abstraktes, ein Ding von unbändigem Wert, nichts, was man vorzeigen oder ausgeben konnte. Er nahm eine Dose Schellack und einen kleinen Pinsel, faltete den ersten Schein der Länge nach, bestrich die eine Seite dünn mit Schellack, schraubte die Baßseite des grünen Akkordeons ab und klebte den Schein von innen in eine der Balgfalten. Dort war er vollkommen unsichtbar, konnte nicht entdeckt werden, außer von kundigen Fingern, war selbst dann nicht zu sehen, wenn jemand die Seiten abnahm und in den Balg hineinblickte. Ein Jahr und zwei Monate lang kam der Mann mit seinen diskreten Päckchen und den diskreten Tausenddollarscheinen ins Blue Dove. Dann kam er nicht mehr.

Der explodierte Anzug

Abelardo ging mehrere Male in die Bar gegenüber, aber der Mann war nie dort. Er fragte den Barmann, ob er wisse, wann der Mann wiederkäme. Der flüsterte, danach sollte man lieber nicht fragen. Er selbst wisse von nichts, habe aber gehört, bei jemand sei ein guter neuer Anzug in einem weißen Karton abgeliefert worden, ein Anzug aus schönem grauem Kammgarn, aber als der Betreffende ihn anprobierte, da habe die Körperwärme irgendwelche diskret in den Nähten verborgenen hochexplosiven Chemikalien aktiviert, und der Anzug mitsamt dem Mann sei in die Luft geflogen.

Im Balg des grünen Akkordeons steckten vierzehn Tausenddollarscheine.

– 161 –

Der älteste Sohn

1945 bekamen sie die Nachricht von Crescencios Tod und einen Brief von einem Leutnant, der mit den Worten begann: »Ich habe Crisco, wie wir ihn alle nannten, erst ein paar Tage vor seinem Tod kennengelernt...« Zum erstenmal erfuhren sie, daß er nicht durch feindliche Kugeln, sondern durch eine Mauer aus Hohlziegeln umgekommen war, die über ihm zusammenbrach, als er ihr einen Tritt gab. Er hatte mit einem anderen Soldaten Jitterbug getanzt, war herumgewirbelt und in einem wilden Ausfallsprung gegen die Mauer getreten, und die hatte nachgegeben. Adina klebte einen goldenen Stern ins Fenster.

Lächeln

Die beiden Söhne Chris und Baby, nun fast erwachsen, wurden frech und eigenwillig, spielten aber jedes Wochenende zusammen mit Abelardo.

Abelardo spielte meistens die erste Runde, dann ging er, trank Bulldog-Bier in den Klubs und Bars der Nachbarschaft, hörte sich den Gesang der Padilla-Schwestern aus der *sinfonola* an und überließ den Rest des Abends seinen Söhnen. (Für seinen Kater hatte Adina immer einen Topf *menudo*, die scharf gewürzte Kuttelsuppe, auf dem Herd.) Aus diesen Zeitspannen, in denen er sie mit der Musik allein ließ, ergaben sich allmählich Veränderungen in ihrer Spielweise, hin zu einem härteren Stakkato, Töne wie Messerstiche. Die Älteren beschwerten sich, daß man nach dieser Musik mit ihrem abgehackteren, schnelleren Takt und dem irgendwie störenden, sprunghaften Rhythmus nicht richtig tanzen könne, aber die Jüngeren feierten sie mit viel Geschrei und Beifall, »¡*Viva tu música!*«, besonders wenn Chris in seinem roten Jackett an die Rampe trat, daneben Baby in schwarzem Jackett mit weißer Paspelierung an den Aufschlägen. Dann, sehr zu Adinas Kummer – sie gab Abelardo und dem an den Samstagabenden

leicht verdienten Geld die Schuld –, machten sie beide Schluß
mit der Schule.

Wozu? Alle Wege führten nirgendwohin. *Andale*!

Akne hinterließ Narben in Chris' Gesicht, ein Gesicht, das
immer härter wurde, während er sich um einen Job bemühte
und keinen bekam. Von der Wochenendmusik konnte kein
Hund sich ernähren. Er hatte eine Schwäche für modische
Hemden, Armbanduhren, Goldkettchen. Sein höchstes Ziel
war, sich einen *carro nuevo* zu kaufen. Sobald er konnte, ließ er
sich einen Schnurrbart wachsen, um von der Akne abzulenken
und sich älter zu machen. Es war ein schwarzer Schnurrbart,
die Enden nach unten gebogen. Er trug eine dunkle Brille und
schloß sich einer Horde *cholos* an, besonders einem Rabauken,
der auf den Namen »Venas« hörte, mit einem schwarzen Le-
berfleck am linken Nasenflügel – einer, der viel Geld in seinen
weißen Buick mit dem zerknautschten Samtpolster steckte und
dessen Vater Paco Robelo wie die ganze Sippschaft der Robelos in dem Ruf stand, mit den *narcotraficantes* zu tun zu haben.

Nach ein oder zwei Jahren hatte Chris seinen eigenen Wagen, einen gebrauchten Chevrolet, silbern umlackiert, an den
Seiten mit züngelnden Flammen bemalt, auf der Motorhaube
ein Porträt von ihm selbst mit seinem Akkordeon, umgeben
von einem Flammenkreis – Vorzeichen für eine Höllenfahrt,
sagten die alten Frauen.

Baby schien zu leiden. Alles störte ihn – der Geruch angebrannten Essens, Donner und Hagel, tuschelnde Mädchen,
der Glanz der sternförmigen Narbe auf seiner Stirn. Die alten
Frauen sagten, er habe eine Stahlplatte im Kopf. »Nimm dich
zusammen!« brüllte Abelardo ihn an. »Wir sollen heute abend
spielen, und du sitzt da und machst ein Gesicht wie ein Toten-
gräber. Schau Chris an, der hat immer ein Lächeln. Das Publikum will sehn, daß es dir Spaß macht.«

Adina legte ihm manchmal die Hand auf die Stirn; sie befürchtete, daß sein erhitztes Blut irgendwie sein Gehirn zum
Kochen bringen könnte. Aber er war dabei, seine ersten Lieder
zu machen, im Kampf mit Text und Tönen. Und alles auf
amerikanisch.

Félidas hilfsbereiter Lehrer

Im Mathematik-Nachhilfekurs schwafelte Mr. More etwas von Scheitelwinkeln, aber Félida hielt den Kopf gesenkt; sie spürte, daß er sie ansah. Er schritt die Reihen auf und ab und sprach über die Wege, die er dabei zurücklegte.

»Sagen wir, die Vorderseite des Raumes ist die Linie AB, die hintere Seite CD, und wenn ich nun von B nach D gehe und dann quer nach A, haben wir nun da, wo ich stehenbleibe, gleiche oder ungleiche Scheitelwinkel? Wer meldet sich?« Niemand. Jetzt kam er ihre Reihe entlang, verlangsamte den Schritt und blieb neben ihrem Tisch stehen. Sie konnte die Wolle und Kreide an ihm riechen, aus den Augenwinkeln seine staubigen braunen Schuhe sehen.

»Félida?«

Sie wußte es nicht. »Gleiche?«

»In der Tat, ja, aber ich nehme an, das hast du nur geraten. Würdest du bitte an die Tafel kommen und es aufzeichnen?«

Noch immer kein Klingeln! Sie ging zur Tafel, nahm die Kreide. Was hatte er gesagt, wo er langgegangen war? Über die Vorderseite des Raums. Sie zog eine horizontale Linie. Die Reihe entlang. Dann durch ihre Reihe.

Er lachte. »Ich sagte doch, *wenn* ich quer durch den Raum nach A gehe. Ich bin nicht wirklich quer durch gegangen, denn ich kann ja nicht durch die Tische hindurchgehen. Schau mal!« Stand wieder neben ihr, nahm ihr die Kreide ab, berührte ihre Hand mit seinen kalten, kreidigen Fingern. Er sprach ganz leise, nicht flüsternd, aber mit gedämpfter Stimme. »Komm nach der Schule für ein paar Minuten hierher. Ich muß mit dir reden.« Er erhob die Stimme, erhob die Hand mit dem Schwamm, löschte ihre Linien aus und ersetzte sie durch seine eigenen. Sie ging zu ihrem Tisch zurück und empfand nichts. Überhaupt nichts.

Als sie nach drei ins Zimmer kam, stand er am Fenster und sah den abfahrenden Schulbussen zu.

»Weißt du, wie viele Jahre ich das schon mache? Neunzehn, davon vierzehn in Hornet. Ich bin aus Massachusetts hier runtergekommen. Ich habe irgendwie davon geträumt, ich wollte im Südwesten leben. Ich hatte mir's anders vorgestellt. Aber man muß leben. Lehrer sein, und das in Texas, du meine Güte! Nach ein paar Jahren steckt man zu tief drin, um wieder rauszukommen. Jedenfalls, da bin ich nun. Und da bist du. Komm mal her!« Trat vom Fenster ein Stück zur Seite.

Und es war dasselbe, die kalten, kreidigen Finger, die ihren Hals hinaufkrabbelten und ins Haar griffen, es gegen den Strich hochschoben, was sie nicht leiden konnte, und dann zog er sie an sich, und die knochigen Hände wanderten zu ihren Brüsten und betasteten sie, dann über die Rippen abwärts zum Bauch, zu den Hüften, unter ihren Rock und aufwärts, und die kalten, kreidigen Finger wühlten sich unter das Gummiband ihrer Unterhose und in sie hinein, während er sich an ihrem Schenkel rieb. Geschickt hüpfte er einen Schritt weg, als draußen auf dem Flur jemand lachte und ein Paar Absätze vorüberklapperte, irgendeine Lehrerin, vielleicht seine Frau, dachte sie, Mrs. More, die Lehrerin für Schreibmaschine und Wirtschaftsmathematik.

»Hör zu«, nuschelte er. »Sie muß zu einer Versammlung nach Austin. Ich möchte, daß du zu mir nach Hause kommst. Morgen gegen fünf. Ich hab' was für dich.« Er zog ein Papier aus der Tasche, faltete es auf, zeigte es ihr. Ein Fünfdollarschein. »Für dich. Du kannst mir auf dem Akkordeon was vorspielen.« Er lächelte dünn.

Mit dem Akkordeon hatte es angefangen. Im vorigen Jahr war sie in seine Sprechstunde am Mittwochnachmittag gegangen, denn er war Schulberater, hatte ihm erzählt, daß sie Musikerin werden wollte, aber das Problem sei ihr Vater, ein bekannter, sogar berühmter Akkordeonspieler, ebenso ihre Brüder, die auch Akkordeon spielten und in der ganzen Gegend auftraten und bewundert wurden, während sie Luft sei, sogar zu Hause. Ihr Vater, sagte sie, habe ein starkes Vorurteil gegen Frauen in der Musik, es sei denn, sie waren Sängerinnen; wenn sie sangen, war es in Ordnung. Nun sang sie aber, seit sie auf der Welt war, und er hatte es nie bemerkt. Akkordeonspielen hatte sie sich selbst beigebracht, traute sich aber nichts zu. Sie konnte schon dreißig Rancheras. Was sollte sie nur tun?

»Ein schönes junges Mädchen wie du braucht sich doch um seine Karriere keine Sorgen zu machen«, sagte Mr. More. »Aber ich würde dich gern mal spielen hören. Vielleicht kann ich dir ein paar Ratschläge geben. Ich habe mal davon geträumt, die klassische Tuba zu spielen.« Er hatte ihr den Arm getätschelt, zwei leichte Striche mit den Fingerspitzen den Arm herunter, daß es sie durchschauerte.

Die Flucht der mißratenen Tochter

Als er in der Samstagabendröte aus seinem Schläfchen erwachte, ein paar Wochen vor Félidas *quinceañera*, war niemand außer ihm im Wohnwagen. Abelardo spritzte sich Wasser ins Gesicht, trocknete sich ab, streute sich Talkumpuder in den Schritt, beklopfte sich Gesicht, Hals, Bauch und Schultern mit Kölnischwasser. Dann kam das sorgfältige Aufstecken und Einsprayen der Haare. Die gebügelten Hosen, die neuen schwarzen Socken aus einem glatten, seidenartigen Gewebe, das weiße Hemd, die hellblaue Krawatte und die gleichfarbige Polyesterjacke. Zuletzt die blitzblanken Schuhe. Im Spiegel ein gutaussehender Mann, kerngesund und intelligent. Er wollte das grüne Akkordeon holen, denn an diesem Abend spielte er für Bruno, einen Mann, der den klagenden Ton und das heisere Schluchzen des alten Instruments zu schätzen wußte. Es war nicht im Schrank, unterm Bett nicht, im Wohnzimmer nicht, in der Küche nicht. Er bekam Herzklopfen vor Angst. Er polterte ins Zimmer seiner Söhne und glaubte für einen Augenblick, es gefunden zu haben, aber es war nur das alte Luna Nuova, das er Baby vor Jahren geschenkt hatte. Einer von diesen Hundesöhnen hatte das grüne Akkordeon, und er hatte jetzt keine Zeit, in der Stadt herumzulaufen und nach den Lümmeln zu suchen. Am Ende mußte er das Majestic nehmen, aber das hatte den falschen Ton für diese Musik, und er spielte es an diesem Abend so wütend und gewaltsam, daß eine Zunge zerbrach und die Knöpfe sich verklemmten.

Lange nach Mitternacht kam er heim, betrunken und immer noch wütend, aber das grüne Akkordeon stand wieder auf dem Regal im Schrank. Er öffnete es und tastete von innen die Balgfalten ab. Das Geld war noch da. Seine Angst schlug in Wut um. Er marschierte ins Zimmer seiner Söhne, wollte sie beschimpfen und schurigeln. Ihre Betten waren leer. Undenkbar, aber Adina mußte es genommen haben.

»Steh auf!«

»Was ist denn?« Sie schrak hoch, hellwach, versuchte die Gefahr einzuschätzen.

»Warum hast du das grüne Akkordeon genommen? Wo bist du damit gewesen?«

»Ich? Das Akkordeon? Ich hab' nichts genommen. Du bist verrückt.« Er hob den Arm, als ob er sie ohrfeigen wollte, ließ sie weinend auf dem Kissen liegen. *Ach, jetzt kommt es raus*, dachte sie. *Der brutale Kerl!* Während er zum Kühlschrank ging und nach dem Eiswasser suchte. Félida! dachte er. Und schon hämmerte er an ihre Tür. Ein Schock: der trotzige Schrei von drinnen.

»JA, ICH HAB'S GENOMMEN! Ich sollte einem Lehrer vorspielen.« Für irgendeine Art Wahrheit war es zu spät. Denn sie hatte nicht mal den Koffer öffnen können, bevor der Lehrer über ihr war und sie auf den staubigen Teppich drückte, von wo aus sie die losen Fäden unter dem durchgelegenen Sofa herabhängen sah.

»Auch der mißratenste Sohn würde nicht so mit seinem Vater reden! Deine unverschämten Reden sind ein Schlag ins Gesicht für mich!« Er konnte kaum sprechen vor Wut. Tief in ihm dröhnten stürmische Akkorde, als spielten ein paar Irre auf seinen Eingeweiden Pauke. Er brüllte.

»Eine Frau kann nicht Akkordeon spielen. Das ist ein Instrument für Männer. Eine Frau kann keine andern Musiker dazu bringen, daß sie mit ihr spielen, niemand wird dich engagieren, deine Stimme ist nicht stark genug. Du hast einen schlechten Charakter, du gehorchst nicht, du hast keine Zukunft in der Musik.« Fast heulte er. »Und das nach all dem Geld, das wir uns deine *quinceañera* kosten lassen wollen!« Und so ging es weiter, bis Baby nach Hause kam und ihn beruhigte. Gegen zwei Uhr morgens wurde es still. Chris war noch irgendwo draußen in der Mondnacht unterwegs, fuhr Taxi, blieb oft die ganze Nacht fort, wenn er betrunkene Soldaten zu ihrer Kaserne brachte.

In den ersten Morgenstunden hörte Adina die Tür zufallen. Die Stufen draußen knarrten. Im Fenster hatte der Mond einen dunkelsilbernen Hof, wie mattiert. Tiefe, bedeutungsschwere Stille. Abelardo an ihrer Seite atmete schwer. Sie berührte ihre Wange mit den Fingerspitzen. Wohin er sie geschlagen haben könnte, wohin er sie beinah geschlagen hatte. Ein paar Minuten später stand sie auf und ging in die Küche, spürte Sand unter den bloßen Füßen, nein, Zucker. Zucker und Salz auf dem Boden verstreut. Sie hörte das Gas zischen, bevor sie es roch. *Dios,* sie hätten sterben können! Sie drehte die Gashähne ab, aus denen das giftige Zeug ins Haus strömte, machte die Tür auf, würgend und hustend wegen des Gestanks. Im Nachthemd stand sie vor der Tür und blickte die nasse Lehmstraße entlang. Irgendwo krähte ein Hahn, ein Verrückter von einem Hahn. Die Straße war vollkommen leer. Betty/Félida war fort.

Zitternd trat sie in die Küche zurück und sah auf dem Tisch das grüne Akkordeon. Aus dem Balg stand der Griff eines Messers hervor. Das bedeutete, daß die Tochter ihrem Vater ins Herz stechen wollte.

»Ich will in diesem Haus nie wieder etwas von ihr hören«, stammelte Abelardo heulend. »Ich habe keine Tochter.« Aber bevor er das sagte, zog er das Messer aus dem Instrument und untersuchte langsam, sorgfältig den Balg auf Anzeichen für andere Einschnitte oder Beschädigungen, und den Nachmittag über war er hinter verschlossener Tür damit beschäftigt, den Schaden zu reparieren, indem er den Riß von innen mit einem dünnen Stück Schweinsleder überklebte und von außen ein öliges Lederschutzmittel auftrug, um den Balg geschmeidig und weich zu halten.

Bleiben noch zwei Söhne

Nach dem Krieg vergingen die Minuten, die Stunden, Wochen und Jahre, ohne daß von der Tochter eine Nachricht kam. Adina wurde sehr fromm (»Herr, diese Bürden kann ich nicht allein tragen«) und begleitete die Leaks, wenn sie an fremde Türen klopften, um die Leute zu Jahwes Wundern zu bekehren. Chris und Baby spielten weiterhin mit Abelardo, aber zwischen ihnen kam Gehässigkeit auf, eine wechselseitige Abneigung gegen die Musik des anderen. Außerdem brachten die Wochenendauftritte nicht so viel ein, daß sie davon leben konnten. Die traditionelle Musik war nicht mehr so populär; überall nur Swing und Big Bands.

Um 1950, mit dreiundzwanzig oder vierundzwanzig Jahren, kam Baby auf die Idee, Chili Pflanzer zu werden, mal was ganz Urtümliches zu machen, aus Hochachtung für den Landarbeiter, angetrieben von der leidenschaftlichen Rhetorik der Gewerkschafter, die nach dem Krieg in der Gegend auftauchten, und im Gedanken an seinen unbekannten Großvater, den er sich gern als Helden vorstellte. Es war eine vage Idee. Er mußte Land pachten, mußte erst einmal alles Nötige über den Chili-Anbau lernen. Der Vertreter der landwirtschaftlichen Versuchsstation, ein Anglo, redete ihm zu, sich auf eine dickbäuchige Neuzüchtung namens S-394 zu spezialisieren, hervorgebracht an der Universität von Texas, und nicht auf die alte einheimische *bisagra*, die »Angel«, wie sie wegen der krummen Form hieß. Das Wichtigste waren rechtzeitiger Einsatz chemischer Düngemittel und künstliche Bewässerung. Er fand es langweilig, verlor das Interesse, kaum daß die Pflanzen begonnen hatten zu wachsen. Der Chili-Anbau, so wie er ihn sich vorgestellt und nach dem, was er von älteren Männern darüber gehört hatte, war eine komplizierte Angelegenheit, bei der es auf die Kreuzung der Arten im Hinblick auf Trockenheitsresistenz und besondere Geschmackseigenschaften ankam, auf feinfühlige Wetterbeobachtung, richtige Einschätzung des Bodencharakters, auf Glück und Gebete. Er hatte geglaubt, dies alles begreifen und daran Anteil nehmen zu wollen, konnte aber nur feststellen, daß ihm für die Land-wirtschaft das Talent fehlte.

Während er das Land gepachtet hatte, fühlte Abelardo sich dazu hingezogen, kam, sooft er sich losmachen konnte, aufs Feld heraus, um nach den Pflanzen zu sehen und, zuerst ein wenig, dann immer mehr, über sein vergangenes Leben zu re-den.

Sein ertrunkener Vater hatte Gitarre gespielt, *vingi, vingi, vingi.*

»Ein bißchen Musik hatten wir in der Familie also schon früher«, sagte Abelardo, hockte sich am Ende einer Reihe auf die rote Erde, rauchte eine Zigarette und schaute zu, wie das Wasser in den Graben rieselte. Er sagte, es sei eine bittere, harte Musik gewesen, von der einem die Ohren weh taten, bis er, Abelardo, kam und alle Welt mit seinem fabelhaften Spiel verblüffte.

»Ich hab' es auf den Feldern gelernt, von Narcisco. Narcisco Martínez, *El Huracán del Valla*, hat damit angefangen, mit der Conjunto-Musik. Schau, vor dem Zweiten Weltkrieg gab es so gut wie nichts, nur Jungs, die zusammen den ganzen alten mexikanischen Kram spielten, *mariachi* . . . Dann kam Narcisco, dann ich, und ziemlich schnell gab es dann nach dem Krieg vier oder fünf gute Conjuntos – ich, Narcisco, Pedro Ayala, José Rodríguez, Santiago Jiménez, Jesús Casiano. Diese Musik hab' ich gemocht. Zuerst war es bloß ein kleines einreihiges Akkordeon, vielleicht noch ein anderes Instrument, was ge-rade da war; dann hatten wir die zweireihigen, und der *bajo sexto* kam hinzu, und allein die zwei Instrumente machten schon eine Menge gute Tanzmusik. Ich hatte da einen, Charro haben wir ihn genannt, wegen seinem Stetson, den er immer aufhatte, der hat bei mir *bajo sexto* gespielt, bevor Crescencio geboren wurde, der arme Chencho, und der war schon älter und sehr streng in seiner Art. Jedenfalls, er hatte eigentlich kein Gefühl für die Musik, wie ich sie machen wollte, und da haben wir uns getrennt, weil ich damals auch viel getrunken habe. Dann bekam ich einen *tololoche* – ay, Dios, was für ein schöner Klang, dieses Instrument zusammen mit dem Akkordeon!«

»Mir ist der elektrische Baß lieber. Der bringt die Leute zum Tanzen. Schlagzeug auch, das macht ihnen Beine.«

»Ja, ich weiß, ihr Jungen macht euch lustig drüber, wie wir gespielt haben, aber du mußt mal zurückdenken, für wen diese Musik gewesen ist, wo sie hergekommen ist. Von armen Leuten ist sie gekommen, die hatten kein Geld für schickes Schlagzeug und elektrische Instrumente – auch wenn sie damals schon erfunden waren, man mußte erst Strom haben, um sie zu spielen. Wer hatte Strom in den dreißiger Jahren? Darum haben wir links gespielt, die Bässe. Narcisco hat gesagt, *conjunto era pa'la gente pobre*, und er hat gewußt, was er sagt. Hat gewußt, was es heißt, arm zu sein, hat Laster gefahren, die meiste Zeit seines Lebens auf den Feldern gearbeitet. Da ist sie her, diese Musik, von den Feldern. Und du weißt ja, viele haben über Conjunto die Nase gerümpft – deine Mutter zum Beispiel.«

Nein, sagte er auf Babys Frage, das Piano-Akkordeon habe ihn nie interessiert, mit diesen Tastenreihen, die so abweisend aussahen wie gebleckte Zähne – ein Instrument, das atmete und dann auch noch Zähne hatte, auf dem die Hand des Menschen aussah wie ein kleines, darauf herumtrappelndes Tier.

Baby blickte die Chili-Reihen entlang, wo sich die ersten kleinen Schoten unter den Blättern krümmten und kräuselten und die weißen Blüten Bienen anlockten. Warum redete der Alte so viel?

»Jetzt wird sie populär, diese Musik, unsre Musik, und weißt du, warum? Die *Tejanos* haben sie über die Baumwollfelder verbreitet, übers ganze Land, bis zu den Rübenfeldern in Oregon und weiß ich wo – *sí*, an den Samstagabenden haben sie getanzt, vielleicht bloß wegen der Gelegenheit, den Rücken zu strecken. Ich weiß noch genau, wie das war, diese Tanzereien. Wir haben alle die Tortilla-Tour gemacht. Die meisten von uns haben auch die ganze Woche auf den Feldern gearbeitet. Du mußtest dir eine Bandanna vor Mund und Nase binden, so hat das gestaubt, beim Herumhopsen haben die Tänzer eine Menge Staub aufgewirbelt. Narcisco hat eine Polka über diese Staubwolke gemacht, *La Polvareda*, hab' ich auf der alten Platte, du hast sie mal gehört. Das Akkordeon gehörte ganz selbstverständlich mit dazu, ein kleiner Freund. Klein, leicht zu tragen, leicht zu spielen und dabei laut, kann Baßrhythmus und Melodie spielen. Bloß ein Akkordeon, nichts weiter, und schon kann man tanzen! Zum Tanzen ist es das beste Instrument der Welt, das beste für die menschliche Stimme. So eine Musik, so ein Instrument – und deine Mutter« – er spuckte aus –, »deine Mutter will ein *bolillo*-Imitat aus dir machen, einen Angloarschkriecher. Einer von denen wirst du doch nie. Und wenn du eine Million amerikanische Wörter lernst, was soll's? Dann treten sie dir immer noch mit ihren großen Schweißfüßen ins Gesicht.« Er griff nach Babys rechter Hand, streckte den schweißigen Arm aus, die braune Haut straff über den Muskeln. Braun wie in starkem Tee gegerbt. »Aber denk nicht, du kannst von der Musik leben, vom Akkordeonspielen! Es geht nicht, nicht mal, wenn du nur noch amerikanische Musik machst. Das ist die Tragödie meines Lebens.« Er hielt beide Hände vor sich, die Finger gespreizt.

Sein Sohn Baby, tagsüber ein bummeliger Chili-Pflanzer, nachts Akkordeonspieler, ließ sich treiben. An den Wochenenden spielte er mit Chris zum Tanz, meistens Rancheras und Polkas; sie sangen in klassischer zweistimmiger Harmonie, *primera y segunda,* Baby mit seinem rauhen Tenor, der sich bis zu einem tremolierenden und leuchtenden Falsett erheben konnte, Chris mit seiner schweren Nasalstimme, die dem Klang Fülle und Festigkeit gab. Ihre große Zeit war der Oktober, besonders *El Día de la Raze.* Sie trennten sich von Abelardo, weil es zu viele Tanzfeste gab, als daß sie drei Akkordeons an nur eines hätten verschwenden können. Die Abende waren anstrengend: stundenlang spielen, die Lichter, der Schweiß, Hitze und Durst, der Lärm wie ein prasselnder Regenguß, und immer saßen ein paar Rabauken um einen Tisch, die auf Chris warteten, und junge Burschen brachen in den Schrei *Ah-jai-JAI!* aus, wenn Chris an die Rampe trat, um zu singen.

Obwohl viele sich den Big Bands und der sonderbaren hybriden Mischung aus Jazz, Rumba und Swing zuwandten und lieber den *Marijuana Boogie,* den Latino-Sound aus Los Angeles, als *La Barca de Oro* hören wollten, gab es doch ein Publikum, dem ihre Musik gefiel, das einen Wert darin sah. Diese Neuen, viele davon Veteranen aus dem Korea-Krieg, manche auch Studenten, begeisterten sich für Conjunto, und das war keine Musik zum Tanzen, sondern zum Zuhören. Sie wuchs über sich hinaus.

»Sie hören zu«, sagte Chris, »nicht, weil wir gut sind – das sind wir auch –, sondern weil wir zu ihnen gehören. Sie springen nicht bloß bis zum Umfallen im Staub herum.« Aber die Schickimickis buhten sie von der Bühne und schrien nach dem mexikanischen Latinozeug, der *música tropical,* einer Art heißem, tänzelndem Swing.

Chris hatte ständig irgendwelchen Ärger, versteckte sich fast hinter Baby, wenn sie spielten, weil jemand hinter ihm her war; dauernd turtelte er draußen auf dem Parkplatz mit irgend jemandes Frau herum, und allzuoft kam er nach der Pause nicht wieder, und Baby, der dann allein weiterspielen mußte, gewöhnte sich daran, daß er das einzige Akkordeon war, und ging dazu über, auch ein oder zwei von seinen eigenen Liedern zu spielen. *Your Old Truck and My New Car* und *I Never Knew About the Front Door* wurden ziemlich bekannt.

Chris trank. Geriet in Schlägereien. Drei-, vier-, fünfmal wurde er verhaftet. Im Gefängnis oder auf dem Weg dorthin verprügelt. Geschichten machten die Runde. Er hatte eine Pistole in der Tasche. Er war mit den Robelos verbandelt. Dann fand man seinen Freund Venas totgeschlagen und in einen schmutzigen Teppich eingewickelt.

Zwei Söhne wie diese – was sollte aus denen werden? Chris hatte einen Job als Taxifahrer und war die ganze Nacht unterwegs, jede Nacht, ob er nun arbeitete oder nicht. Jedes zweite Mal, wenn sie abends zusammen spielen sollten, kam er gar nicht.

Bekehrung

Der Umschwung kam sehr plötzlich. 1952 bekannte sich Chris zu Jahwes verdrehter Wunderreligion, um Lorraine Leak zu heiraten, die Tochter der beiden Missionare, die schon seit vielen Jahren zu den Relámpagos kamen und ihr Der-Herr-sprach-dies und Jesus-lehrt-uns-jenes abspulten. Chris war vierundzwanzig. Die Missionarstochter Lorraine, eine fromme, wäßrige Blondine mit schwammigem Gesicht, sprach mit piepsiger, kaum hörbarer Stimme. Ihre Eltern, grau und unglücklich – nie hatten sie gedacht, daß aus der Brüderschaft, die sie immer gepredigt hatten, so ein Bumerang werden könnte –, standen stumm die Zeremonie durch und kamen nicht zu der Fiesta, die Abelardo und Adina ausrichteten. Es war auch besser so, denn Abelardo trank genug, um eine öffentliche Ansprache, an Adina gerichtet, zu halten.

»Da siehst du, du hast dich ihrer Religion schon lange angeschlossen, Chris tut jetzt dasselbe, also habt ihr jetzt die gleiche Religion wie Señor Leak, nicht? Trotzdem hält er sich für was Besseres, er und seine Frau und seine kaninchenäugigen Töchter. Was kann bei so einer Ehe herauskommen?«

Chris rasierte seinen Schnurrbart ab, ließ sich das Haar kurz schneiden, brach den Umgang mit seinen alten Freunden ab. Er hörte auf zu trinken und zu rauchen, und oft sah man ihn nun die Hände falten, den Kopf senken und stumm die Lippen bewegen.

Unverändert blieb seine laute, hohle Lache. An den Sonntagnachmittagen kamen Chris und Lorraine zu Besuch. Lorraine saß stumm auf dem Sofa, schaute in den Sears-Roebuck-Fernseher mit der Kaninchenohrantenne und stillte das Baby. Was für eine trübe Tasse, dachte Adina.

Chris saß auf dem Geländer vor dem Eingang, das eine Bein baumelnd, das andere auf dem obersten Treppenabsatz. Er sah Baby, der immer noch zu Hause wohnte, mit jenem verstohlenen Blick an, den er immer bekam, wenn er sich aus etwas herauswinden wollte.

Baby sagte: »Na? Dir geht doch was durch den Kopf. Hast 'ne Freundin nebenbei, und ich soll Lorraine sagen, daß du aus der Stadt weg mußt?«

Chris war nun dicker, sein rasiertes Gesicht aufgebläht, und weil er, wie er sagte, ständig so ein Verlangen nach einer Zigarette spürte, aß er Fast Food, wann er nur konnte, Burrito, Tacos, Hamburger, Pepsi. Taxifahren macht hungrig, aber viel Bewegung hat man dabei nicht. Der Vordersitz seines Wagens lag immer voller Tüten und Schokoladenpapier.

»Änderst dich wohl nie, immer noch ein dreckiges Mundwerk. Nein, keine Freundin. Es ist nur, ich kann nicht mehr in den Klubs und bei den Tanzereien spielen. Das ist gegen meine Religion jetzt, und die Schwiegereltern nehmen's sehr übel. Darum werd' ich mich wohl auf die Orgel umstellen, nicht, bei Gottesdiensten spielen, Kirchenlieder, Kirchenmusik. Ich meine, ich kenne nun Jesus, und da geht's lang mit meiner Musik. Ich war mal ein wilder Bursche, aber ich versuch' mich zu bessern. Schätze, du und der Alte, ihr werdet jetzt für die Relámpagos allein weitermachen müssen.« Sie hörten drinnen das Baby schreien.

»Die Plattenaufnahme mit mir und ihm machst du nicht mehr? Das ist seit Monaten vereinbart. Das wird ihm gar nicht passen. Wahrscheinlich geht unser Vertrag in die Brüche – wie sollen wir die beiden Bernal-Songs mit der Trio-Besetzung machen?«

»Er wird hinnehmen müssen, daß mein Leben sich geändert hat.«

»Na, dann tu, was du nicht lassen kannst! Fährst du immer noch dein Scheißtaxi?«

Ja, antwortete Chris, er fahre immer noch Taxi.

»Muß ein guter Job sein, hast einen neuen Kombi.« Nickte zur Straße hin, wo der beigefarbene Wagen schimmerte.

»Was willst du damit sagen? Hast du was gesagt?« Er machte ein Gesicht wie eine Schildkröte.

»Nichts, Mann, nichts! Nur so 'ne neugierige kleine Frage, in Ordnung?«

»Nichts ist in Ordnung. Leck mich!«

Da wußte er, daß Chris, was seine Bekehrung anging, log und daß irgendwas sehr faul war.

Ein verlorener Sohn

Das Fiasko mit den Chilis hatte Baby hinter sich. Er hatte keine Idee, was er als nächstes tun könnte, abgesehen von Gelegenheitsjobs und am Wochenende ein bißchen Geld verdienen, wobei er alles spielte, Mambo, Cha-cha-cha, Tex-Mex, Polkas, kubanische *danzones* und, klar, sogar Swing. Er bewarb sich um eine Stelle als Busfahrer. Das kam ihm manchmal wie ein prima Job vor: der große Bus, die schmucke Uniform, frische Luft, wenn einem danach zumute war, die Chance, Hunderte von Mädchen zu mustern. Busfahrer waren berühmt als Aufreißer. Aber er hatte keine Chance. Die Firma nahm nur Anglos. Zur Schule gehen wollte er nie wieder, er haßte die Leute, die aus dem College nach Hause kamen, sich umschauten, als ob sie ein übler Geruch störte, und den Besuch abkürzten, weil sie es nicht erwarten konnten, wieder in die Welt zu kommen, zu der sie um jeden Preis gehören wollten – die kleinen Späße hinter ihrem Rücken nahmen sie dafür in Kauf. Er erinnerte sich, als Kind insgeheim darüber nachgedacht zu haben, wie es wohl wäre, Architekt zu sein, wie man es anstellen könnte, jemand zu werden, dessen Ideen sich in Gebäude verwandelten. Der Schule weinte er keine Träne nach.

Auf die Front des Wohnwagens malte er sich ein Wandbild, auf dem er all die großen alten Akkordeonspieler unterzubringen versuchte, die er von Abelardos Photos kannte, mit Abelardo selbst in der Mitte, daneben Narciso Martínez, der ihm lächelnd über die Schulter blickte. Die losgetrennten Köpfe mit den erstarrten Mündern und den leuchtenden Augen hingen in der Luft, manche hoch oben wie Gasballons, manche nahe am Boden.

Gegen die Macht der dauerhaften Liebe schien er immun zu sein, spezialisierte sich auf kurze Affären, ein, zwei Tage, dann verlor er das Interesse. Nach solchen kleinen Trennungen spielte er wie ein Dämon, trieb die Musik in ein Tempo, als wollte er die Mitspieler hinter sich lassen. In diesen Perioden gefielen ihm zornige Dissonanzen. Die Frauen waren hinter ihm her, erzählten sich flüsternd, er habe gewisse Kräfte, sein Körper sei wie ein heißes Bügeleisen, frisch vom Herd. »*Ay, Dios*, er hat mir den Mund verbrannt, ich hab' eine Narbe über die ganze Vorderseite zurückbehalten, Brust und Arm, Bauch und Schenkel.« Unterdrücktes Gelächter und Fragen nach den intimeren Zonen. Er konnte jede haben, die er wollte, und er wollte keine bestimmte. Obwohl er nie die Beherrschung verlor, war er gefürchtet. Man erinnerte sich, daß er als Kind immer heiße Hände gehabt und sich fiebrig angefühlt hatte. Es hieß, wenn er jemandem im Zorn eine Ohrfeige gab, blieb die Haut des Geschlagenen an seinen Fingern haften.

Die Richtige

Dann, wie ein Reisender, der plötzlich bemerkt, daß die Sonne im Westen schon untergeht und vom Tag nur noch ein, zwei Stunden Dämmerlicht bleiben, beschloß er zu heiraten, entschied sich schnell für eine der erstbesten in seiner Reichweite, Rita Sánchez, eine Lehrerin, Absolventin der Universität von Austin, engagiert in den lokalen Bürgerinitiativen und in einer neuen Art von Politik, schon damals bekannt als starke Frau, die dafür kämpfte, daß die Kanalisation von Hornet auf die *colonia* im Südosten ausgedehnt wurde, eine Siedlung wie ein Albtraum, deren Bewohner, meist arme *mojados*, unter Gefahren über den Fluß gekommen, nun an bizarren Krankheiten litten – Lepra, Beulenpest, Tuberkulose – und angeblich vom zermalmten Fleisch der überfahrenen Tiere lebten, das ihre Frauen blitzschnell von der verkehrsreichen Straße holten.

Er schwängerte sie in der Hochzeitsnacht, und sein Leben geriet in die uralten menschlichen Bahnen: Zeugung, Arbeit, die Krankheiten der Kinder, ihre kleinen Talente und Möglichkeiten. Zum erstenmal begriff er, daß er nicht anders war als andere Leute auch. Ihre Tochter hatte an den Lenden, am Hals und in der Achselhöhle Muttermale, die wie rote Pfeilspitzen aussahen. Im Jahr darauf, einen Tag nach Stalins Tod (die Zeitungen brachten fette Schlagzeilen: »*José Stalin ha muerto*«), wurde ihnen ein Junge geboren, den sie Narcisco nannten, zu Ehren von Abelardos Jugendfreund. Rita schränkte ihr politisches Treiben immer mehr ein, zog sich aus einem Komitee nach dem andern zurück. Die Kinder fraßen sie auf.

Aus irgendeinem Grund nahmen Babys musikalische Fähigkeiten nach seiner Heirat gewaltig zu.

»Ach, das kommt daher, daß du jetzt keine Energie mehr auf die Jagd nach der Frau für die nächste Nacht verschwenden mußt«, sagte Abelardo. Er kam oft und zu allen Tageszeiten zu Baby nach Haus, trank meist schon morgens seinen Kaffee unter den lachsrogenfarbenen Wolken, in der Hitze des vergangenen Tages, die noch in der unbewegten Luft lag, ging herum und nörgelte, weil Ritas Basilikumstrauch voller Ungeziefer war. Hinter dem Haus hatten sie einen kleinen Patio angelegt. Rita pflanzte einen Baum und wässerte ihn; er war schon groß genug, um einen kleinen Schatten zu werfen. Seine Wurzeln drückten die Adobeziegel hoch, und die Kinder fielen oft hin, wenn sie dort herumrannten.

»Du könntest sehr gut sein, weißt du? Berühmt. Du hast das Zeug dazu.«

»Ja? Und meinen Namen ändern, wie Andrés Rábago in Andy Russell? Und Danny Flores in Chuck Rio? Wie Richard Valenzuela in Ritchie Valens? Nee, nee, nee!«

Baby begriff nun ohne Neid oder Eifersucht, was sein Vater für ein großer Mann war. Er sah seinen Erfindungsgeist, seinen Platz in der Geschichte der Musik. Wenn sie nun zusammen sangen, spürte er, wie ihre Stimmen sich umarmten, eine Art geschlechtsloser Vermählung wie das Zusammenfließen zweier Bäche. Eine Vertrautheit war zwischen ihnen, die selbst Liebende nicht kennen, wie wenn die Schatten zweier verschieden hoch fliegender Vögel sich am Boden berühren.

Auch das Akkordeon umarmte er wahrhaftig, er hielt es so
eng an der Brust, daß seine Atmung sich nach der Atmung des
Instruments richten mußte; die Resonanz ließ sein Fleisch
mitschwingen. Er hatte viele Akkordeons; sie schienen ihm
zuzulaufen wie herrenlose Hunde. In einer fremden Stadt kam
jemand hinter die Bühne, bot ihm ein altes Instrument zum
Kauf oder manchmal auch als Geschenk an. Wenn sie nach
Texas zurückfuhren, hatten sie immer ein fremdes Instrument
bei sich. Und zu Hause nahm er es, spielte darauf, fand seine
kleinen Geheimnisse heraus, hielt sich den Balg an die empfindliche Haut unterm Kinn, um undichte Stellen zu entdecken, erprobte die Eigenheiten seines Klangs und stimmte
es nach seinem Geschmack um. Das grüne Akkordeon ließ
Abelardo ihn niemals spielen.

»Zwei Augen in einem Kopf«, so nannte man Vater und
Sohn. Nun fanden sie ein Publikum, das sie mit Bewunderung
überhäufte, immer wieder nach Zugaben rief und den Beifall
erst verebben ließ, wenn sie zusammen vortraten, die glitzernden Instrumente vor der Brust, erst wenn sie den Mund aufmachten und sangen: »*Yo soy dueño de mi corazón . . .*«

Beiß mich, Spinne

Im Schlaf merkte Abelardo nichts. Die Spinne hatte ihn gebissen, und er schlief weiter, die geschwollenen Füße behaglich
ausgestreckt. Erwachte aber am Morgen in dem fahlsilbernen
Licht vor Tagesanbruch mit dem Vorgefühl eines Verhängnis-
ses. Neben ihm atmete seine Frau, und ihre Körperwärme zog
ihn zu ihr hin, als ihm ein Schauer den Rücken hinablief. Etwas krabbelte und kitzelte an seinen Lenden, und er schob die
Hand unter die Decke. Die Spinne biß ihn noch einmal. Nun
sprang er auf und warf die Decken ab, legte seine Frau in
ihrem verwaschenen rosa Nachthemd bloß, ihre angezogenen
Beine und Arme. Er sah die braune Einsiedlerspinne über das
Laken rennen, über das Bein seiner Frau und dann hinab in die
Dunkelheit unter dem Bett.

Sein Herz ging wie ein Hammer. Am Hals juckte es, an den Lenden. Er hätte so gern weitergeschlafen, sich an den warmen Körper der Frau gekuschelt, während in den silbrigen Morgen das Blau einsickerte.

»Was ist?« murmelte Adina.

»*Araña*. Spinne. Hat mich gebissen. Ist unterm Bett verschwunden.«

Sie war auf und stand in der Tür, das Haar auf der einen Seite niedergedrückt, auf der andern wild aufgebauscht.

»Die braune Spinne?«

»Glaube, ja.« Er wandte sich ab, musterte seine Leistengegend; die närrisch langen Haare streiften ihm über die Schultern. Er betastete seinen Hals.

»Sie hat mich zweimal erwischt, glaub' ich. Ich weiß nicht, wie du sie finden willst, aber sie ist da unter dem Bett.«

Sie ging in die Küche, bückte sich nach dem Giftspray unter dem Ausguß.

»Nicht jetzt!« befahl er. »Mach mir lieber Kaffee. ¡Ai, ai! Daß mir so was passieren muß!« Bevor er seine Kleider anzog, schüttelte er sie aus, für den Fall, daß noch mehr Spinnen da waren.

Setzte sich auf den Küchenstuhl, trank den Kaffee. Die Übelkeit setzte ein, gleich sehr stark.

Den ganzen Tag kotzte er, den ganzen Tag troff ihm ein grünlicher, brennender Bach aus dem After, ein verzehrendes Fieber setzte ein, dazu der Geruch des Insektensprays; seine Zähne klapperten, er fror. Er hätte sich gern wieder in sein Bett gelegt und geschlafen, aber er hatte Angst vor der Spinne. Sowieso besser, er blieb auf der Couch, nahe am Badezimmer. Gott sei Dank hatten sie ein Badezimmer, nicht wie in dem alten Relámpago-Haus oder in den stinkenden *colonias*, wo der Boden modrig war. Er war froh, daß er nicht mit Leibschneiden und sich umdrehendem Magen durch den Dreck zu dem kleinen Außenklo rennen mußte. Draußen röhrten die Busse.

Mittags rief seine Frau ein Taxi, um mit ihm zur Klinik zu fahren.

»Die werden dir was geben«, murmelte sie. Er war zu schwach, um zu streiten. In der Klinik saßen sie nebeneinander auf schartigen Plastikstühlen. Adina füllte die komplizierten Formulare aus. Das Wartezimmer war voll: wimmernde und hustende Kinder, eine alte Frau, die sich immerzu mit der Hand über die Stirn strich, als wollte sie einen Schmerz dicht unter der Oberfläche wegwischen, ein abgemagerter Junge. Noch mehr Leute drängten herein, lehnten sich an die Wand, setzten oder hockten sich auf den Boden.

»Ein Glück, daß wir Stühle haben«, sagte Adina. Abelardo sagte nichts, lehnte den Kopf an die Wand, aber zweimal mußte er zu der Toilette hinter der Sperrholztür taumeln. Im Wartezimmer hörte man ihn würgen. Als er wieder herauskam, hing sein Haar aufgelöst herunter, und so krank er auch war, er versuchte es wieder zurechtzudrücken.

Sie warteten zwei Stunden. Es kamen noch mehr Leute, aber niemand schien den Raum zu verlassen. Schließlich drängte Adina sich zum Aufnahmeschalter durch und klopfte an die verschmierte Glasscheibe, bis die Anglo-Schwester mit ihren wäßrigen Augen wütend aufblickte.

»Dauert es noch lange? Mein Mann ist sehr krank.«

»Ja, könnte noch lange dauern. Der Doktor ist bei einer Besprechung im Krankenhaus. Wenn Sie sich doch alle vorher anmelden könnten, anstatt einfach so ohne Termin hier reinzudrängen!«

Sie ging zurück zu Abelardo. Eine stumpf dreinschauende Frau mit einem schlaffen Kind auf dem Arm saß nun auf ihrem Stuhl.

Adina beugte sich zu ihm und flüsterte: »Der Arzt ist noch gar nicht da. Sie sagt, es kann noch lange dauern.«

»Bring mich nach Hause.«

Er lag auf dem Sofa, mit geschlossenen Augen vor dem quasselnden Fernseher. Er konnte nichts schlucken. Adina sprach mit ein, zwei Nachbarinnen. Die alte María, krummrückig und mit tiefeingegrabenen Falten, aber noch rüstig, sagte: »Ich bin entsetzt. Sie hätten ihn über den Fluß bringen sollen, zu den mexikanischen Ärzten. Die sind sehr gut drüben, bei ihrem höflichen Benehmen fühlt man sich gleich besser. Die lassen einen nicht im Wartezimmer sitzen, bis man tausend Jahre alt ist. Und was das Beste ist, die nehmen nur zwanzig Dollar für einen Besuch. In der Klinik sind's achtzig. Die Medikamente, dieselben, die man auch hier kaufen kann, dieselben Schachteln, alles, dafür zahlt man drüben fünf oder sechs Dollar, wenn es hier hundert kostet. Ich weiß das alles von meiner Schwiegertochter. Wir fahren alle über den Fluß, wenn wir krank sind, und ich rate Ihnen, bringen Sie ihn gleich dorthin.«

Auch Mara, die im Büro der Bürgerinitiative arbeitete, eine Studierte mit langem Rock und in einem schlenkernden Rebozo, der sich in den Türen verfing, barfüßig in Sandalen, aus denen die gelben, unlackierten Nägel vorschauten, machte ihr Vorwürfe. »Sie hätten die *curandera* holen sollen, Doña Ochoa – ich habe schon gesehen, wie sie Leuten geholfen hat, die wirklich krank waren und mit denen die Ärzte nichts anfangen konnten. Da ist schon etwas dran.«

Sie rief bei Chris an, aber Lorraine sagte, er sei fort, sie wisse auch nicht, wo, vielleicht würde er noch eine Woche fort sein, sie wisse's auch nicht. Es hörte sich an, als ob sie Halsweh hätte, ihre Stimme klang angestrengt. Im Hintergrund hörte Adina die rauhe Stimme von Mrs. Leak fragen, wer ist es – ist er's?

In derselben Nacht setzten die Krämpfe ein. Jedem Anfall ging ein drohendes Gefühl voraus, wie wenn etwas Dunkles, Schweres, eine Lokomotive vielleicht, auf ihn zuraste. Er setzte sich auf, versuchte dem Ansturm der Empfindungen standzuhalten, blieb die ganze Nacht allein sitzen, während seine Frau im Dunst des Insektengifts auf dem Bett lag.

Der untere Teil seines Rückens begann sich zu spannen. Die Beine begannen zu zittern, dann tanzten sie gegen seinen Willen auf und nieder. Die Kiefer verkrampften sich. Ein zarter Tremor, wie die Vibration einer Stimmgabel, durchschauerte ihn. Stärker und stärker wurde das Beben, ausgehend von dem verkrampften Rücken, bis er seinen Körper summen spürte, einen dumpfen, tiefen Ton. Die Zähne klapperten schneller als

Kastagnetten. Eine rote Dunkelheit schien ihn zu umfangen, und mit zuckenden Beinen fiel er zu Boden. Nach einer Minute ließ das Beben nach, und er stand auf, setzte sich keuchend wieder aufs Sofa.

Immer wieder kamen die Anfälle, jeder angekündigt durch ein vorausflatterndes Grauen. Seine Brust verengte sich, es fiel ihm schwer, zu atmen. Er brannte aus, sein Magen krampfte sich zur Größe eines Apfels zusammen.

Am zweiten Morgen ging es ihm ein wenig besser, obwohl sein Gesicht nun die graubraune Farbe von kaltem Kaffee mit Magermilch hatte. Taumelnd kam er von der Couch hoch, um das Schälchen Reis zu essen, das Adina für ihn gekocht hatte. Der aufdringliche Geruch stieß ihn ab, die Übelkeit packte ihn von neuem, und sein Körper wand sich unter schmerzhaftem, trockenem Würgen.

»Leg dich ins Bett, Abelardo! Ich habe es immer wieder eingesprüht, mit allen Leisten und Fugen, und alles ausgelüftet. Das überlebt keine Spinne. Wenn ich letzte Nacht in dem Bett schlafen konnte, kannst du's jetzt auch. Du brauchst Ruhe.«

Schwankend, nach Luft schnappend, ließ er sich ins Schlafzimmer bringen. Seine langen Haare hingen wild durcheinander, und es kümmerte ihn nicht. Sie zog ihm den fleckigen Bademantel aus, wusch ihn mit warmem Wasser und parfümierter Seife. Wie dankbar er war für den nassen Lappen auf seinem verklebten, glühenden Körper! Adina sah erschrocken, wie sehr er in den zwei Tagen abgemagert war. Schamhaft, wie er war, hielt er sich das Handtuch vor den entzündeten Unterleib, aber Adina sah trotzdem das rote, eiternde Geschwür dort und an seinem Hals. Sie nahm sein Nachthemd von dem Haken hinter der Tür, half ihm aufzustehen und zog es ihm über den Kopf. Sie schlug die Decken zurück. Er wankte vorwärts und erreichte das weiße Laken mehr oder weniger fallend. Seine Frau ging hinaus.

Das Zimmer kam ihm zuerst heiß und voll stechenden Lichts vor, dann kühl und von einem starken Wind durchbraust. Seine Augen schmerzten. Er bewegte die zitternden Beine, drehte sich halb auf die Seite, und die verfolgte braune

Einsiedlerspinne im Ärmel seines Nachthemds, eingezwängt, als der Stoff sich spannte, biß ihn noch einmal.

»Juan«, sagte er ganz deutlich. »Juan Villareal! Ich spiele jetzt *Picame Araña*, so wie es noch niemand gespielt hat. Wirst sehn, ist kein Witz! Es muß mit Grausamkeit gespielt werden.« Und rappelte sich hoch, wollte sein Akkordeon holen. Schwankend stand er neben dem Bett. Die verletzte Spinne fiel aus seinem Nachthemd und flüchtete humpelnd in eine Bodenspalte.

Für einen Augenblick fühlte er sich kerngesund, voll jugendlicher Energie und Lebensfreude. Innerlich sang er. »*Hoy me siento vivo, me siento importante . . .*« Es überraschte ihn nicht, festzustellen, daß man kein Akkordeon haben mußte, um es zu spielen. Der amüsante *huapango* von der tanzenden Spinne erfüllte seinen Sinn, aber er spielte ihn sehr, sehr schnell, eine Folge boshafter, beißender Töne. Bevor er zu der Stelle kam, wo das Akkordeon dem Gitarrensolo zuliebe verstummte, stürzte er zu Boden, und das war mehr oder weniger das Ende.

El Diablo

Hunderte kamen zu seinem Begräbnis. Ein schwarzes Trauer-Akkordeon mußte gemietet werden, obwohl Baby bis nach Houston fahren mußte, um eines aufzutreiben. Es hatte die silberne Aufschrift *El Diablo*. Am Grab spielte er unermüdlich, alle Lieder und Melodien, die sein Vater je gemacht hatte. Der Nachmittag zog sich hin, die Leute wurden unruhig, traten von einem Bein aufs andere, dachten, schließlich müßten sie ja nicht alle dem Verstorbenen ins Grab folgen. Immer noch spielte er, Redovas, Rancheras, Polkas, Walzer, Canciones, führte all die Schätze vor, die sein Vater dem Leben abgewonnen hatte. Doch er spielte mit Vergnügen, denn es war, als ob eine gewisse Schwere aus seinem Leben gewichen wäre.

Nachdem *El Diablo* dem Musikgeschäft zurückgebracht worden war, bemerkte der Angestellte dort (derselbe, der später den Slogan *Das Akkordeon – Musikerziehung in einem Kasten* erfand), daß die Knöpfe angesengt zu sein schienen.

- 184 -

(Eine Generation später stürzte eine Düsenmaschine der Air Force auf den Friedhof ab, wobei die sechs Personen an Bord umkamen und ein ältlicher Friedhofswärter, der den Rasen mähte. Der Aufprall zerstörte mehr als neunhundert Grabsteine, darunter auch den roten Granitblock von Abelardo Relámpago mit der Inschrift *Un gran artiste;* sein handkoloriertes Photo fiel aus der runden gläsernen Einfassung.)

Die Festnahme eines Drogenschmugglers

Es war nur gut, sagte Adina, daß Abelardo schon tot war und die Berichte in den Zeitungen nicht mehr lesen mußte, unter der Überschrift »Sohn eines Conjunto-Musikers bei Drogen-Razzia verhaftet« und mit dem Photo auf der Titelseite, wo Chris aussah wie eine zornige Schildkröte in Handschellen.

Er wurde auf die blödestmögliche Weise geschnappt, als er um zehn Uhr morgens über die Brücke zum Grenzübergang in Weevil kam, er am Steuer des Kombiwagens, Lorraine neben ihm, die Kinder auf dem Rücksitz. Am Kontrollpunkt war viel Betrieb, womit er wahrscheinlich gerechnet hatte, dachte Baby, und die Schlange schob sich langsam an der Garteninsel voller leuchtender Blumen vorüber, auf der eine Latino-Frau mit einem grünen Schlauch die Pflanzen besprengte.

Der U.S.-Zollbeamte, ein junger Anglo mit kurzem, rotem Haar, pickligem Gesicht und flaschengrünen Augen, ein weißes T-Shirt unter dem offenen Hemd, ging um den Wagen herum, blickte Lorraine an, dann Chris. Er sprach mit Lorraine.

»Ihre Beziehung zu dem Fahrer?«

»Mein Mann.«

»Er's Ihr Mann. Sind das Ihre Kinder?«

»Ja.«

»Er's der Vater, und Sie sind die Mutter, richtig?«

»Ja.«

Bei Chris zuckte ein Backenmuskel, aber seine Hände blieben ruhig, lagen locker auf dem Lenkrad. Der Beamte ging noch mal um den Wagen, bückte sich, blickte darunter. Er klopfte mit den Knöcheln an die Propangastanks auf der Rückseite. Noch einmal. Drehte das Ventil auf. Das austretende Gas zischte. Er drehte das Ventil wieder zu, kam auf der Fahrerseite nach vorn.

»Sie verstehn Englisch, Kumpel?«

»Natürlich.« Jetzt bloß nicht ausrasten! Das konnte eng werden.

»Sehn Sie die Inspektionsbucht da drüben? Fahren Sie da ran, ich möchte mir mal Ihren Kofferraum ansehn, Ihr Gepäck.«

Er atmete ein wenig auf. Vielleicht würde es ja gutgehn.

Aber gleich waren lauter Beamte um sie herum, scheuchten sie aus dem Wagen und zur Tür des Inspektionsbüros, und daran, wie zwei Mann sich gleich über die Propantanks hermachten, erkannte er, daß es aus war. Es war blöd, aber er versuchte, wegzurennen, sprang durch die Blumenbeete, sank mit den Füßen in den weichen Boden ein. Die Gärtnerin machte aus ihrem Schlauch ein Lasso, warf es nach ihm, er fiel zwischen die Pflanzen, das Gesicht voll Dreck, eingefangen mit einem Gartenschlauch.

Die Rache des Vaters

Das war der Anfang. Sieben Monate später, am ersten Tag der Gerichtsverhandlung, kam eine bizarre Figur aus der Herrentoilette in der Eingangshalle des Justizgebäudes und stürmte die Korridore entlang, der ausgemergelte, zitternde Missionar Darren Leak, in der Faust die 38er, die Chris immer unter dem Sitz seines Taxis mitgeführt hatte. Kugeln pfiffen, prallten von den Marmorwänden ab, pochende Echos verstärkten sich zu einem ohrenbetäubenden Lärm.

Ein Mann in der Telephonzelle am Ende der Halle kreischte. Chris' Anwalt lag hingestreckt auf dem schmutzigen Marmorboden, ein Mann mittleren Alters, das eine Bein bewegte sich noch wie bei einem träumenden Hund, die

Brille war ins Haar hinaufgerutscht, um den Kopf einen Fächer von Papieren, die an den Rändern Blut aufsaugten. Ein Mann kämpfte mit der Tür zum Gerichtssaal, als müßte er ein schweres Gewicht stemmen. Chris hockte mit dem Rücken gegen die Wand, das eine Knie angezogen, und blickte mit geweiteten Augen zu seinem Schwiegervater auf.

»Du schmutziger mexikanischer Nigger!« schrie Darren Leak. »Wir haben dich aufgenommen in unsere Kirche und unsere Familie! Du bist zu unserer Tochter gekommen und hast sie *erkannt*! Du hast dein unreines Blut mit dem unsrigen vermischt! Du hast gelogen, du hast deinen üblen Drogenhandel hinter dem Namen des Herrn versteckt! Alles, was du getan hast, war Fluch und Lüge im Angesicht Gottes.« Er begann wortlose Wörter zu brüllen wie ein brünstiger Bulle im Frühjahr, ein tiefes Röhren aus der Kehle, das anstieg bis zu einem Quieken, dann richtete er die Pistole auf Chris und schoß. Die Kugel zerfetzte Kiefer, Zunge und Nackenwirbel, durchlöcherte das Hirn mit nadelspitzen Splittern der zertrümmerten Zähne. »Vater unser«, sagte Leak, drückte sich die Mündung an die Brust und schoß sich ins Herz.

Die brennende Hand

Baby Relámpago *y su conjunto*. Bekannter unter dem Namen Baby Lightning. Seine Stimme hatte ein flammendes Timbre, sein Falsett war schwerelos wie der Flug des Falken im Aufwind. Sein Gesicht lächelte von Plakaten. Er hatte einen Namen im ganzen Südwesten, hatte schon in Chicago, Kanada und New York gespielt. New York, sagte er immer, aber es war nur Albany gewesen, vor einem undankbaren irischen Publikum. »Ein Konzert«, stand auf den Plakaten. Er hatte beim Nationalkonvent der Demokraten gespielt, er hatte mehr als zwanzig Platten aufgenommen. *Los Illegales* verkaufte sich blendend in San Diego. Er gab – na was? – siebzig, achtzig Konzerte im Jahr, immer vor sitzendem Publikum (keine Tanzveranstaltungen mehr), ertrug das Herumreisen bis zur

Erschöpfung und fuhr dann nach San Antonio, wo er nun zu Hause war.

Fliegen wollte er nicht, weil er einen Traum gehabt hatte. Er hatte geträumt, wie er nackt vom Himmel herab auf ein steiniges Feld zustürzte. Die Arbeiter auf dem Feld, die kleine Steine in Körbe sammelten, richteten sich beim Klang seiner Stimme auf und blickten gen Himmel. Immer noch hielt er ein Akkordeon in den Händen, das kleine grüne von seinem Vater, mit den abgegriffenen, von den Fingern des Alten verformten Knöpfen, und der Wind, der gewaltig in den zerrissenen Balg hineindrückte, erzeugte einen ungewöhnlichen Klang, lange Stricke dissonanter Musik, die er sehen konnte, sie ringelten sich aus den Wolken herab in schwarzen und purpurnen Strähnen, die aussahen wie Hände voll geleimtem Roßhaar. Die Arbeiter begannen zum Horizont hin wegzurennen, und er begriff, daß sie nicht von den Fetzen seines Körpers getroffen werden wollten, wenn er aufschlug.

Es war 1955, und sie hatten einen Termin in Minneapolis, ein Konzert bei irgendwas, das ein »Mardi Gras im hohen Norden« sein sollte. Er hatte kein gutes Gefühl bei dem Auftritt. Die kleine Zuhörerschaft reagierte nur auf dußlige Lieder wie *La Cucaracha* und *The Mexican Hat Dance*.

(Vierzig Jahre später konnte derselbe Saal die brodelnde Menge kaum fassen, die schreiend und pfeifend die Sonora Dinamita feierte, die rasante *cumbia*-Gruppe aus Kolumbien, mit Gilberto Gil, Flaco und Santiago Jiménez jr., Esteban Jordan und Fred Zimmerle, anläßlich des Hispanic Cultural Heritage Concert zugunsten AIDS-kranker Latinos.)

Nach dem Konzert hörten sie in der schmuddeligen Garderobe, wie die Zuhörer hinausdrängten, ein leiser werdendes Gebrabbel, als fiele die Horde durch einen Trichter, und irgendwo pfiff jemand *Three Coins in the Fountain*, obendrein falsch; es roch nach Haarspray und Mottenkugeln, heißen Glühlampen und elektrischen Anschlüssen. Isidro und Michael sagten nicht viel, packten ihre Instrumente ein. Er wußte, sie hofften, über Nacht bleiben zu können, nicht die tausend Meilen Rückfahrt nach Texas ständig gegen die blen-

denden Lastwagenscheinwerfer antreten zu müssen, eingezwängt in den Wagen, mit brennenden Augen, gähnend und
immer wieder Kaffeepausen einlegend. »Zwei Stunden und
vierzig Minuten, *hombre*, und wir wären wieder auf dem Boden«, würde Isidro zu ihm sagen.

Sie standen in der Garderobe. Die Veranstalterin, eine fül-
lige Frau in blauem Reyonkleid, hatte ihnen ihren Scheck
noch nicht gebracht. Er wollte aufbrechen, beide Akkordeons
– er benutzte Abelardos altes grünes Akkordeon für manche
traditionellen Stücke – waren eingepackt; er hatte sich umge-
zogen, Leinenhosen und gestricktes Golfhemd, bequeme Sachen für die lange Fahrt. Der *bajo sexto* trank eine Cola. Das
blaue Kleid stand in der Tür. Er blickte auf und lächelte, zufrieden, daß er nun den Scheck bekäme und gleich fort
könnte.

»Hallo, Baby!« sagte sie.

Er war verblüfft. Die Stimme, er kannte die Stimme, aber
wo war der Scheck? Diese Frau war nicht die richtige.

»Ich bin's, Betty. Félida. Deine Schwester.« Sie streckte ihre
langen blauen Arme aus.

Er erinnerte sich. Es war die Stimme, der ungeduldige Beiklang wie in Adinas Stimme. Seine Schwester. Er sah sie an:
noch sehr jung, aber nicht schön, breit um die Hüften, das
schwarze Haar sorgfältig geflochten und zu einer Krone aufgesteckt, die Brillengläser in fleischfarbenem Plastikgestell, das
wadenlange Kleid mit der knalligen goldenen Knopfleiste, die
hochhackigen Schuhe und die große, klobige Lacklederhand-
tasche.

Sie war jetzt schon dick.

»Félida?«

»Du hast meine Nachricht nicht bekommen?«

Er schüttelte den Kopf. Wußte nicht, ob er sie umarmen
sollte oder nicht. Ihre Arme sanken langsam herab, sie verschränkte sie vor den Brüsten. Verlegen standen sie sich gegenüber.

»Ich hatte an der Kasse eine Nachricht hinterlassen, daß ich
hier bin. Um dich zum Abendessen einzuladen, daß du mei-

nen Mann kennenlernst. Er ist auch im Musikgeschäft. Wir haben uns viel zu erzählen.«

Das konnte er nicht ablehnen. Er sagte Isidro, er solle auf die Frau mit dem Scheck warten und Hotelzimmer nehmen. Er gab ihm etwas Geld. Nun mußten sie bleiben.

Seine Schwester schläft mit einem Italiener

Ihre Wohnung war klein, das Mobiliar mit bunten Überwürfen und Fransentüchern bedeckt. Im Wohnzimmer hingen ein Kruzifix und ein vergrößertes Photo der Bucht von Neapel an der Wand. Félidas Mann Tony, mindestens fünfzehn Jahre älter als sie, stemmte sich aus einem Liegestuhl hoch und bot Bier an. Baby wollte Scotch mit Wasser. Tony war Kapellmeister, er spielte bei allen möglichen gesellschaftlichen Anlässen; Félida hatte er bei einer polnischen Hochzeit kennengelernt. Er nickte viel mit seinem flachen, eckigen Kopf, das blauschwarze Haar war glatt zurückgekämmt, die schweren Brauen wölbten sich über Augenhöhlen, so tief, daß die Augen keinen Funken Licht zurückwarfen, die Stirn weiß wie Arsen. Haltung und Bewegungen waren steif. Baby fand, er sah aus wie ein Verbrecher, auf den der elektrische Stuhl wartet.

»Sie spielt prima, deine Schwester. Sie kann alles nachmachen, sie ist prima bei den ethnischen Sachen. Wir machen viel auf ethnisch. Hochzeiten, Geburtstagsfeiern. Da wollen die Leute nichts Amerikanisches hören. Italienische Feste, pompöses griechisches Zeugs, chassidische Jobs kriegen wir auch, Polacken, Ungarn, Schweden – alle wollen sie was Ethnisches. Versuch bloß mal, da was Amerikanisches zu spielen, dann kriegst du dein Geld nicht; ein Typ hat sogar mal mit belegten Brötchen nach mir geschmissen, als wir *My Blue Heaven* spielten. No, Sir, nicht mal *Alexander's Ragtime Band* lassen sie sich gefallen.«

Das Essen bestand aus einem lauwarmen Hackbraten in weißem, auf dem Teller erkaltendem Fett, einem Salat aus Rosinen und geraspelten Möhren, Brotstangen, die zwischen den

Zähnen knallten wie Gewehrschüsse; dazu eine Flasche von einem Rotwein, der Baby schon nach dem ersten Schluck die Nase von innen zuschwellen ließ. Sie aßen von einer gläsernen Tischplatte. Baby mußte die ganze Zeit auf die Schenkel seiner Gastgeber starren.

»Nimm noch ein Stück Hackbraten, Baby!«

Der Mann schenkte Wein nach, verschüttete ihn auf dem Tisch.

Es war irritierend, die Stimme seiner Schwester, so wie er sie in Erinnerung hatte, aber tiefer, von dieser Frau zu hören. Etwas von der Stimme ihrer Mutter lag darin, ein sarkastischer Unterton, die Art, wie die Sätze in Verzweiflung ausliefen.

Tony, ihr Mann, ließ sie keinen Satz zu Ende bringen.

»Also Akkordeon spielst du. Ich kenne das Akkordeon, wie ich meine Mutter kenne! Ich spiele auch Akkordeon. Ich hab' eine schöne Stradella. Wenn du ein gutes Akkordeon willst, das kriegst du nur beim Italiener. Die besten von der Welt!«

Baby aß seinen Hackbraten, fragte sich, wie er möglichst bald von hier verschwinden könnte. Aber Tony ließ nicht locker. Baby rauchte nun, hatte den Teller beiseite geschoben und ließ die Asche drauffallen. Er konnte Félida nichts von Chris oder von ihrem Vater erzählen; dieses Großmaul würde nicht aufhören zu quasseln.

»Na, was spielst du denn? Jazz? Ich konnte nicht kommen zu deinem Konzert.«

»Conjunto. Tex-Mex.«

»Volksmusik, was? Ethnisch! Ich sag's dir ja, das muß man können! Aber wenn du schöne Akkordeonmusik hören willst, das gibt's nur beim Italiener. Die beste von der Welt! Jazz, klassisch, volkstümlich, was du nur willst. Das Beste. Okay, nun hör dir mal das an!« Er ging zu einem Schränkchen im Wohnzimmer und riß die Türen der billigen Musikanlage auf, Sears, dachte Baby, und schaltete die Geräte ein, das Radio, den Plattenspieler, stimmte die High-Fidelity-Lautsprecher ab, legte eine Platte nach der andern auf und sagte die Namen der Musiker an: Peppino, Beltrani, Marini.

Als er auf der Toilette war, wo er die Tür einen Spalt weit offen ließ, um ja keinen Ton zu verpassen, blickte Baby seine Schwester an.

»Ein Itaker. Noch dazu so ein alter!« Er durfte seinen Abscheu zeigen; sie war schließlich seine Schwester.

»Was weißt denn du? Er's ein netter Kerl. Er's mit nichts großgeworden. Er's stolz auf seinen Plattenspieler.«

»Und wir hatten alles, nehm' ich an. Du warst noch klein, es war nicht mehr so schlimm, als wir größer wurden. Der Lehmfußboden, daran kannst du dich nicht mehr erinnern ... nein, du hattest es besser.«

Damit ging es los. Er war zu eng mit ihrer schmerzlichen Kindheit verbunden, dieser Feindin ihres wahren Selbst. Die Toilettenspülung rauschte. Sie wollte diese Verdammung ihres Mannes nicht hinnehmen. Er sollte gehen. Es tat ihr leid, daß sie zu ihm gekommen war. Eine Scheibe Hackbraten lag noch auf seinem Teller, nur ein kleines Stück am Rand fehlte, den Rest hatte er liegen lassen. Eine gelbe Flüssigkeit sickerte aus seinem Salat.

»Du hast noch kein Wort von der Familie gesagt. Ein schlechtes Zeichen, nehm' ich an. Ebensogut kannst du mir gleich sagen, wer alles schon tot ist. Unsere Mutter?«

»Ich kam nicht dazu, weil dein Mann mich über die ethnische Musik aufgeklärt hat. Nein, sie lebt noch. Sie ist krank, sie hat etwas, man weiß nicht, was, wir befürchten Krebs, aber sie lebt noch. Sie ist die einzige, sie, du und ich. Du hättest ihr mal schreiben sollen. Viele Sorgen, viel Kummer für sie. Von Chencho weißt du? Doch, natürlich. Das war, bevor du weggerannt bist.«

Es dauerte nur eine Minute, bis er ihr erzählt hatte, wie Vater und Bruder gestorben waren: eine Spinne, ein Verrückter mit einer Pistole.

Es kümmerte sie wenig. Die waren für sie alle schon gestorben, bevor sie fünfzehn wurde. Was sie störte, war der noch lebende Bruder, der da auf dem Sofa saß, die Lippen bewegte, sich mit den gelbgerauchten Fingern auf die Knie klopfte, ostentativ den Mund verzog bei der plätschernden italienischen Musik. Sie verspürte einen Drang, gemein zu sein, ihn zu verletzen.

»Na, deine Musik hat sich aber nicht viel verändert. Du spielst immer noch, was Vater schon gespielt hat, oder wenigstens, was du mit Chris schon vor vielen Jahren gespielt hast, immer dasselbe, die alten Conjunto-Sachen. Wird dir das nicht mal langweilig? Willst du nicht mal was Neues versuchen? Ich meine, mal was anderes zur Abwechslung? Chuck Rio, der macht jetzt *norteño*-Rock – seinen *Corrido Rock* wirst du doch wohl gehört haben? Es gibt auch Rhythm-and-Blues-Latino-Jazz. Kommst du denn nie nach L. A.? Da spielt die richtige *música*! Du bist stehengeblieben.«

Er war beleidigt, wütend, lächelte aber. War sie nicht schon immer so gewesen, bissig und tolpatschig? Er konnte kaum sprechen, so wütend war er. Aber er zuckte die Achseln. »Das ist nun mal meine Musik. Meine Musik, die ich hören will und die ich mache. Tex-Mex, *tejano* mit etwas mehr Zack, mehr Country drin, und traditionelles Conjunto, wie es unser Vater gespielt hat, das ist meine Art Musik.« Die italienische Akkordeonmusik erfüllte den Raum mit einem Tremolo. »Musiker, die was Neues probieren, gibt's viele. Aber die kommen alle wieder auf die alten Sachen zurück. Die kommen alle wieder und schöpfen aus dem gleichen Brunnen.« Seine Kaffeetasse war leer. Er wartete darauf, daß Félida es bemerkte und nachschenkte. Seine Hand zitterte. Sie blickte durchs Zimmer zu ihrem Mann hin, der aus der Toilette kam, die Hände noch am Reißverschluß seiner Hose. Das Zimmer schien übervoll mit Bitterkeit und wabernder italienischer Musik. Babys Blick blieb an dem Akkordeonkoffer neben der Tür hängen, den abgestoßenen Ecken, den abblätternden Festival-Aufklebern. Er stemmte sich aus dem durchgesessenen Sofa hoch, ging entschlossen zu der Musikanlage und schaltete die italienische Musik ab. Sie wußten nicht, was sie tun sollten. Beide funkelten ihn an, die Stirn gerunzelt.

Er hatte einen Sinn für Stille, für die Hinführung zu einem Ton, der nicht erklingt, nach dem der Hörer aber verlangt und den er schließlich in Gedanken hinzutun muß, einen Sinn für die Unterbrechung einer Phrase wie ein Anhalten des Atems, für einen verklingenden Schluß oder für leicht nachhallende Töne, den tröpfelnden Anfang, der wie ein farbloses Rinnsal einen Felsen im Wald herabläuft, dann aber zu stürmischen Wellen anschwillt, zu einem Wasserfall, Strudel, Sog und Kabbelung. Diesem feindseligen Schweigen hier begegnete er von Anfang an mit starkem, raschem Fingerspiel, zu schnell, um einen Sinn zu ergeben, eine Art Wutausbruch des Instruments. Er spielte, ohne einzuhalten, etwa zehn Minuten lang, sprang zwischen zwanzig Stücken hin und her, eine Phrase, eine Melodie, Intros und Übergänge, unvollständige Oktaven, ließ die Finger über die Knöpfe gleiten, um die schwierigen, doch schönen Glissandi-Effekte zu erzielen. Ab und zu hob er den Kopf und blickte durchs Zimmer zu seiner Schwester und ihrem Mann. Abrupt hörte er auf.

»Na, und du?« stichelte er. »Du hast früher auch gespielt. Unser Vater hat gesagt, eigentlich wärst du die Musikerin in der Familie, die mit der echten mexikanischen Seele. Aber das war, bevor er dich verflucht hat, bevor du mitten in der Nacht getürmt bist wie eine Kriminelle, bevor du deiner Mutter das Herz gebrochen und deiner Familie und deinem Volk den Rücken gekehrt hast. Bevor du auf Italienerin umgelernt hast. Kannst du die Musik aus unserm Volk überhaupt noch spielen? Oder nur noch dieses Olivenölzeug?« Er streckte das Akkordeon von sich, hielt es ihr hin in höflicher Wut.

»Was nimmst du dir heraus?« sagte sie. »O ja, ich hätte dableiben sollen und die kleine Chiliprinzessin spielen, bis irgendein Chicano-Obstpflücker mich heiratet, bis ich fünfzehn Kinder habe und dreimal täglich von Hand Tortillas mache, den Kopf gesenkt halte, aufpasse, daß mich kein böser Blick trifft, und mir auf dem Kirchenboden die Knie wund scheure. Du hältst mir das Akkordeon hin? Das überrascht mich. Sicher denkst du doch das gleiche wie unser Vater – es ist ein Männerinstrument. Na, ich denke, es ist ein Instrument für Männer ohne Erfolg, für arme Einwanderer und Versager. Ich war noch ein Kind, aber das hab' ich schon vor Jahren gesehen. Ich hab' das schon gesehen, bevor ich wegging: unser

Vater, der Tellerträger, und sein kostbares grünes Akkordeon – ja, das hier –, und wie er so dagestanden ist, aufgeregt und verschwitzt, mit seiner lächerlichen Frisur, und wie er betrunken reingekommen ist, ein betrunkener Mexikaner, ein Tellerträger mit einem Akkordeon, sein großer, ruhmreicher Augenblick, und dann hat er das Akkordeon runterhängen lassen, mit aufgezogenem Balg einfach das eine Ende hängen lassen, und ich hab' das große, moderige Ding runterhängen sehn und hab' ihn gehaßt, und da hab' ich begriffen, daß das Akkordeon ein Männerinstrument ist, weil die Männer es so spielen, wie wenn sie ficken. So wie du's grad gespielt hast. Ich habe beschlossen, es wie ein Musikinstrument zu spielen. Und es stimmt, ich kann alles spielen. Nicht immer bloß Conjunto – alles! Und ich gebe mich nicht mit dem Knopfakkordeon ab, diesem schäbigen Spielzeug für Säufer und Amateure. Ich spiele das Piano-Akkordeon, und ich bin eine professionelle Musikerin, so wie du das nie verstehen wirst, eine verantwortliche Musikerin.«

Er verspürte etwas wie ein Grauen. »Was für eine Zicke du geworden bist!« rief er.

»Untersteh dich, so mit Betty –« Ihr Mann legte die Hände auf die Armlehnen.

»Halt du die Klappe!« Er wandte sich wieder Félida zu. »Das Piano-Akkordeon hat einen dummen, aufschneiderischen Klang, es ist ein Instrument für Clowns! Ja, ich kann's mir vorstellen, wie du mit deinem Maestro Samstag abends zu irgendeinem Judengeburtstag zuckelst, du und noch ein paar alte Tagelöhner, die nicht mal die Tonleiter spielen können – *Happy Birthday*, Polacken –«, sang er ätzend süßlich, »so eine Kitschtruppe mit ranzigen Oldies, Fick und Furz und langes Leben, danach laßt uns alle streben.«

»Du Schwein! Was weißt denn du? Ich hab' jahrelang mit guten Musikern zusammengespielt, ich habe schwer gearbeitet, als ich noch klein war, um das Instrument zu lernen, ich habe viele Jahre in Vierer-Kapellen gespielt, Schlagzeug, Akkordeon, Trompete und jemand, der sowohl Klarinette wie Saxophon spielen konnte, und wir hörten uns an wie zehn Instrumente. Da möcht' ich *dich* mal sehn, wie lange du das durchstehen würdest, wenn du Standardtänze, lateinamerikanisch, ethnisch und Pop bringen müßtest, ja, und Swing und Hot Jazz, sogar noch Hillbilly und halbklassisch – keine fünf Minuten, und du würdst auf dem Arsch liegen mit deiner doofen, läppischen Quetschkommode!« Während sie auf ihn einschrie, zog sie aus dem Schrank in der Diele einen riesigen Koffer, einen schweren schwarzen Instrumentenkoffer, und holte ein großes verchromtes Akkordeon heraus – er fand, es sah aus wie die Kühlerhaube eines Buick.

»Du Schwein!« keuchte sie. »Du weißt nichts davon, daß ich einen ganzen Saxophon-Part ersetzen kann. Du weißt nichts davon, daß ich mit der Musik weitergemacht habe, obwohl ich verheiratet bin.« Sie steckte die Arme durch die Gurte und hob das schwere Instrument hoch. Während sie spielte, blickte sie ihn wütend an. Er dachte, sie würde irgendein angeberisches Potpourri bringen, einen Flickenteppich gängiger Sachen mit viel Quiek- und Pfeiftönen oder eine Paradenummer, aber sie überraschte ihn. Sie blickte zur Decke auf, sagte *»por Chencho, Tomás, por Papá Abelardo«* und sang dann das herzdurchbohrende *Se me fue mi Amor*, das Carmen *y* Laura im letzten Kriegsjahr aufgenommen hatten. Ihre Balgführung war außerordentlich, mit dramatischen Crescendi und erstickten Sforzati-Explosionen. Sie kratzte, rieb und schlug die Tasten, ließ die Rückseite der Fingernägel über die Balgfalten gleiten. Das Akkordeon bereitete die perfekte Illusion, daß ein *bajo sexto* und ein Bassist und außerdem noch ein sehr origineller Schlagzeuger das Akkordeon begleiteten, und aus ihm kam die schmelzende Harmonie der fehlenden zweiten, schwesterlichen Stimme, die sich glühend mit dem mild glimmenden Feuer von Félidas trauriger Stimme verschränkte.

»Das ist die schönste Musik von der Welt«, sagte sie und ging hinaus ins Badezimmer, wo ihr Schluchzen von den Kacheln widerhallte.

»Du solltest sie erst mal hören, wenn sie *Flight of the Bumblebee* spielt«, sagte ihr Mann, »sie's phantastisch!«

Baby steckte Abelardos grünes Akkordeon in den Koffer,

sah den blöden Italiener kurz an und ging hinaus, ließ die Tür angelehnt wie Richard Widmark, hörte sie zuschlagen, als er auf den Fahrstuhlknopf drückte.

Auf der Straße ging er in Richtung See, fröstelnd in der feuchten Abendkühle. Zwei Männer gingen unter den Lichtern vor ihm her, aber sie bogen ab und betraten eines der Gebäude. Aus der Ferne hörte er eine Gitarre, eine Blues-Melodie, das *Batt-tatt-tatt* eines Schlagzeugs, das aus einer offenen Tür kam. Er ging auf die schwarze Wasserfläche zu, hörte es schwappen wie flüssigen Schmerz. Er dachte an Schiffe, die langsam rückwärts von ihren Docks ablegten. Nach einer Weile begann er zu gähnen. Wie müd er war! Und fror! Er ging vom Wasser weg, und als er ein Taxi kommen sah, das Dachlicht gelb und warm in der nördlichen Straße, hob er die Hand und rannte drauf zu.

»Fortune Hotel.« *Ay*, was für eine schöne, schöne Stimme sie hatte, viel zu schade für einen italienischen Tanzmusiker, niedergewalzt von diesem großen, erdrückenden Instrument. Tränen traten ihm in die Augen.

Im Foyer des Hotels merkte er, daß er das grüne Akkordeon auf dem Boden des Taxis hatte stehen lassen. Er rannte auf die Straße, aber das Taxi war fort. Er telephonierte lange herum. Nein, er wußte weder die Nummer des Taxis noch den Namen des Fahrers, nein, er wußte nicht, von welcher Taxi-Zentrale, er erinnerte sich nur noch an das gelbe Licht auf dem Dach, und das Akkordeon ließ sich nicht wieder herbeischaffen.

Ein angebrannter Geruch

In der Wohnung ging der Mann aufgeregt auf und ab.

»Was für ein Jojo!« sagte er. Er kratzte sich am Arm. »Es riecht irgendwie angebrannt«, sagte er endlich.

»Das war er. Er hat schon immer nach kalten Zigaretten und verbranntem Holz gerochen.« Sie fing an zu weinen, und als der alte Mann mit ausgestreckten Armen zu ihr kam, um sie zu trösten, stieß sie ihn weg. Ein Italiener!

Anhalter im Rollstuhl

Chromatisches Akkordeon

Auf den Straßen von Paris

Charles Gagnon, eine kleine Heulsuse (der Grund, sagte Sophie, seine geistesgestörte Mutter, warum sie versucht hatte, ihn zu ertränken) trat 1912 im Alter von fünf Jahren ins Erwerbsleben ein: Er lutschte an einer Mundharmonika und bettelte auf den Straßen um ein paar Centimes.

Irgendwann während des Krieges, als er neun oder zehn war, schob ihm die Hure Yvette, die ihn vorm Ertrinken gerettet hatte und in deren Zimmer er manchmal schlafen durfte, ein kleines einreihiges *accordéon diatonique* hin, ein schäbiges, ausrangiertes Ding, dick bemalt mit vielfarbigen Sternen, ein Geschenk von einem Freier, der das Gewimmer der Mundharmonika nicht mehr hören konnte und dem der Bengel mit dem zerschrammten Makkaronigesicht, der aus dem Rinnstein die Zigarettenkippen auflas, wegen seiner beschissenen Vergangenheit irgendwie leid tat – unglaublich! –, von seiner verrückten Mutter mit Drahtbügeln gefesselt und in die Seine geschmissen, herausgezogen von der dünnen Yvette, die als Kind mal davon geträumt hatte, den Ärmelkanal zu durchschwimmen (zehn Jahre später, als Gertrude Ederle es tatsächlich schaffte, fühlte sie sich betrogen); aber zu Yvette, die dem Bengel eine Schlafstelle gab, eine echte Heldin, zu Yvette sagte er nur, kann er denn von der verdammten Mundharmonika draußen auf der Straße nicht genug kriegen? Kann er damit nicht mal aufhören, wenn er hier ist? Da, gib dem kleinen Scheißer mal ein richtiges Instrument. Und apropos richtiges Instrument, schau mal, hier!

Mit dieser Knopfkiste – die Knöpfe waren lose, der Balg undicht, es hörte sich an, wie wenn ein kranker Hund zu bellen versucht – graste Charles die wüstesten *bals musette* ab (wo die Männer in den modernen Pelzhosen und Fliegerjacken nie hingingen), spielte verbissen inmitten von Qualm, Geschrei und Schlägereien für ein Trinkgeld, mit den Füßen den Rhythmus stampfend, manchmal allein, manchmal im Wettstreit mit anderen Musikanten. Pausen gab es nicht. Wenn er mal aufhörte, um pinkeln zu gehn oder einen Schluck zu trinken, fluchten die Tänzer und schmissen Sachen nach ihm. Bezahlt wurde er nicht selten mit einem *petit vin blanc*, der am billigsten war und der für alle Zeiten seine einzige wahre Freude wurde. So steuerte er wehleidig seinen Platz in der Welt der Männer an, halb verhungert und oft betrunken, schlief bei Yvette, wenn sie nicht gerade Kundschaft hatte, manchmal auch unter einem Paar Stühle in der Ecke eines Bistros – mit seiner Rotznase, seinen aufgeplatzten Schuhen und seinem auf nichts gegründeten, reizbaren Hochmut ein echter Bewohner der Quais.

Als er sechzehn war, wurde ihm sein Akkordeon allmählich peinlich – es war nicht laut genug, kaum zu hören, weil soviel Luft durch die Risse im Balg ausströmte, und es sah sehr unvorteilhaft aus, wirklich, wie ein steifer Sack oder ein toter Truthahn. Und dann die Musik. Er mochte Jazz, war begierig, zu lernen, seltsame, bizarre Tonfolgen auszuprobieren, aber wenn er Experimente riskierte – er hatte etwas eingeübt, das der *Honeysuckle Rose* nahekam –, meckerten die Patrons: Laß das, hör auf mit dem Mist, mach mal richtige Musik! Blasse Paare schoben sich auf steifen Europäerbeinen über den Boden, den Frauen flatterten die Crêpe-de-Chine-Säume ihrer Röhrenkleider um die Waden, die Männer schlurften und kreiselten in zweifarbigen Schuhen, ringsum Kerzenflammen auf den weißen Flächen der Tischtücher, die Musik traurig und übermütig, Männerfinger, die durch erhitztes Gewebe die Rippen der Frauen befühlten. Der Junge spielte wie zum Spott über die Blumenmuster auf den Schenkeln und Hintern der Frauen, das brillantineglänzende Haar und die vorsichtigen Fingerübungen der Männer.

Sein Held war Jo Privat, der spielen konnte, was er wollte, *le jazz hot*, durchmischt mit Zigeunermusik, der mit den Brüdern Ferré und Django, zwei Zigeunern, auftrat, dem die alten Bourrées und Polkas ebenso geläufig waren wie die verwegensten *chansons musette*. Er hatte Verbindungen, dieser Privat, kannte Gangster und Schläger, war überall, wo er auftrat, der Star, *le clou de la soirée*. Und ein Glück hatte der Kerl! Bei dem klappte alles, was bei Charles Gagnon sicher schiefging. Charles hatte kein Glück, immer nur schlechte Karten. Jazz in den Kellerlokalen an der Seine? Niemals, nichts als rührseligen Mist mit idiotischen Refrains, Lieder für den Suff und die Hoffnungslosigkeit, Lieder für die von ihren Männern geprügelten Frauen, alkoholisiertes Gejammer, Ausguß trüber Erinnerungen, Prahlerei trotziger Nullen. Der Gedanke kam ihm, daß sein elendes Los im Weltenplan das Gegengewicht zu Jo Privats Erfolgen bildete; wenn es mit Privat bergab ginge, könnte Gagnon hochkommen. Eine Zeitlang träumte er davon, Privat umzubringen; er könnte sich lächelnd an ihn heranmachen, als wollte er ihm für seine Musik danken, dann blitzschnell zustoßen und in der Menge verschwinden. Nach ein paar Wochen würde er in eines von Privats Lokalen reinspazieren und zu spielen anfangen. Am Ende des Abends wäre Privat vergessen, und er wäre *la nouvelle vedette*. Aber mit dieser lahmen Ente von Akkordeon ginge das niemals.

Er traf eine Abmachung mit Gaétan la cravate; eines Abends kam ein Piano-Akkordeon an, eine große schwarze Kiste mit Tasten, sechs Knopfreihen und einem Balg, der sich fast bis zur vollen Spannweite seiner Arme ausziehen ließ; das Ding hörte sich an wie eine Lokomotive, die über eine Holzbrücke fährt. Nur ein paar Franc jede Woche, bis eine gewisse Summe bezahlt war, ja nicht vergessen, klar? sagte der Krawattenmann und stieß ihm seine harte Faust in den Arm.

Er wäre schon mit einem zweireihigen Knopfakkordeon zufrieden gewesen, aber in dieser Welt muß man nehmen, was man kriegt. Sich in dieser Unzahl Knöpfe und Tasten zurechtzufinden, sich die alte, simple Anordnung aus dem Kopf zu schlagen, seine Finger für diesen Tanz wie auf einer Schreibmaschine zu trainieren war schwierig, aber er lernte es schnell, weil die Klangfülle des Instruments und die vielen Möglichkeiten der chromatischen Tonfolge ihn reich belohnten. Was für eine unglaubliche Anzahl Töne! Nie wieder würde er auf ein diatonisches Instrument zurückkommen. Das große chromatische war laut, ungemein vielseitig verwendbar, und es war schwer. Wenn er eine Nacht lang gespielt hatte, zitterten ihm nachher die Beine. Aber was er alles damit anstellen konnte! Wenn jetzt ein Betrunkener nach einer trieligen *valse musette* schrie, brauchte Charles Gagnon nur »*Ta geule!* Schnauze!« zu brüllen, weiterzuspielen und ihn zu übertönen. Die Musette-Stimmung kam dem großen Instrument besonders zugute: Drei Zungen sprachen auf jeden Griff an, die eine auf den Grundton, die zweite eine Idee höher, die dritte ein wenig tiefer gestimmt, so daß der Ton ein schwebendes Tremolo bekam. Das Instrument klang silbrig, es war lauter und besser als jedes diatonische. Und dank seinem Gewicht ließ es sich auch bei Schlägereien ein- oder zweimal sinnvoll gebrauchen. Er hieb es einem Raufbold über den Kopf, und der ging in die Knie und verdrehte die Augen, als wollte er sein Gehirn von unten betrachten.

Mit diesem starken Akkordeon wurde er zum Mann, die verheulte Bettlerkindheit verschwand hinter einer respektgebietenden Erscheinung: schwere Arme und Schultern, dicker Hals, Gesicht mit fleischigen Ohren. Die Augen waren dunkel und mißtrauisch, das schwarze Haar in der Mitte gescheitelt. Er war hart im Nehmen, sein Mund war schmal und straff, das Ende der Zigarette immer plattgedrückt. In Schwierigkeiten war er so oft, daß es auf einmal mehr nicht ankam.

Das brennende Café

Früher oder später mußte er in einen echten Schlamassel geraten. Er trat mit Julie vor den Altar, dazu zwangen ihn mehr oder weniger ihre Brüder und der alte Denis, ihr grimmiger Vater, dessen Wahlspruch *buvez et pissez* lautete, ein wandelnder Leichnam mit rucksackgroßer Leber; also gab es zuerst mal einiges zu trinken, denn, wie der alte Mann sagte, vor der Hochzeit wie vor dem Pissen mußte man trinken, und als Charles im Café sein Glas hob, in einem mit Wut vermischten Triumphgefühl, da sah er aus dem Augenwinkel den Satin auf dem dicken Bauch der Braut abwechselnd heller und dunkler schimmern, wie wenn Sonnenstrahlen vereinzelt durch Wolken sickern; das Kind in ihr regte sich. Es kamen noch etliche Gläser dazu, und immer mehr Leute drängten herein ins Café Girandole – so benannt nach dem staubigen Kronleuchter, an dem die meisten Kristallzapfen fehlten –, das zu diesem Anlaß mit gezwirbelten Bahnen Kreppapier geschmückt war. Nach ein, zwei Stunden waren alle betrunken, und Julie, klein und schon ziemlich rund, tanzte wie eine Kuh mit einem elektrischen Stachel *au cul*, als an der Tür die Senegalesen Stunk machten.

Olive, das elegante schwarze Mädchen, das er mochte, ging auf Julie los, die Finger zu Krallen gebogen, blies eine Stichflamme von Beschimpfungen aus dem granatroten Mund, schob den harten, geschwellten Bauch vor dem übrigen Körper her ins Gefecht. In der Tür standen ihre männlichen Verwandten, riesige muskelbepackte Schwarze mit glatten, gestutzten Köpfen und eingefetteten Ohren, an denen man sie nicht packen konnte. Die Augen dieser Männer waren rotgeädert und auf unsichtbare Phantome anderthalb Meter vor ihnen gerichtet.

Julies Brüder und ihr Vater sprangen auf, spien Rauch und Flüche aus ihren Mündern, schmissen die Zigaretten weg. Die zwei schwangeren Frauen stürzten sich kreischend aufeinander; Julie versetzte Olive einen Schwinger, daß ihr das Blut aus der Nase spritzte, und Olive revanchierte sich mit einem Schlag in den satinbedeckten Bauch, der alte Denis stürmte auf die Tür los, Flaschen und Messer blitzten, Stühle zersplitterten, die Frauen rollten auf dem Boden herum, ein Schwarzer bekam Charles' unrasierte Wange zwischen die Zähne und begann zu kauen. Etwas Feuchtes traf sie, ein Licht blitzte auf, ein schmales Flämmchen flitzte den Boden entlang und brach mit einem leisen *Husss!* in einen Feuerball aus. Das Kreppapier entzündete sich mit einem brüllenden Ton. Zusammen mit dem Schwarzen taumelte er zur Tür hinaus, wälzte sich auf dem nassen Straßenpflaster, um sein brennendes Hemd zu löschen, und kam davon, kam glatt davon, wenn er auch ein Stück Fleisch zwischen den Zähnen seines Gegners ließ, wenn er auch die Frauen bei lebendigem Leibe verbrennen ließ, mitsamt seinen beiden Bastarden in den dunklen Höhlen, die sie nun nie mehr verlassen würden. Der alte Denis kam trotz übler Verbrennungen auch davon und wünschte Charles den Tod – geschmolzenes Blei in Augen, Mund und Ohren, Stahlsplitter unter die Fingernägel und in die Harnröhre, das Fleisch mit der Tischlersäge in Streifen zerlegt.

A Montréal

Es war das Jahr 1931, und Charles erarbeitete sich die Überfahrt über den Atlantik nach Québec, fand fast sofort eine Frau, wurde binnen eines Jahres Vater und heiratete. Sie wohnten in den Slums im Osten von Montréal, zur Zeit der Weltwirtschaftskrise. Ein paar Monate lang hatte er Arbeit, lieferte weißen Aschenbechersand für Luxushotels und Wohngebäude, aber der Firmeninhaber ersetzte ihn durch einen Neffen, und dann gab es für ihn nichts mehr zu tun. Das große Akkordeon kam mehrmals auf die Pfandleihe. Außerdem verschmähte er das schleppende, verderbte Französisch der Québecois und ihren Musette-Stil, fad und hastig, schlimmer als alles, was er je gehört hatte. Jazz gab es überhaupt nicht, und die stupiden Reels und Gigues dieser Kuhbauern und *bûcherons* verachtete er ebenso wie das schnatternde Kauderwelsch ihres Gesangs und die Art, wie die Musiker beim Spielen mit den Füßen wippten. Obwohl er kein Grammophon besaß, stahl er ein paar Platten von Jo Privat und träumte vom Duft und der Würze der guten alten Zeit auf den Straßen von Paris.

Seine Frau, Delphine, verlor schnell allen Reiz, verwandelte sich aus einem nicht häßlichen Mädchen, das immer bereit war, ihm kleine Gefälligkeiten zu erweisen, in eine Dulderin an einem unsichtbaren Kreuz. Sie stammte aus einer verarmten Bauernfamilie, die sich durch nichts mehr ausgezeichnet hatte, seit ein streitlustiger Vorfahr Ende des siebzehnten Jahrhunderts in Québec gelandet war und es binnen sechs Wochen so weit gebracht hatte, daß er vor Gericht erscheinen mußte, weil er einen Nachbarn *une sauterelle d'enfer,* eine Heuschrecke aus der Hölle, und einen *bougre de chien* genannt und ihm ein Huhn an den Kopf geworfen hatte – eine Missetat, für die er zu einer Geldstrafe und einer öffentlichen *amende honorable* verurteilt wurde, einer Reuebekundung mit Bitte um Verzeihung. Er verließ schleunigst die Siedlung und wurde mit der Zeit ein *voyageur* und *coureur de bois,* streute Mischlingskinder über den ganzen Kontinent, ehe er sich auf einem kleinen Stück Land am Westufer des Flusses Saguenay niederließ und mit einer Abenaki-Halbblutindianerin noch sieben weitere Kinder zeugte. (Delphines Vater, der von einem dieser sieben abstammte, starb 1907 beim Bau der Eisenbahn-Auslegerbrücke über den St. Lorenz, als das Gerüst einstürzte und er zusammen mit dreiundsiebzig anderen nebst Schubkarren, Schaufeln, Pfählen, Klötzen, Flaschenzügen und Frühstücksbehältern ins schwarze Wasser trudelte.)

Delphines kunstvoll hochgestecktes glänzendes Haar, mit einem Kranz gekräuselter Stirnfransen, war bald ungepflegt, mit einem krummen Seitenscheitel, am Hinterkopf zusammengehalten von einer Plastikklammer in der Form eines Seepferdchens. Ach, wie sie stöhnte und jammerte! Wenn sie doch nur ein bißchen Geld hätten, sagte sie, wenn sie doch nur nicht ausgerechnet ihn geheiratet hätte, wenn sie doch nur wieder ein Kind sein könnte!

Er hatte keine Geduld. Es war leichter, ihr eine zu kleben, halt die Schnauze zu sagen und von außen die Tür zuzuknallen, wenn sie heulend am Tisch saß und der ausgefranste Rand ihres fleischfarbenen Unterrocks unter dem Saum ihres Baumwollkleides hervorschaute. Sie hatte einen nervösen Husten, und obwohl er sie immer wieder zurechtwies, setzte sie ihm Tag und Nacht zu, sie sollten über die Grenze gehen, denn da hätten sie eine Chance, sagte sie, vielleicht, ach, ich weiß, da haben sie die Wirtschaftskrise, aber mein Bruder sagt, die Sägewerke arbeiten noch, wenigstens manche, jedenfalls ist da mehr los als hier, denn hier gibt es gar nichts. Sie streckte ihren dünnen Arm aus zum Beweis – nicht genug zu essen, da siehst du's! Und mit der Hand strich sie sich über den Bauch, wie es alle Frauen tun, wenn sie schwanger sind und ein Argument brauchen, gegen das der Mann nicht ankommt. Ihr Bruder, der durch ihre Gespräche spukte wie der Geist eines Vorfahren, hatte eine Stelle in einem Sägewerk in Maine. Sie schrieb ihm und fragte, ob Charles dort Aussicht auf einen Job hätte. Nicht viel, war die Antwort, aber vielleicht irgendwas auf Teilzeit. Vielleicht. Wenn Charles nicht wählerisch sei. Er würde nehmen müssen, was kam, war alles ein Glücksspiel, müßte Amerikanisch lernen. Ein paar Wochen könnten sie bei ihm wohnen.

Random

In einer Winternacht gingen sie auf einem Waldweg über die Grenze. Ihr Bruder, ein mürrisches Indianergesicht, ab und zu ein gezwungenes Lächeln, erwartete sie auf der anderen Seite und brachte sie zu einem Haus in der Nähe, wo sie sich vor dem letzten Stück der Reise eine halbe Stunde aufwärmen konnten – eher ein Schuppen, eine fingerhutgroße Hütte von Fremden in der Schneewüste, mit einem Ofenrohr, aus dem Funken in die Nacht hinaus flogen. Sie tranken, beäugt von schmuddligen Kindern hinter einer zerrissenen Decke, eine Tasse bitteren Kaffee, und fuhren mit dem Bruder weiter in einem wackligen, mit zwei Pferden bespannten Schlitten.

Beide, Delphine wie Charles, fanden den dunklen Zedernsumpf, durch den sie kamen, beängstigend und ungeheuerlich. Der schwere Duft der Bäume erinnerte Delphine an Krankheiten, an Inhalationsdämpfe und feuchte Umschläge, und das zischelnde Pfeifen, mit dem der Wind durch die Nadeln strich, war für sie der finstere Ton des grenzenlosen Waldes. Charles bemerkte das Widerstreben, mit dem sein Schwager sie bei sich aufnahm, glühte vor Scham über die Demütigung, unwissentlich in eine Halbblutfamilie eingeheiratet zu haben. Wütend flüsterte er Delphine etwas zu. Das indianische Blut leugnete sie, ihr Bruder sei eben dunkelhäutig, weiter nichts.

Zwischen dem Schnauben der Pferde, dem Knirschen der Hufe auf dem harten Schnee und dem Pfeifen aus den Nadelbäumen herrschte erbittertes Schweigen.

Das Sägewerk

Sie versuchten sich auf das einzustellen, was sie vorfanden – die Enge im überfüllten Haus des Schwagers, die barschen Befehle in Amerikanisch und verstümmeltem Französisch. Sobald sie genug Geld hatten, mieteten sie eine niedrige, von Petroleumlampen erhellte Hütte. An einem beißend kalten Tag zogen sie ein. Charles stieß mit dem Fuß die Tür auf, trat ein, sagte *mais non!* und ließ das Brennholz fallen, das er getragen hatte. Delphine hinter ihm, das Baby auf dem Arm, sah den verwesenden Kadaver einer an der Wand aufgehängten Katze, den bis aufs Lattenwerk zerkratzten Putz, wo das Tier sich im Tode festgekrallt hatte.

Jeden Morgen hackte Delphine den zugefrorenen Bach auf und schöpfte Wasser, rutschte aus auf dem vereisten Weg, stampfte durchnäßt und heulend in die Küche, schwor tausend Eide, ihre Kinder sauber zu halten, und wenn es ihr Tod wäre. Sie ekelte sich vor der irischen Familie, die draußen an der Müllkippe in einer Hütte aus Motorölkanistern wohnte, dumme Einwanderer, die ihre Kinder im Herbst in die Kleider einnähten und sie im Juni aus den verklebten Lumpen herausschälten.

Ein Jahr verging, ein zweites, dann noch mal zwei, und mit den Zwillingen hatten sie sechs Kinder. Sie blieben in Random, trauten sich nicht fort, auch dann nicht, als Delphines Bruder, den Charles inzwischen Häuptling Kriegsfeder nannte, nach Rhode Island gezogen war, um dort in den Wollspinnereien zu arbeiten; manche seiner Kinder waren schon alt genug, um eine Lohntüte nach Hause zu bringen. Also lebten sie allein in dem fremden Wald. Charles verwünschte das dreckige, eiskalte und fliegenverseuchte Land; er war krank vor Heimweh nach seinem alten, verflossenen

Leben, nach den Straßen und der Musik, dem Wein. Er verwünschte Jo Privat, der alles Glück dieser Welt für sich gepachtet hatte.

Wenn die Hölle eine glühendheiße Music Hall war, dachte er, wo verstimmte Instrumente in diabolischer Kakophonie durcheinander kratzten und schrillten, nichts als Lärm, Chaos und Kapriolen verstümmelter Teufel, dann war der Gang ins Sägewerk wie ein Betreten des Infernos durch eine Seitentür. Die Maschinen dröhnten und ratterten, Metall schleifte kreischend auf Metall, Treibriemen brummten über den Köpfen, die Luft gesättigt mit feinem Staub. Man gewöhnte sich dran, oder man ging. Der Yankee-Vormann beobachtete ihn an seiner Hobelmaschine, während die Bretter quietschend durchliefen. Anderthalb Dollar für fünfzehn Stunden Arbeit, und er konnte noch von Glück sagen, daß er den Job hatte. Danach war er zu müde für alles außer Fressen und Schlafen. Aber Samstagabend trank und stritt er, prügelte Delphine und bestieg sie dann. Nur, sagte er brutal, wegen der Erleichterung. Nur ein Blinder konnte sie begehrenswert finden, ein Blinder mit Handschuhen und einer Wäscheklammer auf der Nase, denn sie stank, und ihre Haut war hart wie ein Krokodilpanzer. Er mußte ihr zeigen, daß er jemand war, mit dem sie zu rechnen hatte. Am Sonntagabend bekämpfte er seinen Kater wieder mit Whiskey – in diesem lausigen Land gab es keinen Wein –, und bei diesen Gelegenheiten holte er das Akkordeon hervor und versuchte mit seinen steifen Holzarbeiterfingern die *Honeysuckle Rose* zu spielen, träumte von den Klubs und den schimmernden Pflastersteinen unter den Laternen im Regen.

Random war der Beweis, daß sein Leben unter einem schlechten Stern stand. Man hatte ihn getäuscht und übervorteilt, zeitlebens, seit seine verfluchte Mutter ihm mit Drahtbügeln die Arme an die Seiten gefesselt, ihn an den Rand des Kais und dann in die schmierige Seine gestoßen hatte; man hatte ihn gezwungen, nach Québec zu fahren, wo die Leute die Sprache zu einem faden Brei zerkauten; er war reingelegt, jawohl, von gerissenen Rothäuten reingelegt worden, saß in der Falle, gefangen in einer widerwärtigen Ehe;

man hatte ihn mit falschen Informationen nach Maine, in diese brutal provinzielle Sackgasse gelockt. Einen weiteren Beweis erhielt er im Frühjahr 1937, als die Maschine ihm drei Finger der rechten Hand abhobelte; der Zeigefinger blieb zur Hälfte dran, war aber nach wenigen Tagen grün und dick angeschwollen. Der Arzt kam um zwei Uhr nachts und sagte nach einem angestrengten Blick, die Petroleumlampe nütze ihm nichts und er könne nichts sehen. Er ging hinaus und fuhr seinen geländegängigen Buick bis dicht ans Küchenfenster. Im Scheinwerferlicht untersuchte er den verbliebenen Finger.

»Muß auch noch ab.«

Charles konnte nicht verstehen, wie es hatte passieren können; der Moment, in dem es passierte, war nicht zu unterscheiden von einer Million anderer Momente, in denen alles gutging.

Langsam erholte er sich, an den Fingerstümpfen bildete sich ein wundes, empfindliches Rosa. Er bekam Sozialhilfe, einen Karton Lebensmittel pro Woche: Mehl mit Würmern, eine Büchse Schweineschmalz und ein kleiner Sack Bohnen. Das Sägewerk machte ganz plötzlich dicht, und alle waren arbeitslos, kriegten nicht mal mehr den letzten Wochenlohn, denn der Besitzer war mit dem Geld durchgebrannt. Ganze Familien machten sich nachts davon, nach Woonsocket, Pawtucket, Manchester, zu den Woll-, Baumwoll-, Seidenspinnereien oder den Schuhfabriken, irgendwohin, wo Verwandte schon Fuß gefaßt hatten und ihnen helfen konnten.

Charles verwünschte sein Leben, und unter seiner mürrischen Natur trat nun, durch all die Schwierigkeiten hervorgeschmirgelt, eine Grundschicht von permanenter Wut zutage. Einmal noch versuchte er nach dem Unfall das Akkordeon zu spielen, verkehrt herum, die linke Hand hätte, von unten nach oben, die Melodie spielen sollen, aber die eigene Ungeschicklichkeit machte ihn rasend, und er stopfte das *maudit instrument* in den Ofen, quetschte es zusammen, schlug mit dem Schürhaken drauf und beschädigte es, aber es wollte nicht hineinpassen. Delphine zerrte es wieder heraus und schmiß es auf den Hof. Wenn man es einfach so verbrannte, qualmte es zu stark. Am Morgen holte sie es wieder herein und stellte es in braunes Papier gewickelt auf ein Regal.

In diesem Winter lief Delphine einmal schlafwandelnd herum, barfuß im Schnee. Als sie wieder ins Haus kam, waren ihre Füße wie rotes Wachs, am Saum ihres Nachthemds hingen Klumpen von Eiskristallen. In einer roten Schneenacht bei Nordlicht sagte ihr Charles, er gehe am nächsten Tag nach Bangor, um sich Arbeit zu suchen – den ganz speziellen Job, von dem einhändige Männer träumen. Früh am Morgen ging er aus der Hütte fort. Am Ende der Woche wußte sie, daß er für immer fort war, zurück nach Frankreich, ein Leben und eine Familie und eine halberlernte Sprache im Hinterkopf und bald vergessen. Der kleine Dolor war zwei Jahre alt.

(Nach Frankreich zurückgekehrt, als der Zweite Weltkrieg ausbrach, leistete Charles Kurierdienste für die Résistance, wurde in einer mondlosen Nacht bei einem Sturz vom Fahrrad schwer verletzt, kroch trotzdem zehn Meilen weit auf Händen und Knien, um eine Botschaft zu überbringen, die letzten Endes nicht wichtig war. Abrupt wechselte er die Seiten und lief zu den Kollaborateuren über, nahm an den Überfällen auf die Zazous teil, lauerte draußen vor den Swing-Nachtklubs im Dunkeln mit einer Schere darauf, den unreifen, egoistischen Jünglingen den pomadisierten Skalp zu rauben, wenn sie auf die Straße hinauskamen, ganz erschöpft vom Tanzen zu *J'ai un clou dans la chaussure*. Sollte das Musik sein? Jazz war das nicht, dieser Swing, bloß Lärm, und wie blöd die Tänzer aussahen mit den weit aufgerissenen Augen und dem Fingerschnalzen, wie sie mit den Armen zuckten und herumhüpften wie die Fliegen auf dem Kuchenblech! Nach dem Krieg hing er jahrelang in Nachtklubs herum, erledigte Botengänge und putzte in den frühen Morgenstunden die Toiletten, verdiente genug für die sechs Flaschen *vin blanc*, die er jeden Tag trank. 1963 arbeitete er immer noch in den Klubs, putzte immer noch die Toiletten, und als er im Golf Drouot Club die Wasserhähne polierte, fiel er mit einem Herzanfall unter ein Becken und starb zwischen Synthetiksocken an den Füßen eines Kreises junger *Yé-yés*.)

Und Delphine, was sollte sie tun? Sie schrieb an ihren Bruder in Providence, obwohl sie wußte, daß er nicht nur wegen der Arbeit nach Süden gezogen war, sondern auch um die Bürde der Familie Gagnon loszuwerden. Na, dann komm, antwortete er mürrisch. Ich schick' dir das Geld für den Bus. Aber die Kinder kannst du nicht alle mitbringen. Das Leben ist schon schwer genug. Nur die zwei ältesten. Sie können arbeiten. Und du kannst auch eine Stelle annehmen.

Vogelnest

Das schönste Gebäude in Old Rattle Falls war Birdnest, ein prunkvolles Herrenhaus, erbaut für einen Eisenbahnbaron des neunzehnten Jahrhunderts, mit Zinnen und Erkerfenstern, einer achteckigen Dachterrasse, an der Frontseite eine Toreinfahrt mit zwei riesigen chinesischen Vasen, das Ganze gesäumt von einer zwanzig Fuß breiten Veranda. 1926 ging das Vogelnest wegen rückständiger Steuern in städtischen Besitz über und wurde dem Landkreis zur Verwendung als Waisenhaus überlassen. Die hohen Räume mit den importierten William-Morris-Tapeten, an den Decken Stuckarbeiten im Zuckerbäckerstil, geschnitzte Paneele mit Faltenfüllung, bunte Glasfenster, Walnußgeländer, der Ballsaal, alles wurde mit Trennwänden aufgeteilt und für den Waisenhausbetrieb eingerichtet: Schlafsäle mit Metallbetten, der frühere Ballsaal wurde zur kartoffelmiefigen Kantine, der Parkettboden grau gestrichen. An den Wänden des Frühstücksraums standen metallene Aktenschränke. Aus der Wäschekammer wurde eine Strafzelle. Die Gärten, einst von Calvert Vaux angelegt, verwilderten, Jungfernreben erstickten die Zierbäume, die marmornen Stufen, die zu einer künstlichen Grotte hinabführten, lagen voller Zweige, Eschenschößlinge überwucherten die Blumenbeete, und die winterharten Blumenzwiebeln wurden von Stinktieren gefressen.

Er war zwei Jahre alt, und zuerst weinte er der alten Hütte nach und dem vertrauten Geruch des Holzofens, den schmalen, harten Händen seiner Mutter, dem Klang ihres nervösen Hustens. Schon zu dieser Zeit, kaum älter als ein Säugling, kannte er Stunden der Niedergeschlagenheit, in denen er nichts anderes tun konnte als schlafen oder mit geschlossenen Augen still liegen – ausatmen, einatmen, ausatmen, ein, aus, langsam, langsam.

Seine Schwestern, die Zwillinge Lucette und Lucille, und ein älterer Bruder, Lucien, waren in einem anderen Teil des Gebäudes, doch davon wußte er nichts. Er verbrachte seine Zeit unter den Babys und Kleinkindern, viele lange Stunden in einem hölzernen Kinderbett, in einer Reihe solcher Betten, jedes mit einem eingesperrten Kind, das sich wiegte, plapperte, schrie, mit dem Kopf ans Gitter schlug. Zwei Frauen kamen jeden Morgen herein, wechselten Windeln und Bettzeug, gaben Fläschchen mit bläulicher Milch aus, redeten wenig und behandelten die Kinder wie Holzscheite. Dolor war schon seit einem Jahr entwöhnt, entdeckte nun aber den Trost der Gummibrust. Nur für eine Stunde am Vormittag wurden die Kleinkinder in einen großen Raum getragen – wo die Gattin des Bahnbarons in den Jahren nach dem Bürgerkrieg morgens ihre öden Briefe geschrieben hatte – und auf einen verdreckten Teppich gesetzt, wo sie mit hölzernen Bauklötzchen spielen durften, deren Ecken vor Abnutzung rund waren und die nur noch Reste von Farbe aufwiesen. Rennen war verboten. Der Klang des Französischen verhallte, alle neuen Wörter waren amerikanisch. Kranke Kinder blieben in ihrem vergitterten Gefängnis. Das Vogelnest war ein Haus der Waisen und der erwachsenen Frauen. Die einzigen Männer, die dort hinkamen, waren der Arzt, der Bezirksinspektor und einmal im Monat ein Prediger der Pfingstkirche, der so lange »Jesus, Jesus« brüllte, bis die Kleinsten zu weinen anfingen. Die älteren Kinder wurden zur Sonntagsschule gefahren, im Kirchenbus, einem kastenförmigen grünen Vehikel mit Leinenverkleidung an den Seiten, die im Sommer aufgerollt wurde – ein herrlicher Ausflug. Der Bus holperte die lange Hangstrecke hinunter und durch die Stadt, vorbei an dem SLOW-Schild, das bei Kriegsbeginn in VICTORY SPEED 35 MILES

– 214 –

abgeändert wurde, und auf dem Schotterweg den Fluß entlang. Im Frühjahr bestaunten sie die gewaltigen Eisschollen, die an die Ufer geschwemmt wurden.

Unter den Insassen des Waisenhauses gab es oft Wechsel, da manche Kinder von ihren Müttern oder von Verwandten der Mütter wieder abgeholt wurden. Die Väter sah man nie. Manche Kinder kamen ins Krankenhaus, manche ins Leichenhaus. Manche wurden adoptiert, so auch Dolor, als er sechs war, aber nur für ein paar Monate, denn die Familie beschloß, nach Süden zu ziehen, als der Mann wegen des Krieges dort Arbeit bekam, und brachte ihn ins Waisenhaus zurück. Sie sagten, er sei ein ruhiges Kind. Was er aus dieser Zeit in Erinnerung behielt, waren die gefleckten Hühner, die angerannt kamen, wenn er eine Handvoll geschroteten Mais auf den Boden warf, der Geruch ihres warmen, verlausten Gefieders und die gackernden Stimmen, mit denen sie ihm in der Hühnersprache Fragen stellten. Er antwortete ihnen mit ähnlichen Worten. Er erinnerte sich auch noch an den Hausherrn, wie er vor einem mechanischen Klavier gesessen hatte, dessen Tasten von selbst auf und nieder gingen, als hätte er einen unsichtbaren Musikanten auf dem Schoß, während er mit belegter Stimme »*Oh bury me not . . .*« sang.

In der Schule war er ein kleines Kind am Rande, zu schüchtern, um zu sprechen, traute sich kaum offen zuzusehen, wie andere etwas machten. Er war fest in sich selbst verschlossen, manchmal lächelte er leise oder nickte zu Gesprächen, die in seiner Einbildung stattfanden. Das Schönste für ihn war der *Weekly Reader*, eine richtige kleine Zeitung; wenn er sie in den Händen hielt und darin las, fühlte er sich wunderbar erwachsen. In den aktuellen Nachrichten fand er als Beilage ein Kärtchen mit den Worten GIB DEIN BESTES. Manchmal durfte er die Fahne einholen, weil er so brav war.

Das Vogelnest war gleich die erste Haltestelle des Schulbusses, nur zehn Minuten von der Schule, darum brauchte er mit niemandem zu reden, bevor er ausstieg, die graue Tasche für Bücher und Frühstück unterm Arm, die die Waisenkinder von der Bezirksverwaltung bekamen; vor ihm ging immer ein

Mädchen mit blonden Zöpfen, die an den Enden seltsam grün verfärbt waren vom Eintauchen ins Tintenfaß, bis die Schulbehörde die Tintenfässer abschaffte und jeder von zu Hause einen Kugelschreiber mitbringen mußte. Das Vogelnest gab Kugelschreiber mit dem Aufdruck des Leichenbestatters Le-Blanc aus. Sein bester Freund in der fünften Klasse war der dicke William, der vor Asthma keuchte und oft Ohrenschmerzen hatte. Die Vogelnest-Kinder hielten zusammen. Im Bus fuhr noch ein älterer Junge in zu kurzen Hosen mit; die anderen nannten ihn Hochwasser oder Frenchy. Er raufte immerzu und hatte eine Triefnase.

»Der Junge ist dein Bruder und ein ganz Schlimmer«, sagte Fat William zu Dolor, der nach einem Zeichen des Wiedererkennens Ausschau zu halten begann, aber Frenchy beachtete ihn nicht und sagte nie etwas zu ihm, obwohl er doch zentnerweise Französisch konnte und entsetzliche Flüche wußte, sagte Fat William, und eines Tages war er nicht mehr im Bus, war fort und niemand wußte, wohin.

(Die Zwillingsschwestern Lucette und Lucille waren schon im ersten Jahr im Vogelnest von einem Ehepaar adoptiert worden, das dann nach Rochester, New York, zog. Lucette, die mit einer lieblichen Stimme *White Christmas* singen konnte und an einer sehr störenden chronischen Hautkrankheit litt, kam 1947 in ein Krankenhaus, wo man ihr im Rahmen eines geheimen medizinischen Experiments Plutonium injizierte. Sie starb 1951 an Leukämie, siebzehn Jahre alt und mit einem Gewicht von nur dreiundsechzig Pfund.)

Nach Fat Williams schlimmstem Asthma-Anfall erschien eine schiefschultrige Frau und nahm ihn als ihren Enkel zu sich. Dolor hielt sich nun an Winks, den Schulclown, einen Jungen mit entzündeten Augen und lehmfarbenem Kraushaar, zwei oder drei Jahre älter als er. Fratzen schneidend, torkelnd den Betrunkenen mimend, Mädchen kitzelnd, den Unterricht mit Pieptönen untermalend, mit den Füßen auf dem Boden scharrend, nervös auf die Tischplatte trommelnd, Kugelschreiber, Füße und Fingerspitzen alle zugleich in Bewegung, war er die Einmann-Percussion-Gruppe in der hintersten Reihe der Klasse.

»Winks!« schnauzte ihn die Lehrerin an, und er gab für ein paar Minuten Ruhe, ehe er wieder anfing.

Dolor stand hinter ihm in der Schlange, als sie sich das Mittagessen holten, und als Winks sich umdrehte und in dem zum Bersten vollen Essenssaal nach einem Sitzplatz ausspähte, konnte Dolor das Chaos in seinen Augen sehen, konnte durch den schmalen blauen Kreis, der die geweitete Pupille umgab, geradewegs die nackte, widerwärtige Angst erkennen. Er wandte sich ab, schützte Interesse an der stählernen Schöpfkelle des Kochs vor und an dem organgefarbenen Brei mit winzigkleinen Steckrübenwürfeln, verfolgte aber aus den Augenwinkeln, wie Winks durch den Gang zwischen den Tischen stolzierte, Kindern auf Kopf und Schultern patschte, seine Milch verschüttete und mit dem Mund *pah, pah, pah, pah* machte.

Daß er sich immer in den hinteren Reihen hielt und schwieg, schützte ihn nicht. In der vierten Klasse nahmen die älteren Jungen sich seinen Namen vor.

»He, Dollar, du mußt ja reich sein! Gib mir was ab!«

»Lolli, o Lolli, wo's deine Stange?«

Mrs. Breath, die Direktorin des Vogelnests, klopfte mit ihrem Füllfederhalter auf eine Nachricht, die sie von der Schule bekommen hatte.

»Weißt du, ich denke, es wäre besser für dich, wenn du einen normalen Jungennamen hättest. Was ist dir lieber, Frank oder Donald?«

»Frank«, flüsterte er. Und damit war er umbenannt, und wieder fiel ein Stück Selbst von ihm ab wie ein Rostpartikel.

Eine enttäuschende Erbschaft

Mit achtzehn machte er den Schulabschluß, ging aber nicht zur allgemeinen Feier. Bei der Vorstellung, er müßte die Holztreppe hinaufsteigen, übers Podium gehen, dem Schulleiter die Hand geben und dann das Zeugnis entgegennehmen, spürte er ein grelles Stechen im Kopf, unerträgliche Schmerzen in den Gelenken.

Der Spiegel zeigte ihm ein ovales Gesicht, dunkles, linksge-scheiteltes Haar, braune Augen unter schwarzen, buschigen Brauen, eine lange Nase, an der Spitze ein wenig knollenför-mig. Die Ohren waren ebenmäßig und lagen eng am Kopf, der Mund etwas voll und streng. Er zwang sich zu lächeln, daß die krummen Zähne ins Auge fielen, die hohen Backenkno-chen und die sehr blasse Haut unter dem schwarzen Haar. Ein Pfeil von schwarzem Haar wuchs ihm den Rumpf hinunter. Er hatte weder Photos noch Erinnerungen, mit denen er sein Bild hätte vergleichen können, und er erwartete von nieman-dem irgend etwas. Er konnte das Vogelnest verlassen.

Im Büro, wo die Dampfheizung zischte, obwohl das Laub noch an den Bäumen hing, sprach Mrs. Breath ihm ihre besten Wünsche aus und gab ihm ein großes, sperriges Paket in brau-nem Papier, zusammengehalten von einer dunkelroten Schnur. Es war schwer.

»Gehört dir«, sagte sie. »Persönliche Habe von da, wo du hergekommen bist. Wir hatten es im Speicher.« Er wurde rot, wollte das Paket nicht in ihrer Anwesenheit öffnen, glaubte, es seien Familienphotos und Briefe, die er noch nie gesehen hatte. Sie gab ihm noch einen weißen Umschlag.

»Viel Glück, Frank!«

Im Bus nach Portland hatte er eine Bank für sich allein in den hinteren Reihen, öffnete den Umschlag, obwohl er wußte, was drin war – ein Zwanzigdollarschein und der Vo-gelnest-Standardbrief mit der Bescheinigung guter Charak-tereigenschaften, auf einem Bogen mit dem Bild eines Vogels, der einen zappelnden Wurm im Schnabel trägt. Er steckte das Geld und den Brief in seine neue Vinyl-Brieftasche. Vorn im Bus stand ein Mann auf, adrett gekleidet, das Haar leicht ange-graut, betastete sein gelbliches, pockennarbiges Gesicht und kam, verschiedene Sitze ausprobierend, den Gang entlang. Er nahm in Dolors Sitzreihe Platz, auf der anderen Seite des Ganges, und zupfte an den Ärmeln seiner braunen Jacke.

»Sitz' nicht gern mit der Sonne in den Augen«, sagte er zum Fenster und begann ein freundliches, lebhaftes Gespräch mit sich selbst. Er sprach in einem raschen Südstaatentonfall. »Jetzt

– 218 –

hör' ich damit auf«, sagte er. »Danke, Inspektor.« An seinem Handgelenk sah man eine goldene Uhr an einem elastischen Kettenarmband. »Dreihundert Dollar kann ich Ihnen bieten. Ich mach' diese Reise, eine wichtige Reise, und ich weiß nicht, wie's ausgeht. Hmmm, angeheuert – angeheuert?«

Um sich abzulenken, holte Dolor das braune Paket aus der Gepäckablage herunter und machte sich daran, es zu öffnen, schnürte sorgfältig den festen Knoten auf, dessen Windungen dick eingestaubt waren, zog sachte das Papier beiseite, verlegen, weil es so laut knisterte, daß der Südstaatler aufmerksam wurde und ihn beobachtete.

Er wußte nicht, was er davon halten sollte. Nur ein kaputtes Akkordeon, das hölzerne Gehäuse an einer Ecke angekohlt, der Balg aufgerissen. Auf der einen Seite etliche Reihen kleiner Knöpfe, auf der andern schwarze und weiße Tasten, der Name GAGNON wie mit dem Taschenmesser eingeritzt. Ein Geruch stieg davon auf, ein Geruch nach Nadelholzrauch und Feuchtigkeit. Ein lausiges verbranntes Akkordeon. Plötzlich hörte er seine Mutter husten, obwohl er bis zu diesem Augenblick von ihrem Husten nichts gewußt hatte. Jetzt war er sich ganz sicher. Vielleicht hatte sie ihn weggegeben, weil sie krank war. Er untersuchte das Instrument genauer, fand aber nichts, keine Notiz, keinen Brief, kein Photo, und seine Vergangenheit blieb ihm unbekannt.

»Ich rauche nicht mehr«, sagte der Mann in der braunen Jacke. »Nie mehr. Ich trinke auch nicht mehr.«

In Portland stieg Dolor aus und ging zur Rekrutierungsstelle der Armee. Auf der letzten Seite von *Double Detective, Weird* und *Argosy* stand jeweils dieselbe Anzeige: NIMM DIR DEN JOB, DEN DU WILLST – BEI DER ARMY! Das Instrument, wieder eingewickelt in das braune Papier, trug er unterm linken Arm. Er gab seinen Namen mit Dolor Gagnon an, unterschrieb für vier Jahre. Es war 1954, und der Job, den er wollte, war Fernsehmechaniker, aber was dem am nächsten kam, war Elektriker, und da war schon alles voll. Sie steckten ihn zu den Versorgungsdiensten.

In mancher Hinsicht war es bei der Armee wie im Vogel-

– 219 –

nest: Er tat, was man ihm sagte, und hielt sich abseits. Wenn er geschunden und geschurigelt wurde, beschwerte er sich nie. Die Grundausbildung überstand er, weil er fix und unauffällig war, sich kaum um die tonangebenden Männer kümmerte, die Großmäuler und Klugscheißer, die das Interesse der Sergeants auf sich zogen wie eine humpelnde Gazelle den Löwen. Er wurde nach Deutschland abkommandiert.

»Können verdammt froh sein, daß Sie zu den Frauleins kommen und nicht nach Frozen Chosen«, knurrte der Sergeant, der hinter ihm stand. »Seien Sie bloß froh, daß Sie nicht nach Korea mußten. So was Schlimmes wie Korea hat's noch nicht gegeben. Da sind Leute im Stehen angefroren.«

Ringsum sprachen alle davon, daß sie heiraten wollten, wenn sie wieder zurückkamen. Jeder hatte ein Photo in der Brieftasche, Mädchen, Mädchen, und alle sahen gleich aus, nach innen eingerolltes glänzendes Haar, dunkelfarbige Lippen, pastellfarbener Pulli und entrückt-zärtlicher Blick. Er fand ein solches Photo zwischen den Seiten eines Buches aus der Kasernenbibliothek und steckte es in die eigene Brieftasche. Das Mädchen sah schwedisch aus, mit kreidegelbem Haar und vortretenden blauen Augen. Er dachte sich einen Namen für sie aus, »Francine«, würde er sagen, »das ist Francine, wir wollen heiraten, wenn ich zurückkomme, sie ist Kindergärtnerin«.

In Deutschland ging er mit dem kaputten Akkordeon zu einem älteren Mann in einem kalten, dunklen Loch von einer Reparaturwerkstatt. Der Mann war dünn wie eine Hopfenstange, und neben ihm stand ein Mädchen mit Frettchengesicht, die Lippen angemalt, obwohl sie erst zehn oder elf Jahre alt sein konnte. Sie sah dem Alten aufmerksam zu, als er Dolors Akkordeon untersuchte.

»Französisch. Sehen Sie hier?« Zeigte auf das Metallschildchen: *Maugein Frères – les accordéons de France.* Seine näselnde Stimme hörte sich an, als ob er den Tränen nahe wäre.

»*How much to fix it?*« murmelte Dolor. »Wieviel?« Der Alte antwortete nicht, schüttelte den Kopf, zeigte auf das verbrannte Holz, die versengten Knöpfe, streckte behutsam den verdrückten und zerrissenen Balg. Er betastete die brüchigen Falten.

»Diese Plisseefalten . . .« Er beugte sich zu der Kleinen hin und sagte traurig etwas auf deutsch zu ihr.

Sie blickte zu Dolor auf. »Er sagt, er kann das nicht reparieren, alle Faltteile müssen erneuert werden, er kann nicht das richtige Holz für das Gehäuse bekommen, die Tasten sind kaputt, es ist angebrannt, sehn Sie, und sogar wenn es neu ist, ist es nicht gut. Französische Akkordeons sind nicht gut. Sie müssen ein deutsches Akkordeon kaufen, das sind die besten. Er kann Ihnen eines verkaufen.«

»Nein«, sagte er. »Ich glaube nicht. Ich kann nicht mal spielen, wollte nur mal hören, ob es zu reparieren ist.« Es war das einzige, was er hatte. Der Alte wickelte es nicht wieder ein, und er ging aus dem Laden, das Papier nur lose um das Instrument gelegt, die Schnur und den Brandgeruch hinter sich herschleifend. In der Kaserne trennte er das Stück Holz heraus, in das der Name GAGNON eingeritzt war, und warf alles übrige weg. Er hatte ebenfalls die Neigung, seinen Namen oder seine Initialen in alles einzuschneiden, was ihm gehörte.

Ein paar Wochen später holte er sich im naßkalten deutschen Frühling eine Erkältung, aus der bald eine Lungenentzündung wurde. Dann schien sich die Krankheit von seinen Lungen auf die Beine zu verlagern. Zwei Monate war er im Garnisonskrankenhaus, humpelte halb gelähmt herum, eine Krücke in jeder Hand, biß beim Einatmen vor Schmerz die Zähne zusammen.

»Offen gesagt, es könnte paralytische Poliomyelitis sein«, sagte ein Arzt mit einem deutlichen Muttermal auf dem rechten Nasenflügel. »Ich sehe, Sie haben diese neue Impfung, dieses Salk-Serum, gegen Kinderlähmung bekommen, als sie eingezogen wurden, aber wer kann wissen, wie wirksam das sein wird?« Allmählich erholte er sich, aber derselbe Arzt sagte, für den aktiven Dienst sei er untauglich, und nach anderthalb Jahren, im Sommer 1955, verließ er hinkend, ein ärztliches Attest in der Tasche, die Armee.

Das Taxi

Er sollte nach Boston fliegen und von da den Zug nach Portland nehmen, wo er ausgemustert werden sollte, aber das Flugzeug landete in New York, und sieben Stunden später, als er sein neues Ticket bekommen hatte, geriet er in einen Umzug von Kindern hinein, alle in roten, weißen und blauen Trachten, und verirrte sich zum zweitenmal, als er, einem Jungen ausweichend, der mit papierenem Uncle-Sam-Bart und einem blauen sternbekleisterten Zylinder auf dem Kopf vor einem pickeligen Mädchen mit dem Schild AMERICA FIRST auf der Brust davonlief, irgendwie an Bord einer Zivilmaschine gelangte, die nicht nach Boston, sondern nach Minneapolis flog. Er saß neben einer Frau in einer getupften Bluse, die nach Färbemittel und Achselschweiß roch.

»Dumm wie Scheiße«, sagte ein Sergeant in der Rekrutierungsstelle in Minneapolis, als Dolor dort aufkreuzte, nervös seinen Reisebefehl vorzeigte und um Hilfe bat. »Haben Sie denn am Steig nicht gesehn, daß da Minneapolis stand? Können Sie das Wort Minneapolis nicht lesen? Ist Ihnen das Wort zu lang? Dachten Sie, da steht Marmelade oder Maskenball?« Er telephonierte herum, bot Dolor keinen Platz an; der trat von einem Fuß auf den andern.

»Ich dachte, der Flug geht über Boston. Ich dachte, wir würden in Boston zwischenlanden. Die Frau, der ich mein Ticket gab, hat nichts gesagt.«

»Sie dachten! Klar, ist ja auch absolut sinnvoll, nach Minneapolis über Boston. Wie nach Los Angeles über Singapur. Was für ein Idiot! Okay, jetzt sag' ich Ihnen, was Sie machen. Sie gehn ins Hotel, hier ist ein Bon, Hotel Page am Spivey, und ich werd' persönlich aufpassen, daß Sie nach Boston kommen. Denken Sie nicht, Sie fliegen wieder gemütlich mit 'ner Zivilmaschine, Soldat! Sie fahren mit dem Lumpensammlerzug um neun Uhr früh *mañana*! Um acht stehn Sie hier vor mir, wo Sie jetzt stehn! Sie sehn womöglich das Schild Boston nicht mal, wenn Sie mit der Nase dranstoßen.«

Er lief eine Weile herum, sah sich die Stadt an. Auf der Prairie Avenue spielte ein Schwarzer auf dem Altsaxophon *I Left My Heart in San Francisco*. Auf dem blauen, verdrückten Samt in dem offenen Instrumentenkoffer lagen ein paar Viertel- und Halbdollarstücke. Es klang gut. Er warf zwei Zehn- und ein Fünfcentstück hinein. Der Kerl blickte nicht mal zu ihm auf.

Zum Essen ging er in Happy Joe's Café, angelockt durch das Schild im Fenster. KLIMAANLAGE – DRINNEN KÜHLER, bestellte das Spezialgericht und bekam eine ungewohnte Mahlzeit: kleine Fleischklößchen und gedünsteter Kohl mit einer weißen Sauce und viel Brot, als Dessert Pudding, alles für sechzig Cent. Es hatte keinen Sinn, früher als nötig ins Hotel zu gehen, also trank er zwei Bier in einem Lokal, wo in einer fremden Sprache gesprochen wurde, er tippte auf Polnisch, aber das Lokal war angenehm und das Bier billig, dann entdeckte er ein Kino, drinnen Marmor und Vergoldungen, in dem es die *Sieben Samurai* gab. Lakritze lutschend saß er im Dunkeln. Von der Handlung bekam er kaum etwas mit, weil die Untertitel schlecht zu lesen waren, und er fand es überhaupt nicht lustig, die Schauspieler japanisch quasseln zu hören. Nach der Hälfte des Films ging er raus und über die Straße, wo *Die Nacht der unheimlichen Bestien* lief – der schlechteste Film, den er je gesehen hatte, fand er und schob es auf Minneapolis.

Als er aus dem Kino in die Nacht hinauskam, blendeten ihn das blaue und gelbe Neonlicht eines Cafés, die übers Trottoir blitzenden weißen Schuhe einer Frau in durchsichtigem Plastikregenmantel mit einem Farnstengel in der Hand, das Schimmern der Trambahngleise und die in den Windschutzscheiben gespiegelten Ampeln. Von verschiedenen Seiten wehte Musik auf die Straße, langsame Klaviertöne wie aus einem tropfenden Wasserhahn, eine Schnarrtrommel. Sein Hotel war siebenundzwanzig Blocks weit entfernt. Er war zwar hundemüde nach den zwei Tagen in den Flugzeugen und all dem Herumirren, immer den Kleidersack auf den Schultern, aber er marschierte los. Auf den Straßen wimmelte es von Leuten: Mitternachtskinder auf schrottreifen Fahrrädern, eine blinde Frau, von einem Hund geführt, ein Mann, der unter einem riesigen Koffer fast zusammenbrach, Schwarze. Nach zwei Blocks sah er auf dem Trottoir ein Stück voraus den Saxophonspieler, den er schon kannte, und irgendwie wollte er nicht noch mal an ihm vorbeigehn. Die Beine taten ihm weh. Der Kerl spielte immer noch *I Left My Heart in San Francisco*. Wahrscheinlich konnte er nur das eine Lied. Er hob den Arm nach einem Taxi, mußte lange warten, bekam aber schließlich eines, das gerade von einem Hotel weiter hinten wegfuhr.

Auf dem Boden des Taxis stand etwas, eine Art Koffer, ein Handkoffer. Verstohlen legte er die Finger um den Griff. Als er beim Hotel Page, einer Bruchbude, ausstieg, nahm er außer seinem Kleidersack auch den Koffer mit; er sagte sich, wenn er den Namen des Besitzers darin fände, würde er den Mann anrufen und sagen, Sie, ich hab' Ihren Koffer im Taxi gefunden, und vielleicht würde der Kerl ihm eine Belohnung anbieten. Oder wenn es eine Frau wäre, würde er sie anrufen, und sie würde sagen, wollen Sie ihn mir nicht bringen, die und die Adresse, wir trinken einen zusammen, sehr nett, daß Sie anrufen, und die Frau würde eine schöne Wohnung mit weißen Teppichen haben, und er würde seinen Zug verpassen. Er konnte es nicht fassen, als er sah, was drin war: noch so ein verdammtes Akkordeon, als ob Gott oder sonstwer ihm damit was sagen wollte. Um irgendwas zu tun, brachte er eine Stunde damit zu, mit einer Nagelfeile die Glasperlen herauszupicken, die die Buchstaben *AR* bildeten, und in das Holz sein GAGNON einzukratzen, während er in die *U. S. Steel Hour* hineinschaute, eine Militärklamotte über Sergeants, auf dem winzigen metallenen Hotelfernseher, ein runder Siebenzollschirm, wie wenn man bei Sturm durch ein Bullauge hinaussah. Der Ton war schlecht, und er bekam von der Handlung nicht mal das Wichtigste mit, saß am Ende vor der Werbung für Thunfisch von Breast o' Chicken und Winston-Zigaretten.

Maine

Nach Maine zurückgekehrt, blieb er ein paar Tage in Augusta, um sich eine Kopie seines Geburtsscheins zu besorgen, kaufte sich einen gebrauchten Chevrolet-Lastwagen, einen gebrauchten RCA-Fernseher mit Zwölfzollschirm, obwohl er lieber einen von den neuen tragbaren gehabt hätte, und fuhr los nach Random. Der Geburtsschein war nicht sehr ergiebig. Das Datum. Beide Eltern aus Kanada. Sein Vater, Charles Gagnon, war neunundzwanzig gewesen, seine Mutter Delphine, geborene Lachance, achtundzwanzig. Fünf Kinder, bevor er kam. Sein Gewicht bei der Geburt zwei Kilo, siebenhundertfünfzig Gramm. Das war alles.

Durch die regentrübe Windschutzscheibe erschien Maine als ein Wechsel von Nadelwald, buschbewachsener Lichtung und Kahlschlag, verdorrte Wiesen mit Pappel- und Kirschbaumbestand, wo manche verschrumpelten Blätter noch wie verkohlte Papierfetzen an entlaubten Bäumen hingen, alles dunkel vom Regen, Elche am Straßenrand, grau wie alte Walnußschalen, eine Dunkelheit, die auch die paar blassen Streifen am Himmel nicht aufhellen konnten, zerfetzte Horizonte hinter Seenketten und verkrüppelten Flüssen. Er fuhr über ein Gewirr von Straßen, die sich zu Kreisen und Schleifen verschlangen, sich kreuzten und wieder kreuzten.

Hinten am Rand einer Lichtung sah er mit Teerpappe gedeckte Hütten und Kirchen mit handgemalten, an glattgeschälte Pfähle genagelten Schildern – Kirche des wiederkehrenden Christus, Kirche der erlösenden Gnade, Kirche des neuen Glaubens, Tempel des christlichen Glaubens und Handelns, Kirche des großen Waldes, Heiligtum der letzten Tage – zwischen blassem Sand und Kiesgruben, inmitten vereinzelter Bäume, unter einem Getüpfel von Wolken, violett wie Blutergüsse an einem fleischfarbenen Horizont. Er mußte vorsichtig sein.

Der Fremde in seiner Geburtsstadt

Er erwartete nicht, irgend etwas wiederzuerkennen. Er wußte nur, daß Random zwischen Wäldern und Kartoffeläckern lag und daß er dort geboren war. Das erste Licht, das er nach der Dunkelheit im Mutterleib erblickt hatte, war dieses Licht hier gewesen. Immer wieder traten ihm Tränen in die Augen. Ihm war, als könnte er in eine Urzeit zurückgleiten, in der noch die Clans durch die Wälder streiften und er hinterdrein lief, dazugehörig und doch ein Außenseiter. Er spürte das düstere Licht, die schwarzen Nadelgehölze und das Rauschen der Flüsse, die sich aus dem Erdinnern über die Felsen ergossen. Er fuhr an einer ungerodeten Lichtung vorüber, wo drei, vier alte Lastwagen mit selbstgebauten Sperrholzverschlägen über den Ladeflächen standen. Eine Frau in einem langen Zigeunerrock legte einen Holzscheit auf ein glimmendes Feuer.

Random war ein Städtchen mit zwei Läden, einem Postamt, einem Café, einer Tankstelle und einer Schule. Niemand kannte ihn, aber er begann die Gesichter der Leute zu mustern und sich ihre Namen zu merken. Die eigentümliche Schmucklosigkeit der Häuser mit ihrer Alterspatina gefiel ihm, der erinnerungsträchtige Geruch nach Fichten und Kartoffelschalen, die unberechenbaren Straßen, die irgendwo im Buschland endeten.

Nördlich der Stadt zweigte eine Straße ab, die durch die Sumpfniederungen führte. An der Kreuzung sah er die Esso-Tankstelle, das schindelgedeckte Farmhaus der Pelkys, mit einem Seitenflügel, der in vier Wohnungen aufgeteilt war, zwei oben, zwei unten, und in der Ferne eine Scheune vor einer Wand schwarzer Fichten.

»Mr. Pelky hat Kartoffeln angebaut – wir hatten eine der größten Kartoffelfarmen in Random County –, aber Sie wissen ja, wie's ist, man wird älter, und die Kinder sind alle irgendwo anders. Vor zwei Jahren ist er vom Traktor gefallen, und der Traktor ist ihm genau übern Kopf gefahren, dabei hat er den Verstand verloren, aber nach sechs Monaten ist er allmählich wieder zur Besinnung gekommen, und heute geht's ihm wieder so gut wie nur wem, aber sie sagen, er kann nicht

– 226 –

mehr auf dem Feld arbeiten, darum haben wir das hier als Wohnungen eingerichtet.« Mrs. Pelky wischte die karierte Plastiktischdecke ab, während sie mit ihm sprach, und schob die Salz- und Pfefferstreuer in die Mitte. Ihre aquamarinblauen Augen zwinkerten hinter der rosaroten, straßbesetzten Katzenaugenbrille. Ihr grünes Hauskleid war mit gelben Sombreros bedruckt. »Großes Frühstück ist mit inbegriffen. Hoffentlich haben sie ein bißchen Sinn für Abenteuer. Wie ich zu Mr. Pelky immer sage, ich kann's nicht ertragen, jeden Tag immer dasselbe zu kochen. Mr. Roddy hat auch eine Wohnung, aber er frühstückt nicht hier, er fährt in die Stadt und ißt irgendwelchen schmierigen Matsch im Lokal.« Das Linoleum hatte ein verrücktes, vielfarbiges Muster, die Tapete einen Dschungel von Mohnblumen und Begonien. Mrs. Pelky trällerte ihr Lieblingslied: »... *des bottes noires pour le travail et des rouges pour la danse* ... – also, wenn Sie Möbel brauchen und es Ihnen nichts ausmacht, wenn es gebrauchte sind, dann kriegen sie welche in der Scheune weiter hinten an der Straße, das war früher unsere Scheune, aber wir haben sie dem Arzt verkauft. Das heißt, wenn Sie den Dentisten ertragen können, den alten Schmutzfinken. Der ist halt so, wie manche Männer werden, wenn sie alt sind, wenn Sie mich recht verstehn.« Mit einem Stück Käse brachte sie ihren kleinen Hund dazu, mit den Vorderpfoten Bittebitte zu machen. Ein anderer Hund, erzählte sie Dolor, noch entzückender als dieser, sei letztes Jahr, als er gerade am Zaun stand und das Bein hob, von einer Polareule geschlagen und im Mondschein davongetragen worden.

Seine Wohnung lag zu ebener Erde: zwei lange Zimmer mit abschüssigen Holzdielen, die fliegenverdreckten Fenster sahen auf ein Fichtengestrüpp hinaus. Er stand in der kleinen Küche und blickte auf seinen Gasherd, den winzigen Kühlschrank, der ihm nur bis zu den Knien reichte, den weiß emaillierten Tisch und die zwei ungleichen Stühle mit verchromten Beinen. In dem einen Zimmer stand ein Metallbett, und an manchen Abenden drangen Klavierakkordfetzen von Liberace durch die Wände.

Jeden Morgen bemühte sich Mrs. Pelky auf ihren kranken Füßen an seine Tür und brachte ihm einen Teller mit einer Probe ihrer abenteuerlustigen Kochkunst: Orangenblüten-Salat, Schweinefleisch-Obstkuchen, scharf gewürztes Muschel-und-Bohnen-Haschee, Linsenlaib oder das Arme-Leute-Omelett – in heißer Milch eingeweichtes Brot. Kulinarische Experimente waren ihr Steckenpferd. Aus den Zeitungen schnitt sie Rezepte aus und klebte sie in ihr »Kochbuch«, einen Handelsvertreterkatalog für Sodawasserapparate aus der Zeit der Jahrhundertwende; die Rezepte überdeckten Photographien von fabelhaften Maschinen aus Onyx, rotgeädertem Breccia Sanguinia und Alpengrün-Marmor mit blinkenden Spunden, zierlichen Holzschnitzereien und neusilbernen Schildchen für die Sirups. Hinter den schwelgerischen Empfehlungen für »Appetithappen« und »Eintopf nach Pharaonen-Art« lugte der gasbeleuchtete »Ambassador« hervor, der Autokrat mit zwölf Spunden und doppelläufigen Soda-Zapfhähnen. Dolor aß alles, was sie ihm vorsetzte, immerhin war es besser als seine eigenen seltsamen Erfindungen wie Pfirsiche mit Grünkohl-Sandwich, Makkaroni mit Essig, Büchsenlachs mit Quark.

Er brauchte ein paar Regale, einen Bücherschrank, einen Sessel, einen Geschirrschrank. Er fuhr zu dem Gebrauchtmö-belladen in der Scheune und sah auf dem Hof ein paar üppige Figuren, zwölf Fuß große nackte Frauen aus Holz, mit Brüsten wie Wassermelonen, Schamhaardreiecken in Wimpelgröße, Glotzaugen und schimmerndem Haar, bemalt in wetterfestem Email. Sie standen zwischen hölzernen nagelgespickten Kakteen und aus Sperrholz geschnittenen Fichten. Drinnen besichtigte er Waschbecken und Zwei-Gallonen-Kaffeekannen, verrostete Kaliberzirkel und Axtschneiden, in deren Auge noch der abgebrochene Stiel steckte, Bock- und Hirnschnittsägen, Keile, Kratzahlen, Fußblöcke und Schneeklopfer aus den alten Zeiten der Holzfällerlager.

Der Dentist war krummbeinig und schandmäulig; seine Worte waren mit braunem Tabakspeichel gesättigt. »Wie gefallen Ihnen meine Babys da vorn? Ist mein Hobby, Frauen schnitzen. Wissen gar nicht, wer ich bin, was?«

»Der Dentist, sagen die Leute.«

»So, der Dentist? Na, die Leute nennen mich weiß Gott
was, von beidhändiger Satan über dreibeiniger Bastard bis
vieräugiger Irrer. Manche nennen mich Squint, kurz für
Squint-Eye, Schielauge. Wenn sie nicht *Dentist* sagen, weil ich
mal Zähne gefeilt habe, die an den Sägeblättern nämlich. Weiß
doch heute kein Hurensohn mehr, was der Unterschied ist
zwischen Hakenzahn und Wolfszahn, verdammte Tölpel, die
nicht weiter sehn als bis zur eigenen Nasenspitze.« Er hatte in
den alten Zeiten in den Wäldern gearbeitet, bis zum Pazifik
und wieder zurück, und die einzigen Menschen, die ihm etwas bedeuteten, waren Tote, Männer, die Taten vollbracht
und Wunden empfangen hatten, die mit denen der blassen
Würmer, die nun in den Wäldern herumkrochen, nicht zu
vergleichen waren.

Dolor kaufte ihm zwei Stühle ab, einen kleinen Tisch und
eine Truhe mit Garnspulen als Griffen an den Schubladen. Die
Stühle hatten senkrechte Rückenlehnen und gesprungene
hölzerne Sitzflächen, die ihn in den Hintern kniffen, aber
wenn er es bequem haben wollte, konnte er sich ja aufs Bett
legen. Nachts wünschte er sich Francine herbei und vergaß für
eine Weile, daß er sie erfunden hatte; ihr Photo hatte er in
Minneapolis weggeworfen. Er hörte viel Radio, es war besser
als das Fernsehen spätabends, die ferne Hillbilly-Musik, die
Predigten, die Heilungsversprechen von den Piratensendern
hinter der mexikanischen Grenze – komisch, daß man die
auch in Maine noch empfangen konnte –, Werbung für Ab-
magerungsgetränke und Gewichtszunahme-Pillen, Plastik-
Broncos, Perlmuttfüller, Zirkonringe, Yellow-Boy-Fischkö-
der, Schürzenmuster, zwölf für nur einen Dollar, Rattengift
und Polystyren-Grabsteine, senden Sie uns kein Geld, nur Namen und Adresse zu Händen dieses Senders, nicht mal einen
Penny die Kapsel, für jede bis zum 15. Dezember eingegan-
gene Bestellung erhalten Sie zusätzlich absolut kostenlos, solange dieses Sonderangebot gilt, verlangen Sie das Echte, für
Ihr Wohlergehen, versiegelt im neutralen braunen Umschlag,
ein Päckchen streng geprüfter Medikamente, wenn Sie nervös

sind und nachts nicht schlafen können. Er hatte nie das Gefühl, daß diese Stimmen zu ihm sprachen, sondern zu all den stummen Millionen da draußen in ihren Betten, die jetzt nicht schlafen konnten und Bromide und Springmesser brauchten, um ihrem Leiden ein Ende zu machen. Er war keiner von denen, er hörte nur mal mit rein, bis er eines Abends Dr. Bidlatter hörte, wie er mit seiner tiefen, väterlich beruhigenden Stimme sagte: »Haben Sie schon vergebens versucht, Hilfe bei Ihren körperlichen oder seelischen Problemen zu finden? Sind Sie unglücklich? Niedergeschlagen, befangen, ängstlich? Fühlen Sie sich einsam? Hat man Ihnen gesagt, daß Sie sich alles nur einbilden oder ›Ihnen fehlt nichts, vergessen Sie's, machen Sie mal Urlaub, geben Sie Ihre Stellung auf, ziehn Sie in den sonnigen Süden, lassen Sie sich scheiden‹? Wenn ja, dann können Hypnose und Verhaltensmodifikation Ihnen helfen. Rufen Sie heute noch 462-6666 an und vereinbaren Sie einen Termin mit Dr. Bidlatter.« Er schrieb sich die Nummer auf, rief aber nie an.

Bei der Armee hatte er ein bißchen zugenommen, war aber immer noch alles andere als dick, vielmehr drahtig und gut gebaut, geschmeidig und mit ausgeprägtem Gleichgewichtssinn. Er dachte daran, sich nach dem Soldatenversorgungsgesetz bei einer Forstbehörde zu bewerben, nahm aber dann eine Stelle als Abäster bei einer kleinen Holzeinschlagfirma an, bei Parfait Logging & Haulage. Er arbeitete den Herbst hindurch bis in den Winter, mit seiner Kettensäge über die gefällten Stämme gebeugt, schnitt Ast um Ast ab und schleppte sie zu Haufen zusammen − eine monotone, schwere körperliche Arbeit, bei der sich die Kleider mit Harz und Borkenstaub bedeckten, aber abgesehen vom Auspuff des Sägemotors befand er sich dabei an der frischen, harzigen Luft. Er sparte Geld, aß im Café, wo man ihn allmählich kannte, bald auch seinen Namen wußte und schließlich hörte, daß er in Random geboren, aber schon als Baby fortgebracht worden war und nichts über den Verbleib etwa noch lebender Familienangehöriger wußte.

»Da könnte man sagen, Sie sind ein Fremder in Ihrer Heimatstadt«, sagte Maurice, der Koch, Kellner und Hausmeister des Cafés, aber nicht der Besitzer. Es gehörte seiner Frau Jeanette, und er war nur ein Angestellter, ein kleiner unterdrückter Angestellter mit Mop oder Spatel, bis zur Hirschsaison, in der er sich in einen Jäger verwandelte, der mit tödlicher Sicherheit den Finger krumm machte. Weder Maurice noch irgendwer sonst erinnerte sich an Dolors Eltern. Seine Familie hatte in dem Ort gewohnt, er war hier geboren, sie hatten keinen Eindruck hinterlassen.

Im Dezember, nach leichtem Schneefall, kam der Wind aus Süden, die Temperaturen stiegen einige Grad über den Gefrierpunkt, und plötzlich war die Luft von einer unbeschreiblichen Milde erfüllt, wie vom Duft unsichtbarer Blumen. War es ein Aroma, das der Wind aus den Tropen herantrug, oder der angehaltene Atem des Sommers, den die Schneeschmelze zur Unzeit entließ? Das Tauwetter hielt drei Tage an und verging, als von der Arktis eine kalte Luftmasse hereinfloß und neuer Schnee fiel, der alle Düfte wegspülte, die faulenden Blätter, die nackte Erde, das vereinzelte Blatt der Feldnelke bedeckte, die wuchernden Ranken der Heckenwinde wie dunkellila Drähte zwischen den Felsen stehenließ, den Schwarzen Streifenfarn mit immer mehr Weiß beschichtete und die verblaßten Dolden der Goldrute niederdrückte.

An den Wochenenden wußte Dolor nicht, wohin, und leistete sich selbst Gesellschaft, las Heftchen mit Abenteuergeschichten und Krimis, schnitzte eine nackte Frau aus einem Tannenholzbrett, denn er war sicher, etwas Besseres fertigzubringen als die Kolossalweiber des Dentisten, oder er sah fern. In Random konnte man nichts anderes tun, als sich in der Bar besaufen oder in der Gegend herumfahren und es drauf ankommen lassen, daß man abgeschnitten wurde, wenn die Biber für eine Überschwemmung sorgten.

Eines Abends kam der alte Dentist angestolpert, torkelte von einer Wand zur andern, polternd und schlurfend, rüttelte an der Türklinke, machte ein trillerndes Geräusch und brüllte: »Mr. Gagnon, warum hören Sie denn verdammt noch mal nicht Ihre Scheißklingel?«, bis Dolor aufmachte und ihn anblickte.

»Nur ich, der Dentist, will einen *Kleinen* mit Ihnen heben«, sagte er, in den dürren Armen eine braune Papiertüte voller Bierflaschen, in der Hosentasche eine volle Pintflasche billiger Whiskey, eine zweite, die schon halb leer war, in der Hand. Dolor dirigierte ihn zu einem Stuhl hin.

»Denken wohl, ich bin abgefüllt, was? Nein, ich bin *nicht* voll, sonst würde man's merken.«

Der Dentist blickte zur Decke, auf die Regale an der Wand, den halbfertig geschnitzten Hirschkopf, in die Ecken des Zimmers, nickte, als er den Instrumentenkoffer am Fußende des Bettes sah.

»Da haben Sie'n 'kordeon, was?« Er trank einen Schluck.

»Erinnern Sie sich an diesen Rumtreiber, der einen Winter hier *durchgekommen* ist? Zwei Wochen, und *weg* war er wieder, aber was der alles für Lieder konnte, der Bastard von einem Hurensohn, Hunderte von Liedern, und die hatte er alle selber gemacht. Spielte Quetschharmonika und sang wie ein Hund mit den Eiern im Schraubstock. Nehm' an, Sie wollen so'n Scheißlied hören?«

»Los, singen Sie!« sagte Dolor.

Der Alte faltete die Arme vor der Brust, klopfte mit einem Fuß kräftig den Takt und begann zu singen, mit starker und überraschend lauter Stimme, obwohl er den Mund kaum aufmachte.

> *Holzfäller, kommt, setzt euch zu mir,*
> *Mein Quetschkommödchen hab' ich hier.*
> *Ich sing' von Dannys krummem Ding*
> *Und wie's in Maine mit ihm zu Ende ging*
> *Am alten Penobscot, am kalten Penobscot.*

Seine feste Stimme wurde, während er sang, noch lauter und härter, die Reime kamen wie Spieße ins Zimmer geflogen. Obwohl es Gesang war, war es zugleich auch gesprochen, ein suggestiver, rhythmischer Vortrag, der den Hörer in den Sänger hineinsog, geradewegs in die alten Wälder, ins Klirren der Transportketten, ins Schnauben der Pferde und Knarren der beladenen Schlitten.

Alt war er zwanzig Jahr' und zwei,
Sein Weib und Kind war'n fast noch neu.
Er kannt' ein' Dreh, so schlau und leis,
War es geschehn, gab's kein' Beweis.
Am alten Penobscot, am kalten Penobscot.

Er hörte auf und trank einen Schluck Whiskey, machte keine
Anstalten fortzufahren. Als Dolor ihn dazu aufforderte, behauptete er, nie im Leben eine Zeile gesungen zu haben, was
es denn heute im Fernsehen gebe, war das nicht der Abend mit
Schleppnetz? Aber es gab nur Myron Floren, der in der Lawrence-Welk-Show *Tico Tico* spielte, und der Dentist machte
Würggeräusche.

»Ich würd' mir nie 'nen Dodge von denen kaufen«, sagte
der Dentist, »höchstens einen mit Vierradantrieb.«

O du mein Sonnenschein

Einer von den Rutschenmännern sah ihn immer wieder an
und kam an einem Zahlfreitag zu ihm. Es war ein großer, hän-
geschultriger Mann mit hellen Augen, das Haar im Entenbür-
zel-Schnitt, glänzend vor Brylcreme.

»Weißt du was, ich bin ziemlich sicher, ich kenn' dich. Klar,
ich erinnere mich. Paar Jahre her. Ich war im Vogelnest, als du
auch da warst. Ich weiß, du warst da. Du bist Frank. Ich weiß
noch, wie du dich immer dünn gemacht hast, wenn was los
war. Ich wurde da reingesteckt, als meine Alten auf der Brücke
abgekratzt sind, wollten über die Brücke vom Berg runter in
die Stadt. Mein Alter war sicher blau. Soll viel getrunken haben. Die Bullen waren hinter ihnen her, und sie sind in den
Fluß gestürzt, grad durchs Geländer. Ich glaub', da liegen sie
immer noch. Man konnte sie nicht rausholen. Wurden nie gefunden. Strömung ist zu stark. Ich hab' mir oft gedacht, wie
das wäre, da zu tauchen, mich mal umsehn. Vielleicht liegt da
unten noch was von ihnen rum, 'ne Uhr oder 'ne Brieftasche
unter einem Stein. Ich geh' dort angeln, mit 'nem großen

Senker und bloßem Haken, sonst nichts, könnt' ja sein, daß ich die Brieftasche von meinem Vater erwische. Kein Glück bisher.«

Dolor sah ihn an, das knochige Gesicht, die Ohren wie Henkel einer Vase, den Keil der Nase zwischen den wäßrig-blauen Glotzaugen, die Oberlippe mit der starken Wölbung, die seinem Mund die Form eines Tunneleingangs gab. Das Haar borstig, dicker als Gras. Auf der rechten Wange eine sichelförmige Narbe, wo ihn ein Splitter von der Schneide seiner Axt getroffen hatte, als er an einem kalten Morgen für seinen Küchenherd Holz hackte.

»Das ist mir letzten Winter passiert. Mein Vormann, wie er's gesehn hat, sagt: ›Zwei Sachen darfste nie machen, und eine, die *mußte* machen — nie deine Klinge dünnschleifen und sie nie die ganze Nacht draußen lassen, denn da wird sie spröde. Und am besten bei 'ner Schnittwunde ist, sie von 'nem Hund ablecken lassen.‹ Hat wohl gedacht, ich laß mir's Gesicht von 'nem Köter beschlabbern.«

Dolor konnte sich nicht an ihn erinnern. Er schüttelte den Kopf, zuckte die Achseln und lächelte.

»Klar erinnerst du dich! Wilfred Ballou. Schau mal.« Er schlug Arme und Beine in raschem Wechsel über Kreuz und wieder auseinander, verzog das Gesicht zu mehreren wilden Grimassen, ging tänzelnd und kickend in die Kniebeuge, machte mit wabbelnder Zunge einen surrenden Gummilaut, wackelte mit den Ohren.

Dolor lachte. »Winky! Winks! Herrje! Klar kann ich mich erinnern. Du hattest immer Ärger mit Mrs. Breath. Wenn wir am Büro vorbeikamen, standst du da drin wie vor dem elektrischen Stuhl.«

»Wilf, nicht Winks, konnte den verfluchten Namen noch nie ausstehn. He, ich hab mal 'nen Typ getroffen, der kam *wirklich* auf den elektrischen Stuhl. Nach dem verfluchten alten Vogelnest bin ich in was reingeraten, und die haben mich vor die Wahl gestellt, entweder ich geh' zu den Marines oder in den Knast, das war 1952, keine große Auswahl, denn bei den Marines war man schon mit einem Fuß in Korea. Jedenfalls, ich mußte mir das über Nacht im Bezirksgefängnis überlegen, und da saß dieser Typ, der hatte gerade wegen einer Frau seinen Bruder umgebracht. Sie wollten beide dieselbe. Später hat er's gekriegt, den elektrischen Stuhl.«

»Und wofür hast du dich entschieden?«

»Ach, ich bin zu den Marines. Kam nach Korea. Sieh mal!« Er schnallte den Gürtel auf und streifte die Hose herunter, zeigte Dolor eine faustgroße Delle in der linken Gesäßbacke, eine Masse vernarbten Gewebes. »Das ist mein Andenken. Mann, das war meine Fahrkarte nach Hause. Nach der Reha, als ich wieder richtig laufen konnte, bin ich nach Old Rattle Falls gekommen, hab' einen Job auf dem Bau gefunden und Emma kennengelernt, meine Frau. Sie ist von hier aus der Gegend, in Honk Lake geboren. Sie hat überall hier Verwandte, darum sind wir hergezogen. Und was machst du hier?«

»Bin hier geboren. Meine Leute sind schon vor langer Zeit weggezogen. Und ich war bei der Army. In Deutschland.« Was hätte er sonst sagen sollen?

»Ich hab' gehört, du spielst 'kordeon?«

»Quatsch! Wer hat dir das erzählt?«

»Die Tante und der Onkel von meiner Frau, die Pelkys. Du wohnst bei ihnen zur Miete. Die hören dich doch. Sie sagen, du mußt noch viel üben. Sie sagen, du spielst ziemlich schlecht.«

Er wurde zornrot. »Ich hab' keine Ahnung davon, ich spiele nur so damit rum. Ich hab' das Ding im Taxi gefunden, als ich aus der Army kam. Mein Vater hat früher Akkordeon gespielt – nicht dasselbe, sondern so eins mit Tasten wie ein Klavier. Es ist bei einem Feuer verbrannt, als ich klein war. Er hat uns Kinder gerettet, aber sein Akkordeon wurde beschädigt, und er kam ums Leben. So bin ich ins Vogelnest gekommen. Ich spiele bloß so rum mit dem Akkordeon. Ich kann gar nicht spielen.«

»Blödsinn! Wenn ich jedesmal einen Dollar gekriegt hätt', wenn mir einer so eine Geschichte erzählt, würd' ich heute Cadillac fahren. Alle Kinder im Vogelnest haben dasselbe erzählt – wie Daddy umgekommen ist, als er sie vorm Ertrinken oder vorm Feuer oder beim Autounfall gerettet hat. Daddy ist verduftet, so war's! Stimmt's nicht?«

»Ich weiß nicht. Ich war zu klein, um irgendwas zu begreifen. Jedenfalls war sein Akkordeon ziemlich übel angebrannt, also muß es ein Feuer gegeben haben.«

»Na, mein Alter ist gestorben, weil er zu besoffen war, um den Wagen auf der Straße zu halten, und meine Mutter hat er mit umgebracht, und wenn er noch leben würde und nicht schon tot wär', dann würd' ich ihn umbringen für das, was er getan hat. Warum willst du nicht doch auf deinem 'kordeon spielen? Du wirst es nicht glauben – ich spiele Geige. Stell dir vor! Hört sich noch nicht besonders an, aber wir haben schon keine Mäuse mehr im Haus. Emmas Dad spielt Geige, der ist ziemlich gut, wenn man Cowboy-Songs mag, lauter so altes Country-Zeug. Sag mal, willst du nicht ein bißchen üben mit dem 'kordeon? Jedenfalls, komm mal zu mir nach Haus, ein paar Bier trinken. Merk dir eins, wenn du schon hier draußen lebst, die Leute mögen zwei Dinge – Musik und Schnaps. Herrgott, und wie sie das mögen! Und Tanzen. Jeden Freitagabend ist Tanz im Yvette Sparks Center.«

Er schob es einen Monat lang vor sich her. Als er schließlich hinfuhr, nahm er das Akkordeon nicht mit. Die Küche war sehr klein und reinlich, mit Gardinen am Fenster, einem Hochzeitsphoto von Emma und Wilf in rundem Rahmen, Salz- und Pfefferstreuern in Form von Windmühlen. Der Kalender war mit einem grünköpfigen Reißnagel an der Wand befestigt, und über dem Kühlschrank hing ein Farbdruck, auf dem Jesu blutiges Herz zu sehen war, wie eine Auslage im Metzgerladen. Er stützte die Ellbogen auf Emmas Tisch und hörte zu, wie Wilfred auf der Geige kratzte.

»Herrje, Wilf«, sagte er, »ich kann überhaupt nicht spielen, aber ein bißchen besser könnt' ich's doch noch. So was Furchtbares hab' ich noch nie gehört.«

Als er das nächste Mal nach Millinocket kam, besorgte er sich im Yip-I-O-Musikladen ein Lehrbuch für das Knopfgriff-Akkordeon, und nach zehn Tagen Fluchen und Probieren war er so weit, daß er *You Are My Sunshine* spielen und zugleich singen konnte, was etwa so leicht war wie sich auf den Kopf zu klapsen, während man sich mit der andern Hand den Bauch reibt. Er legte Geld für einen Plattenspieler zurück, auf den sich die neuen Langspielplatten auflegen ließen, die dünner als Münzen waren, aus einem Kunststoff mit dem zungenbrecherischen Namen Polyvinylchlorid.

Wilf und Emma schauten zu, wie er das Akkordeon auspackte. »Okay«, sagte er, »ihr habt's so gewollt, und da ist es nun.« Als er zum Refrain kam, kratzte Wilfred nach Gehör auf seiner harzigen Geige mit. Was sie davor bewahrte, am eigenen Unvermögen zu verzweifeln, war der erstaunliche Zusammenklang der beiden Instrumente, ein voller, wunderbarer Klang. »Verflucht schön!« sagte Wilf. »Das würde richtig *gut* klingen, wenn wir die verdammten Dinger nur spielen könnten. Ein hübsches kleines 'kordeon, was du da hast!«

Der Papierlaster

In diesem Winter kam er an den Samstagabenden zu ihnen, und weil sein altersschwacher Lastwagen öfter mal ausfiel, mußte er den Weg jedes zweite Mal zu Fuß machen, Schnee oder Graupeln im Gesicht oder in solcher Kälte, daß sich die Härchen in den Nasenlöchern mit Eis überzogen, die Zähne schmerzten und die Hände taub wurden, wo der Riemen des Instrumentenkoffers in sie einschnitt, und die sechs Bierflaschen in dem Futtersack über seiner Schulter halb gefroren waren, wenn er ankam. Das Akkordeon mußte eine Stunde lang auf einem Stuhl in der Küche warm werden, bevor er spielen konnte. Emma war immer ein bißchen zurechtgemacht, mit frisch gewelltem Haar und Puder auf den Wangen, als ob sie zu einer Verabredung ginge. Sie trug ein Kleid mit weitem Tellerrock, und ihre hochhackigen braun-weißen Pumps versetzten sie alle in eine irgendwie festliche Stimmung. Dolor und Wilf tranken Bier und redeten über die alten Zeiten im Vogelnest, als ob es schöne Zeiten gewesen wären, Emma richtete das Abendessen her, irgendeine Spezialität, und trank ihrerseits ein, zwei Bier aus einem alten bernsteinfarbenen Glas mit vertieften Tupfen, das sie nach dem Tod ihrer Großmutter geerbt hatte. Dolor legte einen Fünfdollarschein unter seinen Teller, sein Beitrag zu dem Auflauf, dem Schweinesteak mit Ananas oder der Thunfisch-Curry-Pfanne, die sie nach dem *Betty Crocker Cookbook* zubereitet hatte.

»Ich koche nicht mehr die alten französischen Sachen, die meine Mutter macht, *ployes* und gebackene Bohnen, brauchen drei Tage, diese alten *tourtières*.«

Wenn er zuviel getrunken hatte, schlief er bei ihnen auf ihrer alten Couch unter einer französischen Steppdecke.

Als sie zur Holzkiste vor der Tür ging, sagte Dolor, du hast Glück, Wilf, hast eine gute Frau und ein Kind.

»Ist gar nicht schwer, Dolor. Erst suchst du dir'n Mädchen, heiratest, und dann kriegst du die Kinder frei Haus, wenn du's der Alten regelmäßig besorgst.« Er redete nicht weiter, als Emma wieder hereinkam, mit einem Fußtritt die Tür zumachte und die Scheite in die Feuerkammer stopfte; auf einen großen, der nicht hineingehen wollte, schlug sie mit dem Plattenheber, bis er hinunterfiel. Sie hatte gehört, was er sagte. »Halt bloß dein dreckiges Maul!« sagte sie. »Oder es könnte dir mal regelmäßig fehlen.« Dolor wußte nicht, ob er lachen oder sich's verkneifen sollte. Emma setzte sich an den Tisch. »Du weißt, was dein Name bedeutet?« sagte sie zu ihm.

»Nein, was denn?«

»Und unregelmäßig?« sagte Wilf.

»Jetzt jedenfalls nicht«, sagte Emma, aber für Dolor fügte sie hinzu: »*Douleur* – Schmerz. *J'ai une douleur dans les jambes* – mir tun die Beine weh.«

»Stimmt«, sagte er. »Sie *tun* weh.«

»Aber eher *j'ai une douleur* am Arsch«, sagte Wilfred.

Gegen neun Uhr, als das Kind schlief und Emma den letzten Teller abgeräumt hatte, fingen sie mit der Musik an. Sie holte ihr Tamburin aus dem Schrank; das Fell war schwarz von den trommelnden Fingern. Wilf stimmte seine Geige mit den vertrauten Spanntönen, die straffer werdenden Saiten strebten auf e, a, d und g zu, das Akkordeon atmete die warme Luft ein und stieß endlich einen so volltönenden Akkord aus, daß die ganze Küche dröhnte und das Bier in den Gläsern bebte. Zum Warmwerden spielten sie *Smiles, My Blue Heaven, Little Brown Jug* und Dolors Standardstück *You Are My Sunshine,* probierten dann alles, was Wilfred sich beim Radiohören gemerkt hatte, *Get Out of Here, Kansas City* und *Dance with Me, Henry,* alles zur Not erkennbar, aber so verändert, daß er es spielen konnte, und Dolor begleitete recht und schlecht, irrte sich manchmal in der Melodie, aber es hörte sich schon ganz gut an und wurde immer besser.

Bis zum Sommer, als sie die langen Abende hindurch draußen im Vorgarten saßen und spielten, tranken und nach den Mücken schlugen, konnten sie schon zwei Dutzend Stücke, Hillbilly, Volkslieder und ein Kirchenlied für den Sonntagvormittag. Ab und zu spielten sie mal einen Abend nicht, sondern gingen zum Tanzen in die Lounge des Motels in Random, wo eine einheimische Band, The Saw Gang, fünf- oder sechsmal laut und schnell den *Purple People Eater* spielte und die Tänzer sich in den Pausen um ein Faß mit Eis und Bierflaschen drängten.

»Himmel, so gut wie die sind wir auch«, sagte Wilf. »Das ist doch Mist, was die spielen!«

»Wir sind besser.« Allerdings sah Dolor nun, was man den Tänzern bieten mußte, einen kraftvollen, gleichmäßigen Rhythmus, der sie auch, wenn sie halbtot waren, noch in Bewegung hielt.

1957 hörte Wilfred bei Parfait Logging auf und fuhr »Papierlaster« für St. Cloud: Er beförderte Holz aus Maine zu den Papierfabriken im Staat New York, manchmal auch nach Massachusetts. Wann immer es ging, besuchte er die Musikläden in den verschiedenen Städten und kaufte die neuesten Platten. Er brachte eine Zehnzollscheibe in einer Hülle mit, auf der drei Männer in gräßlichen Masken mit einem Alligator rangen – *Mardi Gras with Cajun Bill and His Honeybears.* Sie hörten es sich einigemal an. Wilf nahm seinen Bogen und versuchte mitzukommen, aber es war zu schnell. Emma, in Capri-Hosen und Ballerinaschuhen, die Hände vor sich auf der Wachstuch-

decke gefaltet, erfaßte französische Wortfetzen aus den Liedern und wiederholte sie: » ... *acheter du coton jaune ... à bal
chez Joe ... 'coute toi-même ...*«, hörte aber auf, als Schreie und
schmerzliches Keuchen unter der Nadel hervorkamen. Als die
Platte zu Ende war, versuchte Dolor sich an dem, was er
gehört hatte, stürzte sich in die Galoppade, bekam aber nur
wenig davon zustande. Mit Volksliedern wurden sie besser fertig, und ab und zu auch mit Country-Western.

Emma, klein und breithüftig, dunkle Ringe unter den Augen, sagte, ist doch irgendwie komisch, bist Franzose und verstehst es nicht.

»Klar.« Er wußte genau, wie komisch es war, daß ihm sein
Name genommen worden war, seine Sprache vergessen, seine
Religion geändert, seine Vergangenheit unbekannt, der
Mensch, der er während der ersten zwei Jahre seines Lebens
gewesen war, ausradiert. Eine Familie, soviel hatte er begriffen,
birgt die Identität ihrer Angehörigen in sich, wie ein Becher
das Wasser hält. Derjenige, der er als Kind gewesen war, ein
französisch sprechender Junge mit Mutter und Vater, Brüdern
und Schwestern, war in der Säure der Umstände und Zufälle
aufgelöst worden. Und doch war er noch derselbe. Eines Tages
würde er zurückkehren, wie ein Insekt, das seinen Winterko-
kon durchbricht, er würde erwachen und französisch sprechen
und denken, ein fröhlicher Mensch mit vielen Freunden, und
seine verschollene Familie wäre wieder da. Und immer konnte
er sich diese Verwandlung nur in einem warmen, von einem
Holzfeuerherd beherrschten Raum vorstellen. Er sah eine
blaue Tür, und jemand hustete. Auf französisch.

Französische Musik ist schwer zu finden

»Hör mal, Wilf, die Lieder, die wir zu spielen versuchen – ich
weiß nicht, warum, aber es ist nicht das, was ich möchte. Es
gibt eine Art Musik, die ich spielen möchte, aber ich weiß
nicht, welche. Mit was vertrödeln wir unsere Zeit? Mit Sachen aus dem Radio, *Michael Row the Boat Ashore* oder *Tom*

Dooley. Volksmusik. Irgendwie ist das keine richtige Musik, nur die Musik anderer Leute. Verstehst du, was ich sagen will?«

»Ich dachte, das Kingston Trio gefällt dir. Jetzt haben wir zwei Monate lang *Scotch and Soda* geübt. Was willst du denn spielen, *Surfin'*? Oder ein bißchen Rock'n Roll, so was wie *Blue Suede Shoes*? Magst du etwa diesen Pelvis Presley? ›*Ah-ha wah-ha-hant yew-hoo*!‹ He, hast du diesen Film gesehn, *Blue Hawaii*? Was für ein Scheiß! Oder wie wär's mit Blues? Oder dieses Lawrence-Welk-Geblubber? *Blah blah blah blah.* Um Gottes Willen nicht das! So ein Zeug mag ich nicht spielen.«

»Nein, nein, nein! Schau mal, gibt es denn gar keine französische Musik? Ich meine, gibt es denn eine Musik, die so was wie französisch ist? Ich meine, bei den Frenchies hier in der Gegend?«

»Ich weiß nicht. Emma! Gibt es so was wie Frenchie-Musik?«

»Klar. *Ouai*!« Ihre Stimme kam aus dem Kinderzimmer. »Lauter so altmodische Gigues und Reels zum Tanzen. Hier spielt das niemand mehr. Da müßte man wahrscheinlich nach Québec rauffahren. Wenn man's da noch spielt. Geige, Klavier, Akkordeon. Ihr solltet mal meinen Dad fragen. Das ist die Art Musik, die er früher gemacht hat. Er hat noch all die alten achtundsiebziger Starr-Platten – den *Reel du pendu*, den kann' ich noch, Reel des Gehängten. Er muß fünfzig, sechzig von den alten Dingern haben. Manchmal spielt er noch ein bißchen, wenn ihm danach zumute ist. Aber nicht mehr so oft.«

»Und dann gibt es noch dieses Cajun-Zeugs«, sagte Wilfred, »das ist französisch. Aber mein Gott, so kann ich nicht singen, das hört sich an, wie wenn einem die Gedärme mit der Zange rausgenommen werden. Willst du so was mal probieren? *Jole Blon* vielleicht? Es ist gerade ein neues Jimmy-Newman-Album rausgekommen, *Folksongs of the Bayou*, hab' ich neulich einen Ausschnitt im Radio gehört, ein Sender aus New Hampshire, aber in der Art Geige spielen, das könnt' ich nie, und wenn du mir einen Schweißbrenner drunterhältst.

So was Trübsinniges, aber dabei richtig schwierig. Weißt du, was wir machen sollten? Machen, daß wir aus dieser Küche hier rauskommen, und hören, was sie hier in der Gegend so spielen, in Random oder Millinocket, in den Rasthäusern an der Route Thirty. Vielleicht in ein paar Kneipen reinschaun, wo es Musik *live* gibt. Wir müssen mal raus aus dieser Küche.« Er blätterte gerade den neuen *Playboy* durch, lauschte mit einem Ohr, ob Emma schon durch die Diele kam, Emma, die gleich sagen würde, was, raus hier? Du warst doch die ganze Woche draußen, kannst du nicht ausnahmsweise mal daheimbleiben?

»Könnten wir machen.«

Die Schlafzimmertür knarrte in den Angeln, und er schob die Illustrierte in Dolors Akkordeonkoffer.

Raus aus der Küche

Emmas Vater, ein Hobby-Büchsenmacher, der seine Geige wie ein Gewehr an der Schulter hielt, drehte die Lautstärke bei *Maverick* herunter und sagte, er habe die alten Starr-Platten schon vor vier oder fünf Jahren auf den Müll gebracht. Sie hatten sie in die Luft geschmissen und mit der Vogelflinte nach ihnen geschossen.

»Oh, das war ein Spaß! Die waren hinüber, die alten Scheiben. Aber manche waren prima Musik. Früher kannte ich das alles, wie ich's gelernt hab'. LaMadelaine, jeder hatte seine Platten – Junge, konnte der einen hypnotisieren! Er kommt aus den Wäldern, lernte Geige von seinem Vater – dieser altmodische Sound. Traditionell, *hein*? Aber Soucy, das war ein Genie. Niemand konnte so spielen wie der, nicht mal der Typ, den sie da heute haben, wie heißt er, Jean Carignan? Deswegen hab' ich auf Hillbilly umgeschaltet. Gibt zu viele gute Leute da oben. Dann ist das Akkordeon aufgekommen, also hab' ich mich dafür interessiert, bißchen spielen gelernt. In der alten Zeit gab's immer Küchenpartys, alles ist gekommen, hat getanzt, aber dann die neuen Häuser, die Ranchhäuser? Zu kleine Räume. Also mußt du einen Saal mieten, rausgehn, wo ein Saal oder irgendwie Platz ist.«

Dolor versuchte sich die alte Musik vorzustellen.

Am nächsten Samstag abend warfen sie sich in Schale, breite, wattierte Jacketts, Wilf mit halbzugeknöpftem rosa Hemd, Dolor in Schwarz, und erkundeten die Bars von Bertrandville. Emma fand keinen Babysitter und mußte zu Hause bleiben. Im North Star wimmerte ein Gitarrist den *Tennessee Waltz*. Sie bestellten Budweiser.

»Was hältst du von Country? Weißt du noch, den Abend, als wir *Abilene* probiert haben? Hörte sich doch ganz gut an.«

»Ja, vielleicht.« Der Gitarrist klimperte *Which One Is to Blame* herunter.

»Herrje, Gitarre ist doch ein Scheißinstrument!«

Sie gingen die Straße ein Stück weiter bis zu einem Neonschild, das zuerst COCKTAILS blinkte und sich dann in ein Stielglas mit roter und grüner Olive verwandelte. Drinnen bestellten sie Whiskey sour, was einigermaßen weltläufig klang und zu der Musik paßte, einem Tenorsaxophon, einem Harmonium und einem Schwarzen von irgendwoher, der mit dem Besen auf seinem Becken herumstrich und den Kopf schüttelte, als könnte er nicht glauben, daß er in Maine war. Als sie gingen, war die Straße menschenleer, aber die Leuchtschilder blinkten noch, und sie zogen weiter durch die Bars. Dolors neuer Dufflecoat bekam einen Riß im Ärmel, als er an einem vorstehenden Nagel hängenblieb.

Dolor hörte ein paar Fetzen Französisch vorüberwehen.

»*Je m'en crisse!*«

»*Mange de la merde!*« Nach einer Weile hatte er das Gefühl, auch Französisch zu können, und probierte französisch klingende Wörter aus, aber es war wie damals, als er mit den Hühnern redete: Der Tonfall stimmte, aber es bedeutete nichts. Unter dem Einfluß des Whiskeys trat allmählich Wilfs Nachtseite zutage, bis er sich in einer wahren Totschlagslaune befand. Dolor fiel der irre Blick des Knaben Winks wieder ein.

»Wie ich das hasse, diesen verdammten Laster zu fahren!«

schrie er und fing an, auf Gesichter einzuschlagen, zog Fremde von hinten am Mantel und traktierte sie mit Handkanten- schlägen in den Nacken, versuchte ihnen die Daumen in die Augen zu stoßen und sie zu beißen. Dolor schaffte ihn heim nach Random, in einem schlingernden Lastwagen, der immer wieder zu den Bäumen und den entgegenkommenden Schein- werfern hin wollte, und schleppte ihn ins Haus. Emma emp- fing ihn frostig und sagte, na, hoffentlich seid ihr zufrieden.

»War keine gute Idee, glaub' ich.« Er hätte sie gern besprun- gen.

Wohl das Aufregendste, was sie erlebten, war eine Schneenacht im März, als der Rundfunksender Penobnocket meldete, er habe fünftausend Dollar in eine Colaflasche ge- stopft und irgendwo in der Stadt versteckt. Männer, Frauen und Kinder aus hundert Meilen im Umkreis kamen und schaufelten zwei Tage lang Schnee, durchsuchten Motelzim- mer, nahmen Telephonkabinen in den Kneipen auseinander, drangen ins Gerichtsgebäude, ins Postamt, in Garagen und ins Büro der Volkshochschule ein und stürmten schließlich das Sendehaus selbst, bis die Polizei sich einschaltete und die Leute nach Hause schickte. Später erfuhr Wilf, daß der Chef des Senders die Flasche im verschlossenen Kofferraum seines eige- nen Wagens versteckt hatte. Wer konnte sie da finden? Er wollte diesen Sender nie wieder hören, obwohl das Geld für einen neuen Spielplatz gestiftet wurde.

Böse Gedanken

Abends im dämmernden Wald, wenn das blasse Sägemehl zwi- schen den Zähnen der Säge hervorspritzte, spürte er wieder den Schmerz in den Beinen, verwünschte den langen Tag, die Wochen, die kalten Monate, in denen er gebückt dastehen und die Säge in unbequemen Stellungen halten mußte, bis ihm der Rücken steif wurde. Und während er an dem Stamm herumturnte und zerrte, um an die darunter eingeklemmten Zweige heranzukommen, während ihm der Atem stoßweise

aus den rauhen und rissigen Lippen schoß, die Stoppeln am
Kinn Eisperlen ansetzten, ringsum der Geruch von Öl und
Zweitakterabgasen, von Harz, feuchtem Holz und zerstampf-
ten Nadeln, der Geruch von Schnee, Achselschweiß und Zigarettenrauch, da fragte er sich, ob er dies wohl für den Rest
seines Lebens machen würde. War er scharf auf Emma? Jedenfalls glaubte er, daß er gern an Wilfs Stelle wäre. Daß er Emma
wollte, wußte er, vor allem, weil sie französisch war, weil sie
Wilf ein Kind geboren hatte und wegen ihrer vielen Verwandten aus dem Comeau- und dem Pelky-Clan, wegen der ver-
wickelten und weitverzweigten Blutsbande, die über die
Grenze bis hinauf zum Südufer des St. Lorenz reichten und
hinunter über Neuengland bis in den Süden nach Louisiana,
Onkel, Cousins und Cousinen ersten und zweiten Grades,
Schwägerinnen von Tanten und Brüder und Schwestern und
deren Ehegatten und Kinder. Der Reichtum des Blutes. Sen-
timentale Familienträume in Gestalt von Melodien kamen
ihm in den Sinn, während er am Stamm entlangsägte, einen
gewissen Takt durchzuhalten versuchte, obwohl sperrige
Zweige ihm das Lied immer wieder verdarben; er dachte an
jene weggeworfenen Platten mit den blauen und goldenen
Etiketten, die nun auf dem Müll zu Staub zerfielen, an die
Musik verstorbener Geiger, etwas, das sich irisch anhörte,
aber rhythmischer, eine gleitende, wirbelnde Tonfolge, wild
verschnörkelt, aber nun zerbrochen und verloren zwischen
nassen Matratzen und Käserinden. Etwas an dem grünen Akkordeon stieß ihn ab. Er konnte spüren, wie die Knöpfe abge-
griffen waren, von den Fingern des früheren Besitzers, der
Riemen verdreht von der Anschmiegung an einen anderen
Daumen. Uralter Schmutz steckte in den Ritzen und Fugen –
Staub vom Holzboden der Tanzsäle, menschliches Hautfett,
Körnchen verwester Substanzen, Fasern, Krümel. Immer
wenn er das Instrument aufnahm, rückte ein akkordeonspie-
lendes Gespenst in den Kreis seiner Arme. Er wollte Emma,
ja, aber er wollte auch, daß sie bei Wilf blieb. Wie sollte das
gehen? Eine Ehe mit zwei Männern und entsetzlichen Inti-
mitäten. Oder vielleicht würde Wilf sterben, und dann be-

käme er sie. Dieser Wunsch wurde zum Keim bizarrer Gedanken, und ohne jeden Grund begann er zu prüfen, ob er Blut pinkelte, machte sich Sorgen, ob sein Urin nicht rötlichbraun auf den Schnee prasselte. Dann, einige Wochen lang, nahm er die Gewohnheit an, die Sekunden zu zählen, die es dauerte, bis er seine Blase entleert hatte. Eines Morgens kam er auf zweiundvierzig Sekunden, und er machte sich darauf gefaßt, in naher Zukunft an inneren Verletzungen zu sterben.

Auftritt

Er war dabei, einen Stacheldrahtriß im Bein einer Arbeitshose zu nähen, als er Luftdruckbremsen zischen hörte, einen Motor im Leerlauf, dann Fußtritte auf dem Steinplattenweg vor dem Haus der Pelkys, laut wie Pferdehufe. Die Außentür knallte zu, und Wilf kam durch die Diele galoppiert und in die Wohnung. Er riß den Kühlschrank auf, nahm zwei Bier heraus, öffnete sie und gab Dolor eines, stieß mit ihm an, daß es schäumte.

»Was ist denn?« sagte Dolor. »Haben Sie dich zum Fahrer des Jahres gewählt?«

»Wir kriegen Arbeit. Ein Gig. Ein Typ, den ich kenne, er fährt einen Laster, der macht eine Party, als Überraschung zum Geburtstag für seine Frau. Wir machen die Musik, du und ich. Wir werden bezahlt. Zwanzig Eier. Samstag abend. Paß auf, wir müssen üben. Das muß gutgehn. Danach werden wir oft spielen, das weiß ich, wenn's gutgeht. Los, laß uns gleich anfangen. Das ist das Beste, was uns je passiert ist. Wir sind im Kommen. Los, schau mal in den Wagen, sieh dir an, was ich mitgebracht hab' – einen Verstärker und Lautsprecher aus dem Army-Laden. Also komm schon, was zum Teufel mußt du denn in so einem Augenblick jetzt nähen? Verdammt noch mal, wie so ein blöder Frenchie!«

Er war ganz ruhig, als es so weit war. Er erinnerte sich an jeden Ton, die schnellen Läufe fielen ihm nur so von den Fingern, der Takt war kräftig, zwang zum Tanzen. Nur während der ersten Stunde ging es nicht gut, weil Wilf vor Lampenfieber zitterte. Er zitterte so stark, daß er seine Geige nicht stimmen konnte, er überspannte den Bogen und überdrehte die Schraube, mußte den alten Bogen nehmen, dessen Haarbezug zur Hälfte fehlte, und als er zu spielen anfing, zitterte seine Hand so heftig, daß die Töne verrutschten und verwackelten, und er vergaß Melodien.

Dolor ärgerte sich, daß er es nicht gleich gemerkt hatte, als sie die Anlage aufbauten. Die Lautsprecher waren rund, aus Blech und khakigrün gestrichen. Der Verstärker strotzte unter seiner Staubschicht vor Glasröhren. In der überfüllten Küche fanden sie keinen Platz für die Geräte, stellten schließlich den einen Lautsprecher auf den Kühlschrank, den anderen auf einen Stuhl bei der Hintertür und den Verstärker auf die hintere Platte des Elektroherds. Er gab bald einen gleichmäßigen Brummton ab. Wilf war ein Nervenbündel.

»Gott, ist das Ding schwer!«

»Wozu brauchen wir das alles?« sagte Dolor. »Es ist doch nur die Küche, sie können die Musik doch ohne weiteres hören.«

»Können sie nicht! Wenn sie erst mal tanzen und mit den Füßen scharren und lachen und die Tür knallen, dann hören sie uns nicht. Du *mußt* einen Verstärker haben, daran erkennt man den Profi.« Er schüttelte immerzu seine Hände, als ob sie naß wären, stellte die Lautsprecher fünf- oder sechsmal um, bis Big Bubbie, schon betrunken, brüllte: »Wo bleibt die Musik?« Seine Frau war bleich vor Wut, denn es war wirklich eine Überraschung für sie, nur keine angenehme; ihr Geburtstag war schon vor zwei Wochen unbemerkt vorübergegangen, und jetzt, von schweren Menstruationskrämpfen geschüttelt, beide Kinder mit trockenem Keuchhusten, war sie in zerrissenem Morgenrock herumgeschlurft, die Wohnung ein wüstes Durcheinander aus verstreuten Socken, schmutzigen Tellern und Staubflusen, als plötzlich Wagen und Lastwagen vorzufahren begannen und Fremde ausspien, die ihr viel Glück zum Geburtstag wünschten, sich Zigaretten ansteckten und zu trinken anfingen.

Dolor und Wilf, beide in rotem Airtex-Hemd und mit

Kreppsohlenschuhen, quetschten sich in einen Winkel der Küche. Immer wieder stolperten Leute, die zur Hintertür hinausgingen, über das Lautsprecherkabel. Big Bubbie brüllte von Zeit zu Zeit: »Alles klar!« Die Kühlschranktür ging alle zehn Sekunden auf und zu und erschütterte den einen Lautsprecher. Der Ton, der aus den Dingern kam, klang kratzig, fand Dolor, alle Bässe ausgefiltert, Wilfs Geigentöne pfeilspitz wie direkt aus der Hölle.

»Pause!« rief Dolor, als Wilfs Finger über das Griffbrett schlitterten wie ein Eishockeypuck. Er zog Wilf durchs Gedränge auf den Hof hinaus, in die Stille der Garage und drückte ihm ein Bier in die Hand. Wilfs Augen waren weiß vor Angst.

»Mein Gott, trink das und beruhige dich! Du bist nervös.«

»Ich weiß. Es ist wegen all der Gesichter, die zu uns hersehen. Ich seh' so ein Paar, das zu tanzen versucht, und denk' mir, o nein, jetzt mach' ich Mist, und sie hören auf und gucken mich schief an, und dann passiert genau das, und ich denk' nur noch, nichts wie raus hier! Hör mal, bin ich verrückt? Hat Bubbies Frau uns wirklich den Finger gezeigt? Mir ist zum Kotzen.«

»Schon gut«, sagte Dolor. »Sie findet sich schon noch damit ab. Ist doch so was wie ein Jux. Guck einfach niemand an. Guck mich an, tu' so, als säßen wir bei dir mit Emma, wir trinken ein paar Bier und spielen auf Teufel komm raus. Jedenfalls, den Leuten gefällt es, bis auf die Frau, sogar wenn's nicht klappt. Sie mögen das mit den Instrumenten in der Küche, es bringt sie in Stimmung. Mich auch. Auch dein Kumpel, der Big Bubbie, kommt dabei so richtig in Stimmung. Ich hab' gehört, wie jemand zu ihm gesagt hat, das wär' die schönste Party, auf der sie je gewesen sind. Alle sind glücklich und zufrieden, bis auf Mrs. Bubbie, und die wird's auch noch schnallen, wenn wir ihr ein *Happy Birthday* spielen. Komm, wir machen uns gar nicht so schlecht! Abgesehen von den verdammten Lautsprechern – die hören sich an wie die Dinger auf einem Bahnhof.«

Wilf beruhigte sich, indem er beharrlich nur noch auf Do-

lor blickte. Nun traf er die Töne klar und genau, die Doppel-
griffe saßen richtig, sein Spiel bekam einen bocksprunghaften
Elan, wie es ihn noch nie gehabt hatte, es klang derb und
spitzbübisch. Auch Dolor holte aus seinem Kasten gute Musik
heraus, voll und souverän, trotz der miserablen Lautsprecher
um einiges besser, als er sonst spielte. Die Tänzer sogen die
Musik aus ihnen heraus. Leute rempelten gegen den Ofen
oder den Tisch, der Küchenfußboden schien Wellen zu schlagen, Mrs. Bubbie spülte Geschirr und stopfte die Teller ins
Trockengestell, Leute tanzten zur Tür hinaus auf den Hof, als
jemand die Kühlschranktür zuknallte und der Lautsprecher
herunterkullerte, gegen Mrs. Bubbies Schulter und von da ins
Spülwasser fiel, wo er gleichzeitig zerbrach, explodierte und
einen mächtigen Stromstoß abgab, der dem Geburtstagskind
die Haare zu einem Kamm aufstellte und es taumelnd ins Gedränge der Tänzer warf.

Chaotische Minuten vergingen, bevor Dolor die Lautspre-
cherdrähte herausgerissen und den Stecker des Verstärkers aus
der Buchse gezogen hatte. Bleich und zitternd saß Mrs. Bubbie auf einem Stuhl, Big Bubbie weinte auf ihren Knien und
bat sie um Verzeihung, jemand brachte ihr ein Glas Whiskey,
jemand anders eine Dose Bier, wieder andere brachten ein
Handtuch, damit sie sich die Hände abtrocknen konnte, und
eine Decke voller Hundehaare, und binnen einer halben
Stunde, nach drei Gläsern Whiskey und vielen flehentlichen
Entschuldigungen ihres Gatten hatte sie sich so weit erholt,
daß sie mit der Musik – nun ohne Verstärker – fortzufahren
befahl.

»Ich hab's dir doch gesagt«, sagte Dolor, der spürte, daß dies
der richtige Moment für ein *Happy Birthday* im Walzertakt
war, um dann zu guter harter Tanzmusik überzugehen. Etwas
später schlüpfte eines der Kinder durchs Gedränge und sagte,
Mama, da kommt Rauch aus der Wand.

Um zwei Uhr morgens, als die Feuerwehr wieder fort war,
fuhren sie heim, die klappernden Trümmer ihrer Tonanlage
hinter sich auf der Ladefläche, die Windschutzscheibe getrübt
von ihrem heißen Atem, so daß Dolor ständig mit der Hand

- 249 -

nachwischen mußte, während Wilf ihm die Bourbonflasche hinhielt. Übermütig stöhnten und lachten sie, hatten immer noch die Musik im Ohr, hatten immer noch den Raum voller Leute vor Augen, wie sie hüpften und schoben und schwankten und sich aneinander drückten, und das alles, weil sie die zwanzig Lieder gespielt hatten, die sie konnten, sahen immer noch den Funkenschlag der Entladung im Spülbecken und spürten die Erleichterung, daß Mrs. Bubbie nicht tot war, sondern ihren Mann anblickte und mit straffen, blutleeren Lippen »Du Hornochse!« sagte.

»Was für eine Nacht!« sagte Dolor. »Ohne die verfluchten Lautsprecher wäre alles gutgegangen.«

»Klar, bis auf den Anfang, als ich's nicht auf die Reihe bekam. Ich weiß nicht, was los war, ich hab' einfach das Zittern bekommen.«

»Wenn wir davon mal absehn, und davon, daß wir beinah seine Frau hingerichtet und sein Haus niedergebrannt hätten, war alles gut.«

»An dem Brand war Bubbie schuld, wegen der Folie im Sicherungskasten.«

»Noch was. Bevor das Theater losging, ist eine Frau gekommen und hat um ein Lied gebeten, etwas Französisches, *la danse du* irgendwas. Ich hab' ihr gesagt, wir kennen's nicht, und sie hat gesagt, schämen Sie sich, Sie können die Musik ihres eigenen Volkes nicht spielen.«

»Soll uns am Arsch lecken«, sagte Wilf.

»Klar. Na schön. Aber ich finde nun mal, sie hat recht. Nur möcht' ich wissen, wo zum Teufel gibt es denn diese sogenannte französische Musik? Jedenfalls nirgendwo hier.«

Virtuosen

Ein- oder zweimal kam er der Antwort sehr nahe, als er auf der Heimfahrt aus den Wäldern Radio Canada mit *Le Réveil rural* einstellte. Er hörte einen Geigen-Reel mit hüpfender Pompom-Klavierbegleitung und dem näselnden Brummen der *guimbarde*, der Judenharfe, dann etwas, das wild und ungestüm klang, dämonisch dahinfliegende Läufe, eine grelle, frohlokkende Musik, die Wasserfälle, Lokomotiven, eine Kettensäge nachahmte, ein blaffendes Akkordeon, scharrende Eiszapfen in einer Blechpfanne, eine kreischende, wuchernde, schrille, tobende Kaskade von Tönen, die ihn so mitnahm, daß er an den Straßenrand fuhr und anhielt. »*Wah!*« sagte der Ansager. »*Soucy l'incomparable!*« Ein andermal bekam er eine Sendung über die *accordéons diatoniques, musiciens du Québec* rein; die glanzvolle, lebhafte Musik kam durch die Störgeräusche gesickert, überspielte die Kratzer und Narben auf den alten Schallplatten. Joseph-Marie Tremblay, Henri Bisson, Dolor Lafleur, Théodore Duguay, murmelte der Ansager. Wenigstens wußte er nun, wie man das nannte: traditionelle Musik, *la musique traditionnelle*. Das mußte es gewesen sein, was sein Vater auf dem alten angebrannten Akkordeon gespielt hatte. Von der Vorstellung, daß sein Vater beim Versuch umgekommen war, seine Kinder aus einer Feuersbrunst zu retten, konnte er sich nicht trennen.

»Was hältst du davon, daß wir mal nach Québec rauffahren, uns ein paar Platten besorgen und diese Musik spielen lernen? Ich brauche Platten dazu. Emma kann mitkommen und übersetzen. Wir könnten in diese eine Stadt dort fahren, da soll es viele Akkordeonspieler geben.«

»Klar. Klar. Montmagny. Ich bin einmal oben gewesen, um so ein spezielles Sägeblatt zu holen.« Aber Wilfred war von der Idee nicht begeistert, er war auch nicht begeistert von dieser Musik und schob die Fahrt immer wieder auf die lange Bank. Dolor fragte sich, ob Wilf vielleicht begriffen hatte, wie er zu Emma stand, und nun eifersüchtig war. Emma rief aus der Küche: »Da oben gibt's keine Rabattmarken!«, und damit war die Sache anscheinend erledigt.

Aber beim Erwachen an einem regnerischen Samstagmorgen kam ihm der Gedanke, allein nach Montmagny zu fahren, obwohl er nicht Französisch sprach. Wenn er das grüne Akkordeon mitnahm, würde er nicht viel reden müssen.

Die Holzfällerstraße wand und wellte sich unter ihm dahin,

als er durch die zerschneisten Waldstücke zum Grenzübergang fuhr. Er hatte erwartet, daß es auf der andern Seite genauso aussah, aber das Land wurde flacher, mit Trauben von Dörfern, hinter denen sich lange, schmale Felder erstreckten. Alles war Landwirtschaft, Kühe und Ackerland, und das überraschte ihn. Als er über die flachen Straßen fuhr, spürte er eine dämonische Energie, die in den Häusern und Ställen schlummerte. Auf den Höfen wimmelte es von geschnitzten und gezimmerten Dingen mit beweglichen Teilen; aus Traktortrümmern konstruierte Roboter, bizarre Blumen aus Plastikflaschen für Bleichmittel, Windmühlen, fliegende Enten, Miniaturhäuser zwischen den Steinen, bewohnt von Wespen, die in Schwärmen daraus hervorkamen, Windräder, Esel aus Flaschenkapseln, ein Kanu auf einem Baumstumpf, bemannt mit geschnitzten Paddlern, Sträuße aus Blechdosen, Figuren aus Holzlatten in Vogelscheuchenkleidung und mit Halloween-Masken. Der Regen ließ nach, und er fuhr dem aufklarenden Horizont, dem Sonnenschein entgegen.

Es wurde eine Pilgerfahrt über St.-Georges, St.-Joseph-de-Beauce, St.-Odilon, St.-Luc, St.-Philémon, St.-Paul-de-Montminy, Notre-Dame-du-Rosaire. Ein berauschendes Gefühl stieg in ihm auf, ein Gefühl, heimzukehren. Von irgendwo hier war er her. Er weinte, als er den großen Strom sah, den Wasserkeil, der tief ins Herz des Kontinents drang.

Es war später Nachmittag, als er in Montmagny ankam. Die Sonne stand tief am Himmel. Die alten Steinhäuser längs des Flußufers mit den zierlichen Spitzdächern schimmerten gelb, und das Wasser sah aus wie Blattgold. Er fuhr umher, bis es dämmerte. Auf der Straße war kein Verkehr, nur eine Frau, die ein schwarzes Hündchen ausführte. Ihm war, als wäre er in ein anderes Jahrhundert geraten. Er war hungrig, ängstlich, aufgeregt. In der Nähe eines Gebäudes, das wie ein Gasthaus aussah, fand er eine Parkgelegenheit; in den benachbarten Straßen parkten Dutzende von Wagen. Das baumelnde Schild zeigte Musiker und die Aufschrift LES JOYEUX TROUBADOURS. Er nahm seinen Akkordeonkoffer mit. Schon bevor er die Tür aufmachte, hörte er die Musik.

– 252 –

Eine junge Frau mit roten Lippen und nach innen einge-
rolltem schwarzem Haar saß an einem Tisch, hinter ihr eine
grüne Tür, die Füllung mit zwei tanzenden Kaninchen bemalt.
Sie blickte von einem Stoß Papiere auf, sah den Akkordeonkoffer und lächelte.

»*Bon! Un autre accordéoniste pour la veillée.*« Sie sah in ihren Papieren nach. »*Quel est ton nom* −?« Ihre Stimme war heiser und
stockend, als hätte sie eine Halsverletzung hinter sich und immer noch Mühe, zu sprechen.

»Tut mir leid«, sagte er langsam, »ich kann nicht Französisch.
Ich bin hier raufgefahren, weil ich Akkordeonmusik hören
möchte.« Sie blickte ihn ernst an. Er lächelte und hob seinen
Koffer ein wenig. »Ich spreche nicht Französisch, tut mir leid«,
sagte er und wünschte sich, es gäbe eine Gedankensprache.

Sie spitzte die Lippen, hob den rechten Zeigefinger und
schwenkte ihn einmal kurz, wie um zu sagen, warte einen
ganz kleinen Moment, und verschwand hinter der grünen
Tür, die halb offen blieb. Neben der Tür lag ein Akkordeon
auf einem Stuhl. Er konnte den Namen *Ludwig Sapin* erkennen und das Bild einer kleinen Fichte. Ob das ihres war? Er
stellte sich vor, mit der jungen Frau verheiratet, in sie verliebt
zu sein, ihr das schwarze Haar zu kämmen, morgens beim Erwachen ihre rauhe Stimme zu hören. Die Musik hörte er jetzt
ganz deutlich, eine Geige, ein Akkordeon und Löffel − nein,
das mußten zwei Akkordeons sein; das Stampfen von den Absätzen der Musiker. Die Frau kam wieder, gefolgt von einem
rothaarigen Mann in einem für seine stämmige Figur zu engen
Anzug, ein Heftpflaster auf dem Nasenrücken.

»Was kann ich für Sie tun?« sagte er auf amerikanisch.

»Ich bin von Maine hier raufgefahren«, sagte Dolor. »Das
hört sich dumm an, aber ich versuche Akkordeonspieler zu
finden, ich meine traditionelle Musik, Sie wissen schon. Ich
bin Franzose, kann aber die Sprache nicht. Heiße Dolor Gagnon. Ich versuche etwas über die alte Musik zu erfahren. Ich
spiele selbst ein bißchen Akkordeon, aber nicht traditionell.
Ich finde nirgendwo Platten. Irgendwie finde ich niemand,
der das noch spielt. Jedenfalls nicht in Maine.«

– 253 –

Der Mann lachte. »Junge«, sagte er, »da haben Sie aber Glück! In dem Raum hier sind einige der besten. Der besten überhaupt, in der ganzen Welt! Wenn ich Ihnen sage, Philippe Bruneau ist da drin, und Joe Messerviers Sohn Marcel, und ein Junge namens Raynald Ouellet, Marcel Lemay und noch ein, zwei andere – vielleicht sagt Ihnen das nichts, aber glauben Sie mir, das sind die besten. Heute ist die *Veillée du bon vieux temps*, zu Ehren des verstorbenen Monsieur Duguay, *accordéoniste extraordinaire*. Sie können sich gern zu uns an den Tisch setzen, wenn wir noch einen Stuhl für Sie finden.« Er sprach Amerikanisch ohne jede Spur eines Akzents, wechselte geläufig ins Französische hinüber und wieder zurück, stellte sich vor als Fintan O'Brien, Aufseher in den Thatford-Bergwerken und Geiger, spielte keltische Weisen, war in Irland geboren, aufgewachsen in Philadelphia und Halfmoon, Idaho, und jetzt hatte es ihn nach Québec verschlagen, sagte er, ein Mann ohne Heimat, ha-ha.

Der düstere goldglänzende Saal war voller Menschen, die bei Kerzenlicht um runde Tische saßen. Längs der einen Wand sah Dolor ein langes Buffet mit Schüsseln und Platten und Dutzenden von Weinflaschen. Der Rothaarige führte ihn an einen schon dichtbesetzten Tisch, fand noch einen Stuhl für ihn, machte ihn mit seiner Frau Marie bekannt, die ein scharlachrotes Kleid trug, und erklärte den anderen Tischgenossen, hier sei ein Liebhaber der alten Musik, angereist aus Maine, weil er in den Staaten nicht finden könne, was er suche.

Zu Dolor sagte er: »Es ist ein besonderer Abend heute. Die traditionelle Musik geht auch in Québec unter – Big Band, Volksmusik, Pop Songs aus den Staaten, das wollen die Leute hören. Aber nicht hier – hier ist wohl der letzte Ort, wo diese Musik noch lebendig ist.«

Ein älterer Mann sang etwas, und alle Gesichter wandten sich der Vorderseite des Saals zu, wo er auf einem Podest stand. Die Akkordeons und die Löffel funkelten in dem vielfältigen Licht, die Knie der Musiker hoben und senkten sich mit metronomischer Strenge. Im ganzen Saal wippten Leute mit dem Kopf, ließen die Finger auf den Tischen tanzen, wiegten sich und schnalzten mit der Zunge im Takt der *cuillères*, der *os*, der *pieds des accordéonistes,* bis die Tische weggeräumt wurden und der Tanz begann.

Er war in einem Saal voller Franzosen. Es gab Ähnlichkeiten im Knochenbau, der Feinheit der Hände, in den dunklen Haaren und Augen. Er sagte sich, das sind die Menschen, von denen du abstammst; er war mit den Leuten ringsum genetisch verbunden. Er spürte eine seltsame Erregung. Es wurde die große Nacht seines Lebens, die er später aus versunkenen Träumen wieder hervorzog, wenngleich sich eine Phantomerinnerung in sein Gedächtnis eingeschlichen hatte: Er glaubte, an diesem Abend Französisch verstanden und gesprochen zu haben.

Die Musik war von blendender Gewalt, voll Feuer und Lebensmut. Die Tänzer sprangen über den Boden, und ab und zu traten sie zurück, um einem Stepptänzer Platz zu machen, der mit steifem Rücken, hocherhobenem Kopf und angelegten Armen das Trappeln, Rattern, Pochen, Hämmern und Schleudern der Füße akzentuierte, bald im Takt der Musik, bald von ihr abhebend. Er wünschte sich, Wilf könnte diesen Geiger hören, Laute wie von einem Vogelschwarm, wie von herumschwirrenden Pfeilen, von einem grollenden, wie durch die Zähne gequetschten Knurren auf der g- und d-Saite bis hin zu harmonischen Schreien und halsbrecherischen Läufen – Jean Sowieso, ein Taxifahrer aus Montréal. Er sah und hörte so angespannt zu, daß die Töne für immer haften blieben. Alles blieb ihm im Gedächtnis. Besonders fesselte ihn ein kräftiger junger Akkordeonist mit kantigem Gesicht und glänzendem, steil hochgekämmtem Haar. Der Mann spielte wie in Trance, mit starrer, ausdrucksloser Miene, die Augen in eine Ferne weit außerhalb des Saales gerichtet, das Bein auf- und niederspringend wie ein Maschinenteil, ein prächtiger *accord de pieds.* Seine Musik war muskulös, mit einem vollen, hallenden Klang, sehr schnell und technisch untadelig. Er spielte und spielte, die Töne wogten, kreisten und züngelten ineinander und auseinander wie Schlangen in ihrem Nest. Sie schienen den Spieler wie mit einem blauen Ozonschleier zu umgeben.

Niemand war besser als er, und als er aufhörte, schrien die Leute im Saal sich die Kehlen heiser. Dolor klatschte, daß er dachte, die Fingernägel würden ihm abfallen.

»Wer ist das?« rief er Fintan O'Brien zu. Der antwortete, aber in dem Beifallsgetöse konnte Dolor ihn nicht verstehen.

Ein Mann mit hohltönender Stimme und einem schmalen schwarzen Zwanzig-nach-acht-Schnurrbart sagte eine Quadrille an und spielte auf einem sonderbaren »französischen« Akkordeon, einem ganz kleinen mit nur sieben Balgfalten. Eine Fahrradklingel, die daran befestigt war, gab das Zeichen zum Wechsel vor jeder neuen Figur dieses komplizierten Tanzes. Der Klang füllte den Saal nicht aus. Nach einigen Takten schon hielten die Tänzer an und warfen dem Musiker vorwurfsvolle Blicke zu. Er schüttelte zur Entschuldigung den Kopf und fing von vorn an.

(Der Mann mit der hohlen Stimme flog im nächsten Frühjahr nach London, um mit seinem Instrument an einem Programm mitzuwirken, bei dem auch Malcolm Arnolds *A Grand Grand Overture* für drei Staubsauger und Solo-Bohnermaschine aufgeführt wurde.)

Gegen Ende des Abends trat die schwarzhaarige junge Frau, die an der Tür gesessen hatte, mit ihrem kleinen Fichten-Akkordeon auf. Sie sang eine *complainte*, zu einem tiefen, langsamen Summen aus dem Akkordeon, und ihre Stimme, aus beengter Kehle, kam ihm unirdisch und angespannt vor, die Stimme eines Menschen, den eine unsichtbare Gewalt im Griff hält.

Als die Musiker um elf ihre Instrumente einpackten, ging er, in der Tasche einen Zettel mit Fintan O'Briens Adresse; er hatte versprochen, sich wieder zu melden. Der Kopf brummte ihm vom Wein. Draußen vor der dunklen Stadt fuhr er rechts heran und schlief eine Weile, zusammengekrümmt auf dem Sitz, träumte von etwas so unsäglich Traurigem, daß er sich nicht daran erinnern konnte, als er beim Flügelschlag von Raben im violetten Flußnebel erwachte und ihm einfiel, daß auf der Ladefläche noch drei Müllsäcke standen, die er vergessen hatte, auf die Kippe zu bringen.

Wozu?

Auf der Rückfahrt spürte er die altvertraute Depression; sie senkte sich über ihn wie die verfrühte Dunkelheit, die ein heraufziehendes Gewitter ankündigt; ein chronisches Elend, das beständig an ihm zerrte. Gähnend fuhr er dahin, und von Zeit zu Zeit kam der Wagen über den Straßenrand und streifte den Schotter. Emma konnte er nicht kriegen und die schwarzhaarige junge Frau an der grünen Tür auch nicht. Er wollte die Musik spielen, die durch Blutsverwandtschaft zu ihm gehörte, konnte sie aber nicht lernen, weil er kein Französisch sprach, weil er in einer Gegend lebte, wo diese Musik nicht mehr gespielt oder geschätzt wurde, und weil er nie so gut werden könnte wie der Besessene mit dem Maschinenbein. Random hatte ihm nichts gebracht, der Ort bedeutete ihm nichts und würde ihm nie etwas bedeuten. Die Reise nach Québec hatte ihn im Gefühl seiner Fremdheit und Unzulänglichkeit nur bestärkt. Einer von diesen Akkordeonspielern konnte er nie werden. Und von sich selbst wußte er nur, was er mit zwei Jahren auch schon gewußt hatte – nichts, *rien, nothing.* Er warf den Zettel mit Fintan O'Briens Adresse aus dem Fenster und fuhr weiter.

Une douleur

Im Juni, zwei Monate nach Wilfs Tod, passierte etwas mit seinen Beinen. Er wachte morgens auf, merkte es nicht gleich, sah durchs verschmierte Fenster den weißen Nebel draußen, die schlaff herabhängenden weißen Hemden und Socken an Mrs. Pelkys Wäscheleine, und dachte, bis zehn würde's schon weggehn. Die schwarzen Stechfliegen hatten ihn am Tag zuvor übel geplagt, Hals und Kopfhaut waren voller Beulen. Er war bereit, seinen Job ein für allemal hinzuschmeißen, hatte die Wälder und die dreckige Arbeit endgültig satt, und woran er auch zu denken versuchte, immer schlugen seine Gedanken einen Haken und kehrten pfeilgerade zu Wilf zurück.

Die Tage wurden schon wärmer, aber in den höheren Lagen
der Berge von New Hampshire, durch die Wilf seine Holz-
ladungen zur Papierfabrik in Berlin fuhr, waren die Straßen
noch vereist. Man kam später zu dem Ergebnis, daß er den
Wagen ein bißchen zu schnell durch die abschüssigen Haarna-
delkurven gejagt haben mußte und dabei auf ein Stück geraten
war, wo ein Bergbach an der Felswand festgefroren, über den
Graben hinausgeflossen und auf die Straße gekrochen war, ein
Schild von blauem Eis, zwei Zoll dick und zum Abhang hin
abfallend. Der Lastwagen flog mit hoher Geschwindigkeit von
der Straße, stürzte aufrecht durch die eisige Luft in die Bäume,
alte Schwarzfichten, dichtstehend und spröd. Als der Anhän-
ger wegbrach und, Vierfußblöcke um sich streuend, in die
Schlucht hinabtrudelte, spießte ein langer abgebrochener Fich-
tenstamm die Fahrerkabine auf, drang Wilf in den Rücken, riß
den Schwertfortsatz weg, trat als blutiger Zacken unterhalb
des Brustbeins wieder aus und durchstach auch noch das Kabi-
nendach. Wilf war aufgespießt, aber nicht tot. Für die Sani-
täter, die sich durch die Bäume zu ihm durchkämpften, war
sein Stöhnen nicht lauter als der Wind zwischen den Felsen,
haftete aber sehr viel fester im Gedächtnis.

Mr. Pelby brachte ihm die Nachricht, mit leiser Stimme,
den Kopf schüttelnd, malte die Geschichte in allen blutigen
Einzelheiten breit aus.

»Sie mußten den Stamm erst absägen, nicht, oben und unten, mit der Kettensäge, ehe sie ihn ins Krankenhaus bringen
konnten, immer noch mit dem Stumpf im Leib. Im Wagen
konnten sie ihn nicht hinlegen, nicht, wegen dem Stück Holz
in ihm drin, und darum mußten sie ihm Bretter an die Seiten
schnallen, so unter den Armen, nicht, und ihn aufrecht halten.
Hat nichts genützt, unterwegs ist er gestorben.«

Dolor ließ sich bei Emma nicht blicken, er ging auch nicht
zur Beerdigung. Am dritten Morgen nach der Beerdigung fuhr
er zur Arbeit, der Wagen hinten dreckig, aber aufgeräumt, die
schartige Stihl-Säge, Werkzeugkasten und verbeulte Benzin-
kanister, der rote Lack zerkratzt und abblätternd, die Werkzeuge voll Öl, Laubresten, Sägespänen und Straßenstaub.

Leichter Regen tröpfelte auf die Windschutzscheibe, der Himmel am Ostrand der Berge war trüb, in den Häusern, an denen er vorüberkam, lagen die Bewohner noch in tiefem Schlaf; seine Scheinwerfer bohrten ihm einen Weg durch die Bäume. Er gähnte, war noch warm vom Bett, eine Reihe altbackener Doughnuts rutschte zwischen den Bonbontüten auf dem Armaturenbrett herum, ein Becher Kaffee schwappte in dem selbstgemachten hölzernen Haltering, den er mit Draht befestigt hatte. Einen nach dem andern aß er die mit weißem Puderzucker bestreuten Kuchen, daß das Gelee hervorspritzte, bis sich ihm vor Widerwillen gegen den süßen halbrohen Teig die Kehle zuschnürte und er mehr als genug hatte. Die Beine taten ihm weh.

Bis Mittag war der Schmerz in den Beinen so stark, daß er fast ohnmächtig wurde, wenn er sich aufrichtete. Er sagte dem Vorarbeiter, er sei krank, und humpelte zu seinem Wagen.

Im Lauf des Tages trübte sich das Augenlicht, er schnappte nach Luft, befürchtete zu ersticken. Am nächsten Morgen hatte der Schmerz in den Beinen nachgelassen, aber nun konnte er sie kaum mehr bewegen. Die Pelkys klopften erst am Ende der Woche bei ihm an, und inzwischen fühlte er sich besser, konnte zumindest wieder in der Wohnung herumlaufen. Könnte Arthritis sein, dachte er, die bekamen irgendwann alle, die in den feuchten, kalten Wäldern arbeiteten. Mrs. Pelky kam und erzählte, Emma sei mit dem Kind im Haus ihrer Eltern in Honk Lake; wahrscheinlich würde sie wieder dort hinziehen, sie ließ Dolor schön grüßen.

»In den nächsten paar Wochen fahr ich mal hin und besuche sie«, sagte er, aber er tat es nie.

In den Monaten nach dem Unfall nahm ihn sein Körper immer mehr in Anspruch. Sonderbare Empfindungen überkamen ihn, eine unerhörte Reizbarkeit setzte ihm zu: grelle Farben, blendendes Licht, die Pfeiftöne der Müllwagen im Rückwärtsgang, zuknallende Türen und die Gespräche in seiner Nähe – alles legte ihm die Nerven bloß. Er bekam Allergien gegen Staub, Schimmel, Äpfel und Tomaten. Er bekam Verstopfung und kaufte sich große Packungen Abführmittel in der Billigapotheke von Millinocket, aber nichts half. Er hörte von einem neueröffneten Reformhaus in Portland und nahm die lange Fahrt in den Süden auf sich, um die Regale mit Gesundheitswein und Honig, grober Kleie und schwarzen Trockenaprikosen durchzustöbern. Er kaufte sich einige Päckchen Ginseng- und Nerventee, bekam aber nur Bauchschmerzen, eine Halsentzündung, stechende Schmerzen in den Gelenken. Eines Nachts griffen die Schmerzen auf sein Gesicht über, ein dumpfes, strenges Ziehen, das in der Nacht unerträglich wurde. Es tat weh, wenn er die Wange aufs Kissen legte, drehte er sich aber auf den Rücken, so strömte der Schmerz in Wellen von Ohr zu Ohr. Sein Mund schien von innen zu glühen, die Zunge schwoll an, bis er kaum mehr sprechen konnte. Um zwei Uhr morgens erwachte er mit Schmerzen in den Lenden, die von dem einen Bein ausgingen, in den Unterleib hinauf- und von dort ins andere Bein hinabstachen, ein endloser Kreislauf. Urinieren tat weh, die Darmentleerung tat weh. Mit zittriger, fast gelähmter Hand schrieb er eine Liste seiner Schmerzen und Beschwerden und brachte sie den Ärzten ins Kriegsveteranenkrankenhaus. Divertikulitis, dachten sie, oder ein spastisches Kolon, Rückenproblem oder Nierenleiden, Nierensteine oder Nephritis...

Die Schmerzen schlugen zu, ließen nach, schlugen wieder zu. Ihm war kalt, doch von innen kam eine Hitze, als würde dort ein wildloderndes Feuer geschürt. Es wurde zuviel; eines Morgens versuchte er aufzustehen, kam ein paar Schritte weit und stürzte dann zu Boden, wo er liegenblieb, bis die Pelkys ihn mit dem Handrücken pochen hörten.

Die Pelkys halfen ihm auf den Rücksitz ihres alten Wagens, und Mrs. Pelky stopfte ihm ein Bettkissen, das noch nach ihrem Haar roch, unter die Schulter. Mr. Pelky, der wegen des Notfalls unsicherer fuhr als sonst, schlitterte mit quietschenden Reifen auf die Straße hinaus und raste zum Krankenhaus. Die Bäume waren voll ausgeschlagen; die feuchte Straße unter den Ahornbäumen war mit den abgefallenen Blüten übersät, dunkelrot wie Lachen geronnenen Bluts. Der Wagen sauste an den Ahornböschungen vorbei, weiche Leder- und Genitalfleischfarben, und unterhalb des purpurnen Bogens blitzte ein Streifen welliges Wasser auf, dann vorbei an dünnen Linien von Birken, die geschwungene Kammlinie der Hügel und das Himmelspuzzle über den Zweigen, und sie ließen die rauschenden Arme der Fichten hinter sich, den Sumpf voller Schilfstengel und kamen zu den ersten Feldern mit kratzigen Reihen Roter Weiden und Brombeerhecken, alles zusammengehalten von Vogelrufen und Vorahnungen.

Ihnen fehlt nichts

Die Ärzte wußten nicht, was ihm fehlte. Er war ein strittiger Fall, sie diagnostizierten innere Verletzungen, biologische Kriegführung, Simulation, Kinderlähmung, psychosomatische Paralyse, verrutschte Gelenkscheibe, chronische Müdigkeit, Störung des Zentralnervensystems, psychogenen Schmerz, Vitalitätsverlust, Muskelkrämpfe, unbekannte Viren, Bakterieninfektion, Erbleiden, posthypnotischen Auftrag, infektiöse Mononukleose, depressive Hysterie, hypochondrische Wahnvorstellungen, Parkinsonsche Krankheit, multiple Sklerose, Brucellose oder Enzephalitis. Aber nach drei Wochen hatte sich nichts geändert, und sie schickten ihn mit einem Rollstuhl zurück nach Random. Wenn er es fertigbrachte aufzustehen, konnte er ein paar unsichere Schritte machen, aber das war alles, und der Schmerz in seinen Beinen und im Rücken ließ nicht nach.

Der Sozialarbeiter im Veteranenkrankenhaus half ihm, eine kleine Invalidenpension zu bekommen, aber die reichte nicht, denn er mußte Mrs. Pelky dafür bezahlen, daß sie für ihn kochte, ihm aus dem Bett und auf die Toilette half. Mr. Pelky baute ihm eine Sperrholzrampe, auf der er die Stufen am Hauseingang hinabfahren konnte.

Wenn er seine bedrückende Wohnung einmal verlassen mußte, um Besorgungen in der Stadt zu machen – Bier, Lebensmittel oder einen Haarschnitt –, schob er sich im Rollstuhl an den Straßenrand und hielt den Daumen hoch. Pickups waren die einzigen Fahrzeuge, die ihn mitnehmen konnten, und dazu mußte der Fahrer aussteigen, ihm in die Kabine helfen, den schweren Stuhl auf der Ladefläche verstauen, wieder einsteigen, in die Stadt fahren und dort das Ganze in umgekehrter Reihenfolge wiederholen. Nicht viele machten sich die Mühe, und es konnte sein, daß er frierend und fluchend stundenlang dort saß, bevor jemand hielt. Sein kräftiger, muskulöser Rumpf wurde fett vom Bewegungsmangel und von seiner Art der Ernährung – gebratenes Schweinefleisch, Erdnußbutter-Sandwiches und Bier. Bald war er ein alter Bekannter an der Straße nach Random, zusammengesunken in seinem Rollstuhl hockend, das lange schwarze Haar strähnig herabhängend, flehend die behandschuhte Hand erhoben, wenn ein Lieferwagen in Sicht kam, und manchmal, wenn der nicht bremste, brüllte er Worte, die man nicht hören, aber leicht erraten konnte, dazu der gestreckte Finger.

Nur einmal erbarmte sich der Dentist und besuchte ihn, abgefüllt, Holzfällerlieder grölend, einen Sechserpack Bier in jeder Hand; er erzählte Schauergeschichten von Mißgeschicken in den Wäldern aus der Zeit, als die Pferdestärken noch keine PS waren.

»Hier, du kleiner Bastard«, rief er, »trink eins!« Dann nahm er das Akkordeon aus dem Koffer, stellte es Dolor auf den Schoß. Seinen Armen fehlte nichts, abgesehen von einem geringfügigen Gelenkschmerz, aber selbst nach drei, vier Bier konnte er nicht spielen. Es lag nicht nur daran, daß Wilf tot war, sondern er hatte immer noch die wunderbaren Akkordeonspieler von Montmagny im Ohr, dachte immer noch an den Unbekannten, der das grüne Akkordeon vor ihm gespielt hatte.

»Macht keinen Spaß mit dir«, sagte der Dentist.

Ein vergessener Akkord

Eines Nachmittags, als die Tür aufging, war es nicht Mrs. Pelky mit ihrem Sauerkrautragout, die hereinkam, sondern Emma.

»Mrs. Pelky hat gesagt, dir geht es nicht so gut«, sagte sie und schaute sich um in dem miefigen Zimmer. Sie hatte es noch nie gesehen, und er schämte sich wegen des Staubs und der leeren Bierdosen, der schmutzigen Wäsche in der Ecke und der schmierigen Teller im Spülbecken, über die sich Mrs. Pelky manchmal erst nach einigen Tagen hermachen konnte. Emma ging schnurstracks zur Spüle und ließ heißes Wasser einlaufen. Er war aufgeregt, plötzlich glücklich und manövrierte den Rollstuhl ans Spülbecken, wo er ihr zusehen konnte, wie sie in der Seifenlauge planschte. Es schien ihr gutzugehen, und auf einmal erriet er, warum sie gekommen war. Er wurde rot, es fehlte nicht viel, und er hätte vor Aufregung geweint, Emma!

»Wie kommst du denn hierher?«

»Bin mit meinen Leuten runtergefahren. Wir haben eine Hochzeit, Marie-Rose, eine Cousine von mir, und sie haben Dad gefragt, ob er danach zum Tanz spielen will. Er will ein paar von den alten Sachen spielen. Ich dachte mir, das ist eine gute Gelegenheit, dich zu sehen, dich zu fragen, ob du's hören willst. Ich weiß noch, wie scharf du auf die alte Musik warst.«

»Sieh mich doch an! Kann ich so tanzen gehn? Ich komme kaum das eine Mal im Monat ins Krankenhaus, wenn nicht eine halbe Armee mich hinbefördert.«

»Dad wird mit Emil in seinem Lieferwagen herkommen. Sie laden den Stuhl hinten auf, und du kommst nach vorn. Ein richtig guter Akkordeonspieler wird auch dasein.« Sie lachte verschmitzt. »Hast du'n paar gute Sachen zum Anziehn?«

»Ja, ja. Wie geht's dir denn da oben? Der Junge okay? Wer's Emil?«

»Mir geht's wirklich gut. Ich hab' einen Job, grad so am Band in der Spielwarenfabrik. Der Junge ist groß geworden – wirst ihn kaum wiedererkennen – und Spielsachen kann ich ihm umsonst mitbringen, Sonderregelung für die Mitarbeiter. Emil, das ist – nicht nur mein Cousin, weiß eigentlich schon jeder, nächsten Monat heiraten wir, ich und Emil. Er ist ein netter Kerl, und er mag den Jungen. Der braucht einen Vater, nicht, Kinder brauchen einen Vater. Er arbeitet auch in der

Spielzeugfabrik, er ist der Vormann. Du wirst ihn mögen. Er ist es, der Akkordeon spielt. Ich wollte's dir noch nicht sagen, sollte 'ne Überraschung sein, aber na ja, jetzt hab ich's doch gesagt.«

»Schätze, ja.« Vor wenigen Minuten erst war sie zur Tür hereingekommen, und schon war er in den Wolken geschwebt und gleich darauf in einen tiefen Abgrund gestürzt. Am liebsten hätte er sie angeschrien, er ist doch erst seit acht Monaten tot, und was ist mit mir, wo ich doch schon immer verrückt nach dir war? Die Teller glänzten im Trockengestell, sie polierte die Wasserhähne und redete mit ihm. Ihr Kleid und den Tonfall ihrer Sätze behielt er genau in Erinnerung. Er brachte kein Wort heraus.

Der Hochzeitsempfang war in der Kriegsveteranenhalle, und viele Leute waren da, schoben sich am Buffet entlang, die Pappteller bogen sich unter den Schinken- und Truthahnscheiben, dem Kartoffelsalat, Pfefferminzschaumgebäck und Orangengeleedesserts. Kinder rannten hin und her, krochen unter den chrombeinigen Kunststofftischen herum, rauften in den Ecken, plärrten und brüllten. Der lange Tisch, an dem er saß, war mit Papier gedeckt, das mit einem Muster aus silbernen Hochzeitsglocken bedruckt war. Auf den Servietten standen die Namen des Brautpaars, *Marie-Rose & Darryl.* Er saß zwischen Emmas Vater und Emil, von den anderen kannte er nicht viele. Emma sah in ihrem blaßgelben Brautjungfernkleid müd und kränklich aus. Am Ende des Tisches saß ein dicker Mann mit einem blauen Auge, der in einem Mischdialekt einen Franzosenwitz nach dem andern erzählte; augenzwinkernd sagte er, er sei gegen eine Tür gerannt, daher sein blaues Auge.

Bevor getanzt wurde, ergriff Emmas Vater das Wort: »Jetzt machen wir mal ein bißchen alte Musik, mehr so was für die älteren Leute hier, aber nicht zu viel davon, denn ich weiß ja, ihr jüngeren steht nicht so drauf. Aber wißt ihr, es ist doch schöne Musik, man kann sie gar nicht anhören, ohne mit dem Fuß zu wippen und in Stimmung zu kommen. Ich selbst, ich finde's schade, daß wir nicht mehr viel davon hören.«

Für Dolor war die Musik eine Enttäuschung. Er hatte in lebhafter Erinnerung, was er im Norden, am Ufer des großen Stroms gehört hatte. Vielleicht lag es daran, daß Emmas Vater und Emil, nachdem sie mit gespielter Begeisterung »etwas für unsere Alten« angekündigt hatten, sich als erstes an einem Stück versuchten, das er schon von dem starrgesichtigen Akkordeonisten in Montmagny gehört hatte, an der *Quadrille du loup-garou*, der Werwolfsquadrille. Obwohl sie mit zwei Akkordeons spielten, ersparten sie sich manche Läufe, ließen Töne aus und spielten das komplizierte Stück verkürzt und vereinfacht in einem schleppenden Tempo, um sogleich zu *Blueberry Hill* überzugehen, und nun tanzten die Hochzeitsgäste, die Männer in ihren dunklen Anzügen schwitzten, das brillantineglänzende Haar flatterte ihnen aufgelöst um die Stirn, die Röcke der Frauen bauschten sich um die Nylonbeine.

Sie versuchten sich an einer schnellen Gigue, die einen alten Mann aufs Parkett lockte; er klapperte mit den Absätzen und warf die steifen Beine in die Luft, nur noch ein Schatten des Tänzers, der er in seiner Jugend einmal gewesen sein mußte, tanzte aber auch dann noch weiter, als Emmas Vater die Melodie nicht mehr wußte und aufhörte und nur Emil noch ein kurzes Solo durchhielt, das weit hinter den Finessen zurückblieb, die man im St.-Lorenz-Tal kannte, aber lebhaft genug, um den alten Mann in Bewegung zu halten, ein tanzendes Skelett. Nachher beugte Emmas Vater sich zum Mikrophon und sagte: »Na, das war 'ne ziemlich gekonnte Tanzeinlage von Charley Humm, und das wär's dann, was die alten Sachen angeht. Sie wissen ja, wenn man erst mal ein gewisses Alter erreicht hat, vergißt man manche Melodien, die man früher gekannt hat, und dafür muß ich mich entschuldigen. Als nächstes hören wir mal einen kleinen Haymaker, den *Cryin' Cowboy* von unserm Hal Lone Pine aus Maine. Ich hab' Hal und Betty Cod mal vor Jahren drüben in Machias gehört, wie sie das bei Gewitter gespielt haben. Alle Lichter gingen aus, ihre Tonanlage gab den Geist auf, aber sie sangen und spielten im Dunkeln, während draußen die Blitze leuchteten.

Also, jetzt 'ne heiße Nummer für alle Country-Fans, und los geht's!« Beifall und *yahoo!*-Rufe erfüllten den Saal. Emmas Vater war in seinem Element. Er schürfte herzzerreißende, wimmernde und jodelnde Harmonien aus seiner Geige hervor, und Dolor mußte zugeben, daß er gut war. Auch Emil spielte nicht übel, aber er war drittklassig, wie alles in Random.

Eine Tante der Braut stand plötzlich hinter ihm, setzte sich auf Emils freien Stuhl, lächelte, trank einen Schluck aus einem schmierigen Glas und hustete ihm ins Gesicht, als sie sich eine Zigarette ansteckte – eine von diesen drahtigen Frenchie-Frauen, die schon zwei oder drei Ehemänner unter die Erde gebracht hatten.

»Ich hab' gehört, Sie heißen Gagnon.«

Emma beugte sich vor. »Dolor, das hier ist Delphine Barbeau aus Providence, Marie-Roses Tante, die Schwester von ihrem Vater. Delphine und Tootie haben Marie-Rose das Fernsehklapptischtablett geschenkt. Du weißt, Delphine, wir sind die nächsten, ich und Emil. Am besten bleibst du gleich, dann brauchst du nicht in ein paar Wochen wieder raufzufahren.«

Die Frau zog an ihrer Zigarette und hustete. »Ich dürfte eigentlich jetzt nicht hier oben sein. Ich hatte Lungenentzündung. Ich und Tootie, wir waren unterwegs, und der Wagen ist liegengeblieben, und wir mußten meilenweit laufen. Klatschnaß war ich, und der Wind ging mir durch und durch bis auf die Knochen. Natürlich bin ich krank geworden. In der Klinik haben sie mir gesagt, keine Reisen, keine Aufregung, nicht zur Arbeit gehn. Drei Wochen war ich nicht zur Arbeit. Ich bin bei Ferris Combs, da machen sie Haarbürsten, Kämme, die im Dunkeln leuchten. Wenn man lange da arbeitet, fängt man auch an im Dunkeln zu leuchten. Jedenfalls, da bin ich. Klar, diese Fernsehtabletts sind prima. Ich weiß ja nicht, ob sie diese Fernsehmahlzeiten essen. Wenn du als nächste heiratest, kann ich dir ja die Toastmastergastlichkeitsgarnitur schenken, das ist so ein Toaster mit Snack-Tabletts.« Sie lachte. Ihre Stimme war laut und klanglos, als ob sie in einem Raum voller laufender Maschinen wären. Sie ist vielleicht betrunken, dachte Dolor.

- 266 -

Sie beugte sich näher zu ihm, so daß Emma abgeschnitten wurde. »Sind Sie hier aus der Gegend?«

»Tja, ich bin hier geboren, aber woanders aufgewachsen. In Old Rattle Falls.«

»Mh-hmm. Und wie kommt's, daß Sie im Rollstuhl sind? Schon immer?«

»Weiß man nicht. Irgendwas stimmt nicht mit meinen Beinen. Erst seit diesem Jahr.«

»Delphine! Komm, wir müssen los! Komm schon, sind neun Stunden zu fahren. Ich warte nicht auf dich.« Das war Tootie, der Dicke mit dem Veilchen; seine Hemdbrust wies ein schweißnasses Dreieck auf, das verfilzte Haar hing ihm in die Stirn.

»Okay, komm ja schon.« Zu Dolor sagte sie: »Nett, Sie zu sehn«, stand auf und schob sich durch die Tanzenden zu dem Dicken hin.

Dann war Emil wieder da, zog Emma auf die Tanzfläche hinaus, und er war allein, blickte auf das Durcheinander von zerknüllten Servietten und senfbeschmierten Tellern mit Schinkenfetträndern ringsum.

»Hallo, Frank! Ich hab' schon nach dir gesucht.« Es war Emmas Schwester Anne-Marie, die sich Mitzi nannte, ein Mädchen, das manchmal sehr niedlich stotterte, Maiglöckchenparfüm, ein silbernes Kreuz an der Brautjungfernbrust, in einem flauschigen Tüllrock, an den Füßen gelbe Satinslipper mit hohen kubanischen Absätzen. Sie war nicht hübsch, hatte nicht Emmas robuste Energie, aber sie hatte etwas Zartes, Fürsorgliches an sich, das ihm schmeichelte, einen vertraulichen und doch verhaltenen Ton, wenn sie mit ihm sprach. Jedesmal, wenn er sie gesehen hatte, schien sie zutiefst daran interessiert zu sein, was er fühlte und dachte. Wilf hatte ihr erzählt, daß er damals im Vogelnest Frank geheißen hatte, und mit diesem Namen redete sie ihn immer an.

»Macht's Spaß?«

Sie sah ihn an. »Kann kaum mehr stehen. Diese Schuhe sind zwar hübsch, aber sie drücken. Sie haben mir nicht meine Größe geschickt, fünfeinhalb, darum mußte ich diese Fünfer anziehen.« Sie nahm seufzend einen kleinen Schluck aus ihrem Weinglas. »Frank, kann ich dich was Persönliches fragen?«

Er wußte, was kam. »Klar.«

»Was ist passiert mit deinen Beinen?«

Herrgott, vielleicht sollte er eine Broschüre drucken lassen! »Nichts ist *passiert*. Irgendwas stimmt nur nicht. Man weiß nicht, was. Ich war okay, erst ein paar Wochen nach Wilfs – Emmas – nachdem es passiert war, da wache ich eines Morgens auf, und bumms, da hatt' ich's! Die Ärzte haben keine Ahnung, was es ist.«

Sie nickte, als ob er ihr Ursache und Folge nun erklärt hätte. »Ich habe dir etwas mitgebracht«, sagte sie und gab ihm ein kleines Figürchen aus Metall.

»Was ist das?« Er drehte es zwischen den Fingern. Es war ein silbernes Bein, keinen Zoll lang, an der Hüfte mit einem Loch durchbohrt.

»Es ist ein Exvoto, eine Votivgabe. Du bringst es Christus oder einem Heiligen dar und betest darum, daß deine Beine geheilt werden. Siehst du, hier kannst du eine Nadel durch das Loch stecken, um es dem Heiligen anzuheften. Weißt du was, du solltest zu dem Schrein am Lake Picklecake fahren, dem Schrein des heiligen Judas. Er ist der amerikanischste Heilige, derjenige, der sich um die aussichtslosen Fälle kümmert, wo den Ärzten nichts mehr einfällt. Vorher sind wir einmal nach Sainte-Anne-de-Beaupré oben in Québec gefahren, aber da waren Zigeuner, Hunderte. Eine Freundin von mir, die hatte furchtbare Kopfschmerzen, wie wenn ihr ein Nagel in den Kopf gehämmert würde, und sie wußten nicht, wo das herkam, aber dann ist sie zum heiligen Judas gegangen und hat die Stationen des Kreuzwegs gemacht und um Erlösung von ihrem Leiden gebetet und dem Heiligen einen kleinen silbernen Kopf gebracht, und danach hat sie – sie hat nie wieder Kopfschmerzen gehabt. Das war vor zwei Jahren. Ich bin mit ihr gefahren.«

»Ist das katholisch?« sagte er leise.

Sie sah ihn mitleidig an.

»Weißt du noch, letztes Jahr, als Mutti und Vati« – Emma

hätte statt dessen *Maman et Père* gesagt – »ihr Haus verkaufen wollten und niemand kam, um es sich auch nur anzusehen?«

»Ich glaube, ja«, log er.

»Also, sie hatten es seit einem Jahr angeboten, und nichts tat sich. Da sind sie zu dem Schrein gefahren und haben gebetet und den heiligen Judas um Hilfe gebeten und ein kleines Haus dagelassen, das hatte Vati aus einem Kronenkorken gemacht, erst plattgedrückt und dann mit der Kante von einem Meißel rausgestanzt, alles ganz gerade Linien. Sie fahren wieder heim, und wie sie ins Haus kommen, da klingelt schon das Telephon. Es war eine Frau aus New York, die im vorigen Sommer auf der Durchfahrt das Schild gesehn hatte, hatte sich's aufgeschrieben. Sie sagte, grad an dem Nachmittag hat sie in ihrem Portemonnaie nachgesehn und die Adresse gefunden und sich an das Haus erinnert, und ob es noch zu verkaufen wäre, und natürlich hat Vati ja gesagt, und den Rest weißt du. Es ist der heilige Judas gewesen, der Fürsprache eingelegt und dafür gesorgt hat, daß es passiert ist.«

Dolor erinnerte sich vage, daß Emma einmal etwas davon gesagt hatte, ihre Eltern hätten ihr altes Blockhaus am Honk Lake an jemand von außerhalb des Staates verkauft und würden sich ein neues Ranchhaus neben dem Baseballfeld der High School bauen.

Sankt Judas

Es waren über zweihundert Meilen bis zu dem Schrein, fast durch den ganzen Staat, dann über eine Brücke auf die Insel. Sie brachte ihn in ihrem kleinen Volkswagen hin, war eine gute Fahrerin, hielt ein gleichmäßiges, nicht zu schnelles Tempo, so daß sie alles sehen konnten. Das Land war zuerst flach und sumpfig, dann stieg es etwas an. Längs des Seeufers standen leere Sommerhäuschen, kirschrot, schokoladenbraun, zitronen- und vanillegelb gestrichen. Windböen rührten Schaumkronen aufs Wasser; er blinzelte zu den Wolken, die wie zusammengedrehte nasse Laken am Himmel hingen.

»Gibt gleich Regen.«

»Was macht das schon aus? Es ist eine Prüfung für dich.«

Sie fuhren über die pistaziengrüne Brücke auf die Insel und bogen in einen Feldweg ein. Auf einem Schild, das undeutlich zum Wasser hinzeigte, stand nur SANKT JUDAS. Es fing an zu regnen, feine Tropfen betupften die Windschutzscheibe. Sie hielten auf der geschotterten Wendefläche. Andere Wagen waren nicht da. Der Regen kam in Böen von der Seite, der Wind griff nach ihren Haaren und schnappte nach dem Nylongewebe von Mitzis pinkfarbener Jacke. Sie zerrte seinen Rollstuhl vom Rücksitz ins Freie, half ihm hinein und begann ihn zum See zu schieben, wo ein kleiner Wellblechschuppen stand. Die Räder knirschten durch den Schotter.

Der Schuppen war zum Seeufer hin ausgerichtet, die Vorderseite offen gegen das von Westen heranwehende Unwetter. Auf einer hölzernen Bank innen an der Rückwand stand eine geschnitzte Figur, ein klobiger Sankt Judas, das Gesicht spitz wie die Schnauze eines Jagdhunds, schwarz vom Regen. Er war einmal hell angestrichen gewesen, aber jahrelang hatten die Regen- und Hagelschauer vom See her, das vom Wasser reflektierte Sonnenlicht und das Schmoren und Vereisen im Wechsel der Jahreszeiten die Farbe abgenagt, und nun war er mit Mehltau gesprenkelt. Mitzi zeigte auf die Votivgaben, die zu Dutzenden an die Wand hinter dem Heiligen geheftet oder genagelt waren: das Miniaturhaus, das ihr Vater aus dem Verschluß einer St.-Pauli-Girl-Flasche gemacht hatte, Arme, Beine, Lungen, Nieren, Lastwagen, eine kleine Kettensäge, auf ein Stück Sperrholz gemalt, ein Auge, ein Ausschnitt aus einem Schulzeugnis, ein Angelhaken. Eine zweite Heiligenfigur, aus wetterfestem Plastik und nur einen Fuß groß, stand in einem ausgehöhlten Fernsehapparat. Die Knöpfe waren nicht mehr dran und auch kein Firmenzeichen, aber Dolor meinte, es sei ein Sechzehnzoll-Philco. Das Mahagonifurnier hatte sich verzogen und gewellt.

Der Regen fegte waagrecht in den Schuppen herein, und durch die nassen Wimpern sah Dolor die Tropfen von den Armlehnen seines Rollstuhls abprallen. Seine Jacke und Hose waren durchnäßt. Das Wasser rann ihm aus den Haaren den Hals hinab und in die Kleider, lief in kleinen Rinnsalen über das entstellte Antlitz des Heiligen. Er konnte Mitzi, die hinter ihm stand, nicht sehen, aber er hörte ihre Stimme, ernsthaft, eindringlich, gläubig. Der See wurde vom Regen weißgehämmert. Die Welt schien in einem kahlen Giftsumachzweig komprimiert zu sein. Er beugte sich vor und drückte die Nadel in das nasse Holz. Das kleine Silberbein blinkte. Eine unbekannte Empfindung – war es Glaube? – regte sich in ihm, und er meinte, nein, er war *sicher*, eine heilige Stimme zu vernehmen.

Auf dem ganzen Weg zum Motel, als Mitzi durch den peitschenden Regen steuerte und der Dampf aus ihren nassen Kleidern die Fenster des Wagens trübte, spürte er, wie seine Beine immer stärker wurden. Ihre Zimmer lagen nebeneinander, und sie hielt dicht vor seiner Tür.

»Hol den Rollstuhl nicht raus«, sagte er leise. »Komm nur auf meine Seite rüber.« Während sie um den Wagen herumging, öffnete er die Tür, schwenkte die Beine nach draußen, hielt sich am oberen Rand der Tür fest und stand auf. Mit starrem Gesicht sah sie ihn an. Auf zitternden Beinen machte er einen Schritt, und als er die Wagentür loslassen mußte, legte er ihr einen Arm über die Schulter und schaffte schlurfend die restlichen acht Schritte bis zur Tür. Als sie im Zimmer waren, küßte er sie. Ihre geschwellten Münder waren voll salziger Tränen, und seine wackligen Beine führten sie beide zu dem glatten weißen Bett.

»Nein«, sagte sie. »Nach der Hochzeit. Ich hab' es Gott versprochen«, sagte sie.

Ein Hochzeitsgast

Er erholte sich sehr schnell, so wirken Wunder nun mal. Einen Monat später waren sie verheiratet, denn der Bräutigam konnte das eheliche Glück kaum erwarten, aber die Flitterwochen verbrachten sie in Providence, bei der Beerdigung von Mitzis Tante Delphine Barbeau, die schon bei der Hochzeit wie eine wandelnde Leiche ausgesehen hatte, aus verkrebster Kehle würgend und röchelnd, aber trotzdem ständig Zigaretten verlangt, Schnäpse gekippt und die Leute neben ihr gefragt hatte, ob sie neulich im Fernsehen auch diesen Schimpansen gesehn hätten. Sie krächzte ihre Wünsche dem dicken Tootie zu, der sie hereingetragen und ihr eine Decke über die Beine gelegt hatte.

Er kam zu Dolor, steckte sich eine Zigarette an; seine fettige Stirnlocke hing herab.

»Sie möchte mit dir reden«, sagte er und zog ihn am Ärmel. Dolor beugte sich über das wächserne Gesicht, versuchte nicht vor dem Gestank zurückzuzucken, der von ihrem schwarzen Mundloch ausging. Die Frau krümmte einen Finger.

»Sag's dir. Jetzt hast du deine Cousine geheiratet. Du Dussel!«

»Wie meinst du das? Ich hab' keine Cousine.«

»Frau«, sagte sie vorwurfsvoll, »hast deine Frau geheiratet«, und hustete, hustete in Krämpfen, bis der Dicke sie hinaustrug.

Exvoto

»Frank«, flüsterte sie, als sie ihn, fest in seine Arme geschmiegt, aus wenigen Zentimetern Entfernung ansah: der wächserne Bogen seiner Wimpern, das dunkle, stachlige Kinn und die Wange, sein roter Mund und die nassen Zähne, die er entblößte, wenn er beim Klang ihrer Stimme lächelte. »Ich hab' geträumt, wir waren auf einem Schiff, und das Schiff ist untergegangen, und alle sind ertrunken, nur wir nicht, wir sind auf dem Wasser geschwommen wie Seifenschaum und konnten nicht untergehn, weil wir Ave-Marias gebetet haben, und das hat uns oben gehalten. Frank, ich hab' geträumt, daß du versprochen hast, das Akkordeonspielen sein zu lassen, Gott und dem heiligen Judas zuliebe, der dir deine Beine wiedergegeben hat, ich hab' geträumt, daß wir hier wegziehn, nach Portland oder Boston, und ein ganz anderes Leben anfangen, so ein schönes, glückliches und zufriedenes!«

Sie erklärte ihm, warum sie am falschen Ort waren. Random war eine Dämmerstadt, wo die Leute trübsinnig wurden, dicht am Wasser gebaut, wo einem ständig etwas fehlte und man das Gefühl hatte, daß alle guten Dinge außer Reichweite waren. Männer verrannten sich in ausweglose Situationen. Frauen warfen sich Rohlingen an den Hals, die sie schlugen und quälten, Männern mit verwüsteten und geschwärzten Gesichtern wie alte Aluminiumtöpfe, Männern, die die Frauen demütigten und ihnen alles nur von seiner schlimmsten Seite zeigten. Es war ein Ort, der einen hinunterzog, der dafür sorgte, daß man nie vorwärtskommen konnte, gefangen war in einer Art Halbleben, das niemand außer denen, die darin festsaßen, ertragen würde. Das kam daher, daß alle Leute in Random französisch und doch keine Franzosen waren – sie waren gar nichts, irgendwo steckengeblieben zwischen Franzosen und Amerikanern. Wer wegzog, hatte eine Chance; er konnte ein richtiger Amerikaner werden, seinen Namen ändern und aus den Wäldern entkommen. Sie fragte ihn, was er davon hielt, den Namen Gagnon durch Gaines zu ersetzen.

»Frank Gaines«, sagte sie. »Das klingt doch gut! Ein guter Name für ein Kind, einfacher, amerikanischer als Gagnon. Was hat dieser französische Name dir je genützt? Die Kinder haben dich deswegen veralbert, nicht?«

»Klar. Aber französische Kinder haben mich deswegen auch veralbert, darum glaube ich, daß es an mir lag und nicht an dem Namen.« Ihm waren diese Dinge nicht so wichtig wie ihr. Er war schlaff vor Glück, außerstande, an etwas Vergangenes oder Zukünftiges zu denken, lebte nur im Augenblick.

»Frank«, sagte sie einige Wochen später. Sie lagen zusammen im Bett, aus dem Nebenzimmer hörte man den neuen Zenith-Fernseher, ein Hochzeitsgeschenk von Mitzis Eltern. Mitzi hatte das Gerät angestellt, bevor sie ins Badezimmer und dann in die Küche ging, um Wasser aufzusetzen. Er lag im warmen Bett, ganz schwach vor Glück, während die Fernsehstimmen blubberten wie ein Porridgetopf auf dem Herd, hörte mehr auf das summende Timbre in Mitzis Stimme als auf das, was sie sagte.

»Du weißt doch, Emma und Emil wollen auf Hochzeitsreise gehn, wenn das Wetter schön wird. Sie fahren nach Louisiana, da haben wir Verwandte, und Emma, die will einfach mal da runter, muß immer ihren Willen haben, und sehn, wie's da ist, nur das eine Mal. Sie sagt, wenn du willst, könnte Emil vielleicht dein Akkordeon mit runternehmen und einen guten Preis dafür kriegen, besser als irgendwo hier. Sie sagt, Emil sagt, es könnte vielleicht hundert Dollar bringen, weil es irgendwie ungewöhnlich ist. Du spielst doch sowieso nicht mehr. Ich finde, du bist Gott etwas schuldig, Frank, und dem heiligen Judas, der deine Beine geheilt hat. Und es ist doch so ein Instrument, nicht, wo die Leute sich drüber lustig machen, so was Französisches, du weißt schon, wie ich's meine.« Es gab einen langen Augenblick der Stille, nur mit ihren Atemgeräuschen und den Stimmen aus dem Fernseher. Er wollte, daß sie verstünde, was er dachte, daß sie wüßte, wie glücklich er war und wie wenig ihm das Akkordeon oder irgendwas sonst bedeutete, wenn er nur hier bei ihr liegen und sich vom Summen ihrer Stimme tragen lassen konnte.

»Frank«, platzte sie heraus, »ich möchte auch eine Chance haben. Ich möchte eine Chance haben, etwas zu tun, etwas mit dir zusammen zu tun. Ich möchte, daß unsere Kinder im Leben eine Chance haben und nicht hier im Sumpf steckenbleiben. Frank, ich muß immer weinen, wenn jemand, wenn ein Yankee in einem Leben mal nett zu mir ist. Die meisten zeigen einem gleich, was sie von einem halten, gucken dich so an, na, wieder so eine Frenchie, daß du dir wie der letzte Dreck vorkommst. Frank, es hat keinen Sinn, französisch zu sein und hierzubleiben. Du sprichst gar kein Französisch, du weißt nicht mal, wer deine Eltern waren oder wo sie hergekommen sind, niemand hier kann sich an sie erinnern, die sind bestimmt bloß hier durchgezogen.«

»Klar«, sagte er. »Warum nicht? Warum soll ich das Akkordeon nicht verkaufen? Irgendwie hab' ich das Interesse dran verloren. Mir liegt nichts dran. Egal, was er dafür kriegen kann. Klar«, sagte er. »Wie du's willst, so machen wir's. Ist vielleicht 'ne gute Idee, hier wegzuziehen. Früher hab ich mal dran gedacht, Fernsehmechaniker zu werden.«

»Frank«, sagte sie, »du kannst aufs College gehn, du kannst alles werden, was du willst.«

»Aber eins muß ich dir sagen. Ich will meinen Namen nicht zu Gaines ändern. Frank, meinetwegen, aber bei Gagnon bleibt es. Das einzige, was ich von meinen Leuten noch habe, ist der Name.«

Und sie huschte unter der Decke hervor, ging in die Küche, um ihm seinen Kaffee und einen Teller in Milch eingeweichten Toast mit Ahornsirup zu machen, den er im Bett unter dem silbernen Kruzifix aß, während sie seine Hose bürstete und seine Arbeitsstiefel mit Lederfett einschmierte. Ihm war, als müßte er weinen vor Freude. Aber schon dämmerte ihm die zornige Ahnung, daß soviel berauschende Süße des Lebens nicht von Dauer sein konnte. Er dachte daran, wie der Mann in Montmagny es genannt hatte, *douceur de vivre*. Ja, er wurde nun in dieser Schüssel mit Wein mariniert, aber wie lange würde es dauern, bis er wieder auf den Spieß gesteckt und überm Feuer gebraten würde?

Während sie im Badezimmer war, drückte er sich eine Nadel unter die Fingernägel, bis Blut kam, zur Erinnerung an den Schmerz, von dem Gott und der heilige Judas ihn erlöst hatten. Die verräterische Beobachtung, die er nicht wahrhaben wollte, drängte sich auf – er spürte, wie Schmerz und Schwäche nur darauf warteten, ihn von neuem anzufallen; er war nicht geheilt.

Emils Franzosenwitz

Emil prüfte das Akkordeon. Man müßte was dran machen, meinte er, einer der Knöpfe klemmte ein bißchen, der feine Lederbalg allerdings war heil und dicht, und als er Rauch hineinblies, um Lecks zu erkennen, kam keiner heraus. Das Instrument hatte einen eigenartigen Ton, traurig und gefühlvoll. In Louisiana würde man das mögen.

»Sie werden's kaufen, irgendwer da unten. Weißt du, ich sag' ja nichts gegen die Franzosen, aber was für Waschbärärsche es da unten gibt, das kannst du dir nicht vorstellen, solche Rappelköpfe, und besonders helle sind sie auch nicht! Kennst du den: Thibodeaux geht in die Kneipe, um mit seinen Freunden einen zu trinken, beide Ohren bandagiert. Sagt sein Freund Boudreaux: ›Was ist denn mit deinen Ohren los?‹ ›Ach‹, sagt Thibodeaux, ›ich sitze zu Hause in der Küche, neben dem Bügelbrett, und wie Marie grad mal raus ist aufs Örtchen, da klingelt's Telephon. *Allô, allô, cher,* sag' ich, aber o mein Gott, da hab' ich statt dem Hörer das heiße Eisen genommen und verbrenne mir das Ohr.‹ ›Und was ist mit dem andern Ohr, Thibodeaux?‹ ›Das andere Ohr? Der verdammte Idiot hat noch mal angerufen.‹«

Er lachte schallend und schnaubte sich die Nase in eine von Emmas Papierservietten mit den silbernen Glöckchen, die von der Hochzeit übriggeblieben waren. Wenn er keinen guten Preis dafür bekäme, sagte er zu Dolor, dann würde er es selbst kaufen, damit es in der Familie bliebe. Auf die Weise wäre es dann immer noch da, wenn Dolor es sich wieder vornehmen wollte.

»Nein, ich spiele nicht – ich spiele nie mehr.« Er hatte gleich zweimal verneinen wollen, aber Mitzi korrigierte in letzter Zeit seine Ausdrucksweise.

Nach Louisiana

»Mein Gott, dies Interstate-System hat schon was für sich!« sagte Emil zu Emma. »Du kannst in der halben Zeit durchs Land fahren.«

»*Drive your Chev-ro-lay through the USA, America's the greatest la-la-laaaa*«, sang Emma mit spöttischer Kinderstimme. Sie saßen in dem neuen Wagen, einer distelgrauen Chevrolet V-B-Limousine, obwohl Emil lieber einen Kombiwagen gehabt hätte. In Kansas City hatten sie bei einer Tanzerei bis zum frühen Morgen polnische Polkas gehört, im verrückten Stil von Kansas City, der so wild war, daß sie überhaupt nicht danach tanzen konnten, allerdings sahen sie ein Paar, das unter gewaltigem Beifall die allerschnellste Polka tanzte und dabei einen einzigen Hula-Hoop-Reifen um beider Hüften kreisen ließ. »Damit hätten sie ein Lagerfeuer anzünden können«, sagte Emil.

Sie hatten in Des Plaines gehalten wegen der Fünfzehn-Cent-Hamburger in einem Drive-in namens McDonald's, das ihnen ein Tankwart empfohlen hatte, waren dann auf die Route 66 nach Süden abgebogen, jeden Abend in ein Drive-in-Kino gefahren, über Pontiac Ocoya, Funks Grove, wo Emma eine Büchse Ahornsirup kaufte, vorüber an Getreide-hebern und Lkw-Rastplätzen, Hot-dog-Ständen, dem Dixie Trucker's Home, tausend Tankstellen von Texaco, Shell, Mo-bil, Phillips 66, und Emma suchte die Nachtquartiere nach den Hinweisschildern aus, GEHEIZT – RUHIG – CHRISTLICHE ATMOSPHÄRE, während die Räder über die geteerten Nahtstellen auf der vierspurigen Straße holperten. Bei Sand Owl kamen sie an einem Unfall vorbei, das Pflaster voll Öl, Wasser und Benzin und drei Wagen im Graben, einer davon mit den Rädern zuoberst, ein Mann mit blutfleckigem weißem Hemd im Gras und Polizeiwagen mit blinkenden roten Lichtern.

»Da schau' ich lieber nicht hin«, sagte Emma, und sie rollten weiter nach St. Louis und Rolla, wo sie zum erstenmal die zunehmende Hitze bemerkten, wandten sich nach Süden, vorbei an Little Rock und einem Schild, auf dem stand:

Welches war
das letzte Wunder,
das Christus bewirkte,
kurz bevor er
gekreuzigt wurde?

aber die Antwort fehlte, und weiter nach Cuba, wo sie Opossums auswichen, nach Alton, wo eine amerikanische Fahne mitten auf einem Maisfeld wehte, Searcy, Lonoke, Fordyce, Natchitoches, Bunkie, vorüber an Raststätten, einem Café mit einer Riesenmilchflasche drauf, das Emil an die Schallplattenfabrik mit dem Hund auf dem Dach erinnerte, und Emma sagte, das sei noch gar nichts, in Kennebunkport, da gebe es einen Souvenirladen in der Form eines Walfisches, aber dies alles stellte eine Drive-in-Eisdiele in den Schatten in Gestalt eines gewaltigen schwarzen Bären, und man fuhr zwischen den Vordertatzen rein und sagte in ein Mikrophon, was man wollte, und bekam es dann, wenn man unterm Schwanz rausfuhr, und schließlich waren sie in dem flachen, heißen Land kurz vor dem Golf von Mexiko.

In der letzten Nacht unterwegs rief Emma ihre Mutter an, um ihr zu sagen, daß sie fast schon da waren, was der Junge mache, ob er noch auf sei oder schon im Bett, hallo Schätzchen, ich bin's, Mama ... nicht mehr lange ... nächste Woche machen wir uns auf den Rückweg, ich bring' dir auch eine Überraschung mit ... bye-bye ... hallo, *Maman*, er hört sich ja gut an und – was? Was? WAS? Mit versteinertem Gesicht und den Riemen ihrer Handtasche zwirbelnd, kam sie zum Wagen zurück und warf sich mit Wucht auf den Sitz.

»Was ist los?« sagte Emil. Sie wollte es nicht sagen, lange Zeit, eine Stunde. Er fuhr langsam und vorsichtig, blickte zu ihr rüber, tätschelte ihr das Knie und sagte, nun sag doch, sag doch, ist was mit dem Jungen, und als sie den Kopf schüttelte, was dann, deine Mutter, dein Vater, also was? Was ist passiert? He? Endlich hielt er, auf einem geschotterten Ausweichplatz neben einem Bayou unter dichten Bäumen mit Ranken von Spanischem Moos. Es roch faulig.

»Nun sag schon!«

»Es ist Dolor. Dolor hat sich umgebracht. Emil, er hatte doch alles, wofür es sich zu leben lohnt, sie wissen nicht, warum er's getan hat. Er hat ihr einen Zettel dagelassen, da stand nur drauf ›Ich bin glücklich‹. Meine arme Schwester, sie haben ihr Beruhigungsmittel gegeben.«

»Du meine Güte! Wann war es?«

»Samstag. Vorgestern. Wir sind durch die Gegend gefahren

und haben rumgealbert und unsern Spaß gehabt und sein kleines grünes Akkordeon auf dem Rücksitz, und da ist er —«

Bitte, bitte, Emil, dachte sie, frag mich nicht, wie.

Laß dir von einem toten Mann nicht die Hand schütteln

Piano-Akkordeon

Ein neuer Besitzer

Ein Lastwagen stand auf dem Rasen, mit einem handgeschriebenen Schild an der Windschutzscheibe: ZU VERKAUFEN $ 400. In der Auffahrt hielt röchelnd eine Limousine voller undeutlicher Gesichter, ein Gewimmel von Kindern auf dem Rücksitz, aufs Dach geschnallt ein metallener Viehfuttertrog. Die Frau auf dem Beifahrersitz war ihrer Haltung nach eindeutig schwanger. Die Fahrertür stand offen und ließ eine Wolke kleiner schwarzer Stechmücken ein, während der Fahrer, Buddy Malefoot, ein muskulöser Mann in weißen Jeans und weißen Gummistiefeln, einen verperlten Waschbärfuß, den er in einer Auster gefunden hatte, an einer Kette um den Hals, sich unter die Kühlerhaube bückte, an Drähten rüttelte, den Finger unter Riemen hakte, um ihre Spannung zu prüfen, am knochentrockenen Meßstab den Ölstand ablas und dann hervorkam, um mit seinem guten Fuß gegen die schlaffen Reifen zu treten. Er hatte ein knochiges, kastenförmiges Gesicht, an den Kiefern ebenso breit wie an der Stirn, die Schädeldecke abgeflacht, mit zwei Henkelohren, gegen die alle Heftpflaster in seiner Kindheit nichts genützt hatten. Seine speckige Mütze saß hoch auf dem schwarzen Kraushaar. Er war in jeder Hinsicht rechtsseitig, von dem Muttermal am rechten Ohr, dem rechten Auge, das größer war als das andere, den fünf langen Haaren in der Nähe der rechten Brustwarze, den Fingernägeln, die an der rechten Hand schneller wuchsen, bis hin zum rechten Bein, das länger war, und dem Fuß, der eine volle Schuhnummer größer war als der linke. Im Haus wartete jemand hinter der Fliegengittertür, öffnete sie einen Spalt weit, aber Buddy hob die Hand und schüttelte den Kopf, stieg in den Wagen und fuhr rückwärts heraus.

»Ist es nicht gut?« Es war die Stimme seines Vaters, Onesiphore, der hinten saß und eine Zigarette rauchte, ein Mann mit demselben eckigen Gesicht wie sein Sohn, doch mit weißem Stoppelbart, das vergilbte Haar gewellt, vor den Augen Brillengläser, in denen sich die Reisfelder und der wäßrige Himmel spiegelten.

»Verdammt noch mal überhaupt nicht, sieht aus, wie wenn der Teufel mit der Keule draufgehaun hätt'.« Er hatte einen Fleck Wagenschmiere an der Stirn wie ein indisches Kastenzeichen.

»Na wunderbar, ich will sowieso nicht sehn, wie du's ausgibst, das Entschädigungsgeld. Scheint doch, ihr habt schon alle TV und Akkordeon. Solltest ein bißchen sparen.« Er schnippte die Zigarette aus dem Fenster.

»Das denke ich auch«, sagte die Schwiegertochter vorn, drehte sich halb um und zeigte Onesiphore ihr butterweiches Profil. Sie trug ein gestreiftes Mini-Umstandskleid, und ihre bloßen Schenkel waren punktiert von Mückenstichen.

»Scheint doch, verletzt worden bin ich. Scheint doch, du vergißt, niemand hat mir zu sagen, was ich zu tun hab'. *Va brasser dans tes chaudières*!«

Die Limousine holperte auf ihren schlechten Stoßdämpfern über die Straße, saß an den Kurven fast auf.

»Ich *sag'* dir gleich, was du zu tun hast«, sagte der Rücksitz. »Du fährst jetzt vernünftiger, oder ich zieh' dir eins über. Bist noch nicht rausgewachsen, daß ich dir Beine machen kann. Ich will nach Haus und es ansehn, das Akkordeon.«

»Schön, Papa! Deinem armen, fußverletzten Sohn Beine machen!«

»Dein Fuß ist so gut wie meiner. Hoffentlich ist es auf D gestimmt.« Onesiphore Malefoot reckte sich über die Lehne des Vordersitzes, um nach dem schwarzen Koffer zwischen den Füßen seiner Schwiegertochter zu sehen.

»So? Möchte *dich* mal sehn, ob du eine Minute damit laufen könntest. Hab' dir gesagt, es ist auf C.«

»Ich, o ja, ich möchte gern ein D. Wie das schöne von Ambrose Thibodeaux, das alte Major.«

»Träum weiter.«

»Gibt Zeiten, da würd' ein Sohn nicht mit seinem Vater sprechen wie du, in meiner Jugend, da wohnten wir zu Hause, aßen nur, was wächst im eigenen Stall und Garten, nicht diesen Supermarktfraß, sondern *sacamité*, die gute Okra-Gumbo, *boudin,* wie du's heut nicht mehr kriegst, ja, o ja, da waren die Kinder noch gut – der Ärger fing erst an, und das ist die Wahrheit, als die Kinder alle mußten zur Schule gehn und reden nur noch *américain*. Du, du und Belle, ihr konntet Französisch, perfekt Französisch, als ihr klein wart, und jetzt kein Wort, und die Enkel, die können nicht mehr ein Cheeseburger unterscheiden von einer *tortue ventre jaune*.« Er steckte sich eine neue Zigarette an.

»So? Dann sieh mal zu, wie weit du auf der Plattform mit Französisch kommst! Diese Ölmänner kommen hierher doch aus Texas, aus Oklahoma, die haben das Geld, die verteilen die Arbeit, alles, *business strictly american*, und da mußt du deine Berichte machen, alles genau so. Was nützt mir da Französisch? Das ist wie eine Geheimsprache, die keiner versteht. Wie Kinderlatein, *sit grada usu ilata in.* Schön und gut für zu Hause, mit der Familie reden und Lieder singen.« Sein rechtes Augenlid zuckte, ein Tick, den die Anstrengung, mit seinem Vater zu reden, auslöste. Eines der Kinder lag auf dem Rückfensterbord, das andere, Bissel, hockte auf dem Boden und häufte Schottersteinchen auf die Stiefelspitze seines Großvaters. (Sechzehn Jahre später kam Bissel, der in einer Disco-Band in Baton Rouge spielte, zu Besuch nach Hause und sah zehntausend schreiende Menschen, die dem Alten beim Cajun-Musikfest stehende Ovationen gaben. »Scheiße, das ist doch mein Großvater!« sagte er zu seiner Freundin, voll Wut, als wäre dies ein Geheimnis, in das man ihn sein Leben lang nicht eingeweiht hatte. Als der alte Mann an Trichinose gestorben war, wechselte Bissel auf das Akkordeon über, imitierte ein Jahr lang mit gespenstischer Sicherheit den Singstil seines Großvaters und rutschte dann in den Swamp Pop hinüber.)

»Opa, hast du Schildkröten gesehn, als du noch klein warst?«

»Gesehn? Gegessen haben wir sie. Sie gefangen im Sommer, wenn der Sumpf ausgetrocknet ist, ausgegraben. Manchmal finden wir sie nach einem Gewitter. Tun sie in den Stall, bis wir essen wollen. Wenn du die Frau Schildkröte voll Eier kriegst, da hast du was Gutes! Wir haben immer gefühlt, getastet mit den kleinen Fingern, ob wir Eier finden. Das Fleisch ist die *Maman fricassée*, aber das Beste ist der Eidotter grad so auf dem Teller, schmeckt wie Hühnerei. Ihr Kinder habt noch nie Schildkröte gegessen? Schmeckt gut! Seht ihr, man kocht die Eier den ganzen Tag und die ganze Nacht und den ganzen nächsten Tag, und das Weiße wird überhaupt nicht hart. Man muß es aus der Schale saugen, sie haben Schalen wie Leder. Ich seh' schon lange keine Schildkröte mehr, paar Jahre. Ach, riecht ihr diesen *café*! Immer in der Straße riecht es so gut nach *café*! Ich, also ich könnte jetzt einen vertragen. Schnell, nichts wie heim! *A la maison, mon fils*! Dieser *petit noir*, er badet mir schon die Zunge. *Le café noir dans un paquet bleu, le plus je bois, le plus je veux*«, sang er mit seiner berühmten Stimme, durchdringend und nachzitternd, der klagende Ton früherer Zeiten, verwandt mit den Gesängen der von der Erde verschwundenen Chitimachas und Houmas. »Ich, also ich würde sagen, wir kriegen bald wieder Regen. Seht mal dort raus!« Vom Golf zog eine blauschwarze Wolkenmasse herauf. Nur seine Schwiegertochter warf einen Blick nach Südwesten und nickte, um die Illusion zu nähren, daß sie beide verschworen waren, einig gegen Buddy und Mme. Malefoot. Onesiphore tätschelte ihr die Schulter und sang weiter, rauchend, während der Wagen durch das heiße, flache Land rollte.

Die Malefoots – denen ihre Feinde nachsagten, daß ihr Name sich von *malfrat*, Verbrecher, herleite – waren eine weitverflochtene Sippschaft, mit Knoten und Wurzelstöcken, die über den ganzen Kontinent reichten wie die Fäden eines großen Pilzes. Im siebzehnten Jahrhundert waren sie einst aus Frankreich über den Nordatlantik nach *Acadie* in der Neuen Welt gekommen, hatten die Briten ignoriert, als Frankreich das Land an England abtrat, von dem es in Nova Scotia umbenannt wurde. Die Malefoots und Tausende von anderen an den Ufern der *Baie Française* mißachteten die anmaßende Forderung, einen Treueid als Untertanen der britischen Krone abzulegen – ein Mangel an Begeisterung, den die Briten als Verrat auslegten. Tausende von Akadiern wurden per Schiff in die amerikanischen Kolonien verfrachtet, manche suchten auf eigene Faust anderswo Zuflucht. Die Malefoots fuhren zuerst nach St. Pierre, dann nach Miquelon, Felsbrocken vor der Küste von Neufundland, wurden nach Frankreich zurückgebracht, wo sie monatelang schmachteten, bis sie abermals den Ozean überquerten, nach Halifax in Nova Scotia und von Halifax per Schiff nach New Orleans in Französisch-Louisiana, zur Unzeit, denn wenige Jahre nach ihrer Ankunft wurde das Gebiet an Spanien abgetreten. Die Flüchtlinge zogen nach Norden und Westen in das heiße, triefende, sumpfige Land der Opelousas, Attakapas, Chitimachas und Houmas, an die akadischen Küsten, an die Bayous Têche und Courtableau, lernten wackelige Kähne zu staken und in der feuchten Wärme zu leben. Sie heirateten kreuz und quer, vermischten und vereinten ihr Blut mit dem der einheimischen Stämme, mit dem Blut von Haitianern, Westindern, Sklaven, Deutschen, Spaniern, freien Schwarzen (*nègres libres*, viele davon mit dem Namen Senegal, nach dem Fluß ihrer Heimat) und Anglo-Siedlern, manchmal sogar mit *américains,* schufen so eine französisch verwurzelte *méli-mélo*-Kultur, und das Akkordeon, das sie zuerst von den Deutschen entlehnten, belebte die Küchenfeste in den Prärie-Gemeinden; in den Sumpfgebieten tanzte man zur Geige.

Längs der großen Flußarme, der Bayous, erstreckten sich Schwemmlandablagerungen von märchenhafter Fruchtbarkeit. Im Attakapas-Land pflanzten die Malefoots Zuckerrohr und Mais, arbeiteten auf den Plantagen Seite an Seite mit importierten chinesischen Tagelöhnern, trieben die großen Zucker-Maultiere an. In den schönen Herrenhäusern wohnten sie niemals. Bei den Opelousas lebten sie auf kleinen, manchmal anteilig bewirtschafteten Farmen, bauten Mais und Baumwolle an. Sie hielten ein Beet Jamswurzeln und ein paar Reihen irische Kartoffeln.

Ihre Häuser, auf Inseln oder an den Uferhängen der Bayous, standen auf Zypressenpfählen über dem Boden, mit gestuft schrägen Dächern, aus Westindien übernommen, die auch die eingebauten Veranden und die Außentreppen mit einer vom

Dach überhängenden *fausse galérie* bedeckten, um den schräg hereinwehenden Regen fernzuhalten. Sie glätteten die Innenwände mit Kalkmilchlehm und Moos, pflanzten Blue-Rose-Reis an, und im Atchafalaya-Becken, dem großen Süßwassersumpf, sammelten sie Moos, schossen Alligatoren, stakten durch die Marsch, wo Silberreiher vor ihnen aufflogen wie schneeweiße flatternde Tischdecken, schlängelten sich durch das salzige Labyrinth von Zitterprärie, Austerngrün und Kammgras bis an den Rand des Golfs. Im Golf warfen die Malefoots, die einst Dorschfischer und Walfänger im Nordatlanik gewesen waren, die Schleppnetze nach Garnelen aus, fingen Austern mit Zangen, fischten, und seit 1953, als die Regierung Bohrungen vor der Küste genehmigte, arbeiteten sie auf den Ölbohrinseln, hatten aber das langsame Gleiten der Piroge durch die schwarzen Kanäle nicht vergessen, das Zischen des Bootes, wenn es das Gras zerteilte, den Nutria in der Falle, *la belle cocodrie*, die Schnauze glänzend vor nasser Entengrütze. Immer noch stakten Malefoots, mückenumschwirrt und nach blutdurstigen Stechfliegen schlagend, durch das schimmernde Wasser, nur Himmel und Riedgras, aber nun klagten sie, daß alles anders wurde, weil die Wasserwege unter den wuchernden, hier nicht heimischen Wasserhyazinthen erstickten und die Brutgewässer der Garnelen velödeten, seit das Ingenieurkorps der Armee den natürlichen Verlauf des deltabildenden Mississippi mit einem Dammsystem versperrt hatte, so daß die reichen Schlammablagerungen, die aus dem Herzen des Kontinents hierhergeschwemmt wurden und seit ewigen Zeiten die großen Marschen gespeist hatten, abgeschnitten waren und nutzlos ins Meer gespült wurden. Die Sümpfe und Marschen lösten sich auf, versanken, schrumpften dahin. Eine Generation später waren fünfhundert Quadratmeilen Land vom Wasser verschluckt. Die Salzmarschen wurden abgedämmt und mit Süßwasser durchgespült, um eine Reisernte zu ermöglichen, dann trockengepumpt als Viehweiden, wo das schnelle Geld zu machen war, das texanische Grossisten für minderwertige Kälber zahlten.

Quadratschädelige Verwandte der Malefoots lebten in New

Brunswick und in Maine, überall in Texas, in Beaumont am Golf, oben im Big-Thicket-Land, wo Basile Malefoot unter die Plemon-Barko-Specknacken eingeheiratet hatte, die mit ihren Kötern im öden Grenzland johlende Waschbärjagden veranstalteten, Basile, der zu Pferde mit seinen Hunden ungezeichnete Schweine zusammentreiben, ein quiekendes Jungtier mit dem Seil einfangen und zu sich in den Sattel hochziehen konnte, ihm die Klammer ins Ohr drücken und loslassen. Dann ein Schlenker mit dem Seil, ein Schrei, und er hatte das nächste.

Elmore Malefoot, Basiles älterer Bruder, züchtete Rinder und Schweine, im Kampf mit dem Texas-Fieber, mit Zecken und Fliegen am Nordrand der Calcasieu-Prärie, wo die Kiefern in Keilen und Zipfeln ins flache Grasland vorsprangen wie Kaps und Landzungen ins Meer, wo die Eichen- und Hickorywälder und die kleinen Einkerbungen der Prärie Bais und Buchten und Inseln genannt wurden, weil sie die Heimwehkranken an die Unregelmäßigkeiten der verlorenen Küste erinnerten. In den Wäldern nördlich der Prärien lebte eine Spreu von Iro-Schotten und Amerikanern auf den einsamen Inseln ihrer quadratischen Parzellen, fern den Freuden der Geselligkeit und den Annehmlichkeiten guter Nachbarschaft. Die Deutschen, die vom Mittelwesten heruntergekommen waren, um statt Weizen Reis anzubauen, waren aufgesogen worden; nach dem ersten Schluck Bayou-Wasser hatten sie sich in Franzosen verwandelt.

Onesiphore, der dritte Bruder, war in der kleinen Siedlung Goujon geblieben. Lange schmale Streifen Farmland erstreckten sich hinter den Häusern wie vor Jahrhunderten am fernen St. Lorenz. Onesiphore hielt Schweine und pflanzte Zuckerrohr, und ein paar magere Rinder weideten auf dem *gazon*, dem dichten, üppigen Gras, das aber wenig nahrhaft war und abstarb und verfaulte, wenn unvermeidlich auf den winterlichen Frost der Regen folgte. Die alten Landstraßen hatte der Staat in den dreißiger Jahren pflastern lassen, und jetzt, 1959, bauten die Leute ihre Häuser neben den Straßen, die nun keine Sumpfpfade oder Staubpisten mehr waren, so wie sie

- 289 -

einst am Ufer des großen Stroms im Norden gebaut und dem Land ein neues Muster aufgeprägt hatten.

Onesiphore Malefoot konnte sich noch an seinen Vater André erinnern, der immer wie auf einem Stuhl zurückgelehnt aussah, auch wenn er stand. Ihr neues Haus, das in Mermantau, in der Nähe des Sägewerks, gebaut worden war, hatte André mit Ochsengespannen und mit Hilfe seiner Söhne Elmore und Basile über die offene Prärie herangeschleppt.

»Es dauerte drei Tage, bis sie in Goujon waren. O ja, sie konnten nicht mehr schaffen als zehn Meilen am Tag. Der arme, liebe Kerl, er hat soviel Glück wie ein gehäutetes Kalb. Er läßt es hinbringen, und was für eine Mühe, da vergißt er, daß es aufgebockt steht, und in der Nacht – da geht er und fällt von der Hauswand runter und bricht sich das Bein.« Das Haus stand zwischen vier riesigen gelbblühenden Jasminbäumen – ein berauschender, einschläfernder Duft, der für jeden Malefoot, der je zwischen seinen Wänden gelebt hatte, Heimat bedeutete, von einer Lieblichkeit, die Buddy vermißte, wenn er draußen auf der Plattform seine vierzehn Tage ableistete, gutes Geld verdiente und vor Heimweh schier umkam.

»Sag mir noch einmal: dieses Akkordeondings, wie hast du es gefunden, und was ist so gut daran? Warum kaufst du es? Wir haben Akkordeons genug, das Napoleon Gagné, das blaue, wir haben das dreireihige spanische, und du, du hast das hübsche kleine Soprani, und das komische alte könnten wir auch reparieren lassen – ich kann mir all die Namen nicht merken, aber was ich gern haben würde, ist das alte schwarzgoldene Monarch. O ja! Hier haben wir nun ein *accordéon mystère*, oder?«

Die Schwiegertochter machte zum zweitenmal den Mund auf.

»Pete Luciens Marie hat ihre Nichte Emma aus Maine zu Besuch, ihr Mann Emil macht da oben ein bißchen Musik, Akkordeon–«

»Country, er macht Country-und-Western-Musik. Du weißt schon, so Sachen wie ›Sattle mein jodelndes Pferd und reite durchs Lagerfeuer bei Nacht–‹« Buddy ließ einen imitierten Cowboy-Jodler los. »Was zum Teufel machen die bloß mit so einer Musik in Maine? Hast du 'ne Zigarette, Papa?«

»Na, und hier bei uns? Happy Fats, o ja, also wenn der keine Einflüsse hat von Country-Western! Die Rayne-Bo Ramblers, die Hackberrys? *Diable*, die haben das schon gespielt, als ich noch ein *bébé* war! Und Frank Deadline, nach dem Krieg? Ich selbst spiele das, o ja, Western Swing, *du* spielst es, was du spielst, klingt manchmal rein wie Country. Mein Gott, nichts als Country, was man hört im Radio. Du selbst sagst mir, Country ist alles, was du reinkriegst draußen auf der Plattform. Dann spielt dieser arme Emil also Country-Western-Akkordeon, kommt hier herunter, hört ein bißchen Louisiana-Musik und beschließt, o ja, er gibt es auf, sein Akkordeon, weil er nie so gut wird spielen können wie die Cajuns?«

Die Schwiegertochter, einen Rauchkranz um den Kopf, kicherte. »Von wegen!«

»Von wegen!« sagte Buddy. »Er mag unsere Musik nicht, zu traurig, nicht eingängig. Nein, sein eigenes Akkordeon, das behält er, so ein großes Piano-Akkordeon, weiß, wiegt drei oder vier Tonnen und klingt nicht mal so voll wie ein kleines mit zehn Knöpfen. Das Akkordeon hier ist das von jemand anders, dem Mann von der Schwester der Nichte. Die Nichte, das ist Emma, und ihre Schwester ist Marie, genannt Mitzi. Der Typ da oben in Maine, Maries Mann, hab' vergessen, wie er heißt, der ist es, dem dieses Akkordeon gehört hat« – er deutete auf den Koffer zwischen den Füßen seiner Frau –, »und der war total verkrüppelt, ich weiß nicht, hatte das irgendwas zu tun mit diesem Unfall, bei dem Emmas erster Mann gestorben ist, du erinnerst dich?«

»Lastwagenunfallmann, der einzige, von dem ich gehört hab', o ja!«

»Das ist der. Emmas Mann, ihr erster, *vor* diesem Emil-mit-dem-Akkordeon-zu-verkaufen, das dem Freund von Emmas Lastwagenunfallmann gehört, dem Freund, der Emmas Schwester Marie-genannt-Mitzi heiratet und was an den Beinen hat, weiß nicht, wie er heißt. Solche Lieder sollten sie da oben spielen, französische Lieder über Kettensägen und Holzlaster. Aber nein, sie müssen sich Cowboyhüte aufsetzen. Also dieser Freund mit den kaputten Beinen von Emmas Lastwagenunfallmann – ein Freund von Emil ist er auch –, dem sein Akkordeon das ist, der sitzt im Rollstuhl und gibt Gott ein Versprechen, wenn seine Beine besser werden, dann läßt er das Akkordeon sein. Und so kommt's. Es geht ihm besser. *Und dann?* Dann bringt er sich um. Zwei oder drei Monate verheiratet und bringt sich um. Da sind Emil und Emma schon unterwegs hierher, um das Akkordeon für ihn zu verkaufen, irgendwer hier unten wird es schon haben wollen. Und Marie-genannt-Mitzi, Emmas Schwester und die Frau von Emils Rollstuhlfreund mit den kaputten Beinen, der auch der Freund von Emmas Lastwagenunfallmann ist, die braucht nun jeden Dollar. Jedenfalls, mit dem Knopfakkordeon kann da oben niemand mehr was anfangen. Genau wie hier. Das ist Frenchie-Zeugs, sagen sie, darum stehn alle auf Gitarre, spielen Rock and Roll und all so was. Aber wie ich's ein bißchen gequetscht hab', da hör' ich doch, es ist was Besondres, Papa, der Klang wird dir gefallen, und es hat einen schönen langen Balg, viel Quetsch drin, eine klagende Stimme. Ein nettes kleines Mädchen von Akkordeon, voll Heimweh nach den Kiefern im Norden und nach diesem armen toten Kerl, und da weint es nachts in sein Kissen.«

»*Vite! A la maison!* Ich muß dieses Akkordeon gleich hören.«

»Er hat seinen Namen eingeritzt, aber ich denke, den können wir abschmirgeln. Lederbalg, Ziegenleder *très bon*, geschmeidig. Er hat was draufgeschmiert, was sie früher bei den Holzfällern aufs Pferdegeschirr getan haben, sagt dieser Emil, damit's nicht austrocknet.«

»Er's nicht steif, er wehrt sich nicht? Lederbälge wehren sich, o ja, das tun sie! Ich weiß noch, der eine, den Iry Lejeune hatte, bevor er überfahren wurde – wie wenn man eine Leiche quetscht.« Er blies einen Rauchstrahl durch die gespitzten Lippen.

»Nein, er geht ganz leicht. Das Ding ist in ziemlich gutem Zustand, mein' ich. Du wirst es gleich sehn, Papa.«

Trois jours après ma mort

Sie näherten sich nun dem Dorf, kamen an der Tankstelle an der Kreuzung vorüber.

»Warte, warte! Was ist das?« Onesiphore zeigte auf ein unfertiges Gebäude, an dem die Brüder Marais gerade die Außenverkleidung festnagelten, mit klaffenden Rechtecken in der Fassade für die Spiegelglasfenster.

»Soll ein Restaurant werden. Jemand aus Houston steht dahinter. Boudou's Cajun Café soll's heißen, Jambalaya, Krebssuppe und Live-Musik jede Nacht. Für die Touristen.«

»Wer ist dieser Boudou?«

»Niemand. Erfinden einfach einen Namen, klingt nach Cajun, jedenfalls französisch. Förderung des Fremdenverkehrs, Beschäftigung einheimischer Arbeitskräfte, und das sind die Brüder Marais.«

»Weißt du«, sagte Onesiphore, kniff böse die Augen zusammen, »meine Generation, wir leben einfach. Wir denken nicht, wir sind wer weiß was, wir werden geboren, leben, gehn fischen und auf den Feldern arbeiten, essen zu Hause, tanzen, machen ein bißchen Musik, werden alt und sterben, kommt niemand her und nervt uns. Deine Generation ist der Bruch. Alle redet ihr amerikanisch, kaum mehr französisch. Manche sagen: ›Oh, ich muß Französisch lernen, ich muß Cajun sein, zeig mir schnell ein paar Wörter und gib mir ein *'tit fer*, ich will Cajun-Musik machen!‹ Und diese *bébés* hier, die wachsen jetzt auf in einer Zeit, wo Fremde ankommen und ein Restaurant aufmachen – ißt niemand mehr zu Hause und geht dann tanzen, sondern gehn in ein Restaurant, das gehört einem Typ aus Texas, Lokal für Touristen, die kommen Cajuns angucken wie die Affen im Zoo. CAJUN-LAND! Sollen sie ein Schild aufstellen.«

Buddy rollte die Augen. Sie waren schon an Dumonts Laden vorüber, bei dem Maschendrahtzaun, oben mit zwei Reihen Stacheldraht, vor Bo Arbours neuem Ranchhaus mit den meerblau gestrichenen Fensterrahmen, den Gipsenten im verwucherten Gras und der ersten Reihe der Fernsehantennen,

- 293 -

die mit ihren Bögen und Kurven die Luft markierten wie die Schlangenlinien der alten Viehbrandzeichen.

»Man sollte nicht denken, wenn man so ein hübsches Haus sieht, daß der alte Arbour an Lepra gestorben ist. Oh, ich weiß noch, sie sagten, sein Bein war wie Käse, der große Zeh ist abgefallen im Schlafzimmer, und sie haben ihn weggebracht nach Carville zu den Leprakranken. Haben lange ein Geheimnis draus gemacht, damit er zu Hause bleiben konnte.«

»Ist mit Arbeit auf der Ölplattform gebaut, das Haus«, sagte Buddy aus dem rechten Mundwinkel heraus. Sie waren bei Onesiphores Rinderteich und bogen in seine Auffahrt ein. Buddy und die Schwiegertochter wohnten am andern Ende des Dorfes bei dem Reisfeld, in einem Fertighaus, das Buddy immer noch nicht abbezahlt hatte. Sie hielten hinter Onesiphores altem Lastwagen, an dem kein Splitter Farbe mehr war, nur die rostbraune Hülse eines Lieferwagens, abgenagt von der feuchten Salzluft, ringsum verbeult von den Unfällen des Alten und seinen Rempeleien mit betrunkenen Fahrern auf den Parkplätzen der Tanzlokale. Die Kabine hatte Einschußlöcher aus der Nacht, als Belle getötet worden war.

»Setzen wir zuerst mal den Viehtrog ab«, sagte Onesiphore. »Ich will ihn da drüben am Zaun, wo jetzt der alte hölzerne steht.« Die Zigaretten im Mundwinkel, damit ihnen der Rauch nicht in die Augen biß, trugen sie ihn an den Zaun und zogen den splittrigen und kaputten Holztrog beiseite, der schon immer dort gestanden hatte, so weit Buddy zurückdenken konnte. Onesiphore machte den neuen Trog mit Draht am Zaun fest. Das verzinkte Metall schimmerte.

»Können die Kühe ihn nicht wegstoßen, o ja, wenn er leer ist«, sagte er. »Wir versuchen's erst mit etwas Heu, daß sie sich gewöhnen an diesen guten neuen Trog.« Er löste einen Ballen auf und warf ihn hinein. Von weitem hörte man es donnern.

Belle

Die Schwiegertochter ließ ihre Kinder am Eingang die Schuhe ausziehen; Mme. Malefoot hielt ihr Haus grimmig sauber, und das war ein Grund, warum Buddy und seine Familie nicht oft herkamen. Der Gasherd an der einen Wand schimmerte ebenso weiß wie der Kühlschrank an der andern gegenüber. Das reine blaue Tageslicht vom Fenster prallte ab von der weißen Emailtischplatte und dem blanken gläsernen Aschenbecher. Der Boden war weißes Linoleum, wäßrig glitzernd vom Bohnerwachs. Mme. Malefoot hatte diesen Bodenbelag bestellt, nachdem Belle vor einigen Jahren auf dem Parkplatz in Empire umgekommen war. Außer ihr waren noch drei Personen bei den Streitigkeiten in jener Nacht erschossen oder erstochen worden, zwei davon niedergeknallt von einem wütenden und betrunkenen Randalierer namens Earl, der aus der Bar rausgeflogen war, weil er den anderen Gästen an die Beine pißte (er hatte später im Gefängnis einen tödlichen Hustenanfall). In der unsicheren Dunkelheit waren die Gäste von Wand zu Wand gerannt, zum Parkplatz und wieder zurück, wie Ameisen, auf denen Pferde herumtrampeln. Belle, deren Silhouette von Earl mit der des Barmanns verwechselt wurde – beide waren klein und zierlich, beide mit krauser Haarmähne –, bekam eine Ladung Rehposten in die Brust und starb am nächsten Morgen im Krankenhaus. Im Wartezimmer hatte es nach Meerschweinchen gerochen.

Mme. Malefoot, schon immer eine reinliche Hausfrau, begann nach Belles Beerdigung zwanghaft zu putzen, sprach wenig, verfiel in immer längere Schweigephasen. Sie schlief nicht mehr im Ehebett, sondern im Zimmer ihrer verstorbenen Tochter. Im flutenden Licht des aufgehenden Mondes schien es ihr manchmal, daß das Mädchen nur verreist war, zu Besuch bei ihren Cousins in Texas. Eine langsame, feierliche Musik, reine Stimmen schwebten mit dem Mondschein durch die zerrissenen Wolken ins Zimmer. Ein Netz von Lichtreflexen erschien an der Wand, zartes Maschengeflecht, gewölbt wie ein gespannter Bogen, am unteren Ende ein breites Band und ein Saum feiner Fransen, lange Mondlichtfäden, in Bewegung gebracht durch die warme Luft über dem elektrischen Ofen, durch die das Licht hindurchging. Sie konnte die Quelle dieses schönen und merkwürdigen Streulichts nicht ausmachen, und nach wenigen Minuten war es verschwunden, und die Wand zeigte wieder ihr gewöhnliches stumpfes Weiß. Sie nahm dies als Beweis für die Himmelfahrt und Gegenwart ihrer Tochter. Heimlich kaufte sie sich ein Sortiment Farbtuben und versuchte, wenn Onesiphore nicht im Haus war, das Gesicht der Verstorbenen nachzubilden, indem sie alte Photos abmalte, zuerst auf Papptellern, dann auf quadratischen Leinwandstücken, die sie unaufgespannt flach auf den Tisch breitete. Sie malte Belle als Säugling, als kleines Mädchen, wie sie sich eine Schnappschildkröte über den Kopf hielt, wie sie kniend ihr Gebet sprach, als junge Frau an der Seite ihres Vaters, das 'tit fer schlagend, das ihren Tod verursacht hatte, denn hätte sie nicht mit Onesiphore und Buddy in diesen Spelunken musiziert, hätte sie keine amerikanischen Bluejeans getragen, hätte sie eine vollere Brust gehabt – die arme Kleine, sie war flach wie ein Brett –, so wäre sie an diesem wüsten Ort nicht für einen Mann gehalten worden und wäre noch am Leben. Wäre sie nicht ein bißchen schwer von Begriff gewesen, ein Unschuldslamm, das vor dem Bösen nicht auf der Hut war, so wäre alles anders gekommen. Onesiphore selbst hatte eine große Narbe vom Auge bis zum Kiefer, aus früheren Jahren, als er noch in einem Country-Tanzsaal gespielt hatte (»Wo der Boden unter den Füßen brennt«), einem gefährlichen Lokal, wo kein Drahtkäfig die Musiker vor fliegenden Flaschen schützte, so voller Rauch und so heiß, daß sie am nächsten Tag knallrote Augen hatten, und Buddy geriet in eine Schlägerei nach der andern, zum Teil wegen seiner streitbaren Natur, seiner Blindwütigkeit, hatte nur bisher jeden Angreifer mit Rechts-Links-Schlägen und einem Kniestoß in den Unterleib zur Strecke gebracht. Das beste Porträt, das sie gemalt hatte, Belle als Kind mit einer scheckigen Katze im Arm, hing in diesem Schlafzimmer, eingerahmt in eine schwarz emaillierte Toilettenbrille mit vergoldetem Rand, unter dem Deckel verborgen.

– 296 –

Onesiphore untersucht das grüne Akkordeon

Weiße Musselingardinen rahmten das heraufziehende Gewitter ein. Ein Gemälde von drei Engeln, die in durchscheinenden Gewändern durch einen Regenbogen flogen, ebenfalls von Madames Pinsel, der eine Engel mit Belles Gesichtszügen, hing über dem Kalender der Versicherungsgesellschaft. Weiße Porzellanteller lehnten gegen den Rand der Anrichte, Tassen, weiß wie geschälte Eier, ein weißes Ausgußbecken und ein Abtropfbrett aus weißem Steingut. Die Schwiegertochter fühlte sich so fehl am Platze wie eine versengte Motte, die gegen die weißen Flächen prallt. In all dieser kalten Blässe wirkten nur Mme. Malefoot in ihrem cremefarbenen Polyester-Hosenanzug, der Geruch des frischgerösteten Kaffees und die Stühle lebendig und warm. Die Stühle waren selbstgezimmert, mit dicken Beinen und schlichten Sprossenlehnen, das Holz mit einem Stück Bruchglas glattgeschabt, die Sitze mit rotem und weißem Rinderfell bespannt. Am Fenster stand der Stuhl des Katers, und draußen im Gras, den neuen Futtertrog besichtigend, stand der Kater selbst, riesengroß, eckig und orangefarben, einem Koffer ähnlich, der Schwanz ein abgerissener Henkel. Die Gewitterwolke verdunkelte das Gras, und er zog sich zur Hintertür zurück.

Madame war eine stolze und stattliche Erscheinung, das graue Haar in einem straffen Doppeldutt hochgesteckt. Ihr großes Porzellantellergesicht schwamm auf einem Spitzenkragen. Sie umarmte gefühllos ihre Schwiegertochter, gab den Kindern kalte Begrüßungsküsse, stellte Pekannußkekse auf einer Metallfolie statt in gutem Porzellan auf den Tisch, was die Schwiegertochter als Kränkung aufnahm, begann die Kaffeebohnen zu mahlen und unterbrach sich mittendrin, um den Kater hereinzulassen, der an der Tür kratzte. Er marschierte zu seinem Stuhl, sprang hinauf und begann sich mit kurzen, übellaunigen Bewegungen das Fell zu lecken.

Buddy öffnete den Instrumentenkoffer, nahm das grüne Akkordeon heraus und gab es seinem Vater. Onesiphore, mit leicht gespreizten Beinen auf seinem Stuhl sitzend, untersuchte es eingehend, entriegelte den Balgverschluß. Er prüfte die Knöpfe, stellte nickend fest, daß sie funktionierten, dann hob er die Arme, Ellbogen nach unten, und fing an, aus dem Instrument Musik herauszulocken. Der lebhafte Galopptakt erfüllte die Küche, die Füße unterstrichen den Rhythmus mit seinen Oktavensprüngen. Nach ein paar Minuten hörte er auf, sah Buddy an und blinzelte, dann wandte er sich ab und begann wieder zu spielen, erhob die Stimme gegen den Donner, der so laut war, daß die Porzellanteller an der Halteschiene vibrierten, und schluckte am Ende der Zeilen einen schluchzenden Seufzer herunter, als hätte man ihn in den Magen gehauen.

> *Yie, chère 'tite fille.*
> *Ah, viens me rejoindre là-bas à la maison.*
> *Trois jours, trois jours après ma mort, yie,*
> *Tu vas venir à la maison te lamenter à moi.*
> *Yie, garde-donc 'tit monde . . .*

»O ja, der Mann, der das Ding gemacht hat, der verstand ein bißchen was von der Sache. Ein Summen auf dem E, wahrscheinlich eine Zunge lose. Schnell, hat ein' guten Zug, aber Geräusche. Hörst du das Klicken?« Er steckte sich eine Zigarette an, blickte bekümmert mit zusammengekniffenen Augen in die fast leere Schachtel.

»Also mir gefällt der Klang. Das gehört mit zu der Musik. Das ist Cajun, dieses Klicken.«

»Muß dir sagen, was nicht Cajun ist, sind die Luftklappen – hörst du, wie's da gurgelt, so eine Art Kehllaut? Hör mal!« Er spielte wieder:

> *Fais pas ça ou ta maman va pleurer.*
> *Viens avec moi, yie, là-bas,*
> *Non, non, ta maman fait pas rien.*
> *Yie, toi, 'tite fille,*
> *Moi je connais tu ferais mieux pas faire ça, yie, yie, yie,*

und sie konnten den rauhen Ton hören, konnten auch das erste Aufprasseln des Regens hören, wie von der Musik herabgerufen.

»Mein Wagen kriegt eine mexikanische Wäsche«, sagte Buddy.

»Das sind deine Lederklappen. Die verziehn sich mit der Zeit.« Er hatte das Instrument geöffnet, betrachtete die Stimmstöcke. »Ist ein ganz altes, schau, wie's gemacht ist, o ja, alles von der Hand eines Könners, alles gut! Schau her. Wir ersetzen die Lederklappen durch Ventile. Nur ein großer Stimmstock. Schau, wie er die Zungen an der Spitze ein bißchen gekrümmt hat. Dadurch hast du mehr Metall an der Spitze, der Ton wird tief, voller. Weißt du, ich meine, wir setzen ihm neue Zungen ein, stimmen es neu, vermindern die Terzen, daß es einen guten, scharfen Biß bekommt. *Anodder man's waaaaaf.*«

»Klingt ganz gut.«

»Okay. Dann ersetzen wir die Dichtung ums Diskantgehäuse – sie's nicht gut. Nehmen das Verdeck ab. Ist hübsch, erstickt aber den Ton. Wir machen es fertig für Samstag. Sie sagen, eine Photographin kommt her, will Cajun-Leben sehn, Austernzangen, *fais dodo, la boucherie.* Wieviel hast du bezahlt für die kleine Kommode?«

Besorgtes Schweigen in der Küche. Buddy lehnte sich ans Spülbecken, kreuzte die Füße an den Knöcheln. Ein gewaltiger Donnerschlag mit gleichzeitigem Blitz färbte das Zimmer blau.

»Nicht am Fenster sitzen, *cher*!« redete Mme. Malefoot dem gelben Kater zu.

»Hundertfünfzehn Dollar.« Er achtete nicht auf das Gewitter, nicht auf seine Mutter.

»*Mon dieu!* Du Blödmann! Zuviel Geld. Das ist ein Vermögen. Du schmeißt Geld raus. Hast du sie ihm nicht erklärt, die Probleme? Man hätt' ihn runterhandeln können auf fünfzig, sechzig. Es ist schon was wert, o ja, ich sage nicht, es taugt nichts, Handarbeit, ein spezielles, braucht aber Reparatur, und wenn du gescheit bist, schacherst du ihn runter, *non*?« Er zerdrückte das qualmende Ende der Zigarette in dem gläsernen Aschenbecher.

»Nein, hör zu, Papa, du wirst zu knickrig! Ich hab' einen guten Grund. Die arme Frau da oben in Maine, nach dem, was passiert ist, die braucht jeden Penny. Sie wird nie, nie, nie drüber wegkommen, sagt Emma.«

»Sie hat ihn gefunden?«

»Nein, den Heiligen sei Dank! Jemand, der in den Wäldern nah bei ihm arbeitet, hat ihn gefunden. Ist weggerannt wie ein Irrer.« Er dämpfte die Stimme wegen der Kinder, aber sie hörten ihn doch. »*Er hat sich selbst den Kopf abgeschnitten.* Er macht was im Wald, bindet die Kettensäge zwischen Bäumen fest und stellt sie an und dann – und dann läuft er rein und – *ssst*!« Er zog sich die Innenhandkante über den Hals.

»*Non!*«

»Doch. Aber weißt du, was? Zuerst hat er seine Tagesarbeit erledigt.«

»Kannst du mal sehn, ein Franzose!«

»Opa, die Kühe sind umgefallen, und jetzt schlafen sie im Regen«, sagte der Junge.

»He? Oh, oh, lieber Herrgott!« Er stieß die Tür auf und sah die dampfenden Leiber der drei Kühe im prasselnden Regen, sah den gekippten Mast und die Stromleitung, die auf den Zaun herabhing, den Metalltrog, halbvoll mit nassem Heu und funkensprühend. Aber sie waren nicht tot. Nach zwanzig Minuten standen sie wieder, wenn auch auf weit gespreizten Beinen, und keine von ihnen ließ sich je wieder dazu bewegen, aus einem Trog zu fressen. Onesiphore mußte das Heu vor ihnen auf den Boden häufeln, und selbst dann noch blieben sie mißtrauisch.

Frauen beim *fais dodo*

Die Photographin Olga Buckle, eine große blonde Frau mit Afro-Krausfrisur und in roten Schlaghosen, die es verstand, einen Fuß in fremde Türen zu stellen und dort zu scharren, bis man sie einließ, parkte auf dem holprigen, ungepflasterten Hof vor dem Tanzsaal. Die Bretterwand des Gebäudes war unten ringsum mit Wellblech verkleidet, und mit dem gleichen Material war das Dach gedeckt. Die Photographin fuhr einen neuen De Soto mit Stromlinienflossen und Automatikgetriebe. Ihr Durchbruch war im Jahr zuvor mit einem Photo für die Titelseite von *Life* gekommen: ein Gedränge von Studenten in einer Telephonzelle und die Großaufnahme eines Gesichts in Todesqual, mit hervortretenden Augen, ganz unten am Boden, ein zwanzigjähriger Stabhochspringer, der grad in dem Augenblick starb, als der Verschluß ihrer Kamera klickte.

Sie war hier im Auftrag des Washingtoner Instituts für die Folklore der amerikanischen Hinterlande, eines staatlich finanzierten Archivs, in dem lauter adrette kleine Männer mit grauen Ziegenbärten arbeiteten. Sie konnte nie locker und gelassen sein, sie trank nicht, nicht einmal, als man ihr sagte, der Drink ist der Händedruck der Cajuns, sie mochte nicht tanzen, verstand nicht, was eine *bourrée* sollte, gähnte bei Pferderennen, hatte noch nie gesehen, wie Schweine oder Rinder geschlachtet werden, nie das weiße Schwanzfleisch einer *cocodrie* gekostet, konnte in einem Boot das Gleichgewicht nicht halten, hatte noch nie auf einem mit trockenem Moos gestopften Kissen geschlafen, war nicht katholisch, hatte noch nie eine Waschbrett- oder Fingerhut-Rhythmusgruppe, noch nie Reis oder Zuckerrohr auf dem Feld gesehen, nie ein Maultier oder ein Pferd geritten, nie ein Schwein eingefangen, konnte kein Französisch und mochte Frauen nicht. Sie war Kettenraucherin. Fast alle ihre Bilder waren Bilder von Männern, nur die Weberin Granny Reneaux (die wie ein Mann aussah) war auf einem oder zweien beim Weben zu sehen, und die fünffach verwitwete Mme. Fortier kam auch einmal drauf, wie sie einen Quilt flickte und einen Blick aus ihren vielbewunderten lila Augen abfeuerte.

Im Innern des Gebäudes machte sich die Schriftstellerin Winnie Wall an sie heran und sagte: »Ich dachte schon, Sie sind verlorengegangen.«

»Ich geh' nie verloren.«

Winnie Wall war eine jüngere Frau, die für sich den Büstenhalter abgeschafft hatte, ein großmütterliches Kattunkleid mit Zweigmuster trug, ein Tonbandgerät über der Schulter. Sie stellte Hunderte von unerbittlichen Fragen, in einem Französisch, das so steif und eigenwillig war, daß die Leute sie baten, doch lieber Englisch zu sprechen. Sie schien immer im Begriff, ohnmächtig zu werden, ihre Unterarme trieften vor Schweiß, ihr großporiges Gesicht, ohne Make-up und Lippenstift, war von Schweißbächen gestreift, und das feuchte Haar hing ihr filzig herunter.

»Sie ist sehr krank, sie hat eine Krankheit an einer intimen Stelle«, flüsterte Mrs. Blush Leleur, die *traîteuse,* der Schwiegertochter von Mme. Malefoot ins blasse Ohr. Die beiden Frauen standen in einem Nebenraum des Tanzsaals, dem Kinderzimmer, wo ein großes französisches Bett für ein Dutzend Babys hergerichtet war. Im Saal spielten sie *The Unlucky Waltz.* Die Schwiegertochter gab der *traîteuse* ihren Teller mit Marshmallow-Knusperbissen zu halten, während sie Debbie dort hinlegte. Nach dem Walzer nahm Archange, der Ansager, das Mikrophon.

»Fahrer des braun-weißen Lieferwagens – Ihr Licht ist an.«

Die *traîteuse,* eine große Frau mit breiten, starken Händen, trug eine rosa Hose und eine purpurne Reyon-Bluse mit verdeckter Knopfleiste und chinesischem Kragen. Um den Hals hatte sie zwölf Schnüre mit falschen Perlen, eine davon bis zur Taille herabhängend. Trotz ihrer fünfundsechzig Jahre war ihr Haar pechschwarz und gewellt wie ausgelutschte Löwenzahnstengel. Sie trug eine goldgerandete Katzenaugenbrille mit gefärbten Gläsern. An ihren vertrockneten Ohrläppchen steckten scheibenförmige Perlclips. Ihr faltiges Gesicht hatte denselben barschen, doch zufriedenen Ausdruck wie das einer Schildkröte; ihr Mund war mit einem schwarzroten Lippenstift Marke Barbecue bemalt. Die Schwiegertochter deckte ihr hellwaches Kind mit einem roten Schal zu und versuchte es mit einem halb amerikanischen, halb französischen Singsang einzuschläfern: »In die Heia, kleines *bébé*, gibt Kirschkuchen, wenn du aufwachst . . .« Ihre weißen, glatten Arme sahen wie mit der Spritzpistole lackiert aus. Die Musik brach ab, und das Mikrophon gab Piep- und Pfeiftöne von sich.

– 302 –

»Fahrer von diesem zweifarbigen Lieferwagen, wenn Sie Ihr Licht nicht abstellen, können Sie zu Fuß gehn. Batterie ist fast leer.«

»Ich kann diese Krankheit riechen. Sie steckt in ihren Geschlechtsteilen, und wegen der Schmerzen, die sie davon hat, trägt sie keine Unterwäsche. Sie kann mit niemand darüber sprechen. Die Photographin, die mag sie nicht, und es ist ihr nicht recht, daß sie gekommen ist. Die sollen beide hier Cajun-Bräuche kennenlernen.« Sie lachte vor gutmütiger Schadenfreude. Durch die offene Tür sahen sie die junge Frau von einer ausgestreckten Hand eine Flasche Bier entgegennehmen.

»Davon wird es noch schlimmer«, sagte Mrs. Blush Leleur, »Bier ist bei dieser Krankheit sehr schlecht. Vor einigen Jahren gab es mal in einer bestimmten Gemeinde hier eine Frau, der waren die Geschlechtsteile so geschwollen, daß sie aussahen wie zwei Scheiben Wassermelone, haben fürchterlich gejuckt und gebrannt. Ihr Mann, er war ein Albino, und darum dachte ich zuerst, es wäre etwas, das aus ihm kam, Sie wissen schon, was ich meine, wovon sie das gekriegt hat – aber er konnte nicht mal ins selbe Zimmer kommen. Sie betete darum, zu sterben, und weinte Tag und Nacht, weil der Schmerz so schlimm war.«

»Wovon kann so was denn kommen?«

»Vom Bier. Und andern Lebensmitteln und Gewürzen, die für andere Leute ganz bekömmlich sind, ganz einfache gute Sachen wie Okra, Jams, Bohnen und Erdnüsse, Pekannüsse und sogar Hafergrütze. Es ist mir im Traum klargeworden. Ich habe geträumt, daß sie Bier trinkt und Schmerzen hat. Zuerst hab' ich sie fünf Tage fasten und nur noch Regenwasser trinken lassen, um ihren Körper von Giften zu reinigen. Dann durfte sie ein bißchen Maisbrot und Kopfsalat essen, Reis und andere Kleinigkeiten, die nahrhaft sind und von denen die empfindliche Stelle nicht entzündet wurde. Sie hat noch viele glückliche Jahre erlebt, bis sie einen Schreck bekam, weil irgendein böser Mensch ihr einen Knochen in einem Krug auf die oberste Treppenstufe gestellt hatte, da fiel sie in eine kataleptische Trance und siechte dahin. Wie geht es Mme. Malefoot?«

»Sie ist gesund, bis auf die Arthritis, aber sehr kaltherzig. Sie rührt ihre Enkelkinder kaum an. Sie interessiert sich nicht für das Kind, das jetzt kommt. Onesiphore schläft im Ehebett allein. Sie hält sich viel in Belles Zimmer auf. Was müssen wir tun? Gibt es dafür eine Behandlung?«

Die Musik wurde wieder unterbrochen, und Archanges hohle Stimme sagte: »Der Mann mit dem Lieferwagen – rufen Sie lieber gleich Ihre Mutter an, Sie haben keine Fahrmöglichkeit mehr.«

»Wollen Sie mich engagieren?«

Die Schwiegertochter dachte einen Augenblick nach. Es war nicht ihre Sache, es stand ihr nicht zu, sich da einzumischen. Onesiphore und Buddy sollten mit der *traîteuse* sprechen. Aber die würden es nicht tun, dachte sie. Sie dachte an ihre Kinder und daran, wie kalt ihre Großmutter sie küßte und dann gleich den Blick von ihnen abwandte, als ob sie nur Würmer wären.

»Ja.«

»Sehr gut. Diese Frau hat ihren Kummer in sich eingefroren. Diese Frau hat ihr Herz willentlich verschlossen. Für sich selbst befürchtet sie nun nichts mehr, weder Gott noch den Tod, sie fühlt sich zur Hölle auf Erden verdammt. Für ihren Mann empfindet sie nichts mehr, denn sie hat das gemeinsame Bett verlassen. Für ihre Enkel empfindet sie nichts, denn sie ist kalt gegen sie und beachtet sie nicht. Sie beachtet auch Sie nicht. Aber wie ist es mit dem Sohn, mit Buddy? Ist sie gegen ihn auch so kalt?«

»Gegen alles. Außer gegen ihren gelben Kater. Bei dem Gewitter, das ihnen die Kühe umgeschmissen hat – wie sie gelacht hat, als die Tiere im Dreck lagen! –, da hat der Kater am Fenster gesessen, und sie hat gebettelt, daß er doch bitte da weggehn soll. *Cher* hat sie ihn genannt.«

»Vielleicht gut so. Sie empfindet noch was. Nicht gut, daß es ein Kater ist, für den sie Zuneigung hat. Trotzdem, vielleicht können wir diesen kleinen Spalt ein bißchen weiter

- 304 -

aufbrechen und ihr eine warme Medizin ins Herz gießen, die sie wieder zu ihrer Familie zurückholt. Lassen Sie mich die Sache noch mal überschlafen. Besuchen Sie mich in ein paar Tagen, wenn Sie können, und dann werde ich einen Plan haben.«

Im Haus der traîteuse

Bei Mrs. Blush Leleur trat man nicht durch die Küche ein, sondern durch eine enge Diele mit Kleiderablage, einem Stuhl mit Rinderfellsitz und einem auf dem Boden befestigten Läufer mit Rosenmuster. Zu ihren nicht geheuren Kräften war sie als Kind gekommen. Eines Tages im Spätherbst lehnte ihr Vater, Alkoholiker und Kuhhornhändler, an der Wand seines Stalls und beobachtete eifersüchtig einen Fremden, der in den Hof trat und an seine Tür klopfte. Ein Zigeuner. Er bildete sich ein zu sehen, wie seine Frau diesem Fremden, der bemalte hölzerne Früchte verkaufte, schöntat und ihn anlächelte. Als der Zigeuner fort war, raffte er einige Armvoll trockenes Laub und Gras zusammen und legte sie im Hof auf einen Haufen, zerrte seine Frau hinaus (das Kind sah durchs Fenster zu), schmiß sie auf den Haufen und zündete ihn an. Die arme Frau rannte schreiend und brennend zum Bayou, tauchte heulend und schlammbedeckt wieder auf, Verbrennungen an Armen und Beinen, die eine Gesichtsseite weiß vor abgestorbener Haut. Das Kind bedachte den Vater im stillen mit bösen Wünschen, daß er klein und schwach werden sollte. Noch am gleichen Abend begann der Vater zu schrumpfen. Der Vorgang zog sich quälend lange hin, aber nach zehn Jahren war er nicht mehr größer als ein Kind, welk und schmächtig, die Arme wie hohle Stengel, und als er schließlich starb, war er nur noch so groß wie ein Laib Brot. Seine Frau, vernarbt, verfallen, warf ihn den Hühnern im Hof zum Fraß vor. (Sie heiratete noch mal, einen blinden Hühnerfarmer, und erfreute sich zehn Jahre lang seiner robusten Liebe, bis sie beide im Wagen unter einen Amtrak-Zug gerieten, weil der Lokomotivführer durch

halluzinatorische Lichtreflexe auf Versorgungsmasten in seinem Zeitsinn verunsichert war).

Die Diele führte in ein vollgestopftes Wohnzimmer, die
Wände verdunkelt von den Photos singender, Examen feiern-
der und heiratender Leleurs und Prudhommes, Gemälden eines
die Menge segnenden Christus, eines Christus, der aussah wie
ein Mädchen mit Schnurrbart, von großen und kleinen Kruzi-
fixen, auf Metall geprägten Sinnsprüchen, getrockneten Blu-
mensträußen, verstummten Uhren, Kalendern, einem Rezept
für Butterkekse auf einem bemalten Brotbrett; jede ebene
Fläche war mit einem Tuch bedeckt, und jedes Tuch bestand
aus Spitzen. Auf einem Tisch in der Ecke lagen eine Bibel, ein
Spiralblock, in den die Besucher aufgefordert wurden ihre
Namen einzutragen, ein Kugelschreiber, der den Schwanz eines
Keramik-Jagdhunds bildete, drei Vasen mit Plastikblumen,
siebzehn Heiligen- und Christusfigürchen, elf Photos von
Enkelkindern, fünf Kerzen, eine zusammengefaltete Zeitung,
Stapel von Einwurfsendungen und Supermarkt-Gutscheinen,
ein Zippo-Feuerzeug, eine Flasche Troutman's Hustensaft, eine
Kamera, eine Keramik-Eule und eine blaue Bonbonschachtel.
Der Fernseher, ein neuer heller mit gespreizten dünnen Bei-
nen, flimmerte in einer Ecke. An die Wand geheftet war ein
ausgeschnittener Zeitungsartikel mit einem Photo von Mrs.
Blush Leleur in ihrer Reyon-Bluse und mit den Perlen-
schnüren.

Sie ließ die Schwiegertochter, die einen Teller kleine grüne
Napfkuchen als Mitbringsel dabei hatte, auf einem Stuhl am
Tisch Platz nehmen, brachte ihr ein halbes Täßchen *petit noir*
und sagte: »Wenn dieser Kater stirbt, wird ihre Zuneigung sich
von ihm abwenden und sich an denjenigen heften, der als erster ein paar tröstende Worte an sie richtet. Sie müssen dafür
sorgen, daß Sie es sind, die Enkel, ihr Mann und ihr Sohn, die
sie wegen des Verlusts trösten. Sie wird sie alle dafür lieben.
Und das wollen wir doch – wenn sie wieder jemanden liebt,
wenn sie mit allen gut Freund ist, dann wird sie Ihnen und
Ihren Enkelkindern nie wieder ein Unrecht tun. Wird Sie einfach alle lieben.« Sie biß in einen Napfkuchen.

– 306 –

»Oh, *chère*, wie gut, diese Glasur!«

»Aber der Kater ist doch gesund und munter.«

»Das läßt sich ändern«, sagte die *traîteuse*.

Der Tod des gelben Katers

Der gelbe Kater war neun Jahre alt und hatte noch nicht eines seiner neun Leben hinter sich. Doch wie es manchmal geht, mußte er binnen weniger Minuten für alles den vollen Preis zahlen.

Wie viele glückliche Geschöpfe war er egoistisch geworden, fraß Krebse nur noch, wenn Mme. Malefoot vorher die Schalen entfernte, verschmähte Magermilch, gab *sauce roulée* den Vorzug vor Butter, leckte aber zur Not auch Butter bis zum letzten Flöckchen vom Teller und brauchte nur lässig an der Hintertür zu kratzen, damit Mme. Malefoot gerannt kam und ihn mit dem Versprechen eines Stücks Käse ins Haus lockte, denn guten, kräftigen Käse schätzte er mehr als alles andere, ausgenommen frischgefangene junge Mäuse, so jung, daß sie noch kein Fell hatten, das ihm appetitverderbend im Hals steckenblieb, solche, die er lebendig mit Knochen und allem verschlingen konnte, mit einem wohligen *frisson*, wenn sie noch zappelten.

Er verließ das Grundstück der Malefoots nur selten, denn für Abenteuer war er zu schwer. Er kannte die Grenzen und Zäune sehr gut, schätzte genau die Zeit ein, die er brauchte, um über die angrenzende Ziegenweide zu flitzen, bevor der alte Bock angestürmt kam und hilflos die Hörner gegen den Zaun donnerte, während der Kater unerreichbar dasaß und sich die Pfoten leckte. Manchmal wagte er sich über die Straße zu den Nachbarn, wo er den Teller Grieben leerfraß, den das Kind für einen mageren Hund hinstellte, aber dabei schaute er immer zuerst nach rechts und nach links und ließ niemals Leute zu Fuß nah herankommen, besonders wenn sie Pistolen, Stöcke, Stricke, Peitschen, Äste, Steine oder andere gefährliche Objekte in der Hand trugen. Niemand durfte ihn berühren außer Mme. Malefoot, und manchmal entwand er sich auch ihr oder zerkratzte ihr die streichelnde Hand. Bevor er zu dick wurde, war er ein großer Kletterer und fing Vögel auf dem Seifenbaum. In seinen besten Zeiten hatte er Schwalben aus der Luft geschnappt, und noch immer war er ein erstklassiger Ratten- und Mäusefänger, konnte unendlich lange regungslos vor dem hohen Gras kauern, bis er die leise Bewegung zwischen den Halmen entdeckte, und dann, mit hin- und hergehendem Hinterteil, mit zuckendem Schwanz und funkelnden Augen, sprang er. Eine unterhaltsame Stunde war ihm sicher, in der er die Beute losließ und wieder einfing, sie in die Luft warf und mit den Hinterfüßen erhaschte wie ein Garnknäuel, sich auf sie wälzte, so tat, als wäre sie ihm entkommen, und zugleich das Beben des Grases beobachtete, in dem die verwundete Maus sich davonschleppte, und noch einmal nach ihr sprang, bis sie erschöpft und tot war, aber auch dann noch stupste er sie herum, in der Hoffnung, sie durch ein paar Tritte und Ohrfeigen neu zu beleben.

Zwei Wochen nach dem *fais dodo* lungerte die Photographin immer noch in der Gegend herum, während Winnie mit ihrem Tonbandgerät schon wieder in den Norden zurückgekehrt war. Die Photographin hatte die zahmeren Aspekte des Cajun-Lebens abgelichtet und kümmerte sich nun um illegale Angelegenheiten wie Hahnenkämpfe, nächtliche Alligatorjagden, Präparierung der Pferde vor dem Rennen durch Magie und Wundertränke, Rassenvermischung, Blickduelle, Zweikämpfe im Armdrücken, bei denen der Gewinner dem Verlierer das Ellbogenbein bricht, Racheakte, Opfer von Schießereien, Geschichten von vergewaltigten oder sexuell belästigten Mädchen, Überfälle auf Schnapsbrennereien, Sumpfverstecke mit entflohenen Sträflingen als Bewohnern oder, was man ihr jetzt für Samstag abend versprochen hatte, Hundekämpfe bis zum Tode. Sie fühlte sich nicht persönlich gefährdet, wenn sie in solch dunklen Machenschaften herumstocherte; die Kamera war ihr Schutzschild, sie empfand ihre Position als privilegiert und gesichert, denn sie hatte eine beachtliche Reputation, sie kam aus dem Norden, und *sie stand drüber.*

Der gelbe Kater wurde überrumpelt. Als er sich über die Abfälle für den Nachbarshund hermachte, senkte sich ein Leinwandsack mit solcher Wucht und Schnelligkeit über ihn, daß auch der Napf mit den Schwarten und kalten Grieben für den Hund mit weggefegt wurden. Zuerst versuchte er sich herauszukämpfen, und seine rasiermesserscharfen Krallen kamen durch das Sackgewebe zum Vorschein, aber der Entführer band den Sack mit einem doppelten Knoten zu und schmiß ihn auf die Ladefläche eines wartenden Lieferwagens, der gleich darauf mit quietschenden Reifen losbrauste, auf den Highway und dann ins goldene Abendlicht. Der Kater im Sack kämpfte und kratzte, gab auf, verzweifelte, jaulte und schwor Rache, biß mit solcher Wut in den Hundenapf, daß der auseinanderbrach, schiß vor Aufregung, steckte aber immer noch im Sack, als der Wagen vor einem Speicherhaus am Hafen ankam, wo Männer, Hunde und die Photographin schon warteten.

Die Hunde waren auf Kampf getrimmt, die Ohren abgeschnitten, die Schwänze gestutzt. Sie hatten keine Ruhe. Der Sieger von heute mußte morgen wieder kämpfen, und jeder Kampf ging bis zum Tode. Wie lange ein Hund lebte, hing davon ab, wie lange er siegreich blieb. Große Geldsummen gingen von Hand zu Hand. Ein guter Hundehalter konnte von seinen Kampfgewinnen leben, ohne zu arbeiten. Der gelbe Kater war das Vorspiel, der Appetithappen, um das Blut der Hunde in Wallung zu bringen, um die Lust am Töten wachzukitzeln.

Der gelbe Kater wurde in einen sandbedeckten Ring von sechs bis sieben Metern Durchmesser geworfen, mit engmaschigem Drahtzaun, obenauf ein Geländer. Männer standen ringsum, rauchten, kauten, drehten Zigaretten, knabberten an Hühnerflügeln oder an ihren Fingernägeln, leckten sich die Finger, stocherten mit den hornigen Nägeln nach Fleischfasern zwischen ihren Zähnen, stützten die Arme auf das Geländer. Sie brüllten, als der gelbe Kater aus dem Sack fiel. Speckgrieben klebten in seinem Fell. Er war riesig, und die Haare sträubten sich ihm vor Schmach, Angst und Wut. Er flitzte zum Zaun, auf der Suche nach dem Ausweg. Drei Hunde wurden in die Arena gelassen, und sie gingen sofort auf ihn los, knurrten, schnappten, bremsten scharf und machten auf den Hinterbeinen kehrt, während der Kater wirbelnd und hakenschlagend zwischen ihnen herumhastete. Es gab keine Pause. Jede frontale Finte wurde von hinten beantwortet. Er zerkratzte einem Hund die Nase, ein anderer packte ihn im Rücken und schüttelte ihn, seine Hinterbeine waren bald gelähmt, aber die Augen blitzten noch, und er schlug weiter um sich. In wenigen Minuten war es vorbei. Ein struppiger schwarzer Hund zermalmte seinen Kopf zwischen den Kiefern. Der gelbe Kater war tot.

Doch nachdem die Hunde zurückgerufen worden waren, wurde die Leiche nicht zur Hintertür raus und ins Wasser des Bayous geschaufelt, sondern wieder in den Sack gesteckt, und derselbe Lieferwagen, der ihn gebracht hatte, fuhr los nach Osten. Jemand warf die Leiche bei Malefoots über den Zaun, und sie landete nicht weit von der Hintertür. Ein paar Minuten später fuhr der Lieferwagen am Haus von Buddy und der Schwiegertochter vorüber und hupte viermal. Buddy war draußen auf der Plattform, und die Schwiegertochter lag in tiefem Neumondschlaf und wachte nicht auf.

Seltsame Begegnung

Die Photographin hatte Mühe, den Wagen geradeaus in der Spur zu halten, als sie mit vom Rauch brennenden Augen durch die Morgenröte fuhr; ihre Beine waren wie aus Gummi, weil sie die ganze Nacht gestanden war, und ihr Atem roch faulig nach Zigaretten und Softdrinks. Ein fürchterliches, aushöhlendes Gähnen überkam sie, die Augen tränten, der Kiefer knackte, und aus ihren verknoteten Gedärmen platzte ein dröhnender Furz, als sie durch die Pfützen steuerte (Regen in der Nacht) und am Hof der Malefoots vorüberkam, wo sie eine Frau mittleren Alters im Nachthemd und mit schlammbedeckten Pantoffeln um die Ecke kommen sah, das Gesicht verheult und in den Händen eine spitze Schaufel hinter sich her schleifend. Sie lehnte die Schaufel an die Treppe, setzte sich auf die feuchte unterste Stufe, legte das Gesicht in die Hände und weinte.

Die Photographin fuhr langsamer, hielt an, zielte mit der Kamera durchs schlierige Fenster, überlegte sich's anders, stieg aus, lehnte sich auf die Kühlerhaube, nahm die untröstliche Frau, auf die ein breiter Streifen grünes Sonnenlicht schien, durch die klare Luft in den Sucher und begann zu knipsen. Die Frau hob nicht mal den Kopf. Die Photographin ging näher heran, beugte sich über den Zaun und knipste. Die Frau blickte auf. Ihren tränengetrübten Augen schien die weibliche Gestalt am Tor, heldenhaft groß vor der aufgehenden Sonne und von einem Heiligenschein umflossen, Belles Engel zu sein, der gekommen war, um die Mutter zu trösten.

»O *chère*«, schluchzte sie, »Gott sei Dank, daß du zu mir kommst!« Sie stand auf und stakste mit ausgestreckten Armen auf sie zu. Die Photographin, mit der Kamera als Schutzschild, knipste und knipste, und immer noch kam die Frau näher. Man konnte ihren Kummer riechen, ein strenger, salziger Geruch.

»Belle«, stöhnte die Frau. »*Bébé! Ma chère, ma fille!*« Sie umarmte sie, spürte die Kamera, sah ihr Gesicht, so verändert, verstand aber gleich, warum sie diese häßliche Karnevalsmaske trug – niemand durfte ja wissen, daß sie von den Toten zurückgekehrt war. Sie ergriff sie bei der Hand und zog sie zur Tür.

In der Küche setzte die Photographin sich an den Tisch, unangenehm berührt. Gewohnheitsmäßig hob sie die Kamera und begann Innenaufnahmen von dem Stuhl am Fenster zu machen, von dem Glasbehälter mit Reis. Mme. Malefoot verstand vollkommen. Wenn ihre Tochter ins Paradies zurückgerufen wurde, hatte sie wenigstens Photos von Zuhause, um sich über ihre Einsamkeit zu trösten. Sie führte ihre Tochter die Treppe hinauf zu ihrem alten Zimmer, zeigte ihr das unter dem Toilettendeckel wartende Porträt und strich das Kissen glatt. Sie ging mit ihr in alle Räume, ins Wohnzimmer, in die

Speisekammer und die Küche, wollte ihr einen Teller rote Bohnen mit Reis warmmachen, zog sie auf die Veranda und über die Außentreppe zu dem Zimmer hinauf, wo ihr Vater lag und schlief, das graue Haar ein stacheliger Haufen, führte sie nach draußen zu dem Baum, unter dem sie als Kind gespielt hatte, und hinter den Stall zum frischen Grab des gelben Katers. Vom Ufer des Bayous auf der andern Straßenseite flog ein Schwarm Reiher auf.

»Muß jetzt gehn«, sagte die Photographin, als die Frau sich mit sehnsuchtsvoller Miene nah an sie herandrängte. Das war ja gräßlich! Was hatte die alte Schnalle denn bloß? Das war ganz so, als ob sie sich in sie verliebt hätte, diese große, plattgesichtige Tante mit ihren feuchten Tätschelhändchen und der tränenerstickten Stimme.

Mme. Malefoot verstand. Die Engel riefen ihre Tochter wieder zu sich. Sie hatte nun die Photos von Zuhause und konnte sie im Himmel entwickeln lassen. Sie umschlang das Mädchen mit ihren feuchten Armen, küßte es auf die Schulter (wie groß es da oben geworden war!), weinte und klammerte, als es sich ihr entzog.

»Kommst du wieder?« rief sie. »Seh' ich dich bald wieder? Komm doch nachts. Ich schlafe in deinem Zimmer.« Die Antwort konnte sie nicht hören, aber die Photographin hob grüßend die rechte Hand. Ein Mädchen vergißt seine Mutter nicht! Und sie fuhr davon wie ein gewöhnlicher Mensch, aber das war natürlich nur Teil der Verkleidung.

(Zwanzig Jahre später wurde die Photographin auf dem linken Auge durch eine Kugel aus einer halbautomatischen Neun-Millimeter-Pistole geblendet, abgefeuert von einem neunjährigen Jungen, der aus dem Fenster der elterlichen Wohnung auf die an der Verkehrsampel haltenden Wagen zielte. Die Verletzung hatte für die Photographin auch etwas Gutes; sie wurde als Opfer kindlicher Gewalt prominent, und binnen Monaten wurden ihre Arbeiten ausgestellt und preisgekrönt, sie trat in Talkshows und Rundfunkinterviews auf.)

Auf der Bohrinsel

»Eure Ölplattform ist ein Irrenhaus«, sagte Coodermonce, der das Geschäft mit den unsichtbaren Vinyl-Reparaturen den zuverlässigen Lohnschecks der Bohrinsel zuliebe aufgegeben hatte. Sein Name war ein Teil des allgemeinen Durcheinanders, denn auf dieser Plattform arbeiteten auch Cuddermash, Cuttermarsh, Coudemoche, Corderminch und Gartermatch, alles Variationen des einen ursprünglichen Namens Courtemanche. Buddy mochte die Arbeit wegen der guten Bezahlung und wegen der querköpfigen Kollegen, er verabscheute sie wegen der Yankee-Bosse und weil er sich draußen im Golf einsam fühlte, ohne eine Möglichkeit, nach Hause zu kommen, eingesperrt für zwei Wochen, in denen er immerzu dieselbe gottverdammte Musik von irgend jemandes Plattenspieler hören mußte, irgendwas Schlimmes wie Gypsy Sandor oder die Voices of Walter Schumann, oder immer wieder dieselben Geschichten der alten Knaben, reizbarer Einrichter, Mechaniker, Turmführer und gestandener Rowdys, die sich noch an die Prospektoren, Pipeline-Wächter, Ölhexer, Sprenger und Wünschelrutengänger erinnern konnten, denen nichts unter der Sonne neu war, die sich durch Oklahoma und Texas gewühlt hatten, hausgebrannten Whiskey getrunken und in Nachttopf-Absteigen ihren Rausch ausgeschlafen hatten und ihre gepfefferten Stories nun den Louisiana-Frenchies erzählten, diesen Bübchen, die nie auf den Ölfeldern gearbeitet hatten. Carver Stringbellow, rot vom Sonnenbrand, mit nur einer blonden Augenbraue und sandgelbem strähnigem Haar, nie ohne seine weißen Handschuhe, erzählte von dem Wildblumenmann, der immer dort bohrte, wo ihm die wildwachsenden Blumen gefielen, und jedesmal auf Öl stieß, hatte gesehen, wie das Bohrgestänge aus dem Loch flog und sich die Sprenger in blutige daumenbreite Fetzen auflösten, wenn in alten Zeiten das flüssige Nitroglyzerin verfrüht explodierte, hatte einen Tornado erlebt, der die Plattform auseinanderriß und den neuen Wagen des Bohrmeisters in einen Sumpf warf, einen Orkan in Texas, der ihm ein metallenes Nehi-Schild auf

den Rücken klebte und ihn über den Boden trieb, so schnell
er nur rennen konnte, daß er kaum mehr den Boden berührte
und nur noch darum beten konnte, nicht in die von herum-
fliegendem Dreck erfüllte Luft gewirbelt zu werden. Er war
ein großer alter Knabe aus Odessa, einssechsundneunzig,
topplastig, dem Suff und Zoff ergeben. Auf die Plattform kam
er jedesmal krumm- und lahmgeschlagen, voller Schrammen,
die allmählich zu Gelb- und Chartreusetönen verblaßten; er
war siebenmal verheiratet und siebenmal geschieden und behauptete, über fünfzig Kinder gezeugt zu haben, von Corsi-
cana, Texas, bis Cairo, Missouri. Zwanzigmal am Tag strich er
sich mit dem Kamm, den er in der Gesäßtasche trug, durchs
Haar, sagte, er sei schon draußen im Mittleren Osten gewesen,
habe in den dreißiger Jahren in Bahrain für Socal gearbeitet,
wo er Geschmack an Schafsaugen fand, und während des
Kriegs, als Socal und Texaco zu Aramco fusionierten, da hatte
er in Saudiarabien gearbeitet, den verrückten Everette Lee
DeGolyer mit seiner Passion für Öl, Chilis und die *Saturday
Review of Literature* gekannt, war einmal mit dem Management
beim Lunch im Hotel Aziz in Lissabon gesessen, zu einer
Stunde, als Calouste Gulbenkian dort auf einem Podium von
einiger Höhe an seinem Privattisch saß, hatte den halbirren
Getty, Amerikas reichsten Mann, mit seinem chirurgisch ge-
strafften Gesicht Austern essen sehen, dreiunddreißigmal kauend pro Mundvoll, und gegrinst, als Jack Zone, der ihn zum
Essen eingeladen hatte, Betrachtungen darüber anstellte, ob
das alte Krokodil jetzt wohl die berühmte Unterwäsche trug,
die er eigenhändig jede Nacht in einem kleinen goldenen
Becken auswusch. Er konnte für drei Tage das Wetter voraus-
sagen und trank dreißig Tassen schwarzen Kaffee pro Tag,
lebte nach dem Motto alles oder nichts, hatte die Taschen
voller Geld oder saß ohne Job auf dem trockenen, las viel über
Stierkampf und sagte, er wolle irgendwann mal nach Spanien
und sich Ordóñez ansehen, danach Hemingway in der Bar
treffen und mit ihm reden.

»Hör mal, letztes Jahr, weißt du, was er da gemacht hat,
Hemingway? Er hat auf einer Party das Aschenende von einer

Zigarette abgeschossen, die Ordóñez rauchte. Sie machen das gegenseitig, um ihre Nerven zu testen – rauchen sie runter bis zu so einem kleinen Stummel« – er zog an seiner grad noch drei Zentimeter langen Camel – »und schießen sich dann die Asche ab. Mit 'ner Zweiundzwanziger. Und da sagt der eine Typ: ›Ernesto, noch weiter können wir nicht gehn, ich hab' schon gespürt, wie mir's über die Lippen gefegt ist.‹ Oder so ähnlich.« Jahrelang hatte er für die Reise nach Spanien gespart, aber immer wenn er beinah genug Geld beisammen hatte, kam etwas dazwischen – eine Frau, eine Pokerpartie oder in einem Winter ein langer Aufenthalt im Krankenhaus mit gebrochenen Knien.

»Wenn du Geld brauchst, mußt du mir nur helfen, dieses Bild zu finden«, sagte Screw-Loose aus Beaumont in dem Küstenstrich von Texas, der auch Louisiana-Lappland heißt. »Du kennst doch diesen Whiskey, Sunny Crow, die zahlen eine Belohnung, wenn einer dieses Bild findet. Fünfundzwanzig Riesen, kannst du dir 'ne Menge Stierkampftickets für kaufen. Ich hab' ne gute Idee, wo das verschollene Bild ist, eine Kavallerie-Attacke in Öl von Frederick Remington. So an die fünfzig Mann kommen grad auf dich los und wollen dir ans Leder. Und nun stell dir vor, ich hab' das Bild irgendwo schon mal gesehn, das weiß ich so sicher, wie ich weiß, wo meine Alte ihren Arsch hat. Ich hab' es gesehn. Dann hab' ich es vor 'n paar Jahren mal in 'ner Illustrierten gesehn – da hat Sunny Crow ein Photo von dem Bild gebracht –, und als Remington gestorben ist, da haben sie dieses Photo bei seinen Sachen gefunden, aber das Bild, das Gemälde? Nirgendwo zu sehn. Man weiß, daß er's gemalt hat, das Photo beweist es ja, kann's aber nicht finden. Und ich hab' es tatsächlich irgendwo *gesehn*. Jede Nacht vorm Einschlafen sag' ich mir, heute träumst du mal, wo du dieses Bild gesehn hast, und wenn du aufwachst, bist du ein reicher Mann. Das muß bald mal funktionieren, denn ich weiß doch, daß ich's gesehn habe. Ich weiß bloß nicht mehr, wo.«

Dieses Mal gab es wenigstens ein bißchen neue Musik, und vielleicht würde er sie noch nicht satthaben, wenn die zwei

Wochen um waren. Einmal hatte er sein Akkordeon mitgenommen, aber ein bleierner Luftballon hätte mehr Begeisterung ausgelöst.

»Mach bloß nicht so ein Scheißwaschbärgejaule, Boy«, sagte Carver, während er sich das Haar kämmte. »Hört sich schlimmer an wie ein abgestochenes Schwein.«

»So? Sag noch mal Boy zu mir, als ob ich ein Nigger wär', wenn du die Fresse poliert haben willst.«

»So? Ich an deiner Stelle, ich würd' den Mund nicht so voll nehmen. So einem Großmaul kann schnell mal was passieren, speziell 'nem Waschbärarsch.« Er lächelte wie ein Totenschädel.

»So? Wenn ich du wär, ich würd' mir ein paar Augen in den Hinterkopf setzen lassen. Hört sich besser an als dein Scheißkastagnettengeklapper.«

»So? Weißt du, was man sagt, was bei 'nem Waschbärarsch ums Bett rumliegt? Nichts als Wanzen, Scheiße und Krebsköpfe.«

»Okay, Junge«, sagte Buddy, »wir sprechen uns an Land.« Eine Schlägerei auf der Plattform bedeutete sofortige Entlassung; binnen einer Stunde wurde man von der Firmenbarkasse abgeholt, und ein Platz auf der schwarzen Liste war einem sicher.

(Später, als sein Haar allmählich grau wurde und der Ölboom in Louisiana vorüber war, arbeitete Buddy als Bohrmeister auf einer Plattform in der Nordsee, zusammen mit rauhkehligen Schotten.)

Am dritten Tag der Schicht sah jemand das Boot auf sie zuhalten. Es kam über die weißen Wellenkämme gehüpft, eine Höllenfahrt für die Insassen.

»Fischmann ahoi!«

Buddy erkannte das Fischerboot von Octave, einem drahtigen Schwarzen, guter Mann am *'tit fer*, wenn man ihn vom Zydeco, diesem Niggerscheiß, abhalten konnte, machte Gelegenheitsjobs und verkaufte nebenbei Fisch, kam zweimal die Woche zur Plattform rausgefahren, wenn es das Wetter erlaubte, dienstags und samstags, mit Katzenwels und ein paar

Säcken Krebsen für eine Suppe, seltener auch mal mit einer Scheibe Alligatorschwanz. Von den Plattformen bekam er den doppelten Ladenpreis. Dies war kein Tag, an dem er normalerweise kam.

»Jemand bei ihm!« Alle horchten auf, und die Männer an Deck beschatteten ihre Augen und versuchten die zweite Person zu erkennen. Eine zweite Person bedeutete Ärger oder schlechte Nachrichten.

Es war die Schwiegertochter. Sie hockte am Bug, schaute zur Plattform, versuchte Buddy unter den anderen zu erkennen. Sie hatte keine guten Augen. Er erkannte sie, bevor sie auf Rufweite heran waren. Octave schöpfte mit einer flachgedrückten Kaffeedose Wasser aus dem Boot, die Augen hinter einer blaugetönten Brille verborgen, sein dunkles Gesicht im noch dunkleren Schatten seines alten Cowboyhuts. Wolken wie Gazeknäuel bedeckten den Himmel.

»Was ist nun wieder?« murmelte er. Dasselbe hatte sie voriges Jahr schon einmal gemacht, als sie seine Mutter ins Krankenhaus brachten, nachdem sie sich Gesicht, Hände und Kleid dick mit Farbe bestrichen hatte und auch die weiße Küche überall von Lampenruß-, zinnoberroten Gummigutt- und grellen Grünerdestreifen durchzogen war. Er sah gleich, es hatte wieder mal eine Katastrophe gegeben.

»Was ist los?« rief er.

»Dein Vater, Papa Onesiphore – er ist fort.«

»Was? Ist er tot? Ist Papa tot?«

»Nein, nein. Fort, nach Texas. Er hat kurz bei uns gehalten, den Lastwagen voll beladen, hat gesagt, tut ihm leid, aber er müßte fort. Er hat deine Mutter verlassen. Er sagt, er hält es nicht mehr aus, mit einer Verrückten zusammenzuleben.« Alle auf Deck hörten nun zu.

»Hast du *Maman* gesehen?«

»Ja. Sie weiß es nicht, denkt aber, er fährt da rauf, um bei seinem Bruder Basile in Texas zu bleiben. Sie denkt, deine Schwester ist von den Toten wiedergekommen und ist auch da oben. In Texas. Sie hatte da Cousins, die sie so gern gehabt hat.«

»*Non.* Die Cousins und Cousinen, die sie gern gehabt hat, waren Elmores Kinder, Gene, Clara und Grace. Er kann nicht zu Onkel Basile gefahren sein. Er hat ihn, seit er zwanzig war, nicht mehr gesehen.«

»Was soll ich machen? Kannst du nicht heimkommen?«

»Kannst du nicht die Kinder mitnehmen und ein paar Tage bei ihr bleiben? Ich bin doch in zehn Tagen wieder zu Hause, verdammt noch mal!«

Seine Frau fing an zu weinen. Sie trug ein blaßblaues Baumwollkleid und schwarze Gummistiefel. Sie weinte stumm, ließ die Tränen übers Gesicht laufen. Sie blickte ihn an. Octaves Boot tanzte auf und nieder.

»Fahr nach Hause! Bleib bei ihr. Er kommt bestimmt in ein, zwei Tagen wieder.« Er blickte Octave scharf an, der am Heck geheimnisvoll grinste. »Du hättest sie nicht hier rausfahren sollen, Octave. Bring sie zurück!« Er wandte sich ab, krank vor Wut, hörte seine Frau noch sagen: »Letztes Mal, daß ich dir was sage«, bevor Octaves stotternder Motor sie übertönte.

Nach einer Weile sagte Adam Coultermuch: »Mein Vater ist uns weggelaufen, als ich vier war. Ich weiß nicht mal mehr, wie er aussah. Hab' den Schuft nie wieder gesehen.«

Quart Cuttermarsh sagte: »He, da hast du aber Glück gehabt! Ich wäre heilfroh gewesen, wenn mein Alter weggelaufen wäre. Der hat sich besoffen und uns das Herz aus dem Arsch geprügelt. Willste mal was sehn? Schau mal da!« Er streifte sein Hemd ab, zeigte auf die runden Narben an seinen Armen. »Zigaretten. Er hat sie uns eingebrannt, um uns heulen zu sehn. Ich hoffe, er schmort in der Hölle. Ich habe gehört, in einer Bar in Mobile hat ihn jemand mit dem Messer erwischt.«

»Mein Dad war okay, als wir noch Kinder waren, ich meine, er hat uns nichts getan, immerzu gearbeitet oder geschlafen, aber als wir ein bißchen größer wurden, so fünfzehn, sechzehn, mein Gott, da wurd' er biestig«, steuerte T.K. Coudemoche bei. »Ich bin in einem Wagen gesessen, Wagen gehörte dem Vater von einem Freund von mir, und mein Freund sollte zum Bahnhof fahren und seinen Dad abholen, wir beide sechzehn oder siebzehn, fahren schön ruhig die Straße lang, da taucht so ein Wagen hinter uns auf. War mein Dad, und der versuchte uns zu überholen. Na, und mein Freund, der denkt sich nichts dabei und will ein Späßchen machen und fährt in der Mitte der Straße, daß der Alte nicht vorbei kann. Ich sag' ihm noch, du, das ist mein Alter, laß den lieber vorbei, der kann eine Stinkwut kriegen. Aber mein Freund sagt, ist doch nur 'n Spaß, und läßt ihn nicht. Na, der Alte versucht es fünf- oder sechsmal, blinkt und hupt, und ich sitze da und zittre, denn ich weiß, der verfolgt uns jetzt bis zum Bahnhof. Ich nahm mir vor, sofort auszusteigen, wenn wir da sind, und wegzurennen, damit er nicht weiß, daß ich im Wagen gesessen bin. Aber wir kamen nicht so weit. Mein Freund wurde ein bißchen unaufmerksam, der Alte kommt gleichauf, und dann drängt er uns von der Straße ab in den Graben, einfach Kotflügel an Kotflügel, und schiebt uns weg. Mein Freund kommt im Graben zum Halten und steigt aus, und da kommt schon der Alte mit einem Montiereisen, holt aus und flucht, was das Zeug hält, und trifft meinen Freund mit dem Eisen genau über der Nase, man hört's knacken, und mir haut er mächtig eins übern Arm, daß er bricht, und dann hat er sich über den Wagen von dem Vater von meinem Freund hergemacht. Er hat das Ding in Klump gehauen, überall Glas, auf die Kotflügel gedroschen, die Kühlerhaube und die Türen zerdeppert, und zu guter Letzt hat er sein Ding rausgeholt und auf den Vordersitz gepißt. Kein Wort gesagt, wieder in seinen Wagen gestiegen und weggefahren. Ich bin lieber nicht mehr nach Hause gegangen. Ich bin ausgerissen zu den Ölfeldern, und da bin ich heute noch.«

Iry Gartermatch räusperte sich. »Mein Vater war normal, bis er fünfundsiebzig war, dann hat er eine Achtzehnjährige geheiratet, ein Dummchen, und die bekam drei Kinder, und mit achtzig ist er gestorben und hat uns nichts als Ärger hinterlassen.«

Sie versuchten ihm gut zuzureden. Wohin zum Teufel sollte ein Fünfundsiebzigjähriger denn abhauen? Und er hatte recht.

Das grüne Akkordeon erzielt einen guten Preis

Als er zehn Tage später auf der Straße daherkam, saß der Alte auf der Veranda, das grüne Akkordeon auf den Knien, und spielte *Chère Alice*, die Zigarette im Mundwinkel, und draußen im Hof nahm Mme. Malefoot im milden Sonnenschein die Hemden und Tischtücher von der Leine, wie wenn nichts gewesen wäre.

Er hielt in der Einfahrt, schaute seinen Vater an. »Ich hab' gehört, du warst verreist?«

»*Oui*, ja, *mon fils*, nur ein bißchen weggefahren, ich, *go put on your little dress with stripes* . . ., nur mal sehn, was sich so tut in der Welt, nur mal etwas anderes sehn. Ja, ich bin froh, wieder zu Hause zu sein am Bayou. Wir spielen morgen abend zum Tanz, zum Barbecue Dance bei Gayneauxs, *she didn't know I was marrrrrried*. Diese *Saturday Even Post* kommt mit einer Photographin. Jede Woche hatten wir eine da, blitzt dir direkt ins Auge. Komm du heut abend her mit deinem Akkordeon, ein bißchen spielen in der Küche. Dieser schwarze Typ, Octave, kommt vorbei. Er sagt, er liebt dieses grüne Akkordeon sehr. Er sagt, er gibt zweihundertfünfzig dafür.«

»Wo zum Teufel soll dieser Nigger zweihundertfünfzig herhaben, he?«

»Gene-Autry-Samenpäckchen verkaufen, Bank ausrauben, Fernseher reparieren. Fisch verkaufen an der Plattform.«

»Dein Ernst?«

»O ja.«

»Wenn er's hat, nehmen wir's. Ich kann uns von Mr. Pelsier ein ebenso gutes oder besseres für hundert bauen lassen. Nimm das Geld und gib's nicht wieder her.«

»Denk' ich auch. Obwohl ich es so schön hab' anmalen lassen.« Er hatte seine Frau eine Reihe roter Wellen unter die Knöpfe malen lassen, mit einem Teufelskopf an jedem Ende, von den Wellen abgegrenzt durch die Worte FLAMMES D'ENFER.

Es sieht dich an

Octave spielte nicht gern mit Buddy und dem Alten – der Alte, dieser dreckige Cajun, beschummelte ihn jedesmal um Geld –, aber er schlug das *'tit fer*, blies in eine klingende Flasche oder einen Teekessel, klirrte mit Hufeisen, ratterte auf Kartons oder schlug eine mit Eselsfell bespannte Handtrommel und sah zu, daß er möglichst oft auf die Photos in der *Saturday Evening Post* kam. Daß er die Musik, die sie machten, für ein trübsinniges Gewinsel hielt, erfuhr niemand.

Er wollte das Akkordeon haben. Er spielte besser Akkordeon als alle Malefoots, die je gelebt hatten, aber sie ließen es nicht zu, daß er neben ihnen saß und sie in Grund und Boden spielte, also blieb er bei Waschbrett und Triangel und machte sich zum Narren, indem er ihnen lobhudelte. Das grüne Akkordeon wollte er, weil es gut und laut klang und noch besser klingen konnte, vor allem aber, weil es ihm ins Auge geblickt hatte. Vor ein paar Wochen hatte er links von dem alten Malefoot gesessen, während der Alte das Akkordeon herumschwenkte und drückte, die Legati und Portamenti hineinbog, mal ein wenig singend und dann wieder ein wenig spielend, immer nach Altherrenart in ruckhafter Bewegung, und irgendwie hatten die Spiegel an dem Akkordeon sich genau in der richtigen Stellung aufgereiht, und als Octave hinsah, da sah das verdammte Ding ihm grad ins Gesicht. Natürlich wußte er, daß es nur seine eigenen Augen spiegelte, aber die Chancen, überlegte er, standen eins zu einer Million, daß sie mit den Spiegeln eine solche Linie bildeten. Das Instrument gewann ein Eigenleben, sah ihn an, beobachtete ihn, sagte zu ihm: »Was willst du machen? Willst mich kriegen? Sieh zu, daß du mich kriegst, Nigger, sonst krieg' ich dich!« Es war unheimlich.

In Amerika verkauft

»Hundert, hundertzehn, zwanzig, dreißig, vierzig, fuffzig, sechzig, siebzig, achtzig, fünfundachtzig, neunzig, fünfundneunzig, zweihundert, zweihundertzehn, zwanzig, dreißig, fünfunddreißig, vierzig, fünfundvierzig, sechsenvierzig, siebenenvierzig, acht, neun, zweihundertfünfzig.« Aber der alte Mann mußte noch mal von vorn anfangen und verzählte sich immer wieder, bis endlich Buddy das Geld nahm und leise nachzählte, nur die Lippen bewegend, stimmt genau sagte und das grüne Akkordeon hochwarf, so daß Octave zurückspringen mußte, um es aufzufangen. Er wußte, er bezahlte zuviel dafür, und was er wirklich brauchte, war ein dreireihiges. Er hatte sogar schon mal an ein Piano-Akkordeon gedacht, bezweifelte aber, ob er sich mit den Baßakkordknöpfen zurechtfinden oder sich an ein Instrument gewöhnen könnte, bei dem es nicht aufs Drücken und Ziehen ankam. Er wollte auch lieber sehen, wie die Töne aus der Balgbewegung kamen. Es war ein Naturgesetz.

»Wo ist der Koffer, Mr. Malefoot?« sagte er.

»Och, Koffer, ich hab' keinen.«

»Mr. Malefoot, ich hab' öfter gesehn, wie Sie's in einem Koffer mitgebracht haben, Sie verstehn doch, was ich sage? Ich hab' den Eindruck, zu diesem Akkordeon gehört ein Koffer.« Buddy dachte ein Weilchen drüber nach, das Geld fühlte sich gut an, es war warm und trocken, und sie machten hundert Prozent Profit. Er konnte Octave abblitzen lassen, ihm den Koffer verweigern, aber dann würde der sie vielleicht das nächste Mal im Stich lassen, wenn sie ein Waschbrett brauchten, oder keinen Fisch mehr zur Plattform rausbringen. Zu kleinen Gemeinheiten war Octave durchaus fähig.

»Da drüben steht er, hinter Daddys Fuß.«

(Dreißig Jahre später in Schottland, als er spätabends betrunken aus einem Pub kam, das Gesicht auf der Muttermalsseite zuckend, schaute Buddy beim Licht einer Straßenlaterne in einen geparkten Lastwagen hinein. Er sah ein Akkordeon auf dem Sitz stehen, probierte verstohlen, ob die Tür offen war.

Sie war es, er griff sich das Instrument und trug es unterm Arm in sein Hotel. Im Zimmer öffnete er den Koffer. Es war ein schönes Instrument, Sandarakholz mit Chromknöpfen. Den Herstellernamen kannte er nicht, aber es war ein Cajun-Juwel und kam aus seinem Heimatland. Er spielte und sang, weinte den entschwundenen Zeiten und Orten nach, bis das fahle schottische Morgenlicht das Fenster rötete. Dann fragte er, was zum Teufel er mit einem gestohlenen Akkordeon anfangen könnte. Er ließ es im Hotelzimmer stehen.)

Laß dir von einem Toten nicht die Hand schütteln

Octave, ein gutaussehender junger Mann, abgesehen von einem tiefhängenden Augenlid, das permanent leicht zu blinzeln schien, hatte sich sein Fluchtgeld zusammengespart; es lag in einer leeren Tabakdose unter einer bestimmten Baumwurzel. Sein Anzug und sein weißes Hemd hingen frisch gereinigt unter einer Plastikfolie auf einem roten Plastikbügel an einem Nagel an der Wand im Haus seiner Mutter. In einem Monat wollte er fort, ob nach Kansas City, Chicago oder Detroit, hatte er noch nicht entschieden, aber ein paar blöde Sachen mußte er vorher noch erledigen, und eine davon war, neue Stahlzungen in dieses Instrument einsetzen zu lassen und ihm auf die Sprünge zu helfen. Er wollte es zu Mr. Lime bringen, gute Zungen aus Uhrfederstahl besorgen. Seinen Wochenend-auftritt auf der Krebstour ließ er diesmal ausfallen, damit er in Houston spielen konnte, am Rande von Frenchtown, ab-wechselnd mit Clifton, ein hübscher Kontrast, weil Clifton das große Piano-Akkordeon hatte und Rhythm and Blues machte, während er seinen eigenen Stil hatte, etwas mehr wie Boozoo, aber härter und hochtouriger. Es war ja bekannt, daß die Leute nach dem Knopfakkordeon heißer tanzten als nach dem mit den Tasten, und sie spielten auch nicht in einer Spe-lunke, sondern im Blue Moon Dance Heaven, der in den vier-ziger Jahren mal ein Lebensmittelladen gewesen war, mit einem Eiskeller gleich nebenan. Als er an den Eiskeller dachte, erinnerte er sich – Erinnerungen kamen ihm sprunghaft, rissen ihn zurück in seine Kindheit – an den großen Eisblock, der in Leinensäcke eingepackt vor dem Eingang zu dem Laden in Féroce lag, wo Onkel Pha einem manchmal einen langen Eisdolch umsonst abhackte, wenn jemand gerade Eis kaufte und man in der Nähe stand – was für eine Freude, zuzusehen, wie der Stocher eine Reihe Sterne hineintrieb und wie der Keil dann abbrach, klar und mit gefrorenen Bläschen durchschossen. Man konnte jemand damit totstechen, das war schon einmal passiert, als Winnie Zac ihrem Freund in den Hals stach und die Waffe in seinem heißen Blut schmolz. Das war so, wie Amédée Ardoin spielte, dieser *'tit nègre*, stach mit Eisdolchfingern auf die Knöpfe ein. Heute hatte niemand mehr Eisblöcke. Und in Houston war der Blue-Moon-Eiskeller längst verschwunden, man konnte nicht mehr sehen, daß er je dagewesen war, wenn man auf die Tanzfläche blickte, nicht viel größer als zwei Bettlaken, und das winzige Podium, davor aber ein Hektar Tische und eine fünfzig Fuß lange Bar, und die Leute würden nicht wissen, wie ihnen geschah, wenn er da rausging in schwarzer Hose und schwarzem Hemd, in der roten Satin-Weste und den weißen Eidechsstiefeln, mit dem grünen Akkordeon und dessen schweifenden Spiegelaugen. Er würde dieses Ding mit reinem Zydeco zum Glühen bringen, bis die Funken übersprangen. Er würde der absolute Knüller sein.

Wilma kam mit, in hautengem rotweißgestreiftem Reyonkleid und roten Schuhen mit Keilabsatz. Sie sah gut aus, ein Klasseweib, saß an dem Tischchen neben dem Podium, rauchte Spuds und blinzelte die Tänzer an. Das Lokal war schon gerammelt voll, und immer noch kamen Leute, wechselten Begrüßungen und Zurufe, die Frauen warfen ihre Handtaschen auf die weißen Wachstuchdecken, Feuerzeugflammen spiegelten sich in den mit Aluminiumfolie verkleideten Pfosten, die das Blechdach trugen, an der Decke Büschel von staubigem rotem Kreppapier und auf jedem Tisch eine Plastikrose in einer enthalsten Bierflasche – jemand hatte zu Weihnachten einen Flaschenschneider bekommen –, die Fenster mit

- 324 -

schwarzem Tuch verhängt, zwecks nächtlicher Stimmung. Der Boden vor der großen Zinkbar gab an den Stellen, wo er vom jahrelang herabtröpfelnden Eiswasser faulig geworden war, unter den Füßen ein wenig nach. Ein großes Poster in Rot und Schwarz war unter dem Schild KEIN ZUTRITT FÜR MINDERJÄHRIGE an die abblätternde Wandverschalung genagelt:

CLIFTON & OCTAVE

ZYDECO KINGS

EINTRITT $ 1

Gleich daneben hing flatternd ein anderes Poster:

FREITAG

ZORDICO KING SAMPY

UND THE BAD HABITS

Draußen standen die Leute Schlange, und die Sonne war noch nicht untergegangen, färbte die schweren Gewitterwolken, die vom Golf heraufzogen, blutrot, während Cato Comb an der Tür das Eintrittsgeld kassierte und drinnen das Telephon in einem fort klingelte, bis Etherine, zwei Meter acht, das rotgefärbte Haar schnurgrad auf einer Seite – »gefönt, getönt, gekremt« –, den Hörer abnahm und sagte, ja, ja, klar, so viele Leute gehn mir zu Haus auf die Nerven, und dann erklärte sie dem Anrufer, daß es Clifton und Octave waren, ja, zwei 'kordeons, *frottoir* und Schlagzeug, lachte über etwas, das der Anrufer sagte, huhhuh *huh* huhhuh. Sie reichte Octave ein kaltes Bier, schüttelte den Kopf, als er fragte, ist Clifton schon da? An den Tischen wurde es immer enger, drei Reihen an der Bar, Reyonkleider mit Ranken- und Hibiskusmustern, Plissee in Pink und Cayennerot.

Es war warm, die Körper heizten den Saal auf, Gläser und Flaschen klirrten, und in der Ecke erhob sich eine rauhe Stimme über den Lärm. Das Telephon klingelte und klingelte. »Ja, ja, hm hm *mhm* hm hm, nee, nee. Klar, er's hier. Na, was' denn passiert? Was soll ich ihnen sagen? Hallo, hallo, okay, tschüs.« Etherine hängte auf und sah Octave an. Sie hörte den fernen Donner, ein langes, gereiztes Grummeln; davon wurde ihr ganz anders, erinnerte sie an den Tornado vom letzten Mai, der die Rückwand des Lokals weggerissen und einen Mann das Leben gekostet hatte. Octave, der an der Bar lehnte, sah sie fragend an. Sie erwiderte den Blick, sah sein ruhiges kakaobraunes Gesicht und den kräftigen Hals, den Schnurrbart über dem vollen Mund, die Spinnenfinger, den irgendwie liebenswerten Schneidezahn mit der abgesplitterten Ecke.

»Nimm doch diese blauen Klodeckel ab, daß die Frauen deine *beaux yeux* sehen! Das war eben Clifton. Sieht so aus, als ob er nicht kommen kann. Hatten einen Unfall in Louisiana, oben bei Dimple. Niemand verletzt, nur der Wagen. Er sagt, liegt alles bei dir, sollst den Leuten einheizen. Er kommt her, wenn er kann, sollen aber nicht drauf zählen.« Sie sah ihm nach, wie er zu Wilma hinüberging, mit den Absätzen der weißen Stiefel hart auftretend, die Schnäbel pfeilspitz dahin zeigend, wo es langgehn sollte, sich zu ihr runterbeugte und redete, einen Schluck aus ihrem Glas trank, bevor er aufs Podium stieg. Das war sein Problem. Er trat mit den Fersen zu fest auf.

Er stand am Mikro, neben ihm Bo-Jack mit dem Schlagzeug, Studder mit seiner Gabel und dem blitzenden Metall vor der Brust, die Gesichter wandten sich ihnen zu, und ein paar Stimmen riefen: »Wo ist Clifton, wo ist Mr. C.?« Studder alberte mit dem Frottoir herum; er trug die komische Variante mit einem Paar silberner Brüste, so daß man denken konnte, eine schwarzgesichtige Roboterin kratzte sich mit einer breiten Gabel unter den Titten.

»So, Leute, Clifton ruft eben an und sagt, er hat 'ne Panne, Unfall drüben in Dimple, Louisiana, niemand verletzt, sagt, er will euch alle stampfen und schreien hören bis da, wo er ist. Wir spielen Zydeco, wir werden stampfen und happy sein, und euch wird's heiß werden, und wenn ihr tot seid, bis er da ist, erweckt er euch wieder zum Leben, also LOS!«

Er fing heiß und hart an, hob das Akkordeon zu einem dreifachen Balg-Tremolando über den Kopf, ließ die Ecken des Balgs in einem Halbkreisbogen rotieren, spannte ihn aus wie zu einer akrobatischen Flugvorführung in diatonische Phrasen, die jeden Zoll des langen Balgs ausnutzten, wechselte gekonnt in eine andere Bewegungsart über, herabstoßend und eintauchend in ein wogendes Fingerspiel, und binnen drei Minuten war die Tanzfläche vollgestopft. Er wußte, was zu tun war. »Ah, ha, ha!« schrie er. »Brennen sollt ihr! Brennt ihr schon?« Dann kam *J'ai trois femmes*, Stakkato-Salven, Trommelschläge auf die Herzen der Tänzer, das Waschbrett schlangengleich klappernd und zischend, *hincha ketch a ketch a hinch*. Funkelnde Schweißtropfen flogen umher. Etherine brüllte: »Schwitzt und stampft nur, wenn euch heiß wird, kommt ihr wieder!« Durch die halboffene Tür leuchtete es bläulichweiß herein, und bei der Erschütterung durch den Donner flackerten die Lichter, und er konnte draußen den Wind heulen hören. Etherine kippte einen Schuß reinen Gin und betete. Sie wollte nicht sehen, was draußen los war, und gab Cato ein Zeichen, daß er die Tür schließen sollte.

Octave war nun in die Kniebeuge gegangen, um die heftige nervöse Energie in die Hände hinaufzulassen, seine Finger spritzten und stachen, Triller kamen und gewalttätige Schwebetöne, bebend von der Kraft seiner Stemmbewegungen, ein linkshändiger Triller wollte und wollte nicht enden, und mit der rechten Handkante schlug er hart und schnell auf mehrere Knöpfe, eine Stauung verwandter Töne, ein Mißklang, bei dem die Tänzer aufschrien, dann ein plötzlicher Halt, daß alle keuchend und lachend stehenblieben, und dann – ist ein Trick, Leute! – war er wieder mittendrin, wand und quetschte die schon nicht mehr erwarteten Kadenzen doch noch hervor, und die Tänzer klinkten sich hüftwackelnd wieder in den Takt ein, und auf der Seite verrenkten sich zwei fast den Unterleib beim Boody Green. Doch durch die Hitze des Tanzes hindurch spürte er ihre Reserve; sie gingen nicht restlos auf ihn ein, sehnten Clifford und sein großes, glitzerndes Piano-Instrument herbei.

»Ich lass' euch nicht zu kalt werden, oder?« brüllte er. »Auf

geht's, los, so sind wir nun mal, wie sagt man, zu französisch
für Schwarze, zu schwarz für Franzosen«, und er machte einen
Akkordeonscherz mit einem alten Cajun-Twostep, stark auf-
geheizt in verdoppeltem und synkopiertem Takt, die Töne zu
blauen Halbtönen vermindert und gebrochen, das Ganze in
einem schnellen und traurigen Strudel, aus dem Spott wie
Sympathie klangen. »Los, weiter, weiter!« rief er, und eines der
Paare, alt und muskulös, geschmeidig wie nasse Seide, schlug
einen Keil in die Reihen. Die anderen Tänzer rückten beiseite, um ihnen zuzuschauen, wie sie den alten Zydeco vor-
führten, einen Spring- und Drehtanz, schnell und schön. Cato
Comb kam aus dem Regen herein, die nassen Kleider klebten
an seinem langen Körper. Draußen tobte der Wind, und ein
Prasseln von Hagel lief übers Dach. Octave ging dicht ans Mikrophon, seine Lippen streiften es, sein Atem erfüllte den Saal.

»Ihr erinnert euch alle, wo das herkommt, ihr wißt, was ich
sagen will? Ihr wißt, es kommt alles daher, wo wir hergekommen sind, LaLa, ihr wißt doch, das alte LaLa – haben wir alle
gemacht. Da fühlt man sich zu Hause. Daß mir niemand jetzt
die Beine über'nander schlägt!« Sie waren heiß, aber er spürte
ihre Kühle.

Teller mit Essen wurden an den Tischen herumgereicht,
Okra und Huhn, und über dem Raum hing ein dichter
Rauchschleier, die Glut der Zigaretten leuchtete im Dunkeln.
Die Hitze war fürchterlich, die Kleider der Tanzenden waren
durchgeweicht vom Schweiß, mit den schlüpfrigen Händen
konnten sie sich nicht mehr festhalten, sie entglitten sich,
prallten gegen andere, tanzten aber weiter und wischten sich
die nassen Handflächen an den Schenkeln ab. Ein großer Ventilator unter der Decke wälzte den Rauch um. Das Gewitter
war im Abziehen. Jemand schrie nach Cliftons *Eh 'tite fille,*
und er spielte's ihnen, drückte die Blue Notes rein und ließ die
Triolen springen wie der starke Mann, den sie hören wollten,
mit einem Tremolo, das den Tänzern den Rücken runterlief.

»Gottverdammich, klingt hier besser als sonstwo!« schrie ein
Weißer, der auf eine plattfüßig-spreizbeinige Art tanzte, einer
von fünf oder sechs, die ins schwarze Frenchtown gekommen

waren, um eine wilde Nacht zu erleben. Eine schwarze Frau antwortete ihm: »Richtig, das ist pures Louisiana!« Aber andere Frauen auf der Tanzfläche riefen unzufrieden dazwischen: »Wann kommt endlich Mr. C.? Schafft mir Clifton her, hört ihr? Der spielt Piano UND Knopf, was er will. Du bist auch gut, Boy, aber Mr. C. biste nich!«

Ein alter Mann tanzte mit einer jungen Frau. Er trug gelbe Cowboy-Lackstiefel mit Chromspitzen, eine orangegelbe Lederjacke mit Wespentaille und weitem Saum, wie ein Revolverheld aus alten Zeiten, ein blaues Hemd mit Kordelkrawatte, zusammengehalten von einem goldenen Totenkopf mit Rubinaugen. Niemand auf der Tanzfläche konnte tanzen wie er: der weiche Gleitschritt, der Trapezrücken, der sich wellte, wie wenn eine Schlange sich häutet, die zuckenden, die Luft ankratzenden Hände, die blinkenden gelben Stiefel, die über die gewachsten Dielen trappelten, die langen, muskulösen Beine, die sich beugten und streckten, die geschmeidigen Hüftgelenke, die anklingenden Fragmente von hundert Tanzschritten, dem Buzzard Lope, Texas Tommy, dem Grind, Funky Butt, Fishtail, Twist, Georgia Hutch, dem Charleston, Shimmy, Shout und Crazed Turkey.

»Gebt ihm ein Glas Wasser!« rief jemand, denn er war ein bekannter Äquilibrist und Showtänzer, der bei Sprüngen und schnellen Drehungen ein Glas Wasser auf dem Kopf balancieren konnte.

»Thamon! Du bist ein Teufel auf den Brettern!« Er war dreiundsiebzig und elastisch wie ein Kind.

Octave hatte rote Augen vom Rauch, und seine Kehle fühlte sich an wie ein Ofenrohr, und nach einer Stunde rief er »Ruhepause!«, setzte sich zu Wilma, betupfte sich Hals und Gesicht, winkte Etherine nach Bier und Zigaretten, nach einem Whiskey und noch einem Bier und noch einem, und dann startete er in die zweite Stunde mit *Don't let a Dead Man Shake Your Hand*, mit klickenden Knöpfen, ließ den Balg tief ein- und stoßweise wieder ausatmen, verzerrte die Töne, indem er das Instrument über dem Kopf schwenkte, stürzte sich in Crescendi und würgte sie ab, kratzte, rieb, ließ die Fingernägel mit den Rückseiten über die Balgfalten rasseln. Cato Comb machte die Tür weit auf und ließ die milde, regengespülte Luft zur Abkühlung herein, den Nachthimmel, wo im Norden noch ein paar Blitze flackerten, aber Etherine schnitt ein Gesicht – ihre Erfahrung war, daß die Leute es gern schön warm hatten, mit Schweißbächen, Herzklopfen, nach Luft schnappenden Lungen.

Octave war nicht zufrieden. Er war nun ganz bei der Sache, konnte aber ihre Herzen nicht erobern, konnte Clifton nicht vergessen machen. Er holte aus dem grünen Akkordeon heraus, was er konnte, schluchzende, stöhnende Schreie wie aus der wogenden Brust eines Athleten, es war das Instrument, das ihnen den Schweiß hervortrieb und das zu ihnen sprach mit seiner lauten klagenden Stimme, aber trotz des abgenommenen Verdecks, trotz der neuen Zungen war es nicht das Richtige. Es hatte nicht genug Umfang. Der aufgemalte Teufelskopf und die Höllenflammen gefielen ihm gar nicht. Er hatte zuviel dafür bezahlt, das Spiegelbild seiner Augen hatte ihn verführt. Sein Entschluß war gefaßt. Er würde es nach Chicago bringen und es dort irgendeinem heimwehkranken Quetscher verkaufen und sich dafür so ein muskelstrotzendes Ding mit großer Tastatur besorgen, wie Clifton eines spielte, mit so viel Tönen drauf, daß er gar nicht wußte, was er mit denen anfangen sollte, so eines, das die schönen Frauen mit ihrer Unterwäsche bewarfen – wanden sich mitten auf der Tanzfläche aus den feuchten kleinen Nylonfetzen heraus und schleuderten sie nach dem großen Akkordeon, wo sie an den Balgfalten hängenblieben und gequetscht und durchgeknetet wurden, wie bei Boozoo Chavis, der in der Pause extragroße Schlüpfer verkaufte, mit dem Aufdruck RUNTER DAMIT! SCHMEISST SIE IN DIE ECKE! Dieser Akkordeonnarr konnte sinnlos betrunken von einem Barhocker fallen und auf dem Boden weiterspielen. Nach Octave hatte noch nie eine ihren Schlüpfer geworfen, aber in Chicago, da würde er abheben, da würde man ihn feiern! Es war 1960, und ja, der Zug der alten Zentralbahn von Illinois wartete schon. Spiel bloß keinen Blues, wir wollen Zydeco!

– 330 –

(Fünfunddreißig Jahre später saß Rockin' Dopsie auf einem
Stuhl bei jemand auf der Veranda in Opelousas und erinnerte
sich an jene Nacht, als Octave schier das Haus zum Einsturz
brachte mit diesem grünen zweireihigen Dings, das so einen
gewaltigen Sound machte. »So gut hat er nie wieder gespielt.«
Aber wie konnte er das wissen? Er hatte erkannt, daß dies die
eine glühende Nacht war, in der ein Leben seinen Gipfel erreicht – und von da an geht's nur noch bergab, egal was passiert.)

Joe Chilly City

Es war eine schwere Zeit in diesem elenden Winter, ein Wind
vom See her, der scharfe Hagelschauer mitführte, Geld war
knapp, er schlief in einem dreckigen Zimmer, Gigs waren
schwer zu bekommen, hier oben wollten die Leute keinen
Zydeco, sie wollten verrückten *Progressive*-Scheiß, niemand
tanzte, und alles war Blues, Blues, Blues, aber nicht der alte
Delta-Blues und auch kein Rock, nur noch Elektrogitarren-
großstadtblues, laut, schnell und forsch, und er verstand auch,
warum. Es war nicht mehr so, wie er aus der Zeit nach dem
Zweiten Weltkrieg gehört hatte, als sie zu Tausenden aus dem
Süden kamen, die Züge brechend voll, und jeder binnen einer
Stunde nach der Ankunft einen Job finden konnte. Damals
hungerte Chicago nach guten starken Armen, nach der billigen Arbeitskraft der Leute, die von ganz unten anfangen mußten wie in den alten Zeiten der Einwanderung, das hatte
Chicago reich gemacht, nicht die Schweine und der Weizen,
sondern die billigen Arbeiter, die die Schweine schlachteten
und die Weizensäcke schleppten. Immer noch kamen sie zu
Tausenden den langen Weg heraufgezuckelt, aber die Arbeit
gab es nicht mehr, mit der Wirtschaft ging es bergab, und
darum konnte man nur dasitzen, ein paar bittere klagende
Lieder spielen, rauchen, trinken, prügeln, ficken oder zuhören, wenn jemand J. Brims *Tough Times* sang, irgendwas,
um sich von dem Problem abzulenken. Von den Gitarren hat-

ten manche Glück und wurden von diesen Polackenbrüdern auf Platten aufgenommen, aber Zydeco aufzunehmen, danach drängte sich niemand. Das wollte man hier oben nicht hören. Es wurde so schlimm, daß er es selbst nicht mehr hören mochte, schon gar nicht nach seinem Ferngespräch mit Wilma, nach dem er ein Lied für sie geschrieben hatte, das sie nie hören würde.

»Regnet's bei dir auch so, Babe, wie's hier regnet?« hatte er gesagt, mit gebückter Stimme, tief und traurig, als wollte er in die Leitung reinkriechen. Was er hörte, war Schweigen im Originalton, die Atmung der Drähte aus der knisternden Tiefe der Entfernung. Schweigen, gehämmertes Schweigen. Zu viel war zu sagen.

»Wenn ich bloß bei dir wäre«, hauchte er, »mit dir reden, mit dir schlafen, in dich reinkommen! Fehlst mir, Babe, fehlst mir so.« Alles, was er sagte, ruckte in abgerissenen Teilen durch die Leitung. Fehlst. Fehlst mir. Mach' ich für dich, Babe.

Und als sie aufgehängt hatte, kam es ihm vor, als wäre sie immer noch da, immer noch am Apparat, wäre immer noch mit ihm verbunden und wollte ihm etwas sagen, konnte aber nicht und mußte ja auch nicht, denn er hatte schon begriffen. Er war eben fort.

Das grüne Knopfakkordeon hatte er immer noch, obwohl er das Verdeck verloren und den Koffer weggeworfen hatte, konnte das Scheißding nicht verkaufen. Es stand auf dem Pappschrank, die Augen der Wand gegenüber zugekehrt, immer mit einem fahlen Lichtschein darin, der sie blind aussehen ließ. Der Griff am Koffer war gerissen, ein paar Minuten, nachdem er sich auf dem Hauptbahnhof aus dem Zug herausgewunden hatte, noch innerhalb des Bahnhofs, als er versuchte, sich nicht anmerken zu lassen, wie die Bogenfenster und das Echo in der ovalen Halle ihn einschüchterten, die rastlose Menschenmenge mit Bündeln, Koffern und Reihen von Kindern, und beim Aufschlagen auf den Steinboden fiel das Akkordeon heraus und rutschte mit einem scheußlichen Ton ein paar Stufen hinunter. »He, Mann, Sie haben was verloren!« rief jemand, und er grapschte nach dem Instrument und stopfte es wieder in den Koffer, wütend über die Peinlichkeit, daß alle Leute nun nach ihm glotzten und er dastand als der Kuhbauer aus dem Süden, stürmte auf die Zwölfte Straße raus, wußte nicht, wo er war, nur daß er die Indiana Avenue finden mußte. Die Diskantseite hatte einen Sprung. Noch auf dem Bahnhof schmiß er den Koffer weg, gab ihm einen Fußtritt und fluchte erbittert, trug das nackte Instrument durch die Straßen. Er dachte, Buddy Malefoot hatte vielleicht mit dem Griff etwas angestellt.

Auf der Straße wandte er sich instinktiv nach Süden, hatte zu schleppen an dem Instrument und seinen Koffern, bahnte sich den Weg durch einen Haufen Heilsarmeemusikanten, Trompete, Trommel, englische Koncertina und ein Tamburin für den Trottel an der Seite. Der Geruch von Chicago stieg ihm in die Nase, der ferne Tiergestank von den Viehhöfen weiter im Südwesten, das scharfe, saure Aroma der Abgase und die Schwaden vom heißen Bratfettdunst. Er kam an Kinos und Schuhgeschäften vorüber, an Handfingerzeichen, die zu Chiromanten in den Obergeschossen hinwiesen, an einem dahinstolpernden Rastafarier mit furchteinflößender Mähne, an Schaufensterkirchen, »... *reden wir über Christus, wie er in der Bibel steht, hab' ich nicht recht? Über Salomons Tempel, über das Rad in der Mitte vom Rad, hab' ich nicht recht? Ich weiß, daß das stimmt mit dem Bräutigam, der sich auf 'n schönen Morgen freut, Leute, und jetzt betet ihr alle mit mir? So ist's richtig, ich weiß, so ist's richtig, ihr könnt doch kein Licht spenden, wenn ihr nicht erst mal entflammt seid ...*«, hörte ein paar Takte Blues, in ein Zimmer eingesperrt, blaffende Hupen, das Zischen rollender Reifen, das Qualstern eines Penners, der gebückt an einer Wand lehnte, und aus allen Richtungen das trockene Klappern hochhackiger Damenschuhe, die klickenden Taktspuren hin und her laufender Zweifüßer. Es war eine Art Musik. Er versuchte, nicht auf die Bilder zu treten, die ein beinloser Mann auf einem Mechanikerkarren mit Farbkreide aufs Pflaster malte, Bilder von Jesus und seinen Abenteuern auf viereckigen Flächen, wie in einem Comic Strip, die Worte in Gelb, die Buchstabenzeilen krumm wie Bananen.

Das Beste, was er fand, war eine Souterrain-Wohnküche, ein dunkles Loch mit einer Kochplatte, durchzogen von einem sonderbaren süßlichen Geruch, aber billig. (Das Gebäude war eines wie hundert andere, mit einem grünen Zickzack von Feuerleitern an den fleckigen Fassaden, Ausblick auf die geklöppelte Spitze einer fernen Brücke, Fabrikgebäude mit kaputten halboffenen Fenstern, bauschige Graffiti-Monogramme, Buchstaben, verdeckt von anderen Buchstaben, in Schichten übereinander, durcheinander, sinnlos bis auf die Worte FORGET IT an einer Überführung.) Auf einem Regal im Schrank fand er einen schmutzigen weißen Kamm, eine vergilbte Zeitungsannonce – »... steigt ein in den fiebernden Sound, der bei den Teenagern so beliebt ist...« – und einen Brief an jemanden namens Euday Brank, in dem stand: »Flyto brauchen Saxmann, Anruf 721-8882.« Der Umschlag hatte den Poststempel von Kansas City 1949. Wer das wohl war, dieser Flyto, oder gewesen war, denn vielleicht lebte der gar nicht mehr? Er warf den Brief in den Pappkarton, den er als Papierkorb benutzte, und dabei fiel ihm der Pappkarton ein, der seine früheste Kindheitserinnerung war, wie er in einem halbdunklen Raum lag und zum Rand einer Deckklappe hochsah, von blaßbrauner Farbe, mit einer Reihe enger dunkler Röhren, die irgendwohin führten, wo es seltsam und schrecklich sein mußte, ein winziges rotes Insekt in einer der Öffnungen auftauchen sah, das ihn mit leuchtenden Augen anstarrte und wieder hineinkroch.

»Daran kannst du dich nicht erinnern«, sagte ihm seine Mutter. »Stimmt, du im Karton, aber du warst ein Baby. Niemand kann sich erinnern, wann er Baby war. Du bist so schnell gewachsen, nach ein' Monat war er zu klein. Waschpulverkarton, Rinso White. Leute kommen rein, sehn dich drin und machen Witze – will ich dich weißer machen?« Auch jetzt noch versetzte der Geruch dieses Waschmittels ihn in jenen unwiderstehlichen Trübsinn, den er mit der Vorstellung von engen Pappröhren verband.

Er konnte zusehen, wie das grüne Akkordeon einstaubte, und er wußte, Staub war nicht gut, aber er brachte es nicht fertig, ihn abzuwischen, er brachte überhaupt nicht viel fertig, er konnte noch drauf spielen, hatte aber kaum mehr Lust dazu. Zuerst hatte er immerzu drauf gespielt, auch noch, als es den Sprung hatte, aber es gab so einen stampfenden, keuchenden Körperton, wie beim Rennen oder bei schwerer Arbeit, wie beim Vögeln, wo ihm doch jemand so sehr fehlte, ja, es machte solche Töne, wie ein Mensch sie machen würde, wenn man ihn in ein Instrument verwandelte, daß er's nach einer Weile nicht mehr ertragen konnte. Klang wie jemand kurz vorm Ersticken. Er fand keine Arbeit. Es schien, als würde er es schließlich zur Pfandleihe tragen und nach Hause fahren müssen.

»Ich bin zu nichts gut«, sagte er wütend, gab sich selbst die Schuld an der Arbeitslosigkeit, wußte, irgendwas stimmte überhaupt nicht mit ihm, er taugte nichts, es steckte einfach nicht in ihm drin, was es auch war.

Warten wir ab

Erst ein oder zwei Jahre später war es so weit, daß er beschloß, das Akkordeon zur Pfandleihe zu bringen, aber nicht, um eine Fahrkarte nach Süden lösen zu können, sondern weil er inzwischen so eine kleine Gewohnheit hatte und weil sein Lohnscheck nicht weit reichte, und was man braucht, das braucht man. Er blieb in der Stadt. Er hatte einen Job auf dem Bau, als Zimmermannslehrling, wollte sich bald um die Mitgliedskarte der Gewerkschaft bemühen, aber das hatte keine Eile, gab Arbeit genug an den Neubauten, die sich mit schwarzen Bewohnern füllten, sobald die letzten Fenster eingesetzt waren, in dem ganzen großen Areal, das von der Stadt durch die Dan-Ryan-Schnellstraße getrennt war. All das blöde Geschwätz über die Integration im Süden – die sollten sich erst mal hier umsehen, eine feste Burg der Rassentrennung, mit einem tiefen Graben drum rum. Könnte's sein, daß das jemand so geplant hatte?

Er war verknallt in zwei Frauen und fühlte sich sehr wohl

- 335 -

dabei; Bo-Jack und Studder kamen frisch von zu Hause und wollten gleich in die Musikszene einsteigen, sie blickten zu ihm auf, wollten von ihm gezeigt bekommen, was lief, nannten ihn nur halb im Scherz ihren Guru, und er machte mit ihnen einen Zug durch die schwarzweiß gemischten Klubs, durch die Nepplokale, in die Strichgegend, wo die Zuhälter ihre weißen Pferdchen laufen ließen, Männer, die im Ludenschritt über die Straße latschten und sich Mühe gaben, wie Gangster auszusehen, stolz auf ihre messerscharfen Bügelfalten und ihre Alligatorschuhe. Bo-Jack erzählte ihm, daß Wilma geheiratet hatte und nach Atlanta gezogen war. Sie wollten mal was anderes hören, einen fremden Sound. Er führte sie in den Diamond Dot Club, wo eine nigerianische Juju-Band spielte, diatonisches Akkordeon, *sekere*, sprechende Trommel, Becken und Gongs. Bobby fuhr gleich darauf ab und wurde ein Jünger, und hätte Octave auch nur entfernt daran gedacht, ihre alte Musik wieder zu beleben, so war das damit endgültig aus der Welt. Er hatte sowieso keine Lust. Er hatte nun ein bißchen Geld, kostete das Nachtleben aus, mietete ein großes Piano-Akkordeon (zwei Dollar die Woche), besaß einen schwarzseidenen Überwurf, einen Paisleyschal, den er sich um den Kopf band, und einen knöchellangen Afghanmantel aus irgendeinem gelben Fell, und wenn er auch nicht gerade auf großem Fuß lebte, war er doch nicht schlecht dran – was manche Dinge anging, die ein Mann eben braucht. Allmählich kam er auf den Geschmack am großstädtischen Blues, spielte aber immer noch Zydeco, verschämt, weil es ja nur Niggermusik aus dem Süden war. Das wurde ihm klar, als er eines Nachts einen schielenden Idioten von irgendwo unten aus den Bayous in einem Klub spielen hörte. Niemand achtete auf seine dünne, zittrige Stimme, die sich in jedem Satz verfing, dazwischen immer wieder Fetzen von Stille, blieben einfach am gesungenen Wort hängen wie an einem Nagel in der Wand. Sogar wenn dieser Trottel den Takt wie eine Maschine aus seinem Akkordeon heraushämmerte, hörte es sich falsch an. Was sich richtig anhörte, war dieser Louisiana-Swamp-Pop-Mist, dieser käseweiße zweiakkordige Es-

und B-Scheiß – der ging den Leuten runter. Den wollte er nicht spielen.

Er wußte nicht, woher es kam, aber er war reizbar geworden, bekam Wutanfälle bei Kleinigkeiten, die ihn in Louisiana nie gekümmert hätten, lag vielleicht am Fernsehen, das einem immerzu mit neuen Wagen oder Schuhen zusetzte. Er brauchte allerhand nette Abende, um sich bei Laune zu halten, oben im Haus oder unten an der Straße, Partys, wo man das Geld für die Miete sammelte, Partys, bei denen man Karten spielte, und Partys um der Party willen, Samstagnacht und jede Nacht, wann immer man Lust hatte und genug Gras, Koks und guten Schnaps, wenn einem so was gefiel. Ihm gefiel es. Chicago war heiß. Er hörte gern Saxophon und Elektrogitarre, das war cool, herrlich! Er hatte einen unersättlichen Hunger nach Vergnügungen, in seiner Jugend war er damit nicht verwöhnt worden, nun fehlten ihm noch ein paar goldene Ringe und Kettchen. Er hatte ein Bücherregal mit sechs Büchern drauf: *Komprimierte Weltenzyklopädie, Oberschul-Stoffe zum Selbstunterricht, Große Farbige, Sexuelle Anatomie der Frau, Riplows universelles Reimlexikon, Einführung in die Tonleitern.*

Dann mußte irgendwas passiert sein, jedenfalls wurde ihm gekündigt, und er kam auf die schwarze Liste, und alle Jobs begannen sich in Luft aufzulösen, und schließlich gab es einfach keine mehr. Die Wirtschaft hatte sich ins Schneckenhaus zurückgezogen. Na, er mußte einfach durchhalten und warten, bis sie wieder rauskam. Mußte sie ja irgendwann; so viele Leute brauchten Arbeit.

Du hast keine Ahnung, wo du herkommst

Sein Ururgroßvater war bei einer Sklavenjagd gefangen und mit anderen zusammengekettet worden, eine bittere Ironie, denn er war mit den Geistern der Metalle wohlvertraut, stammte aus einer alten Familie von Schmieden, die glühende Stangen auf dem Amboß zurechthämmerten (und das erhöhte seinen Preis). Auf einem Sklavenschiff aus Nantes wurde er nach New Orleans transportiert, dann an einen Pflanzer verkauft, der ihn ins Mississippi-Delta brachte, wo er im besten Mannesalter starb, nachdem er eiserne Tore und Fensterriegel geschmiedet hatte, Feuerböcke, Dreifüße, Ketten und Fesseln, Werkzeuge, manchmal auch dekorative Muster und Gegenstände mit geheimen schadenstiftenden Kräften, von denen die Weißen nichts ahnten, die diese Dinge benutzten und später krank wurden.

Der Sohn des Schmieds, Cordozar (Urgroßvater Octaves und seiner Schwestern Ida und Marie-Pearl), als Sklave geboren und von seinem Vater in den Schmiedearbeiten unterrichtet, lief im Alter von siebenundzwanzig Jahren nach Kanada davon, versteckte sich in den Sümpfen bei den Indianern und wanderte bei Nacht. Seiner Frau hatte er versprochen, wenn er durchkäme, würde er dafür sorgen, daß auch sie mit ihrem Baby Zephyr entkommen und ihm in den Norden folgen könnte. Aber er war erst ein paar Monate in Toronto, als der Bürgerkrieg ausbrach, und voll Feuereifer ging er nach Boston und meldete sich, nahm begeistert an Gefechten von Pennsylvania bis Virginia teil, wurde zweimal verwundet, kutschierte einen Ambulanzwagen und schien Weib und Kind vergessen zu haben. Zwei Jahre nach Lees Kapitulation bei Appomattox ritt er mit der Zehnten Kavallerie nach Westen, einem der beiden berittenen schwarzen Regimenter, und starb am Prairie Dog Creek, als sein Pferd, von einem zwölfjährigen Sioux in den Bauch geschossen, sich aufbäumte und auf ihn stürzte.

Das Mädchen, das er zurückließ

Der Junge Zephyr wuchs auf als Baumwollpflücker und Banjozupfer in Vanilla, Mississippi, lernte von der Pike auf das harte, ärmliche Leben im Delta, einer der reichsten Schwemmlandablagerungen der Welt, wurde jahraus, jahrein um das Geld, das er verdiente, betrogen, in Unkenntnis der Rechenkunst und des Alphabets, heilte seine Wunden und Krankheiten mit Bohnenblüten und Gebeten. Für ein paar

Jahre kam er los, spielte Banjo in einer durch die Territorien reisenden Jahrmarktstruppe, wo er außerdem den afrikanischen Springteufel machte. Er steckte den Kopf durch ein Loch in einem Vorhang, winkte und grinste zu den weißen Männern und Jungen hin, die einer nach dem andern einen Ball nach ihm warfen, während ein Leierkasten den *Dancing Nigger* herunterkurbelte. In einem unfreundlichen Schafzüchterstädtchen in Nevada löste die Truppe sich auf, und er saß auf dem trockenen, mußte sein Banjo für zwei Dollar verkaufen, die gerade für die halbe Bahnfahrt nach Vanilla reichten. Die zweite Hälfte der Strecke ging er zu Fuß, kam fußkrank heim und fügte sich ein für allemal in das Erntearbeiterdasein, gönnte sich seinen bescheidenen Anteil an den Freuden der Liebe, des Suffs und der Musik. Ein Weißer von der Hypothekenaufsicht photographierte ihn in den dreißiger Jahren, wie er ging und stand, in seiner Arbeitskleidung, einem sonderbaren Anzug aus über Lumpen genähten Lumpen, mit Hunderten von flatternden Fäden und Fransen, auf dem Kopf einen Hut aus mottenzerfressenem Filz. Er zeugte Kinder mit vier Frauen und ließ sie selber sehen, wie sie zurechtkamen. Ihm gehörte ein blinder, rassefreier Hund namens Cotton Eye, der Wunden durch Lecken heilte, eine Dienstleistung, für die Zephyr fünf Cent verlangte. In einem schlimmen Dürrejahr wuchs in seinem Garten ein Fuchsschwanzstrauch von ungewöhnlicher Größe. Er gab ihm reichlich Wasser, ließ keine anderen Pflanzen in seine Nähe kommen, bewunderte seine Größe, seinen zwei Daumen dicken Stengel. Der Strauch wurde über drei Meter hoch und brach dann unter seinem eigenen Gewicht zusammen, der gewaltigste Fuchsschwanz aller Zeiten, jedem, der ihn gesehen hatte, unvergeßlich.

Er sagte wenig, außer mit dem Banjo, sprach nie über vertrauliche Dinge, sagte nie, was er dachte, nur was er wollte, und wollte nur, was er bekommen konnte, bis er die Vorführung des International Harvester, der neuen Baumwollpflückmaschine, sah und Mr. Pelf ihm bei der Abrechnung erklärte, daß er im ganzen Jahr mit seiner Arbeit nur drei Dollar verdient hatte; da leistete er die letzte Monatsrate für seine Beerdigung, legte sich in sein zerlumptes Bett und verlangte nach Roastbeef und Champagner (zwei Nahrungsmittel, die er in den Rang von Ikonen erhoben hatte, seit er sie vor fünfzig Jahren einmal am Vierten Juli gekostet hatte, als der Jahrmarktsdirektor aus einem guten Restaurant in Des Moines ein Festessen hatte holen lassen, das er mit gefälschten Banknoten bezahlte). Seine Tochter Lamb, das einzige seiner überlebenden Kinder, das noch in Vanilla wohnte, brachte ihm einen kleinen Teller gebratenen Schweinerückenspeck und ein Glas trübes Wasser. Er war dreiundachtzig, erschöpft und so voller Falten, daß er wie zusammengeflickt aussah.

»Nein«, sagte er, rollte sich in die graue Decke und drehte das Gesicht zur Wand, schloß die Augen, rührte und muckste sich nicht mehr, war binnen zwei Tagen tot, aufgerieben in der großen Tradition des Kampfes.

Bayou Féroce

Lamb hielt den Wecker auf dem Fensterbrett an, verhängte den trüben Spiegel mit einem Pullover, nahm die Photos ihrer Kinder von der Kommode und schlug sie in ein Stück Papier ein. Nach dem Begräbnis des Alten im Mai 1955 zog Lamb mit ihren drei Kindern Octave, Ida und Marie-Pearl nach Bayou Féroce, Louisiana, zusammen mit ihrem Freund Warfield Dunks (hellbraune Augen mit einem Ring von reinstem Blau um die Pupille). Sie kauften sich ein Radio und begannen Professor Bob zu hören, den König des Plattentellers aus Shreveport. In der ersten Stunde lief Marie-Pearl draußen vor ihrer gemieteten Hütte in ein Wespennest und kam durchs Unkraut gerast, in wilden, hohen Sätzen, daß man ihre dünnen, zerstochenen Mädchenbeine in der Sonne leuchten sah.

Der arme Warfield fand ein Jahr, nachdem sie dort hingezogen waren, den Tod auf der Straße, als er anhielt, um einen sechshundert Pfund schweren wilden Eber zu beobachten, der den Mittelstreifen der Straße entlangraste, und ein Chevrolet mit einer älteren weißen Frau am Steuer von hinten in ihn reinfuhr. Lamb arbeitete im Haus eines weißen Collegepräsidenten in der Küche, für fünf Dollar fünfzig die Woche (plus Erlaubnis zur Mitnahme von Haut, Fett, Kopf und Füßen von Suppenhühnern, Kartoffelscheiben und alten Brotkanten). Sie hoffte irgendwann eine Chance im Obergeschoß zu bekommen, wo sie die schneeweißen Laken aufziehen, die hellen Fensterbretter abstauben und Mrs. Astraddles viele Paar Schuhe auf den Schrägregalen ordnen könnte. Ihre Kinder wuchsen heran. Octave, fast schon ein Mann, ging im Golf fischen. Er brauchte ein besseres Boot, in dem man nicht alle zehn Minuten das Wasser ausschöpfen mußte, eines mit einem guten Motor. Sie betete darum, daß Marie-Pearl sich nicht auf Dummheiten einließe, aber wahrscheinlich würde es nichts nützen, so gut, wie sie aussah, und so verrückt nach den Jungen. Ihre größte Sorge war Ida, mit achtzehn einsachtundachtzig groß und zweihundertsiebzig Pfund schwer, plump und tiefschwarz, mit dicker Kartoffelnase und weit auseinanderstehenden Zähnen, immer diejenige, die das Seil schwingen mußte, wenn die Mädchen Seilhüpfen spielten. Sie hätte ein Junge werden sollen. Sie hatte ein streitbares Gemüt, eine Stentorstimme. Vielleicht würde sie glücklich werden, wenn sie die ersten Kinder hätte, vielleicht aber auch nicht, so wie sie auf die Männer schimpfte und schwor, sie werde nie Kinder kriegen, kein Mann, sagte sie, werde je auf sie draufsteigen, sie herumschubsen oder schwängern, und unter ihrem Bett lagen stapelweise alte Bücher und vergilbte Zeitschriften, der staubigste Müllhaufen, den Lamb je gesehn hatte. Und Tag und Nacht klopften alte Damen an die Tür und brachten ihr noch mehr von dem Zeug.

»So wie du aussiehst, mach dir mal keine Sorgen«, sagte Lamb, »dir wird kein Mann was tun.«

»Ich weiß, wie ich ausseh'. Du sagst es mir ja, seit ich gehn und stehn kann.«

Haarauszupfen

In der achten Klasse überredete Ida ihre Freundin Tamonette, mit ihr in die Stadt zu gehen und den Weißen Haare auszuzupfen. Hand in Hand marschierten sie über die staubige Straße und sangen »Jesus ist am Apparat«. Die beiden hatten einen gefährlichen Humor, die Sorte, bei der man das Lachen unterdrücken muß, um keine Schuld einzugestehen. Tamonette, eine kleine Dünne, fühlte sich zur Waghalsigkeit durch das Andenken ihrer Großtante Maraline Brull verpflichtet, die in den zwanziger Jahren als Dienstmädchen einer weißen Familie in Paris gewesen war und dort fliegen gelernt hatte; als sie in den Süden zurückkam, flog sie einen Feldbesprüher, bis ein weißer Farmer sie 1931 vom Himmel herunterschoß, und auch da noch hielt sie sich wacker, denn sie steuerte die abstürzende brennende Maschine dahin, wo der Mann mit dem Gewehr auf dem Feld stand, und erwischte ihn ebenfalls.

»Was für Jeans trägst'n du!« sagte Tamonette kritisch.

»Frag mich was Leichteres, ist doch egal«, sagte Ida und bog sich herum, um nach dem Etikett zu sehen.

»Du Idiot, das sind doch die, wo der Ku-Klux-Klan hinter steht, da holen die noch Geld aus uns raus! Die stehn auch hinter den Brathähnchen, die du so gern ißt. Schmeiß bloß die gräßliche alte Jeans weg!«

»Tamonette! Woher weißt'n du das?«

»Weiß doch jeder, du Idiot!«

Bis Féroce waren es vier Meilen, und die Stadt mit den vielen Autos, den Gehsteigen und Verkehrsampeln machte ihnen angst. Alle Weißen schienen sie anzusehen und ihre Gedanken lesen zu können.

»Paß auf«, sagte sie. »Nur ein Haar – nicht gleich ein ganzes Büschel, nur eins – und wenn dann jemand was sagt, dann sagst du, ›'tschuljung, Ma'am, muß in meinem Uhrenarmband hängengeblieben sein.‹«

»Du hast keine Armbanduhr, und ich auch nicht.«

»Stimmt, aber du sagst es trotzdem. Vergiß nicht, nur ein Haar. Tut mehr weh.«

Das Kaufhaus Crane mit seinen Menschenmengen war der richtige Ort, aber nicht die große Halle in der Nähe des Fahrstuhls. Sie mußten sich unauffällig verdrücken können, sobald sie es getan hatten. Tamonette verdrehte die Augen zum Reklamations- und Scheckannahmeschalter hin, wo Weiße zu fünft anstanden und warteten, um den Mist zurückzugeben, für den sie Geld verschwendet hatten, alle dicht zusammengedrängt, redend und die Hälse reckend, um zu sehen, ob die Leute am Schalter bald fertig waren.

Ida entschied sich für zwei dicke Frauen, Nummer eins mit weißem Haar und Männergesicht, in einem weiten rosa Kleid, im Gespräch mit Nummer zwei, spitzbäuchig, mit violett gesträhnten Dauerwellen. Sie schob sich nah genug heran und hörte, was sie redeten.

»Gehört Elsie nicht auch zu den Töchtern?«

»Hat gehört, Süße, sie hat's sein gelassen.«

»Ihre Familie war eine von den ältesten in Mississippi.«

»Solche Röcke, ich meine, da muß man doch frieren.«

»Ach, diese Modeideen, einfach schrecklich!«

»Ich hätte auch gern mal wieder ein neues Kleid, aber ich kann nicht . . . na . . .«

»Kennst du Elsies Wagen? Ich stoße immer mit dem Kopf an, wenn ich in ihren Wagen einsteige.«

»Ich auch, immer! Das freut mich zu hören, daß noch jemand außer – AU!« Beide Hände fuhren hoch zu ihrem Hinterkopf, sie blickte nach links und rechts und zur Decke auf, überlegte, ob vielleicht ein Kanarienvogel aus der Haustier-Abteilung entflogen war.

»Na, Herzchen, da hat dir wohl eine Haarnadel einen Nerv –«

»Jemand hat mich an den Haaren gezogen.«

»Na, dann schau aber *mich* nicht so an!« sagte die lila Dauerwelle gekränkt, und Tamonette und Ida, zwei Tische weiter in die Betrachtung von Schreibheften mit schwarzweißmarmoriertem Umschlag vertieft, lächelten nicht mal. (Ida kaufte sich ein Heft für neunundzwanzig Cent; sie hatte schon angefangen, sich bestimmte Dinge, die sie gehört hatte, aufzuschreiben.) Später machten sie es noch bei einem Mädchen mit langem rotem, in der Mitte gescheiteltem Haar, dann gingen sie in ein anderes Kaufhaus, und Tamonette erwischte einen jungen Mann mit langen Zotteln, aber noch immer erlaubten sie sich nicht die Spur eines Lächelns, nicht mal auf dem langen Heimweg, obwohl sie kaum mehr an sich halten konnten. Erst als sie glücklich bei Ida zu Hause waren, brach es schallend aus ihnen heraus, und sie spielten sich noch einmal vor, wie sie harmlos herangetreten waren, sich ein einzelnes Haar ausgesucht hatten – und dann der scharfe Ruck und das Davonhuschen mit Pokergesicht.

Lamb war zu Hause und nähte ein paar alte Fetzen von Mrs. Astraddle zu etwas zusammen, das Ida oder Marie-Pearl irgendwann widerstrebend anziehen würden. Im Radio quasselte Reverend Ike, sprühte Worte hervor wie mit der Gießkanne: »*Ich bin der Größte, für mich gibt es keinen Maßstab und kein Schema, ich bin wer, ich bin einer, der auf euch losgeht wie ein BULLDOZER, und ich sehe gut aus und rieche noch besser, und ich sage euch, macht, daß ihr rauskommt aus eurem Getto, macht, daß ihr's zu etwas bringt! Auf die Beine, arme Schweine! Wir alle, ihr und ich und alle Leute, was wir brauchen, ist nicht irgendein Zukunftsgeläute, wir brauchen den Dollar hier und HEUTE! Ohne Knete keine Fete. Und zwar brauchen wir einen ganzen Sack oder eine Kiste voll oder einen Bahnwagen, und das brauchen wir JETZT. Schüttelt den Baum, auf dem die Scheine wachsen! Mit dem Sprichwort, das Geld ist die Wurzel alles Übels, da stimmt was nicht. Ich sage euch, KEIN GELD ist die Wurzel alles Übels! Für die Armen könnt ihr nur eins tun: achtgeben, daß ihr nicht dazugehört. Nichts wie weg aus dem Dreck! Armut hat keinen Charme, und ich muß euch sagen —*«

Lamb glaubte an Reverend Ike, die Geschichten über ihn gingen ihr runter wie Öl: von der blinden Bettlerin, die sich eins von seinen Gebetstüchern gekauft hatte, und Minuten später klingelte das Telephon, und sie hatte in einer Lotterie einen Cadillac gewonnen; von dem Mann, der mit einer Südseekreuzfahrt belohnt wurde, oder von einem, der auf einem Sitz im Bus eine pralle Brieftasche ohne jeden Hinweis auf

den Besitzer gefunden hatte. Sie kaufte sich selbst ein Gebets-
buch, versteckte es in der Spitze eines ihrer Sonntagslack-
schuhe und wartete drauf, daß es wirkte, sagte jeden Morgen:
»Ich spüre und bete drum, daß Gott mich irgendwann reich
macht.«

Ida steigt ein

1960 war Ida achtzehn, und Tamonette, die sich seit der neun-
ten Klasse in der Schule nicht mehr hatte sehen lassen, war vor
ihrer zweiten Entbindung dick wie eine Tonne.

Ida machte den Schulabschluß und stand nun in der Sackgasse, wie sie es vorausgesehen hatte. Für schwarze Frauen gab
es keine Jobs außer als Hausmädchen oder Landarbeiterin.
Wozu hatte sie Sozialkunde und Algebra gelernt, wenn es
nichts Besseres für sie zu tun gab, als irgendeiner Weißen das
stinkende Klo zu putzen? Lamb fragte Mrs. Astraddle, ob Ida
vielleicht in der Küche helfen könne, vielleicht halbtags, aber
Mrs. Astraddle schaute Ida nur einmal kurz an, wie sie mit finsterer Miene dastand und mit ihren dicken Armen schlenkerte,
und sagte, ich glaube nicht, Lamb.

Überall im Haus lagen ihre Hefte und Papiere herum, die
Ecken umgebogen, lose Blätter wurden zu Boden geweht,
wenn jemand zur Tür hereinkam.

»Kannst du den ganzen Mist nicht mal wegschmeißen?«
sagte Lamb.

»Mist? Du hast keine Ahnung, was ich da habe.«

»Nein, und ich will's auch nicht wissen. Ich seh' nur einen
Riesenhaufen Papier. Ich seh' nur, du kriegst haufenweise
Schreibpapier von so einer alten Frau. Was machst du mit die-
sem Altweiberpapier? Krakelst vor dich hin, statt dich nach
Arbeit umzusehn!«

»Sind Sachen, die ich so höre.«

»Such dir lieber einen Job!« sagte ihre Mutter erbittert.

Oben in North Carolina setzten sich Joe McNeil, Franklin
McCain, David Richmond und Ezell Blair jr. am 1. Februar an

die Imbißtheke bei Woolworth, und binnen weniger Monate gab es überall Sit-ins. Ida warf alle Hefte und Papiere in eine Kiste und schob sie unter ihr Bett.

»Ich muß da einsteigen, ich muß mitmachen. Ich fahr' da rauf nach North Car'lina«, sagte Ida.

»Du dummes Stück!« sagte ihre Mutter. »Die bringen dich um. Diese weißen Kerle bringen dich um. Du fährst *nicht* hin! Das sind *College*-Bengels, die so was machen, Studenten, schwarze und auch *weiße*, und die organisieren das alles, da kannst du nicht einfach ankommen und sagen, hier bin ich, die kleine Miss Ida aus Bayou Féroce. Diese Leute haben Zauberarmbänder und tragen Hemden in Pink. Du kennst doch da keinen, du gehörst zu keiner Organisation! Ich sag' dir, Mädchen, das ist gefährlich, du ahnst gar nicht, wie. Ich sag' dir, lebensgefährlich! Die putzen dich weg wie ein Würstchen!«

»Ich kann marschieren. Ich kann mich dazusetzen.«

»Marschieren, du? Nicht mal bis zum nächsten Laden kannst du gehn, ohne zu jammern. Schau dich doch an, du Fettkloß, du gehst keine Meile weit, ohne zu schmelzen. Und Verstand hast du so viel wie 'ne Laus. Ich schwör' dir, ich lass' dich noch lieber in deinen Altweiberpapieren kritzeln. Den ganzen Weg nach North Car'lina marschieren, damit sie dich umbringen!«

»Die werden mich nicht umbringen.«

»Das passiert jeden Tag, auch fixeren und gewiefteren Leuten, die besser aussehn als du. Ich wette, das hat der arme Mr. Willie Edwards auch gedacht, drüben in Alabama, als er den ersten Tag mit seinem Laster auf Tour gegangen ist, wo ihn der Ku-Klux-Klan hat von einer Brücke fallen lassen, daß er krepiert ist; haben ihm mit den Gewehren auf die Finger gedroschen, damit er losläßt. Wegen nichts. Tag und Nacht könnt' ich dir Sachen erzählen, aber ich spar' mir lieber meine Worte.«

(Einige Jahre später hatte Redneck Bub auf dem Weg zur Aufnahme seines einzigen Hits, *Kajun King of the Ku Klux Klan* – »*for segregationists only*« –, vor Lambs Haus eine Panne. Er kam an die Tür. »Sie haben doch Telephon?« sagte er. »Las-

– 346 –

sen Sie's mich mal benutzen.« Sie wußte, wer er war, und ließ ihn. Zwei Tage später fuhr er auf dem gleichen Weg wieder zurück, und als er wieder an Lambs Haus vorüberkam, setzten die schlimmsten Kopfschmerzen ein, die er je gehabt hatte, und hielten eine Woche lang an. Ihm wurde so übel, daß er sich im Wagen übergeben mußte.)

Pfarrer Veazies Ölbad

Tamonette schnaubte, verschluckte sich am Rauch. »Du brauchst nicht nach Montgomery, Alabama, und auch nicht nach North Car'lina fahren wegen einem Sit-in. Samstag nachmittag gibt's ein heißes Sit-in in Stifle, Mississippi. An der Imbißtheke bei Woolworth.«

»Woher weißt du's?«

»Weil ich und meine Mutter und die Jungen Baptisten dabei sind. Pfarrer Veazie bringt uns mit dem Kirchenbus hin, und wir setzen uns da rein.«

»Du? Mädchen, seit wann interessieren dich denn Sit-ins?« Diese kleinlaute alte Trantüte von Veazie bei einem Sit-in, mit einer ganzen Busladung Leute, die er hinkarren wollte, unvorstellbar! Und Tamonettes Mutter war auch nicht der Typ für ein Sit-in. Tamonette selbst, diese Wassermelone auf einem Paar Zahnstocher, hatte in ihrem ganzen Leben noch nie was von Bürgerrechten gesagt.

»Also, ich komm' mit.«

»Sag bloß niemand was davon.«

Sie machte sich nicht fein; gute Sachen, die ihr paßten, gab es gar nicht. Immer wieder trug sie dieselbe alte Männer-Bluejeans und Männerstiefel, außer wenn Lamb ihr mal einen Rock in Nomadenzeltgröße nähte, mit Knuddelfalten vom flüchtigen Bügeln. Tamonette paßte in nichts anderes mehr rein als in ihr altes orangerotes Umstandskleid, aber die Jungen kamen in ihren Kirchgangsjacketts und gebügelten Hosen, die andern Mädchen und Frauen herausgeputzt in ihren guten gemusterten Reyonkleidern, gegürtet und bestrumpft, manche auch mit Hüten und sogar Handschuhen, trotz der Hitze. Ganz vorn sah sie Tamonettes Exfreund Relton, den Vater ihres ungeborenen Kindes; er saß neben Moira Root, seine langen, schmalen Füße in gelbbraunen Stiefeln.

»Deswegen interessierst du dich so für das Sit-in«, zischte sie Tamonette zu.

»Halt du den Mund! NICHT deswegen.« Doch, das war der Grund. Idas strenger Blick sah Tamonettes weiteres Leben voraus, wie sie die Männer einen nach dem andern über sich hinweggehn ließ, ein Baby nach dem andern, bis ihr das alte organgerote Umstandskleid in Fetzen vom Leib fiele, und nie würden die Dinge ins Lot kommen.

In dem Kirchenbus saß Tamonettes Mutter ganz vorn bei Pfarrer Veazie, ein trübsinniges Pickelgesicht, dem ein weißes Taschentuch aus der Brusttasche ragte wie der Gipfel des Everest. Sobald der Bus fuhr, begann Tamonettes Mutter zu singen, aus einem unwiderstehlichen Bedürfnis nach Harmonie mit dem brummenden Motor.

»Also, die wissen nichts davon, daß wir kommen«, rief Pfarrer Veazie. »Vergeßt nicht, ihr setzt euch hin und haltet euch ruhig, und wenn die Kellnerin fragt, was ihr wollt, bestellt ihr eine Cola. Jeder hat doch fünfzehn Cent dabei, um zu zahlen, wenn sie die Cola bringt? Aber sie wird sie nicht bringen. Egal, was sie mit euch machen, denkt dran, ihr könnt einfach immer wieder in ruhigem, gelassenem Ton eure Cola bestellen. Cool bleiben! Nichts kaputtmachen, nichts und niemanden anrühren außer eurer Cola – wenn sie euch die bringt. Aber das wird sie nicht. Wenn die Polizei kommt und euch zwingen will zu gehn, bleibt an der Theke sitzen. Sagt gar nichts, bleibt einfach sitzen, Jesus ist mit euch, leistet keinen Widerstand, wenn sie euch rausschleifen, außer daß ihr euch an der Theke festhaltet. Passiver Widerstand, cool bleiben, denkt an Pfarrer King und vergeßt nicht, ihr tut etwas Mutiges und Wichtiges für alle Brüder und Schwestern, für euer Volk, für alle Menschen, für die Legionen der Gerechtigkeit, und darum bleibt cool!«

Es war eine normale kleine Stadt, heiß, mit einigen hohen

Bäumen, die halbe Hauptstraße Läden mit dem ZU VERMIE-
TEN-Schild im Fenster. Sie fuhren mitten durch und parkten
auf der andern Seite der Stadt hinter einer Reifenhalde auf
der Dixie Belle Mall. Sie waren nervös, gingen dichtgedrängt
durch die Türen zu Woolworth hinein, die Mädchen um-
klammerten den Griff ihrer Handtaschen, die Jungen reckten
die Hälse unter den Schlipsen und gestärkten Kragen, die
Bauchmuskeln verkrampft. Im Gänsemarsch schritten sie zur
Imbißtheke. Ein weißer Farmer mittleren Jahrgangs mit
schmutzstarrem Haar und verschmiertem Overall trank seinen
Milch-Shake aus, auf dem Teller vor ihm Krusten von einem
Thunfisch-Sandwich und graue Fischkrümel. Sie setzten sich
auf die freien Hocker. Der Mann blickte erschrocken auf, legte
Geld auf die Theke und ging. Die einzige Kellnerin, die zu sehen war, putzte die verchromten Zapfhähne und Maschinen-
teile; ließ sich Zeit, ehe sie im Spiegel nachschaute, ob jemand
eine Speisekarte brauchte. Sie erstarrte, drehte sich nicht um
zu der Reihe dunkler Gesichter, sondern hastete in die Küche.
Sie hörten, wie sie mit schriller Stimme fragte, wo's Mr. Sea-
plane, wir haben ein Problem da draußen, und der Koch, ein
weißhaariger Alter, kam an die Öffnung in der Schwingtür
und blickte zu ihnen hinaus, einen Arm erhoben, so daß man
den grauen feuchten Fleck in seiner Achselhöhle sah, dann
verschwand sein Gesicht, abgelöst durch das des Tellerwä-
schers und der zweiten Kellnerin.

Sie spürte den kleinen runden Sitz unterm Hintern, hätte
gern probiert, wie weit er sich drehen ließ, spürte aber auch,
wie sich die Leute hinter ihnen sammelten, und sah sie im
Spiegel, meist schäbig aussehende weiße Männer, die sagten,
was zum Teufel ist denn hier los, was soll das, was wollen diese
Niggers, sieht so aus, als ob wir hier ein Problem haben, he,
was wollt ihr hier abziehn? Ein großer Weißer in braunem
Anzug kam aus der Küche – der Boß oder der Manager, niemand wußte's genau.

»Los, Niggers, ihr verschwindet hier jetzt sofort, oder ich
rufe den Sheriff. Ich zähle bis drei, und wer bei drei nicht
macht, daß er zur Tür rauskommt, dem *garantier'* ich allerhand

Ärger. *Eins! Zwei! Drei!*« Niemand rührte sich, bis auf Tamonettes Exfreund, der die Hand hochstreckte wie in der Schule und sagte, ich krieg 'ne Cola, bitte, aber der braune Anzug beachtete ihn nicht, sondern zählte noch mal, sagte, so, das reicht, ich rufe den Sheriff und die Polizei, und ging wieder in die Küche. Die Polizisten waren da, bevor die Tür aufgehört hatte zu schwingen, also mußte er sie schon vor dem Zählen gerufen haben. Eine Stimme aus der Menge sagte zu Tamonettes treulosem Freund, du wolltest doch 'ne Cola? Ein kleiner sandblonder Mann, eine Packung Zigaretten in den Ärmel seines T-Shirts gerollt, trat von hinten an ihn heran, hob eine Flasche Coca-Cola hoch, ließ sie ihm über den Kopf gluckern.

»Das schmeckt uns, was, Boy? Jetzt läuft es dir grad in die Arschspalte, wo du deinen Geschmackssinn hast.« Plötzlich schoben sich Arme und Hände zwischen ihnen durch, griffen nach den Ketchup-Flaschen, den Salz- und Pfefferdosen. Sie spürte, daß etwas wie Sand ihr in den Nacken rieselte, und mußte niesen; jemand hatte den Verschluß von einem Pfefferstreuer geschraubt und den Inhalt ausgeschüttet. Nun waren die Männer hinter der Theke, griffen sich Milch und Sahne, Butter, Pasteten, Mayonnaise, Senf, Eier, und ein kleiner weißer Kerl nahm das kalte, ranzige Bratöl, einen Drei-Gallonen-Kübel aus rostfreiem Stahl, und goß den ganzen Inhalt über Pfarrer Veazie. (Später, in einer Predigt, sagte der Pfarrer: »Gott hat seine Hand über mich gehalten, denn dieses Öl HÄTTE ja auch HEISS sein können.«)

Ida spürte, wie ihr nasses Zeug das Gesicht und den Hals hinunterlief, nieste krampfhaft, denn die Luft war voll Pfeffer, Senf tropfte auf sie, jemand schlug in ihrem Haar ein Ei auf, ein anderer goß ihr eiskalte Milch über Brust und Schultern, Händevoll Weizenflocken flogen herum, man beträufelte sie mit Karo-Sirup, schmiß mit Fruchtgelee. »Essensschlacht«, sagte der kleine Kerl und warf eine Banane nach Tamonettes Mutter, die zusammenzuckte, als sie getroffen wurde, und dann zu singen anfing, »We shall NOT BE MOO-OO-OOVED«, und alle sangen sie mit, niesend und heulend, aber trotzdem sangen sie, und sie saßen immer noch an der Theke, als die zwei Polizisten und dann auch noch einige von den weißen Männern sie wegzuschleifen begannen, mit kurzen, harten Stockschlägen, Armumdrehen, raschen Kniestößen und wilden, kehligen Ankündigungen, was sie gleich mit ihnen machen würden. Sie spürte harte Finger, die sie in die Brust kniffen, dann schmierten sie ihr Senf auf den Rücken, jemand sagte, du eklige Niggerfotze, du fette widerliche Riesenniggerhure, jetzt beweg dich, oder ich stoß dir das hier in die Dose, und stocherte mit einem abgesägten Billardqueue zwischen ihren Schenkeln herum, stieß ihr hart gegen das Schambein, so daß sie vor Schmerz aufschrie und halb auf die Knie sank, während sie den Pfarrer brüllen hörte, cool bleiben, cool bleiben, cool bleiben, und weil er von dem Öl so schlüpfrig war, konnten sie ihn nicht richtig packen und ließen ihn immer wieder in seine Ölpfütze zurückfallen.

Sie stand auf. Der Mann mit dem Queue stand in der Menge, mit dem Rücken zu ihr, und versuchte einen satten Hieb auf den Pfarrer zu landen. Mit aller Kraft trat sie ihm in den Hintern, daß er zu Boden ging, unter die Stiefel der andern, und brüllte, aaah, aaah, hört auf, verdammich, runter von mir, mein Rücken ist geknackst, verdammich, helft mir doch hoch!

Und nun?

»O mein kleines Mädchen!« stöhnte Lamb, als Ida drei Tage später heimkam, beide Augen zugeschwollen, Haut abgeschürft, barfuß, stinkend nach Gewürzen, Kotze und Gefängnis. »Was hab' ich dir gesagt! Sieh dich an, halbtot, die bringen dich halb um. Mein erstes Gefühl, ich lass' dich nicht gehn! Ich verlier' mein' Job bei Mrs. Astraddle, wenn sie das hört. Was machst du?«

Ida zog sich aus und wusch sich unter der kalten Dusche, die Octave einmontiert hatte, bevor er in den Norden ging, kam wieder hervor und zog eine alte Bluejeans an, ihre ausgelatschten schwarzen Turnschuhe, holte sich eine Plastiktüte von dem Haufen unter dem Ausguß und fing an, ihre Kleider zusammenzulegen und einzupacken.

»Machste'n da?«

»Muß hier raus. Ich steck' jetzt drin. Die können mich nicht stoppen. Ich fahr' mit Tamonettes Freund. Und rühr du ja meine Bücher und Papiere nicht an! Ich komm' zurück und hol' sie. Wir wollen noch ein paar Sit-ins machen.«

»Du bist ein lebendiges Beispiel: Wirf dein Brot aufs Wasser, kommt schimmlig zurück.«

»Ich steck' jetzt drin.«

Ein Jahr später steckte sie nicht mehr drin. Sie machte jedes Sit-in zum Tumult, schlug, trat und brüllte um sich. Passiven Widerstand stellte sie sich so vor, daß man sich an die miesen kleinen weißen Sheriffs lehnte, als ob man grad in Ohnmacht fiele, sie dann mit fester Klaue an der empfindlichen Stelle packte und fragte: »Wo bin ich?«

»Du hast nicht begriffen, was passiver Widerstand ist«, sagte ein Gruppenleiter zu ihr. »Du schadest unserer Sache. Bei dir sitzt die Wut zu hoch oben, Schwester. Wir müssen die Wut kanalisieren, sonst frißt sie uns auf, vernichtet uns auch selbst. Geh du nach Hause, überleg dir was anderes, wie du deinen Brüdern und Schwestern helfen kannst.«

Sie fuhr zurück nach Bayou Féroce, packte die Bücher und Papiere, die unter den Betten lagen, in achtzehn Kartons und zog nach Philadelphia, fand eine Stelle bei Foodaire, einer Firma, die sich auf die Zubereitung und Verpackung der Imbisse für Flugzeugpassagiere spezialisierte, und da blieb sie dreißig Jahre lang, fuhr mit ihrem kleinen Wagen an den Wochenenden in den Süden, reiste viel herum, fing Gespräche mit grauhaarigen Frauen an und stellte immer wieder dieselben Fragen.

(Jahre später, in einem Krankenhausbett in Los Angeles, wo sie sich von einer Gallenblasenoperation erholte und die Mitteilung verdaute, bei ihr sei der Tuberkulosetest positiv gewesen, las sie in der Zeitung: In Jackson, Mississippi, war ein Schwarzer wegen überhöhter Geschwindigkeit festgenommen und im Gefängnis totgeschlagen worden, worauf der Leichen-

beschauer Herzversagen feststellte; auf einer anderen Seite
stand, daß vierzig Schwarze innerhalb von sechs Jahren sich in
den Gefängnissen von Mississippi erhängt hatten; Mr. Bill
Simpson, aus Vidor, Texas, vertrieben und nach Beaumont
zurückgekehrt, wurde binnen einer Woche erschossen. Und so
weiter und so weiter. Sie ließ die Zeitung zu Boden fallen.
Hörte das denn nie auf? War es denn nicht gut, was sie damals
in den Sechzigern getan hatten? Hatten nicht Leute ihr Leben
gelassen für das Stimmrecht und die Bürgerrechtsgesetze? Und
seitdem, was war geschehen? Anscheinend waren manche zu
Geld und Macht gekommen, aber sie hatten die andern hinter
sich gelassen, und die schmorten nun in den Großstädten wie
Garnelen in der Pfanne, in Stadtvierteln, wo man Kinderlei-
chen in Schrottpressen fand, Blut von der Decke in jemands
Abendessen tropfte, Babys von Querschlägern getroffen wurden und wo schon der Name des Viertels etwas zutiefst Bösar-
tiges und irreparabel Verkehrtes bedeutete. Das Geld rollte in
großen Wellen übers Land, aber nicht mal der Schaum kam
ans Ufer der Schwarzen. Alle ihre Notizbücher würden nicht
einer einzigen aus der Klemme helfen, all diese Geschichten
von schwarzen Frauen, von den unsichtbar Leidenden ganz
unten im Dreck. Ihre Wohnung lag voll davon: Schreibblöcke,
Amateur- und Atelierphotos, auf Papiertüten geschriebene
Tagebücher, seitenweise Kräuterkuren mit vielen Recht-
schreibfehlern, illustriert mit Blättern und Blumen und kolo-
riert mit Farbstoffen, aus Stengeln und Blütenblättern gepreßt,
eine Ernte-Abrechnung, mit einem verkohlten Stock auf eine
Holzschindel geschrieben, ein Brief auf einem Stück von einer
Schürze, in dem eine Siedlerin aus Kansas den Tod ihres Mannes beschrieb, ein dickes Manuskript in schöner Kursivschrift
auf den Rückseiten zerschnittener Zirkusplakate, »*Mein soge-
nanntes Leben beim D. K.-Wanderzirkus*«, Rezepte auf Holz-
stückchen, mit einem in Rußfarbe getauchten Nagel geschrieben, die mitternächtlichen Gedanken einer Putzfrau aus den
Gebäuden der Bundesbehörden während des Zweiten Weltkriegs, auf Seiten, die sie aus den Papierkörben gefischt hatte,
Verse von anonymen Dichterinnen, Schnipsel aus dem Leben

Tausender von schwarzen Frauen. Alles von ihrem schäbigen Gehalt zusammengekauft, in Gebrauchtbücherläden, Kirchenbasaren, bei Wohnungsauflösungen, aus alten, verstaubten Kisten in Ramschläden, manches auch aus Mülltonnen und von Lumpensammlern, und jeden, den sie traf, fragte sie, haben Sie keine Bücher oder Briefe oder weiß ich was über schwarze Frauen, jederlei schwarze Frauen oder Frauen überhaupt? Sie dachte an Octave mit seinem grünen Akkordeon in Chicago; ob er noch am Leben war? Vor Jahren hatte sie ihm mal einen Brief geschrieben und von Lamb weiterschicken lassen, »klar würd' ich dich gern mal wieder ein bißchen Zydeco auf dem alten grünen Akkordeon spielen hören«. Nie wieder was von ihm gehört. War das nicht wieder die alte böse Geschichte, Bruder und Schwester, die sich aus den Augen verloren? War es nicht die uralte Geschichte, Familien in Fetzen gerissen wie Papier, der Heimatort für immer verlassen und vergessen?)

Das alte grüne

Octave, der in einer schlechten Phase dahindümpelte, verursacht von langer Arbeitslosigkeit – die Gewerkschaftskarte hatte er nie gekriegt, und es gab auch einfach zu viele, die Arbeit suchten; er hatte alles probiert, Dutzende von kleinen Jobs als Gipser, Tischler, Teppichbodenleger, Lumpensammler, Möbelpacker, Taxifahrer, Lieferfahrer für Lebensmittel und Fernsehgeräte, Schnellkoch, Monteur, Markisen-Installateur, alles nur eine Woche oder zehn, elf Tage, dann wurde er gefeuert oder ging von sich aus, bis er schließlich so weit war, daß er gar nicht mehr weiter wußte; alles ging schief, und für die Arbeit auf dem Bau war er sowieso nicht mehr fit –, wurde aus Idas Brief nicht klug. Ein paar Wochen später fand er ihn unter einem Stuhl wieder, und diesmal las er ihn ganz. Das alte grüne, Scheiße, das alte grüne war vor langer Zeit auf die Pfandleihe gewandert. »Ja«, sagte er, »ist ein Jammer, Schwesterchen, das alte grüne, das sitzt, das sitzt jedenfalls schon seit drei Jahren auf der Pfandleihe, weißt du, was das heißt?«

(Er selbst hatte auch ein paar Jahre gesessen, und im Knast hatte er die College-Unterstufe geschafft; er dachte dran, Black Muslim zu werden und sich einen neuen Namen zuzulegen, ein neues Leben, noch mal von vorn anfangen. Er dachte an Geld und wie man dazu kommen könnte. Zuerst schien es nichts anderes zu geben als Musik und Verbrechen, das waren seine Berufssparten, die hatten die Umstände ihm eingebleut. Jedenfalls wollte er nicht wieder zu Hause fischen gehn, und mit Zydeco, Jazz, Rock oder irgendeiner andern Scheißmusik war auch nichts zu machen.

Er fing an zu lesen wie ein Irrer, las, bis er nicht mehr geradeaus gucken konnte, und zwar nicht Krimis und den Mist, den alle lesen, sondern das *Wall Street Journal*, Finanzzeitschriften und Marktanalysen für kleine Unternehmungsgründungen, und nachdem er ein, zwei Jahre lang studiert hatte, was die Welt noch brauchte, entschied er sich für Klärschlamm. 1978, nach seiner Entlassung und nachdem er sich bei sechzehn Banken vergebens um Kredit bemüht hatte, raubte er einen Supermarkt aus, fuhr mit dem so beschafften Investitionskapital heim nach Louisiana, kaufte zweiunddreißig Hektar Land und forderte mehrere Großstädte auf, ihren Trockenschlamm gegen eine Gebühr bei ihm abzuladen. 1990 besaß er eine musterhafte Zweihundert-Hektar-Auffüllfläche und war ein wichtiger Verteiler für den Klärschlamm von New York City, der von ihm weitergeschafft wurde auf die Felder von Iowa, North und South Dakota, Nebraska, Colorado, Texas und Kalifornien. Er spürte Wilma auf, die inzwischen zweimal geschieden war, ließ seinen Charme spielen, machte sie heiß und ließ sie dann sitzen. Ein Akkordeon faßte er nie mehr an, mochte es nicht mal hören. »Wenn ich da oben geblieben wär', hätt' ich nie was andres sein können als Straßenmusikant, in der Kälte, in der U-Bahn, mit 'ner kleinen Thunfischdose am Bordstein, damit die Leute ihr Kleingeld reinwerfen. Scheiß drauf!« Aber er war sehr vorsichtig und fuhr niemals bei Nacht.)

Schwarze Schuhe, rote Schuhe

Bandoneon

Hinterhof

Die alte Mrs. Józef Przybysz hatte gearbeitet, bis sie sechsundsechzig war – »kein' Arbeit, kein Fraß, kein Geld, kein Spaß« –, aber 1950, im selben Jahr, als sie ihren Enkel Joey dabei erwischte, wie er eine Zigarette aus einer im Laden geklauten Packung rauchte, und ihm mit dem elfenbeinernen Stopfei aus der alten Heimat die Nase zerschlug, hörte sie auf und hatte nun viel Zeit für Kirchgang, Küche, Geselligkeiten und für die Geschichten über die schweren Zeiten, die sie alle durchgemacht hatten.

»Tragisch! Wir sind so eine tragische, tragische Familie. Alle tot jetzt, bis auf mich! Ja, nichts währt ewig, mein liebes Kind. Komm, laß mich den kalten Umschlag erneuern – ah, du wirst mir keine Sargnägel mehr stehlen und sie rauchen, nicht wahr?«

Zwanzig Jahre später, mit sechsundachtzig, hatte sie ihren ältesten Sohn Hieronim überlebt. Sie war eine massige Frau, die furchige und leberfleckige Haut wie ein Schonbezug über einem durchgesessenen Sofa, aber mit ihren muskulösen Unterarmen und starken Fingern sah sie aus, als könnte sie ohne Kreide eine nackte Felswand hinaufklettern. Ihr Gesicht war voll, die tiefliegenden Augen und der Mund eingeprägt wie Fingernagelabdrücke in Kuchenteig, das gelblichweiße Haar zu einem bauschigen Knoten hochgesteckt. Die randlose Bifokalbrille spiegelte stark blitzend die blaue Flamme des Gasherds wider.

Über ihren Reyonkleidern, diagonal kariert, mit Blumen, Pünktchen, Federn oder fliegenden Vögeln auf dunklem Untergrund bedruckt, trug sie Schürzen mit Borten in Hellblau oder Mamie-Eisenhower-Rosa. Inzwischen war sie zu krumm und lahm, um noch Pilze suchen zu gehn.

Jahrelang hatten ihr Sohn Hieronim und ihre Schwiegertochter Dorothy (eine wahre Cholera von einer Frau) mit ihren beiden Söhnen Rajmund und Joey bei ihr in dem winzigen Haus an der Karlov Avenue in der Südstadt gewohnt, in einer soliden polnischen Nachbarschaft. Das Haus hatte sie sich von ihrem Lohn als Zigarrendreherin gekauft, nachdem ihr Mann ihr davongelaufen war, denn, wie sie jeden Tag einigemal sagte: »Wer kein Land hat, ist wie ein Mensch ohne Beine: Er krabbelt herum und kommt nirgendwo hin.« Direkt gegenüber auf der andern Straßenseite wohnte die Familie Chez aus Pinsk, die später ihren Namen zu Chess abänderte; die beiden Jungen wuchsen heran und fanden Arbeit in diversen Läden, einem Altwarenlager, in Bars und Nachtklubs, machten schließlich Schallplattenaufnahmen von stöhnenden schwarzen Blues-Sängern, und um 1960 war die gute polnische Nachbarschaft von allen Seiten eingeschwärzt. Den Brüdern Chess konnte sie nicht die Schuld geben, aber irgendwie hing das für sie alles zusammen: die Schwarzen, der Blues, die Brüder Chess und die Veränderung der Nachbarschaft. Die Polen zogen rasch fort, als nach dem Krieg die ersten Schwarzen auftauchten und alle Bemühungen, das Revier mit Feuer und Steinen zu verteidigen, fehlschlugen.

Hieronim war zuerst ein großer Steinwerfer gewesen, und er drängte Rajmund und Joey, es ihm gleichzutun.

Den Schwarzen brüllte er zu: »Los, macht, daß ihr hier rauskommt, hier wohnen anständige, schwer arbeitende Polen, verschwindet, ihr Niggers, ihr versaut uns unsere Häuser, macht, daß ihr weiterkommt, ihr Hundsgeburten, eher wachsen Fotzen an Ananasbäumen, als daß ihr hier wohnen werdet!«, genauso wie die Jungen einst nach ihm Steine geworfen, ihn einen dreckigen Polacken genannt hatten, doofer Hunky, geh bloß wieder dahin, wo du hergekommen bist! Die Iren, die Deutschen, die Amerikaner.

Hieronim, langarmig und mit sehnigen Werferschultern, aber mit kleinem, ovalem Gesicht und tief in den Höhlen vergrabenen winzigen blauen Augen, der Mund verkniffen wie bei seinem Vater, ging ein paar Jahre später mit anderen Männern bei den großen Wohnungsneubauten protestieren, den Fernwood Park Homes, als die schlauen Behörden dort Schwarze in die weiße Nachbarschaft einschleusen wollten.

Eine riesige Menschenmenge hatte sich versammelt, Tausende. Hieronim hielt auch danach die Augen offen, paßte auf, wo sonst noch gebaut wurde, und ging nachts mit ein paar Männern die Baumaterialien wegschaffen, nicht um zu stehlen, sondern um zu sabotieren, die Arbeiten aufzuhalten. (Bei einer dieser Expeditionen fiel er in einen leeren Treppenschacht und verletzte sich den Rücken. Danach hinkte er und klagte über Leberschmerzen.) Er füllte Benzin in Cola-Flaschen für Park Manor. Er brachte einen Verein zur Nachbarschaftsverbesserung für ihren Wohnblock auf die Beine, aber der erreichte nichts. Er sorgte dafür, daß der Polnische Klub eine Sirene an der Tür hatte, und ging Nacht für Nacht zu den Trumbull Park Homes, als man 1953 versuchte, dort eine hellhäutige Niggerfamilie einzuschmuggeln, bis die Leute es aufgaben und wieder wegzogen, zurück in ihre dreckigen Slums.

Ein paar Jahre später kam ein Grundstückmakler an ihre Tür und sagte: »Zieht lieber aus, Leute, solange ihr für euer Haus noch einen Preis kriegt! Dauert nicht lange, dann ist es nichts mehr wert. Jetzt kann ich euch noch was dafür bieten.« Aber sie verkaufte nicht, obwohl die Schwiegertochter beständig klagte, man sei hier nicht sicher. Hieronim klagte weniger. Er hatte es inzwischen aufgegeben, schaute die 64000-Dollar-Frage im Fernsehen an, schrie falsche Antworten heraus und hatte an den Akkordeonspielern in ihren flitterbesetzten Anzügen viel auszusetzen.

In dem Haus nebenan wohnten zu dieser Zeit Zbigniew und Janina Jaworski; sie erinnerte sich noch an den Tag, 1941, als die beiden eingezogen waren. Beide hatten sie Arbeit, »... er im Stahlwerk, sie in der Munitionsfabrik – oh, wir Frauen, wir fanden den Krieg herrlich; die einzige Zeit, wo eine Polin einen Job finden konnte, das war damals im Zweiten Weltkrieg«. Vor dem Krieg kamen auf jede Stelle dreißig Bewerberinnen, und die Vorarbeiter wollten sie nicht nehmen, plusterten sich auf, weil die Frauen lästig und anspruchsvoll seien. Wie reinlich die Kinder der Jaworskis immer gewesen waren, der Hof tadellos in Ordnung, die schönen Blumen, und die Frau ging zur Messe – ja, gute Freunde, auch wenn er gern einen trank, aber welcher Mann tut das nicht, und viele frohe Stunden hatte sie mit Janina bei Kaffee und ihrem feinen Ingwerkuchen zusammengesessen. Sieh dir das Haus jetzt an, da wohnt ein schwarzes Waschweib in fusseligem Pullover und schmuddeliger Hose, mit losen Schuhsohlen und einem halben Dutzend zerlumpter Gören, die nichts als Unfug im Schilde führen, Mülltonnen umkippen, an den Briefkästen herumschnüffeln, raufen, überall haufenweise Flaschenkorken, Papierfetzen, zerbrochene Stöcke, zerbeulte Radkappen, plattgedrückte Blechdosen liegen lassen, und das Haus selbst ist verkommen, der Putz blättert ab, zerbrochene Fensterscheiben mit Wellpappe zugenagelt, ja mit allem möglichen! Und nachts erst, was da für Männer ein und aus gehn, wie sie drinnen schreien und singen und sich streiten, daß man's die ganze Straße lang hört! Wer weiß, was da noch alles passieren wird? Aber wenn ihre Schwiegertochter bei der Arbeit war, brachte sie der Frau oft in Alufolie eingewickelte Kohlrouladen hinüber, schenkte den zerlumpten Gören Kekse und den kleinen Blechglobus aus der Kiste ihres alten Józef.

Noch wenige Jahre bevor sie so lahm wurde, hatte sie sich an guten Tagen die Babuschka unterm Kinn zusammengebunden und sich mit ihrem Korb zum Glowacka Park aufgemacht, um Pilze zu suchen. »So viele!« sagte sie leise zu sich selbst, wenn der Korb von der schwarzen, fleischigen Ausbeute so voll war, daß er ihr die linke Schulter herabzog. Auf dem Rückweg richtete sie es so ein, daß sie an dem Billig-Lebensmittelladen vorbeikam, an den Straßenauslagen mit McIntosh- und Delicious-Äpfeln und den Körben mit Zuchtpilzen aus den Chemiekellern von Pennsylvania. Sie verachtete diese glatten beigen Köpfe, die nach nichts schmeckten, alles nur Giftsprays! Sollten die doofen Amerikaner das nur essen! Was für schreckliche Läden, murmelte sie im Gedanken an das alte Metzgerei & Lebensmittel-Fachgeschäft, das schon vor langer Zeit abgerissen worden war, an die Speckseiten mit der eckigen braunen Schwarte, die aussah wie der Deckel eines Notizbuchs, an die großen Würste in gestreiften Säcken, an einen steifen, hellen Schweinsfuß, aufgehängt an einer Drahtschleife um den Huf, die Rippen, die schräg von dem rechteckigen Gestell herabhingen und aussahen wie eine Schlucht auf einem aus der Luft aufgenommenen Landschaftsphoto, und die furchtbaren Schweinsköpfe mit der in der Qual der letzten Erkenntnis gefurchten Stirn, den trüben, gebrochenen Augen, die hervorgetreten oder eingesunken waren, den zerfetzten Ohren, den halboffenen steifen Schnauzen, die noch den letzten Atem zu verröcheln schienen. Zu Hause schüttete sie die Pilze auf die weiße Tischdecke, köstliche Pilze, die sie streichelte, als ob es Kätzchen wären: vierzehn Pfund Schuppenporlinge, die schmutzigen Poren einen Zoll dick, mit einem Geruch wie Wassermelonen; viele Händevoll Morcheln, deren labyrinthische Oberfläche das Auge nicht zur Ruhe kommen ließ, das hohle Innere gespickt mit schimmernden Knötchen wie die Stuckdecke in der Kirche; schaumige Wellen von Austernpilzen, nach Laub und Nüssen duftend, zum Trocknen, Einwecken oder Einlegen in Essig. Und all das kostete nichts, abgesehen von der Mühe der erregenden Suche. Wie ihr das Herz höher geschlagen hatte in dem einen Sommer, als sie auf einer Lichtung siebenundzwanzig große Schirmpilze entdeckte! Jetzt aber war der Park so überlaufen und zertrampelt wie der staubige Boden eines afrikanischen Dorfes.

Zu ihrer Zeit war sie eine begeisterte und erfahrene Köchin gewesen, eine Künstlerin, die keine Meßbecher oder Rezepte brauchte, sondern alles im Kopf hatte. In dem winzigen Hinterhof hatte sie ein Gärtchen mit Tomatenstöcken, die an alten Krücken von der Müllhalde des Krankenhauses festgebunden waren; sie machte vorzügliche Wurst und Sauerkraut selbst, extra für ihren verheirateten Sohn, für Hieronim, als er noch lebte, auch dann noch, als er seinen Namen in Newcomer abgeändert hatte – die Amerikaner nannten ihn Harry Newcomer –, einen kleinen Imbiß aus *pierożki* und der sättigenden *żurek*-Suppe mit Pilzen, Kartoffeln und vergorenem Hafermehl und dem guten Sauerteigbrot, wozu sie den Teig kneten mußte, bis ihr die Hände taub wurden, und einmal, als ein Bekannter von Hieronim in Michigan auf Jagd ging, einen Hirsch mitbrachte und an seine Freunde verteilte, da hatte sie wieder einmal *bigos* gemacht (mit Wild, wenn auch nicht mit Wildschweinschinken oder dem milden dunklen Fleisch des litauischen Büffels, das nur wenige je gekostet haben), und die Freudentränen waren ihr in den Topf gefallen, weil es so viele Jahre her war, und als Sonntagsessen gab es *gołąbki*, die kleinen Kohlrouladen in süß-saurer Sauce, und immer eine frischgebackene runde *babka* oder auch zwei. Józef hatte immer angefangen Gedichte aufzusagen, wenn sie mit amerikanischem Rindfleisch *bigos* machte, mit geräucherten Würsten, Sauerkraut, Gemüse und, nicht zu vergessen, ihren Waldpilzen, hatte die Hand aufs Herz gelegt und deklamiert, »die Luft geht schwanger mit dem süßen Dufte«. Kein Wunder, daß ihre Kinder aßen wie die Scheunendrescher, wenn sie heimkamen, sagten immer, keine kann so kochen wie du. Und das stimmte. Was für gute Sachen hatte sie nicht zur Nonnentagsspeisung gebracht! Jawohl. Sie verachtete die amerikanischen Supermärkte mit ihren grellbunten Kartons und den schweren Blechdosen, die schrecklichen Kochbücher, die Dorothy sich kaufte, von geschminkten Weibern mit amerikanischen Namen, Betty Crocker, Mary Lee Taylor, Virginia Roberts, Anne Marshall, Mary Lynn Woods, Martha Logan, Jane Ashley, alles schmallippige Protestantinnen, die ihren Gästen ohne zu erröten bröselige Fertigteigkuchen vorsetzten, Dosengemüse ohne Geschmack und salzigen Büchsenbullen, das erbärmlichste Essen von der Welt! Bei ihrer blöden Schwiegertochter, bei Dorothy, Hieronims Frau, dieser Cholera, konnte man's ja sehn, die wußte kaum, wie man sich bekreuzigt, das mußte man gesehn haben, wie die eine Büchse Suppe aufmachte, ein paar Hot dogs briet, einen faden Kuchen mit giftgrüner Glasur kaufte, Kartoffeln im Pappkarton, Getränkepulver und ganze Tabletts mit widerlichen Crackers, Aufstrichtuben, Soßen und Tunken, Dorothy, die Borschtsch mit Babynahrung aus Gläschen, roten Beeten und Mohrrüben, machte und ihrer Schwiegermutter schon mal ein Glas Milch vorgesetzt hatte, in dem eine große Spinne um ihr Leben kämpfte. Und dabei hielt das törichte Weib sich noch für eine gute Köchin, weil sie mal bei etwas mitgemacht hatte, das sich »The Great American National Bake-Off« nannte; dabei hatte sie sogar einen Preis, einen Satz Aluminiumtöpfe gewonnen, mit ihrer Imitation eines T-Bone-Steaks aus Hamburgern und Wheaties und einer in Form eines Knochens zurechtgeschnittenen Möhre. *Smacznego,* guten Appetit!

Aber all das war nun vorüber. Die alte Frau saß in ihrem Hinterstübchen, der Mann seit langem verschwunden, der Sohn tot, die Schwiegertochter Alleinherrscherin in der Küche, die Enkel Rajmund und Joey inzwischen erwachsen, Joey verheiratet mit Sonia und seinerseits schon Vater ihrer beiden Urenkel Florry und Artie. Dorothys abweisendes Gesicht wurde oft noch härter, wenn sie sich beklagte, daß Joey und Sonia nie zu Besuch kämen. Sie sagte, sie wollten wegen all der dreckigen Schwarzen in der Gegend nicht kommen; sie hatte keinen Schimmer, daß ihre entsetzliche Küche schuld war.

Ja, Dorothy lud sie jede Woche ein, zwinkerte mit ihren flammenspitzen blauen Augen und sagte, kommt doch Sonntag rüber, kommt Samstag, kommt Freitag, wann ihr wollt, ich mach' was Gutes zu Abend (außer dem Baby-Borschtsch und dem falschen Steak hatte sie noch ein Parade-Gericht, eine Fischgestalt aus Quark, Büchsenthunfisch und Gelatine, mit einer schwarzen Olive als Auge), und bringt auch die Kinder mit, kommt zum Fernsehen zu uns, aber sie kamen nie, und einen Fernseher hatten sie jetzt selbst, einen tragbaren Philco, zahlten jede Woche mehr als drei Dollar darauf ab, weshalb Dorothys Einladung für sie so verlockend war wie Kartoffelschälen. Nur Heiligabend kamen sie zur *Opłatek Wigilijny* und zum Essen, das die alte Frau anrichten ließ, obwohl sie die meiste Arbeit nun nicht mehr selbst tun konnte, aber letztes Jahr hatten sie nicht zur Mitternachtsmesse gehn wollen, und die alte Frau wußte, daß sie nicht gefastet hatten, denn das kleine Mädchen aß den Teller nicht leer und quengelte nach einer Pizza, schob das Heu aus der Jesuskrippe unter die Tischdecke und wollte gleich die Geschenke sehen, und weder Sonia noch Joey, keiner sagte ein Wort. Das Kind hatte dasselbe aschblonde Haar, die breiten Backenknochen und die kleine Skischanzennase wie Dorothy. Dem Jungen konnte sie's nicht übelnehmen, der war ja noch ein Baby und sowieso ein Junge, aber der Kleinen fehlte ein bißchen Erziehung. Sie war nicht mehr zu klein, um in den Tanzkurs zu gehn und die alten Tänze zu lernen. Sie war nicht mehr zu klein für ein bißchen Ausfegen und Staubwischen.

Lebendig begraben

Als Joey noch klein war, hatte ihm die alte Mrs. Józef Przybysz schreckliche Geschichten aus alten Tagen erzählt. Der andere Junge, Rajmund, mochte sie nicht hören, hielt sich die Ohren zu und rannte zum Spielen auf die Straße hinaus. O ja, sagte sie, sie war dabeigewesen – ein junges Mädchen damals –, bei dieser schrecklichen Messe, als Maria Reks, die für den irischen Pfarrer arbeitete, mitten im Gottesdienst zur Tür hereingewankt kam, dreck- und blutverschmiert und mit großen Kratzwunden, die Kleider zerrissen, Schlammklümpchen auf dem weinroten Teppich hinterlassend. Pater Delahanty zitterte, die Unterlippe hing ihm tief herab, er machte kehrt und flüchtete durch die Hintertür aus der Kirche. Maria wankte zum Altar, dann taumelte sie und brach zusammen, aber als Ludwik Simac und Emil Pliska sie aufrichteten und die entsetzten Frauen wissen wollten, was passiert war, da erzählte sie ihnen mit Grabesstimme eine Schauergeschichte, und die ganze Gemeinde stieg auf die Bänke, um sie besser sehen zu können. Sie sagte, seit drei Jahren habe Pater Delahanty sie in sein Bett genötigt, der elende Irenlump, den die Kirche ihnen aufs Auge gedrückt hatte, und als sie ihm letzte Nacht gesagt hatte, daß sie mit seinem Bastard schwanger ging, da versuchte er sie mit einem Küchenmesser zu töten, dachte auch, er hätte's geschafft und verscharrte sie hinter seinem Küchengarten, hinter den ägyptischen Zwiebeln mit ihren schweren, knoblauchähnlichen Köpfen, aber sie war wieder zu sich gekom-

– 366 –

men, obwohl halb erstickt, hatte sich herausgewühlt und stand nun da und klagte ihn an. Was für ein Tumult! Die Männer schrien nach Blut und wollten den irischen Lügenpfaffen kastrieren. Und binnen einer Woche hatte die ganze anwesende Gemeinde weiße Haare, so daß sie sich am nächsten Sonntag wie in einem Altersheim vorkamen. Das arme Mädchen, obwohl man es badete und pflegte und verhätschelte, brachte ein mißgebildetes Baby zur Welt, mit einem Kopf wie eine Mohrrübe, und starb dann an einer Grippe, als das Kind einen Monat alt war. Bei der Totenwache wurde Akkordeon gespielt, obwohl manche sagten, das sei nicht richtig, denn durch das Akkordeon, auf dem Pater Delahanty hinreißend Jigs und Reels spielen konnte, sei sie verführt worden.

Pater Delahanty – der Blitzschlag sollte ihn treffen! – wurde nie wieder gesehen, und das war sein Glück. Hatte sich dünne gemacht wie Wasser. Vielleicht war er in irgendeiner fernen Stadt Koch oder Bibliothekar geworden, denn sowohl für die Küche wie für die Bücher hatte er viel Sinn. Wahrscheinlicher aber Korsagenverkäufer, wegen seiner Grapschhände, mit denen er den Frauen an die Wäsche ging. Dies war in der Zeit, als die polnischen Amerikaner sich gegen die irischen Pfarrer auflehnten und ihre eigenen polnisch-katholischen Gemeinden abspalteten. Wenn die Mädchen schon von Priestern befleckt wurden, sollten es wenigstens polnische Priester sein. So konnte man die Dinge immerhin noch freundlich ansehen, sagte sie. Heute, und da sah es nicht mehr so rosig aus, waren es nicht mehr nur die Mädchen.

»Und was die jetzt für einen Präsidenten haben – auch bloß ein Ire! Und einen Maler, der findet, daß Suppendosen ein schönes Thema für Bilder sind.« Sie sah dem Jungen in die Augen und erklärte ihm, was ein richtiger Maler malen müßte, seien Pferde.

Hieronim Przybysz alias Harry Newcomer

Bevor der alte Józef Przybysz davonlief, hatte er seinen Sohn Hieronim einmal zu einem Baseballspiel mitgenommen. Es war ein glutheißer Tag, und Männer mit Papierhüten trugen Eimer mit Eis und klirrenden Bierflaschen die Ränge rauf und runter und riefen: »Bier eisgekühlt, Bier gibt's hier, eisgekühltes Bier!« Sein Vater ließ ihn das bittere, schäumende Zeug aus der Flasche trinken, aber er konnte nicht verstehen, was die Männer daran fanden, und bald mußte er pinkeln.

»Dad«, sagte er, aber sein Vater redete gerade mit einem rotgesichtigen Mann über Zigarren. Er wartete, quengelte ein bißchen und sagte ab und zu »Dad«, weil ihm die Blase weh tat und in seinem Kopf alles herumschwappte wie Seifenlauge in einer Schüssel. Endlich achtete sein Vater wieder auf ihn und sagte, eine große gelbe Zigarre frisch angezündet zwischen den Zähnen: »Was denn?«

»Ich muß mal.«

»Herrje, soll ich dich jetzt 'ne halbe Meile weit schleppen? Hier, nimm das« – und gab ihm die Flasche, in der noch ein Daumenbreit Bier stand. »Kannst da reinpinkeln, mach schon, sind doch alles Männer hier, stört niemand.«

Unter Qualen der Scham versuchte er es, aber seine erstarrte Blase wollte nichts rauslassen, und so gab er auf, knöpfte seine Bluejeans zu. Sobald das entblößte Fleisch wieder in der dunklen Wärme der Hose verborgen war, löste sich die tückische Sperre, und der Tag war verdorben. Die Ohrfeige, die durchgeweichte Hose, das Knallen des Schlägers gegen den Ball, das laute Gebrüll der Menge, wenn die Männer ringsum aufsprangen und sich angespannt vorbeugten und riefen, vorwärts, lauf zu, Baby! und der Geruch der gelben Zigarre, alles verband sich in so abschreckender Weise, daß er später viel lieber angeln ging als zum Baseball. Er wurde erwachsen, heiratete Dorothy, arbeitete und starb, ohne je wieder ein Ballspiel gesehen zu haben, doch Zigarren rauchte er mit maßvollem Genuß.

Nach dem Zweiten Weltkrieg nahm sich Hieronim·den

Sonntag als den Tag, der nach der Woche im Stahlwerk ganz ihm allein und dem eigenen Vergnügen gehörte. Das Vergnügen bestand aus zwei und manchmal aus drei Teilen.

Frühmorgens, bevor es ganz hell wurde, ging er mit seiner elektrischen Wurmsonde auf den Hof, das Verlängerungskabel vom Toasteranschluß über das Fensterbrett hinter sich herschleifend. Mit Stromstößen trieb er die nachtaktiven Krabbeltierchen aus dem Boden hervor – BLENDENDE RESULTATE! Er warf die Tierchen mit ein wenig Sand in eine rostige Kaffeedose, nahm seine Zirco-Rute und fuhr zu einer der drei Brücken, die in der Nachbarschaft über den trägen Fluß führten. Er ließ die Schnur stundenlang ins Wasser baumeln, die Rute ans Geländer gelehnt, der Wurm unten zwischen den schlammbedeckten Autoreifen. Er rauchte Zigaretten, sprach mit den Männern am Geländer, die ihn Harry nannten – die meisten kannte er aus der Grundschule, es waren dieselben, die er auch bei der Arbeit und im Polnischen Klub sah –, beobachtete die vorüberradelnden jungen Mädchen, die *podlotki*, die wilden kleinen Backfische, nahm das Brummen und Zischen der vorüberfahrenden Autos und Lastwagen als entspannende Hintergrundmusik.

Selten einmal fing jemand einen kleinen grauen Fisch mit schwarzen Knötchen an den verfaulenden Flossen. Der Fänger hielt ihn hoch, damit die andern ihn sehen konnten, ließ Spott und Sprüche über sich ergehen und warf ihn ins Wasser zurück, wo er dann ein wenig zappelnd unter der Brücke davonschwamm, oder er schmiß ihn auf die Fahrbahn, wo ihn der nächste Wagen zermalmte.

»Was für ein Tod«, sagte er zu Vic Lemaski, der neben ihm saß, »was für ein Abgang für einen Fisch, eh? Von einem Auto überfahren! Da hätte er den andern Fischen was zu sagen. Wenn er könnte. ›Paßt bloß auf, wenn ihr über die Straße geht!‹«

Und Vic, der alles andere als ein heller Kopf war, antwortete: »Ja, mit den Wölfen muß man heulen.«

»Was soll das für einen Fisch besagen, der überfahren wird?«

Vic zuckte die Achseln, griff in den Gerätekasten nach seiner Flasche.

Gegen drei Uhr, halb betrunken, rollte Hieronim seine Schnur auf, schmiß die restlichen Würmer in den Fluß und sah zu, wie ihre geringelten Körper zwischen den scheußlichen Plastiktüten und zerbrochenen Stöcken verschwanden, die in der Strömung dahintrieben.

Nun kam der zweite Teil des Vergnügens, der Polnische Klub, wo er aß, trank und rauchte, las, redete und in den Fernseher guckte – bis um zehn, dann zuckelte er nach Hause, weil um vier Uhr früh schon wieder der Wecker klingelte.

Der Polnische Klub war nur für Männer – sein elender Vater, der alte Józef Przybysz (verrückter Name, eben aus der alten Heimat), war einer der Gründer gewesen –, und dort gab es einen Rauchsalon mit Zeitungen, *Naród Polski, Dziennik Chicagoski, Dziennik Związkowy, Dziennik Zjednoczenia, Zagoda* und noch andere in fünf oder sechs Sprachen, die am Gestell hingen, die *biblioteka* mit holzgetäfelten Wänden und polnischen Büchern (nichts, was nach 1922 erschienen war), einem Holzschnitt von Adam Bunsch, einem Ölgemälde von 1920, das ein zerstörtes polnisches Dorf zeigte: russische Soldaten zu Pferde, aus Flaschen trinkend und Zigaretten rauchend, aufgescheucht herumrennende Gänse, tote Polen, die wie Steine über den Boden verstreut lagen. Im Keller war das Café mit Tischchen aus geädertem Marmor und Wiener Stühlen (allerdings wurde das Bier nicht mehr in richtigen Gläsern ausgeschenkt, sondern es gab die neuen Aluminiumdosen, die so unwiderstehlich laut knackten, wenn man sie zusammendrückte), die Wände voller vergilbter Plakate von früheren polnischen Veranstaltungen, Sänger, Kunstausstellungen, Lesungen, bunte Abende, Preisverleihungen zum Gedenken an tote polnische Helden, ein geheimnisvoller Kokosnußkopf mit glotzenden Muschelaugen und finsterem Gesichtsausdruck, und am Eingang hing ein großes Schwarzes Brett mit Dutzenden von Anschlägen zu allerlei Neuigkeiten – importierte Wurstdärme zu verkaufen, eine Notiz über das Embargo für kubanische Zigarren, zwei Eintrittskarten für das bevorstehende Match Sonny Liston-Floyd Patterson zu verkaufen.

Die Männer, die den Klub in den dreißiger Jahren gegründet hatten, viele von ihnen Sozialisten, hatten aus der alten Heimat eine gewisse Bildung mitgebracht, waren aber in Amerika gezwungen, als Schlächter, Anstreicher, Müllkutscher oder in der Schwerindustrie zu arbeiten. Soviel über menschliches Bildungsstreben. Hieronim hatte die Geschichte wieder und wieder von seiner Mutter gehört: Wie sein Vater in Castle Garden an Land ging, und einen Monat später war er in Chicago und arbeitete in der Armour-Großschlächterei, wohnte zur Untermiete bei einer polnischen Familie in Armour's Patch – er als ausgebildeter Apotheker, aber er konnte weder Englisch lesen noch Amerikanisch sprechen, und darum hatten die Einwanderungsinspektoren ihn als Analphabeten registriert. Auf diese Weise lernte Hieronim, daß es furchtbar war, Pole, Ausländer und kein Amerikaner zu sein und daß man nichts dagegen tun konnte, als seinen Namen ändern und über Baseball reden.

Die alten Zeiten

Hieronims jüngster Sohn Joey konnte nicht genug bekommen von den schaurigen Geschichten der Großmutter über den Großvater Józef, nach dem er seinen Namen hatte.

»Der, was? Der war aus einer wohlhabenden Familie in Polen, hatte aber Streit mit seinen Eltern, mit seinem Vater, über irgendwas – was es war, darüber hat er nie gesprochen. Was ganz Schlimmes sicherlich. Jedenfalls, er ist im Zorn geschieden und mit leeren Taschen nach Amerika gefahren, um da sein Glück zu machen. Er war Apotheker, so einer, der den Kranken die Medizin zusammenrührt, aber lieber wäre er Photograph geworden, und weil er seinen Ehrgeiz nicht befriedigen konnte, hat er getrunken. Er hat mir mal erzählt, die Familie seiner Mutter soll mit der von Kasimierz Pułaski verwandt gewesen sein, das war einer der größten Krieger, die die Menschheit je hervorgebracht hat, und der hat in der amerikanischen Revolution tüchtig mitgekämpft. Und Tadeusz Kościuszko hat auch für die Freiheit Amerikas gekämpft. Und die Revolution, die wurde bezahlt von einem Polen, ja, von einem reichen polnischen Juden. In der Schule hörst du davon nichts, aber ohne die Polen gäbe es überhaupt kein Amerika. Aber für die Amerikaner sind die Polen alles Bauern, Bauern, die tanzen.« Außerdem, sagte sie, hatte jemand aus dieser Familie mal auf einem leopardenfleckigen Pferd in der Armee des Generals Czarniecki die Weichsel überquert, mitten im Winter, und dabei waren ihm beide Beine bis zu den Knien rauf erfroren. »Und heute machen sie auch alles – sind dann nicht sie es, die das Land in Trab halten? Und ob!«

»Was war noch?« sagte das Kind. »Erzähl mir, wie sie die gebratenen Hunde essen!«

»Von deinem Großvater haben sie gesagt, er kann nicht lesen und schreiben! Und dabei hatte er tausend Bücher gelesen, konnte eine Stunde lang auswendig aus dem *Pan Tadeusz* aufsagen, spielte drei Instrumente, ein Apotheker, der Gedichte schrieb, ein Mann, der Gott jeden Morgen, wenn er aufstand, für den neuen Tag dankte, außer wenn er die Nacht durch getrunken hatte, und trotzdem war es unmöglich, den Leuten begreiflich zu machen, daß er kein Bauer war. Es ist nicht leicht, sich treu zu bleiben, Würde und Anstand zu bewahren, wenn man in einem fremden Land ist. Er konnte nicht Amerikanisch, und später war er zu stolz, es zu lernen. So kam es, daß er in die Chicagoer Viehhöfe gehn mußte, sein erster Job, für siebzehn Cent die Stunde, ein Hunky-Job, wie sie das nannten. Wie er das gehaßt hat! Wie er die andern Polen gehaßt hat, Bauern hat er sie immer genannt, Idioten, Galizier und Litauer, die aus Rußland, dumm wie Bohnenstroh, aber leid getan haben sie ihm auch, so ahnungslos und naiv, wie sie waren, kriegten sie immerzu Ärger, schüchterne Menschen, denen die Schuld an den Verbrechen anderer Leute zugeschoben wurde, weil sie die Sprache und die Lebensart in Amerika nicht verstehn konnten. Nicht mal Polnisch konnten sie richtig, nichts, kein Russisch, kein Deutsch. Die armen Kerle hatten keine Heimat und keine eigene Sprache. Von den Amerikanern wurden sie allesamt Hunkies genannt – ob Ungarn, Litauer, Slowaken, Ruthenen, Russen, Polen, Slowenen,

Kroaten, Herzegowiner, Bosnier, Dalmatier, Montenegriner, Serben, Bulgaren, Mährer, Böhmen, das war alles eins, alles Hunkies. Die Amerikaner behaupteten, die Hunkies würden Hunde braten und essen, ihre Frauen hätten zehn Männer, die Kinder seien verlaust, die Männer Trunkenbolde, und alle dreckig, zu dumm, das Abc zu lernen, zu stumpfsinnig, um Schmerz oder Müdigkeit zu spüren, zu wenig Mensch, um krank zu werden.

Du kannst dir nicht vorstellen, was für schwere Zeiten das waren für die Polen – manchmal die ganze Woche arbeiten und dann auf dem Heimweg noch ausgeraubt werden. Die Deutschen haben ausgespuckt vor uns ›Polackenpack‹. Damals hab' ich deinen Großvater noch nicht gekannt, aber er war immer sehr bitter, wenn er von diesen Jahren erzählt hat, und besonders von der dreckigen Wirtin, die für Extrageld mit ihren Mietern geschlafen hat. Ich kann dir sagen, die Polen haben gelebt wie die Ratten, als sie nach Amerika kamen, nach Chicago. Und überall *gab* es Ratten, die fraßen die verdorbenen Fleischreste. In den Fleischlagerhäusern nachts, da haben die Ratten sich so vollgefressen, daß sie schier platzten. Dein Großvater, wenn er morgens zur Arbeit ging, hat sie noch gesehen, die Bäuche so dick, daß sie auf dem Boden schleiften, wenn sie zu ihren Nestern aus Lumpen und Papierfetzen liefen. Jemand hat mal so ein Nest gefunden, und darin lagen kleine Schnipsel von Geldscheinen. Und nur die schlimmsten Arbeiten gab es. Ein junger Mann, ein Junge noch, grad erst mit dem Schiff angekommen, gesund und kräftig, wollte unbedingt in Amerika sein Glück machen, mußte als erstes Bleipulver schaufeln, wurde krank und immer kränker, nahm ab, hustete, und als er starb, hat er Blut gespuckt.

In diesem Logierhaus waren die Fenster vernagelt, ein anderes ebenso schreckliches Haus stand gleich daneben. Der eine große Raum war halbiert worden, der Wirt hatte einen zweiten Boden eingezogen, mit Leiter und Falltür, also ein Raum wie ein Kuchen aus zwei Lagen, jede nur vier Fuß hoch. Die Mieter mußten zu ihren Betten kriechen, aufrecht gehen konnten sie nicht. Und jedes Bett dort war für drei

– 373 –

Männer, denn bei jedem Schichtwechsel ging einer raus, und ein anderer kam rein und warf sich auf dieselbe noch warme Matratze.

Schließlich konnte er das viele Blut und den Gestank nicht mehr ertragen. Er hörte bei Armour auf und ging in die Zigarrenfabrik. Aber es war nicht alles nur furchtbar. Manchmal passierte auch was Lustiges. Eine Kuh riß sich los und rannte auf den Straßen rum, und alles jagte mit Geschrei hinterher. Und der eine arme Kerl, der kam hundemüde von der Arbeit und ging aufs Außenklo – ein anderes hatten sie nicht, damals – und ist eingeschlafen, wie er da draufsaß. Die Klos wurden bei der Leerung gekippt – sie hatten vorn ein Scharnier –, und die Kloakenreiniger kamen grad vorbei und kippten es um, als er noch drin war.

Meine Verwandten, die konnte er nicht leiden, überhaupt nicht. Wegen der Gegend, wo sie herkamen. Sie kamen aus den polnischen Bergen, aus der Tatra. *Górale*, hat er sie genannt, Hinterwäldler. Er hat sie verachtet. Wenn meine Schwester oder meine Mutter zu uns kamen, und er war zu Hause, ist er weggegangen, ohne ein Wort zu sagen und mit einem Gesicht, wie wenn ihm was nicht schmeckte.

Warum er die Arbeit bei der Großschlächterei aufgegeben hat? Weil sie ihm so zuwider war. Es war unter seiner Würde. Es war Drecksarbeit. Vom ersten Tag an, als er dort arbeitete, ist er Vegetarier geworden, er hat von Kohl, Kartoffeln und Zwiebeln gelebt. Fleisch kam ihm brutal vor, als ob man's einem gequälten, auf den Knien liegenden Tier vom Leib gerissen hätte. Borschtsch, den mochte er, und ich machte ihn auf die richtige Art, nicht so'n Zeug, wie es deine Mutter macht, das ist nichts. Gurken mochte er auch. Den Gestank der Viehhöfe hat er gehaßt. Er war sehr reinlich. Zwei Extravaganzen hat er sich geleistet, das Badehaus und den Polnischen Klub, den er mitbegründet hat, nachdem Paderewski 1932 in Chicago gewesen ist und im Opernhaus Chopin gespielt hat – oh, die Polen liebten damals noch die klassische Musik –, einer der größten Musiker, die die Menschheit je hervorgebracht hat, und weißt du, der kam raus auf die

Bühne, sagte dein Großvater (er ist mit seinen Freunden vom Polnischen Klub in das Konzert gegangen), ist sehr würdevoll nach vorn marschiert, und das ganze Publikum ist ihm zu Ehren aufgestanden und die drei Stunden, die das Konzert dauerte, stehen geblieben, und dann noch zwei Stunden mit Zugaben. Die Beine taten ihnen mächtig weh, aber sie waren im fünften Himmel. Stell dir das vor! Tausende hatten vergebens versucht, Karten zu bekommen. Auf dieser Amerikareise verdiente Paderewski 248 000 Dollar.

Dein Großvater sagte immer, die Amerikaner sind schmutzig, so wie die könnte er nicht leben, darum ist er jeden Tag auf dem Heimweg ins Badehaus gegangen. Kostete fünf Cent. ›Das ist mein Vergnügen‹, hat er gesagt. Aber das stimmte nicht so ganz. Trinken war sein Vergnügen. Von Freitagabend bis Sonntagabend war er betrunken. Zuerst wurde er sehr lustig und übermütig, und da nahm er dann sein Akkordeon und spielte – spanische Weisen, dann amerikanischen Ragtime, dann Polkas und *obereks*. Später wurde er bedrückt und schwermütig, und da hat er Geige gespielt. Und wenn er schwer betrunken war, dann war er schrecklich, dann hat eine dunkle, stille Wut in ihm gekocht wie Wasser in einem Kessel. Jeder mußte ihm dann aus dem Weg gehen, er kannte kein Erbarmen. Trotzdem, er hat seinen Kindern Spielsachen aus Holz geschnitzt, für deinen Vater ein kleines hölzernes Akkordeon – ja, für deinen Daddy, der war mal mein kleiner Bub. Das Instrument war so klein, du konntest es auf eine Münze stellen, und Hieronim hat so getan, als ob er drauf spielte, stundenlang, hat mit den Fingern dran herumgedrückt und *zimmzimm* gemacht. Ich weiß gar nicht, was daraus geworden ist, mein Kleiner.

Ach, das von der armen kleinen Zofia? Diese traurige Geschichte noch mal? Ja, die ersten Jahre waren grausam. Ich hatte zwei kleine Kinder, deinen Vater und Tante Wanda, und erwartete noch eines, die arme kleine Zofia, das arme Ding! Als sie grad gehen lernte, da ist sie in den Bubbly Creek gefallen, wie man das nannte, ach, das war ein furchtbarer Bach, kein Wasser, sondern das reine Gift, das ist obendrauf geschwommen wie kleine Sahnehäubchen. Sie haben sie rausgezogen, aber es war ihr schon in die Lungen gekommen, und dann ist sie an Lungenentzündung gestorben.

Nachdem dein Großvater bei Armour aufgehört hatte, ist er Zigarrenroller geworden, Eindollarzigarren, und zuerst war er langsam und verdiente nur wenig, aber dann wurde er allmählich gut und schnell und verdiente wirklich ein ganz schönes Geld. Er hatte einen kubanischen Freund in der Fabrik, einen alten Mann, sah aus wie ein Skelett, mit ganz verdrehten Beinen – in den Zigarrenfabriken arbeiteten viele Krüppel –, und der hat ihm gezeigt, wie man es mit dem kubanischen Messer macht, statt mit einem gewöhnlichen oder mit einem Schneider. Also, du nimmst ein Umblatt und streichst es auf dem Brett glatt, so, und dann nimmst du ein paar Einlageblätter, das können zwei oder drei Arten Tabak sein, süß oder bitter, und wickelst sie in der Hand, bis es sich richtig anfühlt, nicht zu fest, nicht zu lose, und wenn der Kopf offen bleiben soll, dann müssen alle Spitzen der Einlageblätter an dem Ende sein, das der Raucher anzündet. Die Spitzen sind besonders süß. Das ist am schwierigsten, du darfst ein Blatt nicht knicken, nicht zu fest oder zu lose wickeln, sonst zieht es nicht gut. Dann, *kchtsch*!, brichst du die Einlage auf die richtige Länge ab, legst dieses Büschel auf eine Ecke des Umblatts und rollst es zusammen. Und dann wird es ganz schwierig, mit dem Deckblatt, das ist sehr, sehr dünn und glatt, und du mußt beim Rollen an der Brandspitze anfangen, und dann weiter in einer Spirale, daß es immer so ein Stückchen überlappt, und am Kopf wird eine Flagge mit ein bißchen Leim aufgeklebt, das muß vollkommen glattgestrichen werden. Nein, nicht so eine Flagge, das ist ein kleines Stück von einem Blatt. Dann machst du die nächste. Manche Claro-Roller waren echte Künstler, aber ich hab' das erst alles gelernt, als ich selbst angefangen hab', Zigarren zu rollen. Diese Claros mußten durch einen Meßring passen. Zuerst war es sehr schwer, als dein Großvater in diesem Beruf anfing. Von dem, was er verdiente, konnten wir nicht leben. Und dabei mußte er immer noch gut angezogen sein; Zigarrenroller, mußt du wissen, trugen nur feine Anzüge.

- 376 -

Also haben wir auch noch Mieter aufgenommen, zwei, und von denen nahm ich drei Dollar die Woche für Bett, Mahlzeiten und Wäsche. *Nein*, was denkst denn du, ich hab' nicht mit ihnen geschlafen! Sie sind nie lange geblieben. Ihm hat meistens schon am ersten Abend etwas an ihnen nicht gepaßt, darauf hackte er dann herum und machte ein Riesentheater draus – einer roch nach Knoblauch, ein andrer hatte zu große Füße, schlechte Manieren, ein dummes Gesicht – irgendwas zu beanstanden fand er immer. Und dann zogen sie aus, oft ohne die Miete zu zahlen und immer mit einer Wut auf uns. Zu dieser Zeit spielte er jeden Mittwochabend im Polnischen Klub Akkordeon, sie machten da so was wie ein Konzert – ein Streichquartett, ein Pianist, und dein Großvater konnte ein paar sehr schöne spanische Lieder – das alles wegen der Kultur, nicht, aber dann hörte er damit auf und fing an in Saloons für Geld zu spielen, zuerst keine Polkas, sondern amerikanische Musik, *Alexander's Ragtime Band* und solches Zeug. Hättest du mal hören sollen, wie er darüber herzog! ›Ach, das hätte ich mir nie träumen lassen, daß ich mal aus bitterer Notwendigkeit für Geld tun müßte, was ich früher zum Vergnügen getan hab' – wie hätte ich mir das vorstellen können?‹

Aber er spielte gern Akkordeon, nicht so sehr wegen des Klangs, nicht aus Liebe zur Musik, nicht wie du, mein Spatz, sondern weil er Herr der Situation war, wenn er's spielte, weil er dann der Boß war. ›Die ganze Woche muß ich arbeiten‹, hat er gesagt, ›der Vormann sagt mir, mach dies, mach das, dalli dalli, nennt mich blöder Hunky und doofer Polacke, und ich lass' mir's gefallen, weil ich sechs Mäuler zu stopfen habe. Ich möchte ihm mit einem eisernen Haken die Gedärme aus dem Leib reißen, aber ich tu' meine Arbeit. Stillschweigend, denn wenn mir's nicht paßt, dann stehn hundert andere bereit, die meinen Job haben wollen. Aber wenn ich mein Akkordeon nehme, und der Vormann ist in dem Lokal, vielleicht mit seinen widerlichen Kollegen und seiner abscheulichen Frau, dann steht er auf und tanzt nach meiner Musik, und ich heize ihnen ein, ich will ihn schwitzen und zappeln sehn'.‹ Das hat er gesagt, dieser Teufel. Er hat immer nur wegen Geld und

Macht gespielt, nie zum Vergnügen mal so in der Küche oder auf der Terrasse, um den Nachbarn eine Freude zu machen. Das gab es früher, ja ja, in der alten Zeit, daß Leute einfach so zum Spaß Musik machten, nicht für Geld, aber da gab es immer eine Familie, die etwas taugte, wo alle ein Instrument spielten. Sonntags gingen wir zum Picknick in den Glowacka Park, ab mittags, und da konntest du dir einen Hot dog kaufen oder gute polnische Sachen; ich hab' dort *pierożki* verkauft und nicht schlecht dabei verdient. Immer war irgendeine Polkakapelle da, zwei Geigen, Baßgeige und Klarinette, überhaupt kein Akkordeon, und die haben den ganzen Nachmittag gespielt, und wir haben getanzt. Ohne Notenblätter, die spielten alles aus dem Kopf, das waren Genies. Weißt du, die Tänzer haben so den Anfang von einem Lied gesungen, manchmal auch mehr gebrüllt als gesungen, und die Musiker mußten die Melodie kennen und sie in derselben Tonart nachspielen. Oh, die waren schon gut! Na, und nach einer Weile begreift auch dein Großvater, daß da eine ganze Menge Geld zu machen ist mit Polkakapellen, denn es gab jede Menge Gelegenheiten, wo man eine haben wollte – polnische Wohnheime, der Polnische Klub, nicht für den Kulturabend, sondern für den Tanzabend am Samstag, kleine Tanzsäle überall in der Stadt, in Gewerkschaftshäusern und Bars, im Polka-Dot-Restaurant, beim Bund polnischer Kriegsveteranen, in vielen Restaurants, in der Polonia Hall – oh, es wurde überall Polka getanzt, wir hatten eine Menge Spaß und viele Hochzeiten, Hochzeiten, Hochzeiten, alle Leute schienen auf einmal heiraten zu wollen, und dazu gehörten natürlich die Polkas. Also entschließt sich dein Großvater, wir haben 1926, da entschließt er sich, er gründet auch eine Polkaband und sucht sich ein paar Kerle zusammen, eine Geige, die zweite brauchten sie nicht, weil sie ja das Akkordeon hatten, eine Klarinette, Schlagzeug, und er macht das sehr gut. Sie geben sich einen amerikanischen Namen, The Polkalookas. Das Schlagzeug war gut, das ging ihnen in die Füße. Er war ganz schön gerissen, dein Großvater. Er nahm zwei Engagements für denselben Abend an, stellte ein paar Musiker extra an und ließ beide Kapellen an verschiedenen Orten auftreten, dann rannte er zwischen den Veranstaltungen hin und her und kassierte das Geld für beide ein. Die Musik, die sie machten, war nicht so altmodisch wie bei den Polkakapellen im Park. Nein, etwas schneller und lauter wegen des Akkordeons und des Schlagzeugs. Und er kam auf die Idee mit der Baby-Polkaband, er brachte deinen Vater Hieronim, der erst sechs war, mit fünf oder sechs anderen kleinen Buben zusammen, alle mit Instrumenten, und dann spielten sie Baby-Polkas. Einer blies auf einem Kamm mit Papier, einer spielte Triangel, und eine kleine Sängerin hatten sie auch, die war niedlich! Den Leuten gefiel das sehr. Aber er war nicht zufrieden und vertrank alles Geld, das er dabei verdiente. Nach einer Weile hat er's aufgesteckt, einfach so, aber dein Vater, Hieronim, der hat weitergemacht, hat mit andern Bands gespielt, wer ihn eben fragte, obwohl er noch jung war, und jeden Cent, den er verdient hat, hat er mir abgeliefert.«

Großvaters Albträume

»Großvaters Albträume! Heilige Maria, dein Großvater hatte schreckliche Albträume, und dann hat er geschrien, daß wir alle wachgeworden sind. Und als ich dir das letzte Mal davon erzählt habe, was ist passiert? Da bist du selber in der Nacht schreiend aufgewacht. Also sollt' ich dir lieber nichts davon erzählen. Aber na ja. Denk dran, du hast es hören wollen. Er hat gesagt: ›Ich habe von einem abgetrennten Kopf geträumt, der war umflochten mit verdorrten Kräutern und Wurzeln. Der Mund war zerfetzt, die Augenlider abgerissen, und trotzdem hat er die Augen gerollt und geguckt. Das Gesicht war das von meiner Mutter.‹ Oder er erzählte von einem Kopf mit abgesägtem Schädel, so daß er reinschauen konnte, und drinnen war die alte Apotheke seines Vaters in Polen, und hinterm Ladentisch stand ein junger Mann, und wie der junge Mann gerade hochgucken will zu deinem Großvater – als ob er gespürt hätt', daß ihn jemand beobachtet –, da ist er aufgewacht. Oder er erzählte, er hat im Traum eine gräßliche Suppe aus lebenden Fröschen und weißen Schlangen gegessen, und er hat sie alle erst mit dem Löffelrücken zerquetscht, aber in seinem Mund sind sie wieder lebendig geworden und haben gezappelt. Er erzählte von einem Traum, in dem er eine Holzkiste aus Polen bekommen hat, und wie er den Deckel abgehoben hat, da ist seine kleine Schwester dringelegen, mit einem dicken roten Fell bewachsen, Arme und Beine gebrochen, damit sie in die Kiste, die zu klein war, reinpaßte, aber sie hat gelebt und ihn angestarrt. Er hat von Pferden mit Schweineköpfen geträumt, von Papierfetzen, aus denen blutige Messer wurden, von Akkordeons, die sich auflösten, wenn er darauf spielte, die Knöpfe flogen weg, der Balg riß und zischte und die Scharniere schmolzen. Allmählich interessierten ihn diese Albträume, und er hatte keine Angst mehr vor ihnen, sondern wartete schon gespannt auf den nächsten und hat eine Traumkamera mitgenommen in seine eigenen Albträume und hat diese seltsamen Ereignisse photographiert.

Wieder eine ganz andere Welt, in die er kam, war die Zigarrenfabrik mit ihren starken Gerüchen. Der Tabakgeruch war so stark, daß er am ersten Tag auf die Straße rausrennen und sich übergeben mußte. Der Tabakstaub hängt da in der Luft, die Fenster sind vernagelt. Drinnen ist es feucht, weil der Tabak nicht trocken werden darf. Wenn jemand, der das nicht wüßte, reinkäme und ein Fenster aufmachte, würden die Arbeiter alle rausgehen und mit Kündigung drohen. Aber die Fenster waren ja alle zugenagelt, damit das gar nicht erst passieren konnte. Er war gut bei der Arbeit, hatte bewegliche Finger vom Akkordeonspielen und ein gutes Auge, er hatte viel Gefühl in den Fingerspitzen. In wenigen Jahren verdiente er beim Rollen dieser Claro-Havannas mehr Geld als irgendwer sonst in der Nachbarschaft. Wir fanden dieses Haus und fingen mit den Abzahlungen an. Aber er war nicht zufrieden. Er stolzierte herum, immer gut angezogen, arbeitete nur, wenn er Lust hatte, rauchte seine drei freien Zigarren täglich und trank weiter. In unserm kleinen Haus war er nicht oft. Ein Wurm hat an seinem Hirn genagt.

Er hörte bei der American Cigar Company auf und ging zur

United Tobacco. Er machte es nun allmählich so wie viele von den besten Zigarrenrollern: im Land herumreisen, verschiedene Städte besuchen, und wenn er eine fand, in der es ihm gefiel und die eine Zigarrenfabrik hatte – und damals hatte jede Stadt in Amerika eine oder zwei –, dann zeigte er dem Boß, was er konnte, blieb sechs oder sieben Wochen oder Monate da und fuhr dann weiter. Zu Hunderten sah man diese Zigarrenroller, Italiener, Deutsche, Polen, in jedem Zug, fuhren hin und her und auf und ab und suchten nach dem goldenen Amerika, das sie sich vorgestellt hatten, einem Land, von dem sie dachten, daß es doch irgendwo sein muß.

Zuerst hat er regelmäßig Geld nach Hause geschickt, aber dann kam nichts mehr. Monatelang. Ich war außer mir. Ich dachte mir, dieser Hundsfott von einem Mann, dieser *psia-krew*, soll er doch allein unter fremden Menschen verrecken! Ich hatte ein bißchen Geld beiseite gelegt, und das ging alles drauf fürs Essen und die Raten fürs Haus. Ich hatte fünf Kinder. Ich mußte ein oder zwei Untermieter aufnehmen. Der beste war Onkel Juljusz. Was für ein netter Mensch! Weißt du, er ist nach seinem Vorfahren Juljusz Olszewicz genannt worden, der Franzose geworden ist mit dem Namen Jules Verne. Er hat mir geholfen, eine Bitte an deinen Großvater zu schreiben – ich glaube, von der Begabung zum Schreiben muß er was geerbt haben –, eine Annonce, die ich an die Zeitung schickte, es gab so eine Zeitung, die alle Zigarrenroller gelesen haben. Ich werde sie nie vergessen. Ein Engel hätte darüber weinen müssen. Darin stand: ›Die Kinder des Zigarrenrollers Józef Przybysz müssen wissen, wo sich ihr Vater aufhält, denn sie sind in Not.‹ Die Anzeige wurde ein Jahr lang immer wieder abgedruckt, aber wir haben nie eine Antwort erhalten. Ich habe nie wieder etwas von ihm gehört. Und was hat er seinen Kindern hinterlassen, was haben wir gefunden, als wir seine Schatztruhe aufmachten, die er den ganzen weiten Weg von Krakau mitgebracht hatte und in die er niemanden hineinschauen ließ? Ein metallenes Werkzeug, das niemand kannte, ein Modell von einer Eisjacht, einen winzigkleinen Blechglobus mit einem Tropfen roter Farbe auf der Stelle, wo ungefähr

Chicago liegen mußte, zwei Wachsschallplatten, *Zielony Mosteczek* und *Pod Krakowem Czarna Rola*. Was hatten diese Sachen zu bedeuten? Nichts. Ach, die Lieder? Oh, das heißt ›Die grüne Brücke‹ und ›Die schwarze Erde bei Krakau‹, Lieder aus der alten Heimat, traurige alte Lieder, ich weiß nicht, warum er sie aufbewahrt hat. Das war nicht seine Art Musik. Er mochte lieber Klassisches oder lustigen Mist, weißt du: *Żyd się śmiał, w portki srał, żyd się śmiał, w portki srał* – ›Der Jude lachte, er schiß sich in die Hosen‹ – solche ordinären Sachen, die mochte er.

Wer mich überzeugt hat, daß ich auch selbst Zigarren machen könnte, das war der gute Onkel Juljusz. Er hat mir gesagt, daß sie in den Zigarrenfabriken auch viele Frauen einstellten. Zuerst hab' ich nur die schmutzige Arbeit gemacht, Entrippen – das heißt, daß man den Mittelstiel aus dem Blatt rausnimmt. Dann hat eine Frau mir gezeigt, wie man Zigarren rollt. Meistens hab' ich Fünf-Cent-Zigarren gemacht – die gutbezahlte Arbeit, die Claro-Havannas, das war und ist für alle Zeiten Männersache –, aber immerhin hab' ich genug verdient, wie Onkel Juljusz gesagt hat, um meine Kinder zu ernähren. Bubya, meine Älteste, deine Tante Bubya, war schon zwölf, alt genug, um auf die andern aufzupassen.

Und so ist es denn gekommen. *Ich* ging zu American Cigar. Anfangs haben sie mich nur entrippen lassen, aber ich hab' einer von den Frauen, die schon lange da war, zugesetzt, daß sie mir's zeigte – natürlich wußte ich manches schon von *ihm*, wie heikel das war mit der richtigen Dicke, und ich machte schnell Fortschritte. Für die Fünf-Center benutzten wir Holzformen. Dein Großvater hat nie eine Form angerührt, er war ein Aristokrat der Zigarre. Das sind zweiteilige Hölzer mit Hohlformen drin, kleinen Betten für die Zigarren, und da legt man die Füllblätter rein, den Wickel, dann kommt das Oberteil der Form drauf, und die Einlage wird zwanzig Minuten gepreßt. Mir hat es da gefallen, kannst du dir gar nicht vorstellen, wie! Wir waren alle gut Freund, jeder hatte einen Spitznamen. Ich hieß Zippy Zosia, weil ich sehr schnell war; Adlerauge hieß eine Frau, die alles sah. An die andern kann ich mich nicht mehr erinnern. Wir konnten über alles reden, unterhielten uns, erzählten Witze, irgendwer spielte jemand einen Streich, mir haben sie mal eine Schlange in die Kiste mit den Einlageblättern gesteckt. Was hab' ich geschrien! An den Nachmittagen hatten wir einen Vorleser da, jemand, der uns aus der Zeitung oder einem Buch vorlas – *Black Beauty* haben wir damals gehört, das werd' ich nie vergessen, wir haben alle geweint, und für die Zigarren war das gar nicht gut. Wir haben auch gesungen – in der einen Werkstatt stand ein Klavier. Wir haben Kuchen mitgebracht. Meine Freundinnen waren alles Zigarrenrollerinnen. Das waren meine glücklichsten Jahre.

Ich sage heute, es waren die glücklichsten Jahre meines Lebens. Ich verdiente genug, um das Haus abzuzahlen, konnte noch ein bißchen was auf die Seite legen, um meinen Kindern ein paar Vorteile zu verschaffen. Bubya hat den Onkel Juljusz geheiratet, weißt du ja. Klar, sie war erst dreizehn, aber es ist doch alles ganz gut gegangen. Onkel Juljusz hat ihr zur Hochzeit eine schöne Puppe geschenkt, so eine, die sie sich immer gewünscht hatte, aber das Geld war nie dagewesen.

Deinem Vater hab' ich einen Anzug gekauft, Joey, damit er nett aussah, wenn er Akkordeon spielte, für Mara hab' ich die Stenoschule bezahlt, für deinen Vater die Chiropraktikerausbildung, für Rosie die Krankenschwesternschule, allen meinen Kindern hab' ich eine gute Erziehung verschafft, alle sind in die Tatra-Tanzkurse gegangen, sie sollten etwas aus sich machen und dran denken, daß sie von polnischer Abstammung sind, und keine Zigarren rollen müssen. Aber Hieronim hat mich enttäuscht, er hat die Chiropraktikerausbildung abgebrochen und hat bei Polonia-Nähmaschinen angefangen und geheiratet. Natürlich hat er auch Akkordeon gespielt, die National Defense Polka, Dive Bomber Polka, Hilly-Billy-Polka – frag ihn, ich weiß es nicht mehr so genau. Nachdem ich mit dem Zigarrenrollen angefangen hatte, bin ich in der Kirche sehr aktiv geworden, ich bin in netten Vereinen gewesen, mit sehr guten Diskussionen und frohen Festen, ich habe wieder zu meiner Familie und meinen Leuten aus den Bergen gefunden, und Onkel Tic-Tac hat versucht, deinem Vater die alten

Lieder aus den Bergen beizubringen, er sollte sie in ein Buch schreiben, um diese Lieder der alten Generation festzuhalten, das, woran sie sich aus ihren Dörfern, aus ihrer Jugend noch erinnerten. Aber dein Vater hat sich mehr für die neue Art Polka interessiert, die *Killer Diller Polka* und noch eine, die ich nicht so mochte, aber ich weiß nicht mehr, wie sie hieß, etwas über ›den kleinen Mann in der Ecke‹, besonders als er aus dem Krieg heimkam und so vieles untergegangen war. Aber du, mein kleiner Enkel, wo du die Musik doch so liebst, vielleicht wirst du einen Weg finden, die alte polnische Musik zu retten.«

Was Hieronim (Harry) zu Joey sagte

»Mein Alter? He, über den alten Halunken sprech' ich nicht gern. Die alte Dame erzählt dir lauter Lügen. Er war ein miserabler Musiker, ihm ging es nur um die Dollars. Seine Musik war sehr plump – ›die Kuh schiß, der Bulle furzte, fiel alles ins selbe Loch, ich kam vorbei und schaute zu, und wir schissen alle mit drauf‹. Das war so sein Geschmack. Derbes Zeug, der kleinste gemeinsame Nenner. Und dann heulte er uns das Haus voll, wenn er den Angelus hörte oder so was. Er hat behauptet, in der alten Heimat sei er Apotheker gewesen, aber ich hab' es mal nachgeprüft, und er war nichts anderes als ein Bauer. Hat hier erst versucht, sich für was Besseres auszugeben. Nachdem er weg war, war es gut. In der Woche, als er abhaute, hab' ich viel auf Hochzeiten gespielt, drei- oder viermal die Woche. Da war ich glücklich. Es war eine schöne Zeit, nicht nur, weil so viele Leute heirateten, sondern weil er fort war.

He, als ich nach dem Krieg zurückkam, war in Chicago alles anders. Alles! Vor dem Krieg hatten wir immer viel Spaß bei den Tanzereien – eins kann man für die Polacken doch sagen, wir verstehn uns zu amüsieren. Da kannte ich so einen großen, dicken Kerl mit einer Nase, rot wie eine Tomate, hat im Stahlwerk gearbeitet, den hat man bei jedem Tanzabend gesehen, wie ihm der Schweiß in Strömen runterlief, und der hat gebrüllt: *Ale się bawicie?* Amüsiert ihr euch?, und die ganze Tanzfläche hat geschrien, ja, ja, ja! Hochzeiten? Die gingen damals über drei Tage. Aber seit dem Krieg sind alle so ernst, fürs Vergnügen keine Zeit mehr, Hochzeitstanz dauert nur noch drei Stunden statt drei Tage, alle polnischen Lokale und Vereine machen zu, und überall nur noch Niggers, ganze Straßenzüge, ganze polnische Nachbarschaften ausgelöscht. Und die Leute werden auch anders, ich meine die Weißen, die Polen. Sie sind nicht mehr so ausgelassen, obwohl doch die Musik, und ich meine die Polkamusik, ganz phantastisch war, besser als früher, schnell, packend und laut. He, wenn ich an die Musik denke – Li'l Wally Jagiello, der hat angefangen, die polnischen Texte zu singen, gute Stimme, davor gab es kaum mal was anderes als instrumentale Polkas. Aber he, amüsieren wir uns noch? Sind die Leute noch nett und herzlich wie früher, legen dir den Arm um die Schulter, geben einen aus, sagen, da, iß doch noch was? Nicht doch, jeder ist cool, jeder ist locker, bißchen Abstand halten, spiel dich nicht auf, mach nicht so auf Pole! Dieses coole Getue, ich sag' dir, das haben sie von den Niggers, die stehn auch wie die Statuen da, ganz ruhig, keine Bewegung, aber sehen alles, was passiert, und kein Muskel rührt sich, geben sich unbeteiligt, cool, wo ein altmodischer Polacke sich die Haare raufen und zu den Heiligen beten würde. Also, was die Gefühle angeht, sind die Polacken doch mehr so wie die Itaker. Und damit hat das angefangen, daß die polnischen Tanzsäle und Tanzvereine zugemacht haben, und darum hörst du Polkamusik heute nur noch bei Hochzeiten oder bei speziell polnischen Festen oder Veranstaltungen. Die Platten auch, die Platten haben alles verdorben – he, eine Polkaband kann sich jeder auf den Plattenteller im Wohnzimmer holen, da braucht er doch nicht mehr wo hingehn, wo Musiker das *live* spielen! Und so kommt uns das abhanden. Meine erste Rocknummer mit Polkatakt hab' ich letzte Woche gehört, irgend so eine Band von schwachsinnigen Kids, nennen sich das Warsaw Pack. Haha! Ich sag' dir voraus, in zehn Jahren ist die Polka tot. Und frag mich bloß nicht mehr nach meinem Vater. Er war ein mieser Scheißer.«

Das dritte Vergnügen

Das dritte Vergnügen, das Hieronim sich nur manchmal gönnte, ergab sich, wenn jemand – niemals er selbst – eine Hure ins Hinterzimmer mitbrachte, eine für alle, die betrunken genug waren.

Im Winter konnte er nicht angeln gehn und verbrachte den ganzen Sonntag im Polnischen Klub. Aber es gab noch einen anderen Grund, warum er so gern dort hinging. Der Barmann Feliks hatte wegen eines Muttermals eine nicht geheure Ähnlichkeit mit einem Mann, der einmal, als Hieronim elf oder zwölf war, bei ihnen im Haus zur Miete gewohnt hatte, einem Mr. Brudnicki.

Das Haus schien immer voller Untermieter zu sein, seitdem der Alte fort war, manche, die im Stahlwerk arbeiteten, manche auf der Durchreise mit Sachen, die sie zu verkaufen hatten, manchmal auch Musiker und Schauspieler. Mr. Brudnicki war noch jung, mit geschwollenen Händen und straffen, aufgeworfenen Lippen und einem Muttermal, das sich vom Innenwinkel des linken Auges bis zum Ohr erstreckte wie eine Halbmaske, eine Reihe Punkte und Striche, eine purpurne Schrift in einem fremden Alphabet. Er gehörte zu einer Sache, von der die Männer wußten, eine Show oder Veranstaltung, die irgendwo anders stattfand. Manchmal kam er in die Küche, und wenn niemand sonst in der Nähe war, machte er einen Finger krumm und winkte Hieronim, der damals ein großer Bengel mit schneeblondem Haar und grünen Wolfsaugen war und sich in Gedanken schon »Harry« nannte, in sein Zimmer hinaufzukommen, wo sein Bett von den anderen durch einen Vorhang getrennt war; und wenn niemand im Haus war, lehnte er sich an das Bett und Hieronim stellte sich vor ihn. Mr. Brudnicki knöpfte zuerst seine Hose auf und ließ den »roten Teufel« (wie er ihn nannte) hinausspringen, dann Hieronims Hose, um den »kleinen Teufel« zu befreien, den er streichelte und mit der Eichel, nachdem er die Vorhaut zurückgestreift hatte, gegen die Eichel des beschnittenen roten Teufels drückte. Dann begannen die beiden Teufel einen kleinen Boxkampf, sie rieben, stießen und stupsten sich, bis Mr. Brudnicki ihn herumdrehte und aufs Bett niederdrückte, und bald spürte Hieronim, wie der rote Teufel, mit einer kalten Schicht Schweineschmalz aus der Büchse unter Mr. Brudnickis Bett eingeschmiert, schmatzend und zuckend in die »geheime Höhle« eindrang. Nachher ließ Mr. Brudnicki ihn Stillschweigen geloben und gab ihm einen Vierteldollar, eine Summe, für die er es mit Legionen von Teufeln aufgenommen hätte, obwohl der Höhleneingang ein wenig schmerzte und er Durchfall bekam.

Einmal nahm er im ungeduldigen Verlangen nach dieser sonderbaren Erregung seinen Cousin Casimir mit hinauf in Mr. Brudnickis Zimmer, um ihm das Spiel beizubringen, aber als er sich hinkniete, um die Schmalzbüchse unterm Bett vorzuholen, sah er dort einen kleinen roten Koffer. Er war verschlossen. Er schaute in den abgestoßenen grünen Schrank, in dem Mr. Brudnicki seine Kleider verwahrte, und sah ein ungewöhnliches glitzerndes Gewand von einem Drahtbügel herabhängen, ein Kleid aus Eis. Er hob den Saum hoch, von kleinen Glasperlen schwer und kalt.

»Casimir, schau mal!« Der Cousin trat neben ihn und befühlte das Kleid. Das Halbdunkel des Schrankes mit einem würzigen Moschusduft hüllte sie ein. Er hörte seinen Cousin atmen, spürte seinen warmen Atem im Nacken. Sie drückten sich in den Schrank, und der Perlensaum des Eiskleides klirrte, als sie sich gegenseitig die steifen Schwänze rieben.

»Das mach' ich dauernd«, sagte Casimir schweratmend.

»Ich auch«, log Hieronim, als sein klebriges Sperma in das Eiskleid spritzte; er zog es vor, Casimir nichts von Mr. Brudnicki und seinen Vierteldollars zu sagen, denn das war doch etwas ganz anderes als das jetzt, finsterer, aber erregend und einträglich. Als Casimir auch fertig war, lachten sie, und von da an brauchte Casimir nur »Eiskleid« zu sagen, und sie mußten beide grinsen und verzogen die Münder in halbem Gelächter bei der Erinnerung.

Nach einigen Monaten blieb Mr. Brudnicki immer wieder für kurze Zeit fort, kam oft mit der Miete in Rückstand und ließ sich dann einmal wochenlang nicht sehen, obwohl sein

Koffer und die Schmalzbüchse noch unterm Bett lagen und das geheimnisvolle Kleid noch im Schrank hing. Sechzehn Tage verstrichen.

»Das reicht jetzt!« rief seine Mutter Onkel Juljusz zu. »Er ist über zwei Wochen im Rückstand. Ich kenne gute Männer, Männer, die arbeiten, die wollen dieses Zimmer. Wenn er bis Samstag nicht wieder da ist, fliegt alles raus. Ich vermiete dann an jemand anders.«

Der Samstag verstrich auch. Am Sonntag nachmittag ging seine Mutter in das Zimmer, zog den Trennvorhang beiseite und begann Hosen und Schuhe rauszuwerfen, das Eiskleid, die Schmalzbüchse und den roten Koffer, der aufging, als er die Treppe hinabpolterte, und seinen Inhalt verstreute, Perücken, Kosmetika, Salben, glitzernde Masken und ein sonderbares Kleid mit Elastikrücken, das auf der Vorderseite ein Paar große Gummibrüste mit braunen Warzen besaß.

»Jesus, Maria und Josef!« rief seine Mutter, und Onkel Juljusz kam aus der Küche, guckte und hob es auf. Er ging damit zum Spiegel über dem Ausguß und hielt es sich vor den Leib, aber es sah nur lächerlich aus, bis er sein Hemd abstreifte und sich das Kleid mit den Gummibrüsten über die nackte Haut zog. Der Effekt war außergewöhnlich. Es war noch der Onkel Juljusz mit dem narbigen plattgedrückten Gesicht und dem wuchernden Schnurrbart, mit den roten, büschelweise von stinkendem Haar bedeckten Armen, aber dann wurde er – nicht eine Frau, aber ein Stück von einer Frau. Onkel Juljusz trippelte durch die Küche, rief mit Falsettstimme »O du böser Mann!« und wedelte mit den Armen in der Luft.

»Jetzt weißt du, wie er die Miete bezahlen konnte!«

Und als sie gerade alle entrüstet durcheinander schrien und lachten, kam Mr. Brudnicki zur Tür herein. Er war bleich und mager, einen schmutzigen Verband wie einen Helm auf dem Kopf. Er blickte sie mit tragischer Miene an, sah sein Flitterkleid wie einen Haufen schmelzendes Eis auf dem Boden liegen, drehte sich um und rannte die Treppe hinunter, zurück auf die Straße. »Was hätt' ich denn machen sollen – warten bis zum Jüngsten Tag?« rief Hieronims Mutter ihm nach.

– 388 –

Hieronims Wurm

1967, in der Woche, bevor Joey und Sonia – eine Schönheit mit flachem, stillem Gesicht, einem vollen, saftigen Mund, dem die Wangen zuzustreben schienen, die langwimprigen, porzellanblauen Augen herausfordernd schräg – heirateten, regnete es anhaltend, morgens mit einem Nebel beginnend, der sich zu einem Nieseln verdichtete, aus dem ein Dauerregen und bei Anbruch der Nacht ein heftiger Guß wurde, so daß sie unter den gleichmäßigen Trommelschlägen aufs Dach gut schlafen konnten. Zwischen vier und fünf hörte es manchmal auf, und für ein paar Stunden konnte man auf trockenes Wetter hoffen, aber dann fing es wieder an.

An diesem Sonntagmorgen glaubte Hieronim, daß es aufklaren würde. Der Nebel wehte davon, durch die Wolkenfetzen sah man den Himmel. Der Tag hatte eine liebliche Frische mit dem Geruch feuchten Erdreichs. Er schob die Verlängerungsschnur durchs Fenster, ging hinaus und schloß die Wurmsonde an. Barfuß, mit knotig geschwollenen Ballen an den blassen Füßen, eine Tasse Kaffee in der einen Hand, die Sonde in der andern, ging er über den durchtränkten Rasen und suchte nach einer guten Stelle. Eine kleine Senke vor dem regenbenetzten Zierkohl seiner Frau, perlig violette Blätter, die Ränder mauve und gekräuselt, wie hübsch! Er drückte die Sonde in den Boden und schaltete den Strom ein. Für einen Augenblick, als er in die Luft sprang, hatte er das elektrisierende Gefühl, von innen nach außen gestülpt zu werden wie ein Kaninchen, dem man mit einem einzigen scharfen Ruck die Haut abzieht, aber gleich darauf, als er mit dem Gesicht nach unten im quatschnassen Gras landete, war er schon beinahe tot, und vollständig tot und umgeben von einem Hof elektrisch exekutierter Würmer und Rotkehlchen war er, als ihn seine Frau vier Stunden später vom Küchenfenster aus bemerkte.

Die Wurmsonde hatte sie ihm vor zwei Jahren zum Namenstag geschenkt.

Nicht jede Stimme dringt bis in den Himmel

Hieronims Totenwache war etwas Besonderes, die letzte ihrer Art in der Nachbarschaft, nach uraltem polnischem Brauch, und niemand hätte sie zu halten gewußt außer dem alten Bulas aus dem Polnischen Klub, der eine Blindenuhr trug, ein seltsames Chronometer mit Klingel und Glöckchen, die auf Knopfdruck Stunden- und Minutentöne abgaben. Mit Hieronim hatte er über die Jahre hin viel getrunken und geredet; beide waren sie von einer tiefen mystischen Verehrung für Nikołaj Kopernik, den Vater der Astronomie, erfüllt. In Zukunft würde niemand mehr wissen, wie ein solches Begräbnis abzuhalten wäre, denn der alte Bulas starb zwei Wochen später und wurde nach kargem amerikanischem Brauch bestattet. Wenn das keine Ironie ist! sagte Mrs. Józef Przybysz, stieß mit ihrem Stock auf den Boden und weinte.

In seiner Jugend hatte Bulas Literatur studiert, aber die einzige Arbeit, die er nach der Auswanderung in Amerika finden konnte, war im Stahlwerk, wo er nach sechs Jahren eine Verbrennung erlitt und mit einer kleinen Entschädigung entlassen wurde. Sein ganzer rechter Arm war runzlig wie die Haut auf heißer Milch, die Schulter verschrumpelt und mit glänzendem Narbengewebe bedeckt, aber er war Vorsänger, kannte alle Kirchenlieder, die er zu Dutzenden in seinem *śpiewnik* aufgeschrieben hatte, einem dicken, von Hand in schwarzes Tuch eingebundenen Buch.

»Wichtig!« sagte er. »Wichtig, weil sie heutzutage die Messe auf englisch lesen. Eine Tragödie!« Er zumindest wußte von der Poesie beschwörender Worte und der Macht der Heimlichkeit.

Gegen Abend kam er mit Männern aus dem Polnischen Klub, den guten Sängern, in das Trauerhaus. Frischgewaschen und rasiert und mit einem Kammgarnanzug bekleidet, lag Hieronim in seinem Walnußsarg wie ein blankgeputztes Messer in der Silbertruhe. Einer nach dem andern kamen die Sänger herein und stellten sich längs der Wand auf. Links von ihnen stand ein weißgedecktes Tischchen mit einer Schale

Pfefferminzplätzchen und einer Untertasse mit Nelken. Die Lieder und Gebete begannen, Ave-Marias, Lieder an die Muttergottes und an die Heiligen, nach einer Stunde gingen dann die Männer hinaus und tranken auf dem Parkplatz Bier und Whiskey, um ihren Kummer zu vertiefen, während die Frauen den Rosenkranz beteten, mit leiernder Stimme die alten Worte in die Länge ziehend. Mit geröteten Gesichtern kamen die Männer wieder herein, leise rülpsend und die Daumen in die Gürtel hakend, und stellten sich von neuem an die Wand. Dunkler und morbider wurden die Gesänge, flehentliche Bitten an Gott, die Sänger der Not ihres Leibes zu entrücken – *Ich bin verloren, ich bin verdammt, ich habe gesündigt.* Sie sangen vom kühlen Grab, vom letzten Stündlein und vom vergeblichen Flehen der Sünder um Gnade: »Die Uhr schlägt eins, der Faden des Lebens entgleitet mir, die Uhr schlägt zwei . . .« Zur Mitternacht gab es einen Imbiß mit schwarzem Kaffee, Bananen und kaltem Schweinefleisch. Die ganze Nacht durch sangen sie weiter, die Stimme des alten Bulas wurde vor Anstrengung brüchig und schrill, und in der Morgendämmerung sprachen sie die letzten Gebete für den Toten, der alte Bulas sagte: »*Nun sag' ich dir Lebwohl*« und setzte zum Angelus an. Um sieben luden die Männer vom Bestattungsunternehmen Hieronim in den Leichenwagen, und die Sänger fuhren in ihren Autos hinterher, mit herabgekurbelten Fenstern, obwohl es ein kühler Morgen war, und sie sangen immer noch, sahen den kalten Schweiß des Grases, hatten Kopfschmerzen und derart überanstrengte Stimmbänder, daß nur mehr keuchendes Gebrüll aus ihren Kehlen kam.

Am nächsten Tag hatten die beiden Söhne einen erbitterten Streit um Hieronims Akkordeon. Rajmund brüllte und schlug sich dramatisch an die Brust wie Tarzan; Joey reiße die Familienbande in Stücke, brüllte er, der Vater habe es ihm versprochen und würde sich nun im Grabe umdrehen wie ein Wurm. Es war ein unglücklicher Vergleich; Dorothy kreischte, und Joey fluchte. Es war nur Theater, denn zuinnerst war Rajmund das Akkordeon gleichgültig.

Und gleich darauf die Hochzeit

Gegen ein solches Begräbnis, dachte Sonia, konnte eine Hochzeit nicht aufkommen, nicht mal eine polnische Hochzeit.

Sie irrte. Der alte Bulas, von einem atavistischen Bedürfnis nach Zeremonien getrieben, schlief nach dem Begräbnis achtzehn Stunden, stand auf, machte eine Liste und schickte seinen Enkel als Boten zu den Eltern der Braut, zur verwitweten Mutter des Bräutigams und zu vielen anderen. Er erklärte seiner Frau, man müsse mit so vielen alten *wesele*-Bräuchen wie nur möglich den feierlichen Todesriten bei Hieronims Begräbnis entsprechen, auch wenn Braut und Bräutigam die Einladungen schon per Post geschickt hatten, statt die erwünschten Gäste persönlich aufzusuchen oder einen *družba* zu entsenden. Da der jüngst begrabene Vater des Bräutigams Amateurmusiker gewesen war und der Bräutigam selbst sogar halbprofessionell spielte, mußte eine gute Auswahl von Musikern auftreten, angefangen bei einem Geiger, der das Stück *Nimm Platz in der Kutsche, o Liebste* spielte, wenn Sonia von ihrem Elternhaus schied. »Ach«, sagte der alte Bulas, »als Junge hab' ich noch erlebt, wie die Männer alle ihre Pistolen abgefeuert haben und die Braut auf den mit Bändern behangenen Wagen stieg. Es war zu schlimm. Aus Versehen schoß sie jemand ins Herz – aus Versehen! Und so wurde aus der Hochzeit ein Begräbnis.«

Drei Polkakapellen sagten ihre Mitwirkung für den Empfang zu, der zuerst in einem kleinen Raum des Wenceslas-Hotels stattfinden sollte, dann aber in den bescheidenen Ballsaal des Polnischen Klubs verlegt wurde. Bulas kündigte an, daß er und Mrs. Bulas die Rolle des *starosta* und der *starościna* übernehmen würden, um den Ablauf des ungewohnten alten Zeremoniells zu steuern. Zuerst, mit Brot und Salz, lief alles noch ganz gut, aber den Musikern ging der Große Marsch bald auf die Nerven, der immer wieder von vorn angefangen werden mußte, wenn neue Gäste eintrafen, dann, während des kein Ende nehmenden Essens, sprang der alte Bulas alle paar Se-

– 392 –

kunden auf, um eine Rede zu halten oder einen Trinkspruch auszubringen, und als ihm die Zunge schon nicht mehr ganz gehorchte, verlor er sich in die Erinnerung an eine andere verhängnisvolle Hochzeit in Polen, die ein hektisch herumhetzender Bäcker verdorben hatte, der in aller Eile den Kuchenteig anrührte, dann wieder etwas anderes zu tun hatte, hin und her rannte, den Teig in die Form schüttete und in den Ofen schob, später auch eine schöne Glasur und Bemalung zustandebrachte, und als der Moment gekommen war, wo die Braut das Werk anschneiden mußte, da spürte sie unter ihrem Messer einen Widerstand, sagte Bulas, und als sie schließlich eine Scheibe herausstocherte, kam eine Ratte zum Vorschein, eine Ratte im Kuchen, eine tote natürlich, aber der Schwanz flutschte beim Anschneiden heraus, und man sah die Füße vorstehen, und, mein Gott!, die Braut übergab sich, und die Gäste sahen es und übergaben sich auch, oh, es war entsetzlich, alle voll des edlen Weins und des festlichen Essens, und sie kotzten überallhin! »*Czarne buty do roboty, czerwone do tańca*«, sang der alte Bulas, schwarze Schuhe zur Arbeit, rote zum Tanz.

Als der Augenblick des Schleierwechsels kam, reihten Sonia und ihre Brautjungfern sich auf, aber eine der Brautjungfern, vielleicht noch in Gedanken an die eben gehörte Geschichte, kreischte auf und fiel in Ohnmacht. Eine halbe Stunde später, die wiederbelebte junge Frau saß auf einer Bank an der Seite, versuchten sie es noch einmal. Sonias Mutter nahm mit zittriger Hand den Orangenblütenkranz und den Schleier vom fahlen, schweißnassen Haar ihrer Tochter und setzte ihn der Ehrenjungfer auf, und die vollen, traurigen Stimmen erhoben sich und erfüllten den Ballsaal, *Heute hörst du auf, Mädchen zu sein, heute wirst du Frau*, als die Feueralarmsirene losging. Ein paar Minuten später führte Joey seine Braut auf die Tanzfläche, rutschte bei einer Drehung auf einem schlechtverwischten Bohnerwachsflecken aus und fiel auf ein Knie. Er wurde rot, fluchte laut und ging schnurstracks an die Bar, Sonia mochte folgen oder nicht. Langsam, nach der Ankündigung, daß man den GIs in Vietnam zur Aufmunterung polnische Polkas auf Tonband schicken werde, kam der Tanz in Schwung, zuerst gemessen, dann heftiger, bis ein manisches Fieber sie alle ansteckte, nicht nur im alten Eins-zwei-drei-vier-Polkaschritt, sondern auch im Chicken Hop, im *Siwy Koń*, Silver Slipper und anderen wilden neuen Schritten, bis zum Morgengrauen, als die Musiker um Gnade flehten und die erschöpften Tänzer sich an die Wand rollten und in ihrem Sonntagsstaat einschliefen. Unter diesen war der alte Bulas, doch schlief er nicht, sondern lag in einem Koma, aus dem er erst an seinem Sterbetag erwachte, eine Woche später, die Augen aufschlug und sagte: »Mögen die, für die ich gesungen habe, nun für mich singen!«, und seine Familie jammerte, denn das konnte ja nur heißen, daß er einen Chor der Toten heraufrief.

Joey und Sonia

»Ich schätze, ich bin verdammt sicher, wir haben geheiratet«, sagte Joey im Motel und gähnte, bis ihm die Kiefer knackten. Sonia lächelte.

»Auf ein langes und glückliches Leben miteinander!« sagte er und stieß sein Glas mit saurem Champagner an ihres. »Wieviel Geld hast du gekriegt?«

»Ich weiß nicht.« Sie ging mit ihrem Köfferchen ins Bad.

Er steckte die Hand in den Satinbeutel und zog ein Bündel Scheine heraus, fing an zu zählen, aber schon stand sie auf dem Bett, das kurze Nylonnachthemd durchscheinend, hellblau und mit Spitzensaum, und er blickte von dem Geld auf. Er konnte die dunklen Höfe um ihre Brustwarzen sehen, das Dreieck, die schwellenden Schenkel und die weißen Fußknöchel. Sie begann ein wenig zu hüpfen, daß das Bett wackelte und ihre Füße tief in die dicke Daunendecke einsanken. Er ließ das Geld fallen und stürzte sich auf sie wie ein Taucher, der sich vom Sprungbrett ins Blaue schnellt. Alles, woran sie denken konnte, als er sich in sie hineinrammte, war das erste Mal, daß sie seinen Penis gesehen hatte, Jahre vorher;

damals war sie dreizehn und schwamm mit ihren Freundinnen Nancy und Mildred im Stadtbad, ringsum dunkle Köpfe, die wie Brotkrümel auf dem Wasser trieben, Hunderte von Menschen, die auf dem nassen Zement um das Becken standen oder herumliefen, Mädchen, die an ihren Badeanzügen zupften. Sie kannte Joey vom Sehen, ein großer Junge, zwei Klassen über ihr in der Schule. Er stand am Becken, die Zehen um den Rand geklammert, und blickte auf sie herab, wie sie sich auf dem Rücken treiben ließen, die Beine unter Wasser gelb flimmernd, in der Lichtbrechung abgeknickt und flach. Er steckte die Hand von unten in seine ausgeleierte Badehose, ließ sie sehn, wie er nach etwas da drin langte. Er stellte sich direkt vor sie hin.

»Er schaut nach, ob er was verloren hat«, kicherte Nancy.

»Falls er da was gehabt hat.«

»Vielleicht ist es abgegangen.«

»Oje, scheußlich!«

Er hatte die Spitze draußen, zielte damit auf sie und pißte dann los, daß der Strahl wenige Zentimeter vor ihnen ins Wasser plätscherte. Sie kreischten auf und machten ein paar Stöße rückwärts, beobachteten ihn immer noch, aber er sprang ins Wasser, tauchte unter, kam zwischen Sonia und Nancy wieder hoch, schob Sonia die Hand in den Schritt ihres Badeanzugs, und sie ging unter und tauchte hustend und schreiend wieder auf.

Kirschtorte

Es konnte passiert sein, als sie angehalten hatten, um Kaffee zu trinken.

Er war kaputt, und die Hände wurden ihm taub. Er solle sich lieber eine Cola holen, sagte sie mit ihrer mürrischen Stimme, da sei mehr Koffein drin, und während er sie holte, könne sie auf der Toilette die Kinder saubermachen. Artie hatte Durchfall, und der Wagen stank nach seinen schmutzigen Windeln, die sie ihm nur wechseln konnte, indem sie sich auf den Vordersitz kniete und sich über die Rückenlehne nach hinten beugte. Was es auch sein mochte, was er hatte, es war ansteckend, und Florry hatte es auch, sie fühlte sich fiebrig an. Jetzt mußte es passieren. Das Gute daran war nur, daß die beiden Kinder apathisch wurden und schliefen, immer noch besser, als wenn sie brüllend und plärrend im Wagen herumtobten. Und er war reingegangen, um sich seinen Kaffee zu holen, und sie war mit den Kindern nachgekommen, hatte Artie über dem verschmierten Waschbecken gesäubert, die stinkenden Windeln in den Papierkorb gestopft, worauf ihr Geruch den winzigen Raum erfüllte, hatte im Spiegel ihre grauen Wangen gesehen, ein Papiertaschentuch befeuchtet, das bei der Berührung mit Wasser sofort schleimig wurde, aber wenigstens war das Wasser heiß, wundervoll nach der Kälte im Wagen, wo die Heizung mal wieder nicht richtig funktionierte, warum konnte er bloß nie etwas richtig reparieren, und nun saßen die Kinder auf dem dreckigen Toilettenboden, aber immerhin heulten sie nicht, Gott sei's gedankt! Sie würde ihnen ein Ginger Ale kaufen. Sie hatte noch vier Dollar, und sie konnte den Gören doch verdammt noch mal wenigstens ein Ginger Ale kaufen.

Sie kam heraus, und er hockte an der Theke, trank seinen Kaffee dort, statt ihn mit nach draußen zu nehmen, und vor ihm stand ein Stück Kirschtorte; er schlang es in sich rein, hoffte wohl, damit fertig zu werden, bevor sie rauskam und es sah, nachdem er auf dem ganzen Weg gejammert hatte, daß ihr Geld kaum mehr für den Sprit reichte und daß sie bis nach dem Wettbewerb würden aushalten müssen. Wenn sie erst gewonnen und die Prämie kassiert hätten, wollte er für jeden von ihnen ein Steak so dick wie sein Bein kaufen, sogar für Artie, der erst vier Zähne hatte. Sie sah ihn an, wie er sich über seine Torte beugte; ihr knurrte der Magen, wenn sie sich den herben süßen Geschmack vorstellte, die warme, überzuckerte Kruste. Und gleich an Ort und Stelle gab es einen Streit, als sie von hinten an ihn herantrat und mit leiser Stimme sagte, reicht denn unser Geld noch für den Sprit?

»Hör mal, ich brauch' doch Energie zum Fahren, oder?«

»Und was ist mit mir? Ich zähle ja nicht. Ich soll mich um
die Kinder kümmern, deine Kleidung nett herrichten, all das
Zeug erledigen und dann mit leerem Magen auf die Bühne
steigen und spielen. Ich kann das ja, hm?«

»Okay«, sagte er, dick auftragend, damit sie merkte, wie sie
ihn zum Äußersten reizte. »Miß, bitte noch ein Stück Torte
hierher. Und bitte ein großes!«

»Ich will gar keins, ich will deine verdammte Torte nicht,
klar?« Vor Wut fing sie zu weinen an. »Es geht drum, wie du
mich behandelst, nicht um die Torte. Ich will sie nicht«, sagte
sie zu der Kellnerin, die achselzuckend das vorgeschnittene
Stück – sie waren alle gleich groß – wieder in den Behälter
zurückschob. Die andern Gäste blickten sie an. Ein Kerl, der
wie ein Lastwagenfahrer aussah, mit Cowboystiefeln und
Truckermütze, hatte einen großen Teller Rührei mit Toast,
eine Scheibe Schinken und das Besteck vor sich. Der Geruch
stieg ihr in die Nase.

»Okay«, sagte sie. »Ich hab' es mir anders überlegt. Ich
nehme das Stück doch.« Sie schämte sich, aber sie hatte Hunger. Die Kellnerin riß das Stück wieder heraus, knallte es vor sie
hin, plus Gabel und Serviette, ließ ein Glas Wasser einlaufen.

Sie setzte sich auf den Hocker neben Joey, beide Kinder auf
dem Schoß, eines in jedem Arm. Sie hatte keine Hand frei für
die Gabel. Joey blickte starr geradeaus. Sie klemmte Artie zwischen ihren Bauch und den Tresen, Florry hielt sie mit dem
linken Arm. Gab Florry den ersten Bissen, obwohl es ihr später wahrscheinlich wieder hochkommen würde. Sie aß hastig,
trank das Wasser aus und war fertig und schon auf dem Weg
zur Tür, bevor Joey seinen Kaffee ausgetrunken hatte. Er ließ
sich Zeit, rauchte nun eine Zigarette, genoß vermutlich die
Wärme nach dem kalten Wagen. (Inzwischen war es vermutlich schon passiert.)

Sie trat hinaus in den körnigen Wind – jetzt fehlte nur noch,
daß es schneite, kalt genug war es –, schleppte die Kinder zum
Wagen, Gott, was für ein klappriges Wrack! Der Parkplatz war
leer. Im Wagen roch es immer noch übel, aber es war zu kalt,
als daß sie die Tür hätte auflassen wollen. Sie brachte die Kin-

der auf dem Rücksitz unter und deckte sie zu, dann fiel ihr das Ginger Ale ein. Sie konnte in die Raststätte hineinsehen, Joey hockte immer noch an der Theke. Neben dem Münztelephon war ein Getränke-Automat.

»Bin gleich wieder da«, sagte sie zu Florry und rannte zurück zu dem Lokal. Ginger Ale gab es nicht, also nahm sie 7UP; hoffentlich enthielt es kein Koffein. Joey bezahlte gerade die Torte und den Kaffee, er zählte eine Handvoll Pennies ab, und die Kellnerin sah mit übertriebener Geduld zu, wie seine Finger die fusseligen Münzen zwischen einem Stoß Benzinquittungen, aufgewickeltem Draht und Schnurknäueln herausfischten. Trinkgeld war von so einem Typ nicht zu erwarten. Sie schmiß die Münzen in ihre Kasse, ohne ihn anzusehen.

»Wollen Sie nicht sagen: ›Kommen Sie bald wieder‹?« sagte er tückisch. Sie warf dem Lastwagenfahrer einen Blick zu, der besagte, solche Leute haben wir hier heutzutage, und behielt für sich, was sie wußte – daß der Kerl an ihr seinen Ärger über die Torte für seine Frau ausließ.

Er startete den Motor, sagte, stinkt aber hier drin, was hat der kleine Bastard denn nun wieder gemacht, ist er auf dem Rücksitz krepiert?

Sie fing an, sich für die Szenerie zu interessieren, wenn man die allmählich dichter werdende Stadt so nennen konnte, die sich mehrspurig verbreiternde Straße, erst vier, dann sechs, der zunehmende Verkehr und die flachen Betonschuppen der Bars, die Reifengroßhandlungen, die Häufungen von Rangierbahnhöfen und Gebäuden, immer höher und enger beisammen, Busse und Lastwagen, die Lastwagen machten die Straßen unsicher. Es war wie Chicago und doch anders. Sie fuhren durch den heruntergekommenen Teil der Stadt, wo es viele Schwarze gab. Sie wurde nervös, als er an den Ampeln hielt und dreckige schwarze Typen mit großen Mäulern und lässigem Gang herankamen und anfingen, mit zerknüllten Zeitungen die Windschutzscheibe zu putzen, aber als sie Joeys Gesicht sahen, seine schwerlidrigen Augen, seinen großen Schädel und seine steinerne Miene, die zu sagen schien, gib mir nur einen Anlaß, und ich bring dich mit Freuden um, drehten sie ab zu den Rauchglasscheiben eines anderen Dummen.

»Woher weißt du, wo wir hinfahren?« Sie versuchte einen leichten Ton zu finden, um zu zeigen, daß sie ihrerseits den Streit für beendet hielt; bis zu dem Wettbewerb sollten sie wieder in eine verträgliche Laune kommen. Er sagte nichts.

»Wird schön sein, jetzt ins Motel zu kommen und zu duschen.«

Das hatte er arrangiert, ein Zimmer in einem Motel zwei Blocks von der Halle entfernt, sagte er, und im voraus bezahlt. Das Motel war ein billiger Schuppen, nichts Besonderes, sagte er, aber sie hatten ein Zimmer, und es würde warm sein, mit Fernseher, Bett und einem Kinderbett für Artie. Er kannte es vom vorigen Jahr, als er den Laster gefahren und manchmal da übernachtet hatte. Florry konnte bei ihnen schlafen, es war ja nur für eine Nacht, aber sie würde sie auf die Außenseite legen, denn sie hatte nicht vergessen, wo Joey seine Hand gehabt hatte, als sie das Kind letztes Mal zu sich ins Bett mitgenommen hatten. Er hatte geschlafen, also konnte sie ihm nichts vorwerfen. Wie die Männer nun mal waren. Konnte keine leere Flasche sehn, ohne gleich den Finger reinzustecken.

»Wenigstens sind wir früh da«, sagte er. »Jetzt ist es, was, fast halb vier, und um acht geht es erst los. Zeit genug, daß wir uns zurechtmachen. Ich werd' mich ein bißchen hinlegen, ein paar Bier trinken, dann können wir die Nummern noch mal durchgehen, die Abfolge üben.« Sie entkrampfte sich. Der Streit war vorüber. Sie hatten ein gutes Schema, auch wenn es ein bißchen riskant war. Zuerst kam er allein auf die Bühne, ein bißchen widerstrebend, sah sich nach hinten um, in seinem himmelblauen Satinanzug und mit dem purpurn glitzernden Akkordeon, dann drehte er sich ein wenig zur Seite, und der Streifen blauer Pailletten, den sie ihm längs der Hosennähte aufgesetzt hatte, blitzte auf. Er zog die Stirn kraus und schaute besorgt drein, blickte hinter die Bühne, schüttelte den Kopf. Nicht klar, was los war, nur schien er sich

wirklich Sorgen zu machen. Dann, wenn die Preisrichter
grad zu tuscheln anfingen, sollen wir gleich zum Nächsten
übergehn, kam sie auf die Bühne gerannt, in ihrem purpurnen Satinanzug und mit dem himmelblauen Akkordeon, und
das Publikum spendete lauten Beifall, bevor sie auch nur
einen Ton gespielt hatte, einfach weil die Leute so froh waren,
daß sie ihm den Auftritt nicht vermasselt hatte. Sie waren auf
ihrer Seite. Wenn er übermütig war, quetschte er vielleicht
einen Tusch heraus und erntete einen Lacher. Und dann spielten sie, daß die Socken qualmten.

»Da ist es«, sagte er.

»Wo?« Sie sah nirgends ein Motel. Holpriges Pflaster auf
dem Gehsteig, ein weißer Pabst-Lastwagen beim Abladen,
Kneipenschilder, eine Bäckerei, der Polnisch-Katholische Klub,
eine Metzgerei mit baumelnden Wurstschnüren, ein dahin-
schlurfender alter Mann, die Arme abgewinkelt, Hände wie
Heugabeln, zwei Männer auf einem aufgerissenen Straßenab-
schnitt, die Sandwichs aßen und sich die Münder mit dem
Handrücken abwischten.

»Genau hier, verdammt noch mal, bist du denn blind? Soll
ich dir erst 'ne Brille kaufen?« Er bog in ein Gäßchen ein,
zwängte den Wagen um eine Kurve zur Rückseite eines ver-
rußten Backsteingebäudes, wich einer Mülltonne aus, so daß
der Wagen sie eben noch kratzte. HOTEL POLONIA MOTEL. Es
hatte sieben oder acht orangerote Türen mit Nummern, in
einem Fenster hing ein handgeschriebenes Schild: BÜRO. Aus
der Tür Nummer fünf kam ein Paar, eine junge Frau in
schwarzer Hose und falschem Pelzmantel, irgendwie orange,
sollte wohl Fuchs sein, dachte Sonia, der Mann, mittleren
Alters und schwergewichtig, strich sich das Haar glatt, sah die
Frau nicht an, sondern ging an ihr vorüber zu einem geparkten Lieferwagen mit der Aufschrift LAKESHORE OFFICELAND –
ALLES FÜRS BÜRO. Die Frau spuckte auf den Boden, holte eine
Zigarette aus ihrer Handtasche und steckte sie an, dann ging
sie zur Straße.

»Das ist doch 'ne Absteige!«

»Na und? Ist billig.« Er ging ins Büro, den Schlüssel holen, ließ den Motor laufen. Sie blickte durch die Windschutzscheibe, sah einige schwere Schneeflocken fallen, sah ihn drinnen lachen und jemandem, den sie nicht sehen konnte, zunicken, eine Geste mit dem Kopf, noch mal nicken. Er kam heraus und setzte den Wagen vor die Nummer eins, gleich neben dem Büro.

»Margie paßt heute abend auf die Kinder auf. Sie ist die Managerin. Sie ist gleich hier im Büro, und wenn eines zu weinen anfängt oder irgendwas ist, dann geht sie rein und kümmert sich um sie.«

»Haben sie ein Kinderbett? Haben sie ein Kinderbett reingestellt?« Sie wußte, es würde keines dasein, sie würden alle in einem Bett schlafen müssen, und das, wo Artie doch alles vollschiß.

»Ja, sie haben ein Kinderbett! Herrgott, schau doch erst mal nach, eh' du auf mir rumhackst, ja?« Er stieg aus und schloß die Tür auf, dann winkte er sie mit einer eleganten Armbewegung herein. Sie hoffte, es würde wenigstens eine Dusche geben. Florry rief aus dem Wagen.

»Mama! Ich hab' Bauchschmerzen.«

Es gab ein Waschbecken, ein freistehendes WC in einer Ecke des kleinen Zimmers, etwas wie eine Nische in der Wand mit tropfendem Duschkopf und orangeblumigem Plastikvorhang mit Schimmelflecken, ein Dreiviertelbett und, eingezwängt zwischen Bett und Wand, einen Einkaufskarren. Sie konnte sich nicht vorstellen, was der hier sollte, bis sie sah, daß er wie ein Bett zurechtgemacht war, mit einer zusammengelegten Decke als Matratze. Kein Fernseher. Sie sagte lieber nichts. Sie ging hinaus und holte Florry und Artie. Legte beide aufs Bett. Joey ließ sich neben den Kindern auf die durchgelegene Matratze fallen; das Bett quietschte wie verrückt.

»Na, was macht umma kleim Püppi, was macht umma kleim Meechen«, sagte er und kitzelte Florry. Sie setzte sich auf, wehrte sich, er schubste sie um, kitzelte weiter, und als sie wieder auf Hände und Knie kam, erbrach sie sich plötzlich und fing an zu plärren.

(Zwanzig Jahre später klappte Florry, nachdem die Aufnahme für den Isuzu-Spot erledigt war, den Deckel auf ihr halbelektronisches MIDI-Petosa, sechzehn Kanäle, Speicherplätze, Aftertouch, magnetische Halleffektschaltung, dynamische Balgkontrolle, Grundgeschwindigkeiten für Baß und Diskant, Oktavtransponierung und verstellbare Tastaturteilung, nickte Bunny Baller zu, dem Toningenieur – übler Fall von Rasierpickeln, mit Spitzbart und Haarnetz –, der vor seiner Kabine stand und aus einer Flasche Evian trank, sein Netzhemd beträpfelnd, und zog ihren Lackledermantel an, hörte Tommy, den Produzenten, sagen, war gut gespielt, der Scheiß, und sie sagte, klar, aber Miß Platin hat Speichelprobleme, wirst sehn müssen, wie du die Spucke da wieder rauskriegst, und er sagte, keine Sorge, aber sie war schon zur Tür raus und sah auf ihre Uhr, sehn, was als Nächstes kommt, mit furchtbaren Kopfschmerzen und wieder mit diesem taumeligen, fiebrigen Gefühl, eine Grippe? Ging zu ihrem silbrigen Camry, stieg ein und lehnte sich vor, um den Zündschlüssel umzudrehen, als plötzlich etwas mit Wucht aus dem wolkenlosen Himmel fiel, auf die Motorhaube prallte, daß der ganze Wagen wackelte, und in drei große Stücke zerplatzte. Sie stieg aus und hob eines auf. Pizza, gefrorene Pizza – was denn, hatte das jemand aus einem Flugzeug geschmissen? Ein Zeichen Gottes?)

»Teufel noch mal!« sagte er. »Kaum sind wir zwei Minuten hier, da kotzt die Göre das Zimmer voll. MACH DEIN KIND SAUBER!« brüllte er sie an und stemmte sich vom Bett hoch. Er ging raus zum Wagen.

Wahrscheinlich war es schon bei der Raststätte passiert, vielleicht noch früher, aber es hätte auch während der Minuten passieren können, als sie in dem Motelzimmer waren.

»Konntest du's denn nicht halten?« fauchte sie flüsternd die Kleine an und bog ihr grob den Kopf über die Toilettenschüssel, während sie würgte. Sie hörte ihn die Wagentüren zuknallen, hörte, wie die Haube des Kofferraums mit lautem Quietschen aufging. Die Wände des Motels waren wie aus Papier. Den Wagen hatte er von einem Händler gekauft, der auf wiederbelebte Wracks spezialisiert war; das Chassis war

– 402 –

ein bißchen verbogen, Türen und Kofferraum quietschten, die Reifen waren auf einer Seite abgefahren, aber er hatte ihn billig gekriegt. Noch bevor sie das Bett saubergewischt hatte, stand er wieder im Zimmer.

»Hast du die Akkordeons reingebracht? HAST DU DIE AKKORDEONS REINGEBRACHT?«

Sie schüttelte den Kopf. Er war erschrocken, sie konnte's hören.

»Sie sind nicht im Kofferraum. Sie sind SCHEISSE NOCH MAL NICHT IM KOFFERRAUM!« Er schaute unters Bett, rannte wieder raus und begann alles, was im Wagen war, auf den Asphalt zu werfen – Decken der Kinder, Straßenkarten, zerdrückte Tüten, ihren Koffer, den Karton mit den Windeln. Er ging nach hinten und öffnete noch mal den Kofferraum, als ob die Akkordeons inzwischen wieder aufgetaucht sein könnten, vielleicht nach einem Spaziergang um den Block. Er setzte sich hinters Lenkrad, auf den Platz, wo er immer saß, der einzige Platz, wo er die Dinge in der Hand hatte. Er versuchte zu überlegen. Kam wieder ins Zimmer.

»Ich hab' sie da reingestellt, ich hab' sie beide da reingestellt, das hab' ich als letztes getan, ich weiß noch, ich hab' an deinem im Kofferraum nach der Klammer gesehn – sie geht immer auf.«

»Ja.«

»Hör mal, wenn ich merke, du hast was angestellt mit den beiden Akkordeons, bring' ich dich um.«

»Wie hätt' ich denn was anstellen sollen? Ich war doch immer da, wo du auch warst, seit wir weggefahren sind.«

»So? Und bei der Raststätte? Als ich meinen Kaffee ausgetrunken hab', bist du schon rausgegangen. Du konntest sie rausnehmen und untern Wagen schieben. Ich wär' abgefahren und hätte nichts gemerkt. Hast du das getan? OB DU DAS GETAN HAST?« Er packte sie mit seiner Pranke am Kinn, drehte ihren Kopf zu sich her. Tränen liefen ihr das Gesicht runter, sie konnte nichts machen. Er zwang sie, ihn anzusehen. Sie konnte nicht sprechen, weil er ihr den Mund verklemmte.

»Mei. Haw fie nich ferührt.«

»Ich werd' dir sagen, was du getan hast. Du hast im Wagen nicht warten können, als ich mir den Kaffee geholt hab', nicht? Du hast doch gewußt, daß der Scheißkofferraum nicht schließt, du hast gewußt, daß die teuren Akkordeons da drin sind, kosten jedes zwei Tausender! Aber du hast sie unbewacht gelassen, kamst einfach rein, konntest mich ja nicht aus den Augen lassen! Was hast du denn gedacht, was ich da will, die Kellnerin mit dem Paviansgesicht hinter der Theke bumsen? Und da läßt du den Wagen unbewacht stehn, daß jeder Dreckskerl ankommen kann und den Kofferraum aufmachen und mal sehn, was drin ist! Der Typ muß sich bepißt haben, als er die Akkordeons gesehn hat, der hat sich gesagt, o gudder Godd, dissis mei Gliggsdag! Irgend so ein Niggerarsch hat die Akkordeons mitgenommen, ist eins unter jedem Arm die Straße lang gewetzt. Ich wette, der hat uns noch wegfahren sehn, ich wette, der hat sich schiefgelacht, daß er uns eins ausgewischt hat.« Seine Stimme war kurz vorm Überschnappen, er kochte vor Wut. Er ging raus, ließ die Tür offen. Durch die Wand hörte sie ihn mit der Managerin reden. Er kam zurück ins Zimmer.

»Wie hieß diese Raststätte? Laß dir gefälligst einfallen, in welchem Ort das war! Ich werd' dort die Polizei anrufen und denen sagen, irgendein Sumpfnigger hat meine Akkordeons mitgehn lassen. Dann geh' ich los und seh' zu, daß ich verdammt noch mal zwei Akkordeons auftreibe, die wir heut abend spielen können.«

Er sah auf seine Uhr.

»Viertel vor vier. Um halb acht bist du fertig und hast meinen Anzug bereitgelegt.« Er warf den Koffer aufs Bett. »Ich komme zurück mit zwei Akkordeons, und wenn ich die selbst stehlen muß.«

»Können wir uns nicht welche von den Typen leihen, die auch spielen?«

Er war schon zur Tür raus, hörte sie nicht mehr. Mit dem Kopf durch die Wand, wie immer, auch wenn es eine einfache Lösung gab.

»Das sind doch nette Kerle! Wally würde uns seines nehmen lassen, er bringt immer zwei mit. Eddie und Bonnie täten's auch gern.«

Sie studierte die Straßenkarte, die Durchgangsstraße eine Hauptschlagader, die durch den ganzen Staat pulsierte, die Venen Straßen, die nach Osten und Westen abzweigten, sich dann weiter in feine Kapillarien verästelten, die in kleinen Ortschaften endeten. Sie dachte an den Morgen, wie sie gepackt und sich zur Abfahrt bereitgemacht hatten, versuchte sich zu erinnern, ob sie gesehen hatte, wie er die Akkordeons rausbrachte. Sie war ans Fenster gegangen, wo Florry auf die Straße hinausblickte, und hatte hinuntergeschaut. Ihr Wagen stand da, der Kofferraum zu, Joey mit seinem hämmernden Absatzschritt kam zum Haus zurück. Vor dem Billigladen auf der andern Straßenseite stand ein Brotwagen, dahinter ein alter Cadillac mit leerlaufendem Motor, der Auspuff spuckte öligen Qualm, der dunkelhäutige Fahrer zog an seiner Zigarette. Zwei Frauen in langen buntbedruckten Röcken kamen aus dem Laden. »Schau mal, Florry, da, Zigeuner!«

»Wo? Wo sind sie? Beißen die?«

»Dummchen, sind doch Menschen, die beißen nicht – was denkst du denn?«

Aber dann hatte die Tür geknallt, und Joey hatte gerufen: »Los, macht schon, wir können abfahren!«

Sie dachte dran, ob sie die Managerin, Margie, bitten sollte, schnell auf die Kinder aufzupassen, während sie zur Musikhalle rüberlief, ihr Problem schilderte, fragte, ob nicht irgendwer ihnen aushelfen konnte. Aber sie traute sich nicht.

Pfandleihen

Es wurde kälter. Die Temperaturanzeige an einer Bankfassade zeigte -14° C an. Schneeschleier fielen herab wie Nebelschwaden; er konnte sie in Wellen heranrücken sehen. Das Tageslicht war im Schwinden, Straßenlaternen gingen an, Neonschilder. Er schaltete die Scheinwerfer ein. Sein Atem gefror innen an der Windschutzscheibe, immer wieder mußte er sie mit dem Küchenspatel freikratzen, kleine Eiskringel regneten herunter. Er hatte zwei Seiten aus einem Telephonbuch gerissen, auf denen er blinzelnd immer wieder nachsah, wenn er an einer Ampel halten mußte. Im dichten Verkehr kam er nur ruckweise voran. Er sah eine Lücke, manövrierte den Wagen auf einen Taxi-Stand, ließ den Motor laufen, um zu zeigen, daß er gleich wieder da wäre, kam dann aber zurück und stellte ihn ab, steckte den Schlüssel in die Tasche. Wenn ihm den auch noch jemand klaute, steckte er bis zum Hals in der Scheiße, mit einem Luftballon in der einen Hand und einer Dynamitstange in der anderen.

Die Tür war zu, davor ein Stahlgitter und ein Schild AM FENSTER SUMMEN.

»Summ summ«, sagte er laut, aber an dem Sicherheitsfenster drückte er den Summer.

»Ja?« sagte eine Stimme. »Was wünschen Sie bitte?«

»Ich suche zwei Akkordeons zum Mieten. Jemand hat mir meine Akkordeons geklaut, und ich muß heut abend bei einem Wettbewerb auftreten, also bin ich in der Klemme. Ich brauche zwei Akkordeons.«

»Lesen Sie das Schild, Mister, Gold- und Silbermünzen. Mit Akkordeons hab' ich nichts zu tun. Versuchen Sie's zwei Blocks weiter, bei American Investment. Die haben Akkordeons, Trompeten, Gitarren.«

»Okay.« Er saß wieder im Wagen, schlängelte sich in den Verkehr hinaus, das Scheinwerferlicht verfing sich in der verdammten Eisschicht, die sein Atem auf der Windschutzscheibe machte, so daß er kaum etwas sehen konnte. Er fuhr an der Halle vorüber, wo der Wettbewerb sein sollte. Grelle Lichter, vor der Fassade ein großes rotweißes Spruchband mit falscher Orthographie: *Nazdrowie!* 1970 POLNISCHE POLKA KONKURRENZ HEUTE; eine Liste der Musiker, die Stars in großen roten Buchstaben mit einem weißen Stern für den Punkt auf dem i: Walt Solek, Mrozinski Bros., The Connecticut Twins – Scheiße, die waren keinen Furz wert in Chicago –, Tubby Kupski, Big Marky, Happy Gals, und da stand auch sein Name, in ziemlich großer Schrift, Joey & Sonia Newcomer. Alle waren da, bis auf Frankie Yankovic, der dachte wohl, er sei schon zu groß für das hier. Sowieso ein Slowene, kein Pole, ein Knopfkistentyp mit Geschmack am Banjo. Er hatte keine Angst. Die meisten in der Duett-Klasse waren Würstchen, die hatten nicht seinen Sound. Ausgenommen die Bartosik-Brüder, die waren extrem gut und extrem gefährlich. Die hatten ihnen in Gary einen fetten Preis weggeschnappt, mit einem neuen Arrangement von *Blue Eyes Crying in the Rain* im Stil von Elvis Presley und den Beach Boys. Zwei gewiefte Halunken!

American Investment & Pawn war ein großer Laden, und der Gold- und Silbertyp hatte recht, er sah die Akkordeons schon vom Wagen aus, Jesses, eine ganze Wand voll. Dieses Mal hatte er Glück, bekam einen Parkplatz, den ein Lastwagen gerade freimachte. Im Fenster hing ein schiefes Plakat: FREUDE AM LEBEN? ZUR WAHREN FREUDE BRAUCHEN SIE EIN AKKORDEON!

Die Frau hinter dem Ladentisch hatte die Figur eines Footballspielers, das Gesicht wie harter Talg. Er trug ihr sein Klagelied von den geklauten Akkordeons vor. Sie sagte kein Wort, aber ihre Miene sagte alles: Denkst du, ich bin so blöd, dir zu glauben? Aber er konnte in ihr lesen wie in der Zeitung. Sie hatte dieselben Gene, denselben Blick wie seine Großmutter.

»Sehn Sie«, sagte er, wie wenn er zu einer Attrappe spräche, aber einen bedächtigen Ton einhaltend, »meine Frau und ich, wir sind Polen, wir haben 'ne Nummer, 'ne richtig gute Nummer, und damit treten wir bei Wettbewerben auf. Duett-Polkas, sie singt. Wir haben schon drei Tapes rausgebracht. Heute abend ist hier doch dieser große Wettbewerb, drüben in der alten Fabrikhalle, eine Polka-Konkurrenz, und wir haben eine sehr, sehr gute Chance, uns den ersten Preis für das gemischte Duett zu holen, tausend Dollar. Ich will Sie nicht bescheißen. In einer Raststätte, da an der Straße, da sind ein paar Bimbos in den Wagen eingebrochen, als wir grad mit unsern kranken Kindern auf der Toilette waren, und haben unsre Akkordeons gestohlen, wir haben's erst gemerkt, als wir ins Motel kamen.«

Hier ließ er ein bißchen Gefühl anklingen, ließ seine Stimme einen Moment versagen.

Sie sagte etwas zu ihm auf polnisch. Er lächelte, ohne sich seinen ungeduldigen Zorn anmerken zu lassen.

»Ich kann leider nicht Polnisch, hab' nur so ein paar Wörter von meiner Großmutter aufgeschnappt. *Na zdrowie.* Sie verstehn.« Er seufzte. »Ist schon eine Schande, nicht, wie unsere Generation ihre Sprache verloren hat. Ich würd's gern können, aber –« Er hob verzweifelt die Hände.

Die Frau zuckte die Achseln, zeigte mit dem Daumen auf die Akkordeons. Wenn er sich die Akkordeons ansehen wollte, warum das ganze Theater? Der hatte doch was Schräges vor, sie wußte's.

»Lassen Sie mich mal das grüne da sehn! Das da oben.« Natürlich, vom obersten Regal mußte's sein. Sie schob die Schienenleiter heran und stieg rauf, beobachtete ihn unter ihrem Arm hindurch, für den Fall, daß er was Schräges probierte. Seine Augen streiften über die Akkordeons, nicht zur Registrierkasse. Vielleicht war der Mann ehrlich, vielleicht auch nicht. Sie kam mit dem Akkordeon herunter und stellte es auf den Tisch. Staubig.

Er wußte selbst nicht, warum er sie dieses Akkordeon hattte holen lassen; es war ein Knopfgriff-Akkordeon, kein Piano-Akkordeon. Keiner von ihnen konnte das verdammte Ding spielen, nur Sonia ein bißchen. Ihr alter Herr war vernarrt in die Knopfkisten, hatte sie damit anfangen lassen. Er untersuchte es, ein altes Instrument, zu alt und zu klein. Lederbalg noch geschmeidig, trotz Staub. Er nahm es auf und spielte ein paar Akkorde, stellte es wieder hin und blickte die Regale entlang, Melodeons, diatonische Cajuns mit offenen Luftklappen, große, viereckige Chemnitzer, englische Konzertinas und Anglo-Konzertinas, ein kleines einchöriges Bandoneon, elektrische Piano-Akkordeons, jugoslawische *melodijas*, Plastik-Akkordeons, ein chinesisches *mudan*, ein *bayan* aus Rußland, zwei pakistanische Harmoniums und reihenweise Bastaris, Castigliones, Sopranis, Hohner Schwarzer Punkt – mein Gott, sieh dir das an, jeder Einwanderer in Amerika muß irgendwann sein Akkordeon hier versetzt haben –, italienische Namen kringelten sich in Chrom über gesprungenen Lack, Holz und Zelluloid, Colombos, eine Italoton, die Sonda, die Renelli, eines aus Duraluminium, wie eine Harfe geformt, wer das nur spielen sollte, große chromatische mit ihrer fünfreihigen Tastatur, ein Albtraum, das lernen zu müssen, da drüben ein einsames Basetti, wie dieser Jazzer Leon Sash eines spielte, und Bach, Bach spielte der auch, konnte man machen mit einem Akkordeon.

»Lassen Sie mich mal dieses Colombo-Polkamodell sehn, das schwarze da, genau das, was wir spielen, Piano-Akkordeons. Die Knopfkiste hier können Sie wieder zurückstellen – ich hab' wohl gedacht, es wär' ein Piano-Akkordeon da oben im Schatten.« Die Frau brachte ihm das große Colombo-Instrument. Er sah, daß noch vier oder fünf davon auf dem Regal standen. Er probierte sie aus, eines nach dem andern, die meisten irgendwie nicht in Ordnung, klemmende Tasten oder schlechte Zungen, undichter Balg oder steifer Tonansatz. Eines war eine Guerrini-Polkakiste mit slowenischer Stimmung; das konnte er nicht gebrauchen.

Drei blieben übrig, die in Frage kamen. Die konnten sie spielen, und er schob den Gedanken weg, daß es schwer sein würde, damit zu gewinnen. Er ratterte eine Kurzfassung der *Money Money Polka* herunter, um ihren Stil vorzuführen, ein wildes, gellendes Moll, barbarische Spannung mit dem Gefühl, kurz vor dem Ausrasten zu sein, diesen Sound machte ihnen keiner nach, trieb Tänzer zur Raserei. Musterte die Frau, um ihre Reaktion einzuschätzen; sie wirkte unangenehm überrascht. Er grinste sie an, ließ weiter seinen Charme spielen.

»Finde, Sie können spielen, o doch!« sagte sie.

Jetzt ein bißchen auf die Tränendrüse drücken und mit der alten Hexe etwas aushandeln.

Vorbereitung

Die Kinder schliefen, als er reinkam, Florry im Bett, Artie in dem Einkaufskarren, Sonia lehnte am Spiegel und tupfte an ihrem Make-up, unter ihrem Bademantel waren die nackten Beine zu sehen. Die Kostüme hingen an der Tür, ohne eine einzige Kofferfalte.

»Hab' welche«, sagte er und gab ihr einen Klaps auf den Hintern. »Erst sechs Uhr.« Er ließ ein Bier aufschnappen und zog eine Flasche V. O. aus seiner Jackentasche. »Willst'n Schluck?«

»Klar. Sind sie gut?« Sah sich die Instrumente an. Große alte schwarze Dinger, würden nicht zu ihren Kostümen passen. Sie nahm eines der Colombos auf und spielte ein wenig, die ersten Akkorde ihrer alten neu-ethnischen Nummer, die sie jetzt nicht mehr verwendeten, *Dyngus Day Drinkin'*, bei der die Musik zunehmend wilder und alberner wurde und er so tat, als ob er sich einen nach dem andern hinter die Binde kippte, und dann mit imaginären Ruten nach ihren Beinen schlug, daß sie in die Luft sprang, immer noch Akkordeon spielend, mit einem großen Balgtremolo. Der Ton hatte kein Leben, und springen konnte sie kaum, so schwer war das Instrument. Aber die Nummer hatten sie ja sowieso abgesetzt, und dafür spielten sie jetzt ein kompliziertes Medley mit effektvollen Rhythmen und bekannten Melodien. Jeder wußte, wenn man bei den Duetten gewinnen wollte, mußte man sich von allem Ausgefallenen fernhalten, dem Publikum etwas Bekanntes und Gefälliges bieten, aber schnell und trickreich gespielt: *Love Ya, Happy Us, Wonderful Times, My Happy Baby.* Sie mußte an ihre verschwundenen Instrumente denken, die Resonanzböden norwegische Fichte, die Zungen Handarbeit, die Verdecke mit ihren eingeschnittenen Namen.

»Schwer ist es«, sagte sie. »Klingt stumpf.« Sie probierte das andere Instrument. Es war ein bißchen besser, aber eine der Tasten war lose und klapperte beim Niederdrücken. Sie wünschte sich ihr blaues Akkordeon zurück. Eigentlich war es seines; er hatte deswegen mit seinem Bruder prozessiert, als der alte

Hieronim/Harry gestorben war. Der Alte hatte nur ein Akkordeon hinterlassen, und beide Brüder wollten es haben, aber Rajmund konnte kaum spielen, und Joey fand einen billigen Anwalt, der mit dem Argument gewann, daß das Instrument demjenigen gehören sollte, der es spielen konnte. Rajmund hatte es nur zu Geld machen wollen. Für Geld würde der alles tun, aber die Dinge hatten sich gegen ihn verschworen. Was für affenartig lange Arme! Er hatte sich ein Paket Geldscheine gegriffen, drei hohe Stapel, dicht an dicht in einer braunen Papierhülle, von der Frau hinter der Kasse im Kmart, tat es ganz impulsiv, als er sah, wie sie da stand mit all dem Geld, das sie gerade in einen Leinenbeutel stecken wollte. Er rannte nach draußen. Aber auf dem Parkplatz flog das Paket auseinander und stieß eine dicke Wolke roten Farbstoffs aus, der sich überall festsetzte, am Gesicht, am Hals und bis in die Nasenlöcher. Er ließ das Geld fallen und rannte zu seinem alten braunen Lieferwagen, aber die rote Wolke trieb hinter ihm her, der Wagen wurde überall rot, wo er ihn berührte, und der Motor wollte nicht anspringen.

In ihrer Absteige fing Joey nun mit der deftig-komischen Nummer an, *What's That Thing Between Us?*, und ihre Stimmen paßten gut zusammen, ihre voll und rauh, sein flötender Tenor erstaunlich rein und hoch aus der breiten Brust, wobei sie die Melodie und er die Harmonie trug. Es war okay, und sie beruhigte sich. Vielleicht würden sie's schaffen. Die Stimmen zählten viel. Sie fing an, die Läufe zu üben, ärgerte sich über die lose Taste, nippte an seinem Whiskey. Er spielte besser, wenn er ein bißchen angetrunken war, sie auch. Und der Schnaps machte es ihr leichter, das Einreibmittel herunterzubekommen.

»Du hast sie gemietet?« fragte sie.

»Ich hab' was ausgemacht. Keine Sorge, das ist schon okay. Ist dir schon eingefallen, wie diese Raststätte hieß? Und das Nest, wo das war? Ich krieg' diese Akkordeons zurück, egal wie!«

»Ich hab' auf der Karte nachgesehn. Muß Morley gewesen sein, denn ich weiß noch, das kam nach der langen Strecke, wo gar nichts war, und dann sind wir in diesen Ort gekommen. Aber den Namen der Raststätte hab' ich nicht gesehn.«

Er sah sie angewidert an. »Verdammt noch mal, zu was bist du denn gut? Ich sag' dir eins, wir fahren morgen früh hier ab und bleiben so lang in diesem Scheiß-Morley, bis ich den Typ hab', der sie geklaut hat, und dann nehm' ich mir den schwarzen Halunken vor, bis er wie Erdbeermarmelade aussieht.«

Er nahm einen großen Schluck Whiskey und knallte das Glas hin.

»Okay, bring's hinter dich. Nimm das Zeug.«

Sie holte die Flasche mit Dr. Jopes Red Rock, ein Einreibmittel, mit den Silhouetten galoppierender Pferde auf dem Etikett. Joey maß eine Verschlußkappe voll ab, schüttete sie in ihr Glas und füllte es mit Bier auf.

»Langsam trinken, damit es einwirken kann!«

»Keine Angst!« Der bittere, ätzende Geschmack kam mit dem zweiten Schluck, und ihre Stimmbänder spannten sich. Als sie das Glas geleert hatte, waren Mund und Kehle trocken.

»Genug? Oder brauchst du noch mehr?« Mit dem Fläschchen war er unerbittlich.

»Ich bin fertig, fertig, ist ja schon gut!« Ihre Stimme klang rauh und hoch, wie er sie liebte, sie klang nach Ekstase und nacktem Schmerz.

Polenehre

Zum Polonia Ballroom nehmen sie ein Taxi, damit die Akkordeons in der beißenden Kälte nicht auskühlten. Die Straße war verstopft, Hupen lärmten, ein berittener Polizist winkte die Wagen vorwärts.

»Menge Leute!« sagte Joey, als sie an der Pforte vorüber und um die Ecke zum Hintereingang fuhren. Er spürte, wie er in Stimmung kam. Eine Menge Leute, das war, was sie brauchten. Jetzt war er besorgt um Sonias Wohlbefinden.

»Alles in Ordnung?« Sie gab keine Antwort. Der große Saal

war schon voller Leute, die vor den Verkaufsständen herumschlurften, wo albern bemalte Eier auslagen, bestickte Westen mit dreieckigen Aufschlägen, geschnitzte Holzbecher, Wurstringe, Kuchen, raffinierte Scherenschnitte vom Lebensbaum, Hühner und Truthähne, Fahnen, Abonnements auf den *Amer-Pol Reporter*, an einem Kiosk wurden Spenden für die Familie des Pfarrers Józef Jurczyk in Westpolen gesammelt – der Mann war, während er die Messe las, von einem Wahnsinnigen mit der Axt erschlagen worden –, ein Reisebüro warb für transatlantische Ferienreisen auf der *M. S. Batory*, dem Stolz der Gdynia-Amerika-Linie, und vor einem Stand hing ein rotes Spruchband mit der Aufschrift HELFT DIE POLENEHRE VERTEIDIGEN!

»Geh mal vor«, sagte er zu Sonia. »Ich will sehn, was das ist.« Es war ein polnisch-amerikanischer Verein, der Geld und Unterschriften für einen Prozeß gegen den Verband der amerikanischen Filmindustrie sammelte, weil er Filme produzieren ließ, in denen das polnische Volk verunglimpft und herabgewürdigt wurde, namentlich *Taras Bulba* mit Tony Curtis und Yul Brynner, ebenso wie *Die Saat geht auf* und eine ganze Reihe anderer Filme, von denen er nie gehört hatte; außerdem und unabhängig davon sollten die Hollywood-Produzenten in einer Petition zur Herstellung von Filmen aufgefordert werden, in denen Polen mit Sympathie und in günstigem Licht dargestellt wurden, zum Beispiel eine Verfilmung der militärischen Laufbahn Pułaskis oder Kościuszkos.

Beim Polenehre-Stand sah er eine Menge Hippies. Er war fast angewidert; polnische Hippies, manche in wüstem Aufzug mit Stehkragenhemden aus der alten Heimat und kurzen Hosen, die meisten aber in bestickten Westen mit dickem Schulterbesatz, in dem sich ihre langen Haare verfingen. Auch eine Anzahl Vietnam-Veteranen waren da, muskulöse Typen in T-Shirts und mit Bürstenhaarschnitt, von denen jeder so aussah, als ob er einen Mann mit der Axt totschlagen könnte; sie boxten sich gegen die Oberarme und linsten zu den Imbißständen an der Rückwand hinüber, die erst nach dem Wettbewerb, wenn der Tanzabend begann, geöffnet werden sollten.

- 413 -

Das Stimmengebrabbel übertönte die Geräusche der hölzernen Klappstühle in den hinteren Reihen, wo die Menge hereindrängte und nach Sitzplätzen suchte.

Die Garderobe war ein Gemeinschaftsraum mit Trennwänden zwischen den Waschbecken und den Plätzen vor den Spiegeln. Sonia hatte die gemieteten Akkordeons aus den Koffern genommen und unter dem Toilettentisch an die Heizung gestellt. Sie malte sich geschwungene Augenbrauen auf das orangegelbe Gesicht, während der Lippenstift, rot wie ein Hundepimmel, fand sie, aus seiner goldenen Hülse vorstehend, vor ihr auf dem Tisch wartete. Sein Kostüm hing am Haken. Sie sah ihn an, zwinkerte, deutete mit dem Kopf auf das Abteil links von ihr. Er riß die Augen weit auf, und sie bedeutete ihm, noch mal nickend, daß er hingehen sollte und nachsehen. Er schlenderte zum WC am Ende des Raumes und sah mit einem Seitenblick, wer neben ihnen war – die Bartosik-Brüder. Nur Henry war da. Auf dem Weg zurück blieb er stehen und sagte: »He, Henry, wie geht's 'n? Wo's 'n Cass? Alles klar bei euch?« Nur ein Akkordeon war zu sehen, nur ein Schminkköfferchen.

»Im Stau steckengeblieben, ein Schlamassel da draußen!« Schoß aus seinen eisblauen Augen einen gehässigen Blick auf Joey ab, drehte sich weg und fummelte an einem Riemen herum.

In der eigenen Kabine grinste er Sonia zu und begann sich das rötliche Make-up ins Gesicht zu schmieren, das sie so gesund und munter aussehen ließ. Wenn Cass jetzt irgendwo am Saufen war und nicht rechtzeitig herkam, oder wenn er zwar rechtzeitig kam, aber besoffen, hatten sie den Sieg in der Tasche, trotz der gemieteten Instrumente und allem.

Draußen hatte der Wettbewerb angefangen mit den Kiddy Polka King and Queen als ersten Konkurrenten, und sie hörten das allzu schnelle Geschrammel der *Skater's Polka*, das Anschwellen von Beifall und Pfiffen. Es schleppte sich eine Weile hin, bis die Best Accordion Comix anfingen. Inzwischen hatten sie einen Grund zur Besorgnis. Sie kamen als vorletzte dran, aber die begehrteste Position als letzte bei den Duetten

- 414 -

hatten die Bartosiks. Na, dagegen war nichts zu machen. Er
trat in die Kulissen, um den Comix ein paar Minuten zuzusehen. Das Publikum tobte, es lachte über alles, sogar über den
Witz mit der Frau, die auf Skiern einen Berghang runterfährt
und dabei Akkordeon spielt.

Die Polish Polka Bums, Staś und Stanky, hatten eine derbe,
aber komische Nummer. Staś trug ein Hula-Röckchen, das
aus Gummi-Hühnchen bestand, und einen riesigen pinkfarbe-
nen Büstenhalter mit Weihnachtskerzenlicht-Brustwarzen,
die kirschrot aufleuchteten, wenn er auf den in seiner Hand
festgeklebten Knopf drückte. Seine behaarten Beine steckten
in Stahlwerkerstiefeln mit großen runden Kappen. Die Wahn-
sinnsbrüste mit ihren roten Lichtern wurden immer wieder
zwischen den Falten des Akkordeonbalgs eingequetscht, und
Staś brüllte AU! AU! vor Schmerz und sang dazu *They're Al-
ways in the Way.* Stanky, in einem enganliegenden schwarzen
Anzug, spielte so weit nach hinten gebeugt, daß er die Arme
durch die Beine schieben konnte, während die Leisten sich zu
einem Bogen spannten und das Akkordeon zwischen seinen
schwarzseidenen Knöcheln sich dehnte und blaffte. Dann rief
er ins Publikum: »Kennt ihr den schon? Warum braucht man
vier Polacken, um Popcorn zu rösten? Einen, der die Pfanne
hält, und drei, die den Ofen schütteln. He, woran erkennt ihr
ein polnisches Flugzeug? Es hat Haare unter den Flügeln!
He . . .«

Dann kam Górka, groß und dünn, in einem Wust von Frau-
enkleidern, mit roter Perücke und Pappnase, eine Chrom-
pfeife an einer Schnur um den Hals – und als er auf der Pfeife
blies, spritzte ihm Wasser ins Ohr, das dann aus seinem Ellbogen und seinem Schuh wieder rauskam, steckte sich eine
mächtige Zigarrenattrappe an, die in einer grünen Staubwolke
explodierte. Er hatte ein auf eine Stumpf-Geige montiertes
Trick-Akkordeon, spielte *Yes Sir, That's My Baby* zur Begleitung von Taxihupen, Glockenläuten und Bratpfannenschep-
pern. Und Skippo kam auf die Bühne getanzt, mit schweren
Onyx-Manschettenknöpfen, die ihm die Hemdsärmel aus der
Jacke zogen, goldene und grüne Rhomben eingewoben auf

orangefarbenem Seidengrund, abgesetzt gegen einen braunen Samtkragen und eine wie ein kleines Akkordeon gefaltete Fliege unter dem dunklen Kinn.

Auf die Komiker folgten zwei Übergangsauftritte, zuerst die Mutter von Arkady Krim mit ihrem Sohn, dem blinden Jungen aus Durango, Colorado, der mit zehn Jahren beim Spielen mit einer Dynamitkapsel das Augenlicht und drei Finger an der rechten Hand verloren hatte. Arkady trug einen blauen Anzug mit Pailletten an den Aufschlägen. Er hielt das Akkordeon verkehrt herum und spielte eine religiöse Nummer, nachdem er angesagt hatte, daß die Musik eine Gottesgabe sei und daß er regelmäßig lukrative Angebote, in Gasthäusern zu spielen, ablehne, um sein Talent ganz in den Dienst einer höheren Macht zu stellen. Nach zwei Zugaben wurde er abgelöst von einer Mittvierzigerin in schulterfreiem Kleid, die mit der Ballade von den Green Berets anfing, eine *Winchester Cathedral* und einen *Tennessee Waltz* ablieferte und mit der guten alten polnischen Weise von Zorbas dem Griechen zum Schluß kam.

Wieder in der Garderobe

Schon bevor sie heirateten, hatte Joey die polnischen Festivals und Wettbewerbe abgeklappert; man konnte davon leben, mußte eben von einem Staat zum andern fahren, überallhin, wo etwas los war, ethnische Festivals, Tanzabende, Gemeindefeste, Polkatage in einem guten Dutzend Staaten, zu denen Busladungen von Touristen kamen, das California Golden Accordion, die East Texas Czech Fiesta, die Hub City Polka Days, Polkamotion Nites, Houston Livestock und St. Patrick's Polka Gala, bis rauf nach Fairbanks zur Polkalaska, zum Polkabration Weekend im Holiday Inn am Flughafen O'Hare, wo die Jets über einen wegdröhnten. Sonia hatte es ein Jahr Arbeit gekostet, bis sie mit ihm aufzutreten wagte, bis sie über die Angst vor der schwitzenden Menge hinwegkam, vor den schlangengleichen Kabeln, die kreuz und quer über die dreckige Bühne liefen, vor den kreischenden Reaktionen des Publikums und dem Gefühl, jeden Augenblick vor all den Leuten in Ohnmacht fallen zu können. Und von dem Einreibmittel fühlte ihre Kehle sich an, als hätte jemand ihre Stimmbänder mit einem abgebrochenen Ast bearbeitet. Sprechen konnte sie kaum mehr, all ihre Kraft stieg nun in den Gesang. Dann konnte es gut werden, besonders wenn sie einen Wettbewerb gewannen, aufregend, wenn Joeys Name – und auch ihrer! – ausgerufen wurde und die Leute johlten und pfiffen.

Dies war die Zeit der aufwendig verzierten Akkordeons, der schönen Instrumente von Karpek in allen Farben, mit Kunstperlen und Glasdiamanten, Aufschriften in blitzenden Buchstaben, die Verdecke in Silberblech und sogar in echtem Gold, die Farben der schwarzen und weißen Tasten vertauscht.

Die Veranstalter waren immer dieselben, ein behäbiges Ehepaar, dessen Leben ganz in Polka und Polentum aufging. Sie wußten, wie alles in die Wege zu leiten war, mieteten die Säle ein Jahr im voraus, bereiteten die Werbung vor, schrieben die Anzeigen und Ankündigungen, die in der *Accordion World*, den *Texas Polka News* und den *Polish-American Polka Aficionados* erschienen.

Als die Festivals in den 60er Jahren aufkamen – unter dem Motto *Polish is beautiful* gegen die Schwarzen gerichtet –, gefiel die Musik den Veranstaltern um so besser, je polnischer sie war. Die Musiker sollten polnisch, wenn nicht gar in einem Regionaldialekt singen, am liebsten ungewöhnliche Stücke und schwierige Tänze, die eine lange Einübung erforderten, Musik aus einem weltabgeschiedenen Klein-Polen. Damals kamen nur Landsleute. Aber die Festivals boomten und wucherten und wurden zu einem bierseligen Wochenendvergnügen für alle und jeden. Die Veranstalter wußten, was die Leute wollten, nämlich keine kulturellen Esoterika. Mrs. Grab rief Joey an und erklärte es ihm.

»Wir wollen nichts Finsteres oder Extremes, verstehn Sie? Wir haben jetzt unsere Bestimmungen, der Verband hat Regeln gemacht.« Sie buchte die Newcomers für das Polkafest der Schweinefarmer von Missouri im August. »Wir kriegen wieder den Saal im Bürgerhaus.« Joey stöhnte. Die Akustik dort war grauenhaft, die Verstärkeranlage ein ausgeleiertes Wrack, die jede Musik in ein metallisches Getöse verwandelte.

»Was ist denn, konntet ihr nicht gleich 'nen schönen großen Kanalisationsschacht mieten? Effekt wär' derselbe.«

»Bitte, Joey! Verkaufsbuden an der Ostseite, Imbißstände auf der Westseite, außerdem die Tische für die Platten und Tonbänder, und hinten stellen wir den Tisch auf, wo die Leute sich für die Preislotterie eintragen können. Dieses Jahr gibt es einen aztekenblauen Metallic-Ford. Und an der Hintertür auch noch der Eintrittskartenverkauf. Die Musiker nun, die am Wettbewerb teilnehmen – das heißt, ihr –, kriegen sechs Minuten jeder, und beim Tanzen wechseln die Bands alle fünfzehn Minuten. Möglichst viel Abwechslung. Ausschließlich Reihentänze, da können die Tänzer die Musiker sehen, das zündet, das setzt die Leute unter Strom, das befriedigt mehr, macht mehr Spaß, als ein paar altmodischen Fanatikern mit Kränzen und allem zwei Stunden lang bei einem Hochzeitstanz zuzugucken. Reihentänzer geben ein nettes Bild. Und nur ein Lied auf Polnisch. Die meisten Leute verstehn's nicht, aber ein Lied gibt einen netten ethnischen Touch. Darum geht's uns doch, Joey, um den ethnischen Touch! Ich will Ihnen was sagen, ethnische Musik, das ist heute nicht mehr so was für die Opas und Omas. Heutzutage ist *alles* ethnisch, da darf man wohl auch Geld draus machen. Die Leute kommen wegen der Musik und um sich zu amüsieren. Und wegen Bier und Kielbasa. Diesen trübsinnigen Volksmusik-Sound wollen sie nicht mehr und auch nicht diese komplizierten Paartänze mit Kreisen und Gassen, Rumschwenken und Sich-auf-den-Arsch-Klatschen. Nicht mehr so was wie das *Kosacy na Stepie*, Kosaken in der Steppe. Niemand kennt sich da noch aus, wenn er nicht grad einen Doktor über polnische Volkstänze gemacht hat. Macht keinen Spaß. Sie wissen ja, ich bin keine Polin, ich bin Tschechin. Was ist heutzutage denn tschechisch? Grad noch *kolác* und Polka. Also, wenn Sie rauskommen, spielen Sie laut und machen Sie uns das Haus voll mit guter, schneller, fröhlicher Polka! Schnell und fröhlich. Zeigen Sie den Leuten, was ethnisch sein heißt. Dreihundert kriegen Sie sowieso, und wenn Sie gewinnen – Publikumsreaktion nach dem Beifallsmesser entscheidet –, dann wieviel, fünfzehnhundert und eine Krone als Polkakönig der Schweinefarmer von Missouri.«

Dieser Gig damals war mies gelaufen. Sie erwartete Florry, hatte circa zehn Pfund Gewicht verloren und fühlte sich die ganze Zeit erbärmlich. (Sowohl Florry wie Artie waren am 15. September geboren, allerdings zwei Jahre auseinander.) Joey hatte sich eine reißerische Neufassung von Zły Chłopiec zurechtgelegt, *Bad Bad Boy* nannten sie's. Sie kam nicht allzu gut rüber, aber immer noch besser als Jerzy Walds Nummern, bei denen sich nur drei Paare auf die Tanzfläche bemühten, und der spärliche Beifall hatte kaum aufgehört, als einer aufsprang, ein großer Kerl mit langem, dünnem Haar, das ihm an der verschwitzten Stirn klebte, und sie zu beschimpfen anfing.

»Das ist keine polnische Polka, überhaupt keine polnische Musik! Ich bin Pole und komme aus Polen, und in Polen würde man euch auslachen, so wie ich euch jetzt auslache – *Haha!* –, wenn ihr sagt, der Müll, den ihr da spielt, ist polnisch. Und das sind auch keine polnischen Gerichte« – er zeigte zum Rasen hin, wo eine ethnische Imbißbude neben der andern stand, lauter Drei-mal-fünf-Meter-Zelte mit Dampf- und Kühlvitrine, ein paar Klapptischchen im hinteren Teil und einem mit weiblichen Hilfskräften bemannten Ladentisch –, »das ist nichts Polnisches, dieser Mist, den ihr Kielbasa und Kischka nennt. Einem, der am Verhungern ist, würd' ich das nicht zumuten. Und dieser amerikanische Matsch, Kartoffelsalat mit kleinen gespickten Oliven, Ananasstücken und gezuckerter Mayonnaise. *Ha!* Und die Sprache? Ich lach' euch ins Gesicht! *Haha!* Ihr verrenkt entstellte Wörter zu albernen Phrasen, mit einer Grammatik, daß sich einem echten Polen der Magen umdreht – denkt ihr, das ist die Sprache eurer Väter? Nein, das ist Saupolnisch!« Und so weiter. Später sah sie ihn allein unter einem Baum sitzen und den amerikanischen Kartoffelsalat essen, in jeder Hand einen Löffel.

Gewinner

Alles klappte, sobald sie auf der Bühne standen. Die gemieteten Colombos erfüllten ihren Zweck, das Timing stimmte tadellos, und Sonias Stimme war wie ein blutiger Dolch – dies war es, was Pole sein bedeutete: verdrängtes Elend, ertragenes Unrecht, Stärke im Mißgeschick, Leidensfähigkeit – wie diese harte, scharfe Stimme einen Ton aushalten konnte, bis es den Zuhörern den Atem verschlug. Dann eine prächtige Polka, bei der die Hippies im Publikum im Rhythmus zu klatschen anfingen, bis die anderen Zuhörer mitmachten – ein gutes Zeichen, die Leute waren auf ihrer Seite. Sie bekamen den stärksten Beifall von allen bisher, und der Ansager Jan Reha deutete auf den Applausmesser und schüttelte den Kopf in gespielter Verwunderung.

Sie rannten zurück in die Garderobe, schwitzend und im Rausch des Hochgefühls, daß es vorüber und gutgegangen war.

Henry Bartosik, bereit zum Auftritt, stand vor Wut bebend vor seiner Kabine und blickte durch die Bühnenhintertür auf Cass Bartosik, der soeben hereinkam, sich den Mantel vom Leib riß und an den Krampen seines Akkordeonkoffers herumfummelte.

»Scheiße noch mal, wo hast du *gesteckt*? Wir sind jetzt dran! Ich werd' noch verrückt!«

»Du kommst einfach nicht durch, dieser Verkehr, ich hab' acht Blocks weit laufen müssen bis hierher – Jesses, bin ich durchgefroren, meine Finger sind taub, muß sie'n Moment aufwärmen.« Er ließ warmes Wasser ins Waschbecken laufen. »Halt mal das Akkordeon über die Heizung, es ist eiskalt – schnell, schnell, mach schon!«

»Jetzt soll *ich* mich beeilen? Verdammt noch mal, ich riech' den Whiskey doch bis hierher!«

»Scheiß drauf, ich hab' irgendwas gegessen. Mir geht's nicht so gut, klar? Ich hab' einen getrunken, nur einen, um den Magen zu beruhigen. Jetzt laß mich in Ruhe!« Einer von ihnen zog den Balg auf, um warme Luft hineinzubringen, und drückte auf die kalten Tasten. »Oje!« Cass ließ eine Folge von leisen Rülpsern heraus. Von der Bühne, wo der Applaus für Joey und Sonia nun verebbte, hörte man den Ansager rufen: »Waren sie nicht enorm? Ein tolles Duo, das Mann-und-Frau-Team Joey und Sonia Newcomer. Und jetzt, worauf alle unsre jungen Leute hier gewartet haben, ein Duo, frisch mit Ruhm bekleckert von seinem Triumph beim polnischen Straßenfestival von Milwaukee, die hervorragenden Interpreten polnischer Melodien in volkstümlichem Stil, die Bartosik-Brüder, Henry und Cass BARTOSIK!« Die beiden Brüder stiefelten los zur Bühnentreppe, Henry fluchend, und Cass, zwischen Rülpsern und Schluckaufs, murmelte: »Du kannst einem toten Hund kein Blut mehr abzapfen.«

»Heute abend wollen die Bartosik-Brüder – übrigens, Leute, Cass Bartosik ist der schnellste Maschinenschreiber in den ganzen Vereinigten Staaten – die Dinge hier mal ein bißchen auf den Kopf stellen: populäre Melodien im *Polka*-Stil, und dazu spielen sie uns ein Gedenk-Medley mit Melodien von Jimi Hendrix und Janis Joplin – aber sie werden ihre Akkordeons nicht zertrümmern und in Brand stecken! Also alles bereit zum Rock! Die Bartosik-Brüder!«

Sie hörten den Applaus, die erwartungsvolle Stille, dann die beiden Instrumente, wie sie mit der *Me and Bobby McGee Polka* loslegten.

Joey lachte. »Hör mal, das Instrument ist zu kalt, der Balg kommt zu langsam, sie haben Schwierigkeiten.« Er goß ihr einen halben Daumenbreit Whiskey in ihren Pappbecher, und sie kippte ihn herunter, um die schnelle Erwärmung und die Lockerung zu spüren, die Erleichterung. Plötzlich hörten sie von der Bühne, wie das langsamere Akkordeon aussetzte, eine Pause, dann ein gewaltiges, brüllendes Gelächter aus dem Publikum, das kein Ende nehmen wollte, obwohl man durch den Lärm hindurch nun das Klatschen von Schlägen und gedämpfte Schreie näher kommen hörte. Die andern Teilnehmer an dem Wettbewerb, die in der Garderobe auf den Fortgang warteten, drängten an die Tür und sahen Cass und Henry, wie sie oben auf der Bühnentreppe miteinander kämpften. Im Saal stemmte sich Jan Reha mit seiner Stimme gegen das Gelächter, versuchte die Wogen zu glätten, Witze zu reißen, die dem Gekreisch und Gewieher standhielten.

»Verflucht, was ist denn passiert?« sagte Joey, denn es war zu sehen, daß Henry wütend auf Cass eindrosch, während Cass sich nur duckte, um den Schlägen auszuweichen. Plötzlich bog sich Cass nach vorn und kotzte auf die Treppe.

Joey jubilierte. »Jesses, er muß auf die Bühne gekotzt haben. Hat er. O lieber Herr Jesus, o heilige Mutter Maria, o ihr Heiligen und Märtyrer, stell dir vor, wir hätten anschließend auftreten müssen! Was ist denn heute nur los, daß ringsum alle kotzen müssen?« Aber schon ließ jemand den Vorhang herunter, und zwei Frauen mit Lappen und Eimern stürmten auf die Bühne. Henry polterte in die Garderobe herein und ließ Cass, der immer noch würgte, auf dem Korridor stehen, bis ein Saalwärter kam und ihn zur Herrentoilette führte. Henry war außer sich vor Wut, erfüllt von dem großen, überschäumenden polnischen Wahnsinn, gleich würde er etwas Entsetzliches, nicht Wiedergutzumachendes tun, dachte Sonia, als sie seine glühenden Wangen und weißen Augen sah, aber er schmiß nur sein Akkordeon in den Koffer, zog den Mantel an und ging in die Nacht hinaus. Der schneeflockige Wind kam in den Korridor hereingefegt. Auf der Bühne rief Jan Rehas Stimme nun ihre Namen aus, die Gewinner, *Gewinner,* das unzertrennliche Duo Joey und Sonia Newcomer! Und die Mittvierzigerin, die in den Pausen spielte, pumpte *Climb Every Mountain* heraus, als sie vortraten, um sich den Scheck zu holen und Jan Reha die schuppige Hand zu schütteln.

Die Gegenwart

»Okay, Süße, was würdest du jetzt gern machen, irgendwo essen gehen oder was holen, 'ne Flasche und ein paar Brathähnchen, und zurück ins Motel? Hör mal, Süße, ich weiß ja, der Laden ist ein Saustall, aber nimm mal an, wir hätten nicht gewonnen − was anderes hätten wir uns nicht leisten können.

Schau nur mal diesen allerliebsten Scheck an, fünfzehnhundert Eier, was für ein schönes, schönes Geld haben wir da wieder! Du süßes Püppchen, du möchtest gern in ein anderes Motel umziehn, ein bißchen ritziger? Wir machen alles, was du willst, mußt es nur sagen.«

Sie fragte sich, was er wohl tun würde, wenn sie ja sagte. »Ich weiß nicht. Ich möchte nicht mehr ausgehn, ist so kalt, dachte, wir bleiben für den Rest des Abends hier, essen hier irgendwas gutes Polnisches, riecht doch wunderbar. Es gibt Kartoffelplinsen mit Roastbeef. Und getanzt wird auch.« Bei den Festivals im Freien, wo es nicht so eng war, tanzte Joey gern.

»Ja, okay. Jesses, hast du gesehn, was Henry für 'n Gesicht gemacht hat? Die sind erledigt, die sind fix und fertig. Der kann nur noch in der U-Bahn Chordovox spielen. Die Geschichte geht bestimmt rum wie ein Lauffeuer. Stell dir mal vor, er ruft Jerry an und sagt, sie wollen in Doylestown teilnehmen! Und Jerry, so auf seine sarkastische Art, der sagt, nein danke, wir finden, Aufdiebühnekotzen ist keine gute Nummer. Ich will dir was sagen, Süße, ich muß noch vor elf diese Akkordeons dahin zurückbringen, wo ich sie her habe. Also geh' ich am besten ins Motel, seh' nach den Kindern, nehm' den Wagen, bring' die Akkordeons zurück, und dann komme ich wieder und wir amüsieren uns hier noch ein bißchen. Morgen früh gehn wir zur Messe, eine Polka-Messe gleich über die Straße, essen noch ein polnisches Frühstück und machen uns auf die Heimfahrt. Wir halten in dem Nest da, Morley, reden mit den Cops über unsre Instrumente. Morgen nachmittag haben wir dann noch ein paar Stunden Zeit, uns vors Scheckbuch zu setzen und ein paar Rechnungen zu bezahlen. Machen wir's so?« Sie nickte. »Okay, dann geh' ich mal los. So in einer Stunde bin ich wieder da.«

Um Mitternacht wartete sie immer noch, sie saß auf einem Klappstuhl und redete mit Leuten über die Musik und über die Bartosik-Brüder, immer mit dem Blick zur Tür, bis sie zu müde war und zum Motel zurücklief, durch den Schnee, der nun schon zwanzig Zentimeter tief lag und immer noch fiel.

Autos und Lastwagen rutschten und schlichen über die glitschigen Straßen, und sie zitterte vor Kälte, als endlich das Schild HOTEL POLONIA MOTEL in Sicht kam. Keine hundert Schritt vor dem Motel sah sie im Laternenlicht etwas Kleines aus dem Schnee ragen. Sie hob es auf, ein Spiel Karten mit einem Gummiband drumherum und einem zusammengefalteten Papier. Sie zog das Papier heraus, es waren zwei Zehndollarscheine. Die Karten zeigten Huren in bizarren Stellungen.

Es war schon nach zwei, als er hereingetapst kam, mit einer Fahne, die sie schon roch, als er noch an der Tür war. Eben hatte sie Artie wieder zur Ruhe gebracht, und der Hals tat ihr weh von dem Einreibmittel, vom Singen und von der Vinaigrette an dem Rote-Beete-Salat. Sie war hundemüde. Er stolperte herum, fluchte, fand das Bett und setzte sich schwer auf die Kante. Sie schob Florry dichter zur Wand.

»Schätzchen«, sagte er. »Ich bin spät dran. War im Ballsaal, aber niemand mehr da. Alle weg.«

Er kämpfte mit seinen Schnürsenkeln, die schneenassen Knoten gingen schwer auf. »Ich war noch in der Bar, wo sie alle herumhingen. Was für eine Szene! Cass war da, besoffen, fing eine Schlägerei an. Mit so einem alten Knaben, der Bandonenon gespielt hat, schon mal gehört? Tangos. Ein Paar ist aufgestanden und hat getanzt. Jesses, wie zwei Känguruhs mit Leim an den Füßen! Sie machen so einen kleinen Schlurfschritt, wie wenn ein Hund scharrt. Hier. Hab' dir was mitgebracht.« Sie spürte etwas Hartes, Eckiges, dann fanden ihre Finger die Knöpfe. Sie setzte sich auf und knipste das Licht an, gedämpft durch ein um den Schirm geschlungenes Handtuch. Er sah wüst aus, Haare naß vom schmelzenden Schnee, Gesicht gerötet, Augen blutunterlaufen, Hemd halb aufgeknöpft. Er hielt ihr ein kleines grünes Akkordeon hin.

»Hier! Du weißt ja, wie man darauf spielt. Hübsches kleines Akkordeon für mein hübsches kleines Frauchen. Oder gib's Florry, wenn du willst.« Sein Gesicht verzog sich, und er stöhnte. »Oh, Schätzchen!« Sie streckte die Arme aus und packte ihn; vielleicht liebte sie ihn ja doch. Das Akkordeon, zwischen ihnen eingeklemmt, ächzte.

»Dein weißgepudertes Gesicht . . .«

Als er die Akkordeons abgeliefert hatte, war er nicht in der
Stimmung, in das lausige Motel zurückzugehn und die Kinder
plärren, husten und kotzen zu hören. Er war durchgefroren, er
war aufgeregt, und der Scheck in seiner Brusttasche fühlte sich
warm an. Er tankte an einer Nachttankstelle den Wagen voll,
schüttete eine Büchse Frostschutzmittel rein, damit die Lei-
tungen nicht vereisen. Er dachte plötzlich an die kaputte
Heizung, fragte sich, ob es nicht an der Verteilersicherung lag;
warum hatte er daran nicht eher gedacht? Es lag an der Sicherung. Da hätte er gleich zuerst nachsehen sollen.

Er zuckelte die eisige Straße entlang, das Geschenk für
Sonia auf dem Sitz neben sich, die Füße von der schönen
Warmluft angeblasen, als er das rote Neonlicht sah, *Hi-Low
Club*, und das rote Spruchband, das über der Tür flatterte, NA
ZDROWIE POLKA FANS. Er fuhr auf den Parkplatz, gerammelt
voll – Jesses, war das kalt! –, und fand seinen Weg in die
geräuschvolle Bar, aus der ihm ein Schwall heißer Akkordeonmusik entgegenschlug –, Cass Bartosik am Mikrophon, betrunken und brillant –, holte sich einen Whiskey und ein Bier
und drängte sich durch zu der langen, schmalen Theke an der
Rückwand, der einzigen Stelle, wo er noch einen leeren Barhocker sah. Die Hälfte der Gäste im Lokal hatte Akkordeons
dabei; von überall her hörte man Musik oder zumindest
Klangfetzen, *Autumn Leaves* vermischt mit *What's New, Pussy-
cat?* und Polkas.

Neben ihm saß ein Typ·in grauem Pullover, ein älterer
Mann mit großer Nase und schwarzem Hut, der zuhörte, wie
Bartosik seine Rock-Version von *Okie from Muskogee* spielte.

»Ich verachte diese Musik«, sagte Grauer Pullover.

»Ich auch. Bartosik ist ein Arschloch. Er sollte sich lieber
wieder an seine Schreibmaschine setzen.«

»Sie kennen den Mann?« Der Pullovertyp hatte einen Akzent, den er nicht gut einordnen konnte, irgendwie latino. Ein
Geruch nachThunfischbüchsendeckeln und Katzenatem ging
von ihm aus.

– 425 –

»Ja. Ich komme grad vom Polka-Wettbewerb – der Typ hat auf die Bühne gekotzt. Sie haben gelacht, bis er verschwunden ist.«

»Also sind Sie Akkordeonspieler?«

»Ja. Sie auch?«

»Nein.« Er zeigte auf den quadratischen Koffer unter seinen Füßen. »Bandoneon. Von allen Instrumenten mit freischwingenden Zungen das edelste. Volltönend, tragisch, zornig und immer – *immer* – sinnlich. Solche Popmusik und Polkas spiele ich nicht – nur Tango, Musik mit tragischem Charakter, verbunden mit Liebesfolter und Herzensmord, mit dem Leiden.«

»So?« sagte Joey. »Wo kommen Sie'n her?«

»Buenos Aires. Argentinien. Aber vor einigen Jahren bin ich da fortgegangen, weil ich glaubte, hier manche Möglichkeiten zu haben. Das Leben in Buenos Aires hat gewisse unangenehme Seiten.«

»So?« sagte Joey. »Trinken Sie einen mit?«

»Danke, Sir. Sie sind ein Mann von Feingefühl. Ich habe hier in vielen Kapellen gespielt, fast nie Tango, nur ein- oder zweimal. Die Amerikaner verstehen den Tango nicht. Sie kennen das Bandoneon nicht. Ich sage Ihnen, ich verachte Amerika – das Essen, die Frauen, die Musik. Mein Fehler ist, daß man mir das vom Gesicht ablesen kann. Ich mache gewisse Sachen. Ich gebe es zu, ich bin arrogant, weil ich ein höherer Mensch bin und aus einer höheren Kultur stamme. Aber hier, da gebe ich mir zuerst Mühe, dann überkommen mich Wut und Verachtung – das liegt in meiner Natur –, und dann, weil es mich nach allem hungert, werde ich kriminell.

Ich klaue ein Steak im Supermarkt, betrinke mich in aller Öffentlichkeit, pisse auf den Gehsteig, quatsche jedem, der mir zuhört, die Ohren voll, mache im Kino obszöne Zwischenrufe und störe den Hausfrieden in Restaurants. Und rachsüchtig bin ich. Jemand braucht nur etwas zu mir zu sagen, was mir nicht paßt, schon sinne ich auf sein Verderben.« Sein zementgraues Gesicht war starr vor Abscheu.

»Hört sich an, als ob Sie ein schwieriger Kunde sind«, sagte Joey.

– 426 –

»Ich kann Ihnen was erzählen«, sagte der Mann, schüttelte eine schon angerauchte Zigarette aus einer verdrückten Packung und zündete sie an. »Neulich hat mich jemand beleidigt, ein Barmann. Ich habe draußen gewartet, bis er heimging. Ich bin ihm bis zu seiner Haustür gefolgt. Am nächsten Tag, als er in der Bar war, bin ich in seine Wohnung gegangen, um Rache zu nehmen.«

»Was haben Sie gemacht?«

»Ich habe ihn vernichtet. Ich habe alle Etiketten von den Büchsen auf dem Regal in seiner Küche entfernt.« Er lachte. »Jetzt weiß er nicht mehr, ob er Suppe aufmacht oder Birnen.«

»Und das war's?«

»Außerdem habe ich die Bolzen aus seiner Toilettenbrille gelöst.«

»Ich glaube, mit Ihnen leg' ich mich lieber nicht an. Trinken Sie noch einen!«

»Ich will Ihnen was sagen. Ich gehe nach Japan. In Japan sind sie ganz wild auf den Tango. In Japan und Finnland. Dort verstehen sie mich. In Buenos Aires nannten sie mich den Tango-Tiger, die Bandoneon-Bestie.«

»Nicht übel. Da müssen Sie ziemlich gut sein?«

»Vermutlich der beste Bandoneonspieler der Welt, besser als Astor Piazzolla, und ich kann Ihnen sagen, meine Tangos sind nicht so dissonant, nicht so *new wave* wie seine. Piazolla, der mit seinem leisen Gezirpe, wie der Plastikreißverschluß einer billigen Jacke, seinen tiefsinnigen Pausen, seinen Quietschtönen, wie wenn man zwei Luftballons aneinander reibt. Das ist eine ernste, harte, humorlose Musik; die Tänzer schaun wütend drein, und sein Tempo, der Takt, ist, wie wenn einer eine Betontreppe in einem Wolkenkratzer hinaufrennt, mit Feuer hinter den Türen. Und dann dieser Ton wie von einem papierbespannten Kamm, daß einem die Schädeldecke vibriert. Diese leidenschaftlichen Crescendi sind musikalische Bienenstöcke. Ich denke dabei an kleine Männer mit lederbesohlten Schuhen, schmachtende Geigen, Brummen und Blaffen, röchelnde Keuchlaute, Läufe wie Perlen bitteren Konfekts auf einem Papierstreifen, Illusionen von Schnee und Spinnweben und umstürzenden Bäumen. Die einzelnen Stimmen wie rückwärts rollende Züge. Gackernde Hennen. Aufgeblasene Hähne. Die letzten Seufzer geschlachteter Kühe. Aber in *meiner* Musik, da ist etwas Wildes, in meiner Musik, in meinen Tangos ist Grausamkeit. In mir steckt ein Tier – wie ein Frosch mit scharfen Klauen, der mich anspringt und mich zerreißen möchte.« Er streckte seine Hände vor und zeigte einen entstellten Daumen.

Joey hatte genug von Bartosiks Lärm. Er stand auf und brüllte: »Achtung! Meine Damen und Herren! Achtung. Wir haben heute – wie's Ihr Name?«

»Carlos Ortiz.«

»Wir haben unter uns heute den berühmten argentinischen Frei-Zungen-Instrumentalisten, den Tango-Tiger, Mr. Bandoneon höchstselbst, CARLO ORR-TIETZ!« Alle klatschten; von Bartosik hatten sie die Nase voll. Joey schob den Pullovermann zum Mikrophon, half ihm den Instrumentenkoffer aufschnallen, redete ihm zu, los, spielen Sie, wir wollen Tango hören, und zwischendurch brüllte er, setz dich hin, Bartosik, oder geh dich irgendwo auskotzen!

Der Mann stand vor dem Mikrophon, das graue und silberne achteckige Instrument mit den blitzenden Knopfreihen, hundertvierundvierzig Knöpfe waren es, in den Händen. Er setzte sich auf den Stuhl, bog und streckte die Finger.

»Danke. Dies kommt natürlich überraschend. Ich spiele Ihnen ein paar Tangos, eine Art Musik, ein Tanz, sinnlich und grausam, hier nun fern von seiner Heimatstadt Buenos Aires. Ich beginne mit einem traurigen und ein wenig bitteren Stück, *Lágrimas*, oder, wie Sie hier sagen, ›Tränen‹.«

Die Leute trampelten und spendierten ihm Drinks; sie erkannten die Schwierigkeit seines Instruments und die Virtuosität, mit der er es beherrschte. Wie in einem Rausch spielte er weiter: »Böse Gedanken«, »Geheime Träume«, »Die Wahnsinnigen«, »Meine wilde Vergangenheit«, »Rauhbein«, Osvaldo Pugliesis *La yumba* und sogar Carlos de Sarlis ungewöhnliches Stück »An die große weibliche Puppe«.

Ein Paar, nicht mehr ganz jung, stand auf und begann zu

tanzen. Sie konnten es wirklich – die schwierigen Schrittfolgen, die Körper dicht beieinander, die statischen Posen, die langsamen, lauernden Gleitschritte, die tiefe Beugung, das jähe Herumreißen der Köpfe. Ortiz schien es, als seien sie sehr bewandert in dieser düsteren, jähzornigen Musik, und er spielte wutentbrannt. (Später in dieser Nacht, in seinem Hotelzimmer und nach den Anstrengungen, die ein Tango-Abend gewöhnlich nach sich zieht, erlitt der männliche Partner einen Herzschlag und verwünschte mit seinem letzten Gedanken den Tango.)

Aber die Zuhörer wurden der dramatischen, nervensägenden Musik allmählich müde. Cass Bartosik legte seine plumpen Hände wie ein Sprachrohr vor den Mund und rief: »Bißchen leichter, Mann! Mann, der Sound ist zu streng!« Er ging auf den Tiger los, und der Abend klang aus mit einem Gerangel vor dem Mikrophon, das die Keuch- und Knurrtöne der Kombattanten verstärkte. »Verdammter Idiot!« fauchte der Tiger. »Beschädigen Sie mir dieses Bandoneon nicht! Sie werden nicht mehr hergestellt. Haben Sie doch wenigstens Respekt vor dem herrlichen Instrument! Sie Polkaschwein! Ich bringe Sie um!«

Joey ging fort, ohne abzuwarten, was daraus wurde.

(1972, als Perón aus dem Exil zurückkehrte, kehrte auch der Tiger nach Argentinien zurück. Nachdem Perón gestorben war, zuckte er die Achseln und blieb, denn er war verliebt in eine Pflanzenzeichnerin und hatte Erfolg mit seinen neuen Tangos. Eines Tages erweckte er das Interesse niederer Chargen der Militärjunta mit *Mala, mala junta*, einem Tango mit versteckten Anspielungen auf schlechten Umgang, die Spirale des Abstiegs und andere Gefahren beim Verkehr mit kriminellen Typen. Er wurde bei Nacht festgenommen, eingesperrt und gefoltert; die Finger wurden ihm ausgerenkt. Bandoneon spielte er nie wieder.)

Ein Geschenk

Florry weckte sie, bevor es Tag wurde.

»Mama! Mama, ich möchte Pommes.«

»Hmm?«

»Mama, ich möchte Schokomilch.«

»Hast du denn Hunger?«

»Ja.« Sie befühlte die Stirn des Kindes: feucht und warm, aber nicht fiebrig.

»Dir geht's wohl ein bißchen besser?« Versuchte zu überlegen, was sie in diesem stickigen Zimmer um halb fünf morgens zu essen hätte. Sie dachte an die Automaten auf dem Flur, Softdrinks, Süßigkeiten, vielleicht noch Cracker. Bin gleich wieder da und bring' dir was mit, flüsterte sie, stieg über Joey hinweg, der nun mit offenem Mund schnarchte, der raspelnde Ton eines Betrunkenen, ging mit ihrem Portemonnaie zur Tür und zog die Kette auf. Sie ließ die Tür angelehnt. Der Flur war ein Chaos, geschmolzener Schnee, zerknülltes Papier, Handzettel mit dem Angebot von Intimtanzpartnerinnen und dem Photo eines vollbusigen Mädchens, dessen Lippen ein verheißungsvolles O formten, abgerissene Tickets, eine leere Schnapsflasche, zerdrückte Coca-Cola-Dosen, ein durchnäßter blauer Fausthandschuh. Am Ende des Flurs summten die Automaten. Orange-Soda und ein Beutel Käse-Cracker waren noch das Beste, was sie nehmen konnte.

Florry aß heißhungrig und trank wie eine Maschine. Sie war hellwach, bereit für den Tag, ihre Blicke schweiften durch den schäbigen Raum, den sie schon seit langem zu bewohnen schienen, über die Kleider ihres Vaters auf der Stuhllehne, den harten weißen Lichtfleck am Fenster, den schimmernden Chrom der Gitterstäbe von Arties Einkaufskarren, die Reflexe eines Vierteldollarstücks auf dem Nachttisch und ein eckiges grünes Ding mit rotem Bändel und einer Schleife.

»Was ist das?« fragte sie vorsichtig und zeigte mit dem Finger drauf.

»Was glaubst du, was es ist? Wie sieht es denn aus?«

»Ein Geschenk.« Sie drückte das Gesicht in die Decken,

errötete, weil sie die Verwegenheit gehabt hatte, das Wort aus-
zusprechen.

»Es ist ein Geschenk! Da, sieh mal!« Sie griff über Joey hin-
weg nach dem grünen Akkordeon, legte es Florry in die
Arme, öffnete die Verschlüsse und führte ihr die Hand beim
Aufziehen des Balgs und beim Drücken der Knöpfe.

»Ein 'kordeon. Ist das klein! Mama, wo sind die Tasten?«

»Es hat keine Tasten. Das ist eins mit Knöpfen. Auf so einem
hat Mama spielen gelernt. Da!« Sie drückte die kleinen Finger,
so daß *Baa, baa black sheep, have you any wool?* herauskam.

»Ist es für mich, Mama? Ist das Geschenk für mich?«

»Ja, für dich.«

Der Sheriff

Der Himmel war bedeckt, dunkle Schneewolken, und Joey
fuhr schnell, um so weit wie möglich zu kommen, bevor es
losging. Die Schneepflüge waren schon gefahren, aber die
Straße war vereist und tückisch. Die Heizung machte ihnen
keine Freude, und Sonia mußte immer wieder mit dem
Küchenspatel die Eiskringel von der Innenseite der Windschutzscheibe und den Fenstern kratzen.

»Ist es das? Ist das der Ort, ›Morley, sechs Meilen‹?«

»Wo die Raststätte ist. Wo wir die Kirschtorte gegessen haben.«

»Wo die Akkordeons gestohlen wurden. Ich wette hundert
Dollar, die Polizei weiß genau, wo die Typen zu finden sind.«

»Joey, du hast doch gar keine Typen gesehen.«

»Muß ich nicht erst sehn. Ich weiß, das waren Niggers mit
diesen gottverdammten schmierigen Rastalocken, die brauchen Geld für ihre Drogen. Wer zum Teufel würde sonst zwei
Akkordeons klauen?«

Sie fuhren nun in den Ort hinein, über Eiswülste auf dem
Straßenbelag, hier und da ein Kolonialwarenladen, kleine
Häuser mit schneebedeckten, durch einen Betonsteg geteilten
Rechtecken davor, parkende Wagen vor Einzelgaragen mit

unbenutzten Basketball-Ringen über der offenen Tür, dann steckten sie fest hinter einem Wohnwagen mit Aufklebern aller Staaten, die er schon besucht hatte, waren so dicht dran, daß sie FLORIDA, DIE HEIMAT DER SONNE in Rot und Gelb erkennen konnten, mit einem strahlenden Sonnengesicht gegenüber der hodensackförmigen Küstenlinie des Staates in der Mitte der rückwärtigen Tür, wo Plastikvorhänge hinter dem Jalousiefenster schwankten.

»Was machen die bloß hier, mitten im Winter?« wunderte sich Joey. Aber als sie überholten, sahen sie, daß es ein alter ausrangierter Wagen ohne Nummernschild hinter einem Abschlepper war.

Sie kamen an der Raststätte vorüber, halb verdeckt durch einen fahrenden Lieferwagen, und Joey fuhr in eine Shell-Tankstelle ein, wo ein Schwarzer mittleren Alters zu ihnen kam, sich an einem Lappen die Hände abwischte, Hose und Mütze mitternachtsblau, das braune Schildkrötengesicht verglast hinter einer visierförmigen Bifokalbrille, deren untere Linsen das Licht wie in zwei Hängematten einfingen.

»Auffüllen, Sir?«

»Ja. Wo ist die Polizeiwache?«

»Gibt keine in Morley. Staatspolizeikaserne zwanzig Meilen nach Norden.«

»Was tun die Bürger dann, wenn jemand ein Verbrechen begeht, zum Beispiel einem seine Akkordeons aus dem Kofferraum seines Autos klaut, während er in der verdammten Raststätte da unten an der Straße etwas ißt? Was tut man dann?«

»Bezirkssheriff kontaktieren. Fünfsiebzig, Sir, Öl nachsehen?«

»Nein. Wo's der?«

»Wahrscheinlich im Sheriff-Büro im Rathaus. Fahren Sie an dem Drive-in vorbei, am McDonalds, an der Schule, und dann können Sie's nicht verfehlen, großes weißes Gebäude rechts mit Kanone und Panzer auf dem Rasen. Ihnen ist das passiert? Jemand an der Raststätte hat Ihr Akkordeon genommen? Es heißt doch, Musik kuriert Verbrecher.« Er reinigte die verschmierte Windschutzscheibe mit einem Wischer.

– 432 –

»Verdammt richtig.« Ließ sich das Wechselgeld in seine warme Hand zählen, gab es an Sonia weiter.

Er parkte in drei Meter Abstand zu einem Schild mit der Warnung vor Dachlawinen, rannte zwei Stufen auf einmal nehmend die Granittreppe hinauf, die mit Eis und blauen Salzklümpchen bedeckt war. Sonia beugte sich über die Rückenlehne nach hinten, um Artie wieder in die Decke aus dem Motel einzuwickeln und Florry einen Kaugummi zu geben, aber noch bevor sie sich wieder umgedreht hatte, war Joey zurück, warf sich auf den Fahrersitz und startete, daß der Motor aufheulte.

»War er nicht da?«

»Er war da.«

»Du hast nicht lange gebraucht.«

»Nein, ich hab' nicht lange gebraucht. Nach dem ersten Blick auf diesen Halbaffen von einem Sheriff hab' ich mir gesagt, dem erzähl' ich von meinem Problem lieber nichts. Der Hurensohn ist schwarz wie die Nacht. Wenigstens hat er nicht gekotzt, hat mich bloß angeguckt. Ein Niggersheriff! Scheiß drauf! Wir besorgen uns neue.«

Er fuhr eine Weile in erbittertem Schweigen. Auf dem Rücksitz sang Florry, drückte beliebige Knöpfe auf dem Akkordeon und trällerte: »Oh, der Niggersheriff, der Niggersheriff kommt in die Stadt.«

»He!« sagte Joey wütend, und sie fing an zu weinen. Als Sonia sich umdrehte, sah sie, daß Florry Kaugummi an den Akkordeonbalg geschmiert hatte, und nahm ihr das Instrument weg.

(Ein oder zwei Jahre später wurde Joey vor dem Polnischen Klub von drei chinesischen Jugendlichen ausgeraubt.

»Wir ziehen hier weg«, sagte er. »Wir gehen nach Texas. Weg von dem Scheißschnee, weg von Chinks und Niggers.« Als sie ihr Gerümpel verkauften — WEGEN UMZUG NACH TEXAS —, stand das grüne Akkordeon auf einem Sägebock neben einer Charlie-Tuna-Kamera, Kippwagen und Pistolen aus Polystyren, einem Bakelit-Jojo an einer zerfransten Schnur, einer einbeinigen Barbie-Puppe, einem Paar kleiner, in vergeblichem Flehen erhobener Hände, einer durchscheinenden Tischlampe in Form einer Gans, Acryl-Linealen, einem unvollständigen Satz hellgelb verfärbter Melamin-Teller, einem atombombenförmigen Salzstreuer, einem Waffeleisen, einer Bonbondose, halbvoll mit garnfusseligen Knöpfen, einer Schnur Knallerbsen, drei leeren Taschenlampen, einer zerbeulten Schachtel mit alten *Polonia Clarions* und einem Stoß alter 78er Platten.

Sie zogen zuerst nach Koskiusco, Texas, dann nach Panna Maria, wo Joey eine Katzenwelsfarm aufmachte, die er später um eine Marienkäferzucht für den organischen Gartenbaumarkt erweiterte. In zehn Jahren kam er zu einem bescheidenen Vermögen, zeigte aber, daß er nicht eingebildet war, indem er nach wie vor im Snoga-Laden einkaufte. Im Lauf der Jahre lernte er reiten, trug Cowboystiefel und einen Cowboyhut, einen handgenähten Ledergürtel mit der Einprägung TEXAS POLKA auf der silbernen Schnalle. Sonias Haar wurde silberweiß und fiel dann völlig aus, eine Folge der Chemotherapie während der letzten Monate ihres Kehlkopfkrebsleidens im Jahr 1985. Als Papst Johannes Paul II. 1987 nach San Antonio kam, nahmen Joey und seine zweite Frau an der Sonderaudienz für die Bürger von Panna Maria teil, und Artie benutzte die Gelegenheit, um sich nach Los Angeles davonzumachen. Er fand kurzfristig einen Job als Hausdiener bei drei Musikern aus einer Klezmer-Kapelle, die Nebenrollen in dem erfolgreichen Klamaukfilm *The Cheapskates* spielten, dann emigrierte er nach Australien und arbeitete eine Weile auf einer Rinderfarm im Outback.)

Die Farben der Pferde

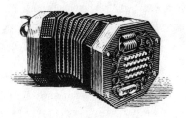

Konzertina

Old Egypt

Jedenfalls, das Pferd war begraben worden und war dann wieder hochgekommen, so was wie Antigravitation mußte es aus der Erde gezogen haben, und nun lag es auf der Seite, die Zähne gebleckt in einem müßigen, erdigen Lächeln, das fleckige Fleisch der Lippen und Nüstern schlaff unter dem schneeflockigen Haar, der Halbmond des oberen Nasenlochs eine Pforte in die Mysterien des Leibes. Das eine Ohr blutig, steif, wie wenn es lauschte, die Mähne in fransigen Zotteln, die Augen blicklos. Es war Old Egypt, und sie wünschte bei Gott, Fay McGettigan hätte es ihr niemals gezeigt.

Das Ding auf dem Dach

Etwa zu der Zeit kam sie im Sommer 1980 auf die Ranch zurück, aber sie kam nicht allein; sie brachte Vergil Wheelwright mit, der in Vietnam gewesen war; sie hatte ihnen geschrieben, der sei jetzt für immer, der Richtige. Er kam mit ihr quer durchs Land, sie brachte ihn zu ihrer Mutter und ihrem Vater, die sie seit fünf Jahren nicht mehr gesehen hatte, seit Simon Ults, ihr erster Mann, das Pferd erschossen und ihr Vater Simon Ults angeschossen hatte. Sie schrieb ihnen nicht, daß Vergil schon einmal verheiratet gewesen war, mit einer Krankenschwester, die er in Vietnam kennengelernt hatte, eine schlechte Ehe mit wilden Saufereien, Drogen, Zank und Zoff, die zerbrach, als Lily, seine Frau, einen Gewahrsamsbeschluß gegen ihn durchsetzte, sich scheiden ließ und mit unbekanntem Ziel verzog. Er schien drüber weggekommen zu sein.

Sie erzählte nur hier und da etwas, sagte zu Vergil, warte nur, bis du den alten Fay kennenlernst, muß inzwischen siebzig sein, der Ranchgehilfe, der sie so gut wie großgezogen hatte, beschrieb ihm die Milchflaschen mit Münzen, die in seinem Wohnwagen standen, seine geschickte Hand mit Pferden, seine Kenntnisse über Pferdekrankheiten. Es gab ein Bild von ihm, ein an die Wand gepinntes Photo, aufgenommen, sagte sie, als er ein kleiner Junge war – Gott weiß, warum jemand es für nötig gehalten hatte, ihn zu knipsen –, und da sitzt er auf einem hölzernen Faß, barfuß, vielleicht zwölf Jahre alt, die Hosen Lumpen, in einer Männerjacke, die aber keine Knöpfe hat, nur so kleine Stöckchen, wahrscheinlich mit einer Getreidesacknadel angenäht, die sind gebogen, diese Nadeln, und diese einen Zoll langen Stöckchen anstelle der Knöpfe, die mußte er durch die Knopflöcher stecken, und das hielt dann. Über Fay sagte sie mehr als über Kenneth und Bette, ihre Eltern. Sie erzählte ihm, wie es war, wenn Fay sie bei den Fußknöcheln gefaßt und sie hochgehoben hatte, mit dem Kopf nach unten, und wenn er sie dann im Kreis herumschwang, wie ihr schwindelte, wenn sie mit ausgestreckten Armen und gespreizten Fingern durch die Luft wirbelte, wie der gelbe Horizont kreiselte, wie die Pferde zu Streifen und Flecken wurden, weil die Augen sie nicht mehr festhalten konnten, und Fay sang etwas von einer Kasse, die leer war, irgend so ein Lied, das er kannte. Er kannte Hunderte von alten Liedern, an die sich sonst niemand mehr erinnern konnte, viele unanständige Cowboylieder, aber auch irische, die er mit einer traurigen, aber schönen Tenorstimme sang, und dazu spielte er auf einer kleinen Ziehharmonika.

Das Herumwirbeln schilderte sie, als wäre es ein ganz ungewöhnliches Kindheitserlebnis, dabei war es doch gar nichts Besonderes, dachte Vergil, jedes Kind wurde mal so herumgeschwenkt; über die Schießerei dagegen, über die er brennend gern Näheres erfahren hätte, sagte sie sehr wenig. Von diesem Thema verstand sie geschickt abzulenken. Immer wieder blickte er sie kurz an, auf das vertraute Haar wie trockener Weizen, das von der breiten Stirn aufstieg, die farblosen Brauen und Wimpern, die sie manchmal mit einem braunen Stift nachzog, die lange Nase, die bei kaltem Wetter rot wurde, eine Nase mit so schmalen Nüstern, daß man denken konnte, sie müßte Atemschwierigkeiten haben, und tatsächlich litt sie oft an Sinusitis. Ihr Mund war schmal und blaß. Er fand, es war ein nordisches Gesicht, aber sie bestritt es. Er wußte nicht, was sie war, und was kümmerte es ihn überhaupt? Er mochte blasse Frauen.

Sie hatten noch zwei Staaten vor sich, aber im Westen waren sie schon, und sie fuhren auf einer roten, ungepflasterten Straße. Die Straße überquerte eine Kurve der Bahngleise zwischen Felsen, die mit Fossilien gespickt waren, so dicht an dicht, daß es schien, als strömten sie herab und erodierten vor ihren Augen in das zermahlene Gestein neben und unter den Schwellen. Eine Schwelle brannte, ließ einen dicken Strang weißen Qualm aufsteigen, der sich in die unbewegte Luft kringelte. In der Kurve spiegelten die Gleise das Licht und ihre eigene Glätte, nichts weiter.

Sie hielten an, konnten sehen, daß jemand auf der Schwelle ein Feuer aus Stöcken und trockenen Kräutern gemacht und schwelen gelassen hatte. Er kickte Sand hinein, sie schüttete ihren Krug Quellwasser drüber, und es dampfte, als ob der Teufel mit seinen Hörnern grad unter der Schwelle steckte. Vergil hockte sich neben ihr hin, betrachtete ihr ernstes, angespanntes Gesicht, die milchigen, ungebräunten Beine, weich und abgewinkelt, den Perlmuttlack auf ihren Zehennägeln, die bloßen Füße in den Öko-Sandalen, und er dachte, daß er das ihr zuliebe machte, diese Reise zu einem Besuch bei Leuten, die vermutlich anstrengend und furchtbar sein würden. Die Eltern seiner ersten Frau Lily hatten ihr Leben nach astrologischen Zeichen und spontanen Eingebungen eingerichtet; sie setzten ihm tiefgefrorene Tortillas und Büchsenbirnen vor, machten Polaroidphotos von ihm, und er mußte immer lächeln, weil sie ihm sonst sagten, er solle nicht so ernst dreinschauen. Er hatte Lily drei Wochen nach seiner Rückkehr aus Vietnam geheiratet. Binnen sechsunddreißig Stunden war er von Da Nang zum Luftwaffenstützpunkt Travis und von da nach New Hampshire gekommen, die Industriestadt, wo er aufgewachsen war. Zwei Stunden hing er im Haus herum, während sein Vater davon sprach, wie er es anstellen müsse, einen guten Job zu finden, und seine Mutter ihm eine Schale margarinegetränktes Popcorn hinschob. Er fuhr nach

Boston und vergrub sich in einem Hotel, redete am Telephon eine Woche lang fieberhaft auf Lily ein, sich ins Flugzeug nach Boston zu setzen, sie müßten unbedingt heiraten. Auf der Toilette zog er dreißigmal am Tag die Spülung, bloß um den Wasserschwall zu sehen.

»Warum nur steckt jemand eine Schwelle in Brand?«

»Das war Jesse James. Um den Scheißexpreßzug zu stoppen und die Passagiere auszurauben.«

Ein paar Meilen später mußte er scharf bremsen, weil eine Brangus-Kuh mitten auf der Straße stand, das Kalb hinter dem Zaun.

»Verdammt noch mal! Scheißkuh!«

Sie fuhren weiter, das Gerümpel auf dem Rücksitz wackelte und rutschte hin und her. Josephine, die ihre Reise in Gedanken zum Abenteuer ausschmückte, hatte in jedem Staat, durch den sie kamen, einen Räumungsverkauf zu finden versucht. Im Staat New York hatten sie ein bemaltes Sperrholzschild SEGNE DIESES CHAOS gekauft, in Pennsylvania einen gesichtslosen Infanten von Prag und ein Exemplar von Zane Greys *Treppe aus Sand*, in Ohio einen zwanzig Pfund schweren, mit Glasperlen besetzten Spazierstock und ein Lederkissen mit dem eingebrannten Bild eines rennenden Straußes, in Indiana den Stierkämpfer-Aschbecher. In Illinois? Nichts als dichter Lastwagenverkehr, zahllose Mauthäuschen, wo sie zehn Cent, zwanzig Cent, fünfundvierzig Cent loswurden, bis Vergil am Rand von Chicago eine falsche Ausfahrt nahm und sie als erste den Räumungsverkauf sah, den Sägebock vor einem klobigen, rußfleckigen Haus mit dem Pappschild WEGEN UMZUG NACH TEXAS.

Josephine faßte die Puppe an, die Gänselampe, hob einen Knopf auf und ließ ihn fallen, hielt den bombenförmigen Salzstreuer mit der Aufschrift FAT BOY hoch.

»Der Jewinna!« sagte sie und zahlte einen Dollar. Vergil sagte: »Scheiße noch mal, wie in der Lawrence-Welk-Show«, hob das alte Akkordeon auf und quetschte ein, zwei mißtönende Akkorde heraus. Drei Dollar.

»Was verdammt noch mal machen wir mit all dem Scheiß?«

Den Salzstreuer steckte er ins Handschuhfach, das Akkordeon zu dem übrigen Kram auf den Rücksitz. »Okay«, sagte er, »das war Chicago. Was kommt als nächstes, Scheiß-Iowa?«

»Scheiß-Iowa. Machen wir, daß wir hier wegkommen!« Die Straßen wurden immer unheimlicher, voller Abfall, verkommene Gebäude, auf den Gehsteigen lauter Schwarze.

»Scheiße, versuchen wir's mal da«, sagte er und fuhr eine Highway-Auffahrt hinauf, aber auf halber Strecke war sie gesperrt, und er mußte rückwärts wieder runter, drehte sich auf dem Sitz herum und schaute durchs Rückfenster. Über sich hörten sie den brausenden Highway.

»Herrje, warum sperren sie verdammt noch mal nicht gleich unten? Okay, muß ja noch 'ne andre geben. Müssen ja draufkommen, wenn wir einfach unterm Highway nach Westen fahren, warum drehst du uns nicht 'n Joint?« Es schien lange zu dauern, gefährlich lange, bis sie aus diesen verstopften Straßen herauskamen, wo die Leute ohne Rücksicht auf Verkehr und Ampeln über die Straßen liefen, Betrunkene plötzlich auf die Fahrbahn torkelten, Papierknäuel und bunter Plastikmüll knöcheltief, jedes zweite Haus ein Schnapsladen oder ein Wahrsager, und dunkle Gesichter wandten sich ihnen zu, sahen den Wagen an, sahen sie an, Haufen großer junger Männer mit Turnschuhen und Trikots latschten herum, traten gegen Büchsen, schmissen mit Sachen, blickten rastlos um sich.

»Mein Gott«, sagte Josephine, »wie sind wir bloß hier reingeraten?« Aber Vergil redete nicht.

Ein Mann mit säbelbeinigem Gang blickte sie wütend an, tat so, als würde er mit etwas werfen, und als wäre diese Geste ein Befehl, bückte sich ein Junge nach einer Schnapsflasche, die an einer graffitibemalten Mauer lehnte, und schleuderte sie lässig in ihre Richtung. Sie zerplatzte dicht vor dem Wagen, Splitter prasselten auf die Haube.

»Mamafickerarschloch!« sagte Vergil.

»Gott sei Dank hat er nicht getroffen«, sagte Josephine, klammerte sich an den Rand ihres Sitzes und wünschte sich, der Wagen hätte getönte Fenster.

»Der Wichser hat mit Absicht danebengeworfen. War nur

symbolisch – diese Wichsnasen spielen sechzehn Stunden am Tag nur Basketball, und der könnte wahrscheinlich auf fünfzig Meter eine Fliege mit einem Reiskorn treffen.«

»Das ist ja beruhigend.« Im Seitenspiegel konnte sie sehen, wie sie jetzt alle Wurfbewegungen mimten, vielleicht auch wirklich noch ein paar Flaschen schmissen, die sie nicht sehen konnte, blitzende Geschosse, die mit achtzig oder hundert Sachen die Stunde auf ihr Rückfenster lossausten.

»Da ist es.« Ein Wagen vor ihnen bog ab und fuhr eine Auffahrt hinauf, sie hinterdrein, und Sekunden später flossen sie in den Strom auf der erhöhten Autobahn nach Westen ein, zu Beginn der Hauptstoßzeit. Der Verkehr wurde langsamer, dann kriechend, und als sie sich aus dem Fenster lehnte, konnte sie weit voraus rote und blaue Blinklichter sehen.

»Unfall.« Sie fuhren im Schritt weiter über eine Backstein- und Kettendrahtzaunwüste hinweg, hörten mächtiges Dröhnen und Pochen aus einer Fabrik, sahen eine schmierige Bar mit einem Photo Papst Johannes Pauls II. unter einer Bierreklame für BUD, einen trostlosen Slum von Backsteinhäusern mit schlechten Fenstern, an den Außenseiten ein Gewirr von Drähten, Abflußrohren, Feuerleitern und Kabeln, ein paar häßliche kleine Läden zu ebener Erde, FRISEUR, RESTAURANT-BEDARF, eine an einem Geländer lehnende Prostituierte mit schimmernd schwarzer Perücke über der käsigen Stirn, Tierkadaver, die in einer Toreinfahrt hingen, unter dem verblaßten Schild BANJO FLEISCHWAREN, KLEINE BABYLÄMMER, und die offenen Rückseiten von Lastwagen. Sie krochen an Standpfeilern vorüber, und Vergil sagte, »nein, Straßenbau«, als sie zu einem orangegelben Umleitungsschild und einem Polizisten mit Schwabbelkinn kamen, der sie wieder in das Labyrinth der unteren Straßen und in die Hürdenstrecke durch die Ampeln einwinkte.

»Herrje! Wie sollen wir da wieder rauskommen?«

Sie standen an einer Ampel, inmitten des halberstickt zitternden Verkehrs, im rötlichen Flackern der Bremslichter, die der Szene etwas Warmes und Anheimelndes gaben, zwischen Wagen aller Art und Größe eingezwängt wie die Muscheln in einem Austernbett. Das Lichtsignal wechselte wieder und wieder, einige Wagen versuchten aus dem Stau zu entkommen, wodurch der metallene Knoten noch fester gezogen wurde, als sie etwas auf ihrem Dach landen hörten, mit einem Plumps, gefolgt von einem scharrenden Geräusch. Ein Maskengesicht aus Fell und roten Augen hing für ein paar Sekunden über die Windschutzscheibe herab und verschwand.

»Ah!« schrie Josephine, und Vergil sagte, was war denn das, verdammt? Etwas krabbelte über ihnen, und dann, was es auch gewesen sein mochte, war es weg. Auf einer anderen Fahrbahn spielte jemand auf seiner Hupe, *bluh bluh bluh bluh*.

»Da ist es!« Josephine zeigte auf eine Kreatur, die über die Dächer der Wagen vor ihnen hüpfte, auf einen weißen Lieferwagen mit der Aufschrift EILTRANSPORT auf der Hintertür. Der Stau begann sich aufzulösen, die Wagen krochen davon, noch ein Engpaß mit Blinklichtern und Straßenspiegel, und sie ruckten an in ihrer Spur, aber auch die nächste Auffahrt war wieder gesperrt, und der Verkehr wurde durch eine lange Unterführung umgeleitet.

»Was verdammt noch mal war das, ein Affe?« Der weiße Lieferwagen war acht bis zehn Fahrzeuge vor ihnen. Kurz vor dem Ende der Unterführung, wo sich ein graues Loch in neue Straßen hinein öffnete, spürten sie, daß die Räder über etwas hinwegrollten.

»Da's eine Auffahrt.« Josephine blickte in den Seitenspiegel. Hinten war nichts zu sehen. Es konnte wer weiß was gewesen sein.

Als Vergil wieder in den Strom der Fahrzeuge nach Westen eintauchte, lehnte sie sich zurück, wieder ruhig und nun sogar mit einem Wohlgefühl, betrachtete den Himmel, der nun seinerseits wie eine getönte Windschutzscheibe aussah, hell am Horizont und tiefblau auf halber Höhe. Eine vereinzelte Wolke, ein abgerissener Tüllstreifen, dann noch eine und noch eine, Radierflecken über verwischten Strichen, schmutzigrosa. Ein schwarzer Punkt tauchte auf, flog rasch von Süden her auf die Straße zu und überquerte sie fast genau über ihnen – ein Mylar-Ballon, konnte sie nun sehen, wie ihn die Kinder

- 443 -

aufsteigen lassen, und sie beobachtete ihn, bis er verschwand, ein Tupfen Dunkelheit. Der Straßenbelag wurde schwarz, die Scheinwerfer der entgegenkommenden Wagen blendeten sie trotz des durchscheinenden Himmels, der nun bernsteinfarben und rosa war und sich mit unbekannten, von schimmernden Flecken durchsetzten Wolken bedeckte.

»Laß uns was suchen, wo wir bleiben können«, sagte sie. Sie sehnte sich nach einem Bad und einem Drink und einem bißchen Zeit, wo sie versuchen konnte, Umberto Ecos *Name der Rose* zu lesen, das dicke Buch, das schon den ganzen Tag auf dem Nylonteppich zu ihren Füßen hin und her rutschte. Sie war erst auf Seite dreiundfünfzig. Er gab keine Antwort, aber sie wußte, daß er sich jetzt wünschte, nackt auf dem Bett zu liegen, mit einem eisklirrenden Glas und in einer Wolke heuduftenden Rauchs, der den grellen Bildschirm trübte, während er die Nachrichten sah, zu müde, um essen zu gehn, warum rief sie nicht den Zimmerservice an und bestellte irgendwas, ja, warum nicht, und dann zu ihm aufs Bett, wo sein schon halbsteifer Schwanz auf sie wartete, ja, tu mir'n Gefallen, verdammt noch mal, warum denn nicht? Was ist los mit dir, frigide oder was? Und sie würde nein sagen und tun, was er verlangte. Sie schaltete das Radio an, NPR, eine breit ausgewalzte Geschichte von einem Mann, der aus wiederaufbereitetem Plastik Bungalows für Tropenklima herstellte. Sie kamen an einem umgekippten Lastwagen mit chemischem Dünger vorüber; die Räder drehten sich noch, und ein weißer Puder lag auf der Straße.

»Es muß doch so ein beschissener Affe gewesen sein«, sagte Vergil. »Irgendwo ausgerissen. Hab' ich dir schon erzählt, wie ich in Nam so'n beschissenes Affenhirn gegessen habe?«

Straßen

Als sie am nächsten Tag aus Coaldust herauskamen, fragte er sie, wie viele Scheiß-Custardbuden, denkst du, sind auf heiligen Felsen erbaut? Sie wußte es nicht. Na, und wie viele

Scheißstraßen durchschneiden die Scheißmedizinschluchten?
Wußte sie nicht. Ich wette, du denkst, dieses Scheißland ist
wirklich, sagte er.

»Wirklich was?«

Inzwischen hing über jedem schwarzen Gebäude eine rot-
umrandete Wolke, und von manchen Gebäuden stiegen
Dämpfe von einer Farbe je nach Tageszeit auf. Der Dampf aus
dem Kraftwerk dick und schön wie lila Wolken, die schillern-
den Abwassertümpel azur- und kobaltblau, magenta, der Aus-
hub der Bulldozer in großen halbmondförmigen Erdhaufen,
in denen die Jet-Passagiere, wenn sie durchs Bullauge blickten,
sich überlappende Fruchtstücke auf einer topographischen
Apfeltorte sehen könnten. Der schwarze Kohlekegel einer py-
ramidenförmig in den dünnen Staub aufragenden Ladekippe
an den Bahngleisen, eine Hütte mit grünem Dach und Ben-
zintank, rotgestrichene Fensterrahmen. Seitlich lag der rötlich
verfärbte Boden, einst die Prärie der High Plains, einst zi-
schelndes, vom Wind bewegtes Gras.

Vergil fuhr in scharfem Tempo über die Interstate, vorbei an
den Wohnwagenstädten mit den zwei Stufen vor jeder Tür,
antennenbestückten Dächern, zerrissenen Vorhängen und offenen Fenstern dicht an dem Superhighway mit seinem Dunst
und Getöse, und hinter diesen Wohnwagen Hunderte, Tausende anderer Wohnwagen, ein gelbes Schild vor einem
Wohnwagen-Café, JUMP INN. Darüber die Wolken in be-
schwörenden Knoten und satten Farben, vor denen die
Neontöne verblaßten. Beißende heiße Luft von den Lastwagen, Geruch von Diesel und heißem Gummi; sie fuhren in
Nacht und Regen hinein.

Er zeigte auf eine sich verdunkelnde Klippe und sagte, da
oben wären vielleicht eingeritzte Hände, Lebensspuren, Erin-
nerungsmale. Zeichen und Rätsel an den schwärzesten Felsen,
mit Kringeln und Vogelkot, die einzigen Rundungen, wo
sonst alles eckig war. Darüber standen durchgeglühte weiße
Felsen, die man nie hätte anrühren dürfen, dennoch vom Mi-
litär als Schießplatz benutzt und in eine überkrustete Landschaft verwandelt, der Boden wie verbrannte Rühreier, aber

durchlöchert von den tiefen Kratern der Bomben, übersät mit Wracks von Lastwagen, dazu Traktoren, Mähmaschinen, ein Bulldozer, der sich allmählich mit der verpustelten Erde vereinte. Alles da oben vorsätzlich kaputtgemacht, sagte er, nur um zu beweisen, daß man's kaputtmachen konnte.

Am nächsten Tag kamen sie über den Fluß. Scheißtief, sagte er. Das schmierige khakibraune Wasser nagte sich eine Viertelmeile tief in den braunen Fels hinein, riß Hänge und Klippen herunter, spülte Höhlen aus, lange Horizonte von Kalkstein und Fossilienbetten, verdickte Schalen in weißen Riedstengeln wie Vogelknochen, Steinplatten. Und die große, schwerfällige Brücke selbst, ein schnurgerader Streifen über ihren roten Bögen auf den Betonfüßen, das eintönige Geländer mehr Idee als Sicherung.

Dann war der Tag wieder um, an einem Rastplatz über einem schwefeligen Teich, einem schaumigen Oval mit Alkaliwasser zwischen Bierdosen, Babysitzen, wattiertem Plastik, Steinen. Ringsum Hügel, die siebenunddreißig Grad steilen Hänge marineblau gegen den fahlen Himmel, der Horizont ein wenig aus der Ruhe gebracht. Die Scheinwerfer waren an, alle Türen offen, das Radio röhrte laut; sie stieg aus, hockte sich auf den Boden, die Füße auseinander, aber nicht weit genug, daß die Knöchel nicht ein paar Spritzer abkriegten, und blickte auf die weißen Kotflügel des Wagens. In der heraufziehenden Dunkelheit war der Wagen heimelig wie der Lichtschein aus einem Fenster in einem Dorf im hohen Norden.

Fay McGettigan

Bette Switch, in engen Designer-Jeans und Männer-Sweatshirt, machte ihnen auf, umarmte Josephine, gab Vergil die Hand. Sie roch nach Bourbon, Parfüm und Thunfisch. Sie führte sie ins Wohnzimmer, das nach Western-Art eingerichtet war, mit Holzmöbeln, Bärenfellteppich, Lampenschirmen aus Pergament, gesäumt mit Rohhaut-Imitat.

»Das erste Mal im Westen, Vergil?« Sie sah ihn nicht an.

»Nein, hier draußen war ich schon oft. Hab' ein paar Sommer, als ich noch aufs College ging, auf so einer Scheißranch gearbeitet, auf der Briggins Triple-Y, etwa fünfzig Meilen westlich von hier, drüben in dem Scheißland am Gaunt River. Dreizehntausend Hektar, ein Grasmeer. Und so weiter.«

»Na, ich denke, die weiten, offenen Flächen werden Ihnen gefallen. Das Landleben hier ist sehr gesund. Im Winter fahren Kenneth und ich meistens weg, dann legen wir alles in Fays Hände, das ist unser Ranchgehilfe, hat Jo Ihnen sicher erzählt, sie waren dicke Freunde, als sie noch klein war. Letzten Winter waren wir auf Montserrat, in der Karibik – da könnte ich immer leben, das blaugrüne Wasser und der weiße Sand! Und dieses Jahr geht's nach Samoa. Sind Sie schon mal in der Südsee gewesen, Vergil?«

»Ja, in West-Samoa, auf Upolu, vor zwei Jahren.«

»Wenn Sie eine Gelegenheit haben, sollten Sie hinfahren – es ist reizend. Der Badeort, wo wir hinfahren, hat einen schwarzen Sandstrand. Aber einstweilen sind wir mal in Montana, also machen wir das Beste draus. Um fünf zum Cocktail, wenn ihr zwei euch ein bißchen frischgemacht habt.«

»Ich trinke nicht«, log Vergil, der sich nichts sehnlicher wünschte als einen Drink; ihm war zumute wie einem Feuerwehrmann, wenn die brennende Treppe hinter ihm einstürzt.

»Na schön, dann kriegen Sie eben Fruchtsaft oder Mineralwasser, wie Sie wollen. Fühlen Sie sich wie zu Hause!« Und sie ging ins Obergeschoß.

Keine dreißig Sekunden später kam Kenneth herunter, schüttelte Vergil die Hand und küßte Josephine. Sie sagte: »Dad, das ist Vergil. Er war in Vietnam. Bei den Marines.«

Kenneth sagte: »Schön. Dann lass' ich dich jetzt mal deinen Freund herumführen, Kleine. Deine Mutter und ich, wir haben eine kleine Auseinandersetzung.« Und schon war er wieder auf der Treppe, nahm zwei Stufen auf einmal. Eine Minute später hörten sie von oben erregte Stimmen.

»Klingt nicht so gut«, sagte Josephine tonlos. »Manche Dinge ändern sich nie. Komm, gehn wir zu Fay. Er ist derjenige, auf den's wirklich ankommt.«

Das erste, was Fay ihr zu berichten hatte, war, daß Old Egypt wieder hochgekommen war, gestern, das Pferd aus ihrer Kindheit, ihr gutmütiger Wallach.

»Der Blitz ist es gewesen, Jo, der hat ihn erwischt. Zwei Wochen ist's her, da sind so große dicke Gewitterwolken raufgezogen, platzten nur so vor Blitzen. Ich hab' grad paar lose Schindeln am Stall festgenagelt – fallen ab wie Kopfschuppen, die verdammten Dinger – und seh' Egypt da drüben am Fuhrwerk grasen (nicht, Kenneth hat vor paar Jahren von einem Kerl in Oregon diesen alten Conestoga-Wagen gekauft und hier angeschleppt). Der Wind kommt auf und bläst Staub ran, und ich sehe, wie er sich umdreht und den Hintern gegen den Wind stellt. Er hätte in den Stall kommen können, die Tür stand offen, aber du weißt ja, er mochte Regen – und wie er ihn mochte! Ich hab' noch versucht fertigzuwerden, bevor das Gewitter richtig losging, aber wie's so kam, mir prasselte der Hagel auf den Hut, und dann tut's ganz gottserbärmlich krachen und ein großer Blitz, daß ich denk', ich bin blind, so dies blaue gleißende Licht, und so was wie 'ne große blaue Ratte rennt rum, zischt, knistert und steckt das Gras in Brand, und da seh' ich Old Egypt am Boden liegen und mit den Beinen strampeln, als ob er wegrennen will. Er muß gedacht haben, er rennt wie verrückt. Und gleich kommt noch einer und spaltet Kenneth' Birnbaum in zwei Hälften, also laufe ich lieber in den Stall, warte, bis die Blitze nicht mehr gar so schnell kommen, und gehe rüber zu Old Egypt. Er hat sich nicht gerührt, war aber nicht tot, noch nicht. Du konntest das versengte Haar riechen, und er hatte eine Verbrennung vom rechten Ohr bis zum Maul und den ganzen Hals runter, die Mähne angeschmort. Er fühlte sich kalt an, und die Augen waren nach oben verdreht. Ich hab' versucht, ihn wieder auf die Beine zu bringen, aber damit war es nichts mehr, er hat nur noch einmal mächtig gebebt, und dann war's aus mit ihm. Der Conestoga-Wagen hat gequalmt. Was ich nicht verstehe, ist, warum er jetzt wieder rausgekommen ist. Wir haben ein verdammt tiefes Loch ausgebaggert, und ich kann's mir nicht erklären. Ich glaube, er wollte dich noch mal sehn.«

Er steckte den kleinen Finger ins linke Ohr, puhlte darin herum und fügte hinzu: »Jedenfalls, wie man so sagt, Tod für das Pferd, Leben für die Krähe.«

»Ist zu traurig, darf man gar nicht dran denken«, sagte Josephine, »wir haben dir was mitgebracht.«

»Bist doch ein Schatz, Jo, ein liebes Schätzchen!«

Seine Dankbarkeit war Josephine peinlich – was er wohl erwartete, eine Lederjacke, einen Satz importierte Steakmesser? »Es ist eigentlich nur Ramsch, mehr ein Witz als ein Geschenk. Wir haben bei allen Ramschverkäufen gehalten, die wir unterwegs gesehen haben. Für Kenneth und Bette hab' ich einen Salzstreuer in Form der Atombombe gekauft. Und für dich hat Vergil dieses alte Akkordeon mitgenommen. Ich hab' dran gedacht, daß du früher so 'n kleines Akkordeon gespielt hast. Und ich kenn' auch noch all deine wüsten Lieder.«

»Konzertina«, sagte er. »Die spiel' ich immer noch. Ich hab' sie von einem alten Broncbuster bekommen, und der hatte sie wieder von einem andern. So ein Ding hält das ganze Leben, wenn man's richtig behandelt. Aber, weißt du, ein Akkordeon hab' ich mir schon immer gewünscht. Hab' immer gehofft, ich finde mal eines Tages ein gutes kleines zweireihiges B/C; das ist das Wahre für die schönen irischen Lieder. Laßt doch mal sehen!«

Vergil holte das schwer mitgenommene Instrument vom Rücksitz hervor, der Balg mit Buntstift bekrakelt, der Lack abblätternd und zerschrammt, die Lederriemen lose herabhängend. Fay nahm es behutsam auf, betrachtete die traurigen Knopfreihen und zog den Balg aus, brachte einen vollen und gebieterischen C-Akkord hervor, dann, im Stolpern über verklemmte Knöpfe, einen stottrigen Tonbrei, ein saures Quietschen, daß sich Vergil die Haare sträubten.

»Na, zweireihig ist es«, sagte Fay und begann gegen die flatternden Töne anzusingen: »*She's a dancing young beauty, she's a rose in full bloom, and she fucks for five dollars in the Buckskin Saloon*... Ein bißchen Leben hat's noch. Vielleicht kann ich's reparieren lassen. Es hat so was wie'n Brustton.«

Er legte die Arme um Josephine, sagte danke, aber Vergil

sah, daß er enttäuscht war, erinnerte sich, wie er selbst als Kind sich einmal auf ein Scheißteleskop gefreut – es hatte Hinweise gegeben, die eines erwarten ließen – und dann in einem zerrissenen und vergammelten Lederfutteral das Teleskop seines Großvaters bekommen hatte, durch dessen milchigtrübe Linsen nichts zu sehn war als wallende Nebel.

Er fand, Fay sah aus wie der schäbige Typ, den man in jeder Kneipe von Dublin am Ende der Theke sehen kann, das struppige Haar erfolglos gekämmt, das wachsgelbe anliegende Ohr, das knochige, rötliche Gesicht, konzentrierte Muskelkraft in den Lippen, die sich nach einem Glas Bitter mächtig strecken und dehnen konnten, feuchte blaue Augen, allerdings trug Fay, anders als der Pichelbruder, keine schmuddelige Jacke mit schiefsitzender Krawatte um den dünnen Hals, sondern ein verschlissenes Hemd und eine schlaffe Jeanshose, gehalten von einem Tinnefgürtel mit Glasperlen, von denen die meisten aus ihren Metallösen herausgefallen waren, abgelatschte Stiefel und einen Hut, der so verrußt und zerrissen war, daß er nur zur Bekundung feindlicher Absichten aufgesetzt werden konnte. Als Vergil ihm die Hand hinstreckte, quetschte Fay sie ihm grausam zusammen und sah ihm dabei ausdruckslos in die Augen, der starre Blick eines Hundes, bevor er zubeißt.

»Was meinst du über Fay?« fragte Josephine ihn nachher. »Nicht, der ist echt?« Das hieß zugleich, daß Kenneth und Bette nicht echt waren, sondern Schwindler, daß die Appaloosa-Ranch ein Schwindel war und daß alles in die Brüche gehn würde, wie schon zweimal geschehen, wenn Fay nicht wäre, der mit der Kraft seines Hutes alles zusammenhielt.

»Klar, ist er«, sagte Vergil. »Ich meine, er ist ein verdammter Nußknacker.«

»Nußknacker? Das war der Name von einem hinterlistigen Bocker, einem Bronco, so tückisch, wie einer nur sein kann, und zugeritten hat ihn eine Frau, eine Indianerin, Red Bird, oben in Oregon 1916«, sagte Kenneths Stimme aus dem Nebenzimmer.

– 450 –

Die Ranch

Kenneth und Bette Switch waren 1953 aus Boston nach Montana gezogen, mit etwas Geld, von dem Bette glaubte, daß Kenneth es geerbt hatte (er hatte es bei der Kreditgesellschaft, wo er angestellt war, unterschlagen, weil die Direktoren ihm eine Gehaltserhöhung verweigerten), und hatten eine alte, heruntergewirtschaftete Ranch in der Nähe des Crow-Reservats gekauft. Die Ranch grenzte an das Land, auf dem im Reservat ein Bison-Projekt durchgeführt wurde. Kenneth sagte in späteren Jahren gern, als sie mit ihrem kleinen Kuh-und-Kalb-Unternehmen angefangen hätten, seien sie zu unwissend gewesen, »um zu atmen, ohne die Lunge voll Staub zu kriegen«. Es war jedesmal eine Sensation für sie, wenn sie über die rote Straße bis auf den Bergkamm fuhren und dort das Land sechzig Meilen weit vor sich ausgerollt daliegen sahen, bis zu den Big Horns aufsteigend, und da im Vordergrund die Tiere aus der peinlichen Vergangenheit des Westens, die riesigen Köpfe gesenkt und die kleinen glitzernden Augen rollend; dann, eine Meile weiter, ihre eigenen, schwarz, mit kahlen Leibern, absurd wie bemaltes Sperrholz.

Es dauerte nur wenige Jahre, dann hatten sie die Brucellose in ihrer Herde; der Bezirksverwalter sagte ihnen, es könnte sein, daß die Seuche von den Bisons übertragen werde; sie würden ihre Tiere vernichten müssen, und nach ein paar Jahren könnten sie vielleicht wieder von vorn anfangen.

»Jedenfalls«, sagte der Verwalter, »wenn nicht ab und zu mal was schiefgeht, woher sollte man dann wissen, wenn was gutgeht? Manchmal lernt man eben nur aus Rückschlägen.« Es war klar, für ihn waren sie einfach Verrückte aus dem Osten, mit mehr Geld als Verstand, die es sich leisten konnten, alle paar Jahre ein neues Rinderzuchtexperiment zu starten.

Während sie darauf warteten, daß ihr verseuchtes Land sich erholte, fand Bette eine Stelle als Mädchen für alles beim Bezirksgericht, und Kenneth fand etwas bei Gibby Amacker, einem ortsansässigen Pferdeversteigerer, zuerst nur Rechnungsprüfung, Buchhaltung und andere Büroarbeiten, aber mit der Zeit lernte er auch einiges über Pferde jeder Art und Farbe, über Füchse und Falben, Schecken, Apfel- und Fliegenschimmel, Duns, Buckskins, Grullos, Bayo Coyotes und Bayo Blancos, Moros, Medizinhüte und Kriegsfederschmuck, Claybanks, Bays und Greys, Rappen, Pintos, Palominos, Blue Corns, Sorrels, Paint Overos, Tobianos und Toveros, Esabellas, Muskat- und Erdbeerschimmel; Appaloosas mit weißer und farbiger Scheckung, leopardbunt, deckenbunt, schneeflocken-, marmor-, schabrack- oder tigerbunt, mit Handabdrücken oder zweifarbigen Augenflecken, gesprenkelt oder glasiert; Pferde mit Blessen, Streifen, Tropfen- und Münzenflecken, Spritzern und Sternen, Pferde mit Hecht-, Rams- und Kahlköpfen; er sah Woche für Woche Pferde jeder Rasse bei den Auktionen aus- und eingehen, Farbenpferde, Morganpferde, Araber, Halbaraber, Angloaraber, Appaloosas und Quarterpferde.

Er merkte, wie er die Appaloosas allmählich mit einer Art Ungeduld und Sehnsucht ansah. Er achtete darauf, wie sie im Preis stiegen und schon immer gestiegen waren, seit er angefangen hatte, für Gibby zu arbeiten, von etwa dreißig schäbigen Dollar pro Kopf manchmal bis auf hundert, wenn sie von einem Rancher wie Peewee Loveless kamen, der versuchte, die Rasse nachzuzüchten, um, wie er sagte, ihren alten Ruhm als großes Jagd- und Kriegspferd der Ebenen zu erneuern, der zuschanden gemacht worden war, als eingewanderte Kuhbauern und dummfreche Oststaatler die Reste der berühmten »Palousies« des Nordwestens mit ihren gestreiften Hufen und den weißumrandeten Pupillen aufkauften, die Herde, die von der U.S.-Regierung beschlagnahmt und durch Versteigerung in alle Himmelsrichtungen zerstreut worden war, nachdem Häuptling Joseph und seine Nez Percé mit ihr elfhundert Meilen weit über den überfluteten Snake River und den brutalen Lolo-Paß der Bitterrot Mountains gezogen waren, durch dreizehn Schlachten und Scharmützel mit zehn verschiedenen Abteilungen der U.S.-Armee, bei denen sie jedesmal dank den besseren Pferden den Feind besiegten oder zurückschlugen, bis man sie am Ende ins Lapwai-Reservat sperrte, wo man ihnen die Pferde wegnahm und ihnen dafür Bibeln gab. Die glücklichen, doch törichten Käufer dieser außergewöhnlichen Pferde kreuzten sie mit allem, was vier Beine und eine Mähne hatte, und die gefleckten Pferde der Großen Ebenen, die Nachkommen der eiszeitlichen Pferde, die an Höhlenwänden in Frankreich zu sehen sind, der sagenhaften Pferde von Fergana zwischen den Flüssen Syr-Darja und Amu-Darja in Usbekistan, Nachkommen Rakuschs, des gefleckten Rosses, das den Helden Rustam trug, dem in persischen Miniaturen und in Firdausis *Schah Nameh* gehuldigt wird, der Blut schwitzenden chinesischen Himmelspferde aus dem fernen Westen, der galoppierenden Reittiere der mongolischen Horde und des Hunnen Attila, der andalusischen Pferde, die für die Raubzüge der Konquistadoren aus Spanien nach Mexiko verschifft wurden, einer Schiffsladung gefleckter Pferde aus der Triestiner Lipizzanerherde, die um 1620 bei Vera Cruz landeten, der Pferde, die von den verängstigten Spaniern nach der Pueblo-Revolte sechzig Jahre später zurückgelassen und von einem mehr an Schafen interessierten Bauernvolk nach Norden abgegeben wurden, an die Schoschonen, Cayuse, Nez Percé, Blackfeet, Blood, Arikara, Sioux, Cree und Crow, Indianer der nordamerikanischen Steppen, die man die Great Plains nennt, wurden binnen zwanzig oder dreißig Jahren zu Hundefutter heruntergezüchtet.

Nachdem er sich einige Monate lang immer wieder Peewees Geschichten von den Appaloosas angehört hatte, fragte er ihn rundheraus: »Peewee, glaubst du, man könnte mit der Appaloosazucht ein Geschäft machen? Glaubst du, es gibt einen Markt dafür?«

»Gute Frage. Du weißt ja, mein Jüngster ist grad von der Universität nach Hause gekommen, wir reden darüber, was er nun machen wird, und er bringt mir bei, auf der Ranch bleibt er nicht. Schön, sag' ich, mußt du ja nicht, ich helfe dir auch so auf die Beine. Aber wenn ich ein junger Bursche wär', der was aus sich machen will, dann würde ich an die Appaloosas denken, es werden immer mehr Leute, die von den Appaloosas eine hohe Meinung haben. Und weißt du, was er zu mir sagt? Kommt nicht in Frage, sagt er, ich steig' nicht in die Pferdezucht ein, denn ich will Kameramann beim Fernsehen werden, hab' ich dir doch schon tausendmal gesagt! Schön, Bilder gemacht hat er schon immer, von klein auf, aber das sind so verrückte Sachen, dafür gibt bestimmt kein Mensch Geld aus, aber er sagt, das ist jetzt was anderes, da gibt es so eine neue Videotape-Sache, weiß ich, was das ist, und so was will er machen. Hat sich wahrscheinlich mit so einem Kommunistenklüngel eingelassen. Na, er wird schon sehn, was er davon hat. Antwort auf deine Frage ist, wenn du was von Pferdezucht verstehst, Interesse hast und ein bißchen was auf der Bank oder den Gürtel enger schnallen kannst, dann wären meiner Ansicht nach die Appaloosas ein guter Tip.«

»Und wenn man nicht viel davon versteht und nichts auf der Bank hat?«

»Na, dann lernst du's entweder oder gehst pleite, nicht? Gibt schon ein paar Leute, die dran arbeiten, die guten Appaloosas wieder herbeizuschaffen. Es ist zu machen, weil sie ein verdammt gutes Zuchtpferd abgeben, ja, ein gutes Reitpferd mit dem natürlichen gleitenden Gang, der alte Indianertrott, den können sie gehn noch und noch. Ein paar Leute haben in den Dreißigern schon angefangen, aber der Krieg hat sie zurückgeworfen. Hast du schon mit jemand darüber geredet?«

»Nur mit dir.«

»Ich zähl' da gar nicht! Solltest vielleicht mal mit jemand bei Coke Roberd in Colorado reden. Der hat sich seit vielen Jahren auf Appaloosas und Quarterpferde spezialisiert, mit besten Zuchttieren, manche sagen, er hat einen österreichischen oder polnischen gefleckten Hengst eingekreuzt, der mit einem Zirkus vorbeigekommen ist, oh, schon vor vielen Jahren, vielleicht ein Lipizzaner, wie man die nennt, hast du sicher schon von gehört, oder manche sagen auch, er hat ihn einem Zigeuner abgenommen, als so eine Bande bei ihm durchkam. Dann gibt es Claude Thompson unten in Oregon, der züchtet mit arabischem Blut. Ein Kriegsveteran aus der Gegend da, George Sowieso, hat sich mit ihm zusammengetan und hat etwas mit dem Appaloosa Horse Club zu tun. Ich habe gehört, sein Urgroßonkel oder seine Großmutter oder irgend so jemand hat damals bei der Regierungsauktion ein paar von den echten Nez-Percé-Pferden gekauft, darum haben sie noch was von dem guten Blut. Und dann gibt es noch ein paar Leute, die sich damit abgegeben haben. Man könnte sagen, sie stellen eine untergegangene Rasse wieder her. Es ist noch nicht lange her, daß die Rasse vom Nationalen Züchterverband anerkannt worden ist. Aber das wäre doch 'ne Arbeit für dich. Ich an deiner Stelle, ich würde mit einem richtigen Linienzuchtprogramm anfangen. Konzentrier dich auf Qualität, kastriere alles, was nicht erste Wahl ist, und die Krüppel und Vogelscheuchen und alles, was nichts taugt, schickst du gleich zum Abdecker. Darin mußt du hart sein. Und wirklich genaue Stutbücher führen.«

Eine halbe Stunde später sah Kenneth, wie Peewee am Zaun mit Gibby Amacker redete, beide lachten, und er wußte, sie amüsierten sich darüber, daß Kenneth Switch nun Appaloosas züchten wollte. Er beschloß, dafür zu sorgen, daß ihnen das Lachen verging. (Er hatte keine Gelegenheit, es ihnen zu zeigen. Peewee ertrank um Mittwinter, als ein Junghengst, auf dem er durch eine flache Abflußrinne ritt, beim Gefühl des brechenden Eises um seine Knöchel erschrak, durchging und ins tiefe Wasser stürzte. Und an St. Patrick's Day erstickte Gibby Amacker an einem Mundvoll blutigem Sirloin-Steak, während er über eine Reihe von Witzen über baskische Schäfer lachte – keine von den ganz harten über Schafe und Gummistiefel und verdreckte Unterwäsche, auch nicht der über die Schuhwichse an der Bettdecke oder der über den Dampfdruck-Kochtopf, sondern ein kindisches Wortspiel, das sein Schwager Richard aus seinem dichten blonden Schnurrbart hervorzupfte.

»He, Gibby, eine Baskenfamilie bleibt in einer Drehtür stecken. Und die Moral von der Geschicht: Steck nicht alle Basken in eine . . . Jesses, so komisch ist der doch gar nicht! He, Gibby, was ist mit dir? Kann mal jemand kommen? He, jemand soll einen ARZT HOLEN!«)

Umbrella Point

Am zweiten Morgen ihres Besuchs erwachte Vergil vom infernalischen Krähen eines Hahns. Der elektrische Wecker summte und fiepte, es war 5:47.

Unten goß Kenneth ihm einen Becher lauwarmen Kaffee ein; Josephine und Bette schliefen noch. Nervös stand er am Küchentisch. Ein Plakat war an die Küchentür gepinnt, auf dem man einen Bullenreiter in einer Staubwolke sah, darunter der Satz: GOTT, HILF MIR, DASS ICH OBEN BLEIBE! Der Himmel im Osten war blutorange. Kenneths tiefe Stimme lenkte ihn zu einem Stuhl von spanischer Machart hin, mit Plastiksitz und achteckigen Nagelköpfen, die sich in die Rückseite seiner Schenkel eindrückten. Die Falten von Kenneths Nase zu den Mundwinkeln gaben spiegelbildlich genau die Linie seines Kinns wieder und prägten seinem Gesicht die Form einer Raute auf, horizontal zweigeteilt durch die dicken, gesprungenen Lippen. Seine Augen waren riesig, die große graue Iris teilweise verdunkelt von dem überhängenen Fleisch unter den Brauen, das auf den Lidern ruhte. Durch eine Brille mit halbmondförmigen Bifokalgläsern wurden diese Augen noch mehr vergrößert. Die Brauen und das dünne Haar waren von gleicher Farbe wie die Haut, einem rötlichen Braun.

»Was wissen Sie von der Pferdezucht, Vergil?«

»Beschissen wenig, nichts.« Er hätte Kenneth gern gefragt, warum er nie selbst seine Tochter an den Füßen herumgeschwenkt hatte, statt dies dem Ranchgehilfen zu überlassen.

»Na, ich glaube, wenn Sie wieder abreisen, werden Sie ein bißchen mehr wissen. Damit Sie sich den Hintergrund vorstellen können, ich wußte auch verflucht wenig, als wir vor siebenundzwanzig Jahren hier rausgezogen sind. Von Pferden hatte ich keinen blassen Dunst. Ich war so klug zu wissen, daß ich nichts wußte, und darum hab' ich Fay McGettigan angeheuert, der bei Peewee Loveless gearbeitet hatte, bis Peewee ertrunken war, und Fay kannte sich aus – kennt sich aus – mit Pferden wie wenige andere. Die ersten Jahre hatten wir's schwer hier draußen, besonders Bette konnte sich nicht so

leicht eingewöhnen, aber alles, was nötig war, um die richtige
Kurve zu kriegen, war *ein Pferd*, ein einziges, und das war Umbrella Point, einer der schönsten Appaloosa-Hengste, die je
die Erde unter die Hufe genommen haben. Haben Sie die Bilder in der Diele und im Wohnzimmer gesehn? Umbrella
Point.« (Dort hingen Dutzende von Photos, die einen kräftigen Dunkelbraunen zeigten, mit leuchtendweißer Decke
über Rumpf und Rücken, belebt von Augenflecken; weißge-
fleckte Vorderfüße, weiße Blesse im Gesicht, weißes Schild
auf der Brust. Neben den Photos hingen einige schlechte mit
Acrylfarben ausgemalte Zahlenbilder, die Pferde darstellten.
Vergil vermutete, daß Kenneth sie gemalt hatte. Die Photos
zeigten Umbrella Point in vielerlei Stellungen und Bewegungen, galoppierend, beim Einfangen eines Kalbs mit dem
Wurfseil, nachdenklich dastehend, aufgebäumt, sich wälzend,
in sitzender Positur, schlafend, Maul reibend, bei einem Kur-
venrennen um Baumstümpfe auf der Jagd nach dem blauen
Siegerband, aus Buschgelände auf eine offene Fläche hinaus-
stürmend, auf einem Gebirgspfad unter einem vom Wind
verwischten Kiefernast stehend – kompakt, aber von vollen-
deter Form, munter und gutgelaunt dreinblickend, mit runden Backen, die ihm ein verschmitztes Aussehen gaben, und
einem dünnen Rattenschwanz, den Vergil scheußlich fand.)

Kenneth zog seinen Kaffee durch die Zähne ein, sprach mit
dem gedehnten Ton, den er sich im Westen zugelegt hatte.
»Wie ich zu diesem Pferd gekommen bin, das war ziemlich
seltsam, so seltsam, daß ich's nicht glauben würde, wenn es
mir nicht selber passiert wär'. Ich war bei einem Rodeo in
Idaho, hab' immer noch zeitweise für Gibby Amacker gearbeitet – das war nur ein paar Wochen, bevor er sich über die
Basken totgelacht hat –, und sollte eine Koppel Ponys mitbringen, die ein Broncbuster aus Texas verkaufen mußte; der hatte
irgendwie von Gibby gehört und ihn angerufen, und der Alte,
natürlich, der sagt, ich schicke Kenneth rüber, sie abholen –
war typisch für Gibby, hetzte jeden rum, wie er wollte, Pferde
abzuholen war überhaupt nicht mein Job. Fay hatte grad angefangen, für mich zu arbeiten, darum sag' ich, wir fahren zu-

sammen da rüber, und wir kamen hin, und die Quarterpferde von dem Mann sahen ziemlich gut aus, tat ihm weh, sie verkaufen zu müssen, aber irgendwie war er in Geldverlegenheit. Ja, auch in der Pferdeszene dreht sich alles ums Geld. Jedenfalls, wir laden die Pferde auf, und ich geb' ihm eine Quittung, und eins von den Pferden läßt so ein Wiehern los, und da fängt der Kerl an zu jammern, oh, das ist Pearl, Pearl kann ich nicht verkaufen, drückt mir die Quittung hin und versucht die Tür zu entriegeln, um Pearl wieder rauszuholen. Hören Sie, sag' ich, Sie haben mir gesagt, drei Pferde, und jetzt hab' ich die verdammte Quittung geschrieben und die Pferde aufgeladen. Nein, sagt er, ich hole Pearl wieder raus und gebe Ihnen dafür ein anderes Pferd. Ich habe einen Appaloosa-Hengst, hab' ihn zum Rindereinfangen genommen, er ist intelligent und schnell, aber ich tausche ihn für Pearl. Er bedeutet mir nicht so viel wie sie. Fay wirft mir einen Blick zu, als er das Wort ›Appaloosa‹ hört. Also gehn wir rüber auf die andere Seite des Geländes, wo er dieses andere Pferd hat, Bum Spots, und Fay rammt mir den Ellbogen so hart in die Rippen, daß ich fast geschrien hätte. Ich fand damals gar nichts Besonderes an dem Pferd, aber bei Fay war es Liebe auf den ersten Blick. Bum Spots war sechs Jahre alt und nicht kastriert, und Fay wußte, er war perfekt. Na, ich bleib' ganz ruhig. Fay sagt, wissen Sie was über ihn? Ich hätte gewettet, er war bloß irgendeine unregistrierte Fremdkreuzung. Na klar, sagt der Mann, er ist ein Rodeo-Unfall. Bei einem Rodeo in Colorado, da hat ein Hengst sich losgerissen und zwei Stuten gedeckt; und soviel ist sicher, eine davon war Pearl. Und wie der Hengst hieß, wissen Sie wohl nicht, sagt Fay ganz beiläufig. Doch, eines von Coke Roberds Pferden, ich glaube, Gee Whiskers hieß er oder Gee Whizz. Ich hab' dem Jungen zweihundert Dollar für Bum Spots gleich auf die Hand gezahlt; das Pferd kam mir nicht in Amackers Stall. Und auf der Heimfahrt sagt Fay, da hat's bei mir geklingelt, denn Gee Whizz ist der Vater von X-Ray Baby, die gerade die Weltmeisterschaft für Quarterpferd-Rennstuten gewonnen hat, also ist Bum Spots der Halbbruder einer Weltmeisterin. Was dieser weinerliche Holzkopf von einem

Cowboy natürlich nicht gewußt hat, sonst hätte er uns Bum Spots alias Umbrella Point niemals verkauft.«

»Aber wie verdammt noch mal kommen Sie auf den Namen Umbrella Point?« Der Kaffee war kalt, und die Sonne, die grell und heiß hereinschien, ließ ihm keine andere Blickrichtung als die auf Kenneth, der kalte Würstchen aus der Packung aß. Das rote Signallicht am Herd spiegelte sich seltsam in der Doppelglastür hinter Kenneth, so daß es aussah, als hingen zwei tiefrote Beeren an dem zerzausten Forsythienstrauch draußen, schwebten irgendwie direkt über Kenneths Haar. Vergil konnte sie hin und her schieben, wenn er den Kopf bewegte.

»Wissen Sie, ich wollte mal was anderes; jeden Namen, unter dem man ein Pferd registrieren lassen will, den hat schon jemand verwendet, man findet kaum noch einen originellen Namen, aber Fay und ich, wir sind hier in der Küche gesessen und haben versucht uns einen auszudenken, da seh' ich gerade Bettes Regenschirm, wie er an dem Haken da drüben hängt, und sag', Umbrella, das ist ein einmaliger Name, aber von wegen, so hatte schon mal jemand ein Pferd genannt, also sag ich, Umbrella Handle, und verflixt noch mal, *das* gab es auch schon, und dann kam Fay auf Umbrella Point, und das ließen die gestrengen Herren durchgehn. Und dabei blieb's. Wir hatten ihn fünfzehn Jahre, bis 1973, und wir haben von ihm gelebt, er hat diese Ranch aufgebaut. National Grand Champion, Grand Champion Performance. Vater von Umbrella Point's Boy, dem Grand Champion auf der Montana State Fair, von Gunsight Babe, dem Weltrekordinhaber über vierhundertvierzig und dreihundert Yards, von Chief Hardshell, Grand Champion als Dressur- und Rennpferd, National Champion im Roping, von Jot'Em Down, über hundert Bänder und Auszeichnungen in jederlei Cutting-, Reining- und Hinderniswettbewerben und Trickreiten, was es nur gibt, von Old Egypt, das war Josephines Pferd, aber der hat auch über hundertfünfzig Preise gewonnen; außerdem Pegasus, Poetry, Raisin Pudding, Target – ich könnte noch den ganzen Tag lang aufzählen.« Er trank seinen Kaffee aus und goß sich nach. Vergil neigte den Kopf in wechselnde Richtungen, so daß die

Beeren auf andere Zweige hüpften. Die angeberische Stimme setzte wieder ein.

»Und dann war alles aus, durch eine vollkommen *sinnlose* Gewalttat. Josephine kam zu Besuch mit ihrem damaligen *Ehemann*, mit Ults, diesem stillen und störrischen Bastard, an den war sie in so einer gottverfluchten Kommune da unten in New Mexiko geraten, Männer, die sich die Haare bis zum Hintern wachsen lassen, und in so psychedelischen Fetzen, alles voll Schmuck und Tinnef – mein Gott, das tat richtig weh, wenn man dem die Hand gab, so viele Ringe hatte er dran, der Hundesohn. Er trug Zöpfe und ein Tuch um die Stirn, als ob er glaubte, er würde ins Schwitzen kommen. Wir haben versucht, sie anständig zu erziehen, haben ihr ein Pferd geschenkt, als sie sechs war, haben ihr alles gegeben, was wir nur konnten, und was macht sie? Sie haut ab in eins von diesen Hasch-Camps, trägt Pionierkleider und läßt sich mit diesem Ults ein – sein Vater ist Pipeline-Zulieferer, ich glaube, der hat sich geschämt für seinen Sohn. Jedenfalls, der Bengel ist durchgeknallt, verrückt geworden, ist eines Morgens aufgestanden, nimmt meine 30/30er über der Tür, geht in den Stall und führt Umbrella raus, erschießt ihn da gleich vor dem Stall und will wieder ins Haus gehn. Natürlich bin ich von dem Schuß wachgeworden, schau' aus dem Fenster und seh' Umbrella Point zuckend auf dem Boden liegen und Ults mit der Flinte, wie er grad weggeht, mit so einem halben Grinsen im Gesicht, konnte man sehn, daß er vollgepumpt war mit Drogen, und war nicht weiter schwer zu begreifen, was da passiert war und was als nächstes passieren würde, und ich die Treppe runter, drei Stufen auf einmal, und bin an der Hintertür, grad als er wieder zur Veranda raufkommt, immer noch mit der Flinte, und sie grad hochnehmen will – oh, für mich gibt's da gar keinen Zweifel, der hatte vor, mich zu erschießen, uns alle, Josephine, Bette, mich und vielleicht auch noch die Katze –, aber, mein Gott, ich weiß bis heute nicht, wie ich's gemacht habe, Überraschungsmoment, nehm' ich an, ich reiß' ihm das Ding aus der Hand und hab' ihm in die Schulter geschossen, bevor er gewußt hat, wie ihm geschieht. Er ist die

- 460 -

Stufen runtergefallen, lag da im Dreck und brüllte. Ich bin erst
mal wieder reingegangen und hab' mir einen Whiskey einge-
gossen, ein ganzes Glas pur getrunken, dann rausgerannt zu
Umbrella Point – über Ults weg, wobei ich ihm noch einen
ordentlichen Tritt gab –, aber mein schöner Champion-
Hengst war hin, und dann hab ich beim Sheriff angerufen und
gesagt, was passiert war, und wenn er nicht gleich käme,
würde ich Ults vielleicht noch den Rest geben. Bette und
Josephine sind durchgedreht, sie konnten's ebensowenig verstehen wie ich. Josephine machte mir Vorwürfe, sagte, du hättest doch nicht gleich schießen müssen, nicht, und wir sind im
Streit auseinandergegangen, und sie ist mit ihm weggefahren
ins Krankenhaus oder in die Klapsmühle, aber Sie wissen ja,
nicht lange danach sind sie geschieden worden. Was da im einzelnen gewesen ist, hab' ich nie erfahren, weiß ich bis heute
nicht, nur daß sie binnen einem Jahr geschieden waren – das
heißt, wenn sie überhaupt je verheiratet gewesen sind. Vielleicht war das auch bloß so eine verfluchte Hippie-Zeremonie
mit Dope, Sitarmusik und Tofu. Keine Ahnung, fragen Sie sie
selbst.«

»Sie mag nicht drüber reden.«

»Kann ich ihr nicht verdenken, können Sie's? Ich rede selbst
nicht gern drüber. Fay war an dem Wochenende in der Stadt
und hat sich vollaufen lassen, und als er hörte, was passiert war,
hat er geheult wie ein Kind. Da war das Pferd schon begraben,
ich hab' es selbst gemacht.« Er aß noch eine kalte Wurst.

»Und Fay? Ich wollte Ihnen noch von der Köchin erzählen, die wir damals hatten, Odella Hooky, die gehörte zu
irgendeiner vegetarischen Nebensekte der Holy Rollers. Sie
wollte kein Fleisch anrühren und nichts, was von einem Tier
stammte. Kein Speck, keine Steaks, keine Eier, kein Schmalz,
keine Butter. Wir versuchten sie dazu zu überreden, daß sie
wenigstens mit Maisöl kochte, aber sie wollte nicht glauben,
daß das Öl aus Mais gewonnen wurde. Bohnen machte sie
ganz ordentlich, aber nach viel schmeckten sie nicht. Schließlich geht Fay zu ihr in die Küche, mit einem Fünf-Pfund-Len-
denstück in der einen Hand und einer heißen Bratpfanne in

der andern, man konnte richtig die Hitzewellen sehn, die von
dem Ding aufstiegen, und sagt zu ihr: ›Sie braten das jetzt,
oder, bei Gott, ich brate Sie!‹ Und hält ihr die Hand über die
heiße Pfanne, etwa einen Zentimeter über dem Metall, und
sie versucht die Hand hochzuziehen, er drückt dagegen, und
sie kommt nur mal so mit den Fingerspitzen dran, und man
konnte in der ganzen Küche hören, wie's gezischt hat. Na, das
Steak hat sie gebraten und geheult zum Steinerweichen, aber
am nächsten Morgen war sie weg, und die nächsten sechs Monate mußte Fay kochen, denn so lange haben wir gebraucht,
um jemand anders zu finden.«

Vergil und Fay

Josephine war ausgeritten. Nein, sagte er zu ihr, ich putz' dir
die Schuhe und kauf' dir Cadillacs, aber auf ein Pferd setz' ich
mich nicht, von den Scheißviechern hab' ich die Schnauze
voll, diese Scheißpferde sind verrückt und unberechenbar. Als
er am Zaun lehnte, kam Fay, blinzelte durch den Rauch seiner
Zigarette, während das Sonnenlicht auf die Bügelfalte seiner
Jeans prallte.

»Ich fahr' in die Stadt. Wollen Sie mit?«

»Scheiße, ja«, sagte Vergil überrascht. Mit dem alten Fay
wollte er nirgendwohin, aber er wollte einfach mit, um irgendwohin zu kommen, denn hier gab es nichts zu tun, als im
Wohnzimmer rumzusitzen zwischen den Schädeln, Geweihen,
Indianerdecken und Sporen und in alten Nummern des *Western
Horseman* und *Montana Wildlife* zu blättern. »Klar komm' ich
mit. Kann ja mit anfassen, wenn Sie Futter holen«, denn er hatte
gehört, wie Bette zu dem Alten sagte, er solle das Hühnerfutter
nicht wieder vergessen, sie hätten kaum mehr was da.

»Wenn einer helfen will, soll man nie nein sagen.« Dieser
direkte Nußknackerblick.

Der Boden des Lastwagens lag voll Gerümpel – ungeöffnete
Briefe mit Spuren von schmutzigen Stiefeln, Supermarkt-Re-
klamezettel – 500-PFUND-MANN GEWINNT RODEO-PREIS –, eine

- 462 -

Flasche Hawbaker's Red Fox Urine, Bierflaschen, Schneeketten, Stricke, alte Zügel, ein Paar Gummistiefel mit spitzen Zehen zur Aufnahme von Cowboystiefeln, Bonbonpapier und zerknüllte leere Zigarettenschachteln. Er saß unbequem, den linken Fuß höher als den rechten auf einen Haufen Ketten gestellt. Die Polsterung hing aus dem Sitz heraus. Der Aschenbecher lief über, und Fay steckte sich schon wieder eine an. Die Windschutzscheibe hatte zwei schmierige Halbkreise in einem Feld von strähnigem angetrocknetem Schlamm. Es waren dreiundvierzig Meilen bis in die Stadt, und Fay summte und sang vor sich hin, »*the clap-ridden slats in their ten-gallon hats ain't worth a damn that I know*«, grunzte nur, wenn Vergil ihn etwas fragte, schätzen wollte, wie hoch wohl auf den Bergen in der Ferne jetzt Schnee lag, oder sich wunderte, wer in dem alten Eisenbahnwaggon wohnte, mit siebzig bis achtzig Autowracks drum herum verstreut wie nach einer Explosion.

Etwa nach der Hälfte der Strecke dachte er, hol's der Teufel, und drehte sich einen Joint aus dem letzten Rest von seinem Gras. Als sie dann in der Stadt vor Busrees Eisenwarenladen hielten und Fay sich seine Liste vom Sitz grapschte, endlich mal den Mund aufmachte und sagte, treffen uns hier wieder um vier, war Vergil ruhig und guter Laune. Er lief in der Stadt herum, kaufte Rasiercreme und Aspirin, bestellte sich im Café zum Kaffee ein Stück klebrige rote Torte, nach Aussage der Kellnerin Erdbeer-Rhabarber, betrachtete die Western-Hemden in der Kowboy Korner, probierte ein Paar Larry-Mahan-Stiefel an, »Handarbeit, handgenäht und handgenagelt, extrabreites Stahlgelenk und eine gute, dicke Sohle, die halten Ihnen *einige* Jahre«, sagte der Verkäufer, ein Mann mit grauem, drahtigem Hundehaar und einem roten Fleck zwischen den Augen, der an der Wand neben einem wie ein Diplom eingerahmten Papier lehnte, dem »Preis für patriotischen Bürgersinn, verliehen in dankbarer Anerkennung für freiwillig geleistete patriotische Überzeugungsarbeit im Dienste des Gemeinwesens durch alltägliches Aufziehen unserer Nationalflagge«, und Vergil kapierte nun, daß der vor dem Schaufenster flatternde Lappen ein Zipfel von der riesigen Fahne war, die von den Fenstern im Obergeschoß des Hauses herabhing; aber die Stiefel saßen ihm fremd an den Füßen, er mochte die drückende Wölbung unterm Spann nicht, und der hohe Absatz störte ihn auch.

»Muß ich mir noch mal überlegen«, sagte er zu dem enttäuschten Verkäufer, sah sich noch kurz die Hüte an – Scheiße, wie gern würde er sich verdammt noch mal einen großen Cowboyhut kaufen, wenn er bloß damals in Nam so einen gehabt hätte –, ging aber aus dem Laden, blickte hoch zu der Fahne, die schmutzig und schäbig aussah. Im Schaufenster stand ein Schild BUY AMERICAN. Bis um vier Uhr war er in allen Läden gewesen, in dem kleinen Lebensmittelgeschäft mit dem handgeschriebenen Schild THE WORLD'S NOT WORTH A FIG. WE HAVE GOOD RAISINS FOR SAYING SO, am Gebäude der Stadtverwaltung, bei der Klinik und am Postamt. Ein alter Knabe mit speckigem Hut, die Nase wie ein Entenschnabel, ging vorüber mit einem Plakat um den Hals: WOLFES! LET'S DON'T BREED THEM. WE DON'T NEED THEM.

Fay war nicht beim Lastwagen, Säcke oder Kisten waren auch keine da, und er setzte sich auf den klumpigen Sitz und wartete eine halbe Stunde, schräg zum Himmel aufblickend, der geschlossen nordwärts zu ziehen schien, in langen Wolkenrippen, die sich übers Land wölbten, und studierte ein Kinoplakat für *Buckaroo Banzais Abenteuer*.

Er fragte den Verkäufer im Futterladen, zwei ungleich große Backen, schwer zu sagen, wo der Mund aufhörte und das Gesicht anfing, und der sagte nee, Fay's nicht dagewesen, probieren Sie's mal gegenüber.

Zuerst sah er ihn nicht, dann doch. Da hockte er, hochaufgerichtet am Ende der Theke, das Bierglas auf der Einkaufsliste, redete auf einen nußbraunen Opa ein, der nach Schafen stank. Alle Leute im Lokal trugen Zeichen, Botschaften in Wort und Bild auf Gürtelschnallen, T-Shirts, lederne Etiketten auf dem Jeanshintern, in Hutbänder eingewebte Namen, Schirmmützen mit dem Aufdruck KING ROPES. Vergil bestellte per Handzeichen ein Bier und setzte sich neben Fay, der gleich herumfuhr und sagte: »Alles erledigt?«

– 464 –

»Hatte nicht viel zu erledigen. Zahnpasta, Briefmarken.«

»Denkst du auch an das Hühnerfutter?«« Er imitierte Bettes Stimme unheimlich genau.

»Ich dachte, das würden Sie holen!«

»Herrje, ›ich dachte, das würden Sie holen‹«, imitierte er Vergil. »Nein! SIE sollten's holen, weil ich noch ein paar Dinge zu erledigen hatte.«

»Wie soll ich denn das Scheiße noch mal wissen, Fay? Wieviel will sie denn? Ich geh's gleich holen.«

»Steht doch auf der verdammten Liste, ganz oben auf der verdammten Liste, jede Woche Hühnerfutter, Hühnerfutter – die Hühner müssen groß wie Maulesel sein, bei dem Futter, das sie fressen.«

»Sie haben doch diese Scheißliste, Fay! Geben Sie mir die Liste, und ich hol' Ihnen das Hühnerfutter.«

»Steht außer Hühnerfutter noch mehr auf der Liste. Rotzstocher und Tamponschnüre und ein Mittel gegen Texasfieber.«

Vergil nahm sich die nasse Liste von der Theke. Die Hälfte war unleserlich, die Tinte vom Bier verwischt. »Werd' holen, was ich kann.«

»Holen Sie, was Sie können, ja!« Und in seinem wackligen Tenor begann Fay zu singen: »*Each range breeds its own brand of bastard, boozefighter, bugger or bum . . .*«

Auf der Straße ging Vergil erst mal zu dem Scheißlaster und hoffte, daß die Scheißschlüssel drin waren. Scheißviertel vor fünf. Wenn um fünf alles zumachte, war er angeschissen. Zuerst das verfluchte Scheißhühnerfutter. Dieser gottverdammte Scheißfay!

Der Verkäufer im Futterladen war erfreut, ihn wiederzusehen; er schlug mit einem Plastikbeutel voll getrockneter Bohnen nach einer Fliege.

»Hühnerfutter.«

»Lege-Mischung? Maisschrot?«

»Was zum Teufel nimmt denn Fay meistens?«

»Der nimmt meistens gar nichts.« Ein knisterndes Lachen wie von einer zerschrammten Platte.

»Kann ich mal anrufen? Die Leute in der Scheißranch fragen.«

Niemand nahm ab, und er erinnerte sich halb, gehört zu haben, daß sie zu dem trockenen Flußbett im Nordabschnitt der Ranch wollten. Da mußten sie jetzt wohl sein, vielleicht auf den Scheißpferden hingeritten. Er sah noch mal auf die Liste, soweit er sie lesen konnte. *Hühnerfutter. Streichhölzer. Milchpulver. T-Eisen. Zusatz. Schweinering. Schlüssel. Popcorn.* Und noch sechs oder sieben andere Scheißartikel, die verwischt waren – *Rosinen* oder *Rasierer, Vakzine* oder *Vaseline, Regenhaut* oder *Reibkäse, Rumpsteak* oder *Rammsporn.*

»Ich nehm' einen Sack von beidem.«

»Fünfzig Pfund?«

»Ja. Und haben Sie so was wie T-Eisen?«

»Welche Größe und wie viele?«

»Zehn von jeder Größe, auf die Rechnung für die Switch-Ranch. Und Zusatz?«

»Ken Switch?« Der Mann kicherte. »Was macht sein Liebesleben in letzter Zeit? Will er Zusatz für Pferde, Kühe, Schafe, Ziegen, Katzen, Hunde oder Menschen? Zehn von jeder Sorte?«

»Wie zum Teufel soll ich das wissen?« Wenigstens hatte er das Hühnerfutter.

Fay war noch nicht in Aufbruchstimmung, als Vergil wieder in die Bar kam, er rauchte, lachte und trank mit dem Schäfer Bier und Whiskey, sprach über einen Dritten, den er High Nuts nannte, einen »Bastard von einem Bastard« und »zu blöd, um den Stöpsel rauszuziehn und die Pisse aus dem Waschbecken zu lassen«, einen Mann »mit dem Kopf voller gebratener Kiesel«.

Ja, Scheiße, dachte Vergil, für mich arbeitet der Kerl ja nicht, und ich bin mit ihm nicht verwandt. Er bestellte und bekam ein Schnapsglas Shark Snot und danach noch das eine oder andere. Wenigstens hatte er das Hühnerfutter. Er hörte zu, was die Leute ringsum redeten.

»Das einzig Gute, was er je gemacht hat, war das mit der Klapperschlange. Er hat immer einen Pfriem Tabak in der

Backe gehabt. Diese Schlange liegt da unten am Tor, und er kommt angeritten, überlegt nicht lange und spuckt einen Strahl Saft aus und der Schlange genau ins Maul, Volltreffer, und die hat sich verwurkst und verwurstelt; bis ihr die Innereien zum Hals rauskamen und sie krepiert ist.«

Auf der andern Seite neben ihm saßen zwei Ranchgehilfen, der eine mit dem Kopf auf der Theke.

»Ich hab' ihm gesagt, kein Problem, sag' ich.«

»Is' ja der Ärger. Versuch zu reden, sag, ich kann nicht, aber kein Problem, aber er sagt, aufhören. Ich sag', *du* hast gesagt, ich soll aufhören!«

»Hab' ich nie. Ich mach' das auf meine Art. Kurz und nett und niemals nüchtern.«

Der Barmann beugte sich zu Vergil über die Theke und sagte leise: »Warum hat ein Baske immer Scheiße in der Brieftasche?«

»Ich weiß nicht, hat er?«

»Als Ausweis.«

Trunkenheit am Steuer

Es war zu einer unbekannt späten Stunde, als sie aus der Bar heraussteuerten und in den Lastwagen stiegen.

»Wie spät ist es?« sagte Vergil.

»Wie zum Teufel soll ich's wissen? Ich trag' keine Uhr, keine Ringe noch goldene Ketten. Soll ich Ihnen erzählen, wie das war, als mein Daddy 'ne Uhr kriegte? 'ne Uhr und 'ne Badewanne und 'ne Toilette und 'ne Waschmaschine mit Benzinmotor, kriegte er alles am gleichen Tag. War der Höhepunkt seines Lebens, war Ire, beschissen arm dran. Hatte seine Kühe verkauft, als sie schwer und gut im Fleisch waren, genau im richtigen Moment, als der Preis hochgegangen war, das einzige Mal in seinem Leben. Im Jahr drauf hat die Regierung ihn bis aufs Hemd ausgezogen, und die Ranch war er los. Jedenfalls, an dem Tag nun, von dem ich rede, da hat er zum erstenmal die Badewanne benutzt. Baut die Wanne und die Toilette –

›daß keiner mehr sagen kann, wir hätten keinen Pott zum Reinpinkeln!‹ – in einer Ecke von der Küche auf und hängt über Eck
eine Decke vor. Decke hängt so bis knapp einen halben Meter
überm Boden runter. Wir Gören sitzen alle und gucken, wie
die Kids heutzutage vorm Fernseher. Die alte Dame macht auf
dem Herd das Wasser heiß, sämtliche Töpfe und Pfannen, die's
gibt im Haus, schüttet es rein, und er kriegt ein großes Stück
Luxusseife, und wir hören, wie er hinter der Decke die *Rose of
Tralee* singt, zieht sich aus, wir sehen, wie er aus den Stiefeln
steigt, dann pinkelt er in die Toilette, wir sehn seine Füße. Neben der Wanne breitet er ein Handtuch auf den Boden. Nimmt
die Uhr ab – Jesus und Josef, was war er stolz auf die Uhr, hatte
noch nie eine besessen! –, und wir hören, wie er sie aufs Regal
legt, da war so ein kleines Regal an der Wand. Dann steigt er in
die Wanne, wälzt sich, streckt sich, singt, wir riechen die parfü-
mierte Seife und hören sein Geplätscher, er ruft nach 'ner
Soßenschüssel und gießt sich damit Wasser übern Kopf, rutscht
ganz rein und taucht unter und macht einen Lärm wie ein Ko-
jote im Brunnen. Nach einer Stunde kommt er raus. Wir sehn
seine Füße auf dem Handtuch, wie zwei große gekochte
Schinken. Er nimmt das andere Handtuch, um sich abzutrock-
nen, und macht damit so einen kleinen Peitschenknall, aus
Übermut, weil er doch nun so himmlisch rein ist nach diesem
ersten Bad seines Lebens in einer Badewanne, und das Ende
von dem Handtuch erwischt die Uhr auf dem Regal und
schnipst sie in die Toilette. Gespült hatte er nicht. Herrgott, hat
er geflucht und gebrüllt wie ein Wilder. Er greift in die ver-
pißte Toilette und holt sie raus, aber es nützt nichts, sie ist
hin. Damals waren die Uhren noch nicht pißdicht. Er hebt das
verfluchte Ding ein paar Jahre in einer Zigarrenkiste auf, bis
Donnell, das war mein kleiner Bruder, sie auseinandernimmt,
und da ist 'ne Feder aufgesprungen wie 'ne Klapperschlange
und ihm ins rechte Auge, und auf dem ist er dann blind gewesen für den Rest seines Lebens, das nicht mehr sehr lange ge-
dauert hat. Darum hab' ich nie eine Uhr haben wollen, machen
einem nichts als Ärger. *Oh I'm a jolly baker and I bake my bread
brown, I got the biggest rolling pin of any man in town* . . .«

– 468 –

Vergil sagte, es würde ihm Scheiße noch mal nichts ausmachen zu fahren, aber Fay wurde ganz wild und sagte: »Nur über meine Leiche kommst du ans Steuer. Du bist doch betrunken und weißt nicht, wie man hier draußen fährt, wenn man betrunken ist, das is 'ne Kunst! Paß jetzt auf, und du wirst es lernen! *She woke me up one morning, aknocking at my door, shoes and stockings in her hand, her chemise up* . . .« Er setzte langsam zurück, schaltete in den ersten Gang und brummte die Straße entlang, ohne die Scheinwerfer anzuschalten, und nicht die Hup- und Blinkzeichen der vorüberfahrenden Wagen, sondern erst die Dunkelheit am Stadtrand, wo die Straßenlaternen aufhörten, brachte ihn endlich auf den Gedanken, daß er Licht brauchte. Als sie mit stetigen fünfundfünfzig in die Dunkelheit eintauchten, das rechte Vorderrad immer schön neben dem Mittelstreifen, quasselte Fay weiter.

»Na, da siehst du mal, wie schön das ist, wenn du langsam und betrunken durch die Nacht schaukelst, mit einem fetten Vollmond vor der Windschutzscheibe. Die Gegend ist leer, du hast die Straße ganz für dich allein, du willst überhaupt nicht nach Hause. *They use their pricks for walking sticks, those hardy sonsabitches.*«

»Ich will aber verdammt noch mal nach Hause«, sagte Vergil. »Du Arschloch! Ich bin in Nam schon durch Gegenden gefahren, wo du keine fünf Minuten am Leben geblieben wärst. Ich war einer von denen mit einer Kette aus abgeschnittenen Ohren um den Hals. Was ich gesehn und getan hab', davon würdst du blind, Alter.«

»Hör mal, ich weiß, ich bin blau und weggetreten, aber zum Teufel, na und? Alle müssen doch mal abtreten, oder? Ich bin eben einer von den ersten. *He ain't been rode and he's twenty year old.* Mich schon mal in Bewegung gesehn? Mich schon mal rennen gesehn oder tanzen, Mr. Wheelwright? Oh, das konnt' ich! Jetzt natürlich nicht mehr, aber früher, keiner konnte's mit mir aufnehmen, und die Frauen kamen nicht an mir vorbei. Ich konnte den Bluttanz – tanzen, bis dir das Blut in den Schuhen steht. Da gab es so 'n großen, dünnen Kerl, hundertachtundzwanzig Pfund, wenn er tropfnaß war, Polyesteranzug, Hut mit breitem Rand, Innengröße sechsdreiviertel, Gesicht wie 'ne angetrocknete Ohrfeige. *He ain't been rode and he's twenty year old, the worst fuckin outlaw that ever been foaled.* Mund mit Reißverschluß, dauernd Stiefel an und noch nie aus der Stadt rausgekommen. Aber spielen kann er! Etwa nicht? Konnte er, besser gesagt. Dem haben sie sein Bett gegraben. Ist tot. *Lay off of that red-eye, get rid of that whore.* Aber mit das Beste, was mir begegnet ist, das war 'ne Frau. Genauso angezogen, weiße Hose und Jackett, Cowboyhut, Stiefel, Gesicht wie Wachspapier. Aber sie konnte was, das man nicht für möglich gehalten hätte. Zog die Töne so lang wie Kaugummi, bis sie ganz dünn wurden, fast nicht mehr zu hören, und dann hat sie sie aufgelöst wie ein verknotetes Seidentuch und dir vor der Nase geschwenkt. Niemals gelächelt. Oh, die Alte konnte einen verhexen. Hab' nie erfahren, wie sie hieß. Ist wohl inzwischen auch übern Jordan und bläst im Himmel auf 'nem Kamm – aber vielleicht kann man da eine Konzertina mitbringen. Das ist ein Instrument! *The corral was all muddy and slicker than glass, I lands on a rock and I busted my ass ... he's mean, yessiree.*«

Vergil kurbelte das Fenster runter, um den Rauch abziehen zu lassen. Der schwelende Aschenbecher gab einen giftigen Qualm ab.

»Du bist doch genau so ein Scheißer, nicht, ein Bastard von einem Bastard, würdest dir die Fliegen aus dem Honig picken, wenn sie reinfallen, nicht, würdest deinen Namen vergessen, wenn er dir nicht auf den Pimmel tätowiert wär', was, du wärst verloren, wenn ich nicht wär' und dich heimbringen würd' in dunkler Nacht, ja, du brauchst wen, der dich bei der Hand nimmt. Josephine ist die einzige in dem ganzen Klüngel, die was taugt. *You been tamped full of shit about cowboys, they are known as a romantic band.* Ich, ich komm' allein zurecht, seit ich elf bin. Arm gewesen, im Winter alte Socken als Handschuhe, mußte mir die Kleider auf der Müllkippe zusammensuchen, bin seit der vierten Klasse nicht mehr zur Schule gegangen. Konnte die Hänseleien von den kleinen Ferkeln nicht mehr hören, und mein Daddy hat mich sowieso zur Arbeit gescheucht. Der übelste Job, den er mir je gegeben hat, war einen Wurf Katzen

– 470 –

totmachen. Die alte Katze hatte Junge, schien alle paar Monate neue zu kriegen, und der Alte gibt mir 'ne Mistgabel und sagt, schaff sie weg. *All he knows of romance is the crotch of his pants, what the hell do you think* – Ich hör' so was klingeln, hörste's auch? Klingelt's im rechten Ohr, kriegste 'ne gute Nachricht, wenn im linken, 'ne schlechte. Ich hör's in beiden. Du?«

»Klar.« Er hörte es, und zwar in beiden. Kein Klingeln, sondern ein langes, endloses Schnaufen, stoßweiße von irgendwoher in der Landschaft.

»Scheiße, was ist das?«

»Weiß nicht. Es scheint nicht Luft holen zu müssen.«

Und dann ganz dicht bei ihnen plötzlich blendende Scheinwerfer und das Rattern eines Güterzugs, die rostroten Kohlenwaggons wenige Schritt vor ihnen. Fay trat auf die Fußbremse, Vergil riß die Notbremse hoch und sagte nur noch Scheißescheißescheiße, so nah an den Rädern, daß sie die Funken sprühen sahen und das Metall riechen konnten.

Die letzten zwölf Meilen waren sie übermütig, dem Tod von der Schippe gesprungen, der Hand des Schicksals entronnen, um die Katastrophe herumgekommen. Fay kurbelte das Fenster runter, steckte den Kopf hinaus in den trägen Fahrtwind und schrie, sie juhuhten und sangen, Fay fast brüllend, als sie auf den Hof rumpelten, »*I've harvested wool in Wyoming and rawhide in New Mexico, I've weared a bandanna in Sheepshit, Montana, and got laid in old Idaho.*«

Und als der Motor verstummt war, standen sie schuldbewußt und lachend in der verdutzten Stille und pißten im Schutz der offenen Wagentüren auf den harten Boden, und von ihrem Lärm und dem blassen grauen Schimmer im Osten wachte der Hahn auf.

Blöder Wichser, dachte Vergil, und das nachdem ich dir dein blödes Hühnerfutter besorgt habe. Er blickte im trüben Licht von hinten auf die Ladefläche, konnte aber die beiden Säcke nicht sehen.

»Wo's das Scheißhühnerfutter?«

Fay kam herbei, mit leichten und schnellen Schritten, als hätte ihm die nächtliche Gefahr das Alter aus den Gelenken

- 471 -

gespült, tastete in den dunklen Ecken der Ladefläche herum, dann kramte er in der Kabine die Taschenlampe hervor. Ihr schwaches Licht ließ eine breite doppelte Schleifspur über die ganze Länge der Fläche erkennen.

»Sieht so aus, als wenn sie in die andere Richtung wollten«, sagte Fay, setzte sich auf die Ladefläche, summte und ließ genüßlich die Beine baumeln.

Vergil und Josephine

Er kroch in sein von der Nachtkälte klammes Bett, bibberte und wünschte sich Josephine herbei. Nach etwa zehn Minuten stand er auf und ging über die Diele, machte behutsam ihre Tür auf. Sie schlief auf dem Bauch. Er hob sachte die Decken, manövrierte gerade seinen Hintern in Stellung, um neben ihr hineinzuschlüpfen, als sie sagte, hat Fay an das Hühnerfutter gedacht?

Ooooh! jammerte er in gespielter Qual, schlang seine kalten Arme um sie, drückte die eisigen Knie in ihre Wärme, schnüffelte an ihrem parfümierten Hals und Haar wie ein Hund an einer Kaninchenfährte. Er streifte ihr mit seinen Leichenhänden das Nachthemd hoch, preßte mit vollem Verständnis für die Gelüste der Vampire seinen kalten Mund an ihren reichlich durchbluteten Hals.

»Du stinkst nach Schnaps und Zigaretten.«

»Ich war in so einer Scheißbar, bin mit Fay mitgefahren. Wir wären fast in einen Scheißzug reingefahren, das Scheißhühnerfutter haben wir unterwegs verloren.«

»Das Hühnerfutter verloren? Mutter wird Fay umbringen. Wie konntet ihr das verlieren?«

»Ich glaube, als wir fast gegen den verdammten Scheißzug geprallt sind. Mußten verflucht scharf bremsen. Die verfluchten Scheißsäcke müssen hinten rausgeflutscht sein. So jedenfalls sieht es aus. Wenn sie nicht rausgefallen sind, als wir so einen Scheißhügel raufgefahren sind. Ich kann mich an keinen so verflucht steilen Scheißhügel erinnern.«

»Da ist nirgends ein Hügel. *Hör auf damit!*«

»Josephine, Jojo, komm schon! Jojo, verdammt noch mal, komm jetzt!« Drückte sich fest an sie, fühlte den Blutandrang in seinem Glied, tauchte die eine kalte Hand zwischen ihre Beine und zwickte mit der anderen ihre Brustwarze.

»Ist mein Ernst, du kannst gleich wieder gehn. Ich fahr' los und hol das Hühnerfutter, und du gehst in dein Bett und schläfst dich aus. Meine Mutter hat schon seit zwei Wochen nichts mehr für die Hühner, weil sich Fay jedesmal, wenn er in die Stadt fährt, besäuft und es vergißt. Sie füttert sie schon mit Haferflocken und Reis-Krispies. Sie hat im Moment genug andre Probleme und kann das nicht auch noch gebrauchen. Habt ihr Streichhölzer mitgebracht?«

»Ja.«

»Und Dads neue Regenhaut?«

»Scheiße, wie wär's mit einem Kilo Reibkäse? Auf der Liste sah's aus wie Reibkäse.«

»*Soso!* Nach dem Rest brauch' ich dann wohl gar nicht erst fragen. Los, holen wir das Hühnerfutter!« Sie hatte sich mit einem Ellbogen aufgestützt und sah ihn an, eine Kissenfalte an der rechten Wange.

»Du bist eine Scheißfotze heut nacht, weißt du das? Das sind etliche verfluchte Meilen bis dahin zurück. Kannst du dir nicht denken, daß inzwischen sowieso jemand anders das Scheißzeug mitgenommen hat?«

»So läuft das hier draußen nicht.« Sie stand auf, warf sich wütend in ihre Kleider.

Er hätte sie schlagen mögen. Sie umbringen! Kapierte sie's denn nicht? Er hatte dieses Scheißfutter besorgt, während dieser Scheißer von Fay besoffen lallend auf einem Barhocker saß, ja, er hatte's besorgt, auch wenn es jetzt verflucht noch mal irgendwo draußen auf der Straße lag. Er setzte sich auf. Der Scheißhahn krähte wie verrückt. Er merkte, wie verkatert er war. Unten in der Küche konnte er Kenneth husten und sich räuspern hören. Herrgott noch mal! Er stellte sich vor, wieder so eine gottverdammte Stunde auf dem spanischen Stuhl sitzen zu müssen, bei lauwarmem Kaffee, und den alten Wichser über seinen beschissenen Umbrella Point labern zu hören. Kein Wunder, daß Ults den Scheißgaul erschossen hatte, wahrscheinlich bloß, damit Kenneth verdammt noch mal endlich den Mund hielt.

»Na ja. Also holen wir's.« Seine Stimme klang nun kalt und bissig.

Er ging zurück durch die Diele, zog seine stinkenden Sachen wieder an, fuhr sich mit einem heißen Waschlappen übers Gesicht und stieg, ohne auf sie zu warten, die Treppe runter in die Küche. Die Kaffeekanne war halbvoll und dampfte noch. Er goß sich eine Tasse ein und versuchte die heiße Brühe zu trinken, das Gesicht abgewandt von Kenneth und seinen verschwommenen Augen.

»Wie ich sehe, sind Sie ein Frühaufsteher, Vergil, und ein begeisterter Kaffeetrinker. Ich bin eben hier gestanden, hab' aus dem Fenster geschaut und an den Krieg gedacht, an den Krieg und die Soldaten. Hab' gerade die Nachrichten über die Geiseln gehört. Was für ein Schlamassel! Die alten Chinesen haben es richtig angepackt. Die haben sich für ihre Heere die Männer aus den Gefängnissen geholt, die gut Bogen schießen oder sonstwie töten können, und die jungen Männer mit schlechtem Ruf rekrutiert – das gab eine furchtbare Armee, die sorgte für Frieden in der Nachbarschaft und schreckte von Verbrechen ab. Wir Amerikaner stellen Armeen von netten Jungs auf, die kämpfen müssen, ohne es zu wollen. Was wir machen sollten, ist, eine Atombombe auf Teheran schmeißen, dann sind wir den Ajatollah los, und das Problem ist erledigt. Na, Sie waren doch bei den Marines, Sie waren in Vietnam – finden Sie das nicht auch richtig?«

»Diese Scheißgeiseln sind doch in Teheran. Wollen Sie die denn verdammt noch mal auch umbringen?« Ohne eine Antwort abzuwarten, ging er raus zu dem schlampig geparkten Lastwagen.

Wieder in die Stadt

Der Himmel war hellrosa, auf dem gemähten Rasen stellenweise Reif wie eine Salzkruste, am Graben eine Reihe umgemähter Kräuter. Josephine setzte sich hinters Lenkrad, angespannt, vorgebeugt, der Aschenbecher leer, die Fenster unten, daß die feuchte Morgenluft hereinströmte. Ein bitterer Geruch nach Salbei, Sauzwiebeln, Lupinen und Narrenkraut. Sie fuhr los, und keiner von ihnen sagte etwas, obwohl die Kabine bebte vor unterdrücktem Geschrei.

Die Säcke mit dem Hühnerfutter lagen mitten auf der Straße, auf der stadtnäheren Seite der Bahngleise, leicht versilbert vom Tau. Er stemmte sie auf die Ladefläche, und plötzlich kam er sich gut vor, sogar glücklich, vielleicht weil der Kaffee allmählich wirkte oder der Kater verging oder ihm wegen der scheißguten Tat warm wurde. Er saß schon wieder auf seinem Platz und knallte die Tür zu, als ein Güterzug aus der Stadt um die Kurve kam, klappernd leere Waggons, vielleicht derselbe Scheißzug wie letzte Nacht. Josephine fuhr nicht zurück zur Ranch, sondern weiter in die Stadt. Die nächtliche Fahrt wurde zurückgespult.

Sie parkte vor demselben Café, wo er gestern nachmittag den beschissenen Kaffee getrunken hatte, den er nun wieder trank und der immer noch genauso schlecht war, in einer Nische mit roter Plastikpolsterung, plastikumhüllten Speisekarten, und vor ihnen auf dem Tisch standen die Plastikbecher mit dieser Plörre von Kaffee, den er dankbar schlürfte, und dazu aß er mit gutem Appetit die bestellten Spiegeleier mit Schinken, tunkte den Scheißdotter mit getoastetem selbstgebackenem Brot auf. Ein Schild an der Wand versprach KAUGUMMI KOSTENLOS UNTER DEN SITZEN.

»Na schön!« sagte sie. »Entschuldige. Gestern war ein übler Tag. Während du mit Fay in der Stadt warst, habe ich mit meiner Mutter geredet – das heißt, sie hat geredet, ich habe zugehört. Es ist nicht zu glauben, was sie über mich ausgekippt hat. Sie lassen sich scheiden. Dad hat was mit einer Frau gehabt, die etwa halb so alt ist wie er, ich kenne sie sogar, denn

- 475 -

sie ist mit mir zur Schule gegangen; irgendwie hat er sich mit ihr eingelassen, und vor zwei Wochen hat sie ein Kind bekommen, ein Mädchen – also hab' ich jetzt eine kleine Schwester, einunddreißig Jahre jünger als ich. Das Schlimmste passierte am Tag nach der Entbindung, als sie aus dem Krankenhaus kam – sie schicken einen heute gleich am nächstenTag wieder heim. Sie ist schnurstracks mit dem Baby in den Veteranenklub gefahren, hat dort stundenlang mit ihren schmierigen Kumpels geraucht und gebechert und es fertiggebracht, das Baby von der Theke auf den Boden fallenzulassen. Manche sagen auch, sie hat es runtergeschmissen. Darum liegt die Kleine nun mit schweren Kopfverletzungen im Krankenhaus – meine Mutter hofft, daß sie stirbt –, die Schlampe steht unter Anklage, weil sie das Leben des Kindes in Gefahr gebracht hat und wegen Grausamkeit gegen ein Kind, und der Name meines Vaters und sein Anteil an der Sache ist in den Abendnachrichten und in allen Zeitungen von Montana ausposaunt worden. Nur ich – ich war die einzige, die nichts davon wußte.«

Er wollte etwas sagen, aber sie hob die Hand.

»Also! Du wolltest doch unbedingt wissen, warum Simon Umbrella Point erschossen hat. Schön, ich erzähl' dir's. Es war Dummheit. Es war ein Mißverständnis. Er wollte Dad helfen. Du weißt ja, wie Dad redet – er quatscht und quatscht und läßt dir keine Chance, auch was zu sagen, und nach einer Weile hast du's satt und hörst nicht mehr zu.«

»So ist es«, sagte er.

»Dad hat über Umbrella Point geredet – na ja, über den hat er immer geredet –, aber er kam nicht los davon, was alles passieren könnte, wenn Umbrella Point mal alt und krank würde, irgendwann in der Zukunft. Er hatte ein klein bißchen was getrunken. Er meinte, es wäre nicht richtig, ein krankes, schwaches Tier sich quälen und immer elender werden zu lassen. Er meinte, ein altes Tier müßte man abtun, aber, hat er gesagt, *er* könnte es nicht, wenn es mal so weit wäre, er hätte nicht das Herz, den alten Umbrella Point abzutun, wenn er eines Tages vielleicht blind wäre, zu lahm, um zu laufen, halb-

- 476 -

verhungert wegen der ausgefallenen Zähne, verkrebst und mit
Hautgeschwüren, die nicht mehr heilten. Ach, er hat alles auf-
gezählt, was mit einem Pferd los sein kann, und nach einer
Weile hat er wieder dran gedacht, daß er Umbrella Point abtun
müßte, und hat angefangen zu heulen. Er hat gesagt, er könnte
das nicht, es wäre nur ein Schuß in den Kopf, aber könnte's
nicht.«

»Und?«

»Das hat Simon gerührt. Der ganze Ärger, das Mißverständnis kam daher, daß er zuerst nicht so genau zugehört hatte,
und als er dann doch aufmerksam wurde, hörte Dad sich so an,
als ob das Pferd all die schlimmen Sachen schon hätte und nun
abgetan werden müßte, und er könnte's nicht. Simon hat sich
die ganze Nacht herumgewälzt und dann beschlossen, er
würde am nächsten Morgen früh aufstehn und Dad die Sache
abnehmen, den armen alten Umbrella Point erlösen und es
Dad ersparen. Er *mochte* Dad und dachte, er müßte ihm helfen.
Ihm ist nie der Gedanke gekommen, daß es Fays Sache gewesen wäre, Umbrella Point abzutun, wenn es je soweit kam,
aber Umbrella war damals erst einundzwanzig Jahre alt und bei
guter Gesundheit. Er hätte noch fünf oder vielleicht auch zehn
Jahre leben können, sehr einträgliche Jahre. Dad bekam tausend Dollar Gebühr, wenn der Hengst eine Stute deckte. Er
rechnete sich aus, daß Simon ihn um fünfzigtausend Dollar
gebracht hatte, als er Umbrella erschoß. Und weiter war das
Ganze nichts, einfach so ein Mißverständnis in der Familie.«

»Und?«

»Nichts und. Simon und ich fuhren zurück nach New York,
aber er war so wütend, daß er angeschossen war, und machte
sich Vorwürfe, weil er das Pferd erschossen hatte, und darum
hat er ein Verhältnis mit der Freundin von seinem Chef angefangen, die zufälligerweise meine Gynäkologin war und ihm
eröffnete, daß ich schwanger war. Dann haben wir uns scheiden lassen, er hat das Flittchen geheiratet, sie sind wieder nach
Minneapolis gezogen, und ich habe nichts mehr von ihm
gehört. Jahrelang hab' ich meinem Vater die Schuld gegeben.
Er mußte auf den armen Simon ja nicht gleich schießen. Ge-

- 477 -

nauso wie er diese Schlampe, meine alte Spielkameradin, ja nicht ficken mußte.«

»Ich denke, es war verflucht genau das Richtige. Er hat gesagt, er dachte, Simon wollte euch alle umballern. Er hat durchgeknallt ausgesehen. Was die Frau angeht, wer zum Teufel weiß schon, warum so was passiert? Es passiert immer wieder. Außerdem ist das verdammt noch mal ihr Fickproblem und nicht deines.«

Sie sah ihn an. »Du Arschloch, da irrst du dich! Absolut. Du hast keine Ahnung von Moral. Machen wir, daß wir hier wegkommen und in die Berge fahren. Wir besorgen uns eine Flasche Wein, Steaks und eine Decke.«

»Josephine! Darf ich dich dran erinnern, daß deine Mutter auf der Ranch auf dieses Scheißhühnerfutter wartet?«

Sie schaute ihn an, sein hübsches Amerikanergesicht, beide Hälften symmetrisch; hinter den pingelig kleinen drahtgerahmten Brillengläsern spiegelten seine hellen Augen einen Funken Gehässigkeit; sie sah die stoppeligen Stellen an seiner Wange, das Muttermal neben seiner Nase und die allzu haarlosen Arme. Er schaute sie auch an, und ein paar Sekunden lang war ihm, als habe er sie voriges Jahr schon gekannt oder noch früher. Die Gefühle zwischen ihnen waren angesäuert. Sie verschoben sich rasch zu den Antipathien hin.

»Du magst sie nicht, stimmt's? Meine Mutter?«

»Nein«, sagte er, obwohl er wußte, er hätte es nicht sagen sollen. »Und deinen verdammten Vater auch nicht. Ults hatte schon die richtige Idee – sie erledigen.«

»Das *wollte* er gar nicht! Hab' ich dir doch eben gesagt.«

Trotzdem, sie kauften Wein, fuhren in die Berge hinauf, und dort, auf einer Wiese voll flammendem Indianerscharlach, rannte sie ihm davon, halb bekleidet und kichernd wie in einer Reklame für Monatsbinden; er spielte ein paar Minuten lang mit, dann verlor er die Geduld mit dem Getue, schmiß sie zu Boden und riß ihr die Kleider weg, knallte ihr schallend rechts und links eine, als sie sagte, hör auf, zwang ihr die Beine auseinander und schob sich bockend und rammelnd dazwischen. Die Sonne hatte ihr Haar erhitzt, und sie roch nach Nußöl und warmem Laub. Schwitzend lagen sie unter dem purpurnen Himmel, bissen sich gegenseitig auf die Lippen, sie zerkratzte ihm den Rücken, er drückte sie mit seinem vollen Gewicht nieder, stieß und stampfte, die Grashalme zersägten ihnen die Haut mit beißenden flachen Schnitten, die Flasche kippte um, und der Wein floß auf den Boden, sie wälzten sich darin, knurrend und stöhnend, warfen ihre weinfleckigen, zerkratzten, gras- und pollenverschmierten Leiber in merkwürdige Posituren, brüllten und winselten, sie schrie ogottogott, brach sich einen blutumrandeten Fingernagel ab, er verletzte sich das Knie an einem scharfen Quarzstein, Mücken saugten an seinem schmerzenden Rücken und an ihren weißen Beinen, und als er pissen mußte, im Knien, hielt sie ihm zärtlich das Glied, und als sie, in der Hocke, dasselbe tat, hielt er die hohle Hand unter die warme Quelle, und dann erneute Anrufungen der Gottheiten, erneutes Herumkriechen und Sichwälzen im nassen Gefilz der Blumen und beiderseitige ausschweifende Erklärungen abgrundtiefer Liebe bis über den Tod hinaus, und all dies sah sich von einem entfernten Hügel ein baskischer Schäfer an, sein Sears-Fernrohr in der linken Hand und seinen Schwanz in der rechten.

»Das war Vergewaltigung«, sagte sie.

»Ja. Und hat dir verflucht gefallen.«

»Dein Irrtum«, sagte sie. »Wird dir noch leid tun.«

Die Stechfliegen kamen. Der Wein war ausgelaufen. Sie zogen sich an, ein wenig abgewandt voneinander. Sie humpelten von der Wiese, vermieden den Anblick der zerdrückten Blumen. Es war vorüber.

Der Besuch endete am nächsten Morgen. Bevor er wegfuhr, sah Vergil ihr tief und ehrlich in die Augen, mit einer Miene, die besagte, daß es ihn ein wenig verwirrte und verletzte, wie alles ausgegangen war (seine Pose gradliniger Offenheit erweckte einen falschen Eindruck, denn ein paar Jahre später kam er ins Gefängnis, nachdem er die leichtgläubigen Insassen eines Nobel-Altersheims mit seiner Investmentgesellschaft hereingelegt hatte, die ihnen große Anlagegewinne bei »ökologisch gesunden Firmen« versprach), und Josephine sattelte

Oatmeal, eine blaumarmorierte Stute mit Glasurflecken im Gesicht, an den Gamaschen, in der Kniegegend und an den Ellenbogen, blickte weg von ihm und sagte, na sicher, sicher. Ihren Eltern sagte sie, sie werde auf der Ranch bleiben, um Kenneth die Stutbücher führen zu helfen und mit Bette Marmelade einzumachen. Vielleicht würde sie für immer bleiben, als töchterliche Belohnung für ihren Entschluß, zusammenzubleiben, nachdem das Baby dieser Schlampe gestorben war und Kenneth sich zur Ehebrechertherapie angemeldet hatte.

(Aber im gleichen Herbst noch heiratete sie Matthew Handsaw, einen einsneunzig großen Rancher, ebenfalls Vietnam-Veteran, geboren in Amherst, Massachusetts, der in der Hochzeitsnacht einen schweren epileptischen Anfall erlitt. Sie saß im Krankenhauswartezimmer und las *Bessere Verhältnisse* von Updike, schlief aber bei Seite dreiundfünfzig ein. Sie wurden einsiedlerisch, und nach einigen Jahren, in der Überzeugung, daß die Bundesregierung die Dinge nicht mehr in der Hand habe und die Machtergreifung dunkelhäutiger und krummbeiniger UNO-Scharlatane bevorstehe, daß die Unterlassung des allmorgendlichen Schulgebets die Moral des amerikanischen Volkes zerstört habe, begann Handsaw seine Ranch mit Stahltüren abzuriegeln. Zusammen gruben sie eine Reihe Bunker und Tunnels, die sich zu einer vier Hektar großen Untergrundstadt mit geheimen Maulwurfstüren auswuchs.)

»*Bizitza hau iluna eta garratza da*«

An einem Junitag, dem letzten Samstag des Monats, fuhr Fay am späten Nachmittag in Jeans mit Bügelfalte, Hemd mit Perlmuttknöpfen, feinen Eidechsschuhen und einem neuen Ziergürtel zum Elk Leg Mountain rauf; auf dem Sitz neben ihm wippte das grüne Akkordeon, während seine eigene Konzertina in ihrem Koffer und außerdem in eine Pferdedecke eingewickelt eckig auf dem Boden hockte, Seite an Seite mit einem halben Dutzend Flaschen guten irischen Whiskeys. Die Konzertina hatte er schon lange. Über das hölzerne Ende zog sich der Name C. JEFFRIES. Er hatte immer gedacht, das sei der Name von irgendeinem Iren, der längst das Gras von unten wachsen sah, und er liebte den harten, lauten Ton des Instruments, die um den Balgrahmen eingeprägten goldenen Delphine, stark verschrammt, aber immer noch springend. Mit dem alten grünen Akkordeon hatte er sich alle Mühe gegeben, aber mit dem verklemmten Knopf und den anderen, die keinen Ton gaben, wußte er nichts anzufangen. In solchen feinen Bosseleien war er nicht gut.

Die Basken hatten den ganzen Tag gefeiert, allerdings war die große Tanzplattform, die sie auf der Blumenwiese aufgebaut hatten, nun leer, nur ein paar kostümierte Tänzer arbeiteten sich etwas abseits noch durch die unbegreiflichen Figuren des *jota*, drei, vier Musiker in Trachtenblusen, schirmlosen Mützen, weichen Schuhen, kreuzweise die Waden hinauf verschnürt. Sie spielten alte Instrumente; einer blies auf einem *txistu* und ratterte zugleich auf einem *tambouri*, einer, im Gesicht ein Waffelmuster von Pockennarben, quetschte aus einem *trikitixa* mit seinen eigentümlich gestimmten Zungen *Zolloko San Martinak* heraus, und hinter einem Pferdewagen bearbeiteten zwei Männer mit den Enden ihrer senkrecht gehaltenen Stöcke ein tönendes Holzbrett. Er glaubte nicht, daß die Musiker Einheimische waren; vielleicht hatte man sie aus Los Angeles kommen lassen.

Bei den Bäumen sah er verstreut geparkte Jeeps und Lastwagen, Leute, die aus- und einstiegen, einen mit Stricken umzäunten Pferdekorral. Ein würziger, rauchiger Fettdunst kam von den Barbecue-Feuern, Männer saßen kartenspielend unter Planen und offenen Zelten, Frauen plauderten, alles in einem Strudel von Musik und Pferdegewieher und Geschrei. Die angestaute Hitze des Tages lockerte die starren Gesichter, die Espen flirrten in der aufgeheizten Luft, im Staub und im schrägen Schatten des Berges.

Das Akkordeon in der rechten Hand, lief er zehn Minuten herum, suchte nach Michel, Javiers Vetter, und sah ihn schließlich auf einer umgedrehten Kiste bei den Pferden sitzen, halb schlafend, das keilförmige Gesicht zum Boden gewandt, die Beine übereinandergeschlagen und eine selbstgedrehte Zigarette rauchend.

»Michel!« sagte Fay, als er näher kam. Der Mann sah auf, stand auf, zog die Lippen von den gelben Zähnen zurück und nickte ihm einmal zu, dann ging er voraus zu einem schlammbespritzten Jeep. Sie fuhren einen steilen Weg hinauf, das Fest hinter sich lassend. Michel sagte nichts, blickte grimmig voraus, die Glut der Zigarette nah an den Lippen. Fay steckte sich selbst eine an, hielt auch Michel eine hin, der sie nahm und den Stummel der ersten am Armaturenbrett ausdrückte. Der Weg stieg ruckweise an, zwischen Murraykiefern hindurch, fiel ab in einen Bergsattel, kletterte die Flanke des nächsten Hangs hinauf und führte dann langsam in eine riesige, weglose Hochfläche, die aufragenden Kämme ringsum, das felsige, sanft ansteigende Gelände ohne jedes menschliche Zeichen, als Geräuschkulisse nur die Schreie herabstoßender Turmfalken und das Pfeifen des Windes. Das Heulen des Jeepmotors war ein fremdartiger Beiklang. Der Weg hörte auf, und sie holperten über Steine, umkurvten Felsbrocken und Geröll, Beifuß und Zuckerbirken streiften die Seiten des Wagens. Michel zeigte nach rechts, und Fay strengte seine Augen an, bis er die verstreuten Steinbrocken erkannte, die vielleicht auch Schafe sein konnten.

Michel sagte nichts. Fay setzte zu einem Liedchen an, »*she wrang her hands and cried*«, aber der Weg war zu steinig, die Worte stolperten ihm aus dem Mund, die Melodie, die sie trug, zitterte. »Gegend, wo man ein Pferd braucht, keinen Jeep.«

Michel nickte einmal, hielt an. Bis zu den Schafen war es noch weit. Michel zeigte aufwärts und nach rechts, das Gesicht schräg zum Himmel. Da gab es einen Fußpfad. Er vermied es, Fay direkt anzusehen, lehnte sich zurück und schloß die Augen.

»Ich warte hier«, sagte er. Schon hatte eine kleine Wolke Mücken sich um ihn gesammelt.

»Bleib' nicht lange«, sagte Fay, trat auf den krautbewachse-

- 482 -

nen Boden hinaus, der einen leichten Lakritzgeruch ausströmte, und pißte erst mal, bevor er losging. Er schlang sich
den Strick, an dem das Akkordeon befestigt war, über die
Schulter und begann den Aufstieg, fluchend über die rutschi-
gen neuen Schuhe. Aber es war nicht weit, einige hundert
Meter, eine scharfe Biegung unter einem Paar Felsen in der
Form eines Hinterns, und auf einem runden, kahlgefressenen
Wiesenstück sah er Javiers Hirtenwagen, das Dach wie ein ge-
wölbter weißer Dosendeckel, die Tür offen, und Javier saß auf
der Schwelle und reinigte sein Gewehr. Der Wind pfiff hier
oben, lief in Wellen über die Gräser und die purpurnen Lupinen, blähte Javiers Hemd erst auf und klebte es ihm dann fest
an den Körper.

Als Fay herankam, drehte Javier den Kopf nach links weg,
mürrisch und scheu von zu vielen Jahren des Alleinseins in
den Bergen mit seinen Herden; seine lange Nase schimmerte
ölig. Der Hund unter dem Wagen knurrte.

»Michel sitzt unten im Jeep. Vertragt ihr beiden euch nicht
mehr?«

»Vertragen uns gut. Manchmal. Er hat Schiß. Er's der
Grund, warum ich das Ding brauche. Er hat mein altes fünf
Stunden auf dem Vordersitz vom Lastwagen in der Sonne liegen lassen, während er sich einen ansoff. Hättest du sehn sollen! War nichts mehr mit zu machen als wegwerfen, alles verzogen und das Wachs innen verlaufen. Er ist sowieso 'ne trübe
Tasse. So einer, der ständig dran denkt, wie hart das Leben ist.
Einer von den verdrossenen Typen – alles ist gegen ihn. Das
hier?« Er nahm das Akkordeon, sah es sich von allen Seiten an,
mit einer Grimasse beim Anblick des aufgemalten Teufels und
der verschrammten Höllenflammen.

»Hübschen Platz hast du hier. Rasen ist gut gemäht, Müllabfuhr klappt wohl nicht so gut.« Fay blickte zu einem Haufen
Flaschen und Blechdosen hin.

»Nimmt der Camp-Verwalter nächstes Mal mit. Er kann bis
hier rauffahren, um die Rückseite von dem Felsen da, über
den Osthang. Michel hat dich von Süden raufgebracht.« Er
warf Fay eine warme Bierdose hin.

»Du versäumst das große Fest, Javier. Ich hab' gehört, du bist der einzige Baske weit und breit, der noch mit den Schafen draußen ist, alle andern stellen dafür Mexikaner oder Peruaner an. Alle andern Schafhirtenwagen sollen schon im Museum stehn oder bei einem reichen Rancher auf dem Hof, als Dekoration.«

»Ja. Ich bin auch schon zu alt dafür. Ist mir zu hektisch unten. Genügt mir hier oben auf dem Berg, wenn ich ab und zu mal runterkomme und mit dir einen saufe. Einen alten Baum verpflanzt man nicht mehr. Bin dran gewöhnt. Will nichts Neues mehr anfangen. Kein Ehrgeiz. Na, sehn wir uns das Ding doch mal an!« Er schob das linke Bein als Stütze unter, drehte das grüne Akkordeon in den Händen herum. »Scheiße, es ist ein Wrack.«

»Ich hab' nur den Handriemen repariert, sonst nicht viel.«

Javier betrachtete die große Holzschraube, die eine Lederschlaufe festhielt.

»Möbelschreiner solltest du nächstes Mal nicht werden. Na, ich kann ja noch ein bißchen dran rummachen. Für hier oben ist es gut genug; man braucht nichts Besonderes, um ein bißchen Gedöns rings um den Wagen zu machen. Klar, ich bin zu alt, um hier oben zu sein, aber eben darum bin ich hier oben. Zu alt, um anderswo einzusteigen. Schafe sind das einzige, worüber ich was weiß. Damit ist's auch vorbei, wenn ich weg bin. Wolle gibt's dann sowieso auf der ganzen Welt nicht mehr, alles Synthetik.«

Finster untersuchte er das Akkordeon, halb abgewendet. Er strich mit dem Finger über den zerkratzten Lack, gesprungene Knöpfe, die rostblinden Metallspiegel, den schäbigen Balg mit Fays Klebeband über einem Loch, das fehlende Verdeck, die abgeschabte Politur, unter der an einem Ende noch die verblaßten Buchstaben eines französischen Namens zu erkennen waren, obwohl das Holz glattgeschmirgelt worden war. Er legte seine fleckigen, muskulösen Hände an die beiden Enden und zog langsam den Balg auseinander, drückte ihn langsam wieder zusammen. Und noch einmal. Er begann zu spielen. Manche Töne kamen gar nicht oder pfeifend, bei anderen

Knöpfen kamen zwei Töne auf einmal. Er sang mit heiserer, kummervoller Stimme eine zerstreute, schweifende Melodie, von Ton zu Ton gleitend und langsam höher gehend, bis die Anfangstonart weit zurückgeblieben war. »*Ah, welch guter Freund, er bringt mir Musik, kommt auf den Berg, die Zigarette im Mund, mit Durst auf ein Budweiser, und unten wartet zwischen den Felsen ein windiger Bursche, der bleibt mir allerhand schuldig, der ist zu schwach, um heraufzusteigen und das Lied dieses alten Engels zu hören* –«, und von unten kam Michels Ruf, ein schrilles, gellendes Wiehern, in ein Kreischen auslaufend, für das menschliche Gehör zu hoch, nicht jedoch für den Hund, der kläffte, als es ihm ins Ohr stach.

»Warte mal!« sagte Javier und verschwand in seinem Wagen. Als er wieder herauskam, trug er ein seltsames langes Halsband aus kleinen Knochen, das ihm fast bis zu den Knien herabging.

»Was ist das, indianisch?« sagte Fay.

»Nee, baskisch, wie's früher war. Hab' ich selbst gemacht. Mein Großvater hatte so eins, aber ich muß dir sagen, das verdammte Ding taugt nicht viel.« Er steckte den linken Zeigefinger durch das Ende des Halsbandes und zog es vor sich straff. Er begann mit dem Stab gegen die kleinen Knochen zu schlagen, und eine spröde, kalte Musik aus klapprigen, rasch verklingenden Tönen schnitt in die klare Luft. Leise sang er mit seiner tabakgeräucherten Stimme eine klagende Melodie: »*Ah, bizitza hau iluna eta garratza da, dies Leben ist trüb und bitter*...«

»Woraus ist das, aus Knochen?«

»Adler, Feldlerche. Gänse, Falken. Steppenhühner. Vogelknochen. In drei Meter Entfernung kannst du's nicht mehr hören.«

»Versteck es lieber unter deiner Koje. Für diese Adlerknochenmusik könnten sie dich zehn Jahre einlochen.«

Aber Javier sah nach der Wolkenzunge, die sich von Westen heranschob, gewölbten Regen- und Hagelschleiern, die irgendwo in der Ferne niedergingen; er war des Gesprächs überdrüssig und sehnte sich nach dem Alleinsein in der perlgrauen Dämmerstunde, der Zeit zwischen Hunden und Wölfen.

Fay zuckte die Achseln und machte sich auf den Rückweg. Er hatte noch fünf Stunden Fahrt vor sich bis zu Padraic, dem alten Padraic, der nun seine ganze Familie darstellte. Die Basken waren nicht die einzigen, die ein Fest zu feiern verstanden.

Heeresdienst

In einer Vollmondnacht im Januar 1863 hatte der sechzehnjährige Riley McGettigan, ein strammer kleiner Kerl mit Puppenfüßen, den väterlichen Hof verlassen, auf dem es von seinen halbwilden Geschwistern nur so wimmelte, und sich nach Galway durchgeschlagen, wo er nach fünf Nächten so viele Betrunkene ausgeraubt hatte, daß er sich eine Zwischendeckspassage nach New York leisten konnte. Das letzte, was er mit seinen geröteten, torfgeräucherten Augen von der Heimat sah, war ein Büßer, der, auf einen kurzen Stock gestützt, auf blutenden Knien über den steinigen Strand rutschte.

Hungrig und ohne einen Penny in der sagenumwobenen Stadt, arbeitete er etwa einen Monat lang mit einigem Erfolg weiter als Räuber, wurde dann geschnappt und verprügelt, doch in einem Moment ginumnebelter Unaufmerksamkeit ließ sein Häscher ihn entwischen, und er nahm das Leben auf den Straßen wieder auf, schloß sich einer Gang an, die sich die Lads of Ireland nannten, bei den Wehrpflicht-Krawallen kräftig mitmischten, fröhlich jeden Schwarzen zusammenschlugen, den sie fassen konnten, bei drei Fällen von Lynchjustiz mit von der Partie waren und auch bei dem Mob, der das Waisenhaus für farbige Kinder in der Fifth Avenue anzündete. Im Spätsommer ließ er sich mit Geld dazu bewegen, stellvertretend für einen Eisenhändlerssohn Heeresdienst zu leisten (als Kanonenfutter waren die Iren den Yankees während dieses Krieges hochwillkommen), und bald stapfte er in Shermans Armee durch den Süden, zusammen mit drei Dutzend Landsleuten aus der halben Million, die herübergekommen waren, um reich zu werden, nicht um zu sterben, einigen wenigen, die bis zum Ende ihres kurzen Lebens hinter einem Trommler herliefen, dessen Schlegel ebensogut Schenkelknochen hätten sein können, unter einer Fahne, die einen Totenkopf hätte zeigen sollen.

Von der Niederlage am Kennesaw Mountain marschierte er durch Georgia bis ans Meer, sang das zündende Rebellenlied von der *Rock Island Line* und lachte über Shermans scherzhafte Depesche an Präsident Lincoln – »Bitte nehmen Sie die Stadt Savannah als Weihnachtsgeschenk an« –, lernte Querpfeife spielen und fand am rauhen Soldatenleben so viel Gefallen, daß er sich nach dem Krieg freiwillig zum Kampf gegen die Indianer meldete.

Er heiratete Mary Blunky, ein armutgestähltes Mädchen mit roten Ohren, das im Troß hinter den Unionstruppen herzog und von einem Mann und einem Heim träumte, egal wie erbärmlich. Den Mann hatte Mary nun, aber weil sie schwanger war und vor den Indianern eine Heidenangst hatte, blieb sie östlich des Missouri zurück, als Riley im Herbst 1866 auf dem Bozeman Trail nach Fort Phil Kearny marschierte.

Im Dezember gehörte er zu der Kolonne, die unter dem Befehl des prahlerischen Hauptmanns Willy Fetterman ausritt, um einen Wagenzug zu schützen, der Holz von dem acht Meilen entfernten Kiefernwald heranfuhr. Fetterman, durchtränkt vom Glauben an die Unbezwinglichkeit der Weißen, ging leichtfertig in eine Falle. Ein schmächtiger Indianerjüngling floh vor ihnen her, in Todesangst, wie es schien, suchte Deckung, wich aus, ohne sie je abzuschütteln. Dieser täppische Bursche, diese leichte Beute führte die Kolonne im Galopp vom Wege ab und auf einen Hügelkamm, wo das Gras, die Felsen, Bodensenken und Büsche plötzlich Pfeile ausspien, und eine Horde trillernder Krieger, der Lockvogel Crazy Horse nun unter ihnen, stürmte mit rasiermesserscharfen Äxten und Hartholzkeulen heran, schoß Wolken von Pfeilen ab und vernichtete die Kolonne in zwanzig Minuten. Riley McGettigan, neunzehn Jahre alt, hatte einen Pfeil im Hals und dachte, wie kurz doch das Leben ist, als er das Bewußtsein verlor.

(Er war nicht tot. Nachdem ihn die verängstigten Leichensammler ins Fort gekarrt hatten, wurde er zur Genesung in die Etappe geschickt, aber von Indianerabenteuern hatte er nun genug. In einer Mondnacht flüchtete er aus dem Feldlazarett und schlug sich durch nach Texas, wo er als kleiner Viehdieb sein Leben fristete und 1870 von einem Rancher, der Sinn für Humor hatte, auf frischer Tat ertappt wurde. Die Gehilfen des Ranchers schlachteten die fast gestohlene Kuh und zogen ihr die Haut ab, zerschossen Riley die Knie und Ellbogen und nähten ihn in die Haut ein, so daß Kopf und Füße an den beiden Enden hervorschauten, ließen das Kunstwerk in der Sonne liegen und versprachen Riley, ihm einen auszugeben, wenn sie in einem Monat wiederkämen. Die Haut trocknete und schrumpfte in der Tageshitze, wurde enger und enger, der verwesende Kadaver gleich daneben stank vor sich hin und lockte die Kojoten an, deren Kauen und Schlabbern seine Nachtmusik wurde, während am sengenden Tag der Himmel mit Bussarden gepfeffert war.)

Mary McGettigan heiratete in den nächsten vier Jahren nicht wieder, setzte aber in dieser Zeit drei Söhne mit dem brauchbaren Familiennamen McGettigan in die Welt – Riley junior, dann einen, der bei den ersten Gehversuchen gegen den glühenden Ofen fiel und an den Verbrennungen starb, und den jüngsten, der ein Opfer der Cholera wurde. Schließlich zog sie nach Dynamite, Montana, und heiratete dort Francis Dermot, einen Eisenbahnarbeiter, der mit seinem schwelgerischen irischen Tenor und dem Lied vom *Beautiful Dreamer* ihr Herz eroberte. In den nächsten Jahrzehnten zeugte er mit ihr noch vier Söhne und drei Töchter, die alle am Leben blieben und sich über den ganzen Kontinent verstreuten: Ehefrauen und Mütter, ein Erzprüfer, ein Falschspieler, der, als er ertappt wurde, in einem Stacheldrahtkorsett verenden mußte, ein Maultiertreiber, ein Eisenbahnarbeiter, der an den Sonntagen zierliche Verse schrieb.

Fays alter Herr

Riley junior, Fays alter Herr, war ein Pechvogel, wie es sich für einen McGettigan, meinte er, gehörte. Er arbeitete als Ranchgehilfe und blieb unbeweibt, bis er vierzig war, dann hatte er genug zusammengespart, um eine trockene, heruntergekommene Ranch zu kaufen und eine Postversandbraut aus Irland in seine Arme zu locken, die siebzehnjährige Waise Margie, eine schweigsame, fleißige und jähzornige Frau, die singen konnte, besonders *The Snowy-Breasted Pearl,* und sich auf einem winzigen diatonischen Fingersatz-Akkordeon begleitete, das sie ihr Komm-her-zu-mir-geh-weg-von-mir nannte. Die Gabe, die sie ihren Kindern vererbte, war die Freude am Gesang, an der menschlichen Stimme, die sich gegen das winddurchstreifte Gras erhob, gegen die vier Wände und den Himmel, der an unsichtbaren Ketten herabsank. Was immer ihr oder ihren Kindern zustieß, die Frau hatte ein Lied dafür in der Kehle, kannte Hunderte von Versen und Melodien, behielt jedes Fetzchen Gesang in Erinnerung, das sie je gehört hatte, und konnte einen Vogelruf auf der Stelle nachahmen. Ein Pferd konnte sie, ohne es zu sehen, nach seinem Wiehern, Schnalzen oder Schnauben beim Namen nennen, hörte einen Orkan schon einen Tag, bevor er da war, trug das absolute Gehör irgendwo in sich wie einen Magnetstein und weinte auf offener Straße, als sie 1921 zum erstenmal ein Grammophon hörte, das eine Aufnahme des Tenors Tom Burke mit *If You'll Remember Me* spielte.

Ihr Mann, Riley junior, war ein Dickkopf, suchte Trost im Suff, kochte vor Ungeduld gegen Männer, Frauen, Kinder und Tiere; er konnte kaum lesen und schreiben, zeugte mit Margie sieben Kinder und ging eines Tages im Jahre 1919 aus dem Haus, stieg auf sein bestes Pferd, ritt in die untergehende Sonne und ließ sie allein mit einer verfallenen Hypothek, einem Säugling und hundertzwölf mageren verpfändeten Rindern.

(Er kam bis San Francisco, wo er von einem Cadillac mit elektrischem Anlasser überfahren wurde.)

Fay war elf, als der Alte sich davonmachte; das nächstjüngere Kind war der zehnjährige Padraic – der tollkühne Knabe, wie ihre Mutter ihn nannte. (Den Namen bekam er mit fünf Jahren, als sie ihn zum erstenmal in die Stadt mitnahmen. Er war mit seiner Mutter im Kaufladen, beäugte die hängenden, stehenden, lehnenden, auf den Regalen liegenden Gegenstände, die Myriaden von Bonbons hinter Glas, als jemand die Tür ein Stückweit aufmachte und ein Hund hereinkam. Margie sah sich ein Briefchen mit Nadeln an, sie suchte nach einer mit breitem Öhr, in das sie Wollgarn einfädeln konnte, und zwei Schritt entfernt stand Padraic verzückt und unentschlossen vor den Bonbongläsern, ein Fünfcentstück schwer in der Hand. Der Hund, zunächst unbeachtet, torkelte den braunen Gang entlang, rollte die trockenen, bösen Augen, einen Schaumrand an der schwarzen Lefze. Er rannte gegen eine Auslage mit Petroleumlampenzylindern, und das Klirren des Glases ließ den Verkäufer aufblicken. »O Gottallmächtjer!« rief er. »Ein tollwütiger Hund!« Und kletterte auf den Ladentisch, rutschte mit seinen Schuhen auf einem Stapel Papiertüten aus, zog die nächstbeste Kundin zu sich herauf. Padraic sah den Hund, als er an ihm vorbeilief, aber seine Mutter drehte sich erst um, als der Hund knurrend mit seinem sabbernden Maul ihren Rock schnappte. Kreischend streckte sie die Hände nach Padraic aus, um ihn aus der Gefahrenzone zu heben. Er dachte, sie schriee um Hilfe, und nun kannte er nichts mehr, zog sich das schwere achteckige Glas mit den roten Zimtbonbons herunter, trat einen Schritt vor und schmetterte es dem Tier auf den Schädel. Der Hund fiel benommen auf die Seite, zappelte noch mit den Beinen, bis der Verkäufer vom Tisch herabsprang und ihn mit einem Knüppel totschlug. Die ganze Straße entlang wurde der tollkühne Knabe gefeiert und mit Bonbons vollgestopft, und die abgeschnittenen Hundeohren durfte er mit heimnehmen.)

»Ihr seid jetzt die Männer im Haus«, sagte ihre Mutter. »Ihr werdet arbeiten müssen. Wir müssen alle arbeiten, um zu leben.« Sie glaubte keine andere Wahl zu haben als den klassischen Frauenberuf – Wäsche annehmen. Fays Erinnerungen an seine Mutter waren verquollene Hände, das Plätschern des Wassers und die lieblich gesungenen Verse der *Snowy-Breasted Pearl.*

Versagte Liebe

Als Kind schon hatte Fay begriffen, daß er ein armer, täppischer, unansehnlicher und ungebildeter Irenbengel war, ohne jede Chance auf eine eigene Familie. Dieser schmerzliche Umstand wurde noch verschlimmert durch seine innere Bereitschaft, sich rettungslos Hals über Kopf in alle hübschen Frauen oder Mädchen, die er sah, zu verlieben – schon ein Photo genügte. Er schmachtete und errötete, wagte die bezaubernden Geschöpfe nur aus den Augenwinkeln oder über ihr Spiegelbild in einem Fenster anzusehen.

In den Jahren der Wirtschaftskrise, als er vierundzwanzig war, hatte es auf der R Bar Ranch eine Gehilfin namens Eunice Brown gegeben, eine Frau aus Haut und Knochen, ein Gesicht wie ein irrer Prophet – zwei glühende Augen, der Mund entstellt von einer vernarbten Brandwunde, die ihr ein schlitzäugiger Cousin mit einem Brandeisen zugefügt hatte. Sie faßte Zuneigung zu Fay und stürzte ihn in Verlegenheit, weil sie ihm jedesmal schöne Augen machte, wenn er auf der Ranch zu tun hatte. Der alte Rubble sagte von ihr, sie sei stark wie ein Mann, arbeite billiger und sei ein besserer Cowboy, weil sie nicht trinke, aber Fay dachte, der Alte hat wohl keine Augen im Kopf und auch keine Nase, denn sie hatte immer einen Flachmann am Busen, und er hatte selbst ab und zu einen Schluck abbekommen. Aber er liebte nun mal nur die Schönheiten, und dabei blieb es.

Wie sein Vater arbeitete er bei den Viehzüchtern, zog von einer Ranch im Becken zur andern, war schnell beleidigt und schmiß wegen eingebildeter Kränkungen, weil ihn das Essen oder die andern in der Wohnbaracke anödeten, die Arbeit hin, nur um dann ein paar Meilen weiter bei einem anderen aussichtslosen Unternehmen, einem störrischen Rancher und unberechenbarem Wetter von vorn anzufangen, hauste einige Monate zusammen mit einem Mann namens Ballagh, der eine Konzertina besaß, deren Knöpfe, wie er behauptete, aus den Fingerknochen einer Seejungfrau gemacht waren, und der zeigte ihm, wie man das Instrument spielte.

Das war auf der Drowsy Ranch, die sie »die Allausgemistete« nannten, weil der alte Drowsy immer sagte, daß er »alles ausgemistet« haben wollte. Auf dem Gelände der Ranch war ein tiefer Canyon mit einem Brunnen auf dem Grund, dessen Pumpe von einer Windmühle getrieben wurde. Um den Wind einzufangen, waren die Windräder auf einen über dreißig Meter hohen Turm montiert. Der meistgehaßte, gottserbärmlichste Job auf der Ranch war das allwöchentliche Besteigen des Turms zum Schmieren der Achsen, wobei die ganze wacklige Konstruktion knarrte und klapperte. Das erste Mal, daß Fay öffentlich die Konzertina des unbekannten Cowboys spielte, war auf dem Freudenfest nach dem Feuer im Canyon, bei dem die Windmühle in Flammen aufging.

1957, mit neunundvierzig Jahren, hatte er bei Kenneth angefangen, weil er sich auf den ersten Blick in Bettes irisches Gesicht verliebte, das hübsche braune Haar wie Kupferdrahtflechten um den Kopf, den von einem Kind geschwellten Leib in dem altmodischen cremefarbenen Leinenkleid mit kaffeegebräunten Spitzen an Hals und Manschetten, einem Umstandskleid, das darauf zugeschnitten war, die Trägerin wie ein kleines Mädchen aussehen zu lassen, und bevor diese Glut erloschen war, weil er für die schwarzhaarige Postbotin entbrannte, mit ihren Augen so blau wie die Tupfen auf den Flügeln des Eichelhähers, arbeitete er schon zu lange hier, um aufzuhören. Seitdem hatte er eine Vorliebe für schwangere Frauen. Aber selbst suchte er sich nur die erbärmlichsten Huren aus, die drogenabhängigen mit Hautausschlägen, abgenagten roten Fingernägeln und ausgeprägtem Desinteresse an allem.

Tanz auf kaltem Linoleum

Das lange Wochenende, zu dem er sich einmal im Jahr mit dem tollkühnen Knaben traf, war ein Ritus für sie beide, zwei häßliche, betrunkene Brüder in fortgeschrittenem Alter, ohne andere Gaben oder Zeremonien als den Whiskey und die Musik, denn Padraic mit seiner weißen Stirnlocke, dem schielenden Blick, dem schiefen Mund spielte die Uileann-Sackpfeife, und wenn Fay für jeden von ihnen eine Flasche Whiskey auf den Tisch stellte und seine Konzertina zur Hand nahm und Padraic zum erstenmal Luft holte, um sie in die Plaidlunge unter seinem Arm zu drücken, stand ihnen eine köstliche Stunde bevor.

Ihre Musik waren die Lieder, die sie von ihrer Mutter gelernt hatten, Lieder, deren Rhythmus und Intervalle sich aus einer alten Sprache herleiteten, die sie beide nie gesprochen und nur selten gehört hatten. Padraic schrieb die Titel der Lieder in einer Liste auf, und jedes Jahr steuerte der eine oder andere von ihnen wieder ein Fragment aus dem Lied vom barfüßigen Hagestolz bei, vom »Coulin« oder von Jennys Hühnern. Der tollkühne Knabe kannte alle Liebeslieder, denn er war während des Zweiten Weltkriegs einmal vier Tage lang verheiratet gewesen, aber Fay wußte nicht, was damals geschehen war, niemand wußte es außer Padraic und der Frau, wo immer sie nun sein mochte.

Jetzt standen die beiden beim tollkühnen Knaben in der Diele und faßten einander bei den Ellbogen, jeder legte den Kopf an die Schulter des Bruders, nahm den vertrauten Geruch des anderen in sich auf, der trotz Tabak- und Whiskeydunst noch an die Wärme und Geborgenheit der braunen Decke erinnerte, unter der sie vor siebzig Jahren zusammen geschlafen hatten.

»'s ist die irische Stunde«, sagte der eine, das erste Glas aus der Flasche herunterkippend, die der andere mitgebracht hatte; zum eigenen Vergnügen sprachen sie mit einem übertriebenen irischen Akzent. »Noch nie dran gedacht, dir ein Akkordeon mit einer netten Grundstimmung zu besorgen, sagen wir mal Es?«

»Doch, aber ich hatte eher an eins in B oder C gedacht. Darauf kannst du alles spielen. Ja, wenn ich das Geld hätte und die Zeit, es zu lernen, dann vielleicht. Jedenfalls, ich bin zufrieden mit dem hier. War dem alten Jeffries gut genug, wenn er seinen Longhorns was vorgesungen hat, ist gut genug für mich.« Die Finger seiner rechten Hand krümmten sich und sprangen über die Knöpfe, und er spielte *The Dogs Among the Bushes*, gebündelte Triolen, ein Strauß von Ornamenten, so bunt und blumig, daß Padraic die Musik geradezu riechen konnte, lieblich und ein bißchen schmalzig. Er hatte einen Stapel irische Zeitungen aufbewahrt, die Fay mit heimnehmen konnte, und Fay hatte für ihn ein, zwei Geschichten und ein paar Kassetten für den Recorder in seinem Lastwagen. Und er dachte an den armen Basken auf seinem einsamen Berghang mit seinen Schafen und dem rührenden Instrument aus Vogelknochen, der mit keinem Bruder mehr zusammensitzen und die alten Lieder aus der Kindheit singen konnte.

»Weißt du, was ich denke?« sagte Fay. »Hochflächen und Berge und felsige Gegenden, da tut sich was, nicht? Zerrissenes Land? Na ja, ist doch genau wie mit der Musik, nicht, du machst einen Ton, und er zerreißt die Luft? Es passiert was, du kannst es nicht sehn, aber es ist was Besonderes.«

Spät in der Nacht, als sie sich beide in die gelenkigere Jugend zurückgetrunken hatten, stand der tollkühne Knabe auf und legte zum prickelnden und hüpfenden Rhythmus des *Broken Plate* einen Stepptanz hin, daß Fay vom Zuschauen der Atem ausging, und um nicht zurückzustehen, legte er sein Instrument beiseite und tanzte die stumme Weise auf dem schmutzigen Linoleum des Küchenbodens mit zu Ende.

Little Boy Blue

Noch lange, nachdem Fay gegangen war, spielte Javier auf dem Berg, spielte und sang in die dichter werdende Dunkelheit hinaus, trank und sang, daß seine Stimme und die verzerrten und falschen Akkorde und die wahnsinnigen Töne – sie stör-

ten ihn nicht – des grünen Akkordeons von den Felsen wider-
hallten, wobei er sich Noten und Linien vorstellte, die Trapeze
und Dreiecke formten, wie sie so von Stein zu Stein sprangen,
und es war herrlich, herrlich, das zu hören, allein.

Aber am nächsten Tag machte er das Instrument auf, um zu
sehen, was sich reparieren ließe. Die Zungen waren rostig, soviel war klar, und die Welle, der Angelpunkt der Mechanik,
war vermutlich korrodiert, schleifte und ließ die Knöpfe
steckenbleiben. Um eine Welle herauszunehmen, konnte er
sich bessere Orte vorstellen als einen vom Wind geschüttelten
Schafhirtenwagen, ganz schön heikel, die Operation, aber
schlechter werden konnte das Instrument ja nicht mehr. Die
Luftklappen zu ersetzen würde nicht allzu schwierig sein; eine
Rolle Leder, Rohhaut und Riemen lagen unter seiner Schlaf-
koje.

Er wühlte unter seinen Werkzeugen auf der Suche nach
einer Flachzange, um das Ende der Welle damit zu fassen, aber
aus irgendeinem Grund war keine da. Ganz hinten in der
Schublade fand er zwei rostige Schafscheren und eine uralte
Kastrationszange.

»Damit wird's auch gehn«, sagte er zu dem Akkordeon,
»vielleicht«, aber dann nahm er doch lieber die Kneifzange,
um das Ende der Welle in den Griff zu kriegen und sie gerade
herauszuziehen. Es war schlimm genug.

Die Stimmplatte, die keinen Ton mehr gab, wurde durch
einen Rostkrümel zwischen der Zunge und der Luftklappe
versperrt, und den fischte er mit einem Seidenfaden aus seinem Angelkästchen heraus. Die Stahlzungen hatten Rost-
flecken, an denen er mit der Messerklinge kratzte, aber er befürchtete, noch mehr Teilchen zu verstreuen, die die Zungen
verklemmten. Er säuberte die Zungen mit seiner Zahnbürste
und blies den Staub weg, bis ihm schwindlig war.

Dem Instrument fehlte wirklich alles – neuer Balg, neue
Zungen, neue Federn, Stimmplatten neu einzusetzen, ein
neues Verdeck und noch mehr. Aber es hatte einen wunder-
vollen Klang, schrill, schallend, eine kummervolle Stimme,
die den Berghang hinabschrie.

Später in diesem Sommer, an einem anderen Lagerplatz weiter westlich, legte er das Akkordeon auf die Erde und ging mit dem Hund los, um die Ursache für das ängstliche Blöken eines weit entfernten Schafes herauszufinden, aber zu sehen war nicht viel, nur etwas zertretener Boden, der bedeuten konnte, daß ein Luchs in der Nähe war, aber es gab keine klaren Spuren, kein totes Schaf und kein Anzeichen dafür, daß eines gerissen worden war. Der Hund zeigte an der zertretenen Stelle wenig Interesse.

Er war zwei, drei Stunden fort gewesen, und als er zurückkam, bückte er sich, um das Akkordeon aufzuheben, immer noch in Gedanken an den Luchs, von dem er nun glaubte, daß er mit ihm auf dem Berghang war, scharrte mit dem Balg über die Klapperschlange, die unter dem Instrument lag, und bekam den Biß in die große Vene in der Höhlung des Ellbogens.

Der Camp-Verwalter fand ihn zehn Tage später, als seine Haut von der Gebirgssonne schon geschwärzt war. Herzschlag, dachte er, armes altes Schwein, und lud ihn mit seinen Habseligkeiten hinten in seinen Pickup. Javier wurde im hinteren Teil des Friedhofs begraben, ohne Grabstein, und seine Hinterlassenschaften kamen auf den Speicher des baskischen Hotels, wo er die Winter und die verdrießlichen Tage zwischen den Arbeitseinsätzen verbracht hatte.

Im Sommer zwei Jahre darauf verkaufte der Besitzer das Hotel an ein junges vietnamesisches Ehepaar und kehrte heim in das Fischerdorf Elanchove, wo er vor siebenundsechzig Jahren geboren worden war und wo er nun eine Braut und ein paar behagliche Jahre zu finden hoffte. Die neuen Besitzer räumten das Hinterzimmer aus, voller Kisten mit alten Kleidern, haufenweise Bibeln und Katechismen, Sporen, Stiefel und abgewetzte Sättel, vergilbte Kalender, in denen ein Tag nach dem andern abgehakt oder durchgekreuzt war, Hirtenstäbe, Gewehre, alte Koffer und ein grünes Akkordeon. Alles, was sich vielleicht noch verkaufen ließ, ging an die Pfandleihe Little Boy Blue in Kommission.

Nach Hause
mit angenähten Armen

Chemnitzer

Harmlos

Ivar Gasmann, Nils und Elise Gasmanns jüngster Sohn, Enkel der Einwanderer Gunnar und Margaret Gasmann, eine stadtbekannte Figur in Old Glory, Minnesota, Ende der siebziger Jahre, schob oft seinen Einkaufskarren mit dem quietschenden Rad durch die Straßen, sammelte Büchsen und Flaschen auf, eine verschmierte, mit Fußstapfen bedruckte Unterhose, ließ auch Steine von ungewöhnlicher Farbe nicht liegen, schlurfte dahin, die Hände an der Griffstange, das blonde Haar lose, in staubigen Strähnen bis über die Schultern oder, bei scharfem Wind, unter dem knochigen Kinn zusammengeknotet, die Augen flackernd in der Farbe himmelspiegelnden Glases, ein Mann mit feinen Gesichtszügen, aber von langsamem Verstand und dreckigem Äußeren. Die Leute hielten ihn für gutmütig, aber potentiell gewalttätig, manche sagten, er würde entlaufene Hunde essen, und jeder konnte sehen, daß er lebte wie ein Schwein.

Und trotzdem war er ein nützliches Mitglied der Gemeinde. Die Frauen stellten für ihn Sachen heraus, die sie nicht mehr brauchten: dreibeinige Beistelltische, Kissen mit Leopardenfellmuster, eine Seifenpulverreklamekeksdose in Form eines Bulldoggenkopfes, Schienenteile von einer Spielzeugeisenbahn, Wandplakate mit drei fliegenden Wildgänsen im modernen Stil, staubige Eukalyptusblätter, Bananen und Artischocken aus Pappmaché, ein rosa Kinderbett, dessen Inhaber in der Nacht gestorben war. Diese Gegenstände karrte er zu seinem Schuppen zwischen den spanischen Fliederbäumen, neben einem Gebäude, das um die Jahrhundertwende ein Mietstall gewesen war, ein elendes Gemäuer, an einem Ende eingesunken, so daß es aussah wie ein aufstehendes Kamel, das Dach stellenweise mit plattgedrückten Backpulverdosen gedeckt.

Geschlechtsverkehr mit einer Frau hatte er nie gehabt. Männern brachte er, nach einer eigenartigen Begegnung mit einem Schnellkoch in Chippewa Willys Grill, ambivalente Gefühle entgegen.

Nils und Elise

Als Ivar geboren wurde, ein Jahr vor dem Ende des Zweiten Weltkriegs, hatten seine Eltern nördlich der Stadt eine Farm auf dem Land, das einst schwarz unter dem dichten Schatten riesiger Fichten gelegen hatte. (Als der alte Gasmann die Farm kaufte, waren die Wälder längst verschwunden, abgeholzt von Hauern und Sägern von der Prince-Edward-Insel, aus Maine, Québec, New Brunswick, Finnland, Norwegen und Schweden; als die Holzfäller nach Westen weiterzogen, rückten in die ungerodeten Kahlschläge Deutsche, Tschechen und Skandinavier ein, Slowaken, Kroaten, Litauer, Polen, Russen, Serben, und auch ein paar Iren und Franzosen, die ein Faible für die Landwirtschaft hatten.)

Gunnar Gasmann war 1902 aus Norwegen gekommen (während der Überfahrt dampfte das Schiff durch jene Gewässer, wo dreiundneunzig Jahre später in dem küstennahen Erdgasfeld Troll die größte Betonbohrinsel der Welt stand), zog zehn Jahre lang in Wisconsin und Michigan herum, arbeitete in den Bleibergwerken, den Sägewerken, als Tagelöhner oder Farmgehilfe, bevor die Familie sich für fünfzig Cent pro Acre das Stück Stubbenland kaufte. Gunnar, ein Dickkopf, war schon beleidigt, wenn ihn nur jemand beim Vornamen anredete oder eine herzliche Begrüßung ihm gönnerhaft vorkam. Er hielt Bücherwissen für eine Äfferei bürgerlicher Fatzkes, verleidete seinen Kindern den Schulbesuch. Der einzige Scherz, den er kannte, war eine bissige Replik für Leute, die ihn ärgerten: Geh doch dahin, wo ich herkomme!

Unter der Erziehungsgewalt dieses dünnhäutigen Mannes hatte Nils in seiner Jugend kaum lesen und schreiben gelernt, war dafür gut mit der Axt, wie geschaffen für die Holzfällerlager, wo er mit fünfzehn zu arbeiten anfing. Mit zwanzig war er schon Balkenhauer in den Bergen von Idaho.

(Seine Zwillingsschwester Floretta verließ die Farm einen Monat nach ihm. Sie war eine Zeitlang bei Jack Bradys All-Girl Wild West Show beschäftigt, wechselte dann zum Rodeo und wurde eine berühmte Trick- und Bronc-Reiterin. 1927 wurde sie in Tucumcari, New Mexico, abgeworfen, landete auf dem Hinterkopf, brach sich das Genick und war sofort tot.)

Nils hatte mit der Landarbeit nichts im Sinn und kam nach jeder Saison nur widerstrebend auf die Farm zurück, trank viel und fluchte in dem polyglotten Holzfällerkauderwelsch aus Schwedisch, Norwegisch und Englisch. Mit knackenden Fersen, einem hörbaren Defekt der Achillessehne, den sich viele holten, die die Balken durch das aufgewühlte Schmelzwasser der Flüsse hinunterbeförderten, trampte er jeden Sommer heim nach Old Glory, wo seine Frau Elise die Farm des alten Gunnar in Schuß hielt, zusammen mit ihrem leicht debilen Cousin Freddy, einem guten Arbeiter, den man nicht zu bezahlen brauchte.

Aber sobald sie das letzte Heu eingefahren und das Getreide zu Garben gebunden hatten, machte sich Nils mit Beil, Breitaxt und Schälmesser wieder auf zu den Lagern, voll Begierde nach Tabak und Whiskey, nach dem Mief und der Gesellschaft rauhbeiniger Männer – dahin, wo ihm alle Zähne bis auf die beiden oberen und unteren Schneidezähne im Winter 1936 von dem Balkenbinder Oleson mit einer öligen Flachzange gezogen worden waren. (Oleson ging 1943 zur Marine und blieb im Dienst bis 1947, als er zusammen mit sechshundert anderen in Texas City, Texas, bei der Explosion eines Lagers für Ammoniumnitrat-Kunstdünger umkam.) Nils' per Post bestellte Zahnprothese war nach einem Wachsabdruck angefertigt, den er machte, als er einen Priem in der Backe hatte. Das Gebiß paßte nicht gut, und weil er es bei seinen Sauftouren oft verlor, brannte er mit der erhitzten Messerspitze seine Initialen N. G. darauf ein.

»Weißt du, was das heißt?« sagte Oleson. »N. G. – Nix Gut.«

In den Wäldern fühlte er sich zu Hause, ein zügig und unermüdlich arbeitender Hauer, bei dem die Balken immer ge-

- 501 -

nau auf sieben Inches mal acht Fuß kamen, der trotzdem die Ohren nach dem Feierabendgong spitzte, schon in Vorfreude auf Bordell und Saloon, auf Geigen- und Akkordeonklänge bei Mondschein, wenn die Musiker unter den Holzfällern auf den Baumstümpfen des Kahlschlags saßen, während die übrigen auf dem unebenen Boden umhertapsten, Hemlocktannenzapfen zu Staub zertraten und einer mit dem Schatten des anderen tanzten.

1938 fällte Nils eine Fichte, ihr Sturz erschütterte den Schnee auf dem Steilhang darüber, und eine kleine Lawine, ein zischender weißer Wirbel aus Pulverschnee und Felsgeröll, raste herab. Er warf die Axt weg und rannte, kam auch weit genug, um nicht lebendig begraben zu werden, war aber eingekeilt bis zu den Knien, als ein kleiner Steinbrocken, der sich gelöst hatte und nun nach unten kollerte und sprang, ihn seitlich am Kopf traf, so hart, daß er besinnungslos umfiel. Als er im Dunkeln wieder zu sich kam und Olesons Laterne ihm in die Augen leuchtete, wußte er nicht, wie er hieß und wo er war. Er sagte »Hallo, Oldsmobile« statt »Oleson«, und die Männer johlten. Wenigstens war er am Leben, und sie dachten alle an den jungen Som Axel, der vor zwei Jahren, als er bei neuem Pulverschnee in Schneeschuhen die Eisenbahnrodung entlang gelaufen war, von einer Lawine erfaßt, krummgebogen wurde und zu einem Reifen festfror, die Füße samt Schneeschuhe an die Schulterblätter gepreßt.

Nils erholte sich, aber sein Gedächtnis verirrte sich manchmal, und er bekam Tobsuchtsanfälle wegen nichts, denn der verirrte Felsbrocken hatte eine wilde, jähzornige Persönlichkeit in ihm losgeschlagen. Die Holzfällerfirma gab ihm seine Papiere, und er konnte nirgendwo anders hin als zurück nach Old Glory zu seiner Farm.

Beherrschung, Beherrschung!

Als Ivar, sein zweiter Sohn, geboren wurde, war er also zu Hause – ein Farmer wider Willen, das Hirn angeschlagen, während Männer mit unversehrten Köpfen gegen die Achsenmächte ins Feld zogen. In der Morgendämmerung kam er betrunken heim; am Abend vorher hatte er Elise ins Krankenhaus gebracht und sich zwanzig Minuten lang ihr Gestöhn angehört, dann ging er in eine Holzfällerkneipe Bier und Whiskey trinken. Elise hatte sehr schmerzhafte Wehen, bei denen sie unwillkürlich laut brüllte. Dankbar fiel sie in den »Dämmerschlaf«, wie es der dicke, schielende Arzt nannte, und brachte das Kind zur Welt, war aber noch so weit klar im Kopf, daß sie schwor, Nils nie wieder ranzulassen, dieses verrückte Schwein.

»Ach, das werden Sie vergessen«, sagte die Schwester. »Nächstes Jahr seh' ich Sie hier wieder.«

Gähnend kam Nils heim, betrunken, wollte unbedingt noch ein Stündchen schlafen, bevor er raus mußte zum Melken, sehnte sich nach etwas Schlaf in köstlicher, ungewohnter Stille – Conrad, der andere Sohn, war bei Elises Schwester untergebracht, der debile Vetter noch tief unter seiner schmuddeligen Decke vergraben –, fiel ins Bett und schlief sieben Minuten, bis ein Haarspecht ihn mit heftigem Pochen aufs Schindeldach weckte. Er nahm die Schrotflinte und rannte nackt aus dem Haus, aber der Vogel flog davon, kreischend wie eine entrüstete Jungfrau. Er verfluchte alle Spechte. Er taumelte wieder ins Bett, die Flinte auf Elises Seite, und zog sich die Decke über den Kopf, als der Specht von neuem anfing. Das hämmernde Geräusch war genau über ihm. Er heulte vor Wut, feuerte durch die Decke, daß er fast taub wurde von dem Krachen und die Schindeln zersplitterten, rannte dann hinaus, um zu sehen, ob er seinen Feind getroffen hatte. Der Vogel saß in einem Apfelbaum und bearbeitete ein pampelmusengroßes Loch. Er stürzte nach drinnen, griff sich die Flinte, dann wieder raus, mit einem Satz die Verandatreppe hinab, aber wieder flog der Specht davon. Die Kühe im Stall muhten vor Unge-

– 503 –

duld. Zurück ins Haus, bebend vor Zorn, aber kaum hatte er zwei Stufen genommen, da fing das boshafte Gehämmer wieder an, und er sprang in die Küche, wirre Verwünschungen brüllend, riß die rotgestrichene Schublade im Büffet auf, in der Elise die Streichhölzer verwahrte, knüllte eine Zeitung zusammen, rannte zum Dachboden hinauf und zündete direkt unter dem Klopfen das Dach an. Sein Zorn verflog nach wenigen Minuten, aber inzwischen stand das Dach in Flammen. Die Feuerwehr rettete das Untergeschoß, und die Familie verbrachte den Rest des Winters in den engen, nach verkohltem Holz stinkenden Räumen. Im Frühjahr baute er das Obergeschoß wieder auf, aber nachdem er den Stützbalken für die Treppe zurechtgesägt hatte, merkte er, daß er falsch abgemessen hatte, und weil er zu wütend war, um neues Holz zu kaufen und von vorn anzufangen, riß er das Ganze wieder heraus. Von nun an erreichten sie die oberen Räume nur noch mit einer Leiter.

Ivar wuchs in Furcht vor den hemmungslosen Wutausbrüchen seines Vaters auf, prallte zurück vor dem Gebrüll und den Ohrfeigen, die es im Stall setzte, und flüchtete zu Rahm und Ingwerplätzchen in die Küche.

Wenn Nils bei Verstand war, gab er Elise genaue Anweisungen, wie die Kinder richtig zu erziehen seien. Seine Eltern hatten sich streng nach den Vorschriften eines Buches gerichtet, *Leitfaden für Emigranten zur Wahrung der norwegischen Kultur*, das ein heimwehkranker Siedler in Texas verfaßt hatte, ein Buch, das die Vorzüge der norwegischen Sprache pries, des täglichen Gebets (und zwar zweimal), norwegischer Kirchenlieder, Kleidung und Nahrung und dazu aufforderte, sobald das Glück in Amerika gemacht war, ins alte Nordland heimzukehren. Jeden Tag hatten sie *En Utvandrers Sang* gesungen, *O Norges Son* und andere Lieder. Seine Mutter hätte am liebsten in einer norwegischen Gemeinde gelebt, wo das Land allen gemeinsam gehörte. Aber Gunnar lechzte nach Unabhängigkeit und eigenem Land, kaufte sich ein riesiges Sternenbanner. Noch Jahre später konnte Nils sich im Suff an eines dieser alten Lieder erinnern, »Das Skelett auf dem Fest«, mit seinen Versen über Friede und Freiheit jenseits des Meeres: »*Bliver os Skatter, Afgifter for svær, reise vi Vest over Sø, til Missisippis Breder, o der, ja, o der i Frihed vi blegne og døe*...«, doch seinen Kindern verbot er, auch nur ein Wort aus dieser spitzmündigen Sprache zu lernen. Konzentriert euch aufs Amerikanische, sagte er ihnen – Oleana, diese norwegische Utopie, die Ole Bull zusammengeträumt hatte, war ein Witz, die Norweger waren ein Witz, und ihr Akzent war ein Witz, und sie machten sich zum Gespött mit ihrem doofen Benehmen, ihren Sketchen und Liedern wie aus einem Bauernschwank, nur simulierte Fürze, geschwollene rote Nasen und karierte Hochwasserhosen. Norweger waren Witzfiguren ohnegleichen, wenn sie mit komisch übertriebenem Akzent »Wer hat den Heilbutt aufs Achterdeck getan?« grölten, die Quetschkommode durch die Beine oder hinter den Ohren spielten, bis man's nicht mehr aushielt. Und was für sture Köpfe, unfähig, sich mal von einer Idee zu trennen und es mit einer andern zu versuchen. Und so war Gunnars und Margarets Muttersprache in der Familie Gasmann erloschen.

Als Beispiel dafür, wie vernagelt sie waren, erzählte Nils die Geschichte, wie der alte Gunnar und die Onkel zum erstenmal einen Brunnen auf der Farm gegraben hatten. In zwei Meter Tiefe stießen sie auf eine Ader rotglänzender Flocken und Körner. Konnte das Kupfer sein? Möglich. Probestücke des geheimnisvollen Erzes wurden in braunes Packpapier gesteckt und sollten ans Prüfungsamt geschickt werden. Aber fürs erste brauchten sie Wasser, und die Männer gruben weiter. Aus irgendeinem Grund wurde das interessante Päckchen nie abgeschickt und ging schließlich verloren.

»Eine Kupfermine nicht beachten wegen Wasser! Wir könnten Millionäre sein, wären diese alten Norweger nicht solche Idioten gewesen.« Aber er selbst versuchte nie in der Nähe des alten Brunnens zu graben, der schon seit vielen Jahren nicht mehr benutzt wurde. Es war eine angenehme Vorstellung, daß sie auf ihren täglichen Wegen zwischen Stall und Haus vielleicht auf einem großen Vermögen herumliefen.

Die Atomkraftwohnwagenkirche

1951 war Ivar sieben, und ein Wanderprediger kam auf den Farmhof gefahren, mit einem Sperrholzwohnwagen hinter einem zweifarbigen Wagen mit Tennessee-Nummer, vollgepackt mit Frauen, Kindern und Kisten. Er klopfte an die Haustür, sagte, er heiße Howard Poplin und ob er wohl auf dem unteren Feld an der Straße ein paar Tage lagern dürfte, er würde auch gern ein paar Dollar bezahlen. Nils zog seine farblosen Augenbrauen hoch und sagte ja, sie könnten da bleiben, bezahlen sei nicht nötig, wir seien doch alle Brüder in dieser bitteren Welt, und jeder gottesfürchtige Christ sei auf seinem Boden willkommen. Er lächelte nicht; er lächelte niemals. Nach dem Mittagessen ging er runter, um zu sehn, was sie machten – womöglich richteten sie Schaden an –, rief Ivar zu sich, damit er ihn begleitete, und sagte Conrad, er solle den Schweinestall ausspritzen.

Poplins Frauen standen etwas abseits und suchten in den Kisten herum, seine Frau und eine ältere Frau, die wohl ihre Mutter sein mußte, dachte Nils, als er ihre schmalen Köpfe sah und die langen Haarsträhnen, bei der älteren grau, bei der jüngeen gelblichbraun, aber die gleichen Köpfe, die gleiche, von einer dicken Ader halbierte Stirn, die gleichen schläfrigen, verwunderten Augen. Keine von beiden sah nach was aus.

Der Prediger hatte seinen Wohnwagen abgehängt. Er und zwei dünne junge Mädchen mit teigigen Gesichtern klappten lange, scharnierbesetzte Dachteile auf. Mit einem durchdringenden Quietschen der übers Holz schleifenden Kanten schoben sie die Seitenwände auseinander; der Geistliche trat mit eingezogenem Kopf in den Hohlraum und machte die Haken los, welche die Bodenteile aufrechthielten, die nun auf ihren Platz fielen, auf Holzblöcken aufruhend, die die Mädchen hingestellt hatten.

»Ach du liebe Güte, gottverdammich!« sagte Nils.

»Führen Sie den Namen des Herrn nicht müßig im Munde, Bruder. Na also! Da haben wir's, ein Reisehaus, sechs Personen können bequem drin schlafen, wenn es steht. Schaun Sie

- 506 -

nur rein, dann sehn Sie ein ganz passables Wohnzimmer. Hat eine schöne alte Küche, zwei Schlafzimmer. Es ist fürs Reisen gebaut, man kann es überall im ganzen Land auf diesen Reisehausparkplätzen aufstellen, alle gleich, eine landesweite Kette, alle pieksauber, da kann man mit dem guten alten Reisehäuschen überallhin fahren, sind ganz schön viele Leute unterwegs, nach Kalifornien, nach New York oder Florida. Hallo, Sohnemann!« sagte er zu Ivar. »Das möchtest du auch gern mal aufbauen, was? Na, ich kann's selber nicht gut.«

»Was ist das für eine Parkplatzkette?« sagte Nils. »Hab' ich hier noch nie was von gehört.«

»Na, die Anlagen sind noch nicht gebaut, aber es dauert nicht mehr lang, wenn Eisenhowers Straßensystem erst fertig ist. Ich hatte eine Eingebung nach dem Gebet. Die Reisehäuser machen sich gut. Ich habe die Konzession, predige das Wort des Herrn und interessiere die Leute für diese hübschen kleinen Häuser. Millionen brauchen so eins.«

Die Frau und ihre Mutter waren mit den Kisten ins Innere gegangen. Ivar konnte sie reden hören, während sie Stapel von Tellern klappernd in die Faltschränke einräumten.

»Wir verbringen die meiste Zeit auf der Straße«, sagte Howard Poplin. »Ich sage voraus, binnen zehn Jahren wird die halbe Bevölkerung auf Rädern wohnen, in rollenden Häusern. Die unverschämten Grundsteuern werden dafür sorgen. Man baut sich ein Haus und richtet sich drin ein, um seine Kinder großzuziehen, und schon kommen sie einem mit all den Steuern. Man ist ihnen ausgeliefert und kommt nicht mehr los, wenn man ein festes Haus hat. Nebenan zieht übles Volk ein, die brüllen und streiten die ganze Nacht, ihre Hunde bellen bis zum Umfallen, und man kann gar nichts dagegen machen. Sie bauen einem eine Rennbahn oder einen Tanzschuppen vor die Nase, und man muß es hinnehmen. Wenn man auch noch die Baukosten bedenkt, dann ist so ein festes Haus etwas ganz Entsetzliches, und die Fachleute sagen, das kommt von den Gewerkschaften; die haben die Kosten so hochgetrieben, daß man jetzt fast zehntausend Dollar braucht, um ein simples Sechszimmerhaus zu bauen. Dieses kleine

Reisehaus ist so amerikanisch wie nur was. Es ist gegen die Steuerlast. Es ist *für* Freiheit und Unabhängigkeit. Es spricht den Pioniergeist an.«

»Das klingt vernünftig«, sagte Nils. Howard Poplin zeigte ihnen das Innere. Die Wände waren gefirnißtes Sperrholz, an den Fenstern verdrückte rotkarierte Vorhänge. Der Boden federte unter den Füßen, und alle Räume waren hallend und dunkel.

»Gib doch dem Sohnemann hier mal'n schönes Stück Kuchen«, sagte Poplin zu seiner Frau. Ivar durfte von der Frau ein Stück altes Rosinengebäck entgegennehmen. Die Ader an ihrer Stirn pochte.

»Ärger hatte ich mit diesem Wohnwagen erst einmal, als mir ein großer Traktor auf einer schmalen Brücke die Seite abgerissen hat, aber weil's ja nur Holz ist, hatte ich's in einer halben Stunde wieder zusammen. Jetzt sehn Sie mal das hier«, sagte der Mann, nun wieder draußen, und holte einen flachen Leinwandsack herunter, der auf dem Dach des Wagens festgebunden gewesen war. Er zog ein langes hölzernes Dreieck hervor und klappte es zu einer dreiseitigen Form auseinander.

»Faßt mal an!« sagte er zu den Mädchen. Sie kletterten aufs Dach des Hauses, und er reichte ihnen das Ding hinauf. Sie stellten es zwischen Halteblöcke, befestigten es mit Haken und Ösen, und es wurde ein Kirchturm. Als nächstes kam das Spruchband, das Poplin über die Vordertür hängte: JESU ATOMKRAFTWOHNWAGENKIRCHE! WIR GLAUBEN AN DIE ZEICHEN! WIR KOMMEN ZU EUCH!

»Ich möchte wetten, das ist die erste Wanderkirche, die *du* je gesehn hast«, sagte er zu Ivar.

Bekehrung

»Wie spät ist es?« fragte Nils sich selbst im Dunkeln. Er konnte die grün schimmernden Uhrzeiger nicht erkennen.

»Oh«, brummte er und zog die Lichtschalterschnur, »es ist zwei Uhr früh. Und was zum Teufel ist denn das? Hört sich an, wie wenn Schweine geschlachtet werden.« Er setzte sich auf, schwang die Beine über den Bettrand und begann seine Hose anzuziehen. »Mein Gott, ob da Schweinediebe sind –«

Elise wachte auf, zog sich das Kissen vom Kopf herunter. »Was ist denn nur los?«

»Das ist dieser gottverdammte Prediger mit seiner Faltkirche. Ich weiß nicht, was der da unten macht – hör mal!« Von weitem hörten sie ein Getöse von Stimmen, als flüchtete eine Menschenmenge vor einer Katastrophe.

»Weißt du, ich hab' schon lange genug davon, daß du Fremde so nah bei uns lagern läßt. Du kannst ja nicht wissen, ob du morgen noch lebendig bist, wenn du aufwachst. Sag ihm, er soll machen, daß er von unserm Land runterkommt. Ich hätte ihn gar nicht erst raufgelassen. Ich hab' das so satt! Damals, als du die Zigeuner da hast bleiben lassen, weißt du noch, da haben sie erst die ganze Nacht ihre Begräbnislieder gesungen und dann alle Rosenbüsche ausgegraben und weggeschafft. Erzählen mir einen solchen Mist, von wegen kein heißes Wasser auf die Ameisen gießen, Ameisen sind doch unsere Freunde, tu ihnen nichts! Und der Landstreicher, den ich in der Küche erwischt hab', wie er in den Krügen gekramt hat? Beinah hätt' er mich noch angefaßt. Ach, ich weiß nicht, wie ich das alles aushalte!« Sie ließ sich ins Kissen zurückfallen und zog sich die Decke über den Kopf. »Es war ein schwerer Fehler, einen Mann zu heiraten, der beim Tanzen Tabak kaut«, sagte sie, aber von diesem halb erstickten Satz hörte Nils kein Wort. Er hatte ihn schon einige tausendmal überhört.

Als er den Feldweg hinunterging, sah er die elektrischen Glühbirnen, die sie um das Falthaus herum aufgehängt hatten, und hörte das Pochen eines Generators. Aus der Nähe erkannte er einen Saum von Menschen in schwankender Bewegung vor der Wanderkirche. Wo die wohl herkamen, wunderte er sich. Nicht aus der näheren Umgebung. Knochige Frauen mit hohlen Brüsten und steinernen Gesichtern, Männer, hager wie die Longhorn-Schafe aus Texas, alle wiegten sie sich im Stehen hin und her und blickten auf Howard Poplin, der, eine Bibel in der rechten Hand, unter den nackten Glühbirnen stand und mit Klapperschlangen bedeckt war. Schlangen wanden sich um seinen Hals, durch seine Jackenärmel und ins Hemd hinein, Schlangen ringelten sich seine ausgebeulten Hosenbeine hinauf, tropften ihm von den Fingern wie gefrorenes Öl. Ein Pfahl mit einem oben draufgenagelten Brett war sein Altar.

»Markus sechzehn, achtzehn!« rief er. »Sie werden Schlangen aufheben, und wenn sie etwas Tödliches trinken, wird es ihnen nicht schaden. Kranken werden sie die Hände auflegen, und diese werden GESUND werden. Nicht, ›es wird ihnen allmählich besser gehn‹, nicht ›gewisse Fortschritte werden erkennbar sein‹, nachdem sie kostspielige Medikamente genommen und teure Röntgenuntersuchungen und hohe Arztrechnungen bezahlt werden. NEIN! Jesus SAGT, ›Kranken werden sie die Hände auflegen, und diese werden GE, Amen, SUND, Amen, WERDEN! AMEN! DAS werden wir heute nacht tun, den Kranken Hände auflegen, den Kranken, damit sie GESUND werden. Darum habt ihr eure kranken und schwachen Angehörigen heute nacht hergebracht. Freunde, ich bin mit Jesu Atomkraftwohnwagenkirche überall im Land herumgereist, von Kalifornien bis Florida, in diesem Gotteshaus hier, und habe den Kranken die Hände aufgelegt, damit sie GESUND werden. Und kreuz und quer durchs ganze Land, überall, wo ich hinkomme, wie ein Boot, das sein Kielwasser weiß hinter sich herzieht, so ziehe ich eine Woge von Menschen hinter mir her, die einmal krank waren, aber nun GESUNDET sind. Unten in Balk, Kansas, da kam eine Mutter mit ihrem Baby zu mir. Das Baby hatte sich seit zwei Tagen nicht mehr gerührt, es war schlapp und grau wie ein alter Waschlappen, und ich habe mit der Hand – so! – die eine Seite von dem Baby raufgestrichen und die andere Seite runter, und das Kind hat die Augen aufgemacht und gesagt: ›Mama, ich hab' Durst.‹ Doch, das hat es gesagt! ›Mama, ich hab' Durst.‹ Und ich habe zugeschaut, wie sie dem Baby einen Schluck Wasser gegeben hat, den ersten seit ZWEI TAGEN. Freunde, dieses Baby war auf dem Weg der Genesung. Ein Mann, keine zehn Meilen von hier, ist zu mir gekommen, ein älterer Mann an zwei Stöcken, konnte kaum noch humpeln. ›Pfarrer Poplin‹, hat er gesagt, ›Pfarrer Poplin, ich bin gelähmt vom Rheuma, ich wurde als junger Mann vom Pferd abgeworfen, die Winterfröste sind mir in die Glieder gefahren, und in einem Blizzard hab' ich meine Zehen verloren, eine Axt hat mich den linken Daumen gekostet, der graue Star trübt mir die Augen, und ich lebe in Trauer, weil meine Frau tot ist. Können Sie mir helfen?‹ ›Nein, lieber Mann, das kann ich nicht‹, hab' ich geantwortet, ›denn Sie sind nicht krank, Sie sind alt. In der BIBEL steht: ›Ich bin jung gewesen, und nun bin ich alt. So geschieht uns allen.‹ Diejenigen unter euch also, die an den Folgen des Alters leiden, was etwas ganz anderes ist, als krank zu sein, ertragt euer Los und freut euch auf den Glanz des Herrn! Denn nichts kann euch wieder jung machen. ›Ich bin jung gewesen, und nun bin ich alt.‹ Das ist die schlichte Vernunft. Wenn euch aber Krankheit zu schaffen macht, na, da können wir etwas tun. Nun seht euch mal diesen kranken kleinen Jungen an, er hat Kinderlähmung und kann nicht laufen, aber wir werden ihm helfen, GESUND zu werden durch das ATOMKRAFTGEBET und mit Jesu Hilfe. ATOMKRAFTGEBET nenne ich's, weil es die Kraft der Atombombe besitzt, Gebete können ja, wie wir alle wissen, Berge versetzen.«

Mit Erstaunen sah Nils, daß der Junge, den Mrs. Poplin nun herbeiführte, wobei das Kind auf unsicheren Füßen schlurfte und sich an ihre Schulter klammerte, aber dennoch ihrem schlangenumkränzten Mann unerbittlich näher rückte, sein eigener Sohn war, der siebenjährige Ivar, von dem er geglaubt hatte, daß er schlafend in seinem Bett liege.

»Ivar!« sagte er, aber er brüllte nicht, weil der Junge sich nun in Howard Poplins Armen befand und Schlangen sich um seinen Hals ringelten, an seinem Arm hinunterrutschten und zu Boden fielen. Poplin hielt einen Arm über das Kind.

»Sehr ihr, wie bleich und schwach er ist, dieser Junge? Er kann kaum aufrecht stehen, ihr habt gesehen, wie er ohne Hilfe meiner Assistentin nicht laufen konnte, seine Beine sind gelähmt, keine Kraft drin, sein Rücken ist so kaputt, daß er keine Kontrolle über seine Beine hat, sie geben ihm noch sechs Monate zu leben. Stellt euch das vor! Nur noch sechs Monate zu leben für solch einen prächtigen Jungen, der vielleicht dazu ausersehen ist, eine wichtige wissenschaftliche Heilmethode zu entdecken oder ein Verfahren zu erfinden, mit dem Gras in Gold und Manna verwandelt wird. Was der Junge braucht, ist ein GEBET, das ATOMKRAFTGEBET. ImNamendesVatersHerrJesusChristusheilediesenarmenleidendenJungenundmachihnGESUNDundlaßihngenesenundwohlaufseinundlaßihnhingehnundsichvermehrenundeinegroßeEntdeckungoderBehandlungzustandebringenundseinLebendemHerrnJesusChristusweihenunddemDienstderAtomkraftwohnwagenKIRCHEAMEN. Und nun, mein Junge, wollen wir mal sehn, ob du laufen kannst.« Und er nahm Ivar die Schlangen ab, der zwei unsichere Schritte machte und dann lachend und die Arme schwenkend seitlich ins Dunkle hüpfte.

Die Zuschauer stöhnten und schluchzten, manche schrien laut auf, und Howard Poplin rief, daß er nun den Sammelteller herumgehen lasse, und jeder möge geben, was er könne, um Jesus Christus bei der Arbeit zu helfen und die Wanderkirche auf ihrem Weg voranzubringen.

Schläge

Ivar steckte gerade den Fünfdollarschein in die Tasche, den Mrs. Poplin ihm dankend gegeben hatte, als ein dämonisches Wesen, in dem er nicht gleich seinen Vater erkannte, in den Lichtkreis stürmte, die Frau heftig wegstieß, Ivar mit seinen schwieligen Händen packte und ihn unter fauchenden Drohungen dicht an sich heranzog, den Geldschein wieder herauszerrte und zu Boden warf. Er brüllte Poplin an, er solle mit seiner dreckigen Schwindelbude von seinem Grund und Boden verschwinden, kündigte an, binnen einer halben Stunde werde der Sheriff zur Stelle sein. Ivar weinte, wand sich und versuchte dem harten Griff zu entkommen, aber es war aussichtslos. Nils hatte die Wut seines Lebens.

Zu Hause im Stall schlug er den Jungen zuerst mit den Fäusten, dann mit einem rostigen Kabelende, das ihm beim ersten Schlag den Rücken aufriß, und prügelte weiter, bis aus der blutigen Masse ein weißer Wirbelknochen hervorsah. Das Brüllen und Kreischen hörte auf, als Ivar bewußtlos wurde, aber Nils drosch immer noch auf ihn ein, unter wirrem Gebrüll über Faulheit und Verderben, Lügen und Verrat und Verbrecherinstinkt, und erst auf dieses Gebrüll hin kam Elise aus dem Haus, in ihrem alten Chenille-Morgenrock, dessen Saum durch den Schlamm schleifte. Als sie sah, was er getan hatte und immer noch tat, versuchte sie nicht, ihn mit Tränen oder Protesten davon abzubringen, sondern griff sich die anderthalb Meter lange eiserne Brechstange, die in der Ecke stand, und hieb sie ihm über den Kopf.

Zitternd und bebend wandte sie sich von ihrem toten Mann ab und kniete sich hin, um Ivar aufzuheben.

»Lassen Sie mich helfen«, sagte eine sanfte Stimme, und Howard Poplin kam herein, leicht gebückt, sein Schlips baumelte lose herab.

»Er's tot«, murmelte sie. »Ich hab' ihn totgeschlagen.« Poplin kniete sich neben Nils hin, betrachtete die große Kopfwunde, aus der schimmernd das Blut lief.

»Kümmern Sie sich um den Jungen«, sagte Poplin. »Der Junge wird am Leben bleiben. Ich bleibe hier und bete bei diesem Mann.« Sein Schlips bewegte sich, und sie sah, daß es eine Schlange war. Es ließ sie kalt, sie war taub für alles außer ihrem Kind, das in ihren Armen zitterte.

Howard Poplin blieb die ganze Nacht bei Nils im Stall, betete, wickelte ihm die Schlange um, legte ihm seine pappige Hand auf die Stirn, und am Morgen kamen sie beide aus dem Stall, Nils taumelnd, aber mit der Klapperschlange, die sich um seinen Arm und über seine Brust ringelte.

»Ich habe ihm gepredigt. Ich habe die Schlange über ihm und um ihn kreisen lassen. Ich habe im Namen des Vaters, des Sohnes und des Heiligen Geistes dafür gebetet, daß ihm das Leben wiedergegeben wird. Er ist zu sich gekommen und hat die Wahrheit erblickt, hat seine sündige Vergangenheit erkannt, gesehn, daß er den Zeichen folgen muß, er hat mich gehört, er hat die Schlange aufgehoben, und nun ist er hier und lebt, um davon zu künden. Amen. Und ich rede keinen Müll.«

So blieben sie beide am Leben, der kleine Ivar stammelnd und schweigsam, nun zusammen mit seinem Bruder Conrad bei Elises Schwester untergebracht; und Nils bekehrt, in dem Glauben, von Howard Poplin ins Leben zurückgeholt worden zu sein, nachdem seine Frau ihn ermordet hatte. Binnen einem Jahr hatte Nils sich daran gewöhnt, ohne Furcht heiße Kerosinlampenschirme in die Hand zu nehmen und Klapperschlangen aufzuheben, ihnen in die Augen zu blicken, sich eine Prise Rattengift in den Tee zu tun, ohne ein einziges Mal gebissen zu werden oder sich zu vergiften, denn er hatte den Glauben. Seine lutheranische Erziehung streifte er ab wie ein altes Hemd. Er lud Poplin ein, ein Jahr dazubleiben und zu predigen, versprach, ihm eine Kirche zu bauen, und als der Prediger ablehnte, weil er weiterreisen müsse im Dienste des Herrn, versprach Nils, eine Botschaft an den Silo zu malen, wo alle, die auf der Straße vorüberfuhren, sie sehen konnten. Was seine Mörderin anging, so wartete Nils seine Zeit ab. Sie verbrachte jedes Wochenende im Haus ihrer Schwester bei Ivar und Conrad, der eine wortlos und unterwürfig, der andere gefräßig, ungeduldig und tolpatschig. Nils begleitete sie niemals, benahm sich ganz so, als wären die Jungen tot.

(Später investierte Howard Poplin seine Kircheneinnahmen in den Entwurf und die Herstellung eines Wohnmobils, das er *Conqueror* nannte, und machte ein Riesenvermögen. Er lebt noch, irgendwo in Florida, nennt sich aber nun Happy Jack.)

Hilfe

Nils bekam seine Chance zwanzig Jahre später, als in Elises Bauch ein Krebsgeschwür anwuchs. Sie schrumpfte zusammen, bis ihre Gliedmaßen stockdünn waren, die Schienbeine voller Schwären, die nicht verheilen wollten, und zwischen den Rippenstreifen und dem vortretenden Schambein wölbte sich ein dicker tumorgeschwellter Bauch wie in einer letzten grotesken Schwangerschaft. Der Schmerz war heftig, aber als Conrad am Sonntag anrief, sagte sie mit fester Stimme, sie sei über den Berg, bereite ein großes Abendessen vor, Huhn, und denke daran, nach Minneapolis zu fahren, um sich ein Nachthemd zu kaufen, und ob Ivar wohlauf sei? Wenn es ihr wieder besserginge, sagte sie, wolle sie eine Reise machen, mal ein bißchen was sehen vom Land.

Den ganzen staubigen Sommer über brannte die Sonne auf das unbeschattete Haus herab, und während die Hitze sich in den zerwühlten Bettlaken staute wie heißes Gas, erfüllte der Schmerz das Zimmer wie ein steigender Wasserspiegel, zuerst nur ein feuchter Schimmer am Boden, dann um die Beine des Nachttisches schwappend, langsam, unerbittlich steigend, bis er über ihr glühendes Bett spülte wie Wellen über einen Strand, immer höher und gewaltiger, lange Sturzseen von Schmerz, die Sand und stacheligen Tang mitschwemmten, das Bett überfluteten und immer noch höher stiegen, die Wände hoch, mit ihrem Druck Mauern und Boden ermüdeten, bis das Zimmer mittags überfloß, die Decke durchtränkt war und der Schmerz zwischen den klapprigen Schindeln hinausspritzte, die Außenwände hinabrieselte, im Staub Pfützen bildete und in der Einfahrt Furchen grub. Nun konnte sie in den Tiefen dieses Schmerzensozeans nicht mehr atmen, und sie keuchte halberstickt: »Hilfe! Nils, Hilfe, o bitte, hilf mir, o Hilfe, Hilfe!« Und am Nachmittag begann der Schmerz zu sieden und zu blubbern; sie war ein lebendig in einen riesigen Kochtopf geworfener Fisch. Ihre Haut platzte auf wie die einer überreifen Tomate, die Muskeln über ihren Knochen verkrampften und verhärteten sich; als die kochende Flüssigkeit in ihr Rückenmark einsickerte, krümmte sie sich und schrie, bis die Stimmbänder versagten, *Hilfe, Hilfe, Hilfe . . .*

Nils rief andere herbei, die den Zeichen Folge leisteten, um bei ihr zu beten. Sie warfen einander Schlangen zu, sangen und schlugen das Tamburin, die Salbung überkam alle im Raum bis auf eine, Elise, und sie redeten in Zungen, während sie *Hilfe, Hilfe* stöhnte, aber nichts wirkte, und ein junger Mann von der Nachbarfarm starb, weil er das Rattengift trank, und es war klar, daß Elises Stunde näher rückte. Aber wie langsam!

Als am Sonntag das Telephon läutete, nahm er den Hörer ab, sagte zu Conrad nur, sie schläft, und hängte auf.

Eines Morgens spürte Nils die Sonnenhitze schon, als er die Hand an die Wand des Schlafzimmers legte. Das Haus lag stumm im warmen Morgen, die Hitze nahm zu, kein Laut aus dem freien Zimmer, wo Elise lag. »O Herr«, murmelte er, »laß sie in der Nacht gestorben sein, laß sie heimgegangen sein in der Nacht, laß es vorüber und ausgestanden sein.« Er stakste zur Toilette, stellte sich vor das Becken und wartete, daß der Harn käme, aber der dumme alte Pimmel wollte nicht, bis er zur Inspiration den Hahn überm Waschbecken aufdrehte. Immer noch nichts von Elise. Er schlurfte in die Küche und stellte den Kessel auf den Herd. Er wollte nicht bei ihr reinschauen, wollte es nicht riskieren, das köstliche Schweigen zu brechen, ehe er seinen Tee nicht getrunken hatte. O möge der Herr sie in der Nacht zu sich genommen haben! Durch das Fenster über dem Ausguß stieß die Sonne herein. Ein heißes Quadrat fiel auf den Kühlschrank, leuchtete die Spuren verschütteter Speisen aus, seine verschmierten Fingerabdrücke. Das Wasser kochte, und er goß es auf den Teebeutel in der angesplitterten Tasse, wartete ungeduldig, bis es sich kräftig rotbraun färbte, träufelte Milch hinein, aber das milchige Hellbraun wurde durch feine Flöckchen gestört, die durch das heiße Gebräu beschleunigte Gerinnung. Die Milch mußte am Umkippen sein. Macht nichts, dachte er und schlürfte das Zeug heiß und sauer. Da war es! Das erste flatternde Stöhnen hinter der Tür betrog ihn um die selige Stille. *Hilfe, Hilfe.*

Das würde er nicht länger ertragen. Die Wut überspülte Mitleid und Schuldgefühl. Er ging zur Vordertür hinaus, ums Haus herum in den Hof. *Hilf mir!* Das Beil steckte im Hackblock neben dem Hühnerkäfig. Er ging daran vorbei, in den Schuppen, wo seine alte Breitaxt stand, packte sie beim Schaft, prüfte, ob die Klinge nicht locker saß – doch, ein bißchen –, und ging hinein. »Hier hast du deine Hilfe«, sagte er und schlug zu.

»Hätt' ich Engelsflügel«

Alles im Zimmer war voll Blut. Elise hatte viel Blut gehabt, eimerweise purpurrotes Blut, und das spritzte, strömte, sickerte. Es tropfte geräuschvoll, und etwas wie ein Gluckern war lauter, als die nun verstummten Schreie gewesen waren. Die Stille entzog sich ihm. So nah, aber noch nicht erreicht.

Über die Außenleiter stieg er aufs Dach des Silos und sprang gen Himmel. Er wußte, Jesus würde ihn auffangen, oder er müßte in der Hölle bezahlen.

Conrad, sein ältester Sohn, weinte wie ein Wolkenbruch, als man ihm die Nachricht brachte.

»Sie wollte eine Seniorenfahrt nach Alaska mitmachen, wenn es ihr besserginge«, schluchzte er. »Sie hat nie eine Chance gehabt, irgendwohin zu fahren. So ein Schuft!«

Aber Ivar nickte nur und kratzte weiter die Farbe von einem alten Tisch ab, eine Reaktion, wie man sie von jemand, der als mehr oder weniger zurückgeblieben galt, erwarten konnte.

Das Licht der Angst

Ivars Schuppen war dunkel, auf der dunklen Seite des Ortes. Wenn er nachts das Licht ausmachte, schlug die Dunkelheit über ihm zusammen, das bleichsüchtige Laub dampfte bleiern, die Schatten wurden zu gigantischen schwarzen Wollknäueln. Über seine Wege konnte er lautlos gehen, wußte auswendig und nach Gefühl, wo die Steine lagen, spitzte die Ohren und blähte die Nüstern nach dem Geruch von Wieselhaaren oder Fuchsatem, konnte wie ein Blinder einen Pfahl orten, den er nicht sah. Und manchmal ließ er sich zu den Käfern ins feuchte Gras fallen und betrachtete den funkelnden Himmel, ärgerte sich jedesmal über die orangegelben Lichtpfützen der Straßenlaternen, das Brummen und Blinken von Flugzeugen und Satelliten und nur allzuoft das mahlende Rattern eines Hubschraubers; kurz, die Dunkelheit war zerstört. Was er davon hielt, sagte er zu Rock, seinem Hund, einem grobknochigen Tier mit schwachen Augen, das Ivars Ergüsse als Konversation gelten ließ. Bei seinem Hund war der Mann geradezu redselig.

»Da haben wir ein ganzes Land, das sich vor der Dunkelheit fürchtet, Millionen Menschen, die noch nie die Sterne oder den Himmel angeschaut haben, außer im Fernsehen, wenn alles voller blitzender Raketen und Kometen ist, die den Namen einer Wäscherei loslassen. Wir werden schon bei grellem Licht geboren, wachsen auf mit Nachtlicht und Fernlicht und Straßenlaternen und Leuchtzeichen und Leuchtturmscheinwerfern auf Wolkenkratzern, mit Schaufenstern, die die ganze Nacht hell sind, wir haben Lämpchen in Kühlschränken und Uhren, Leuchtzifferblätter, Scheinwerfer, Positionslichter von Flugzeugen, Füllfederhalter mit Lämpchen, Schlüssel mit Richtstrahlen, und nachts in den Häusern lauter rote oder grüne Augen, die leuchten auf dem Telephon und dem Fernseher und der Alarmanlage und dem Heißwasserboiler und dem Herd und dem Lichtschalter. Und das gottverfluchteste ist Weihnachten, mit den goldenen Lichtlein allüberall in den Fenstern und an den Bäumen, auf Dächern, um die Häuser gewickelt, über der Hauptstraße baumelnd, daß jede miese Tankstelle aussieht wie die *Titanic* kurz vor dem Untergang.« Er nannte Notbeleuchtungen und Stallaternen, Trottoirlaternen, den säuglingshaften Lichthunger der Amerikaner, die Verbannung der Dunkelheit in den Weltraum und die Umsetzung dieser wahnsinnigen Lichtgier in geschürtes Feuer überall auf der Welt, Glutöfen, in denen Kohle, Holz, Öl, Gas oder Uran verheizt wurde, Elektrizität, erzeugt von Windmühlen oder Solaranlagen, den Gezeiten, von Turbinen an eingedämmten Flüssen oder durch Kernspaltung. Bäume, Flüssigkeiten, Gase, Erze, Luft und Sonnenlicht, alles umgewandelt in leuchtende Klingen, geschliffene Lanzen gegen das schwarze Geschwür der Nacht.

Ivars Glückssträhne

Ivars Laden sah so aus: an der Straße lange Reihen Tische aus Sägeböcken und Brettern, darauf Trödelwaren, Kannen, Krüge, Einmachgläser, Eisenwaren, und an jedem Stück hing an einem weißen Baumwollfaden ein weißer, mit Kugelschreiber beschriebener Preiszettel; ein Schild auf einer Staffelei, die der Wind oft umwarf, FLOHMARKT & ANTIQUITÄTEN. Er nahm von den Reisenden und Touristen gutes Geld ein und verlor kein Wort darüber. Sollten die Leute nur denken, er sei Ivar der Irre, der von gebratenen Heuschrecken lebte.

Als Waldemar Sulk, Inhaber des Leichenbestattungsunternehmens Sulk Funerals 1988 starb, kehrte seine Tochter in die Stadt zurück, um alles zu erledigen, das feuchte weiße Gesicht zu einer Trauermiene verzogen. An dem Ort schien sich seit ihrer Kindheit nichts geändert zu haben; die Toole-Schwestern lauerten vielleicht immer noch in den Büschen, um sie mit Sprüchen wie »Lalala Leichenfett, putzt die Zähne im Klosett« so schnell und so weit möglich aus Old Glory zu vertreiben.

Hilflos ging sie durch die moderigen, stinkenden Zimmer, den stickigen Geruch in der Nase, der in Kleider und Bettzeug eingesickert war, in Sofas und Zeitungen, in die Küchenschränke, wo er Hafermehl und Weizengrütze, Reis und Butter aromatisierte, der die Gardinen und Teppiche und die Kindheit selbst vermiefte. Draußen auf der eingesunkenen Veranda stand sie im Flußnebel und rauchte eine Zigarette, starrte lange ihren Wagen an, als ob sie ihn noch nie gesehen hätte, betrachtete die verwitterten Verandabretter. Ein paar Wagen fuhren vorüber, die Insassen wandten die Köpfe, um sie anzusehen. Sie konnte sich denken, was sie sagten. Wer's denn das auf Sulks Veranda, muß wohl die Tochter sein, was, schade, daß sie nicht hat kommen können, solange der Alte noch lebte, aber wegen ihrer Mutter ist sie ja auch nicht gekommen, hart wie Glas ist die!

Ivar der Dorftrottel kam die Straße entlang, schob seinen Karren, der bis auf ein paar klirrende Bierflaschen leer war. Er lutschte genüßlich ein Kirschbonbon der Marke Life Saver, ein kleiner Ring, schon fast aufgelöst und daher scharfkantig. Er sah die Frau mit der linken Hand durch ihr getöntes krauses Haar streichen, Schuppen von den Schultern ihrer schwarzen Jacke klopfen, Lackreste von ihren Nägeln kratzen.

Er schlenderte zur Veranda, pfiff auf einem einzigen Ton.

»Was werden Sie mit all dem Zeug da drin machen?«

»Ich weiß nicht. Ich weiß nicht. Es riecht furchtbar.«

»Die Einbalsamierungsflüssigkeit, würde ich sagen.«

Ja, dachte sie, und die Zigarren, der Whiskey, die dreckigen alten Kleider und die gelben Laken und der Rattenkot und die verkrusteten Pfannen und die stinkenden alten Katzen.

»Es ist ein Albtraum.« Sie fingerte an ihrer Uhr, ohne draufzublicken. »Das Haus ist nichts wert. Wer will hier schon ein stinkendes altes Haus kaufen, so wie es riecht?« Sie blickte nach Osten – Richtung Minneapolis.

»Die Möbel kann ich Ihnen abnehmen«, sagte Ivar. »Sie glauben nicht, Sie können was kriegen für das Haus, also stiften Sie's, stiften Sie's der Feuerwehr für Hausbrandübungen, Sie wollen doch nicht, daß es leer steht, gehn sonst die Kids rein, rauchen Hasch und holen sich Krankheiten, sprechen Sie mal mit Leo Pauster, dem Feuerwehrchef, können Sie von der Steuer absetzen, und dann haben Sie ein hübsches sauberes Grundstück, mit dem Sie was anfangen können.«

Es war ein guter Rat, und die Tochter nahm ihn an. Sie unterschrieb eine Quittung, die den Verkauf des Hausinhalts an Ivar bestätigte, empfing einen zerdrückten Dollarschein und das Versprechen, daß die Räumung sofort beginnen würde, fuhr los, um mit dem Feuerwehrchef zu sprechen, und dann nichts wie weg aus Old Glory.

(Während ihrer Rückfahrt entgleiste kurz vor der Staatsgrenze ein Güterzug und krachte von einer Eisenbahnbrücke auf den Highway herab. Der Rückstau hielt sie drei Stunden fest; sie gab die Schuld ihrem verstorbenen Vater. Es fiel ihr allmählich schwer, Entscheidungen zu treffen. Es gab zu viele Sorten Katzenfutter; zu viele Formen, Größen und Marken von Kugelschreibern; Arten und Verpackungen von Shampoo;

Tomatenbüchseninhalte – ganz, gestückelt, Soße oder Mark; Strumpfhosen und Strümpfe in zahllosen Farbtönen, mit eingearbeitetem Miederhöschen oder Glitzereffekt, durchsichtig oder blickdicht in Dutzenden von Geweben, der Zwickel oder die Zehen verstärkt oder nicht, klein, mittel, normal oder Sondergröße; Zahnpastamarken; Formen und Härtegrade von Zahnbürsten; Bettwäsche mit Fadendichte 180 bis 320, hundert Farben, geblümt, gestreift, getupft, mit Comic-Figuren, in Leinen, Damast, ägyptischer Baumwolle, Satin, kariert, mit Stickumrandung oder Monogramm, Flanell; zu viele Zuchtapfelsorten; alkoholfreie Getränke in fingerhut- bis kanistergroßen Behältern und Säfte und Wasser aus unzähligen naturreinen Quellen; und die Läden selbst, surreal, hell erleuchtet, wie geklont in schicken Einkaufszentren, Ursache langwierigen Auswählens, bei dem man letztlich doch keine Wahl hatte. Auf den Tag genau ein Jahr nach dem Tod ihres Vaters, auf dem Weg zu einem Klientenbesuch im Norden von Michigan – sie war Seelenempfängerin für einen eiszeitlichen Jäger, der durch ihren Mund Ratschläge zu häuslichen Problemen erteilte –, erlitt sie einen Panikanfall auf der Mackinac-Brücke, hielt nach einem Drittel der Überfahrt an und erstarrte, die Hände ums Lenkrad gekrampft, den Kopf auf die Knöchel gepreßt, so groß war ihre Angst, auf das harte, wellengezackte Wasser tief unten hinabzublicken. Um sie her brauste und toste der Verkehr, Hupen plärrten, und sie konnte sich nicht rühren. Sie weinte und zitterte, als eine Frau Mitte Vierzig die Tür aufmachte und sie auf den Beifahrersitz hinüberschob. »Ich fahre Sie rüber«, sagte die Frau gutgelaunt. »Ich bin von der Brückenaufsicht. Sie sind nicht die einzige, das passiert immer wieder. Auch Lastwagenfahrern, sogar den starken Typen auf den Harleys. Sie brauchen sich deswegen nicht zu schämen.«)

Was Ivar fand

Drei Wochen brauchte Ivar für die Drecksarbeit, das Haus des Verstorbenen leerzuräumen. Die gesamte uralte Einbalsamierungsausrüstung und die angesammelten Jahrgänge des *Today's Funeral Director* verkaufte er dem Museum für Bestattungskunst in Minot, North Dakota. Über eine wacklige Leiter stieg er auf den Dachboden, durchsuchte die fettverschmierte Küche, brach muffige Schlafzimmer auf, wie man Nüsse knackt, schlurfte durch die Zimmer, rückte Schreibtische, Schränke und Truhen von den Wänden, hob sie an, bis seine Finger steif wurden und umarmte jedes Möbelstück wie eine hölzerne Braut. Mit Geld aus seiner Geheimkasse mietete er einen Möbelwagen und schaffte Tag um Tag Sachen weg: einen Rollschreibtisch, vier verglaste Bücherschränke voller Erstausgaben der Werke von Jack London, sechs Stickley-Stühle aus dunkler Eiche, das Specksteinbecken. Manche Dinge brachte er in seine Reparaturwerkstatt, einen ebenerdigen Raum in der stillgelegten Wollspinnerei, den er für zwanzig Dollar im Monat gemietet hatte.

Auf Sulks Dachboden fand er Bündel vergilbter rassistischer Zeitungen, *The Klansman's Kall, Pure America, White Knight*, verkaufte sie an die Bibliothek der American Civil Liberties Union. Er sprühte Hunderte von Drahtbügeln gelbgrün und feuerrot an und lud sie bei chemischen Reinigungen ab, fünfzig Stück für einen Dollar, baute die alte Kettenzug-Toilette und die greifenfüßige Badewanne aus, die für einen guten Preis an das Wolf Pelt Inn in Hiawatha Falls ging. Unbrauchbare Sachen schmiß er in eines der Zimmer im Obergeschoß: zerrissene Plastikgürtel, kaputte Überschuhe, zerbrochene Plastikbrillengestelle, einzelne Knöpfe, eine Schachtel Angelhaken, zu einem einzigen stacheligen Block zusammengerostet.

Systematisch suchte er die Unterseiten von Tischen und Schubladen ab, fand einen unter der Küchentischplatte festgeklebten Zwanzigdollarschein, weitere Zwanziger waren mit rostigen Reißzwecken an die Rückseite der Schranktruhe gepinnt. Die übelriechende Matratze des alten Herrn erwies sich als Füllhorn.

Er räumte das Haus leer, brach dann die Fußbodenleisten weg, kroch auf dem Boden herum und suchte nach lockeren Dielen, griff in unbenutzte Ofenrohre, löste mit Dampf die Tapeten ab (manche hatten Wert für Inneneinrichter, die an Purpurfedern und dunklen Streifenmustern interessiert waren), wo die Wand eine kleine Unebenheit aufwies. Seine Mühe wurde mit einem Packen Scheine im Wert von insgesamt achttausend Dollar und einem Krug voller Kennedy-Halbdollarstücke belohnt.

Bis Ende 1989 hatte Ivar aus seiner Ein-Dollar-Investition einen Gewinn von 111 999 $ gezogen. Er kaufte die alte Wollspinnerei am Fluß und weitete sein Geschäft auf Gebrauchtmöbel aus, zu einer Zeit, als gerade Hunderte von kleinen Sparkassen und Kreditbanken Pleite machten. Die Büros und Wartesäle der ruinierten Banken waren eine Fundgrube für gutes Mobiliar: Walnußschreibtische mit silbernen Beschlägen, Aktenschränke aus handpoliertem Kirschholz, Teak-Empfangstische, Couchtische aus gebleichter Eiche, Computerstationen aus finnischer Birke. Er füllte drei Stockwerke mit den kostbaren Sachen, die nicht alle unversehrt waren, denn viele Schubladen waren abgeschabt an den Stellen, wo die leitenden Angestellten sich festgekrallt hatten, als sie am Telephon die schlechten Nachrichten hörten.

Das war die Grundlage zu seinem Vermögen. Der eine Zweig seines Geschäfts nahm sich alte viktorianische Häuser vor, zerlegte sie in ihre Einzelteile und bediente den großen Bau-Boom mit Walnußtäfelungen aus den Bibliotheken, Buntglasfenstern, Gitterwerk, Portikus-Säulen, Balustraden und Klauenfußbadewannen. Zum andern kaufte er erlesene Designerbüromöbel und Gartenstandbilder auf. Seine Kette, Out West Antiques, ländlich aufgemachte Läden mit Blendfassade und Pfählen zum Anbinden der Pferde, vollgepfropft mit Sporen, Stacheldrahtstücken für Andenkensammler, Zehn-Gallonen-Hüten und Rinderschädeln, versorgte er durch Rundreisen übers ganze Land, bei denen er Auktionen

besuchte und die kleinstädtischen Pfandleihen und Gebraucht-
warenläden durchstöberte. Mit ihm reiste Devil Basswood,
Spezialist für amerikanische Antiquitäten, der vorher für Sothe-
by's gearbeitet hatte, neunundzwanzig Jahre alt, in einer sei-
denen Bundfaltenhose von Giorgio Armani, kragenlosem
russischem Hemd und weißen Hosenträgern. Ein Lastzug
folgte ihnen, und wenn er vollgeladen war, ließ Devil einen
neuen kommen. (Basswood ertrank im Winter, als sein Eissegel-
ler auf dem Lake Vermilion in eine offene Wasserrinne stürzte.)

An seinem achtundvierzigsten Geburtstag gehörten Ivar
schon eine Ranch in Montana und ein Strandhaus auf Tahiti,
aber äußerlich hatte er sich kaum verändert, lange staubige
Haarsträhnen bis über die Schultern seiner schmuddeligen
Leinenjacke, die Füße in schwarzen Turnschuhen. Immer
noch hob er herrenlose Blechbüchsen auf, die er am Wege
fand, hatte immer noch ein Auge für kaputte Fahrräder. In
einem heruntergekommenen Städtchen in Montana, zu klein
zum Anspucken, kaufte er die Bestände der Pfandleihe Little
Boy Blue, darunter ein alter Sattel mit dem auf der Hinterpau-
sche eingeprägten Namen des Herstellers, A.D. Seitzler &
Co., Silver City, New Mexico, Seile, Hakenstäbe von Schä-
fern, einen Zeitschriftenständer mit einem holzgeschnitzten
krummbeinigen Cowboy an der Seite, ein altes Bienenkorb-
Radio mit Honigwabenmuster auf der Lautsprecherbespan-
nung, einen Korb angelaufene Löffel und ein altes grünes
Akkordeon, so verstümmelt, als wäre ein Pferd darauf herum-
getrampelt. Die interessantesten Stücke gingen zur Identifizie-
rung und Bewertung an seine Forschungsabteilung (auf diese
Weise hatte er ein verschollenes Remington-Gemälde eines
Kavallerie-Angriffs wiederentdeckt, und der geschnitzte Zeitschriftenständer erwies sich als eine schätzenswerte Arbeit des
querköpfigen Thomas Molesworthy). Die angelaufenen Löffel
taugten nur noch für den Silberschmelzer, und das Akkordeon
kam auf den Wühltisch seines Ladens in Old Glory, der rund
um die Uhr offen stand, Tag und Nacht, ein Mekka der Sammler, die über Hunderte von Meilen herbeigefahren kamen, um
zu sehen, was Ivars Rumpelkisten zu bieten hatten.

Untergrund

Elise Gasmann war nur einer der außerordentlich vielen Fälle, in denen bei den Bewohnern von Old Glory verschiedene Krebserkrankungen festgestellt wurden. Die Ermüdungsquote in der Stadt lag weit über dem nationalen Durchschnitt; Männer dösten stundenlang vor dem Fernseher, Frauen krochen nur so zur Arbeit, nickten in den Bussen ein. Besorgte Vertreter des Gesundheitsamts besuchten die abgelegenen Farmen, nahmen Luft-, Boden- und Wasserproben, untersuchten das Getreide und die Schweine. Jemand dachte an die Kalksteinhöhlen unter dem schwarzen Boden. Viele Menschen hatten im Lauf der Jahre geklagt, sie hörten ein tiefes unterirdisches Brummen, das sich in manchen Jahreszeiten zu einem unaufhörlich mahlenden Geräusch steigerte, als ob unentwegt Untergrundbahnzüge in die Hölle rollten, wie die Mitglieder der Pfingstkirche glaubten, oder als ob scharfe Winde durch unterirdische Kammern pfiffen, wie der Stadthistoriker vermutete. Der Staat Minnesota schickte eine Geologin in die Höhlen, und die wiederum ließ Forscherteams mit Spezialgeräten kommen, die berichteten, daß tatsächlich ein Ton mit niedriger Frequenz unter den Höhlen hervorkam, ein stetiges Vibrieren mit siebzehn Ausschlägen pro Sekunde, begleitet von einer Oberschwingung mit siebzig Ausschlägen und pulsierenden Obertönen in sehr viel höheren Frequenzen – Ursache unbekannt, ein wissenschaftlich hochinteressantes Phänomen. Außerdem enthielt die Luft in den Höhlen gefährlich hohe Anteile an Radon, das auch in die Keller von Old Glory eindrang. Jeder in der Stadt wollte so schnell wie möglich verkaufen und wegziehen. Angefangene Häuser wurden nicht zu Ende gebaut, ihre nackten Gerüste warfen krakelige Schatten, die Stein- und Sandhaufen an den Baustellen wurden von Hexenkraut überwuchert.

Ivars Bruder Conrad Gasmann

»Das ist der Grund, warum wir die verfluchten weißen Fasane hier haben. Das Radon.« Conrad Gasmann saß mit seiner Frau Nancy im alten Farmhaus der Gasmanns bei Tisch, spuckte ein unzerkaubares Stück Speckschwarte auf seinen Teller und warf mit einer heftigen Kopfbewegung die graue Locke zurück, die ihm in die Stirn hing. Er hatte dieselbe lange Knollennase wie sein Vater Nils, eisblaue Augen, so dicht beieinander, daß sein Gesicht etwas von einem Eichhörnchen hatte, und eng anliegende Ohren. Die Farm war beiden Brüdern vererbt worden, aber Ivar bat sich aus, einen Tag allein im Haus verbringen zu dürfen, und verkaufte dann seinen Anteil an Conrad, der seinerseits das Land bis auf anderthalb Hektar direkt beim Haus losschlug und weiter in Rudy Henrys Gaswerk arbeitete. (Als seine Tochter Vela noch klein war, erzählte er ihr, er müsse dort arbeiten, weil er Gasmann heiße. Als die Firma dann John Roop anstellte, sagte er ihr, Roop sei der Name eines unsichtbaren Gases, das die Ursache dafür sei, daß die Vögel fliegen können.) Mit dem Haus erbte er auch ein Photo seiner verstorbenen Tante Floretta in vollem Wildwest-Aufputz, auf einem Baumstumpf vor einem Gekräusel von Espenlaub sitzend, die weißblonden Zöpfe unter einem riesigen weißen Cowboyhut hervorhängend, die behandschuhte Hand an einem geflochtenen Wurfseil, ein kleiner blitzender Hackensporn und, in einem Halfter an der rechten Hüfte, ein Revolver mit perlenverziertem Griff, den der Photograph beigesteuert hatte.

»Du weißt doch, daß mich das ganz krank macht, wenn du so dein Essen ausspuckst! Warum machst du das?« sagte Nancy und drehte sich eine Locke um den Zeigefinger. »Hör mal diesen Wind. Soll bis auf sechzig gehn, hieß es im Radio. Bringt einen Wetterwechsel, ziemlich sicher.« Sie legte die Zeitung zusammengefaltet auf den Tisch. »Schlimmer geht's nicht, ein Kreuzworträtsel mit lauter asiatischen Flüssen und Golfspielern aus den dreißiger Jahren.«

»Wo ist Vela?«

»Ich weiß nicht, irgendwo draußen. Ich weiß nicht, wie sie's da aushält bei dem Wind. Warum?«

Conrad machte seine Stimme so schnurrend wie möglich. »Ach, ich dachte, wir könnten ein Weilchen ins Schlafzimmer raufgehn, uns hinlegen und ein Nickerchen machen.« Sein weicher, wabbliger Bauch bebte unter dem Strickhemd.

»Du und ein Nickerchen! Ich kenn' dich doch. Ein Nickerchen wünschst du dir jetzt so wenig wie Krebs.«

»Fang nicht wieder von dem Thema an! Was ich von Krebs alles schon gehört habe, das reicht mir. Komm ins Schlafzimmer!« Er klapste ihr auf den Hintern. Sie schlug zurück, folgte ihm aber in das halbdunkle Zimmer (dasselbe, in dem seine Eltern geschlafen hatten, aber von Nancy neu tapeziert, mit einem glitzernden Gewebe an der Decke und orangefarbenen Streifen an der Wand), wo die Laken und Decken noch von der Nacht zerwühlt waren und nach ihren Körpern rochen. Der Wind pfiff schrill in den Fensterfugen.

»Natürlich, genau als wir auf dem Höhepunkt waren, da hat's unserm Kind die Arme abgeschnitten«, sagte Nancy ein Jahr später flüsternd zu ihrer Schwester.

Frühstück woanders

Mit einem Teil des Geldes, das sie von Velas Versicherung bekamen, hatten sie das alte Haus isolieren lassen, tausend Dollar hatte das Zeug gekostet, für zweitausend Dollar wurde eine Ölheizung installiert, das Obergeschoß bekam Doppelfenster, aber im Schlafzimmer war es im Winter immer noch so kalt, daß er seinen Atem sehen konnte. Nancy hatte die Küche erneuern wollen, ein enges Loch mit Abflußproblemen und gewelltem Linoleum, aber Conrad hatte gesagt, warte lieber.

Er kratzte das Fenster nach hinten raus frei, blickte auf die weißgerillten Felder hinaus. Auf der andern Seite des Zimmers hatte die Sonne das Eis so weit weggeschmolzen, daß er das Durcheinander von Gebäuden und Getreidesilos längs der Straße sehen konnte, das handgemalte Plakat des Lutheranischen Frauenkreises mit dem Gesicht eines dreijährigen Kindes zwischen goldenen Locken, eine einzige schwarze Träne wie ein Schönheitsfleck auf der Wange – ABTREIBUNG BRINGT EIN KLOPFENDES HERZ ZUM STILLSTAND –, in der Ferne die Conoco-Station, den Fluß und auf dem andern Ufer Ivars Speicherhaus und den Parkplatz. Auf der Straße lag ein Klumpen flauschiges Zeug, genau auf dem gelben Streifen. Ein toter Rabe, mußte ihn erwischt haben, als er nach Aas pickte. Dick Cudes blauer Pickup fuhr vorüber, scherte aus, um den Kadaver zu treffen, und wirbelte ein paar Federn auf. Er blickte dem Wagen nach, sah ihn vor der Imbißstube, dem Home Away, bremsen.

Urplötzlich hatte er Lust auf eine Scheibe Kirschtorte und einen Becher Filterkaffee statt auf Müsli und das Pulverzeugs aus Nancys affigen Glastäßchen. Jahrelang war er zu Kaffee und Kuchen in Chippewa Willys Grill gegangen, aber nun sah er, daß im Home Away jeden Vormittag ganz schön was los war.

Er wurde wieder richtig wütend, als er an dem alten Silo vorbeifuhr, nahm sich zum tausendstenmal vor, nächsten Sommer da raufzusteigen und das verdammte Bild zu übermalen, den großen abblätternden Jesus, wie er mit einer Schlange in jeder Hand vor einem Wohnwagenhaus stand. Ebensogut konnte er den Silo abreißen. Stand seit Jahren leer. Schneekristalle wie eine Salzkruste auf den Grasbüscheln am Straßenrand. Vorüber an den Schildern OLD GLORY GLAUBT AN GOTT UND AMERIKA – DU AUCH? und IN DIESER GEMEINDE WACHSEN KINDER BEHÜTET AUF.

Er setzte sich neben Dick Cude auf den letzten freien Platz. Cudes Kleidung roch nach irgendwelchen gefährlichen Reinigungschemikalien. Das Restaurant war voll, die Hälfte der Farmer aus der Stadt kamen hierher wegen eines Frühstücks, wie sie es zu Hause nicht bekamen, wegen des Vergnügens, zwei saftige Schweinskoteletts mit hausgemachten Fritten und zwei Spiegeleiern zu bestellen und zu bekommen, statt einem Teller voll Mist mit Gejammer und Gemecker. Was war bloß mit Nancy los, zum Teufel, daß sie kein anständiges Frühstück fertigbekam? Sie wußte doch, wie gern er spanische Omeletts mochte, aber wann setzte sie ihm schon mal eines vor? Am Vatertag, sonst nie. Frühstück im Bett, ein spanisches Omelett und noch so ein paar Sachen. Die übrige Zeit hieß es immer nur: »Mach's dir doch selber!« War das nur Nancy?

»Dick, was gibt's denn bei dir, wenn du zu Hause frühstückst?«

Der Mann hob sein rotes Gesicht, die Haut körnig, wie mit heißem Zucker besprüht.

»Tiefkühlwaffeln. Wir haben eine ganze Tiefkühltruhe voller Waffeln. Ich kann Tiefkühlwaffeln mit Margarine und Maissirup und irgendwelcher Kunstsahne aus der Tube kriegen. Könnte schlimmer sein, könnte auch Fruchtgelee sein. Wie geht's, Mrs. Rudinger? Schätze, ich nehm' das Tagesgericht.«

»Sind Sie sicher? Heute morgen gibt es nämlich Steckrübenpüree, und nicht jeder mag Steckrübenpüree.« Sie sah den U.P.S.-Fahrer böse an, senkte dann den Blick auf den Steckrübenhaufen auf seinem Teller.

»Klar mag ich Steckrüben! Geben Sie mir auch'n paar gebratene Zwiebeln dazu.« Hinter der Registrierkasse hing ein Photo von Mrs. Rudinger, auf dem man sie vor einer Jalousie stehen sah, eine Spaghettizange in der Hand, in der ein brennendes Papier steckte – ihre Hypothek. Der Kopf eines Sechsenders, den sie 1986 geschossen hatte, wackelte über der Tür, wenn jemand hereinkam.

»Ist mit dabei. Leber, Zwiebeln, zwei Mais-Muffins und Kaffee. Wollen Sie Kaffee?«

»Lieber Milch. Wenn's geht.« Er wandte sich wieder Conrad zu, in seinem mitfühlenden Ton.

»Wie geht's deiner Kleinen?«

»Sie macht sich ganz gut, denk' ich. Hat zweimal die Woche Therapie, all diese Apparate im Haus. Hört sich viele Kassetten an, wir haben ihr einen Walkman gekauft, als sie im Krankenhaus lag. Möchte am liebsten jeden zweiten Tag eine neue Kassette, wird langsam teuer.«

Zwei Landarbeiter aus Guatemala standen auf, zahlten für

ihre Eier und gingen. Mrs. Rudingers neue Kellnerin kam vorüber und füllte die Kaffeetassen nach.

»Was ist das für eine?« sagte Dick Cude, als sie außer Hörweite war. »Chinesin, Vietnamesin oder was?«

»Ich glaube, Koreanerin«, sagte Conrad. »Das ist es doch, das Land versinkt ja unter all den Leuten – Chinks und Spicks und Pakis und diese Araber aus Mittelost. Das ist nicht dasselbe wie damals, als unsre Großeltern rübergekommen sind; die waren weiß, die hatten Mumm, 'ne gute Arbeitsmoral, die liefen nicht rum und sprengten Gebäude in die Luft. Das hier sind eben keine Weißen. Die sind dunkelhäutig, Bastarde. Ganz einfach, das Boot ist voll, nicht mehr genug Platz im Land, nicht genug Arbeitsplätze.«

»Na jedenfalls, Kassetten«, sagte Dick Cude, »davon haben wir 'ne Menge zu Hause. Von meiner Schwester, du weißt schon, nach der Sache mit Russell – ich konnte manches davon mitnehmen. Wird Zeit, daß mal jemand anders was davon hat. Was für Musik mag sie denn? Doch hoffentlich nicht diesen Neger-Rap-Scheiß mit den schweinischen Texten. So was kommt mir nicht ins Haus.«

»Nee. Was sie mag – also, klingt komisch, aber worauf sie steht, das ist Lawrence Welk, lauter so rührseliges Zeug. Vieles davon gibt's jetzt auf Kassette. Ich weiß nicht, was sie daran findet, aber sie hört sich's stundenlang an. Sachen, die schon angestaubt waren, als ich noch nicht geboren war. Schunkel- und Schampusmusik. Es ist ein schlechter Witz. Kindergartenmusik. Aber das mag sie nun mal. Weil es sie aufmuntert, nehm' ich an. Nancy will mit ihr nach Disney World fahren, wenn sie erst kräftig genug ist, damit sie dort mal die Polkaband hört, die haben eine tolle Band, viele Akkordeons.«

»Da wächst sie schon noch raus. Nach dem, was die Kleine durchgemacht hat, ich schätze, da kann sie wohl alles hören, was sie will. Weil du grad von Polka sprichst, dieser Discjockey in St. Paul, der hat vor ein paar Monaten im Radio mal einfach so gesagt, die Hörer sollten ihm schreiben, welches ihre liebsten Polkabands sind, nicht? Und in drei Tagen hat er achtundzwanzigtausend Postkarten gekriegt. He, und neulich

Abend sehn wir uns 'n alten Film an, *Arsen und Spitzenhäubchen,* Sonderreihe mit Filmen von Frank Capra. Da haben sie gesagt, der hätte Quetschkommode gespielt, haben auch einen Ausschnitt gezeigt, wie er gespielt hat. Jimmy Stewart, Joan Crawford, die haben's alle gespielt. Hollywoods Lieblingsinstrument. Und wie wär's mit Myron Floren? Ich hab' was von Myron Floren. Er hat früher mit Lawrence Welk gespielt. Und Frankie Yankovic? *Roll out the barrel . . .* Und wie wär's mit Whoopee John Wilfahrt? Diese New-Ulm-Sachen? Ich hab' so eine alte Achtundsiebziger von dieser Frau mit dem Akkordeon, Violet oder Viola Turpeinin? Eine Finnin. Junge, konnte die spielen! Inzwischen tot, nehm' ich an. Schöne Sachen, manche von diesen alten skandinavischen Songs, hört man aber heute nicht mehr viel von, außer auf solchen Festivals, da kann man Glück haben, aber man hört sie nicht mehr jeden Tag, so wie ich, als ich klein war. Der Vater von meinem Dad konnte so was spielen. Der hatte früher mit Finnen zusammengearbeitet, die hatten so ein Lied, das sie immer sangen, etwas über einen Briefträger. War gottverdammt komisch. Wir haben immer noch eine alte Hardanger-Fiedel, natürlich ganz kaputt. Klar, heute scheinen sich wieder viele Leute für diese Musik von anno dazumal zu interessieren, die Finnen, die Schweden, die Kroaten und wer nicht noch alles, aber wenn du mich fragst, das ist so wie Blut in 'ne Leiche reinpumpen.« Er hätte gern gesagt, daß er einiges wußte über Akkordeons, Schmerz und Kummer, aber Conrad würde davon nichts hören wollen.

»Also, es ist einfach der Klang, der ihr gefällt, nicht so wichtig, wer grad spielt. Sie sagt, das bringt sie in gute Stimmung. Zur Therapeutin hat sie gesagt, wenn sie mit ihren Händen mal wieder irgendwas anfangen kann, dann will sie Akkordeon spielen lernen.«

»So? Und glauben die Ärzte, daß das passieren wird?«

»Nein.«

»Klar. Ist ja ein Wunder, daß sie noch am Leben ist. Ist ein Wunder, daß sie sie ihr wieder annähen konnten. Ist mein Ernst. In der Zeitung stand, sie wär' erst die zweite gewesen, bei der sie das gemacht haben. Stell dir mal vor, all diese kleinen Blutgefäße wieder zusammennähen und die Muskeln! Ich weiß nicht, wie die das machen. Sie's ein sehr, sehr tapferes kleines Mädchen. Irgendwer da oben paßt auf sie auf. Wenn ER doch nur auch auf Russell aufgepaßt hätte! Sie geht doch sicher in so eine Selbsthilfegruppe, die gibt es ja für alles – Anonyme Spieler, Übergewichtige, Sexsüchtige, Ladendiebe. Wahrscheinlich gibt es auch eine für Blinde und Verkrüppelte, oder?«

Conrad sah auf die Uhr. Er wußte, worauf das Gespräch nun zusteuerte, wollte nichts mehr davon hören, wie sie den blinden Russell in der Wüste aus dem Bus geschmissen hatten. In zwölf Minuten mußte er im Gaswerk sein. Er hoffte, Pitch würde dasein und ihm helfen, die Tanks auf den Lastwagen zu laden. Egal, alles war besser, als Dick Cude zuhören zu müssen, dessen dickes, rotes Gesicht sich nun zusammenzog, als ob er jeden Augenblick in Tränen ausbrechen würde.

»Was soll ich sagen?« sagte er. »Am Tag ist's hell und in der Nacht dunkel. Im Winter ist's kalt, im Sommer warm. Wir sehn uns«, sagte er.

Dick aß seine Steckrüben auf und ließ sich noch einen Nachschlag geben, sah zu, wie Conrad seinen Wagen aus dem Parkplatz herauslenkte, bemerkte, daß er den Sicherheitsgurt nicht angelegt hatte – wie blöd, so ein Risiko einzugehn. Und rauchen tat er auch noch. Irgendwas von Leichtsinn steckte in der Familie. Seine Schwester dagegen hatte bei Russell alles Erdenkliche getan, um ihn zu behüten, und doch war ihm eine schreckliche Sache nach der andern passiert. Dick trank sein Glas Milch aus, etwas unzufrieden, weil ihm der Toast schon vorher ausgegangen war. Ein Gedanke kam ihm.

»Gibt's Reispudding?«

»Erst ab Mittag, Dick. Gibt so wenig Leute, die Reispudding zum Frühstück wollen.«

Er ließ zehn Cent Trinkgeld liegen und ging hinaus, stapfte durch den eiskalten Wind, der nun feine Schneeflocken mitführte, zu seinem Lieferwagen, der acht Blöcke weiter vor dem Postamt stand. Dort parkte er immer. Der Wind blies ihm ins Gesicht, so unangenehm, daß er alle paar Schritte den Kopf abwendete und weiterging, ohne etwas zu sehen. Es war elend kalt, dachte er, fror an den Händen trotz der guten warmen Handschuhe. Das digitale Thermometer an der Bank zeigte −20°, aber der Wind mußte gegen vierzig Meilen haben. Er tauchte in den Laden ein − Out West Antiques −, um sich aufzuwärmen, besser da als in dem Wollgeschäft oder im Reformhaus, ging umher und schaute sich die Werkzeuge an: schöne alte Mahagoni-Hobel, ein gut ausgewogener kleiner Stifthammer, schmiedeeiserne Türangeln. Er musterte den Wühltisch; lohnte sich gewöhnlich nicht, dort nachzusehen, aber einmal hatte er eine winzigkleine Wasserwaage mit zierlichen Eingravierungen gefunden, eine Tischlerwaage. Jetzt entdeckte er ein kleines grünes Akkordeon und freute sich über den glücklichen Zufall. Das würde er für Conrads Kleine mit nehmen, auch wenn sie niemals drauf spielen könnte. Sie konnte ja die Kassetten hören, es dabei ansehen und so tun, als ob. Er zahlte seinen Dollar und trug das alte Ding zum Wagen hinaus.

Zu Hause dachte er sich, er sollte's ein bißchen saubermachen − tatsächlich, es war verflucht dreckig − stellte es ins Spülbecken, drehte den Gemüsesprüher an und tröpfelte eine tüchtige Portion Spülmittel drauf. Das verdammte Ding nahm Wasser auf. Es war nun schwer, obgleich sauber, aber als er es probierte, kam kein Ton heraus, nicht mal, wenn er alle Knöpfe zugleich drückte. Er mußte es wohl erst ein wenig trocknen lassen. Er stellte es auf die Heizung unter dem Fenster. Klar, am Nachmittag war es dann trocken, und weil es nun sauber war, sah man erst richtig, wie alt und mitgenommen es war. Der Balg war fast so steif wie Holz und ließ sich nur noch zentimeterweise bewegen, mit einem schrillen, gespenstischen Ton. Er sprühte ihn von innen und außen mit WD-40 ein, aber das schien nichts zu nützen. Na egal, es war ja nur für die Kleine zum Anschaun.

Am nächsten Morgen, als er auf der Fahrt zur Imbißstube über die Bahngleise rumpelte, wo ein paar Bahnarbeiter gerade Pause machten, sich die Münder mit Papierservietten abwischten, die leeren Softdrinkdosen und die Kaffeepappbecher in den Abfalleimer auf dem Plattformwagen warfen, schaltete er das Radio ein – es kam NPR; seine Frau hatte den Wagen gestern nach dem Abendessen noch gebraucht – und hörte John Townley *Land's End* singen, zur Begleitung seiner seltenen Dipper-Shantyman-Konzertina aus westindischem Cocobolo-Holz und Ziegenleder, mit handgefertigten Zungen, an den Seiten seemännische Einritzungen, stämmige Meerjungfrauen und schäumende Wogen, der Luftknopf ein winziger Arm aus poliertem Fischbein, der vor dem dunklen Holz schimmerte wie der Arm eines Deus ex machina. Die scharfen, oboenähnlichen Töne brachten Townleys Stimme voll zur Geltung, aber mitten in einer Silbe, »*and the great seas ro* –«, schaltete Dick ihn ab. Diese Seemannslieder endeten doch immer nur mit Ersaufen und Verlassensein.

(Sein Neffe Russell war von Geburt an blind, und die Familie sah einen Segen darin, als er musikalisches Talent bewies. Akkordeon spielen lernte er von einer Italienerin, und sein erstes Solo-Stück war eine ältere schwedische Version des Liedes vom »Leben in den finnischen Wäldern«, aus dem später der *Mockingbird Hill* wurde. Seine Lehrerin gab ihm einen guten Rat: »Versuche einen Klang zu finden, mit dem alle Nationalitäten sich identifizieren können – dann wirst du überall gefragt sein.« Mit dreizehn spielte er eine große viereckige, mit sechshundert Glassplittern besetzte Chemnitzer-Konzertina, trat bei Kinderwettbewerben auf und gewann sie alle mit seiner Version des *Cattle Call* – ein Stück von Eddy Arnold, aus einer Melodie gemacht, die manchen über achtzigjährigen Bewohnern von Old Glory noch unter dem Namen *The St. Paul Waltz* bekannt war. Sein Vater, der es eilig hatte, den Jungen ein bißchen Geld einspielen zu sehen, begann ihn für die Freitagabendkonzerte in den benachbarten Sommerferienorten anzumelden. Das Lake Hideaway gehörte seinem Freund Harvey West (von Geburt Waerenskjold), der Russell zwanzig Minuten vor seinem ersten Auftritt verführte und mißbrauchte.

»Mach schon, Junge, nimm rasch eine Dusche. Du riechst.

So verschwitzt kannst du vor einem erstklassigen Publikum
doch nicht auftreten. Komm, ich helf' dir beim Ausziehen!
Die Dusche's gleich hier. *Uh-uh-uh-uh!* Davon sagst du niemand was, oder ich bring' dich um!«

Mit einundzwanzig war Russell ein Herumtreiber. Unge-
achtet seiner Blindheit schlich er sich nachts aus dem Haus
und stellte sich an die Straße, bis ihn jemand mitnahm. In der
Stadt spielte er Konzertina für Drinks und Drogen, ging zu
Tätowierern und sagte: »Macht, was ihr wollt.« Die Haut-
gemälde waren banal, kurios, manche obszön. Ein, zwei Jahre
arbeitete er als Straßenmusikant in Minneapolis, dann, das
Hirn zerfressen von Chemikalien, Ausschweifungen und der
Sehnsucht nach etwas anderem, kaufte er sich eine Busfahr-
karte nach Las Vegas. Vierzig Meilen vor diesem Reiseziel
stand er, vollgepfropft mit vielfarbigen Pillen, von seinem
Platz auf, nahm eine Pistole aus dem Koffer seiner Konzertina
und schoß in die Decke des Busses. Schnell überwältigten ihn
zwei Frauen aus der Schwimmerinnenmannschaft der University of Ohio. Der Busfahrer hielt und forderte sie auf, ihn rauszuwerfen. Sie schubsten ihn vorwärts und die Stufen hinunter,
hoben ihn mitsamt seinem Instrument über einen fünfsträngi-
gen Stacheldrahtzaun und ließen ihn in der Wüste allein. Niemand hörte mehr von ihm.)

Langeweile

Es war passiert, weil sie sich langweilte. Sie war auf dem Hof
gewesen, hatte mit einem Besen nach den Schwalben geschlagen. Sie nisteten zu Dutzenden unter dem Dachüberhang des
alten Stalles und im Innern, ihre schäbigen Nester schwebten
an staubigen Balken oder hingen an der Decke, und den halben Sommer über flitzten sie durch die Öffnungen ein und
aus, die Schnäbel voller Käfer, Ameisen, Wespen, Spinnen,
Fliegen, Bienen, Motten und Stopfnadeln.

Von Norden zog ein Gewitter herauf, ein stolzer, gekräuselter Federbusch mit einem dunklen Keil am Grund, aus dem

heftige Windstöße hervorbrachen. Der Wind gab ihr ein Gefühl von Irrsinn und Übermut, obwohl sie ihm wegen des Staubs, den er aufwirbelte, den Rücken kehrte. Aber weiter war es nichts, nur Wind und Donner, irgendwo im Norden würde es regnen. Sie hatte Langeweile; sie konnte nichts anfangen in Old Glory, auch zu Hause nicht mit ihrer stupiden Mutter und ihrem Vater, und am schlimmsten war der Sonntag, da ging überhaupt nichts, nichts, was sie tun konnte, wenn der Fernseher nicht funktionierte und sie nirgendwo hingehn konnte und im Kühlschrank nichts zu essen als eine rohe Putenbrust, die schon seit einer Woche da drinlag und stank. Sie merkte sich die Öffnungen, durch die die Schwalben flogen, sprang hoch und schlug nach ihnen, stellte sich vor, sie seien Tennisbälle und sie selbst sei ein Nachwuchsstar. Die Böen fauchten und zischten, zerrten am Laub der Bäume. Sie hörte einen Lieferwagen kommen, klappernd, als fiele er gleich auseinander, und sie wirbelte elegant mit ihrem Tennisbesen herum und sah Ed Kunkys schwarzen Schnurrbart durch die verschmierte Windschutzscheibe und neben ihm seinen Sohn Whitey, den schönen Whitey aus der Klasse über ihr, vor dem sie in ihren Tagträumen auf einem Kindergartenstuhl saß, so daß der Rock ihr um die Knöchel wie eine Glocke herabfiel, und dann kam er zu ihr mit etwas in den Händen, es wurde nie klar, was, ein Blumenstrauß, ein zusammengerolltes Papier oder ein Schokoriegel (ein freudianischer Analytiker kam Jahre später dahinter), aber er beugte sich zu ihr herab und gab ihr einen Kuß auf den Mund, einen Kuß, wie wenn eine Mücke ihr über die Lippen huschte, über ihr Haar bei Nacht, und in dem Tagtraum wurde sie ohnmächtig. Jetzt aber hielt sie ihren Besen hoch, stemmte ihn gegen den Wind, bereit, eine Schwalbe mitten in den Vogelhimmel zu dreschen. Keine Schwalbe kam, der Wagen fuhr heran und vorbei, mit einer klappernden Ladung zackenrandiger Dach- und Schutzbleche aus dem alten Knudsen-Stall im Norden. Drei Schwalben stürzten auf Löcher hoch in der Mauer zu, ein heftiger Windstoß erfaßte ein Dachblech, als sie hochsprang und mit dem Besen nach den Schwalben schlug. Das scharfe

Metall segelte über den Hof, silbernd schimmernd, eine fliegende Guillotine, scherte ihr die beiden hochgereckten Arme über dem Ellbogen ab, knallte ihr ins Gesicht und zerschnitt und brach ihr die Nase.

Die Kunkys machten überhaupt nichts, fuhren weiter, den Hügel hinauf, verloren Metallteile und waren bald außer Sicht. Sie stand da, verblüfft, wie angewurzelt, blickte auf das gemaserte Holz der Stallschindeln, wo der Anstrich von Hagel und Treibsand abgenagt war, auf die unbeteiligt herumflitzenden Schwalben, mit Insekten im Schnabel, die wie Schnurrbärte aussahen, auf den windgesträhnten Himmel, die blanken Fenster des Hauses, deren altes Glas ihr bläulich strudelnde Reflexe zuwarf, die Blutfontänen, die aus ihren Armstümpfen hervorschossen, hörte sogar noch, im ersten Moment, das feuchte Aufplatschen ihrer Unterarme an der Stallwand und den hellen Ton des aufprallenden Metalls. Aber sie konnte nicht zu Boden blicken, wollte ihre Hände nicht da unten liegen sehn, noch immer gekrümmt, wie um den Besenstiel festzuhalten.

Sie brüllte.

Aus ihren zum Bersten vollgesogenen Lungen strömte ein lauter, schallender Schrei, der unbezähmbare Schrei am Ende des Lebens, wie jeder ihn ausstoßen möchte und wie er nur wenigen gelingt. Ihre Eltern kamen aus dem Bett gesprungen wie Pfeile von der Sehne.

Die Party

Es dauerte keine Woche, da war es für Conrad schon zur Gewohnheit geworden, im Home Away zu frühstücken. Das Essen schmeckte, der Laden war nett und voll Betrieb, man erfuhr Neuigkeiten. Es war eine Erleichterung, mal nicht mit anhören zu müssen, wie seine Frau sich wegen Vela verrückt machte. Er liebte seine Tochter, aber er konnte kranke Menschen nicht ertragen, konnte den Anblick der narbenübersäten Arme und Velas Jammern und Keuchen nicht ertragen, wenn sie mit der Physiotherapeutin, einer braunhaarigen Frau mit

Babystimme und dickem Hintern, ihre Übungen machte. Wie leicht seiner Frau und seiner Tochter die Tränen kamen! Das ganze Haus war ein einziges heulendes Elend.

Er klappte eine Scheibe Toast um ein Ei mit Ketchup-Tupfen und biß hinein, mantschte das andere Ei in sein Cornedbeef-Haschee und bat Mrs. Rudinger um zwei gefüllte Doughnuts. Dick Cude kam herein, einen Plastikmüllsack unterm Arm.

»Was hast'n du da, Dick, dein Mittagessen?«

»Nein, das ist für dein Mädchen. Hab' deinen Wagen draußen stehn sehn. Du hast doch gesagt, sie kann nicht genug kriegen von den alten Kassetten? Da sind rund fünfzig drin, und dann hab' ich noch ein altes Akkordeon gefunden, bei Ivar, hab' mir gedacht, sie hat vielleicht was davon, wenn sie's anguckt und dabei die Kassetten hört, nicht, auch wenn sie's nur angucken kann, ist doch wenigstens was. Ist doch ein Wunder! Sie ist ein sehr tapferes kleines Mädchen. Nicht, das war doch kriminell, Metallplatten auf den Laster zu laden, ohne Befestigung oder Plane drüber. Ich versteh' nicht, wie Ed Kunky dir noch in die Augen sehn kann. Kriminell! Geht sein Junge nicht mit Vela in dieselbe Schule? Du hast ja sicher schon mal mit 'nem Anwalt drüber gesprochen.« Er reichte den schwarzen Sack Conrad, der gerade den ersten Doughnut gegessen hatte und rülpste.

»Kennst du den von dem Typ, der mit einem Flugzeug abstürzt, und alle sind tot bis auf ihn? Er's irgendwo in der Wildnis, Alaska, weiß ich wo. Stolpert eine Woche lang rum, kein menschliches Lebenszeichen, ist schon halb wahnsinnig. Dann kommt er zu einem Baum, und da hängt ein Strick dran, und an dem Strick hängt ein toter Nigger. Sagt der Typ: ›Gott sei gelobt, die Zivilisation!‹ Kapiert?«

»Klar. Ein Südstaatenwitz. Ich hab' ihn mal mit einem Chippewa gehört. Aber das könnte nicht passieren. Kein Ort in Nordamerika ist weiter als zwanzig Meilen von einer Straße gelegen. Niemand kann eine ganze Woche lang herumirren. Das stand mal im *National Geographic*.« Er aß den zweiten Doughnut, trank den Kaffee, der noch in der Tasse war, und warf den Kopf zurück, um die graue Locke aus der Stirn zu bekommen. Er schluckte den bitteren Geschmack herunter, der aus seinem Hals aufstieg.

»Danke«, sagte er und stand auf, während ein glühender Juckreiz sich auf seinem Oberkörper ausbreitete. »Ich geb' es ihr heute abend. Muß jetzt zur Arbeit, 'nen Dollar verdienen.« Er ging, und Dick Cude sah, wie er draußen den Sack in die Fahrerkabine schmiß, und daran, wie er sich bückte und auf dem Boden herumfummelte, konnte er erkennen, daß die Kassetten herausgefallen sein mußten. Wenn er so grob damit umging, konnte der Sack platzen; die Plastikhülsen der Kassetten hatten scharfe Kanten. Er bemerkte, daß Conrad sich wieder nicht anschnallte und wieder rauchte, als er vom Parkplatz fuhr. Und wie er jedesmal die Haare zurückwarf, damit forderte er ja einen Halswirbelschaden geradezu heraus. Dick schürzte die Lippen.

Als Conrad an diesem Abend heimkam, strahlte aus allen Fenstern mangogelbes Licht in die Dämmerung heraus, und vor dem Haus waren drei oder vier Wagen geparkt. Herrgott, wenn bloß nicht wieder was passiert ist, sagte er laut, überließ die Tür des Lieferwagens dem Wind, der daran riß, daß die Angeln quietschten, rannte die Treppe hinauf, wo ihm ein Geruch von Hefe und Oregano entgegenschlug, aus dem Obergeschoß tobende Musik, Schritte und Stimmen. Seine Frau stand vor der Spüle und schlug Sahne, und auf dem Tisch war eine Art Büffet aufgebaut, blaue und weiße Plastikteller, fächerförmig ausgebreitete Teelöffel, Sellerie- und Mohrrübenstangen, gehörnte Orangenstücke und gefüllte Oliven in geometrischer Anordnung, eine Holzschale mit Kartoffelstäbchen.

»Was zum Teufel ist denn los?«

»Sag bloß, du hast es vergessen! Ich hab's dir doch schon hundertmal gesagt: Der *fünfte*, Vela gibt eine *Party*, ihre Schulfreundinnen kommen zu einer *Party*! Sie sind jetzt alle oben. Ich hab' Erdbeertörtchen gemacht. Das mach' ich nie wieder, diese verfluchte dunkle alte Küche! Wie wenn du in der Kohlengrube eine Nadel einfädeln willst. Die werden oben bei ihr im Zimmer essen, alle Stühle sind oben. Wir können im

- 539 -

Wohnzimmer essen, ich habe einen Kartentisch für uns da reingestellt. Zwei Bier für dich sind im Kühlfach. Was hast du denn da in dem Sack?«

»Etwas für sie. Dick Cude hat ein paar Kassetten für sie oder irgendwas. Mein Gott, hab' ich das satt, wenn der anfängt, von dem Unfall zu quatschen! Als ob er von nichts anderm reden kann, und immer mit dieser nölenden Stimme. Immer wieder hat er das Gespräch auf Russell bringen wollen.«

»Was für 'n Russell?«

»Der Neffe. Cudes gottverfluchter Neffe, der immer noch draußen in der Wüste steht.« Die Musik hämmerte in einem gleichbleibend entsetzlichen Takt an die Decke, daß er spürte, wie sich seine Kiefer verkrampften.

»Wer's denn da oben?«

»Audrey. Deinem Boß seine Tochter. Audrey Henry und noch ein paar Mädchen. Ich bring' ihnen das jetzt rauf, oder willst du raufgehn und ihnen sagen, das Essen ist fertig? Willst du?«

»Nein, mach' du nur! Vielleicht können sie den Baß runterdrehn, solange wir essen.«

Sie lachte, nicht ihre normale Lache, sondern ein theatralisches Haha, das sie aus dem Fernsehen gelernt hatte. »Oh, das möcht' ich bezweifeln. Es ist doch eine Party!«

Fünf Mädchen saßen auf dem Bettrand oder auf den hölzernen Küchenstühlen. Auf dem Fensterbrett stand eine Reihe Limonadendosen. Audrey Henry hatte ihren Kassettenrecorder auf dem Schoß und klopfte leicht mit den Fingern drauf. Ihr silberblondes Haar hatte einen kurzen Topfschnitt, der Hinterkopf war kahlrasiert. Sie trug eine ausgebeulte Armeehose und einen lila Glitzerpullover, der den Bauch freiließ.

Nancy stand in der Tür, lächelte die Mädchen an und sprach mit ihrer hohen Partystimme. »Audrey, das ist aber ein schicker Pulli, was ist das, Mohair? Kaschmir! Na, wunderschön. Jedenfalls, die Pizza und alles ist fertig, also Mädchen, ihr bedient euch selbst! Langt tüchtig zu, im Herd ist noch mehr, ich halt' es warm. Vela, Dick Cude hat dir ein paar Kassetten geschickt.«

Vela saß an das teure Schaumgummikeilkissen gelehnt, eine

- 540 -

Cola auf ihrem Tablett, mit einem lang aufragenden Glas-strohhalm. Ihr Gesicht war voller Pickel und Pusteln, das Haar lang und schlaff, trotz Nancys Bemühungen mit der Brenn-schere. Ihre nutzlosen Hände lagen unter der Schmuckdecke versteckt, die Nancy genäht hatte, mit einem Efeurankenmu-ster, das sie sehr vornehm fand.

»Kassetten. *Na schön,* was denn für Kassetten? Das ist schwer, da müssen ja an die hundert drin sein.« Audrey schüttete die Kassetten aufs Bett. Das steife alte Akkordeon plumpste heraus.

»Gott, was ist das denn?«

»Es ist ein Akkordeon. Was für ein Wrack!« Kim, die seit der fünften Klasse Piano-Akkordeon spielte, das Instrument je-doch haßte und lieber auf Gitarre umsteigen würde, hob es auf. Der steife Balg trotzte ihren Bemühungen, und nach ein paar dünnen, wimmernden Tönen wie von einem asthmati-schen Baby gab sie es auf. »Läßt sich nicht spielen. Was sind denn das für Kassetten? Myron Floren, was ist das für einer? *Polka the Night Away, Polka Is for Lovers?* Schaut nur mal den an, schaut mal, was für ein widerlicher Typ!«

»He, leg doch mal eine auf. Aus Jux.«

»Okay, hier ist *Polka Maniacs.* Leg sie auf!«

Sie brüllten, sie kriegten sich nicht mehr ein vor Lachen, ahmten das behäbige Hopsasa der Tänzer nach, in einem Takt, der mit dem Elan einer Pfahlramme dahinschlurfte.

Vela schämte sich zutiefst.

»Ma, ich will diesen Mist nicht haben! Nimm ihn mit! Schmeiß ihn auf den Müll! Und das Ding da auch.« Sie deu-tete mit dem Kinn auf das Akkordeon. Audrey drückte einen Knopf an dem Recorder, und die Kassette kam heraus. Sie ließ sie in den Plastiksack fallen wie einen stinkenden Knochen und klinkte dafür die dröhnende, plappernde Kassette ein.

»Welche Gruppe ist das?« sagte Nancy. »Die hören sich cool an.«

»*Loop a troop, bazooka, the scheme...*«, kamen die harten Männerstimmen.

»Public Enemy. Das mag ich. Mom, das wünsch' ich mir zum Geburtstag, diese Kassette.«

»Dein Vater findet sie ein bißchen laut.«

»Es ist *Rap*! Es muß laut sein.«

»Na, Mädchen, nun macht euch mal ans Büffet ran! Als Dessert gibt's Erdbeertörtchen mit Schlagsahne.«

»Darf ich mir was aus der Dose spritzen, Mrs. Gasmann? Ich steh' auf das Zeug.«

»Tut mir leid, Audrey – das ist die Art Sahne, die man in einer Schüssel schlägt, dicke Sahne.«

»Ich passe. Das Zeug mag ich nicht. Ist nicht süß. Dann ess' ich bloß die Erdbeeren. Haben Sie auch Tropicana?«

Nancy verstand nicht, warum alle lachten. »Vela, hast du deinen Freundinnen schon erzählt, daß wir im Frühjahr nach Disney World fahren?«

»O mein Gott«, sagte Audrey. »Disney World!«

(Im Jahr darauf, in der Dunkelheit eines frühen Morgens, flog Audrey nach Boston, die erste Frau in ihrer Familie, die aufs College ging. Unten Städte in orangegelbem Licht, über die Prärie verteilt wie leuchtender Brei, die Highways markiert von langen Scheinwerferbächen, Arbeiter, die durch die Dunkelheit zu ihren Jobs fuhren. Die Straßen der Städte waren schimmernde Furchen. Die Sonne brach blutorange durch träges Gewölk im Osten, als sie auf die Ansammlung von Narbengewebe herabsanken, die Chicago war.)

Nancy und Conrad saßen auf den Stühlen im Wohnzimmer und guckten in den Fernseher, horchten auf den Lärm aus dem Obergeschoß.

»Wer hat bloß diese Dschungelaffenmusik mitgebracht, Audrey?« Er warf die graue Locke aus der Stirn.

»Wer sonst? Einen Kaschmirpullover hat die an, der muß zweihundert Eier gekostet haben.« Sie guckten in den Fernseher.

»Immer nur dieser Krieg!« sagte Nancy. »Dabei sieht man nichts als Rauch. Keine Kanonen oder irgendwas.«

»Klar. Weil die Rackis alle Ölquellen angesteckt haben.«

»Magst du ein paar Erdbeertörtchen?«

»Scheißt der Bär in den Wald?« Die Ränder seiner Pizza lagen auf der Armlehne wie lächelnde Lippen.

– 542 –

Müll

Old Glory und sieben andere Städte im Bezirk zahlten dafür, daß sie ihren Müll nach Mississippi schicken durften, seit Minnesota die eigenen Müllkippen geschlossen hatte und die regionalen Auffüllflächen nichts mehr fassen konnten. An einem sonnenblitzenden Märzmorgen arbeitete Whitey Kunky wie jeden Samstag bei der städtischen Müllabfuhr, der rotbärtige Martin H. Swan fuhr, und er schmiß Plastiksäcke und entleerte Tonnen in die Rückklappe des Preßwagens, fand manchmal etwas Interessantes und warf es in die Kabine. Letzte Woche hatten sie aus dem Müll der Bunnbergers einige halbvolle Gin- und Bourbonflaschen gerettet, Kaffeesatz und Speckreste, die daran klebten, abgewischt und im Fahren draus getrunken, und Martin fuhr ein paar Umwege, und sie ließen sich vollaufen. Der Job hatte auch seine Reize.

»Der alte Bunnberger will wohl trocken werden«, sagte Martin H. Swan und kämmte sich den Bart mit den Fingern.

»Oder seine Frau hat sie weggeschmissen, als er grad nicht hinsah.«

Aber heute war die Ausbeute armselig, ein schlaffer Basketball, vielleicht noch zu reparieren, ein gebrochener Fahrradrahmen sicher nicht mehr, ein deutscher Toaster, aus dem noch verbrannte englische Muffins hervorguckten, und ein altes grünes Akkordeon. Den Toaster und das Akkordeon warf er in die Kabine.

Am Ende ihrer Tour mußten sie an der Verladerampe auf den Sattelschlepper warten, der das ganze Zeug nach Mississippi brachte. Snakes, der Fahrer, war ein Sportfreak mit Lederjacke. Auf seiner Gürtelschnalle war ein strahlendes Kreuz eingeprägt, eine Auszeichnung, die ihm die Firma für drei Jahre unfallfreies Fahren verliehen hatte. Er hatte den Lastwagen von einer christlichen Speditionsfirma gemietet, Gottes Bund, spezialisiert auf nächtliche Abfall-, Klärschlamm- und Risikomülltransporte im ganzen Land.

»Snakes kommt zu spät.«

»Ja.« Martin H. Swan kaute den Nikotingummi, der ihm

helfen sollte, sich die Zigaretten abzugewöhnen. Er ließ den
Motor laufen wegen der Heizung, es war ein kühler Spätnachmittag.

»Letzte Woche kam er auch zu spät.«

»Liegt nicht an ihm, liegt an diesem dicken schwarzen
Bimbo, der mit ihm fährt, Tapper. Der Typ ist irgendwie nicht
richtig im Kopf. Hast du mal gesehn, wie der mit sich selbst redet, wenn Snakes ihm sagt, was er machen soll?« Er spuckte
den Gummi aus dem Fenster, nahm sich eine Zigarette aus der
Schachtel in seiner Hemdtasche und zündete sie an.

»Ja. He, nachher trinken wir 'n Bier.«

»Nachher.«

»Zu schade, daß Mrs. Bunnberger nicht wieder die Hausbar
ausgeräumt hat. Da ist er ja, muß noch wenden.«

»Er's allein. Siehst du? Den andern Typ hat er nicht mit dabei. Es sei denn, Tapper hockt am Boden und bläst ihm einen.
Du wirst ihm beim Aufladen helfen müssen.«

»Herrje, warum nicht du? Ich hab' den ganzen Tag range-
schleppt.«

»Ist nicht mein Dienstgrad. Ist doch sowieso alles automa-
tisch. Du brauchst nur die Hebel drücken, aufsammeln, was
danebenfällt, und Snakes helfen, die Plane drüberzuziehen.
Was ist daran so schlimm?«

»Dein Dienstgrad? Trink dein Scheißbier allein!«

»Hatt' ich sowieso vor, du kleiner Scheißer.«

Abhauen

Als sie erst halb fertig waren, klemmte das hydraulische Sy-
stem, und es dauerte zwanzig Minuten, bis sie es wieder in
Gang bekamen. Es war eine langwierige, stinkige Arbeit, und
Whitey drückte und schaufelte und schmiß das Zeug rein, das
an der Seite runterfiel. Er schimpfte laut über Martin H.
Swan, der in dem städtischen Müllwagen saß, seine Motorrad-
zeitschrift studierte und alle sieben oder acht Minuten den
Kopf hob, um nachzusehen, ob Whitey auch arbeitete. Snakes

sagte nichts, sprang aber athletisch herum, schloß die Hydrau-
likkabel an, zog die olivgrüne Leinwandplane herunter.

Er kratzte sich einen klebrigen Mist vom Stiefel, sah Whitey
an und sagte: »He, willst du nicht mitfahren nach Mississippi?
Tapper hat bei mir aufgehört. Ich hab' Vollmacht, einen Gehilfen anzuheuern. Aber wir müssen machen, daß wir auf die
Straße kommen. Ich bin spät dran. Du willst vielleicht noch zu
Hause Bescheid sagen oder 'n Koffer packen, dafür geb' ich dir
fünfzehn Minuten. In der Zeit kann man alles erledigen, egal
was. Das ist meine Theorie.«

(Tapper Champagne war nach Oklahoma zum Begräbnis
seines sechzehnjährigen Bruders Li'l Duke Champagne gefahren, der für sechs Monate auf eine Jugendleiterakademie geschickt worden war, wo er lernen sollte, mit Messer und Gabel
zu essen, Gymnastik zu machen, Schuhe zu putzen, den Boden zu wischen, *yes, sir* zu sagen und sich aus allen Schwierigkeiten herauszuhalten. Eines Morgens stand er nicht auf, war
erstickt an einem Asthma-Anfall, den der Gruppenleiter am
Abend vorher als Simulation diagnostiziert hatte.)

»Ja. *Klar*, ich fahre mit. Ich bin schon fertig.« Er griff sich
seine Jacke, den Toaster und das Akkordeon von dem Beifahrersitz neben Martin H. Swan und stieg in die Kabine des
Sattelschleppers hoch oben, in den bequemen Sitz, sah das
CD-Regal, Dwight Yoakam und Vince Gill, die Aufkleber
aller Bundesstaaten neben blitzenden Kreuzen und religiösen
Sprüchen, und dachte, ich hau' hier ab, so einfach ist das, ich
hau' ab. Nie wieder werd' ich morgens hier aufwachen. Er rief
zum andern Wagen hinunter: »He, Martin, ich zieh' das hier
durch, klar? Kannst du meinen Alten anrufen?«

»Ja«, sagte Martin. Er kaute vier Stück Nikotingummi zugleich.

Es war eine Dreitagefahrt, und sie schliefen in der Kabine.
Der Lastwagen war eines der neuen computerisierten Modelle
mit automatischer Sperre nach zehn Stunden Betriebsdauer,
wodurch der Fahrer zur Rast gezwungen wurde, obwohl es
eine Möglichkeit gab, sagte Snakes, dies zu umgehen, lohnte
sich aber nicht, und der rückwärtige Teil der extragroßen Ka-

bine war wie eine kleine Wohnung mit Glaskeramik-Koch-
herd, Anrichte, Fernseher, aufklappbarem Spülbecken und
einer putzigen Holztäfelungsimitation. Snakes stand schon
zwei Stunden früher auf, wartete darauf, daß der Computer
austickte, weil er Zeit gewinnen wollte, setzte sich hin und aß
Bienenpollen, trank Espresso. Er zeigte Whitey, wie man das
dicke Zeug in der kleinen Maschine auf der Anrichte braute,
sagte ihm, er würde sich schon an die schwarze Brühe gewöhnen, Tapper hätte immer vier Teelöffel Zucker in sein Täßchen
getan, so daß es einen dicken, süßen Brei gab. Snakes war ein
netter Kerl und lachte gern, also fing Whitey an Grimassen zu
schneiden und Leute nachzumachen, setzte sich sogar auf das
verdammte Akkordeon, daß es unter seinem Gewicht aufstöhnte, lockerte den Balg so weit, daß sich ein paar Krächz-
und Furztöne herausquetschen ließen. Ihm gefielen Snakes
lässige Sprüche, und am dritten Tag, als sie nach Mississippi kamen und immer mehr Schwarze ringsum sahen, sagte Snakes,
da, wo sie jetzt hinkämen, die große Auffüllfläche, die sei
direkt neben ein paar Niggerhäusern, wo sie nicht sein dürfte,
aber eben doch war, und die Brunnen dort seien voll Gift.

Whitey hatte noch nie daran gedacht, Lastwagenfahrer zu
werden, ein schäbiger Job nach allem, was er darüber gehört
hatte, doch jetzt, wo er in dem Lastwagen saß, dachte er anders; er war aus Old Glory rausgekommen und sah den Rest
der Welt, konnte Musik hören und Witze reißen. Der Wagen
roch gut, weil Snakes nicht rauchte und einen Fichtennadel-
duftspender am Rückspiegel hängen hatte. Einmal wurde ihr
Gespräch ernsthaft, und Snakes erzählte Whitey von seiner
schlimmen Scheidung vor zehn Jahren, wie er seine Ehema-
lige verdroschen und dafür eine Weile im Knast gesessen und
es schließlich mit der Religion gekriegt hatte, und Whitey erzählte von dem Schrottblech, das seinem Vater vom Wagen
geflogen war und einem Mädchen die Arme abgeschnitten
hatte, und wie sie überhaupt nichts davon gewußt hatten, bis
der Vater des Mädchens zu ihrem Haus kam, mit seinem Vater
zu ringen anfing und heulte, und niemand hatte verstanden,
wovon er redete, bis das Telephon klingelte und seine Mutter

abnahm und hörte, wie ein Nachbar sagte, alles in Ordnung bei euch? Ich seh' Conrads Wagen vor eurem Haus und hab' mir irgendwie Sorgen gemacht, wenn man bedenkt, wie die Lage ist, und seine Mutter hatte geantwortet, komm mal bitte ganz schnell rüber. Und er mußte heulen, als er das erzählte, und war wütend über dieses Zeichen von kindischer Schwäche, und um sich wieder zu beruhigen, kurbelte er das Fenster herunter und schmiß das Akkordeon hinaus in eine öde Gegend mit Bretterbuden und Unkraut.

»Na ja«, sagte Snakes. »Weißt du, was ich mache? Klettern. Ich steige Felswände hoch, wann immer ich Zeit habe. Du fährst einen Lastwagen, kommst außer Form, ißt irgendwelches Junk Food an der Straße, kriegst einen Birnenarsch, rauchst, wirst kurzatmig, verlierst die Kraft. Vor ein paar Jahren hab' ich mit dem Klettern angefangen, nachdem ich Gott gefunden hatte, und seitdem bin ich wie neugeboren. Ich habe das Rauchen aufgegeben, den Körper wieder auf Touren gebracht, ist jetzt steinhart, kann meine alte Navy-Uniform wieder anziehn, die mir nicht mehr gepaßt hat, seit ich zweiundzwanzig war. Und da oben siehst du manches, das gibt's gar nicht! Da bist du Gott irgendwie näher. Solltest du auch mal probieren, so'n junger Bursche wie du. Du hättest bestimmt Talent.«

»Doch«, sagte Whitey. »Vielleicht probier' ich's mal. Martin H. Swan versucht auch, das Rauchen aufzugeben. Er kaut so einen Nikotingummi und raucht trotzdem.«

»Das klappt nicht. Es geht nur mit kaltem Entzug. Du mußt an dich selbst glauben.«

(Ein oder zwei Jahre später erhängte sich Snakes mit einem einsträngigen purpurn, neonpink, graubraun und fluoreszierend gelb gemusterten Kletterseil in der Kabine seines Lastwagens. Ein Zettel auf dem Fahrersitz besagte: »Ich will keine Brille.«)

Eure Mama kriegt noch Wechselgeld raus

Der Diamond-Lebensmittelladen stand am Rand des Highway in der glühenden Sonne, eine Viertelmeile entfernt von zwei Reihen Bretterbuden an einem Weg voller Schlammlöcher. Der Laden, fünf mal sieben Meter, konnte sich einer abschüssigen Betontreppe rühmen, einer Blendfassade aus drei Lagen verzogener und entfärbter Schindeln und einer mit gelbem Klebeband geflickten gesprungenen Dickglasfensterscheibe. Ein handgeschriebenes Schild überm Fenster besagte LEMSMITTEL, und ein zweites Schild über der Tür versprach HAUSMACHEWURSCHD & WAAMEZUUPN. Das Fenster war mit einer Kruste alter Reklamen überzogen, für JAX-Bier, das beste in der Stadt, NEHI, Quality Ice Cream, Dental Snuff, Brown's Mule, Root-Bier, Show Down, Welcome, TOP, Regal, Royal, King, Prince- und Duke's-Choice-Kautabak. An einem Zapfhahn gab es Benzin mit der Oktanzahl 85.

Hinten an den Laden grenzte ein Dreizimmer-Anbau unter einem Wellblechdach, wo Addie, Mitte Vierzig, Tochter von Clarence Stranger (verstorben 1987, als die Sitzkette einer Rummelplatzschaukel riß und er auf einen Kinderwagen geschleudert wurde), ihren senilen, dreißig Jahre älteren Mann pflegte, den Laden und die Rechnungsbücher führte, schwere Mahlzeiten kochte und Szenen aus ihrer Kindheit auf quadratische Sperrholzscheiben malte, am Rande mit erklärenden Texten zu den abgebildeten Ereignissen. (Ein kleines schwarzes Mädchen in einem rosa Kleid mit weißem, sterngesprenkeltem Cape rannte über eine Ackerlandschaft, verfolgt von riesengroßen maskierten Männern mit scherenförmig gespreizten Beinen und drohenden Ausbeulungen im Schritt. HÄTTEN MICH FAST GEKRIEGT! SECHS JR ALT SAGT MIR MEINE MUTTER BLEIB WEG VON DER FLAT TOWN ROAD. ICH DOCH HIN. MÄNNER HINTER MIR HER. BRÜLLEN VERSCHWINDE DEIN VATER IST EIN B---.) Sie war klein und dünn, das Gesicht rautenförmig, mit tiefen Grübchen in den Wangen, die Augenbrauen hochgewölbt wie Krockettore.

Links von der Tür war ein zweites, kleineres Fenster mit

einer Gleitscheibe, durch das sie draußen stehende Kunden bedienen konnte, meistens Bierholer. Unter der Gleitscheibe ein Regal mit einem Mischmasch staubiger Waren: zwei rote Papierrollen mit Mützen und eine Spielzeugpistole, eine Schachtel Holzschrauben, Smith Brothers, Vicks, Ludens Hustendrops, ein aufgerissenes Päckchen Kautabak, aus dem brauner Staub krümelte, vier leere Glasbehälter mit schräg aufgelegten Deckeln, alles verfärbt vom Sonnenlicht, staubig und voll Fliegendreck.

Im Innern brummten zwei große Kühltruhen, eine mit Bier, die andere mit Softdrinks und Sodas, und an der Rückwand stand eine Vitrine mit Milch, Speck, Eiern und ein paar schlaffen Salatköpfen; an den Seitenwänden grün gestrichene Regale mit Konserven, Jams, Maisbrei, Erdnußbutter, abgepacktem Brot, Seife und Zucker.

Sie lehnte sich an den Rahmen des Gleitfensters und beobachtete den Verkehr auf dem Highway. Ein weißer Lastwagen mit Arkansas-Nummer kam vorgefahren, und ein dünner Schnösel mit Dreitagebart verlangte einen 35-Millimeter-Farbfilm; hatte sie. Mr. Tek kam herein mit seiner Mrs., brauchten Kondensmilch für ihren Zichorienkaffee, brauchten Margarine und Streichhölzer; hatte sie alles. Der Bundesbeamte kurvte herein, Fetzen von Acid-Jazz und Digitalschleifen aus seinen Kopfhörern vertrielend, verlangte eine kalte Coca-Cola; hatte sie. Zigaretten, Benzin, Schokoriegel, Aspirin, Wurstaufschnitt, Kugelschreiber, hatte sie, hatte sie.

Hinten an der Doppelreihe der Häuser fielen ihr drei spielende Kinder ins Auge, konnten nicht älter sein als vier oder fünf, die Zwillinge von Tiny Faulk und ihr kleiner Bruder, die mußten das sein. Der eine versuchte sich im Staub als Stepptänzer, ahmte die Figur aus der *Sesamstraße* nach. Jetzt hüpften sie auf der eingesunkenen Türstufe des Schuppens herum, wo Tiny Faulk wohnte, selbst fast noch ein Kind, dünn und gereizt, brüllte die Kleinen dauernd an, daß sie still sein sollten, wenn sie zu Hause war. Aber wenigstens kümmerte sie sich um sie und blieb bei ihnen, war nicht so eine wie die Frau in New York, von der sie in der Zeitung gelesen hatte, am Tag nach der Geburt ihrer Zwillinge aus dem Krankenhaus verschwunden, falscher Name, keine Möglichkeit, sie zu finden. Sie sah Tiny jeden Morgen die Straße raufgehn und auf den Bus nach World warten, finster zu Boden blickend, ungeduldig von einem Fuß auf den andern tretend, hatte irgendeinen Job in World, in der Fleischfabrik oder in der Wäscherei, vielleicht beides. Die alte Mrs. Simms sollte sich um die Kleinen kümmern, für zehn Dollar die Woche, aber die war halbblind und dreivierteltaub, beide Beine lahm, und darum saß sie bloß vor dem Haus, drehte an ihrem Hörrohr und schlief ein. Meistens konnte sie die Kinder nicht hören, und Addie wußte, früher oder später würden draußen Bremsen quietschen und jemand käme in den Laden gerannt und würde sagen, o Gott, ich hab' ein kleines Kind überfahren!

Na klar, die beiden größeren rannten an den Rand der Fahrbahn und überboten sich darin, den Sicherheitsabstand bis auf den letzten Zentimeter zu verringern, und wenn ein Wagen oder ein Lastzug wild hupend daherkam, sprangen sie zurück und lachten. Sieh mal an, und jetzt hocken sie sich auch noch in den Dreck und wirbeln Staubwolken auf. Schläfrig sah sie ihnen nach, wie sie die Reihe der Schuppen entlangstreunten und hinter den Aborthäuschen verschwanden. Sie konnte es deutlich vor sich sehen, wie sie überfahren wurden, als wäre es auf einem Bild. Vielleicht würde sie das Bild eines Tages malen, wenn es passierte. Sie malte so etwas immer erst, nachdem es geschehen war, aus Furcht, sie könnte sonst etwas Schlimmes wahr werden lassen.

Es war schon spät am Vormittag, und sie las gerade das *World Journal*, als die Tür quietschend aufging und die Zwillinge mit dem kleinen Brüderchen hereinkamen und auf die Biertruhe lossteuerten.

»Was macht ihr denn da?«

»Wir wollen Sodas.«

»Sodas kosten Geld. Habt ihr welches?«

»Ja.«

»Na, da ist aber keine Soda drin, da ist Bier drin für Männer. Soda ist in der anderen Truhe.« Sie schaute zu, wie sie auf die

Kiste stiegen, die für die kleineren Kunden dort bereitstand, und den Deckel hochstemmten. Die Kinder flüsterten miteinander, hoben die Flaschen so weit aus dem Eiswasser, daß sie erkennen konnten, was drin war, entschieden sich schließlich für eine Yoo-Hoo, eine Orangen- und eine Limonen-Soda. Der Zwilling in dem gestreiften – unglaublich dreckigen – Hemd gab ihr das Geld.

»Was gibst du mir denn da?« Sie mußte zweimal hingucken.

»Dollar.«

»Einen Dollar! Na freilich ist das ein Dollar! Wo habt ihr das denn her?« Ihre Hand war fast ruhig.

»Gefunden.«

»Gefunden! Kann ich mir denken, daß ihr das gefunden habt! Wo denn?«

»An der Straße.«

»So! An der Straße.« Das ist doch die Höhe, dachte sie. Alle Welt braucht Geld, und wer findet's? Drei Gören, die sich eine Soda dafür kaufen wollen und gar nicht wissen, was sie da haben. Sie konnte's behalten, die Kleinen bekamen ihre Soda, und wer zum Teufel würde was davon erfahren? Die Kinder würden's nicht merken. Und auch sonst niemand. Müssen Bankräuber gewesen sein oder Drogenbosse, rauschen die Straße lang, Fenster weit auf, und da fliegt ein Tausenddollarschein eben mal so davon wie ein Vögelchen. Oder es ist Falschgeld. Wahrscheinlich war es das, Falschgeld, und sie war um drei Sodas ärmer.

»Na, dann trinkt mal eure Soda!« sagte sie. Sie steckte den Tausenddollarschein in der Registrierkasse unter den Münzeinsatz, wo sie die Zwanziger hintat, wenn sie einen hatte. Einen größeren Schein hatte sie in diesem Fach noch nie gehabt. Sie betrachtete die Kinder, wie sie unter dem kühl zirpenden Deckenventilator standen, tranken, ihre Flaschen um und um drehten und Linien auf das beperlte Glas zogen.

»Ich geh' jetzt gleich mal zur Straße und seh' nach, ob da noch mehr Dollars herumliegen. Ihr könnt euch alle draußen auf die Treppe setzen.«

Sie ging in beiden Richtungen an der Straße entlang, musterte die verblaßten Bierdosen und Zigarettenschachteln, die staubigen Kartoffelchipbeutel und Plastikfetzen im Unkraut. Die Sonne brannte grausam.

»Nichts da. Muß der einzigste gewesen sein.« Sie ging zum Laden zurück, überlegte, um zwei würde sie zumachen und zur Bank gehn, herausfinden, ob der Schein echt war.

Die Kinder saßen auf den Stufen, nur noch einen Daumenbreit Soda in den Flaschen, tranken in kleinen Schlucken, schüttelten die Flaschen, um das köstliche Plätschern zu hören.

»Wann kommt eure Mutter nach Hause?«

»Nach dem Abendbrot. Spät.«

»Und ob das spät ist! Sagt ihr, sie soll mal bei mir vorbeikommen. Sagt ihr, sie soll in den Laden kommen, sie kriegt noch Wechselgeld raus. Habt ihr gehört? Es liegt bei euch! Wenn ihr vergeßt, ihr's zu sagen, wär's eine Schande und ein Jammer, wo sie doch so schwer arbeiten muß. Und bleibt mir ja weg von dieser Straße, habt ihr gehört?«

Sie stellten die leeren Flaschen auf den Ladentisch und trappelten los, zu ihrem Schuppen zurück, wo die alte Mrs. Simms nun vor der Tür stand und schrie, kommt sofort her! Sie traten nach Steinen, hüpften, der eine in dem Overall rief, hejo, hejo, hau nur zu! Dem Kleinsten hing die nasse Hose tief herunter. Sie kamen an dem zerbeulten Instrument, das im Unkraut lag, vorüber, und der Zwilling in dem schmutzigen gestreiften Hemd sprang noch einmal drauf. *Waaaah!* machte das Ding, und sie brüllten vor Lachen. Der im Overall hob es auf und warf es auf den Highway. Ein ferner schwarzer Fleck auf der schimmernden Straße wurde größer und größer, brauste auf sie los.

»Kommt sofort alle her!« schrie Mrs. Simms.

Der achtzehnrädrige Lastzug ächzte, donnerte mit einem heißen Windstoß an ihnen vorbei, und in der sandigen Staubwolke, die er aufwirbelte, flatterten Tausenddollarscheine. Der mit der nassen Hose plärrte, weil er Sand ins Auge bekommen hatte.

»Na schön«, rief Mrs. Simms, »dann eß' ich diesen feinen

Butterkrempudding eben ganz allein! Ich zähle bis fünf, und dann fang' ich an. Eins. Zwei. Drei. Vier.« Sie hielt einen Teller hoch, ließ einen Löffel darüber kreisen.

»FÜNF.«

Danksagung

Ich habe *Das grüne Akkordeon* in zwei Jahren voller Trennungen und Entwurzelungen geschrieben: der Tod meiner Mutter, Tod einiger Verwandter und Freunde, Umzug in mehreren Etappen von Vermont nach Wyoming, wobei meine Bücher acht Monate lang in Kisten eingeschlossen blieben, ständiges Umherreisen, ein gebrochenes Handgelenk und die Übernahme des Verlags durch andere Besitzer. Ich hätte das Buch nie fertigbekommen ohne die Hilfe vieler interessierter und wohlwollender Menschen, die Akkordeon-Quellenmaterial, Geschichten, Bücherlisten, Zeitungsausschnitte, Photos, Postkarten, Kassetten und CDs beisteuerten und mir Empfehlungen an Kenner der Akkordeonmusik und an Musiker gaben. Allen unten Genannten meinen aufrichtigen Dank, besonders aber Liz Darhansoff, der Besonnenen, die etliche Male meine Angst beschwichtigen mußte, das Buch werde eine weitere Unterbrechung nicht überstehen, Barbara Grossmann, die das Buch auf den Weg bringen half, und Nan Graham, die mich zum Lunch einlud, mir Zeit und die Zügel locker ließ.

Ich danke für eine 1992 gewährte Guggenheim Fellowship, die den Recherchen zu *Schiffsmeldungen* und *Das grüne Akkordeon* zugute kam und für die Arbeit an einem nächsten Buch immer noch hilfreich ist. Die Ucross Foundation of Wyoming verschaffte mir eine ruhige Insel (ganz buchstäblich, dank einer Frühjahrsüberschwemmung), wo Teile dieses Buches geschrieben wurden. Besonderer Dank gebührt Elizabeth Guheen und Raymond Plank für hundert Gefälligkeiten.

Dank an Patricia A. Jasper, die Direktorin der Texas Folklife Resources, für die Erlaubnis, ihre Sammlung von Tonbandinterviews texanischer Akkordeonisten anzuhören, und für ihre Einführung in die südosttexanische Musikszene von Antoine's in Austin bis zum Continental in Houston, und Dank auch an Rick Hernandez von der Texas Commission on the Arts, der mich mit ihr in Kontakt brachte. Dank an Jane Beck vom Vermont Folklife Center für mehrere nützliche Anregungen. Großen Dank den Musikern und Gelehrten Lisa Ornstein und Nick Hawes von den Acadian Archives an der University of Maine in Fort Kent. Lisas innige Kenntnis der Musik von Québec, ihre freundlichen Empfehlungen an Marcel Messervier und Raynald Quellette, die Akkordeonvirtuosen von Montmagny, und ihre Hilfe beim Übersetzen waren unschätzbar. Raynald Quellette, der nicht nur ein international bekannter Musiker ist, sondern auch Hersteller ausgezeichneter Akkordeons und Veranstalter des *Carrefour mondial*, danke ich für seine Auskünfte zur Geschichte des Akkordeons und zu seiner Herstellung. Marcel Messervier, dessen hervorragende Akkordeons schon ebenso zur Legende geworden sind wie sein außergewöhnliches Musikantentum, danke ich für eine Stunde in seiner Werkstatt und für seine Bemerkungen über sein Leben als Akkordeonmusiker. Dank an Jerry Minar aus New Prague, Minnesota, für seine Hilfe zum Verständnis schwieriger Fragen in bezug auf die Chemnitzer-Konzertina, mancherorts besser unter der Bezeichnung deutsche Konzertina bekannt. Dank an Joel Cowan, den witzigen und weitgewanderten Herausgeber von *Concertina and Squeezebox*. Dank an Bob Snope, Akkordeonreparateur in der Button Box in Amherst, Massachusetts, für seine geduldigen und gründlichen Erklärungen aller Aspekte der Akkordeonkunde, für seine Anregungen und für seine Durchsicht des Manuskripts auf sachliche Fehler. Dank an Rhea Coté Robbins vom Centre Franco-Américain an der University of Maine in Orono und an die Vermonterin Martha Pellerin vom Trio Jeter le Pont für ihre Auskünfte über die Franko-Amerikaner und die franko-amerikanische Musik. Dank an Bart Schneider, Musiker und Herausgeber der *Hungry Mind Review*, der mir manches Akkordeon-Buch zufliegen ließ. Dank an Pat Fisken von der Paddock Music Library, Dartmouth College; an Judith Gray, Volkskundlerin, Edwin Mathias vom Recorded Sound Reference Center, und Robin Sheets, Katalogverwalter der Musik-Abteilung, sämtlich an der Library of Congress. Dank an Laura Hohnhold von der Zeitschrift *Outside* für manche

Köstlichkeiten aus der Chicagoer Akkordeon-Szene. Dank an Christopher Potter bei Fourth Estate, der mit scharfem Blick Fakten- und Nuancenirrtümer erkannte. Dank an Jim Cady von Cady & Hoar, der ein Detail aus den geschäftlichen Angelegenheiten einer Figur klären half. Dank an meinen deutschen Verleger Gerald J. Trageiser im Luchterhand Literaturverlag, der sowohl kleine wie grobe Schnitzer bemerkte. Dank an Barry Ancelet an der University of Southwestern Louisiana für seine unschätzbaren Anregungen.

Dank für seine Hilfe mit Langspielplatten an meinen Sohn Jonathan Lang, Toningenieur, und meine Schwiegertochter, die Blues-Sängerin Gail Lang, für informative Literatur, nur Eingeweihten zugängliche Artikel über die letzten Neuerungen in der Akkordeon-Szene, Kassetten von großen Akkordeonisten und Ratschläge zu alten Lautsprechern. Dank an meinen Sohn Morgan Lang, Student der Ethno-Musikwissenschaft, der mir zuerst von der chinesischen Scheng-Pfeife erzählte und meine musikalischen Kenntnisse in jeder Hinsicht erweiterte. Dank an meinen Sohn Gillis Lang für Akkordeon-Aufnahmen aus San Diego und für Wortwitze, an meine Tochter Muffy Clarkson, die mir Herzenstrost und englische Muffins in außergewöhnlicher Vielfalt spendete. Dank an meinen Vater George N. Proulx für die wahre Geschichte von einer Lehrerin, die ihre Schüler damit bestrafte, daß sie sich unters Lehrerpult hocken mußten.

An Joel Conarroe Dank für das Photo von Onkel Dick in Knickerbockern mit dem Akkordeon auf dem Knie; Dank an Claire Van Vliet für den personalisierten Papierakkordeon-Toaster von Cece Bells; Dank an Jon Fox für das Miniatur-Akkordeon (nebst Koffer), mit dem man alles machen kann außer spielen. Dank an Dan Williams für schwer auftreibbare Platten, Kassetten und CDs, desgleichen an Robert Warner für allerlei ausgefallene Informationen über Akkordeons. Dank an Bobby Doberstein für Rat und Hilfe in allen Dingen, von Ski-Wanderwegen bis zu verklemmten Garagentüren. Dank an Kimble Mead für die Hawaiian-Cowboy-Kassetten (und viele andere) und an den Breakfast Club, wo ich echte Sammler in der Hitze ihres Jagdfiebers zu sehen bekam. Dank an Laurent und Pascale Gaudin, die mir aus Frankreich schwer auffindbare Musette-Aufnahmen mitbrachten, und an Tom Watkin, den Mitbegeisterten und Mitreisenden zum alljährlichen Akkordeon-Wochenende in Montmagny. Dank an den Tattered Cover Bookstore in Denver, insbesondere an Dotty Ambler, für Bücher, Hilfe und außergewöhnlich schnelle Bedienung. Dank zu guter Letzt an die starke Gillian Blake in New York, die mir aus dem Museum of Television and Radio Säcke voller Bücher in mein Hotel schleppte.